KB155090

魯迅

루쉰전집

10

루쉰전집 10권 집외집습유보편

초판 1쇄 발행 _ 2017년 12월 26일
지은이 · 루쉰 | 옮긴이 · 루쉰전집번역위원회(김영문)

펴낸이 · 유재건 | 펴낸곳 · (주)그린비출판사 | 등록번호 · 제2017-000094호
주소 · 서울시 마포구 와우산로 180, 4층 | 전화 · 702-2717 | 팩스 · 703-0272

ISBN 978-89-7682-280-2 04820 978-89-7682-222-2(세트)
이 도서의 국립중앙도서관 출판예정도서목록(CIP)은 서지정보유통지원시스템 홈페이지(http://
seoji.nl.go.kr)와 국가자료공동목록시스템(http://www.nl.go.kr/kolisnet)에서 이용하실 수 있습니
다.(CIP제어번호 : CIP2017033530)

루쉰(魯迅), 1903년 도쿄.

루쉰이 펴낸 『중국광산전도』. 루쉰은 이외에도 『중국광산지』(1906), 「중국지질약론」(1903) 등을 발표하여, 중국 각지에서 행해지고 있던 강대국들의 광산 자원 약탈에 대해 국민의 경계를 촉구했다.

일본 유학 시절의 논문 「파악성론」(破惡聲論, 1908). 미완의 글이지만 서구 근대 문명에 대한 루쉰의 비판적 인식이 담겨 있고, 중국 국민의 정신적 각성을 촉구하고 있다는 점에서 중요한 가치가 있다.

『인옥집』(引玉集, 왼쪽). 1934년 루쉰이 삼한서옥 명의로 자비 출판. 소련 목판화 작품 59폭을 수록했다. 『인옥집』에 수록된 알렉세예프의 「어머니 삽화」 제14폭(오른쪽)은 고리키의 소설 『어머니』를 판각한 것이다.

세라피모비치의 소설 『철의 흐름』(鐵流)에 대한 피스카레프의 목판화 「철의 흐름 그림」. 『인옥집』에 수록되어 있다.

『용사 야노시』 중국어판 표지(왼쪽)와 『용사 야노시 그림』 중 일부(오른쪽). 『용사 야노시』는 헝가리 시인 페퇴피 산도르의 대표작으로 전설적인 국민 영웅에 대한 장편 동화 서사시다.

『용사 야노시』 교열 후기(「勇敢的約翰」校後記) 수고. 『용사 야노시』는 1931년 10월 상하이 후펑서점(湖風書店)에서 출판했다.

『죽은 혼 백 가지 그림』 표지(왼쪽)와 루쉰이 그린 속표지(오른쪽).

1936년 4월 삼한서옥에서 발행된, 고골의 『죽은 혼』 소설에 대한 아긴 그림, 베르나르드스키 판각, 『죽은 혼 백 가지 그림』 중 일부.

『목판화가 걸어온 길』(木刻紀程). 1934년 루쉰이 쇠나무 예술사(鐵木藝術社) 명의로 자비 출판. 청년 목각 예술가 8명의 작품 24폭을 수록했다.

『서하객유기』 목록 및 발문. 2005년 『루쉰전집』(중국어판)에 처음으로 실렸다.

루쉰전집

10

집외집습유보편 集外集拾遺補編

루쉰전집번역위원회 옮김

ᅇB
그린비

| 일러두기 |

1 이 책은 중국에서 출판된 『魯迅全集』 1981년판과 2005년판(이상 北京: 人民文学出版社) 등을 참조하여 번역한 한국어판 『루쉰전집』이다.

2 각 글 말미에 있는 주석은 기존의 국내외 연구성과를 두루 참조하여 옮긴이가 작성한 것이다.

3 단행본·전집·정기간행물·장편소설 등에는 겹낫표(『 』)를, 논문·기사·단편·영화·연극·공연·회화 등에는 낫표(「 」)를 사용했다.

4 외국의 인명이나 지명, 작품명은 〈국립국어원〉에서 펴낸 '외래어 표기법'에 근거해 표기했다. 단, 중국의 인명은 신해혁명(1911년) 때 생존 여부를 기준으로 현대인과 과거인으로 구분하여 현대인은 중국어음으로, 과거인은 한자음으로 표기했으며, 중국의 지명은 구분을 두지 않고 중국어음으로 표기하는 것을 원칙으로 했다.

『루쉰전집』을 발간하며

루쉰을 읽는다, 이 말에는 단순한 독서를 넘어서는 어떤 실존적 울림이 담겨 있다. 그래서 루쉰을 읽는다는 말은 루쉰에 직면直面한다는 말의 동의어가 되기도 한다. 그런데 루쉰에 직면한다는 말은 대체 어떤 입장과 태도를 일컫는 것일까?

2007년 어느 날, 불혹을 넘고 지천명을 넘은 십여 명의 연구자들이 이런 물음을 품고 모였다. 더러 루쉰을 팔기도 하고 더러 루쉰을 빙자하기도 하며 루쉰이라는 이름을 끝내 놓지 못하고 있던 이들이었다. 이 자리에서 누군가가 이런 말을 던졌다. 『루쉰전집』조차 우리말로 번역해 내지 못한다면 많이 부끄러울 것 같다고. 그 고백은 낮고 어두웠지만 깊고 뜨거운 공감을 얻었다. 그렇게 이 지난한 작업이 시작되었다.

혹자는 말한다. 왜 아직도 루쉰이냐고. 이에 대해 우리는 이렇게 대답할 수밖에 없다. 아직도 루쉰이라고. 그렇다면 왜 루쉰일까? 왜 루쉰이어야 할까?

루쉰은 이미 인류의 고전이다. 그 없이 중국의 5·4를 논할 수 없고 중국 현대혁명사와 문학사와 학술사를 논할 수 없다. 그는 사회주의혁명 30년 동안 누구도 건드릴 수 없는 성역으로 존재했으나 동시에 사회주의 이데올로기의 금구를 타파하는 데에 돌파구가 되었다. 그의 삶과 정신 역정은 그가 남긴 문집처럼 단순하지만은 않다. 근대이행기의 암흑과 민족적 절망은 그를 끊임없이 신新과 구舊의 갈등 속에 있게 했고, 동서 문명충돌의 격랑은 서양에 대한 지향과 배척의 사이에서 그를 배회하게 했다. 뿐만 아니라 1930년대 좌와 우의 극한적 대립은 만년의 루쉰에게 선택을 강요했으며 그는 자신의 현실적 선택과 이상 사이에서 끝없이 방황했다. 그는 평생 철저한 경계인으로 살았고 모순이 동거하는 '사이주체'間主體로 살았다. 고통과 긴장으로 점철되는 이런 입장과 태도를 그는 특유의 유연함으로 끝까지 견지하고 고수했다.

한 루쉰 연구자는 루쉰 정신을 '반항', '탐색', '희생'으로 요약했다. 루쉰의 반항은 도저한 회의懷疑와 부정否定의 정신에 기초했고, 그 탐색은 두려움 없는 모험정신과 지칠 줄 모르는 창조정신에서 비롯되었다. 또한 그의 희생정신은 사회의 약자에 대한 순수하고 여린 연민과 양심에서 가능했다.

이 모든 정신의 가장 깊은 바닥에는 세계와 삶을 통찰한 각자覺者의 지혜와 존재하는 모든 것들에 대한 허무 그리고 사랑이 있었다. 그에게 허무는 세상을 새롭게 읽는 힘의 원천이자 난세를 돌파해 갈 수 있는 동력이었다. 그래서 그는 굽힐 줄 모르는 '강골'強骨로, '필사적으로 싸우며'(쩡자挣扎) 살아갈 수 있었다. 그랬기에 '철로 된 출구 없는 방'에서 외칠 수 있었고 사면에서 다가오는 절망과 '무물의 진'無物之陣에 반항할 수 있었다. 그는 자신을 둘러싼 모든 것과 대결했다. 이러한 '필사적인 싸움'의 근저에는 생명과 평등을 향한 인본주의적 신념과 평민의식이 자리하고 있다. 이것이 혁명인으로서 루쉰의 삶이다.

　우리에게 몇 가지 『루쉰선집』은 있었지만 제대로 된 『루쉰전집』 번역본은 없었다. 만시지탄의 감이 없지 않지만 이제 루쉰의 모든 글을 우리말로 빚어 세상에 내놓는다. 게으르고 더딘 걸음이었지만 이것이 그간의 직무유기에 대한 우리 나름의 답변이 될 수 있기를 희망해 본다.

　번역저본은 중국 런민문학출판사에서 출판된 1981년판 『루쉰전집』과 2005년판 『루쉰전집』 등을 참조했고, 주석은 지금까지의 국내외 연구성과를 두루 참조하여 번역자가 책임해설했다. 전집 원본의 각 문집별로 번역자를 결정했고 문집별 역자가 책임번역을 했다. 이 과정에서 몇 년 동안 매월 한 차례 모여 번역의 난제에 대해 토론을 벌였고 상대방의 문체에 대한 비판과 조율의 과정을 거쳤다. 그러므로 원칙상으로는 문집별 역자의 책임번역이지만 내용상으론 모든 위원들의 의견이 문집마다 스며들어 있다.

　루쉰 정신의 결기와 날카로운 풍자, 여유로운 해학과 웃음, 섬세한 미학적 성취를 최대한 충실히 옮기기 위해 노력했지만 많이 부족하리라 생각한다. 독자 제현의 비판과 질정으로 더 나은 번역본을 기대한다. 작업에 임하는 순간순간 우리 역자들 모두 루쉰의 빛과 어둠 속에서 절망하고 행복했다.

2010년 11월 1일
한국 루쉰전집번역위원회

부록 1

이 책에는 『집외집습유』(集外集拾遺; 1938년 5월 쉬광핑許廣平 편編) 출판 후 계속 발견된 루쉰의 글이 수록되어 있다. 그중에서 광고나 공고·정정 등의 글은 「부록 1」에 넣었고, 다른 사람의 글 속에서 뽑아낸 글은 「부록 2」에 넣었다.

재정정 『서하객유기』 목록 및 발문[1]

1. 독(獨)

서序, 사고제요四庫提要, 예언例言, 목차目次

텐타이天台, 옌당雁宕, 바이웨白嶽, 황산黃山, 우이武夷, 루산廬山

주리후九鯉湖, 황산 후黃山後, 쑹산嵩山, 타이화太華, 타이허太和, 민 전閩前

민 후閩後, 텐타이 후天台後, 옌당 후雁宕後, 우타이五臺

형산恒山, 저浙, 장유江右, 추초楚, 웨시 일지이粵西一之二

2. 학(鶴)

웨시 삼지사粵西三之四, 첸 일지이黔一之二, 전 일지사滇一之四

3. 여(輿)

전 오지구滇五之九

4. 비(飛)

전 십지십삼滇十之十三

서독書牘, 묘지墓志, 전傳, 고이考異, 변위辯僞, 보편補編

무술년戊戌年[1898] 음력 정월 29일 이른 아침에 우린武林 선창서화실申
昌書畫室²⁾에서 구입했다. 원본은 8책이나 정정訂正하여 4책으로 만들었다.
경자년庚子年 겨울 끝³⁾에 다시 열람하고, '독학여비'獨鶴與飛⁴⁾ 네 글자로 차
례를 삼았다. 콰이지산會稽山 자젠성憂劍生이 등불을 돋우며 기록했다.

주)_____

1) 원제는 「重訂『徐霞客遊記』目錄及跋」. 발표된 적은 없고 원고 형태로 남아 있던 것을
2005년판(중국어판)『루쉰전집』에 최초로 수록했다. 내용상으로 판단해 볼 때 대체로
1901년 1~2월간에 쓴 것으로 보인다. 본래는 제목이「『서하객유기』 4책」(『徐霞客遊記』
四冊)으로만 되어 있던 것을 2005년판『루쉰전집』에서 이 글의 내용에 근거하여 위와
같은 제목을 붙였다.
서하객(徐霞客, 1587~1641)은 장인(江陰; 지금의 장쑤성江蘇省) 사람으로, 이름은 홍조(弘
祖), 자(字)는 진지(振之), 호(號)는 하객(霞客)이다. 명대(明代)의 여행가 겸 지리학자이
다. 어려서부터 지리에 관한 신기한 책을 좋아했다. 19세 때 부친이 세상을 떠나자 중
국 각지를 여행하며 상세한 여행 기록을 남겼다. 22세 때 타이후(太湖)에 잠시 머물다
가 그 뒤 중국 각지를 편력했다. 또 51세 때부터 4년 동안 저장(浙江)·장시(江西)·후난
(湖南)·광시(廣西)·구이저우(貴州)·윈난(雲南) 등지를 답사했다. 그가 남긴 여행기는
일기 및 여행기 형태로 전해지다가 그의 사후 상당량이 흩어져 없어졌다. 지금 남아 있
는『서하객유기』는 본래 원고의 1/6밖에 되지 않는다고 한다. 제1권은 초기의 일기이
고 제2권부터는 만년의 여행 기록이다. 그 내용이 매우 과학적이어서 중국의 뛰어난
지리학 저서로 주목받고 있다. 서하객 사후에 친구들이 그의 유고를 정리하여『서하객
유기』란 책을 펴냈다. 이 책은 판본이 비교적 많은데, 루쉰은 1898년 2월 19일(음력 무
술년戊戌年 1월 29일) 항저우(杭州)에서 청(淸)나라 도서집성국 동활자본 8책을 구입했다.
2년 뒤 귀향하여 방학을 보내는 기회에 정리·재장정하여 4책으로 만들고 이 목록과 발
문을 써 넣었다.
2) 우린은 옛날 항저우(杭州)의 별칭이다. 선창서화실은 항저우에 있던 상하이『선바오』
(申報) 총판 서점.
3) 경자년 겨울 끝은 루쉰이 난징에서 귀향하여 방학을 보낸 경자년 12월이다. 음력 경자
년 12월 1일은 양력 1901년 1월 20일이었고, 경자년 제야(除夜)는 1901년 2월 18일이
었음.

4) 독학여비(獨鶴與飛)는 만당(晚唐) 사공도(司空圖)의 『시품』(詩品) 「충담」(沖淡)에 나오는
구절이다. "잠자코 소박하게 사니, 오묘한 기틀이 은미하다. 지극히 조화된 기운을 들
이마시고, 외로운 학과 함께 날아다닌다."(素處以默, 妙機其微. 飮之太和, 獨鶴與飛) 옛날
사람들은 항상 익숙한 성어(成語)와 성구(成句)를 서적 권수의 차례로 삼는 경향이 있
었다.

중국지질약론[1]

제1 서언

한 나라의 국정을 엿보는 건 어려운 일이 아니다. 그 나라 경계에 들어가 시장을 조사하여 그 나라에서 자체 제작한 정밀한 지형도가 한 장도 없으면 문명국이 아니다. 또 자체 제작한 정밀한 지질도(지리나 토질에 관한 지도 등을 포함)가 한 장도 없으면 문명국이 아니다. 여기에 그치지 않고 그 나라는 반드시 화석이 될 터이니, 이는 후세 사람들이 그것을 어루만지고 탄식하며 '멸종'(Extract species)이라는 시호를 붙여 줄 증거로 작용할 것이다.

드넓고 아름답고 사랑스런 우리 중국이여! 실로 세계의 곳간이며 문명의 비조로다. 무릇 여러 과학이 이미 옛날에 발달했나니, 하물며 측량과 제도製圖 같은 말단 기술 따위이겠는가? 그러나 어찌하여 지형을 그림에 있어서 그 부분도는 많지만 그것을 모아 놓으면 경계선이 맞지 않고, 강의 흐름은 조감도처럼 그리고 산악은 항상 횡으로만 그리는가?[2] 어긋나고 불분명한 모습에 망연하게 아무 생각도 나지 않으니 어찌 다시 지질을 논할 수 있고, 어찌 다시 지질도를 논할 수 있겠는가? 아, 이것은 작은 일이지만 나를 두렵게 하고 나를 슬프게 한다. 나는 인도[3]의 상세한 지도가 런던의 상점에 펼쳐져 있는 것을 대략 훑어본 적이 있다.[4] 하물며 우리 중국도 인도처럼 고아가 되어 타국인들이 중국을 잡아 매질하며 도륙하고 있음에랴? 그러나 이 고아는 또 우매하고 견식이 부족하여 자기 집 전택田宅과 재물이 얼마인지 알지 못한다. 도적이 자기 집에 들어앉아 있는데도 재물을 가져다 도적에게 주면서, 그 주인된 자는 막연하게 자세히 살피지도 않고, 남은 국물이나 식은 고기 조각이라도 얻을 양이면 얼른 큰소리로 "당신께서 저를 먹여 주고 입혀 주십니다, 당신께서 저를 먹여 주고 입혀 주십니다"라고 감탄한다. 그러나 유독 형제 사이에는 한 푼을 다투고 한 치를 재면서 칼과 몽둥이로 복수할 길을 찾아 서로서로 살상도 마다하지 않는다. 아, 현상이 이와 같으니 비록 약수弱水[5]가 사방을 둘러 흐르는 곳에서, 문을 잠그고 외롭게 버티고는 있지만, 장차 하늘의 운행질서에서 도태되어 날마다 퇴화해 가다가 원숭이가 되고, 새가 되고, 조개가 되고, 수초가 되었다가 결국은 무생물이 되고 말 것이다. 하물며 또 강한 민족들이 위세를 번쩍이며 우리나라 사방에 마수를 뻗쳐 와서, 키처럼 손을 크게 펼치고 비오듯 침을 질질 흘린다. 이어서 지도 제작에 대해 여러 학설을 열거하고 분주하게 서로 의논하고 있는 이때, 왼손에 칼을 잡고 오른손엔 주판을 잡지 않는다면 내가 장차 어떻게 살아가야 할지 알지 못하겠다. 그런데도 어찌하여 풍수로 집터를 잡는 학설이 오히려 인심에 깊이 파고들어 부의 원천을 강력하게 가로막고 스스로 아비阿鼻지옥으로 빠져드는 것인가? 집터가 크게 길해도 이제 여러분은 죽고, 그 풍수설을 타파하지 않아도 여러분은 죽는다는 걸 모르는도다! 죽은 후 '지우'至愚라는 시호를 붙인다 해도 그 누가 타당하지 않다고 하겠는가? 또 미미한 재산을 얻으려고 도적을 집으로 끌어들여, 막대한 재산을 약탈당하고 집까지 소각당하는 자가 있다면, 그는 진실로 우리 한족漢族의 큰 적이다. 무릇 미신 때문에 나라를 약화시키고, 일신과 일가의 이익만을 도모하다 사회에 해를 끼치는 자는 역대로 백성의 도적들이 키워 낸 자들이라고 말할 수 있지만, 또한 지질학이 발달하지 못했던 데도 그 원인을 돌릴 수 있을 것이다.

지질학이란 지구 진화의 역사이다. 무릇 암석의 생성 원인과 지각의 구조는 모두 깊은 연구가 필요하다. 이런 원리를 중국에 적용해 보면 미세하고 먼지 같은 지구 위에서 억겁의 세월을 거치면서 현재 모습이 되지 않은 것이 없다. 비록 헤아릴 수 없는 보물로 우리의 삶을 윤택하게 할 수 있지만 애초에 아주 신비하고 불가사의한 어떤 것이 그 사이에 존재하여 우리의 운명을 지배해 온 것은 아니다. 망령된 생각을 끊어 버려야 문명이 곧바로 피어난다. 그러나 이에 관한 학설을 두루 열거할라치면 작은 책자 한 권으로는 모두 다 진술할 수 없다. 따라서 먼저 중국 지질에 관해서 학자들이 발표한 학설을 대략 엮어서 단편 문장으로 만들어 우리 민족에게 보고해 드리고자 한다. 비록 본론에 대부분 공리공담이 가득하지만 그래도 이 글을 읽어 보면 우리 중국 대륙의 내부 상황을 개략적으로라도 알 수 있을 것이다.

제2 외국인 지질 조사자

중국은 중국인의 중국이다. 외국 민족의 연구를 허용할 수는 있지만 외국

민족의 탐험을 허용해서는 안 된다. 외국 민족의 찬탄을 허용할 수는 있지만 외국 민족의 탐욕을 허용해서는 안 된다. 그러나 저들은 손발에 굵은 물집이 생기는 것도 꺼리지 않고 우리 내지內地로 들어와 이리처럼 노려보고 올빼미처럼 틈을 엿보고 있으니 장차 어찌해야 하는가? 『시경』詩經에 다음과 같은 말이 있다. "그대는 종과 북을 갖고도, 치지도 두드리지도 않으니, 만약 그대가 죽어 버리면, 모두 다른 사람이 차지하리."[6] 그러므로 미래의 성군이 장차 은혜롭게 군림하기에 앞서[7] 먼저 중국의 물목을 조사해 보는 것이 어찌 이상한 일이겠는가? 다음에 열거하는 여러 사람들은 모두 가장 유명한 사람들이다. 기타 여행객 행세를 하며 변장하고 염탐하는 일이 얼마나 되는지는 더욱 알 수 없다. 고생스럽게 산천을 누비며 미지의 비밀을 탐험하는 일을 세계 학자들은 모두 옳은 일이라고 하지만, 나는 그 사실을 알고 항상 모발이 솟구치고 피가 솟아오르는 분노를 느꼈으니, 그것이 무슨 조짐인지는 나도 알지 못하겠다.

1871년 독일인 리히트호펜(Richthofen)[8]이란 사람은 상하이상공회의소의 부탁으로 홍콩에서 광둥廣東으로 입국하여 후난湖南(헝저우衡州, 웨저우岳州), 후베이湖北(샹양襄陽)를 거쳐 마침내 쓰촨四川(충칭重慶, 쉬저우敍州, 야저우雅州, 청두成都, 자오화昭化)에 도착했다. 이어서 산시陝西(펑샹鳳翔, 시안西安, 퉁관潼關), 산시山西(핑양平陽, 타이위안太原)로 들어갔다가 바로 즈리直隸(정딩正定, 바오딩保定, 베이징北京)[9]로 나아갔다. 그리고 다시 후베이湖北(한커우漢口, 샹양襄陽)로 내려와 산시山西(쩌저우澤州, 난양南陽, 핑양, 타이위안) 사이를 왕래하다가, 허난河南의 화이칭懷慶을 거쳐 상하이上海에 이르러, 닝보寧波의 저우산도舟山島에 올라 저장성浙江省 전역을 두루 조망했다. 그리고 다시 창장長江을 거슬러 올라 우후蕪湖에 이르러 장시江西 북부를 탐험하고 방향을 꺾어 장쑤江蘇(전장鎭江, 양저우揚州, 화이안淮安)로 갔다가 마침내 산둥山東(이저우沂州, 타이안泰安, 지난濟南, 라이저우萊州, 즈푸芝罘)으로 들어갔다. 푸른 눈을 번득이며 마치 깨달음을 얻은 듯이 무릎을 치고 크게 소리쳤다. 그러나 그의 의지는 사그라들지 않아서 다시 산시山西(타이위안, 다퉁大同)에 세 번 갔고, 즈리(쉬안화宣化, 베이징, 싼허三河, 펑룬豊潤)에 두 번 갔으며, 카이핑開平의 석탄 광산에서 배회하다가 성징盛京(펑톈奉天, 진저우錦州)으로 들어가서, 펑황성鳳凰城을 거쳐 잉커우營口로 나왔다. 그가 편력한 기간은 3년이며, 그 여행 노정만도 2만 리를 넘고 세 권의 보고서를 썼다. 이에 중국이 세계 제일의 석탄국이란 명칭이 세계를 떠들썩하게 했다. 그 대체적인 의미는 다음과 같다. "지나 대륙에는 석탄이 고루 매장되어 있고, 산시山西가 특히 매장량이 풍부하다. 그러나 광산업의 성패는 먼저 운송 수단에 달려 있으므로 오직 자오저우膠州[10]를 장악해야만 산시의 광업을 제압할 수 있다. 따라서 지나를 분할, 우선 자오저우를 얻는 것을 첫번째 목표로 삼아야 한다." 아, 오늘날 결국 그 결과가 어떻게 되었는가? 그가 한 사람의 문약文弱한 지질학자라고만 말하지 말자. 그의 눈빛과 발자취에는 실로 전투에 뛰어난 강한 군대가 무수히 감추어져 있다. 리히트호펜 씨의 편력이 있은 이후 자오저우는 일찌감치 우리의 소유가 아니게 되었다. 오늘날 게르만 민족[11]으로 산시 사이를 왕래하는 자는 모두 리히트호펜의 화신이지만, 중국 대륙 함락의 천사 노릇을 하고 있으니, 우리 동포여, 이 일을 어찌할 것인가?

1880년 헝가리 백작 세체니[12]는 사랑하는 아내의 상을 당하고 나서 여행으로 그 한을 풀고자 했다. 이에 지리학자 3명과 함께 상하이에서 창장을 거슬러 후베이(한커우, 샹양)에 도착했고, 이어 산시陝西(시안), 간쑤

甘肅(징닝靜寧, 안딩安定, 란저우蘭州, 량저우涼州, 간저우甘州)를 거쳐 국경을 나갔다가 다시 간쑤(안딩, 궁창鞏昌)로 들어와 쓰촨과 윈난雲南(다리大理)을 탐험했다. 그 여행 기간은 3년이었고 10만 량의 돈을 썼으며 기행문 세 권을 세상에 남겼다. 대체로 리히트호펜 씨보다 미지의 땅을 탐험하는 데 더욱 마음을 쓴 것 같다.

4년 뒤 러시아의 오브루체프[13]는 북만주와 즈리(베이징, 바오딩, 정딩), 산시山西(타이위안), 간쑤(닝샤寧夏, 란저우, 량저우, 간저우), 몽고蒙古 등지를 탐험했다. 그 후 3년이 지나서 다시 프랑스 리옹상공회의소[14] 탐험대 10명이 광시廣西 남부와 허난(허네이河內), 윈난, 쓰촨(야저우雅州, 쑹판松潘) 등지를 탐험했다. 조사가 아주 정밀한데, 광시와 쓰촨에 대한 내용이 더욱 상세하다. 이 여러 지역들은 러시아와 프랑스 식민지에 연접한 곳이 아닌가? 능히 두렵지 않을 수 있겠는가?

또 이전에 일본 이학박사 진보神保, 고치베巨智部, 스즈키鈴木가 랴오둥遼東으로 갔고, 이학사 니시와다西和田는 러허熱河로 갔으며, 학사 히라바야시平林와 이노우에井上, 사이토齋藤는 중국 남부 여러 지역으로 갔는데, 모두 지질 조사가 목적이었다. 이어서 와다和田, 오가와小川, 호소이細井, 이와우라巖浦, 야마다山田 등 다섯 전문가가 다시 여러 지역을 조사하여 이전 탐험가의 오류를 정정한 것이 바로 작년의 일이었다.[15]

제3 지질의 분포

옛날 독일 학자 칸트(Kant)[16]가 성운설을 제창하자, 프랑스 학자 라플라스(Laplace)[17]가 이에 호응했다. 지구는 우주의 대기에서 추출된 한 부분인데, 우주 공간을 선회하면서 몇억겁 년의 세월이 흐르는지도 모르는 동안 유동 물질로 응집되었다. 그 뒤 나날이 냉각 압축되어 외피가 마침내 단단해져서 그것을 지각地殼이라고 부르게 되었다. 지구의 중심에 대해서는 그 의견이 분분하다. 내부 액체설이 있고, 내부 비액체설이 있으며, 내외 고체 사이에 액체가 끼여 있다는 학설도 있다. 각기 학문적 논리에 근거하여 자신의 의견을 장식하고 있다. 그러나 지구의 중심은 오묘막측하기 때문에 어느 것이 더 좋은 학설인가를 판명하는 일은 대단히 어렵다고 할 수 있다. 다만 이상적으로 명명하여 지표면의 최초 시작 부분을 기본 지층(Fundamental Formation)[18]이라고 부르는데, 그 위의 지층은 당시의 기후 상태 및 매장 화석(Fossil)의 종류에 따라 크게 네 개의 '대'代(Era)로 나누고, 또 그것을 세분하여 '기'紀(Period)라고 하고, 다시 '기'를 세분하여 '세'世(Epoch)라고 부른다. 그러나 이러한 여러 지층은 우리가 서 있는 발밑을 파 본다고 해서 명확하게 완비된 모습을 드러내는 것이 아니다. 대부분은 엇섞이고 결손된 상태로 여러 곳에 흩어져 있다. 우리 중국과 같은 나라에서는 항상 이곳에서 새 지층을 볼 수 있다면 저곳에서는 옛 지층을 만날 수 있다. 대체로 태곳적에는 기후와 수륙의 상황이 상이하였기 때문에 지층도 결국 일치되기가 어려웠다. 가령 인류의 역사를 이야기하는 사람은 전제→입헌→공화로의 발전을 주장하며 이것을 정체政體 진화의 통례로 간주할 것이다. 그러나 전제정치가 바야흐로 엄격하게 시행될 때 한 번의 유혈혁명으로 신속하게 공화정치로 나아간 사례를 역사 속에서 어찌 찾아볼 수 없겠는가? 지층의 변칙 사례도 이와 같을 따름이다. 이제 중국의 경우를 거론하고자 하는데, 지질 연대(Geological Chronology)로 차례를 삼고자 한다.

(1) 원시대原始代 혹은 태고대太古代 (Archean Era)

지구가 처음 생겨났을 때는 수증기가 응결되어 물이 되었다. 이런 현상은 당시의 흔적이 '기본지층'에 남아 있고, 처음으로 지질학자들에 의해 목격된 것이다. 따라서 우리가 눈으로 목도할 수 있는 지층 중에서 이것을 가장 오래된 것으로 친다. 그 암석으로는 편마암片麻巖 · 운모雲母 · 녹니석綠泥石이 가장 많지만 대부분은 화력火力에 의해 변질된 것이다. 이들 암석층을 관찰해 보면 대체로 생물이 없으므로, 다만 암석의 종류에 근거하여 다음과 같이 2기紀로 분류한다.

⑫ 로렌시아기(Laurentian Period)

⑪ 휴로니아기(Huronian Period)

뒤에 비록 에오존(Eozone. 원생 생물이란 의미)[19]이 발견되었다는 학설이 있지만 독일인 뫼비우스[20]의 연구를 거치고 나서 그 오류를 알게 되었다. 대체로 그 당시는 실로 하늘과 땅이 황막하고 헐벗은 상태였기 때문에 미생물도 그 속에서 절대로 생존할 수 없었다. 이해하기 어려운 점은 이 시기 암석 속에 때때로 석회와 석묵石墨 종류가 함유되어 있다는 사실이다. 석회는 동물의 유해이며, 석묵은 식물의 마른 줄기인데, 만약 생물이 존재할 수 없었다면 어떻게 이와 같은 것이 있을 수 있겠는가? 그러나 더러 이런 것들이 모두 생물의 힘에 의해 생긴 것이 아니라고 말하는 사람도 있지만 지금까지도 여전히 의문으로 남아 있다. 우리 중국을 탐사해 보면 이 두 기紀를 모두 황해 연안에서 만날 수 있다. 비록 그 매장물이 어떠한지는 아직 알 수 없지만, 이러한 시생대의 지층에서는 항상 금 · 은 · 동 ·

백금·탄화칼슘·루비 등이 생산된다. 짐작건대 우리나라 황해 연안 지방도 역시 이와 같을 것이다.

(2) 고생대古生代 (Palaeozoic Era)

처음으로 생물이 생겨났기 때문에 '생'生자를 넣어 명명한 것이다. 다음과 같이 6기로 분류한다.

⑩ 캄브리아기(Cambrian Period)

⑨ 실루리아기(Silurian Period)

⑧ 데본기(Devonian Period)

⑦ 석탄기(Carboniferous Period)

⑥ 페름기(Permian Period)[21]

암석이 다양하여 물에 의해 형성된 것으로는 사암砂巖·규암硅巖·점판암粘板巖·석탄石炭[22] 등이 있고, 불에 의해 형성된 것으로는 화강암花崗巖·섬록암閃綠巖·휘암輝巖 등이 있다. 암석의 종류도 처음에는 적다가 차츰 다양한 모습으로 나아갔고, 생물도 간단한 것에서 복잡한 것으로 진화하고 있었지만 10기[캄브리아기]에는 아직도 찾아보기 힘들다. 이어서 9기[실루리아기]에 이르러, 조류藻類(수초류)·삼엽충·산호충 등과 같은 종류가 나날이 번성하기는 했어도 단지 수생 생물에 불과한 것들이었다. 8기[데본기]에 들어서자 어류·노목蘆木[23](속새류)·인목鱗木·봉인목封印木(석송류)이 점차 수생水生에서 육생陸生으로 진화했다. 그러나 이 또한 민꽃식물에 불과한 것이어서 고등 생물은 아직 찾아볼 수 없다. 6기[페름기]로 내려오면 양서류 및 파충류가 출현하는데, 이는 대체로 시간의 흐름에 따라 날마다 고등 생물로 진화해 가고 있음을 의미한다. 이것이 바로 조물주가 스스로 드러낸 진화론인데, 다윈[24]이 이것을 표절하여 19세기의 위대한 저작자가 되었다.

광물 매장은 이 시대가 가장 풍부하다. 중국에서 10기가 나타나는 곳으로는 랴오둥 반도에서 일직선으로 조선 북부에까지 걸쳐 있다. 비록 토질이 척박하여[25] 농사에는 부적합하지만 여기에서 생산되는 금·은·동·주석 등은 실로 다른 기紀의 암석들보다 훨씬 뛰어나다. 그곳 토박이들은 겨우 돌밭을 경작할 수 있을 뿐이지만, 생계에 있어서는 넉넉하고 여유 있는 생활을 할 수 있다. 9기의 암석은 산시陝西에서 쓰촨四川 사이에 이르는 산간 지역에 분포되어 있고, 금 생산으로 유명하다. 8기의 암석은 윈난 북부 경계 및 쓰촨 동북 지방에 산재한다. 이 지역 변성암에는 항상 옥玉 종류가 포함되어 있고, 또 암맥 사이에서 드물기는 하지만 은·철·동·아연도 생산된다. 전 세계의 상황을 조사해 보면 이 기의 암석이 가장 많고, 그 암석류도 모두 사용하기에 적합하다. 그 위로 7기가 있다. 석탄과 철광 생산이 특히 많아서 '석탄'으로 이 기의 이름을 지었다. 우리 중국 본토에는 실로 매우 넓게 분포되어 있어서 없는 곳이 없다. 석탄 매장량을 합계하면 유럽 전체를 훨씬 능가한다(이 글 제5절에 자세함). 이는 실로 온갖 재앙이 숨어 있는 판도라(Pandora)[26] 상자 밑바닥의 희망과 같은 것이어서, 그것을 얻으면 나날이 광채 찬란한 전도에 가까워질 것이고, 그것을 잃으면 오직 근심과 고통에 시달리다 결국은 죽음에 이르게 될 것이다. 우리 국민은 그 선택을 잘 해야 하리라.

(3) 중생대中生代 (Mesozoic Era)

이 대代를 구성하는 암석은 점판암·각암角巖·규암 및 점토암粘土巖 등이다. 더러는 암염·석탄·석고 등을 포함하고 있는 지층도 만날 수 있다. 다음과 같은 세 기紀로 나눈다.

⑤ 트라이아스기(Triassic Period)

④ 쥐라기(Jurassic Period)

③ 백악기(Cretaceous Period)

앞선 기의 생물이 나날이 소멸하고 있었기 때문에, 5기[트라이아스기]에 와서는 인목이나 봉인목 등의 나무는 쇠락한 지 오래되었고, 소나무·잣나무·소철나무·양치류 등 여러 과科의 식물이 이를 대신하여 식물계의 주도권을 장악했다. 3기[백악기]에 이르러 무화과·백양나무·버드나무·종가시나무 등의 속씨식물이 출현하여 지금의 세계와 크게 다를 것이 없게 되었다. 동물은 앞 시대에 출현하였던 파충류가 갈수록 더욱 번창하였고, 유대류有袋類 동물도 생겨나서 포유류의 선구가 되었다. 4기[쥐라기]에 와서는 이상한 모양의 용들[27](옛날에는 '鼉'로 번역함)이 육지에서 발호하였고, 이빨을 가진 큰 새[28]가 하늘을 날아다녔다. 대체로 생물이 생겨난 이래로 이처럼 기괴한 동물이 번성한 때는 없었다. 암모나이트菊石와 벨렘나이트箭石 종류도 크게 번식하여 그 유해가 3기의 지층을 형성하였으니, 학교의 일상 용품인 분필[29]이 또한 이 작은 벌레의 혜택을 입은 것이다. 3기에 이르러 생물계에 대변혁이 일어나 이전의 동식물은 쇠퇴한 것도 있고 멸종된 것도 있지만 진정한 의미의 활엽수 및 경골 어류가 흥기했다.

중국에 5기가 분포하고 있는 지역은 티베트西藏이고, 유용한 광물로는 암염·석고·동·철·아연 등이 있다. 4기는 시베리아 동쪽에서 중국 본토에 이르는 지역이다. 비록 어쩌다가 광물이 있는 경우도 있지만 석탄은 매우 드물다. 3기에도 유용한 광물이 매우 드물고, 중국의 맨 서쪽이 바로 여기에 해당한다.

(4) 신생대新生代(Cenozoic Era)

신생대는 지질 시대 중에서 가장 마지막 지층이다. 그 말엽이 바로 우리 인류가 생식하고 있는 역사 시대인데, 다음과 같은 두 기로 나눈다.

② 제3기(Tertiary Period)

① 제4기(Quaternary Period)

그 암석으로는 조면암·유문암·현무암 및 점토암·역질사암·이탄 등이 있다. 생물은 비록 현재와 큰 차이는 없지만 꼼꼼하게 관찰해 보면 상이한 점이 매우 많다. 예컨대 코끼리·맥貘[30]·공각수恐角獸[31]·모아Moa[32] 등이 그렇다. 이처럼 종의 번성과 쇠락이 번갈아 일어나면서 갈수록 더욱 종류가 많아지고 진화가 촉진되다가 홍적세(Diluvium)에 이르러 인류가 탄생했다.

2기는 중국 전역에 분포되어 있고, 그 광물로는 금속뿐만 아니라 석탄도 생산되지만 새로 형성된 것이기 때문에 석탄기에 비해 훨씬 손색이 많은 것들이다. 1기는 전 세계에 없는 곳이 없다. 예컨대 중국 양쯔강 북부의 뢰스(Loess. 지층이 없는 황색의 석회질 암석)가 그것으로 바로 이 시기에 퇴적된 토사물이다. 황허 부근의 황토도 이 시기에 발달된 롬loam[33]의 일종이다.

제4 지질상의 발달

지구가 아직 형성되기 전에는 우리 중국도 기체 가운데 한 부분일 뿐이었기 때문에 언급할 만한 것은 없다. 따라서 지구가 형성된 이후부터 논의를 시작할 것이다.

(1) 태고대의 중국

태고대의 지구는 홍수가 넘치고 불길이 끓어올라 물 밖으로 드러난 땅이 드물었으니[34] 어찌 생물을 이야기할 수 있겠는가? 그때의 상황을 명상해 보면 오직 홍수에 격랑만 떠오를 뿐이다. 그러나 불기운이 땅을 때려 지각이 변형되면서 쿤룬崑崙산맥이 홀연히 솟구쳐 올랐다. 몽골의 일부분 및 오늘날의 산둥도 물에서 떨어져 육지가 되면서 바다 가운데서 솟구쳐 올랐다. 그밖에는 거대한 물결이 가없이 펼쳐져 있고, 세찬 파도가 하늘까지 몰아칠 뿐이었다.

(2) 고생대의 중국

지각과 지구 중심 간의 격전이 오래 지속된 뒤, 지구 중심의 화강암 용암이 불기운에 의해 용솟음쳐 올라 바다와 육지로 가득 넘쳐흘렀다. 지각도 이에 따라 수면 밖으로 융기하여 이에 동방의 아시아 대륙이 형성되었다. 친링秦嶺 이북의 단층은 여러 방향으로 나뉘어 치달리며 곧 대지臺地[35]

가 되었고, 속새류·인목·봉인목 등 거대 식물이 이곳에서 번식했다. 친링 이북은 지층이 일반적으로 파도처럼 굴절되어 있는데 아마도 아주 이른 시기에 이미 산맥으로 형성된 것 같다. 그 후 비바람의 침식과 파도의 충격으로 친링 이북은 점차 해저가 되었고 무수한 식물들이 바닷물과 암석의 압력 및 지구 중심의 열기를 받아 하나씩 하나씩 말라 죽었다. 그러나 지구 중심의 화력은 여전히 충돌을 그치지 않았기 때문에, 또다시 바다 가운데로 용암이 솟아올라 층계 모양의 대지臺地를 형성했다. 이른바 지나 탄전은 사실 이때 형성된 것이다. 그러나 친링 남부는 아직도 해저에 잠겨 있었지만 서북방의 횡압력을 받게 되어 친링 이남의 지층은 마침내 파도 모양의 굴기 지형을 이루게 되었고, 이른바 지나산계(난링南嶺)라고 부르는 것이 바로 이것이다.

(3) 중생대의 중국

화산 활동이 이 시기에 와서 점차 약화되었지만 다만 남방의 일부 지역만 점차 함몰되어 신지중해가 형성되었다. 이것이 실로 지금의 쓰촨 분지(쓰촨의 적색 사암 분지)와 남지나의 탄전이다. 히말라야 산맥이 우뚝하게 정상부를 드러내었고 남부 중국도 비로소 완전하게 육지가 되었다. 그 후 난징과 한장漢江 이북에는 북쪽과 동쪽으로 나뉘어 달리는 두 단층이 생겨나 가운데가 함몰되어 중원이 형성되었다. 이곳이 바로 역대로 효웅梟雄들이 서로 각축을 다투던 곳으로, 우리 중국 고대사의 골간이 이루어진 곳이다.

(4) 신생대의 중국

신생대 초기에 들어서면서 물과 불의 위력은 나날이 줄어들게 되었다. 간쑤와 몽골 지방은 옛날에는 내해內海였지만 이 시기에는 점점 물이 말라 사막이 되었다. 그러나 폭풍의 영향 때문에 토사와 먼지가 모두 바람을 타고 황허 유역에 운반되어 황토층으로 퇴적되었다. 양쯔강 북부도 광대한 사막에 불과하다가, 그 후 바람에 날리고 빗물에 침식되어 마침내 뢰스가 형성되었다. 이 때문에 뢰스가 중국에 크게 발달한 것이다. 기타 지역은 오늘의 지형과 크게 다르지 않다.

제5 세계 제일의 석탄국

세계 제일의 석탄국! 석탄은 국가 경제의 성패와 밀접한 관계가 있고 국가의 흥망과 생사의 대문제를 결정할 만한 자원이다. 대체로 증기로 동력을 생산하는 세계에서는 석탄을 원동력으로 삼지 않는 것이 없다. 석탄을 잃으면 기계도 모두 멈추게 되고 강철 함정도 신통력을 잃을 것이다. 비록 장래에 전기로 동력을 생산한다 해도, 석탄도 역시 그 한 부문의 패권을 분담하여 한 국가의 생사를 좌우할 것임을 나는 감히 단언하는 바이다. 이 때문에 영국이나 미국과 같은 나라들은 모두 말라 죽은 식물의 영험함에 의지하여 일세를 횡행하고 있다. 그러나 이제 석탄이 고갈되려 하자 이곳저곳 나라의 인사들은 가슴을 치며 근심에 젖어 탄식하다 황급히 대대적인 탐사에 나서고 있는 것이다. 열강들은 이와 같은데 우리 중국은 어떠한가? 리히트호펜은 "세계 제일의 석탄국!……"이라고 일컬었다. 이제 일본의 지질조사자의 보고에 근거하여 석탄전의 크기와 위치를 다음과 같이 그림으로 예시하고자 한다.

● 만주 일곱 곳

  우허수이無河水

  싸이마지賽馬集

  타이쯔허太子河 연안(상류) ⎱ 랴오둥遼東

  번시후本溪湖

  진저우부錦州府(다샤오링허大小淩河 상류)

  닝위안현寧遠縣 ⎱ 랴오시遼西

  중허우쒀中後所

● 즈리성直隷省 여섯 곳

  스먼싸이石門塞(린위현臨楡縣)

  카이핑開平

  베이징의 서쪽(팡산현房山縣 부근)

  바오안저우保安州

  위저우蔚州   시닝저우西寧州

● 산시성山西省 여섯 곳

  동남부 탄전   서남부 탄전

  우타이현五臺縣   다퉁大同 닝민부寧民府 사이의 탄전

  중루中路(譯音)   시인쯔西印子(譯音)

● 쓰촨성四川省 한 곳

  야저우부雅州府

● 허난성河南省 두 곳

  난자오현南召縣   루산현魯山縣 부근

● 장시성江西省 여섯 곳

펑청豊城	신위新喻
핑샹萍鄉	싱안興安
러핑樂平	라오저우饒州

● 푸젠성福建省 두 곳

사오우현邵武縣	젠닝부建寧府

● 안후이성安徽省 한 곳

쉬안청宣城

● 산둥성山東省 일곱 곳

이저우부沂州府	신타이현新泰縣
라이우현萊蕪縣	장추현章丘縣
린위현臨楡縣	퉁현通縣36)
보산현博山縣과 쯔촨현淄川縣	

● 간쑤성甘肅省 다섯 곳

란저우부蘭州府	다퉁현大通縣
구랑현古浪縣	딩창현定羌縣
산단저우山丹州	

등 43곳이 바로 그것이다. 또 혹자는 이밖에도 후난성의 동남 지역에 무연탄과 유연탄 탄전이 무려 2만 1천 평방 마일mile이나 있다고 한다. 비록 그 증거는 갖추지 못하였지만, 우리 중국의 탄전 중에서 아직 발견되지 않은 곳이 진실로 그 얼마나 되는지 알지 못할 지경이니, 그것이 어찌 후 난에 그치겠는가? 이제 지도 가운데(46쪽을 보라) 산시성의 유연탄·무연 탄 대형 탄전만으로 계산해 보더라도 대략 각기 1만 3천 5백 평방 마일이

나 되며, 합계로는 모두 7백만 평[37]이나 된다. 게다가 다른 곳의 탄전까지 더하면 어림하여 가장 낮게 잡아도 1천만 평은 될 것이다. 가령 탄전의 평균 두께가 30척이고 1입방평의 무게가 8톤이면 그 총량은 무릇 1만 2천억 톤에 달한다. 그런즉 매년 1억 2천만 톤을 채굴한다 해도 1만 년이란 오랜 기간 동안 유지할 수 있고, 그래도 다 고갈되지 않을 것이다. 하물며 전설로 전해지는 후난의 탄전 5백 6십 6만 평 즉 6천 8백억 톤을 더한다면 어떠하겠는가? 나는 이 때문에 혼자서 기쁨을 느끼고, 나는 이 때문에 혼자서 위안을 받는다. 그러나 여기에 기이한 현상 한 가지가 있다. 즉 내가 앞에서 한 말에 반대하는 사람들이 중국은 장차 석탄 때문에 망하게 생겼다고 왈가왈부하는 것이 그것이다. 열강의 영토 안에서는 석탄이 이미 고갈되어 가고 있어서 중국이 바로 저들의 흥망성쇠 문제를 해결할 수 있는 관건을 쥐게 되었다. 열강들의 미래 산업의 성패는 대체로 하나같이 지나 점령의 득실에 달려 있게 되어 마침내 팔뚝을 휘두르며 일어나 다른 사람이 먼저 점령할까 봐 두려워하는 것이다. 또 세력 균형의 범위를 뛰어넘을 수 없기 때문에, 서로서로 분할을 얘기하며 중국 분열에 혈안이 되어 직접 탄전을 노리고 있다. 그러나 우리는 마비된 상태로 깨닫지도 못한 채, 무한하고 막대한 자원을 갖고 있으면서도 사용할 줄 모르고, 하찮은 이익에만 집착하며 스스로를 해치고 있다. 이에 오늘은 산시의 탄전을 영국에게 빼앗기고, 내일은 산둥의 탄전을 독일에게 빼앗긴다. 여러 열강은 여전히 무리를 지어 서로 "채굴권, 채굴권!!" 하며 요구하고 있다. 아! 10년도 되지 않아 장차 이 비옥한 중원이 이미 더 이상 우리의 고국이 아님을 보게 될 것이다. 탄전을 갖고 있던 옛 주인이 석탄을 캐는 노예가 되고, 보물을 내버린 방탕한 자식이 결국 '비부'鄙夫란 시호를 얻게 되었다. 비록 탄전은 도적을 일깨우는 요인이 된다고 말하는 자가 있지만, 그것을 허투루 보관하며 사용하지도 않는 것은 누구의 죄인가?

제6 결론

나는 앞에서 지질의 분포와 지형의 발달 그리고 이러한 깃과 연관된 광물자원까지 언급했다. 나도 모르게 경애심과 두려움 등 각종 상념에 젖어 붓을 던지고 크게 탄식하며 우리 고국을 생각하노니, 이 일을 어찌할 것인가? 이 일을 어찌할 것인가? 이에 황제黃帝의 영령은 신음하는데, 백색의 요괴는 춤을 춘다. 발길이 닿는 곳마다 강제 탈취[38]가 이어지고 이윽고 광산 채굴권을 얻고 나서는 마침내 잠재된 역량을 숨긴다. 어느 곳 어느 곳을 거론해 봐도 모두 우리 소유가 아니게 되었다. 현재 러시아는 또 우리의 진저우金州 · 푸저우復州 · 하이룽海龍 · 가이핑蓋平의 여러 광산을 요구하고 있다. 당초에 청나라 상인 아무개[39]가 자신이 채굴하겠다고 요청하여 펑톈의 장군[40]이 그것을 허락했지만, 이윽고 그 아무개가 러시아에 몰래 팔아넘긴 사실을 알고 약속을 파기하려 하자, 러시아인이 격노하여 방자하게 요구하고 나선 것이다. 아! 이처럼 망해 가는 나라를 조심조심 사랑하며 보호해도 그렇게 하지 못할까 두려운데, 유독 어찌하여 도둑을 집으로 끌어들여 서까래를 부러뜨리고 기둥을 꺾으며 큰집이 엎어지기를 재촉하는가?

　이제 다시 우리 저장浙江을 살펴보고자 한다. 내가 들은 소문에 의하면 저장의 유지 아무개란 자가 위의 아무개 상인의 옛 지략을 몰래 본받아 실로 외국 사람의 앞잡이가 되어 계약을 곧 체결할 것이라고 한다. 설령 우리 저장 사람과 정부가 일어나 제지한다 해도, 그 결과를 추측해 보면 러시아가 진저우 여러 곳에서 자행한 일과 같아질 것이다. 시험 삼아 물어보자, 우리 겁 많고 문약한 저장 사람들과 늙고 병들어 정신이 혼미한 정부가 무슨 권력이 있어, 감히 저들의 예봉을 막을 수 있겠는가? 입을 닫고 스스로 보신하다가도 오히려 화를 당하게 되면 이 악당들은 한사코 외국 사람의 귀를 끌어당겨 재촉하며 말하기를 "그대는 어찌하여 우리 저장의 광산을 요구하지 않는가?"라고 한다. 아, 음험한 귀신이 모략을 꾸미고, 사나운 독수리가 아가리를 쩍 벌리고 있으니, 그 망해 가는 상황을 또 어찌 의심할 수 있겠는가? 내 일찍이 미래를 예측해 보다가 남몰래 우리 저장 때문에 두려움에 떨었는데, 북방에서 있었던 것과 같은 일이 분명한 사실이 되었다. 저들은 외국 사람들의 총칼의 맛과 간악한 약탈의 덕정德政을 배부르도록 맛보게 되자, 두려움에 엎드려 아첨하지 않는 사람이 없게 되었다. 그리하여 미래 성군의 환심을 사기 위해 가장 사랑하는 아내와 딸을 빼앗기고도 감히 원망하지 못하였는데, 털끝만큼의 애정도 없는 한 조각 땅에 대해서 더더욱 무슨 관심이 있겠는가? 우리 저장의 경우는 그렇지 않았다. 타이저우臺州 · 추저우處州 · 취저우衢州 · 옌저우嚴州 등 여러 고을에서 선교사의 설교가 오히려 큰 환란을 키우게 되었다. 하물며 갑자기 눈동자는 퍼렇고 얼굴은 희뿌연 이민족이 사업을 지휘·경영하며 쿵쿵 쾅쾅 날마다 우리 땅을 굴착하는 걸 보게 됨에랴? 틀림없이 생각지도 못한 그 어떤 느낌이 뇌리를 떠돌아 경악하고 두려워하고 분노하다가 몽둥이를 휘두르며 떨쳐 일어나 저들을 깨끗이 쓸어내는 일을 통쾌하게 여길 것이다. 그러나 외국 사람들이 다시 이것을 구실로 강제 약탈하고 위세를 부리며 중국인의 머리를 잘라 다발로 묶어내 버리고, 유혈이 땅을 적시는 참상이 장차 남방에서 재연될지도 알 수 없는 일이다. 그렇게 하지 않으면 다른 나라가 세력 균형의 논리에 근거하여 함께 일어나 땅을 빼앗고 순식간에 분할할 것이니, 망국의 화를 우리 스스로가 재촉하는 꼴만 되는 것이다. 다행히 수십 년 후에 마침내 독립을 이뤄 영광이 교차된다면 그것은 나의 몽상에 부합하는 일이 될 것이다. 그러나 우리 저장의 광산업은 본래 다른 성貧보다 손색이 많은데, 여기에 다시 이민족이 집안으로 들어와 여러 곳을 마구 파헤쳐 온 땅이 휑하니 비어 버리면, 공업이나 상업 같은 여러 사업은 결국 우수한 발전을 이루기 어려울 것이고, 그리하여 실패가 거듭되면서 날마다 빈궁으로 치달려갈 것이다. 아, 저장 사람들은 오랑캐를 불러들였다는 비방을 감내하지 못할 것인데, 진정 이를 만회할 방법을 도모하지 않을 수 있겠는가?

　어떻게 만회해야 하는가? 말하자면 한 아이가 다른 여러 아이들이 자신의 음식을 뺏으려는 걸 보면 그것을 꽉 움켜쥐고 스스로 삼켜 버리는데, 이 점을 배우면 된다. 대저 중국은 비록 나약하기로 유명하지만 우리는 본래 중국의 주인이므로, 대중들이 단결하여 산업을 일으킨다면 뺏으려는 다른 아이들이 비록 교활하다 하더라도 누가 감히 막아설 수 있겠는가? 결국 강제 약탈의 기회도 사라질 것이다. 동향인들이 서로 만나 이치로 깨우칠 수 있음은 이민족이 서로 눈을 치켜뜨고 원수로 대하는 것과는 다른 점이다. 이렇게 되면 민란의 재앙도 그치게 될 것이다. 하물며 공업이 번성하여 기계를 사용하고 문명의 빛이 날마다 뇌리에 각인되어 무수하게 지속되는 가운데 마침내 훌륭한 열매를 잉태할 수 있음에랴? 나는 호협豪俠의 지사志士들이 반드시 돌아보며 걱정하다가 소매를 떨치고 일어날 것임을 알고 있다. 그렇지 않다면, 나는 장차 수레를 끌며 채찍 맞을 겨를조차 없을까 근심하는데, 어찌 이처럼 한가롭게 재잘재잘 지질에 대해 수다를 떨 수 있겠는가?

주)_____

1) 원제는 「中國地質略論」. 1903년 10월 도쿄에서 출판된『저장의 조수』(浙江潮) 월간 제8기에 처음 발표되었고, 필명은 쒀쯔(索子)다.

2) 원문은 방형(旁形). 횡사(橫寫)의 의미다.

3) 원문은 '五印'. 오인도(五印度) 또는 오천축(五天竺)이라고도 한다. 고대의 인도는 동·서·남·북·중 오부(五部)로 나뉘어 있었기 때문에 오인(五印)이라고 했다.

4) 루쉰이 직접 영국에 간 일은 없다. 아마도 이 글을 쓰기 위해 다른 문장을 인용하는 과정에서 약간의 착오가 생겼거나, 또는 루쉰이 당시 영국과 인도의 상황을 소개한 글을 읽고 체험한 느낌을 이렇게 표현했을 가능성도 있다.

5) 중국 고서에는 약수에 관한 신화 전설이 많다.『산해경』(山海經)의「대서황경」(大西荒經)에는 "곤륜(崑崙)의 언덕 '그 아래에 약수의 연못이 있다'"(崑崙之丘'其下有弱水之淵)라는 구절이 있다. 진대(晉代) 곽박(郭璞)은 이 구절에 주(注)를 달아 "그 물은 기러기 깃털도 이기지 못한다"(其水不勝鴻毛)라고 했다.

6) 이 시는『시경』(詩經)의「당풍(唐風)·산유추(山有樞)」에 보인다. 원문은 다음과 같다. "子有鐘鼓, 弗鼓弗考. 宛其死矣, 他人是保." 본래 이 시는 지나치게 검약하다 제때에 즐기지 못하면 죽음에 임박하여 후회한다는 의미를 담고 있다고 한다. 그러나 루쉰은 이를 비틀어서 중국이 가진 자원을 중국인 스스로 제대로 조사하고 인식하지 못하면 결국 다른 나라에게 약탈당할 것임을 비유하고 있다.

7) 미래의 성군(未來之聖君)이나 은혜롭게 군림(惠臨)한다는 말은 모두 루쉰 특유의 시니컬한 어감이 담긴 반어적 표현이다.

8) 리히트호펜(Ferdinand von Richthofen, 1833~1905)은 지리학자 겸 지질학자다. 독일 남서부 카를스루에(Karlsruhe) 출신으로 베를린대학에서 지질학을 배우고 빈 지질조사소에서 근무했다. 1868년에서 1872년까지 상하이서상공회의소(上海西商會)의 지시와 협조 하에 일곱 차례에 걸쳐 중국 본토와 티베트의 지질을 조사했다. 그 조사결과는『중국본토』,『쓰촨·구이저우성』등의 저서로 간행되었다. 지리학이 탁상공론의 학문이 아니라, 야외 관찰실험의 학문이며 경관론(景觀論)임을 입증했다. 귀국 후 본(1875~1883), 라이프치히(1883~1886), 베를린(1886~1905) 등 대학의 교수를 역임했다. 베를린 국제지리학협회와 해양학연구소를 창설했다. 그러나 그는 또『중국―직

접 경험 및 그 연구보고』(*China. Ergebnisse eigener Reisen und darauf gegründeter Studien*) 등의 저술을 통해 독일이 중국 자오저우만(膠州灣)을 점령할 것을 극력 주장하기도 했다.

9) 즈리(直隸)는 지금의 허베이성(河北省) 일대다.

10) 자오저우(膠州)는 지금의 중국 산둥성 칭다오(青島) 일대다.

11) 원문은 '森林民族'. 게르만 민족은 서기 1세기 이전에는 북유럽 삼림지대에 거주하며, 유목·수렵 생활을 영위하다가 훈족의 압박으로 대이동을 감행하여 지금의 위치에 자리 잡았다.

12) 세체니(Széchenyi Béla, 1837~1918)는 헝가리 사람이다. 1879년 중국에 와서 크레이트너(Gustav Kreitner), 로치(Lajos Lóczy) 등과 중국 서부와 서남 지역을 탐험했다. 귀국 후 『1877~1880년 동아시아 여행 학술 성과』(*Die Wissenschaftlichen Ergebnisse der Reise des Grafen Béla Szechenyi in Ostasien 1877-1880*)란 저서를 남겼다.

13) 오브루체프(Владимир Афанасьевич Обручев, 1863~1956)는 러시아 지리학자 겸 지질학자다. 1892년에서 1894년까지 포타닌(Григорий Николаевич Потанин)을 대장으로 하는 시찰대에 참가하여 중국에서 지질을 고찰했다.

14) 리옹상공회의소(Chambre de commerce de Lyon)는 프랑스 상인 단체의 하나로 1702년에 성립되었다. 1895년에서 1897년까지 프랑스 광산기사 뒤클로(P. Duclos)는 중국 윈난·구이저우·쓰촨 등을 시찰하고 그 지역 광물자원에 대한 보고서 ("Rapport sur les mines et la métallurgie")를 제출했다. 이후 리옹상공회의소에서는 해당 지역에 프랑스 외교부 위임 영사 에밀 로셰(Emile Rocher)를 단장으로 하는 조사단을 파견했다. 당시 서구 지리학자 및 지질학자 들의 탐험은 흔히 제국주의의 식민지 확장과 연계되어 있는 경우가 많았다.

15) 진보 고토라(神保小虎, 1867~1924), 고치베 다다쓰네(巨智部忠承, 1854?~1927), 스즈키 사토시(鈴木敏), 이 세 사람은 모두 일본의 지질·광산학자로 1895년 7월에서 10월까지 중국 랴오둥 반도에서 지질과 광산 상황을 조사했다.

니시와다 규가쿠(西和田久學, 1873~1936)는 지질·광산학자로 1897년 중국 러허(熱河)에서 금광 탐사를 했다.

히라바야시 다케시(平林武, 1872~1935)는 지질·광산학자로 1900년 11월에서 다음 해 5월까지 중국 장시·푸젠 두 성에서 지질과 광산을 조사했다.

이노우에 기노스케(井上禧之助, 1873~1947)는 일본 지질조사소 소장을 역임했다. 1898년 4월에서 6월까지 중국 푸젠성의 젠닝(建寧)·구톈(古田) 등지에서 지질과 광산 조사를 했다.

와다 쓰나시로(和田維四郎, 1856~1920)는 일본 지질학 창시자의 한 사람이다. 1899년 중국에서 대야철광(大冶鐵鑛)을 조사하였고, 그 뒤 다시 1900년과 1902년 두 번에 걸쳐 중국에서 광물 자원을 탐사했다.

오가와 다쿠지(小川琢治, 1870~1941)는 지질·광산학자이다. 1902년 일본 외무성 파견으로 중국 북방에 와서 광물 자원을 탐사했다.

호소이 이와야(細井岩彌)는 도쿄광산감독서(東京鑛山監督署) 감독과장을 역임했다. 그러나 중국에서의 자세한 행적은 미상이다.

야마다 구니히코(山田邦彥)는 지질·광산학자이다. 1903년 6월 중국 쓰촨·구이저우·윈난 등지에서 광산 자원을 탐사했다.

16) 칸트(Immanuel Kant, 1724~1804)는 독일의 철학자이다. 1755년 『천계(天界)의 일반 자연사와 이론』(Allgemeine Naturgeschichte und Theorie des Himmels)을 발표하여 태양계 기원에 관한 성운 가설을 제기하고, 우주 가운데 무한 혼돈의 원시 물질이 서로 흡인·충돌·발열·선회하면서 성운을 이룬다고 인식했다. 이렇게 선회하던 성운이 적도상에서 물질을 뿌려 차례대로 태양계의 행성들이 생겨났다고 주장했다.

17) 라플라스(Pierre Simon Laplace, 1749~1827)는 프랑스의 과학자이다. 그는 1796년 '라플라스의 불변면'의 원칙에 의거하여 성운의 냉고체의 가속 자전 법칙을 해석하고 독자적인 관점을 제기하였는데, 이는 칸트의 학설과 매우 유사했다.

18) 기본지층은 원문에 기초통계(基礎統系, Fundamental Formation)로 표기되어 있다. 원시 지각을 가리키며 기초구조(基礎建造)라고도 부른다. 질층(質層)이라고도 하는데 이 번역문에서는 용어의 본래 의미를 살리기 위해 기본지층으로 번역했다.

19) 에오존(Eozone)은 현재 'Eozoon canadense'란 학명으로 통용된다. 루쉰의 표기와 다소 차이가 있다. 미국 과학자 도슨(John William Dawson, 1820~1899)은 일찍이 선캄브리아 시대(이 글 속의 원시대原始代)에 형성된 캐나다 석탄암 화석에서 원생동물 유공충(有孔蟲)과 유사한 흔적을 발견하여 에오존이라 명명했다.

20) 뫼비우스(Karl Möbius, 1825~1908)는 독일의 과학자이다. 그는 연구를 통해 도슨의 에오존 학설을 부정했다. 수학자 뫼비우스와는 다른 인물이다.

21) 캄브리아기 뒤에 오르도비스기(Ordovician Period)가 있어야 본문에서 말하는 6기가 된다.

22) 석탄은 '석회'(石灰)의 오기다.

23) 원문은 '葦'. 흔히 노목(蘆木)으로 번역한다. 속새풀 강(綱)에 속하는 고생 식물의 일종이다.

24) 다윈(Charles Darwin, 1809~1882)은 생물진화론의 정립에 공헌한 영국의 생물학자이다. 1831년 22세 때 해군측량선 비글호에 승선하여, 남아메리카와 남태평양의 여러 섬(특히 갈라파고스제도)과 오스트레일리아 등지를 두루 항해·탐사하고 1836년에 귀국했다. 이때의 경험을 바탕으로 1839년에 『비글호 항해기』(Journal of the Voyage of the Beagle)를 출판, 진화론의 기초를 확립했다. 1859년 『종(種)의 기원』(On the

Origin of Species)을 발표하여 진화론을 완성했다. 특히 중국에서는 옌푸(嚴復)의『천연론』(天演論) 번역에 의해 진화론 소개가 본격화되면서 중국 근대의 저명한 문학가·학자·정치가들은 모두 중국의 위기 의식을 불러일으키는 이론적 근거로 진화론을 거론했다. 요컨대 생물계의 생존경쟁과 자연도태에 관한 진화론은 인류 사회에도 그대로 적용되기 때문에 약육강식의 원리가 지배하는 냉혹한 국제질서에서 중국이 잘 적응하여 이른바 적자(適者)로서의 생존을 확보해야 한다는 것이다. 초기의 루쉰도 진화론의 신봉자였다.

25) 원문은 '確犖'. 돌이 많고 척박한 토질을 가리킨다.

26) 판도라는 그리스 신화에 나오는 미녀이다. 제우스가 그녀를 에피메테우스와 결혼하게 하고 상자 하나를 주었다. 그 속에는 질병·재난·죄악 등의 재앙이 들어 있었고, 희망은 제일 밑바닥에 숨어 있었다. 그녀가 에피메테우스와 만날 때 상자 두껑을 열자 인간 세상으로 각종 재앙이 퍼져 나갔고, '희망'은 상자 밑바닥에 갇혀 있었다.

27) 이상한 모양의 용들은 공룡을 가리킨다.

28) 이빨을 가진 큰새는 시조새를 가리킨다.

29) 원문은 '堊筆'. 분필을 만들 때 중국에서는 석고를 많이 사용한다. 그러나 다른 나라에서는 대부분 백악토를 사용한다. 백악토는 주로 미세 동물의 시체 껍질이 퇴적되어 만들어진 흰색 토질 암석이다.

30) 맥(貘, Tapir)은 포유류 기제목(奇蹄目) 맥과의 총칭이다. 고대 포유동물의 일종으로 모습은 코뿔소와 말의 중간 형태이다. 지금도 중앙아메리카, 남아메리카, 동남아시아 등지에 1속(屬) 4종(種)이 분포한다. 이중에서 중앙아메리카에 서식하는 베어드 맥(T. baindi)은 국제보호동물로 지정되어 있다.

31) 공각수(恐角獸)는 원문에 장각수(長角獸)로 되어 있다. 중국어판 각주에는 영문 표기가 'Dinocrata'로 되어 있지만, 현재 학계에서는 일반적으로 'Dinocerata' 또는 'Dino Ceras'로 표기한다. 공각류를 대표하는 초식 공룡이다. 코끼리와 비슷한 크기에 꼬리가 짧고 머리에 세 쌍의 뿔이 돋아 있다.

32) 모아(Moa)는 원문에 공조(恐鳥)로 되어 있다. 조류 모아목의 날개 없는 대형 새이다. 20여 종이 있었던 것으로 추정되지만, 대형은 17세기 말에 멸종하였고 소형은 19세기까지 존재했다. 대형 모아는 크기가 3.6m나 되었고 모습이 타조를 닮았다. 초식성으로 산기슭에 서식하면서 한 번에 1개의 알을 낳았다.

33) 원문은 '壚坶'. 그러나 '롬'(loam)은 화산재의 풍성층(風成層)으로 생긴 황갈색 토양을 가리킨다. 황허의 황토층을 정확하게 가리키는 용어는 아니다. 이 때문에 '롬의 일종'(壚坶之一種)이라고 한 것으로 보인다.

34) 원문은 '地鮮出水'. 일본어판『루쉰전집』(學習研究社, 1986)에서는 이 부분을 "땅에는 물의 용출이 드물고"(地には水の湧出は少なく)라고 번역했다. 그러나 이는 완전한 오역

이다. 이 문장 바로 앞부분에도 진술되어 있는 바와 같이, 당시 지구 전역은 홍수와 용암 불길로 뒤덮여 있었기 때문에 땅에서 솟아오르는 물이 있을 수가 없었다. 또 바로 뒷부분의 문장에서도 홍수의 격랑이 도도하게 넘치는 가운데 화산 활동에 의해 쿤룬 산맥과 몽골의 일부분 그리고 산둥지방이 바다 가운데로 솟아오른다고 묘사되어 있다. 또 결정적으로 다음 단락 "古生代之中國" 첫 부분에서 "지각도 이에 따라 수면 밖으로 융기하여"(地殼隨之隆出水面)라고 진술했다. 따라서 앞뒤 문맥으로 판단해 볼 때 이 문장은 "땅이 물 밖으로 모습을 드러내기 어려웠다"로 번역해야 한다.

35) 대지(臺地)는 가장자리가 급사면으로 끊긴 평탄면으로 지질학에서 'plateau'라 부른다. 수평으로 퇴적된 지층이 조륙운동(造陸運動)에 따라 광범위한 지역이 서서히 상승함으로써 대지가 형성된다. 중국의 서북 고원지대나 티베트 고원 지역이 여기에 해당한다.

36) 여기에서 말하는 린위현(臨楡縣)과 퉁현(通縣)은 첨부된 지도로 판단해 볼 때 린쯔현(臨淄縣)과 웨이현(濰縣)이 되어야 한다.

37) 한국이나 일본에서 쓰는 면적 단위 평(坪)은 중국의 보(步)와 거의 같다. 한국의 1평은 3.3058m²이며, 1m²는 0.3025평이다.

38) 원문은 '要素'. 루쉰의 「마라시력설」(摩羅詩力說)에 나오는 "復多所要索"의 '要索'도 '강제 탈취'의 의미이다.

39) 당시의 청(淸)나라 상인은 량셴청(梁顯誠)이다.

40) 당시 성징(盛京) 장군 쩡치(增祺)를 가리킨다.

파악성론[1]

근본이 상하고 정신이 방황하는 상황이라, 중화의 나라는 장차 후손들의 분쟁으로 스스로 메말라 사라질 것이다. 그런데도 온 천하에 듣기 싫은 말을 하는 사람이 없으니 적막이 일상의 정치가 되어 온 천지가 꽉꽉 막혀 있다. 사나운 독충이 사람들의 마음속에 자리 잡고 있으므로 망령되게 행동하는 자가 날마다 창궐하여 독을 뿌리고 칼을 휘둘러 마치 조국이 일찍 붕괴되지 않으면 어쩔까 근심하는 듯하다. 그런데도 온 천하에 듣기 싫은 말을 하는 사람이 없으니 적막이 일상의 정치가 되어 온 천지가 꽉꽉 막혀 있다. 나는 미래에 대한 큰 기대를 아직 버리지 않고 있다. 그러므로 지자知者의 마음의 소리心聲에 귀 기울이고 그 내면의 빛內曜을 살펴보고자 한다. '내면의 빛'이란 암흑을 파괴하는 것이다. '마음의 소리'란 허위를 벗어던지는 것이다. 인간 사회에 이것이 있으면 초봄에 우레가 울리는 것 같아서 온갖 초목이 이 때문에 싹이 트게 되고, 새벽빛이 동쪽에서 밝아 오면서 깊은 밤이 물러나게 된다. 다만 이것은 또한 다수의 대중들에게 바랄 수 있는 것은 아니고, 단지 희망을 걸어 볼 대상은 한두 명의 선비에 그

칠 뿐이지만, 이들을 높이 세워 대중들로 하여금 바라보게 한다면 사람들이 아마도 타락에서 벗어날 수 있을 것이다. 희망은 비록 작고 보잘것없지만 이것은 진실로 낡은 거문고에 줄을 하나 남겨 놓는 일이며, 휑한 가을 하늘에서 외로운 별을 바라보는 일이다. 만약 이것이 없다면 탄식만 늘어날 것이다. 무릇 외부 인연의 자극으로 이것이 도래하면 수미산[2]이나 태산은 혹시 흔들리지 않겠지만 기타 감정을 가진 사물은 반응이 없을 수 없다. 그러므로 사나운 바람이 모든 구멍을 스쳐 가고 뜨거운 태양이 온 강물에 닿아 [삼라만상이] 그 힘을 받게 되면 모든 사물에 손익과 변화가 생기는데 이것은 사물의 본성이 저절로 그렇게 되는 것이다. 생명을 가진 것에 이르면 반응은 더욱 두드러진다. 양기陽氣가 바야흐로 생겨나면 개미가 땅 속에서 기어 다니고,[3] 늦은 가을이 닥쳐오면 울어 대던 곤충도 침묵하게 되는데, 곤충들이 날아오르고 꿈틀거리는 현상은 외부 인연의 자극으로 그 상황이 달라지지 않는 것이 없으니 생명의 이치가 본래 그러한 것이다.

대저 인류를 예로 들면 만물 가운데서 가장 뛰어난 존재로 외부 인연의 자극을 만나 감동하거나 거부하는 점은 다른 생물과 같지만 여기에는 또 인류만의 특이한 점도 포함되어 있다. 봄에는 정신이 화창해지고, 여름에는 마음이 응어리진다. 천기가 소슬한 가을에는 뜻이 침잠되고, 만물이 숨어드는 겨울에는 생각이 엄숙해진다. 인간의 감정은 사계절에 따라 바뀌는 것 같지만, 진실로 그 사계절을 거스를 때도 있다. 따라서 천시天時나 인사人事도 모두 인간의 마음을 바꿀 수 없는 것이니, 마음속에 진실함이 쌓여야만 말로 표현되는 것이다. 인간의 마음에 반대되는 것은 비록 천하 사람들이 모두 합창을 한다 해도 거기에 참여하여 함께 노래 부르지 않을 것이다. 인간의 말이란 내면에 진실함이 가득 쌓여 스스로 그만둘 수 없어서 나오는 것이기 때문이고, 마음속에서 찬란한 빛이 저절로 피어오르는 것과 같기 때문이며, 머릿속에서 파도가 저절로 용솟음쳐 오르는 것과 같기 때문이다. 따라서 그런 소리가 밖으로 터져 나오면 천하가 환하게 소생하게 되니, 그 힘은 더러 천하만물보다 위대하여 인간세상을 진동시키면서 그들을 두려움에 떨게 만든다. 두려움에 떠는 것은 향상의 시작[4]이다. 대체로 소리는 마음에서 우러나와야만 자신의 목소리가 자신에게 귀의하게 되고 그리하여 사람은 비로소 스스로 자기만의 특성을 갖게 된다. 사람이 각각 자기만의 특성을 갖게 되면 사회 전체의 대大각성에도 가까이 다가가게 된다. 만약 초목처럼 바람에 휩쓸려 한 방향으로 쓰러지고, 새들처럼 입을 맞춰 하나의 울음소리만 낸다면, 그 소리는 또한 자신의 마음을 헤아려 나온 것이 아니라 오직 다른 사람만 따르며 기계처럼 똑같은 소리를 내뱉은 것에 불과한 것이다. 그것은 숲속의 바람소리이며 새들의 울음소리일 뿐이다. 조악하고 혼란한 습속도 이와 같지는 않을 것이다. 이것은 우리의 비애만을 증폭시킬 뿐이니 대체로 살펴보건대 적막이 더욱더 심해질 듯하다. 오늘날의 중국이 바로 이처럼 적막한 지경에 처해 있지 않은가? 얼마 전 중국 여러 곳이 혼란에 빠지자 외적이 그 틈을 타고 침입해 들어왔다. 병란 아래에서 백성들은 죽음에서 벗어나려 해도 그럴 겨를이 없었고, 미녀들은 참화를 피하려고 얼굴에 먹칠을 했으며, 뛰어난 선비들은 맑은 연못으로 달려가 몸을 던졌다. 이러한 옛날 기억이 후세 사람들의 가슴에 여전히 남아 있는지는 헤아릴 수 없지만, 겉모습만 살펴보면 생기 없이 웅크린 채 칩거 상태로 움직이지 않은 지가 진실로 오래되었다고 할 수 있다.

오늘날에 이르러 대세가 다시 변하여 특이한 사상과 기이한 문물이 점차 중국으로 전해지자 지사들은 대부분 위기의식을 느끼고 서로서로 뒤를 이어 유럽과 미국으로 달려가 그들의 문화를 채취하여 조국으로 가져오려 하고 있다. 그들이 젖어든 신선한 분위기는 완전히 새로운 것이고, 그들이 만나고 있는 사상의 흐름도 완전히 새로운 것이지만 그들의 혈맥을 감도는 것은 의연히 염제炎帝와 황제黃帝[5]의 피다. 마음속에 피어 있던 화려한 꽃이 스산한 시절에 액운을 만나 시들었다가 외부 문물의 자극을 받고 다시 불끈 꽃봉오리를 내밀고 있다. 그리하여 옛것을 소생시키고 새것을 받아들이면서 정신을 활짝 열어젖혀 자아를 무한의 경지로까지 확장시키고 또 제때에 고향의 상황까지 되돌아 살피고 있다. 닫힌 마음을 열고 새로운 목소리를 내니 그 우르릉대는 소리가 마치 천둥이 만물을 불러일으키는 듯하다. 꿈속을 헤매는 자는 꿈속에 빠져 있을 테지만 깨어난 사람들이 이와 같이 행동하면 중국 사람들은 이 몇몇 훌륭한 선비에 의지하여 전멸당하지는 않을 것이다. 그리고 국민들 중에서 살아남은 사람이 하나라도 있다면 중국은 장차 그 사람에게 생존을 기탁할 수 있을 것이다. 비록 그렇기는 하나 세월이 흘러가도 적막은 여전히 사라지지 않고 있다. 위아래를 오르내리며 찾아봐도 정적 속에 그런 사람은 없다. 스스로 마음속으로부터 소리도 내지 않고 외부 문물에도 반응을 보이지 않으면서 무지몽매한 상태로 침묵하고 있으니 살아 있는 것 같기도 하고 죽어 있는 것 같기도 하다. 짐작건대 지난날에 당한 상처가 깊어서 오랫동안 메말라 있었던지라 다시는 무성하게 자라나지 못하는 듯하다. 이러한 상황은 우리를 상심에 빠뜨려 눈물을 흘리게 만든다.

　하지만 나는 또 이 점을 반박하는 사람들에게도 할 말이 있으리란 사실을 알고 있다. 아마도 그들은 다음과 같이 이야기할 것이다. "10여 년[6] 동안 심하게 모욕을 당해서 그로 인해 사람들은 점점 무지몽매한 상태에서 깨어나 무엇이 국가인지 무엇이 사람인지 운위할 줄 알게 되었고, 공무를 급하게 생각하고 정의를 좋아하는 마음이 싹트고, 독립과 자존을 추구하려는 의지가 굳건해지면서 이에 관한 논의가 파도처럼 용솟음치고 추진해 나가는 일도 나날이 많아지고 있다. 국내 선비들 중 해외로 나가 이역의 문물을 접한 사람은 그들의 기호와 언어를 모방하여 높다란 모자를 쓰고 짧은 옷을 입은 채 대로를 활보하면서 서양인들과 악수를 나누며 미소를 짓는데 그 모습이 서양인에 비해 전혀 손색이 없다. 국내에 거주하면서 새로운 사조의 세례를 받은 사람들도 모두 국민들의 귀를 다투어 끌어당겨 세찬 목소리로 호소하며 20세기에 생존하려는 국민들에게 어떤 모습으로 살아가야 하는지를 알려 주고 있다. 그리고 그 말을 듣는 사람도 수긍하지 않는 사람이 없이 있는 힘을 다해 일을 맡아 오직 뒤처지는 일만 걱정한다. 또 날마다 신문과 잡지를 통해 새로운 사상을 고취하고 그 사이사이 서적을 통해 도움을 주고 있다. 그들의 문장에 포함된 언어는 비록 난삽하여 이해하기 어렵지만 결국 문명을 수입하는 편리한 도구라고 할 만하다. 만약 다시 무기를 혁신하고 공업과 상업을 진흥시킨다면 국가의 부강을 손꼽아 기대할 수 있다. 시대를 준비하는 것은 오늘날이므로 사물은 모두 변화 중에 있다. 만약 무덤 속에서 썩은 시체를 불러일으켜 이러한 상황을 보여 준다면 그 시체들도 모두 오늘날의 논의와 경영이 옛날보다 더 낫지 않은 것이 없다고 경탄하며 자신이 너무 일찍 죽었다고 안타까워할 것이다. 이러한 상황을 어찌 적막이라고 할 수 있겠는가?"

만약 이와 같을 뿐이라면 오늘날의 중국은 바로 하나의 혼란한 세계

일 뿐이다. 세상에 떠도는 말은 무슨 말이며, 인간들이 하는 일은 또 무슨 일인가? 마음의 소리와 내면의 빛은 찾아볼 수가 없다. 시대상황이 변화하자 보신술도 그에 따라 변모하게 되었다. 사람들은 추위와 배고픔을 염려하여 이전과는 다른 길로 다투어 달려가 유신의 옷을 끌어다가 개인의 몸이나 가리고 있다. 장인匠人들은 자신의 도끼를 찬양하면서 농민들이 쟁기를 가진 것에 나라가 약한 원인을 돌리고 있고, 사냥꾼들은 자신의 칼과 총을 자랑하면서 어부들이 그물을 귀중히 여기는 것에 국민이 곤궁한 원인이 있다고 한다. 또 만약 유럽을 여행하는 사람이 여성의 허리를 조이는 코르셋 제조 기술을 배워서 귀국한다면 허리 가는 벌[7]에게 재배를 올리며 그것을 문명이라 하고 허리가 가늘지 않은 사람은 야만인이라고 떠벌릴 것이다. 만약 그들이 진실한 장인이고 진실한 사냥꾼이고 진실한 코르셋 제조 기술자라면 그래도 괜찮겠지만, 시험 삼아 그들의 실상을 조사해 보면 자기 분야의 기술조차도 전혀 알지 못하고 마음은 더러운 욕심으로 가득 차 있어 한갓 얻어들은 귀동냥을 현란하게 자랑하며 자신의 시대를 속이고 있을 뿐이다. 이 때문에 이런 일을 종횡무진 제창하는 자가 천만에 이르고 거기에 화답하는 자가 억조가 된다 하더라도 인간 세상의 황량함을 타파하기에는 절대 부족일 것이다. 그리고 날마다 짐독鴆毒[8]을 쏟아부어 중국의 부패를 더욱 가속화한다면 그로 인해 증가하는 슬픔은 적막에 비교되지 않을 정도로 더욱 심해질 것이다. 그러므로 오늘날 귀하게 대접하고 기대해야 할 사람은 대중의 시끄러운 목소리에 부화뇌동하지 않고 홀로 자신만의 견해를 갖추고 있는 선비다. 이런 사람은 어둠 속에 감춰진 실상을 통찰하고 문명을 비평하면서도 망령된 자들과는 시시비비를 함께 하지 않고 오직 자신의 소신을 향해 나아간다. 온 세상이 그를 찬양해도 그에게 아무것도 권할 수 없으며, 온 세상이 그를 비난해도 그의 행동을 가로막을 수 없다. 자신을 따르는 사람이 있으면 미래를 맡기고, 만약 비웃고 욕하는 자들이 자신을 세상에서 고립시킨다 해도 두려워하지 않는다. 그리하여 아마도 하늘의 빛으로 어둠을 밝혀 국민들 마음속 내면의 빛을 피어나게 하고 사람마다 자신의 개성을 갖게 하여 풍파에 휩쓸리지 않게 할 수 있을 것이니 이에 따라 중국도 자립할 수 있을 것이다.

오늘날 역사가 오래된 나라의 피압박 민족은 평소에 우리 지사들에 의해 언급할 가치조차도 없는 사람들로 비천시되었지만 이들은 이제 모두 스스로 각성하는 단계로 접어들었다. 마음을 터놓고 울부짖으니 그 소리가 밝고 분명한 데다 정신까지 발양되어 점차 강포한 폭력과 사기술에 제압당하지 않고 있다. 그러나 중국만 어찌하여 여전히 적막에 싸여 아무 소리도 내지 못하는가? 길에 잡초가 우거져 앞으로 나아갈 수 없기 때문에 뛰어난 선비들이 출세에 어려움을 겪는 것인가? 아니면 대중들의 시끄러운 소리가 사람들의 귀에 가득 차서 심연에서 우러나오는 마음의 소리를 아무도 들을 수 없어서 차라리 입을 봉하고 아무 말도 하지 않는 것인가? 아아! 역사 사실이 드리워 준 교훈을 통해, 앞서가는 선구자로서 길을 처음 열고 넓게 개척하는 사람 중에는 틀림없이 먼저 강건한 사람이 출현한다는 사실을 나는 알게 되었다. 하지만 탁류가 아득히 덮여 강건한 사람조차도 물결 속에 침몰해 버리니 아름다운 중화의 땅은 황무지처럼 쓸쓸하게 변해 황제黃帝의 신령도 신음을 내뱉고 있고, 종족의 특성도 상실해 가고 있다. 따라서 마음의 소리와 내면의 빛 두 가지 모두를 기약할 수 없게 되었다. 비록 그렇지만 일은 대부분 자화자찬하는 과정에서 실패하기 마련이므로 갈대 하나라도 띄워 보는 것이 희망이라는 측면에서는 다른 사람이 큰 뗏목 만들기를 기다리는 것보다 훨씬 더 낫다. 나는 아직도 미래에 대한 큰 기대를 저버리지 않고 있고 이것이 바로 이 글을 짓는 이유다.

오늘날 사람들의 주장을 모아서 이치에 따라 나눠 관찰하고 짐짓 이름을 빌려 그것을 종류라고 불러 본다면, 그 종류는 지금 크게 두 가지로 나누어 비교해 볼 수 있다. 첫째, 당신은 국민이 되어야 한다는 것이고, 둘째, 당신은 세계인이 되어야 한다는 것이다. 전자는 그렇게 되지 않으면 중국이 망할까 두려워하고, 후자는 그렇게 되지 않으면 문명세계를 배반할까 두려워한다. 그 의미를 따져 보면 모두 일관된 주장은 없지만 양자 전부 인간의 자아를 말살하여, 그 자아로 하여금 여기저기 뒤섞여 감히 자신만의 특별한 개성을 갖지 못하게 하고, 대중 속으로 매몰시켜 검은색으로 여러 색깔을 가려 버리는 것과 같다. 만약 이런 추세에 따르지 않으면 바로 대중이란 이름을 채찍으로 삼아 공격하고 핍박하며 마음대로 치달리지도 못하게 한다.[9] 지난날에는 적에게 핍박을 당하면 대중을 불러들여 도움을 요청하고, 폭군에게 고통을 당하면 대중을 불러들여 폭군을 제거했다. 그러나 오늘날에는 대중들에게 제재를 당하고 있으니 누가 과연 동정해 줄 것인가? 이 때문에 민중 속에 독재자가 있게 된 것은 오늘날에 시작되었다. 한 사람이 다수를 제압하던 건 옛날 일인데, 그때는 다수가 더러 이반할 수 있었다. 그러나 다수가 한 사람을 학대하는 건 오늘날의 일인데 지금은 저항과 거절조차 허락하지 않고 있다. 다수가 자유를 소리 높여 외치지만 그 자유의 초췌함과 공허함이 이보다 심한 경우는 없었다. 인간이 자아를 상실하고 있는데 그 누가 불러일으킬 수 있는가? 하지만 시끄러운 소리가 바야흐로 창궐하고 있으니 이는 이전에 없던 일이다. 두 부류가 하는 말이 비록 상반된 듯하지만 다만 인간의 개성을 말살시킨다는 측면에서는 대동소이하다. 논의를 종합하여 그 주요 항목만 거론해 보면 갑甲의 말은 "미신을 타파해야 한다", "침략을 숭상해야 한다", "의무를 다 해야 한다"는 것이며, 을乙의 말은 "동일한 문자를 써야 한다", "조국을 버려야 한다", "일치된 표준을 숭상해야 한다"는 것이고, 그렇지 못한 사람은 20세기에 생존할 수 없다는 것이다. 이들이 늘 몸에 지니고 튼튼한 방패막이로 삼아 자신을 보위하는 이론으로는 과학, 기술 적용, 진화, 문명 등이 있는데 이들의 주장은 고상하여 쉽게 바꿀 수 없을 듯하다. 특히 과학이 무엇이고, 기술 적용은 무엇이며, 진화의 모습은 어떤지, 그리고 문명의 의미는 어떻게 풀어야 하는지에 대해서는 유독 모호한 말로 얼버무리며 분명한 설명은 하지 않은 채, 심지어 예리한 창으로 자신의 방패를 찌르는 모순된 짓을 저지르기도 한다. 아아! 뿌리와 줄기조차 흔들리고 있으니 그 가지와 잎이 또 어디에 의지하겠는가? 진실로 세파를 따라 흘러가느라 자신의 주관을 세울 수 없어서 잠시 남들이 주고받는 소리를 추종하며 사람들을 현혹시키는가? 아니면 자신이 비루함을 알고 수시로 먹고 마실 것을 위해 부득불 가면을 쓰고 천하에서 명성을 낚시질하고 있는가? 명성을 얻고 나면 아랫배에 기름기가 고이는데, 어찌 다른 사람이 살해당하는 일에 신경을 쓰겠는가? 따라서 중국이 오늘날 혼란에 빠진 것을 걱정하는 사람은 중국에 지사나 영웅으로 불리는 인간이 너무 많고 참인간이 너무 적다고 염려한다. 지사나 영웅이 상서롭지 않은 건 아니지만 그들은 베일로 얼굴을 가리고 진심을 드러내지 않으므로 정신과 기상이 혼탁하여 항상 사람들에게 환자로 느껴지게 한다. 아우구스티누스라든가 톨스토이라든가 루소는[10] 자신들이 직접 쓴 참회록[고백록]이 매우 훌

룡한데 그것은 마음의 소리가 가득 흘러넘치는 책이다. 만약 (지사나 영웅의) 바탕에 아무런 실제 내용이 없고 단지 그들 우두머리에만 빌붙어 살다가 갑자기 거룩한 모습을 하고 나타나 나라를 잘 다스리고 천하를 잘 다스리겠다고 한다면 나는 먼저 그자들의 마음의 고백을 들어 보고 싶다. 만약 사람들 앞에서 마음 고백하는 걸 부끄러워한다면 그 의견은 숨겨 두더라도 자신의 추악함은 깨끗이 씻고 대중들을 맑고 밝게 인도한 후 천재[11]의 출현을 허용하여 인간 내면의 빛을 불러일으키는 편이 더 낫다. 이렇게된 연후에야 인생의 의의가 밝아지길 기대할 수 있고 개성 또한 탁류에 침몰하지 않을 수 있을 것이다. 그러나 지사나 영웅이란 자들이 그렇게 하려하지 않으면 그들의 말을 분석하여 그 주장의 시시비비를 분명하게 밝히면 된다.

미신 타파에 대한 의견은 오늘날에 와서 강렬해졌는데, 선비들의 언급을 통해서 수시로 들끓어 오르고 있을 뿐만 아니라, 이 언급들을 모아서 거질巨帙의 책으로 편집하기도 했다. 하지만 모두들 사람들에게 먼저 진정한 믿음正信에 대해서는 알려 주지 않고 있다. 진정한 믿음이 확립되지 않았으므로 미신적인 망동을 어떻게 비교하여 알 수 있겠는가? 대저 인간이 하늘과 땅 사이에 살면서 만약 지식이 혼돈되고 사유가 고루하다면 아무런 논의를 하지 않아도 그뿐이다. 그러나 물질생활에 불안을 느낀다면 반드시 형이상학에 대한 요구를 하게 된다. 이 때문에 베다Veda[12] 민족은 처연한 바람이 불고 사나운 비가 내리면서 검은 구름이 하늘을 가득 덮고 번개가 수시로 번쩍이면 인드라Indra[13] 신이 적과 싸우는 것이라 생각하고 이 때문에 몸을 움츠리며 경건한 마음을 품었다. 헤브라이Hebrew[14] 민족은 자연계를 크게 관찰하고 불가사의하다는 생각을 품고는 신이 강림하는 일과 신을 맞이하는 일을 불러일으켜 뒷날 종교가 여기에서 싹을 틔우게 했다. 중국의 지사들은 이것을 미신이라고 하지만 나는 향상을 추구하는 민족이 유한하고 상대적인 현세를 벗어나 무한하고 절대적인 지고무상의 세계로 가려는 인식이라고 생각한다. 사람의 마음은 반드시 기대야 할 곳이 있어야 하는데 신앙이 아니면 굳건하게 설 수 없으므로 종교의 탄생이 끊임없이 이어지는 것이다. 그러나 우리 중국을 되돌아보면 일찍부터 만물을 두루 숭상하는 걸 문화의 근본으로 삼아, 하늘을 공경하고 땅에 예배를 드리며 진실로 그 법도와 의례에 참여했고, 그리하여 발육에서 성장까지 질서정연하게 행동하며 전혀 혼란이 없었다. 천지를 숭배의 첫머리로 삼고 그 다음으로 만물에까지 두루 미쳤으니, 모든 예지와 의리 그리고 국가와 가족 제도가 여기에 근거하여 기반을 시작하지 않은 것이 없었다. 그 효과는 뚜렷하게 드러났고, 이로써 성취한 거대한 공적은 무엇으로도 이름 붙일 수가 없다. 이러한 까닭에 옛 고향을 가볍게 여기지 않게 되었고, 이러한 까닭에 사물 간의 등급도 생겨나지 않게 되었다. 그것이 비록 일개 풀, 나무, 대나무, 돌과 같은 것에 불과하더라도 거기에 모두 신비한 성령이 스며 있고, 현묘한 뜻이 그 속에 담겨 있어서 보통 물질과는 다른 것으로 간주했다. 숭배하고 아끼는 사물이 이렇게 두루 널려 있는 곳도 세상에 아직 짝할 만한 나라가 없을 것이다. 하지만 민생이 고난을 겪으면서 이러한 품성은 나날이 박약薄弱해졌고, 오늘날에 이르러서는 옛사람들의 기록과 기품을 잃지 않은 농민들에게서나 겨우 찾아볼 수 있을 뿐이다. 사대부에게서 이런 품성을 구한다면 참으로 찾기 어려울 것이다. 만약 어떤 사람이 중국인이 숭배하는 것은 무형의 어떤 것이 아니라 유형의 실체이고, 유일한 주재자가 아니라 온갖 사물이므로 이러한 신앙을 미신이라고 말한다면, 감히 묻건대 무형의 유일신만이 어떻게 유독 진정한 신이 될 수 있단 말인가? 종교의 유래를 살펴보면 본래 향상을 추구하는 민족이 스스로 창건한 것이므로 비록 신앙 대상에 다신多神과 유일신, 무형과 유형의 구별은 있지만 향상을 추구하는 인심의 수요를 충족시킨다는 점에서는 그 성격이 동일하다.

각종 생명을 두루 살펴보고 온갖 만물을 자세히 관찰해 보면 신령스런 감각과 오묘한 뜻을 갖고 있지 않은 것이 없다. 이것이 바로 시가詩歌이고, 이것이 바로 아름다움인데, 오늘날 신명과 통하는 선비가 귀의해야 할 대상이다. 그러나 중국에서는 이미 4천 년 전에 이러한 것이 있었다. 이것을 배척하고 미신이라 한다면 진정한 믿음正信이란 장차 어떠해야 하는가? 대체로 풍속이 타락한 말세의 사대부들은 정신이 질식되어 오직 천박한 공리만을 숭상하므로 겉모습은 온전하다 해도 신령스런 감각은 상실했다. 그리하여 인생에는 신명을 지향해야 할 일이 있다는 사실을 알지 못한 채, 천지만물의 배열 법칙에는 전혀 관심을 기울이지 않고 오직 녹봉만을 위해 허리를 굽힐 뿐이다. [이들은] 자신의 논리만을 고집하며 다른 사람을 단속하고 또 다른 사람이 신앙을 갖고 있으면 매우 이상하게 생각한다. 그리고 군사를 잃고 국가를 욕되게 한 모든 죄를 신앙으로 귀착시킨 뒤 거짓말을 조작하여 그들이 믿고 의지하는 대상을 모두 뒤집어엎는 것을 상쾌하게 여긴다. 나라의 사직을 폐허로 만들고 집안의 사당을 파괴한 자들을 역사적 증거에 비춰 보면 대부분 신앙이 없는 선비들이지 향리의 힘없는 백성들과는 아무 관계가 없다는 사실을 모르고 있다. 거짓 선비를 제거해야 하고 미신을 보존해야 하는 것이 오늘날의 급선무다. 대저 자신의 말이 더욱 광대光大하다고 자화자찬하는 자들 중에서 과학을 유일한 준

칙으로 신봉하는 어떤 무리는 물질에 관한 학설을 귀동냥해서 듣고는 곧바로 "인璘은 원소의 하나일 뿐 도깨비불이 아니다"라고 말한다. 또 생리에 관한 책을 대략 뒤적여 보고는 "인체는 세포가 모여서 이루어진 것인데 어찌 영혼이 있겠는가?"라고 말한다. 그리고 모든 지식을 두루 다 섭렵하지도 않고, 자신이 주워들은 물질과 에너지[15]에 관한 잡설 중 지극히 천박하고 오류가 많은 이론으로 만사를 해석하려 한다. 사리事理의 신비한 변화는 결코 이과理科 입문서 한 권에 포괄되지 않는다는 사실을 생각지도 않고 그것에 근거하여 저것을 공격하고 있는데 이는 이치가 전도된 것이 아니겠는가?

대저 과학을 종교로 삼으려던 자는 서구에 본래 존재했던 사람이었다. 독일 학자 헤켈[16]은 생물[17]을 연구하여 마침내 일원론을 확립하고 종교에 대해서 "이성의 신전을 따로 세워 19세기 삼위일체의 진리를 받들어야 한다"라고 했다. 삼위일체란 무엇을 말하는가? 그것은 바로 진, 선, 미다. 그러나 여전히 종교 의식을 봉행하며 사람들에게 지식을 바꾸고 현세에 집착하게 하면서 정진精進을 추구하도록 했다. 니체[18] 씨는 다윈의 진화론을 채용하여 기독교를 배격하고 특별히 초인설을 설파했다. 비록 과학을 근본으로 삼았다고는 하지만 종교와 환상의 체취에서 벗어난 것은 아니므로, 그의 주장은 단지 신앙만 바꾸려는 것일 뿐 신앙을 없애려는 것이 아님은 분명하다. 하지만 오늘날에 이르러서는 오히려 그의 주장이 번창하지 못하고 있다. 대체로 지금 과학이 바탕으로 삼고 있는 근거는 그다지 정밀하거나 깊지 못한데, 그것을 내걸고 대중을 불러 모으기 때문에 그것을 들은 사람들이 아직 만족할 수 없는 것이다. 다만 이러한 학설을 가장 먼저 제창한 사람은 사상과 학술과 지행志行이 대부분 광대 심원하고 용맹

건강하기 때문에 설령 세인들의 뜻을 거스른다 해도 두려워하지 않으니 뛰어난 선비라 할 만하다! 이 점에 비춰 보면 오직 술과 밥만을 의식儀式의 목적으로 삼을 뿐 별달리 견지하고 있는 신념도 없이 망령되이 다른 사람의 숭배대상을 박탈하려 한다면 비록 원소나 세포를 자신의 갑주甲胄로 삼는다 해도 그것이 망령되고 사리에 맞지 않는 논리라는 것은 여러 말 하지 않고도 알 수 있다. 저들의 이론을 들은 자들이 어찌하여 큰절을 올리며 칭송하는지 나는 알 수가 없다.

그렇지만 앞에서 서술한 것은 그래도 상황이 나은 경우다. 이보다 더욱 나쁜 경우는 사찰 파괴를 전업으로 삼는 자들이 있다는 것이다. 그들은 국민이 이미 각성했으므로 교육 사업을 일으켜야 하는데, 지사들은 대부분 빈궁하고 부자들은 흔히 인색한 상황에서, 구국救國은 늦출 수 없으므로 오직 사묘祠廟를 점유하여 자제들을 교육할 계획이라고 한다.[19] 그리하여 먼저 미신을 타파하고 다음으로 우상을 파괴하면서 스스로 그 우두머리가 되어 교사 한 명을 초빙하고 그에게 모든 것을 총괄하게 한 뒤 학교가 성립되었다고 하는 것이다. 대저 불교가 숭고하다는 것은 식견 있는 사람이라면 모두가 함께 인정하는 사실인데 어찌하여 중국에서는 그것을 원망하며 불법을 없애려고 급급해하는가? 만약 불교가 백성에게 아무 공적을 남기지 못했기 때문이라고 말한다면 먼저 백성의 덕이 타락했음을 자성해야 할 것이다. 그것을 구제하려면 바야흐로 창대하게 하려고 노력하기에도 겨를이 없을 것인데 어찌하여 파괴하려고만 하는가? 하물며 학교란 것이 지금 중국에서 어떤 상황인가? 교사는 항상 학문이 부족하여 서양 학문의 껍질조차도 이해하지 못한 채 한갓 새로운 모습만 꾸며 대면서 사람들을 현혹하고 있다. 옛날 역사를 강의하면서는 황제黃帝가 아무개

우곡[20]를 정벌했다고 하는데 이는 우리나라의 글자조차 두루 알지 못하는 모습이다. 또 지리를 언급하면서는 지구가 항상 파괴되지만 수리될 수 있다고 하는데 이는 대지의 실제 모습과 지구본조차 분별하지 못하는 모습니다. 학생들은 이러한 잘못된 지식을 얻고도 더욱 교만해진 나머지 중국의 기둥이라고 자부한다. 하지만 한 가지 일도 제대로 처리하지 못하면서도 건국 원로들보다 그 오만함이 지나치다. 그러나 그들의 지조는 저열하고 희망하는 바도 단지 과거에 이름을 올리는 것일 뿐이니, 그들에 의지하여 미래의 중국을 세우려는 것은 아주 위험한 일이다. 근래 사문(沙門)[21]은 비록 쇠퇴했지만 학생들과 비교해 보면 그 청정함이 훨씬 뛰어나다.

또 예를 들면 남방에 사는 사람들 중에는 더더욱 동제(洞祭)[22]를 금지하는 일에 전념하는 지사도 있다. 농민들은 농사를 짓느라 일 년 내내 거의 쉴 틈이 없다. 그래서 농한기가 돌아올 때마다 신에게 감사 제례를 올리는데, 술잔을 들어 스스로 위로하고 깨끗한 희생 동물로 신에게 보답을 드리며 정신과 육체 모두 기쁨에 젖어든다. 소위 지사라고 불리는 사람들은 떨쳐 일어나 "시골 사람들이 이것을 섬기느라 재산을 잃고 시간을 낭비한다"고 말하면서 동분서주 호소하며 힘써 그것을 금지하고 거기에 들어가는 재물을 낚아채서 공용으로 쓰자고 한다. 아아, 미신타파가 아직 없었던 시대 이래로 재물을 모으는 방법이 진실로 이보다 더 민첩했던 경우는 없었다. 가령 사람의 원기가 혼탁해져서 본성이 침전물같이 된다든가 영혼이 이미 이지러져서 욕망에 빠져들게 되면 이와 같이 될 뿐이다. 만약 소박한 백성들이라면 그 마음이 순수하므로 일 년 동안 부지런히 일을 하고 난 후 반드시 자신들의 정신을 한 번 떨쳐볼 기회를 갖고 싶어 할 것이다. 이 때문에 농사를 지어 하늘에서 받은 큰 복에 보답을 드리고, 자신들도 나무 그늘 아래서 큰 잔치를 벌이며 몸과 마음을 좀 쉬게 하는데, 이는 다시 일을 하기 위한 준비 행사다. 오늘날 이것마저 금지시킨다면 그건 멍에 아래에 매여 있는 우마牛馬의 신세를 배우라는 것이니, 사람이라면 견딜 수 없어서 반드시 또 다른 발산 방법을 찾게 될 것이다. 하물며 스스로를 위로하는 일은 타인이 간섭해서는 안 되는 것임에랴! 시인이 시를 낭송하며 자신의 마음을 묘사할 때는 비록 폭군이라 해도 침범해서는 안 된다. 무용수가 굽혔다 펴는 춤 동작을 하며 자신의 몸을 표현할 때는 비록 폭군이라 해도 침범해서는 안 된다. 그런데 농민들이 스스로 위로 잔치를 벌이는데 지사들이 침범한다면 지사들이 야기하는 참화가 폭군보다 훨씬 심하게 된다. 이것은 세상을 혼란에 빠뜨리는 술책으로는 최상이지만, 세상을 안정되게 다스리는 방책으로는 최하일 뿐인데도, 그 말류에 이르면 수만 가지 방법으로 갈라지게 된다.

그 대략적인 상황을 예로 들어 보면 먼저 신화를 비웃는 자들이 있다. 그리스, 이집트 및 인도 모두를 함께 비난하고 조소하면서 [그들의 신화가] 웃음거리가 되기에 족하다고 말한다. 대저 신화의 생성은 고대의 백성들에게 뿌리를 두고 있다. 삼라만상의 기이한 형상을 보고 상상력을 발휘하여 사람의 모습으로 변화시킨 것이다. 상상 속에서 예스럽고 기이한 것을 생각해 냈으니 그 신기한 모양이 참으로 볼만하다. 그것을 그대로 믿는 건 타당하지 않은 일이지만 그것을 비웃는 것도 크게 잘못된 일이다. 태고 시절 백성들은 상상력이 이와 같았으므로 후인으로서 얼마나 경이롭고 위대하게 생각되는가? 하물며 서구의 문예는 대부분 신화의 혜택을 받았고, 사상과 학문도 신화에 의지하여 장엄하고 미묘한 풍격을 드러낸 것이 그 얼마인지 알 수 없음에랴! 만약 서구의 인문을 탐구하려면 신화를 공부하는 것이 첫번째 일일 것이다. 대체로 신화를 알지 못하면 그들의 문예를 이해할 길이 없고, 문예에 어두운 상태로 그들 내부의 문명을 어떻게 얻을 수 있겠는가? 만약 이집트가 미신 때문에 멸망했다고 하면서 그들의 전체 고대 문명을 모두 매도하고 배척한다면 그것은 어린아이의 견해를 고수하며 고금의 구별도 할 줄 모르는 사람이 되는 것이니 한 번 비웃는 것도 아까울 뿐이다.

다음으로 어떤 사람은 과학을 구실로 중국에 옛날부터 있었던 신룡神龍을 의심하기도 한다. 그들의 유래를 살펴보면 기실 외국인들이 내뱉은 침을 주워 모은 것에 불과하다. 그들에게서 이익과 권력을 제외하면 마음속에 간직하고 있는 것이 아무것도 없다. 그들은 중국의 쇠퇴를 목격하고 돌멩이 하나 꽃 한 송이라도 [중국의 것이면] 더욱 하찮게 생각하고, 털을 헤집으며 흠집을 찾아내어 동물학의 정론으로 신룡은 틀림없이 없다고 단정한다. 대저 용이란 사물은 본래 우리 고대 백성들이 상상으로 창조한 것인데, 동물학까지 예로 든다면 스스로 자신의 어리석음을 자백하는 일일 뿐이다. 중화 땅의 동인同人들이 이런 논리를 팔아서 무엇을 하겠는가? 국민에게 이런 신화가 있다는 건 부끄러워할 만한 일이 아닐 뿐 아니라 상상력의 아름답고 풍부함을 더욱 자랑할 만한 일이다. 옛날에는 인도와 그리스가 있었고, 근래에는 동유럽과 북유럽 여러 나라가 신화와 전설에서부터 신물神物과 설화[23]에 이르기까지 모든 것이 풍부하여 함께 거론할 만한 나라가 없다. 아울러 국민성도 위대하고 심원하여 천하의 으뜸이 되었으니 나는 아직도 그들이 세상 사람들에게 질책당하는 사례를 본 적이 없다. 다만 스스로 신화와 신물을 창조할 수 없어서 다른 나라에서 그것을 사들인다면 옛사람들이 상상력을 끝까지 펼친 걸 생각해 볼 때 매우 부끄러운 일일 것이다. 아아! 용은 국가의 휘장徽章인데 그것을 비방하고 있으니 옛 문물은 장차 세상에 존재하지 않게 될 것이다. 러시아의 머리 둘 달린 독수리와 영국의 직립해 있는 사자가 유독 질책당하지 않는 것은 국력이 다르기 때문이다. 과학이 그 때문에 가려지고 이익과 권력이 마음을 가득 채우고 있으니 그와 같은 사람과 정론²⁴⁾을 이야기할 수 있겠는가? 단지 침을 뱉을 뿐이다. 또한 오늘날에는 더더욱 천하 고금에 들어 보지 못한 일이 벌어지고 있는데 그것은 바로 종교를 정하여 중국인의 신앙을 강제하려는 것이다. 마음조차 다른 사람에게 빼앗겨 버리고 신앙조차 자신이 정하지 못하는 상황이 전개되므로 저들 미신을 타파해야 한다고 주장하는 지사들은 바로 칙명으로 정한 소위 진정한 종교의 충실한 노예라고 해야 할 것이다.

침략을 숭상하는 자들은 그들 무리에 유기적인 특성이 있는데, 수성獸性이 상위에 놓이고 노예성이 가장 강하다. 그런데 중국의 지사들이 어찌하여 이러한 특성에 예속되어 있는가? 대저 옛날 사람들은 오직 무리끼리 모여 살다가 이후 국가를 세우고 경계를 나눠 그 안에서 태어나고 자랐다. 만약 하늘의 혜택을 이용하고 땅의 이로움을 먹고, 자신의 힘에 의지하여 생업을 잘 처리하면서 함께 어울려 화목하게 살고 서로 공격하지 않았다면 그건 아마도 지선至善의 경지라 할 수 있고 불가능한 일도 아니었다. 그러나 인류의 시초는 미생물에 있었으며 굼벵이류, 범류, 원숭이류를 거쳐 오늘날에 이르렀다. 옛날 성질이 잠복해 있다가 때때로 다시 밖으로 드러난다. 이에 살육과 침략을 좋아하는 일이 벌어지고, 토지와 자녀와 옥과 비단을 약탈하여 자신의 야심을 만족시키기도 한다. 그러나 그런 가운데 남이 비난할까 걱정이 되어 여러 미명美名을 조작하여 자신을 은폐

한다. 시간이 오래 지나자 사람의 마음으로 스며든 습관이 깊어져서 대중들은 마침내 점점 그 유래를 알지 못하게 되었고, 본성도 습관에 따라 모두 변하게 되었다. 비록 철인哲人이나 현자라 해도 더럽고 추악한 것에 물들 수밖에 없었다. 예를 들면 러시아의 보헤미아[25] 여러 지방에는 일찍부터 범슬라브주의[26]가 있었고, 높은 지위에 있는 사람들은 그것을 끌어안고 행동했지만 다만 농민들 사이에는 널리 보급되지 못했다. 그러나 그곳 사상가나 시인들을 돌아보면 마음에 짙게 물이 들어 비록 아름다운 뜻이나 위대한 사상이 있다 해도 그들의 마음을 씻을 수 없었다. 그들의 소위 애국은 대부분 문예나 사상을 인류의 영광으로 숭상하지 않고 오직 갑사甲士와 창검의 예리함과 영토 획득과 살인의 많음만을 끌어들여 시끄럽게 떠들며 조국의 영광이라고 자랑한다. 근세에 이르러 인간에게 또 다른 본성이 있고 범과 이리 같은 행동이 우선적인 일이 아님을 알게 되어 이런 풍조가 조금이나마 세력이 꺾이게 되었다. 다만 수준이 낮은 선비들은 아직도 이런 풍조에서 벗어나지 못하고 있는지라 식자들이 그것을 근심하고 있다. 그리하여 뱀이나 전갈을 보듯 군대를 증오하며 인간 세상에서 평화를 크게 부르짖고 있는데 그 목소리가 역시 사람의 심금을 울리고 있다. 예언자 톨스토이도 그중 한 사람이다. 그는 다음과 같이 말했다. "인생에서 가장 고귀한 것 중에는 스스로의 힘으로 먹을 것을 해결하며 살아가는 것보다 더 좋은 것이 없으므로 침략과 약탈은 대대적으로 금지해야 한다. 또 하층민들은 평화를 좋아하지 않는 사람이 없는데도 상위 계층이 피범벅을 좋아하여 그들을 전쟁으로 내몰아 인민의 생명을 해치게 한다. 그리하여 가정이 파괴되어 보호받지 못하는 사람들이 전국에 가득하여 백성들이 살 곳을 잃게 되니 이것은 정치가의 죄악이다. 어떻게 약을 써서 치료해야 하는가? 명령을 받들지 않는 것보다 더 좋은 방법은 없다. 출정 명령을 내려도 병사들이 모이지 않고 여전히 쟁기를 잡고 밭을 갈면서 평화롭게 일을 하고, 체포 명령이 떨어졌는데도 관리들이 모이지 않고 여전히 쟁기를 잡고 밭을 갈며 평화롭게 일을 한다. 독재자가 위에서 고립되고 신하가 아래에서 명령을 따르지 않으면 천하는 잘 다스려진다." 그러나 공평하게 논의하자면 이것은 옳지 못한 방법으로 여겨진다. 만약 전체 러시아가 이와 같이 한다면 적군敵軍이 저녁에 바로 들이닥칠 것이고, 백성들은 다음 날 아침에 바로 창과 방패를 발아래로 팽개쳐 버릴 것이고, 또 저녁이 되면 땅을 잃고 떠돌며 사방으로 흩어져 이전보다 훨씬 더 비참하게될 것이다. 따라서 그의 말은 이상을 위해서는 진실로 훌륭하지만 실제의 사실에 비춰 보면 처음의 의도에서 아주 멀리 벗어난 견해라고 할 수 있다. 다만 이 주장은 국가의 이해관계에만 비추어 말한 것이므로 인류가 모두 한결같지 않다는 점을 살펴보면 이 말 또한 틀렸다는 사실을 깨닫게 될 것이다.

대저 인류는 진화의 길을 걷고 있지만, 진화의 정도는 아주 큰 차이가 난다. 어떤 사람에게는 굼벵이 시절의 성격이 남아 있고, 또 어떤 사람에게는 원숭이 시절의 성격이 남아 있어서, 설령 만 년이 지난다 해도 같아질 수가 없다. 가령 같아졌다면 하나의 이질 분자와 맞닥뜨려도 전체 사회의 다스림이 곧바로 무너질 것이다. 국민성은 유약해져서 젖먹이 새끼 양과 같이 될 것이니 그때 이리 한 마리가 목장으로 침입하면 양들을 하나도 남김없이 죽일 수 있게 된다. 이때를 당해 안전을 도모하려 한다면 너무 늦었다고 후회해도 돌이킬 수 없다. 이러한 까닭에 살육과 약탈을 좋아하며 천하에 국위를 확대하려는 것은 수성獸性의 애국일 뿐이니 사람이 금수나 곤충을 뛰어넘으려면 그런 생각을 흠모해서는 안 된다. 하지만 전쟁의 자취를 완전히 끊고 평화를 영원히 존속하게 하려면 인류가 전멸하고 대지가 붕괴되는 이후까지 시간을 늦춰야 할 것이다. 그런즉 군대의 수명은 대체로 인류와 그 처음과 끝을 함께하는 셈이다. 그러나 이것은 특히 자신을 보호하고 범과 이리를 물리치기 위한 것이지 그것을 빌려 발톱과 이빨로 삼고 세상의 약자를 해치거나 잡아먹으려는 것이 아니다. 무기는 사람을 위해 사용하게 해야지, 사람을 강제하여 무기의 노예가 되게 해서는 안 된다. 사람이 이러한 대의를 알게 되면 아마도 그와 함께 군사에 관한 이야기를 할 수 있을 것이니, 세상을 큰 재앙에 빠지게 하지는 않을 것이다.

비록 그렇지만 우리 중국을 자세히 살펴보면 세상의 논자들이 거의 모두 잘못되어 있다. 애국을 운위하는 자도 있고 무사武士를 숭배하는 사람도 있지만 그들의 뜻은 심하게 추악하고 야만적이다. 자신의 몸은 문화에 의탁하면서도 입으로는 짐승을 낚아채는 맹금의 울음소리를 내고 있다. 만약 날카로운 손톱과 이빨이 부착되어 있다면 마치 남은 용기를 뽐내듯 대지를 유린할 것이다. 그러나 이 점이 습성이 되어 매우 포악해졌다 해도 그들에게 수성獸性이란 시호를 붙일 수는 없다. 어째서 그렇게 말하는가? 그들은 마음속에 진실함이 쌓여 밖으로 드러나는 것으로 두 가지를 갖고 있는데 이는 수성의 애국자에게는 없는 것이기 때문이다. 그 두 가지는 무엇을 말하는가? 첫째는 강대국을 숭상하는 것이고, 둘째는 피압박 민족을 멸시하는 것이다. 대체로 수성의 애국자는 반드시 강대국에서 태어나 세력이 강성하므로 그 위세로 천하를 제압할 수 있다. 그런즉 자신의 나라만을 높이고 다른 나라는 멸시한다. 진화론의 적자생존 이론에 집착하고 약소국을 공격하여 자신의 욕심을 채운 뒤 세계를 통일하여 이민족을 모두 자신의 신하와 노예로 삼지 않고는 만족하지 않는다. 그러나 중국은 어떤 나라였는가? 백성들은 농사일을 좋아하여 고향을 떠나는 사람을 경시했고, 임금이 원정을 좋아하면 들판에 있는 사람도 문득 원망을 품었다. 무릇 스스로 자랑하는 것도 문명의 찬란함과 아름다움이었고 폭력을 빌리지 않고도 사방 오랑캐를 제압할 수 있었으니 이처럼 평화를 보배로 여기는 나라는 천하에 드문 경우라 할 수 있었다. 다만 안락한 세월이 오래되자 나라의 방비가 나날이 느슨해져서 범과 이리가 갑자기 쳐들어와 백성들이 도탄에 빠지게 되었다. 하지만 이건 우리 백성의 죄과가 아니다. 피범벅을 싫어하고 살인을 싫어하고 이별을 참지 못하고 노동에 안주하는 등 사람들의 성품이 이와 같았다. 만약 온 천하의 풍습이 중국과 같았다면 톨스토이가 다음과 같이 말한 것처럼 되었을 것이다. "이 대지 위에 종족이 다양하고 국가도 서로 다르지만 나의 강역과 너의 경계를 서로 지키기만 하고 침범하지 않으면 만세가 지나도 난리가 발생하지 않을 것이다." 그러나 수성獸性을 품은 자가 일어나면 평화를 숭상하는 백성은 비로소 크게 놀라 아침저녁으로 위험이 닥칠까 전전긍긍하며 마치 이제는 생존할 수 없는 사람처럼 행동한다. 만약 그들을 배척하지 못하면 진실로 스스로 살아갈 방법이 없게 된다. 그러나 이러한 배척도 단지 그들을 내몰아 본래 고향으로 회귀하게 하려는 것이지 우리 스스로 수성으로 돌아가려는 것은 아니다. 하물며 날카로운 이빨과 손톱을 장착하고 연약하고 외로운 사람들을 해치는 일에 있어서랴! 하지만 우리 지사들은 이러한 점은 생각지도 않고 온 세상 모두가 도도하게 침략을 칭송하는 가운데 포악한 러시아와 강포한 독일에 경도되어 마치 유토피아를 흠모하듯 그들을 우러른다. 그러나 횡액을 당하고도 하소연조차 못 하는 인도나 폴란드 민족에 대해서는 얼음처럼 쌀쌀한 말로 그들의 쇠락을 조롱한다. 대저 우리 중화의 땅이 강포한 나라에게 고난을 당한 지도 이미 오래되었지만 아직 썩어 버린 시체가 된 것은 아니어서 맹금들이 먼저 모여들었다. 땅을 할양하는 것도 모자라 현금으로 배상금까지 보태 주니 사람들은 그로 인해 추위와 배고픔에 시달리다 들판에서 죽어 가게 되었다. 지금 이후로라도 마땅히 날카로운 무기와 견고한 방패를 마련하고 자신의 몸을 보위하며 커다란 멧돼지나 긴 뱀이 우리나라를 삼키지 못하게 해야 한다. 그러나 이것은 자신을 보위하는 방법일 뿐 침략자의 만행을 본받으려는 것이 아니며 장차 다른 사람을 침략하려는 것도 아니다. 침략을 숭상하지 않는 것은 무슨 이유인가? 스스로를 돌아보건대 중국은 수성獸性을 가진 나라의 적이기 때문이다. 폴란드와 인도의 경우는 중화의 땅과 같은 질병을 앓고 있는 나라다. 폴란드는 평소에 중국과 서로 왕래하지 않았지만 그 백성들은 감정이 풍부하고 자유를 사랑한다. 무릇 감정이 진실하고 자유를 보배로 여기는 사람은 모두가 그 나라를 사랑하며 이 두 가지 일의 상징으로 삼는다. 대체로 사람은 남의 노예가 되는 걸 즐거워하지 않는데, 그 누가 폴란드를 그리워하며 애도하지 않겠는가? 인도의 경우는 옛날부터 교류를 이어 오면서 우리에게 큰 선행을 베풀었다. 사상, 신앙, 도덕, 문예가 그들의 은혜를 받지 않은 것이 없다. 비록 형제 같은 친척이라 해도 어떻게 더 많은 걸 베풀어 줄 수 있겠는가? 만약 이 두 나라가 위기에 처한다면 나는 당연히 그 때문에 우울할 것이고, 만약 이 두 나라가 멸망하게 된다면 나는 당연히 그 때문에 소리 내어 통곡할 것이다. 두 나라에 참화가 없다면 하늘에 축도祝禱를 올리며 그들이 우리 중화의 땅과 영원히 함께하기를 기원할 것이다.

오늘날 지사들은 어찌하여 유독 이 점을 생각하지 않고 그들 스스로 재앙을 초래했다고 하면서 비난을 퍼붓는 것인가? 여러 차례 병화^{兵火}를 입고 오랫동안 강포한 자들의 발밑에 엎드려 지내느라, 옛 성품을 잃고 동정심도 약해진 나머지 마음속에 권세와 이익의 욕망이 가득 차올라 이 때문에 미혹에 빠져 식견을 잃고 이러한 행동을 하는 것인가? 따라서 오늘날 전쟁 찬양 인사를 종합적으로 헤아려 보건대 그 자신이 강포한 힘에 굴복당한 지 오래되었고, 그 때문에 점차 노예의 성격을 지니게 되어, 본성을 잊어버리고 침략을 숭상하는데 이는 최하등의 인간이다. 다른 사람이 말하면 자신도 따라서 말하면서 자신의 견해를 견지하지 못하는 인사는 그래도 나은 편이다. 그 중간에 이 두 부류에 속하지 않고 아직 인류로 진화하기 이전의 성격으로 돌아가자는 자들이 더러 있는데, 나는 일찍이 시詩에서 그런 예를 한두 가지 본 적이 있다. 그들의 대의는 독일 황제 빌헬름 2세[27]가 주장한 황화론[28]을 원용하여 호기를 부리며 사나운 목소리로 런던을 파괴하고 로마를 전복시킨 뒤 파리 한 곳만 윤락 지역으로 제공하겠다는 것이다. 황화黃禍를 제창한 사람은 황인종을 짐승에 비유했지만 그 과격함은 이 시에 미치지 못한다.

이제 감히 중화의 땅 씩씩한 젊은이들에게 고한다. 용감하고 강건하면서 힘을 갖추는 것과 과감하고 의연하면서 싸움을 겁내지 않는 것은 본래 인생에서 의당 갖춰야 할 자질이지만 특히 이러한 자질은 자국을 보호하는 데 그쳐야지 무고한 나라를 병탄하는 데 써서는 안 된다. 자립하여 나라를 튼튼히 하고도 남은 용기가 있다면 마땅히 폴란드의 장군 벰[29]이 헝가리를 돕고, 영국 시인 바이런[30]이 그리스를 도운 것처럼 자유를 위해 자신의 원기를 펼치고 압제를 전복시켜 하늘과 땅 사이에서 그것들을 제거해야 한다. 무릇 위기에 처한 나라가 있으면 모두 함께 그 나라를 도와야 한다. 먼저 우방국을 일어나게 하고 다음으로 기타 국가에까지 도움이 미치게 한다. 그리하여 인간 세상에 자유가 충족되도록 하여 호시탐탐 탐욕을 채우려는 백인종들로 하여금 자신들의 노예를 상실하게 하면 황화론이 비로소 실현될 것이다. 그럼 오늘날과 같은 시대에도 강포함을 부러워하는 마음을 거두어들이고 자위自衛의 중요함을 설파할 수 있을 것이다. 아아! 우리 중화의 땅도 침략을 한 번 받은 나라이니 스스로 반성하지 않을 수 있겠는가?(미완)

주)_____

1) 원제는 「破惡聲論」. 1908년 12월 5일 일본 도쿄에서 발간되던 『허난』(河南) 월간 제8호에 처음 발표되었고, 서명은 쉰싱(迅行)이다. 미완성 문장이지만 루쉰의 초기 사상을 이해하는 데 매우 중요한 내용을 담고 있다. '악성'(惡聲)은 나쁜 소리인데 사람과 사회에 해악을 끼치는 악한 소리를 가리킨다. 따라서 제목을 번역하면 '악한 소리를 타파하기 위한 논설'이 된다. 원문의 단락이 너무 길어서 독서에 방해가 되기 때문에 이 번역문에서는 의미와 문맥에 따라 다시 단락을 나누었다.

2) 수미산(須彌山)은 범어 Sumeru의 음역이다. 소미로산(蘇迷盧山) 또는 미루산(彌樓山)으로도 음역된다. 전체 산이 금, 은, 유리, 수정으로 이루어져 있기 때문에 보산(寶山), 묘고산(妙高山), 묘광산(妙光山)이라고도 한다. 고대 인도 신화에서는 세계의 중심에 있는 산으로 인식했고, 이후 불교에서도 이러한 인식을 계승했다. 높이는 110만km에 달하고, 이 산의 산꼭대기가 바로 제석천(帝釋天)이며, 산 중턱 사방에 사천왕천(四天王天)이 펼쳐져 있다고 한다.

3) 원문은 '元駒賁焉'. 『대대예기』(大戴禮記) 「하소정」(夏小正)에 "十二月, 元駒賁"이라는 구절이 있다. 북주(北周)의 노변(盧辯)이 이 구절에 주를 달아 "원구(元駒)는 개미(蟻)고, 분(賁)은 땅속에서 기어다니는 것이다"(元駒, 蟻也. 賁者走於地中也)라고 했다.

4) 원문은 '權興'. 『시경』 「진풍(秦風)·권여(權興)」에 "아! 처음과 달라지셨구나"(於嗟乎, 不承權興)라는 구절이 있다. 따라서 '권여'는 처음이나 시작을 의미한다.

5) 원문은 '炎黃'. '염'(炎)은 염제(炎帝)로 혹자는 신농씨(神農氏)와 같은 인물로 보기도 한

다. '황'(黃)은 황제(黃帝) 헌원씨(軒轅氏)다. 중국 신화에 의하면 둘 모두 소전(少典)의 아들로 염제는 강씨(姜氏)의 시조, 황제는 공손씨(公孫氏)의 시조라고 한다. 두 부족이 연합하여 탁록(涿鹿) 싸움에서 치우(蚩尤)를 물리치고 중원의 패권을 잡았으며, 그 뒤 판천(阪泉) 싸움에서 황제가 다시 염제를 물리치고 중국의 패자가 되었다고 한다. 이는 한족(漢族) 중심의 씨족 형성 전설로 특히 청나라 말기 중국 한족 중심의 민족주의 확장의 근거가 되었다. 근래에는 염제와 황제 연합군에게 패배한 치우까지 포함하여 중화 3조(中華三祖)란 용어가 중국에 널리 유포되고 있다.

6) 1894년 갑오년(甲午年) 청일전쟁에서 중국이 일본에 패한 이래 이 글을 쓴 1908년까지다. 중국 조야에서는 약소국으로 간주하던 섬나라 일본에 패한 것을 엄청난 충격으로 받아들였다. 이후 열강의 중국 분할이 더욱 가속화되었다.

7) 원문은 '貞蟲'. 정충(貞蟲)은 허리가 가는 벌(細腰蜂)의 일종이다.

8) 짐새의 날개에 숨어 있다는 맹독이다. 전설에 의하면 이 새가 술잔 위를 날아가기만 해도 그 술잔에 맹독이 스며든다고 한다.

9) 원문은 '靡騁'. 『시경』 「소아(小雅)·절피남산(節彼南山)」에 "내가 사방을 둘러봐도, 마음이 움츠러들어 달려갈 곳도 없네"(我瞻四方, 蹙蹙靡所騁)라는 구절이 있다. '미'(靡)는 부정하는 말이다.

10) 아우구스티누스(Augustinus, 354~430)는 로마제국의 속지였던 타가스테(Thagaste) 출신으로 그곳은 현재 알제리의 수크 아라스(Souk Ahras)다. 서구 고대와 중세를 이어 주는 위대한 철학자, 신학자, 가톨릭 주교인 그는 교부철학과 신플라톤학파의 철학을 융합시켜 중세 가톨릭 교회의 신학적 이론을 완성했다. 『고백록』(Confessiones), 『삼위일체론』(De Trinitate), 『신국론』(De civitate Dei), 『왜 로마는 야만족에게 붕괴되었는가?』 등의 저서가 있다.

톨스토이(Лев Николаевич Толстой, 1828~1910)는 러시아의 저명한 문학가다. 『전쟁과 평화』(Война и мир), 『안나 카레니나』(Анна Каренина), 『부활』(Воскресение) 등 위대한 소설 작품과 『고백록』(Исповедь), 『예술이란 무엇인가』(Что такое искусство?) 등의 저서를 남겼다.

루소(Jean-Jacques Rousseau, 1712~1778)는 프랑스의 저명한 계몽사상가다. 봉건 전제제도를 반대하고 부르주아 민주주의를 지지했다. 인간의 자유와 평등을 강조하고 조화와 우정을 중시했다. 『사회계약론』(Du contrat social), 『에밀』(Émile) 등의 저작을 남겼다.

11) 원문은 '性解'. 천재를 의미한다. 『무덤』(루쉰전집 1권)의 「마라시력설」(摩羅詩力說)에서 루쉰은 영어 'genius'에 '性解'라는 주석을 달았다.

12) 원문은 '吠陁'. 지금 중국어에서는 흔히 '韋陀'로 음역한다. 베다(Veda)는 본래 지식이나 지혜를 뜻하는 말로 산스크리트 베다어로 작성된 경전을 가리킨다. 대체로 기원전

수십 세기 이전부터 구전되던 내용을 기원전 1500년에서 기원전 1200년 무렵에 베다어로 기록한 것으로 추정한다. 고대 인도의 종교 및 사상과 관련된 내용이 방대하게 담겨 있다. 여기에서는 인도를 대신하는 용어로 쓰이고 있다.

13) 원문은 '因陁羅'. 인드라(Indra)는 본래 산스크리트어로 '강력한'이란 의미를 갖고 있으며, 고대 인도 신화에 나오는 전쟁의 신이다. 천둥과 번개 및 금강저(金剛杵)를 무기로 악마를 물리치고 천계(天界)를 수호한다고 한다. 불교에서도 인드라를 수용하여 불법을 수호하는 신으로 존중한다. 한문으로는 '제석천'(帝釋天)으로 번역되었다.

14) 원문은 '希伯來'. 헤브라이는 유태 민족의 다른 이름이다.

15) 원문은 '質力'. 물질과 에너지를 말한다. 루쉰의 『무덤』 「인간의 역사」(人之歷史)에 "근래 프랑스의 어떤 학자는 물질과 에너지의 변화로 무생물을 식물로 바꿀 수 있다고 했다"라는 구절이 있다.

16) 헤켈(Ernst Haeckel, 1834~1919)은 이 글 원문에 '黑格爾'로 되어 있지만 지금 중국어에서는 '海克爾'로 음역한다. 독일의 생물학자, 박물학자, 의사, 화가다. 저서로는 『우주의 수수께끼』(Die Welträthsel), 『인류발전의 역사』(Anthropogenie: oder, Entwickelungsgeschichte des Menschen) 등이 있다. 루쉰은 「인간의 역사」 부제를 '독일인 헤켈의 종족발생학에 대한 일원적 연구 해석'(德國黑格爾氏種族發生學之一元研究詮解)으로 달고 그의 생물학과 일원론을 자세히 소개했다. 헤켈은 과학과 종교를 결합한 '일원론적 종교'를 세우고 '이성의 궁전'에 진·선·미 삼위일체의 여신을 모시자고 주장했다.

17) 원문은 '官品'. 생물을 뜻한다. 옌푸가 『천연론』 「능실」(能實)에서 처음 사용한 단어다. 그는 이 글에서 "사람, 금수, 어류, 조류, 초목 등과 같이 생명이 있는 것은 감각기관이 있기 때문에 관품(官品)이라고 명명한다"라고 했다. 옌푸는 또 감각기관이 없는 사물을 '비관품'(非官品)이라고 했는데 이는 대체로 무생물을 가리킨다.

18) 니체(Friedrich W. Nietzsche, 1844~1900)는 원문에 '尼佚'로 되어 있지만 지금 중국어에서는 '尼采'로 음역한다. 독일의 철학자로 합리주의 철학과 기독교 윤리를 부정하고 니힐리즘(nihilism)을 제창했다. 또 '강자의 도덕'에 입각한 '초인'(超人) 사상으로 모든 '약자의 도덕'을 타파하자고 주장했다. 『차라투스트라는 이렇게 말했다』(Also sprach Zarathustra) 등의 저서를 남겼다.

19) 구체적으로 청나라 말기의 묘산흥학(廟産興學) 운동을 가리킨다. 당시에 장타이옌(章太炎), 쑤만수(蘇曼殊) 등은 불교를 비판하면서 국가의 흥망에 아무 관심이 없고 도덕 증진에도 전혀 쓸모가 없다고 했다. 따라서 불교 사찰 재산에 학교를 세워 젊은이들을 교육해야 한다고 주장했다. 루쉰은 장타이옌의 제자였지만 서로 간의 인식이 완전히 일치하지는 않았다.

20) 원문은 '某尤'. 본래 치우(蚩尤)라고 말해야 할 것을 치우의 이름을 명확하게 알지 못하

거나 치(蚩)의 발음을 알지 못하여 '아무개 우'(某尤)라고 가르치고 있는 것이다. 중국 전설에 황제(黃帝)가 치우를 패배시키고 중원의 패권을 장악했다고 한다.

21) 원문은 '桑門'. 범어 'sramana'의 음역이다. 보통은 '沙門'이라고 한다. 출가하여 깨닫기 위해 노력하는 사람 즉 승려를 가리킨다.

22) 원문은 '賽會'. 옛날 중국에서 신상(神像)을 앞세우고, 의장을 갖춰 음악을 연주하며 마을을 돌던 행사다. 일종의 마을 축제로 한국의 동제(洞祭)와 유사하다. 루쉰의 소설 「지신제 연극」(社戲)에도 당시 중국의 마을 축제가 생동감 있게 묘사되어 있다.

23) 원문은 '重言'. 전설이나 설화를 말한다. 『장자』(莊子) 「우언」(寓言)에 "우언은 열에 아홉이요, 중언은 열에 일곱이다"(寓言十九, 重言十七)라는 구절이 있다. 여기에서 '중언'(重言)은 여러 사람의 입을 통해 거듭 전해진 전설이나 설화를 인용했다는 뜻이다.

24) 원문은 '莊語'. 이치에 맞는 정당한 말, 엄정한 논리를 가리킨다. 『장자』 「천하」(天下)에 "천하가 혼탁하여 함께 정론을 이야기할 수 없다"(以天下爲沉濁, 不可與莊語)라는 구절이 있다. 왕선겸(王先謙)은 '장어'(莊語)를 '정론'(正論)이라고 풀이했다.

25) 원문은 '什赫'. 보헤미아를 가리킨다. 체코의 서부를 체히(Cechy)라 부르고, 이것을 라틴어와 영어로 보헤미아라고 부른다. 켈트계 보이족, 게르만계의 마르코마니족이 지배하다가 6세기 이후 슬라브계 체코인이 점령했다. 체코 귀족 프르셰미슬(Přemyslovců) 가(家)가 통치하다가 독일과 오스트리아의 지배를 받았으며 제1차 세계대전 이후 체코슬로바키아로 독립했다. 현재 체코와 슬로바키아가 분리된 이후에는 체코에 속해 있다.

26) 범슬라브주의는 러시아 차르 중심으로 슬라브 민족의 통일과 단결을 요구한 내셔널리즘 운동이다. 본래 슬라브 문화의 우수성을 주장한 낭만주의 운동이었으나 19세기 중엽 이후 러시아 자본주의가 발달하면서 슬라브 민족주의로 폐쇄화되었다. 특히 오스트리아와 터키의 지배를 받는 슬라브 민족의 해방을 추구하면서 제국주의적 패권 추구와 맞물려 제1차 세계대전의 빌미를 제공하기도 했다.

27) 빌헬름 2세(Wilhelm II, 1859~1941)는 독일제국의 황제 겸 프로이센의 왕이었다. 제1차 세계대전을 일으킨 장본인이다. 해외진출을 적극적으로 도모하여 세계 각지에 근거지를 마련하려 했으며 중국에서는 일본에 대해 삼국간섭을 행하고 산둥반도의 자오저우만(膠州灣)을 점령했다. 청일전쟁 말기인 1895년 일본의 위협에 대처한다는 논리로 황화론(黃禍論)을 제창하여 황인종에 대한 억압 논리를 유포했다. 제1차 세계대전 패배 후 퇴위를 거부했고, 1918년 11월 독일혁명 후에 네덜란드로 망명했다. 만년에는 네덜란드에서 저술활동을 하다가 1941년 폐색전증으로 사망했다.

28) 황화론(黃禍論)은 독일 황제 빌헬름 2세가 제창하고 유포한 황색인종에 대한 억압론이다. 1895년 청일전쟁 말기에 빌헬름 2세가 장차 황인종이 유럽 문명을 위협할 것이므로 유럽 열강이 공동으로 대처해야 한다고 주장했다. 당시 새롭게 떠오르던 일본의

국력을 견제하기 위한 의도였지만 이 배경에는 인종차별과 인종편견의 인식도 개재
되어 있다. 근래에는 고도성장으로 경제발전을 거듭하고 있는 중국의 힘을 견제하자
는 의미로 흔히 황화론을 거론한다.

29) 벰(Józef Bem, 1794~1850)은 원문에 '貝謀'로 되어 있으나 지금 중국어에서는 보통
'貝姆'로 음역한다. 폴란드의 장군이다. 1830년 11월 러시아에 대항하여 일어난 독립
전쟁 영도자의 한 사람이다. 실패한 뒤 외국으로 망명했고, 1840년 비엔나 무장봉기
와 1849년 헝가리 민족해방전쟁에 참전했다.

30) 바이런(George Gordon Byron, 1788~1824)은 원문에 '襄倫'으로 되어 있으나 지금
중국어에서는 보통 '拜倫'으로 음역한다. 영국의 낭만주의 시인이다. 귀족 신분의 독
신 미남으로 자유분방하고 화려한 시를 써서 많은 인기를 얻었다. 1823년 그리스 독
립전쟁에 참전했다가 다음 해 말라리아로 사망했다. 『차일드 해럴드의 편력』(*Childe
Harold's Pilgrimage*), 『아비도스의 신부』(*The Bride of Abydos*), 『돈 후안』(*Don Juan*)
등의 시집을 발표했다.

『웨뒈』 발간사[1]

웨越[지금의 저장성 부근]는 옛날부터 천하무적이라고 일컬어졌다. 바다와 산
악의 정기는 뛰어난 인재들을 쑥쑥 태어나게 했고, 예부터 지금까지 인재
들이 끊임없이 이어져 남다른 재주를 펼쳐보였다. 백성들은 열심히 애쓰
고 노력한 우[2] 임금의 기풍과 굳세면서도 비분강개하는 구천[3]의 의지를
가슴에 간직한 채 힘을 다해 삶을 영위하여, 그 넉넉한 생활이 스스로 살
아가기에는 부족함이 없었다. 이후 세상의 풍속이 계속 타락하고 산천의
정기도 점점 흩어지자 작은 이익에만 몰두하며 깊은 생각은 경시하게 되
었고, 안일함에 젖어 무술을 멀리하게 되었다. 이에 사나운 오랑캐들이 이
틈을 타고 쳐들어오자 갑자기 나라가 망하게 되어 변발에 항거하던 선비
들은 줄지어 깊은 물에 몸을 던졌고 황제黃帝의 신령조차 신음하게 되면
서 백성들은 더 이상 떨쳐 일어나지 못하게 되었다. 변발에 호복胡服을 한
오랑캐와 가죽옷에 활을 멘 민족들이 무여[4]가 물려주신 옛 강토에서 활
개를 친 지 거의 200여 년이 되었다. 그러나 생각이 깊고 마음 씀이 독실
한 선비들은 위로 하늘의 뜻에 감응하여 변혁의 주장을 펴며 그것을 온 강

토에 가득 넘치게 했다. 나라의 선비들은 당당하게 궐기하여 후베이 땅에서 맨 먼저 정의의 깃발을 높이 들었다.[5] 모든 사람들이 이에 호응하니 마치 파도와 태풍이 몰아치는 듯 중화의 옛 문물제도가 거의 광복을 맞게 되었고 동남의 위대한 고장도 찬란하게 옛 주인에게 귀속되게 되었다. 그리하여 웨越 땅의 사람들은 삼대三大 자유[6]를 얻게 되어 이 땅에서 새 삶을 살 수 있게 되었고, 북방 오랑캐들은 헤아릴 수 없는 죄악을 짊어진 채 멸망의 수렁으로 빠져들게 되었다. 백성들의 기상은 끝없이 솟구쳐 오르고 하늘의 태양도 소리 높여 웃게 되었다. 누가 이것을 아름답게 송축할 것인가? 아마도 위대한 노랫소리가 장차 온 우주에 가득할 것이다. 전제 정치는 정말 오래도록 지속되었다. 가혹한 고문을 정치의 수단으로 삼고 가렴주구로 백성들의 고통을 빨면서도 잔인한 금령禁令으로 그들의 불평불만을 막아 왔다. 학대에 병이 들고 굶주림에 말라 죽어가는 사람들이 나날이 많아졌다. 그 질곡에서 갑자기 해방을 맞았지만 심신의 상처는 여전히 많이 남아 있어서 백성들의 진실한 소리는 아직도 적막하고 민중의 참된 뜻도 굳게 닫혀 있다. 어찌 필부라고 해서 천하의 일에 참여하지 않으려 하는가? 참여하지 않는다면 그것은 여전히 북방의 오랑캐를 떠받들어 모시는 일과 같다. 공화 정치는 사람들이 책임을 함께 지며 또 함께 주인이 되는 제도이므로 노예와 다른 점이 있어야 할 것이다. 이전의 죄악들이 모두 북방 오랑캐들에게 귀착되자, 오랑캐들은 죄의 무게를 견디지 못하고 남김없이 멸망의 나락으로 빠져들고 말았다. 지금부터 천하의 흥망은 백성들이 책임져야 하므로, 만약 힘을 모아 협력하지 않고 중화의 강토를 위해 계획을 세우지 않는다면, 다시 예전의 병들고 말라빠진 모습만 보여 주며 한순간에 지난날로 되돌아갈 것이다. 그렇게 된다면 훌륭한 선비들이 과

연 누구를 탓하겠는가? 그러므로 동지들은 이것을 깊이 생각해야 할 것이다. 독립전쟁이 시작된 지 70일이 지나는 동안 지자智者는 모든 계책을 동원하고 용사는 목숨까지 바치고 있는데도 우리 백성된 자들이 일의 성공을 앉아 구경만 하면서 어리석은 생각 한 가지라도 보태지 않는다면 이는 아마도 스스로 국민 되기를 포기하는 행동이라 할 수 있다. 이에 이 신문을 창간하여 동포들에게 의견을 구하고 문장으로 우리의 뜻을 선전하며 올바른 정치와 교화에 도움을 주고자 한다. 또한 자유로운 의견을 발표하고 개인의 천부인권을 모두 보장하며, 공화제도의 진행을 촉진시키고 정치의 잘잘못을 비평하며, 사회의 몽매함을 깨우치고 용기 있고 굳센 정신을 진작시키고자 한다. 그리고 참된 지식을 보급하여 만물의 이치를 잘 밝히고자 한다. 무릇 이러한 점을 아는 사람들은 자신의 어리석은 생각이라도 사회에 바치고, 힘은 작아도 뜻은 크게 가지면서 개혁과 진보에 힘써야 할 것이다. 입을 닫고 앉아 중화의 땅이 다시 적막에 빠지게 하고, 그 끝없는 죄악을 스스로 짊어지면서 그 옛날의 잘못을 반복할 수는 없는 일이다. 이 글을 읽는 사람들은 경계하고 근면하면서 조그마한 효과라도 거두기에 힘쓰고 국민 된 책임을 10분의 1이라도 다하기를 바랄 뿐이다. 아! 우리 웨 땅은 옛날부터 천하무적이라고 일컬어져 왔지만 사나운 오랑캐가 학정을 펼쳐 백성들이 피골을 드러내는 참상에 빠지게 되었다. 이제 해방이 되었으니 정의를 응당 크게 진작시켜 옛 선현들이 나라를 세워 잘 다스리던 업적에 보답해야 할 것이다. 아! 전제정치가 너무나 오래되어 광명을 새롭게 회복하기가 쉽지 않다. 하물며 정신은 저 신성한 바이수이白水[7]까지 달려가, 누구나 옛 고향을 그리워하고 그 높은 언덕을 돌아보고 있지만 지금 훌륭한 인재가 없음을 슬퍼하고 있음에랴? 오호라 이것이 『웨둬』

를 발간하는 이유다.

주)——

1) 원제는 「『越鐸』出世辭」. 이 글은 1912년 1월 3일 사오싱(紹興)에서 발간된 『웨둬일보』
(越鐸日報)에 처음 발표되었다. 서명은 황지(黃棘)다. 본래 표점이 없었다. 『웨둬일보』는
1912년 1월 3일 사오싱에서 웨사(越社) 동인들에 의해 창간되었고, 1927년 3월 정간되
었다.

2) 원문은 '大禹'. 중국 선사시대 하후씨(夏後氏) 집단의 지도자로 중국 최초의 왕조로 알
려져 있는 하(夏)나라 건국자다. 특히 홍수를 잘 다스려 천하를 안정시킨 공로로 순(舜)
임금에게서 보위를 선양받았다고 한다.

3) 구천(勾踐)은 춘추시대 월(越)나라 군주다. 춘추오패의 하나로 꼽히기도 한다. 오왕(吳
王) 부차(夫差)에게 패배하여 노예생활을 했으나 범려(范蠡)와 문종(文種) 등의 도움으
로 와신상담(臥薪嘗膽)하여 마침내 오(吳)나라를 멸망시키고 춘추시대 패자(覇者)가 되
었다. 구천의 도읍지 콰이지(會稽)가 바로 루쉰의 고향인 저장성 사오싱이다.

4) 무여(無餘)는 월나라 시조로 알려져 있다. 하나라 임금 소강(少康)이 서자 무여를 콰이
지에 봉하고 우(禹)임금의 제사를 받들게 했다고 한다(『오월춘추』吳越春秋 권6).

5) 1911년 10월 10일 후베이성(湖北省) 우창(武昌)에서 신해혁명(辛亥革命)이 일어났고,
그 다음 해 난징(南京)에 중화민국이 건국되고 쑨원(孫文)이 대총통에 취임했다.

6) 삼대 자유는 쑨원이 『민권초보』(民權初步) 「자서」(自序)에서 말한 "집회의 자유, 출판의
자유, 사상의 자유"다.

7) 바이수이(白水)는 굴원(屈原)의 「이소」(離騷)에 나오는 전설상의 물 이름이다. 전설에
의하면 쿤룬산에서 발원하는데 그 물을 마시면 불로장생한다고 한다.

군부 통언[1]

군인의 자격이 가장 고상한 까닭은 그들에게 적을 격파하고 나라를 보위하는 책임이 있기 때문이다. 따라서 장작더미에 누워 쓸개를 맛보고,[2] 창을 베고 아침을 맞는다고 했으니[3] 군인이 스스로 경계함이 어떠해야 하는가? 말가죽에 시체가 싸여 돌아오고,[4] 적장을 베고 군기를 빼앗는다[5]고 했으니 군인이 스스로 기약함이 어떠해야 하는가?

오늘날 우리 사오싱의 군인은 스스로 기대함이 어떠한가? 무리를 지어 한가한 놀이에 탐닉하는 자도 있고, 서로 치고 박고 싸우는 자도 있고, 사창가에서 자며 환락을 찾는 자도 있고, 노름꾼을 잡아 사사롭게 벌을 주는 자도 있다. 몸은 군대, 국가, 국민의 중임을 맡고 있으면서도 무뢰배의 악작극을 일삼고 있는 것은 규율이 엄숙하지 못하고 훈련이 불량하기 때문인가? 아니면 노예 근성 때문에 가르침을 펼치기 어렵기 때문인가? 이 따위 자격으로 북벌군에 들어간다면 우리 중화민국의 전도가 위태로울 것이다!

나 저우수런周樹人은 말한다. 잡초를 제거하지 않으면 곡식의 싹이 자라지 못한다. 교련을 맡고 있는 책임자들은 어찌하여 단체에 해를 끼치는 망나니를 제거하고 성실하고 깨끗한 병사를 모집하여 완전한 의용군을 만들지 않는가?

또한 동일하게 북벌을 목적으로 삼는다면서 한 무리는 둥관東關 마을에 모집 단체를 만들고, 한 무리는 투계장鬪鷄場에 모집 단체를 만들고, 한 무리는 제5중학교第五中校에 모집 단체를 만든 뒤 각각 따로 비용을 쓰며 병사를 모집하고 있다. 모두 사오싱에 거주하면서도 세력은 모래처럼 흩어져서 하나로 연락을 하지 못하니 나는 이러한 상황을 이해할 수 없다.

주)_____

1) 원제는 「軍界痛言」. 이 글은 1912년 1월 16일 사오싱 『웨둬일보』 제14호 '자유언론'(自由言論) 코너에 처음 발표되었다. 서명은 수(樹)다. 본래 표점이 없었다.
2) 원문은 '臥薪嘗膽'. 장작 위에서 불편하게 잠을 자며 쓸개를 맛본다는 뜻이다. 치욕을 감수하고 견뎌서 마침내 복수를 도모하는 것을 비유한다.
3) 원문은 '枕戈待旦'. 창을 베고 아침을 기다린다는 뜻이다. 밤새도록 경계를 게을리하지 않음을 비유한다.
4) 원문은 '馬革裹屍'. 말가죽으로 자신의 시체를 싼다는 뜻이다. 전쟁에 나가서 살아서 돌아오지 않겠다는 결심을 비유한다.
5) 원문은 '斬將搴旗'. 적장을 베고 적의 군기를 뽑아낸다는 뜻이다. 전쟁터에서 용감하게 싸워 적을 물리침을 비유한다.

신해유록[1]

1.

3월 18일, 맑음. 콰이지산 입구로부터 6~7리를 가서 우임금의 사당[2]에 이르렀다. 오래된 이끼가 담장을 따라 덮여 있었고, 썩은 나무가 땅을 덮고 있었으며, 두세 명의 농부들이 계단 돌 위에 앉아 있었다. 길을 꺾어 오른쪽으로 돌자 바로 콰이지산 발치였다. 1리 정도 가서 왼쪽으로 방향을 바꿔 작은 산에 닿았다. 산은 그리 높지 않았지만 소나무와 삼나무가 함께 치솟아 있었고 가시나무에 가시도 빽빽이 돋아나 있었다. 다시 위로 올라가니 가시나무가 점차 적어지면서 야초가 드문드문 자라고 있었다. 모두가 흔한 풀이었지만 두 가지 종류를 채집했다. 산꼭대기에 오르자 발아래로 솟아오른 절벽이 보여서 더 나아갈 수 없었다. 엎드려 아래를 굽어보니 오래된 이끼가 가득 덮여서 그 더부룩한 모습이 마치 가죽 털옷 같았고 그 가운데 작은 꽃들이 섞여 있었다. 대여섯 송이씩 군집을 이룬 곳이 수십 군데였는데 면적은 대략 1장丈 정도였다. 가까이 있는 것을 꺾어서 보니 모두 잎 하나에 꽃 한 송이였으며 잎은 벽옥색이고 꽃은 자주색이었다. 이 것이 세칭 일엽란─葉蘭으로 이름에 엽葉을 넣고 잎의 숫자를 표시했으며, 또 이름에 란蘭이라는 화초를 넣어 종류를 구분했다. 보슬비가 갑자기 뿌리는 중에 어떤 나무꾼이 다가와서 무엇을 하느냐고 절실하게 물어 왔다. 정식 설명으로는 이해시킬 수가 없어서 "약초를 구한다"고 속여 말했다. 그가 다시 물었다. "무엇에 쓸 거요?" "오래 살기 위해서요." "오래 사는 일을 어찌 약초로 구할 수 있단 말이오?" "그것은 내가 약초를 구하는 까닭일 뿐이오." 그리고 마침내 그와 함께 산허리를 둘러 가로로 난 길을 따라 내려왔다. 무릇 산을 직선으로 오르는 길은 올라가기는 쉽지만 내려올 때는 힘들기 때문에 산허리에 반드시 가로로 돌아가는 길이 생기기 마련이고, 사람들이 서로 약속하지 않고 그걸 이용하면서 분명하게 길이 생겨 황폐해지지 않는 것이다.

2.

8월 17일 새벽에 배를 타고 신부³⁾로 갔다. 날이 흐리고 비가 내렸다. 정오에 도착했는데 동문에서 40리 정도 떨어진 곳이었다. 리하이관⁴⁾ 앞에 정박하자 관문이 리하이와 강을 사이에 두고 마주 보고 있었다. 제방에서 10~20무武⁵⁾도 안 되는 곳에 바다가 바라다보였다. 제방을 따라서 나무가 늘어서 있었고, 나뭇잎은 뽕잎 같았고, 꽃잎은 다섯 갈래였고, 원통 모양에 옅은 빨강색이었고, 은은한 향기가 있었지만 그것을 부스러뜨리자 악취가 났다. 아마도 누리장나무⁶⁾ 종류인 듯했다. 물가에는 크기가 느릅나무 열매만 한 작은 게가 있었다. 앞 지느러미가 발처럼 달린 작은 물고기는 지느러미에 의지해 펄쩍펄쩍 뛰었고, 리하이 사람들은 그것을 탸오위跳魚라고 불렀다. 정오를 좀 지나자 밀물이 먼 바다에서 밀려오면서 하얗게 줄을 만들었다. 이윽고 가까이로 밀려들자 정박한 배들이 흔들렸다. 순식간에 목전에까지 들어찼고 밀물의 높이는 4척尺이나 됐으며 중앙은 백설처럼 희었고 해안에 가까이 온 것은 진흙이 섞여서 황토빛이었다. 어떤 늙은이가 탄식하며 말했다. "밀물 머리가 검구나!" 말을 마치고는 사방을 돌아보았다. 대체로 웨 지방 풍속에서 밀물 구경을 할 때 검은 밀물을 본 사람은 허물이 있는 사람이라고 한다. 그러나 밀물에는 반드시 진흙이 섞여들고 진흙은 또 흰색이 아니므로 그 늙은이는 구경꾼들을 저주한 것이다. 구경꾼들이 허물을 얻게 되면 늙은이에게도 이익이 되지 않지만 그 늙은이는 끝내 그들을 저주했다. 밀물이 지나가자 비가 개어 가까운 교외를 산보하다가 갈대숲에 이제 막 자주색 꽃을 피운 야고[7]가 섞여 있는 걸 보았다. 몇 포기를 꺾어 채집했는데 갈대 잎이 피부를 찔러서 쉽게 채취할 수 없었다. 또 큰 것 한 포기를 채취하여 옮겨 심을 생각이었지만 야고가 갈대 뿌리에 붙어 생장하고 있어서 일단 옮겨서 땅에다 다시 심으면 스스로 영양을 공급할 수 없기 때문에 틀림없이 살아날 수 없을 것 같았다.

주)_____

1) 원제는 「辛亥遊錄」. 이 글은 1912년 2월 사오싱의 『웨사총간』(越社叢刊) 제1집에 발표되었다. 서명은 루쉰의 막내 동생의 이름을 빌려 '콰이지 저우젠런 차오펑'(會稽周建人喬峰)이라고 되어 있다. 본래 표점이 없었다. 신해(辛亥)는 1911년이다. 루쉰은 그 무렵 사오싱부(紹興府) 중학당(中學堂)에서 교편을 잡고 있었고, 과외 시간을 이용해서 야외로 나가 동식물 표본을 채집하곤 했다.
2) 우사(禹祠)는 사오싱 동남쪽 콰이지산 아래에 있다.

3) 신부(新步)는 지명이다. 사오싱 동북 전탕뎬(鎭塘殿) 근처다.

4) 리하이관(瀝海關)은 지금의 저장성 상위구(上虞區) 리하이진(瀝海鎭) 리하이소(瀝海所)를 가리킨다. 차오어장(曹娥江)이 바다로 흘러드는 지점이어서 리하이(瀝海)란 이름이 붙었다. 명(明)나라 때 바다를 방어하기 위한 수어천호소(守禦千戶所)라는 군사 관문이 설치된 곳이다.

5) 무(武)는 길이 단위다. 보통 6척(尺)을 1보(步)라 하고, 반보(半步)를 1무(武)라 한다. 중국의 현재 단위로 1척은 33.3cm이므로 1무는 대략 1m 정도 되는 거리다.

6) 원문은 '海州常山'. 누리장나무(Clerodendron trichotomum Thunb)를 가리킨다. 중국의 하이저우(海州) 즉 지금의 장쑤성 롄윈강(連雲港) 일대에 많이 자라므로 하이저우창산(海州常山)이란 이름이 붙었다.

7) 야고(野菰, Aeginetia indica)는 억새나 갈대에 기생하는 1년생 더부살이 풀이다.

국무원에 올리는 국가 휘장 도안 설명서[1]

삼가 살펴보건대 서구 국가의 휘장은 유래가 아주 오래되었고, 그 맹아는 개인에게서 비롯되어 더 널리 퍼져 나가 한 국가에서까지 휘장을 갖추게 되었습니다. 옛날 그리스 무사들은 방패를 머리 위로 받쳐 들고 싸움에 나갈 때 스스로 좋아하는 것을 선택한 뒤 방패에다 그림을 그려서 서로 구별이 되게 했습니다. 로마 시대로 내려와서도 그런 풍습은 끊이지 않고 전승되었습니다. 십자군 전쟁이 일어나자 각국의 병사들을 모아 군대를 만들었고 각 군대가 마구 뒤섞여 구별되지 못할까 근심하여 각각 해당 군대 장수의 방패 휘장을 표지로 삼았습니다. 여기에서 확장되어 한 가문에도 사용하게 되었고 더 확장되어 한 나라에까지 사용하게 되었습니다. 이 때문에 처음의 형상은 모두 자신의 이름이나 성씨를 써서 개인을 나타내거나 십자가를 만들어 종교를 중시했습니다. 국가 휘장을 만들 때는 역사적 사실에 의거하여 십자가 여러 개를 겹치거나 또는 방패 모양을 모방하여 거기에 또 곤룡포, 면류관, 깃발 등을 그려 넣어 장식으로 삼았습니다. 새로 탄생한 나라가 처음에 국가 휘장을 제작할 때 위와 같은 테두리에서 벗어날 수 없는 것은 대체로 문헌에 한계가 있기 때문입니다. 지금 중화민국은 이미 가화嘉禾²⁾를 국가 휘장으로 삼고 있지만 도안이 너무 단순하므로 마땅히 더 보충하여 다른 나라의 휘장에 비견될 수 있도록 해야 너무 소박하다는 근심이 없어질 것입니다. 중국의 역사는 특수하여 서구와는 다르므로 서구에서 숭상하는 것을 중국에서 사용할 수는 없습니다. 멀리 이전 시대의 역사에 근거하여 다시 새 도안을 그리는 것이 확실하게 근거를 마련하는 일이며 또 타당한 일이기도 할 것입니다. 옛날 서적을 고찰해 보면 근원이 오래된 것으로는 용龍보다 더 나은 것이 없습니다. 그러나 용 휘장은 이미 저항과 배척을 많이 받았으므로 그걸 그릴 수는 없습니다. 다시 차선책을 생각해 보면 12장章³⁾이란 것이 있습니다. 위로 『상서』尚書에서 찾아볼 수 있으니 근원 또한 오래된 것입니다. 한漢나라와 당唐나라 이래로 경전을 풀이하는 사람들은 이렇게 말했습니다. 해와 달과 별은 밝게 비추는 뜻을 취했고, 산은 진압하는 뜻을 취했고, 용은 변화하는 뜻을 취했고, 화충華蟲⁴⁾은 무늬의 뜻을 취했고, 종이宗彝⁵⁾는 효도의 뜻을 취했고, 조藻⁶⁾는 깨끗하다는 뜻을 취했고, 불은 밝음의 뜻을 취했고, 쌀은 길러주는 뜻을 취했고, 보黼⁷⁾는 결단하는 뜻을 취했고, 불黻⁸⁾은 변별하는 뜻을 취했습니다. 미덕의 최고 경지는 이보다 더 나은 것이 없습니다. 이제 그 이론에 따라 마땅한 것을 헤아려 모으고 엇섞어 중화민국의 국가 휘장으로 삼고자 합니다. 휘장을 그리는 방법은 가화를 중간에 배치하여 중심으로 삼습니다. 가화의 모양은 한漢나라 오서도 석각⁹⁾에서 가져옵니다. 방패는 순盾을 본뜹니다. 방패 뒤에는 보黼를 그려 놓고 그 위에 쌀알을 여러 개 배치합니다. 보 위에는 해 모양을 그리고 아래에는 산 모양을 그립니다. 그러나 산을 진짜 모양으로 그리면 배치할 곳이 없을까 염려되므로 끈을 연결하여 전서篆書 모양으로 그리고 불黻 무늬로 양쪽 사이의 틈을 메웁니다. 보의 좌우에는 용과 화충을 배치하고 각각 종이宗彝를 들게 합니다. 용은 또 그 몸을 불꽃으로 장식하고, 뿔에는 초생달을 답니다. 화충은 부리에 조藻를 물게 하고 머리에는 별을 씌웁니다. 무릇 이렇게 만들어 바꾸는 건 모두 법도에 맞추어 조화롭게 그리기 위해서입니다. 이렇게 하여 국가 휘장의 큰 윤곽이 대략 갖추어졌습니다. (아래 그림과 같습니다.) 또 이삭 다섯 달린 가화로만 간단한 휘장 1매를 제작하여(그림 생략) 장식이 필요 없는 경우에 사용합니다. 또 곡선식으로 이삭 둘 달린 간단한 휘장 1매를 제작하여(그림 생략) 편지지 같은 서식에 사용합니다. 그림에 더욱 깊은 공력을 가진 사람이 별도로 이 휘장을 채색하여 그 모양을 더욱 아름답고 우아하게 만들면 아마도 중화민국의 훌륭한 덕을 드러내어 천하에 널리 펼칠 수 있을 것입니다.

국가 휘장 도안 시안(擬國徽圖)

본래 그림의 용과 화충의 꼬리는 모두 안쪽으로 굽은 모양이었다. 그러나 나중에 국무원과 외교부 회의를 거쳐 지금처럼 꼬리가 밖으로 펼쳐진 모양으로 바뀌었다.

1) 원제는「致國務院國徽擬圖說明書」. 이 글과 국가 휘장은 1913년 2월『교육부 편찬처 월간』(敎育部編纂處月刊) 제1권 제1책 '문독녹요'(文牘錄要) 코너에 처음 발표되었다. 서명은 없고 본래 원문에 구두점이 찍혀 있다. 2005년판『루쉰전집』에 최초로 수록했다. 1912년 8월 28일 루쉰의 일기에 "첸다오쑨(錢稻孫), 쉬서우창(許壽裳)과 국가 휘장을 고안하여 판(范) 총장에게 제출했다"는 기록이 있다. 이 기록을 보면 이 시기를 전후하여 국가 휘장을 만들었음을 알 수 있다. 당사자인 첸다오쑨의 언급에 의하면 국가 휘장 도안은 자신이 그렸고, 설명서는 루쉰이 썼다고 한다(1961년 5월 17~19일 루쉰박물관에서 있었던 대담 내용). 판 총장은 판위안롄(范源濂, 1877~1928)으로 자는 징성(靜生), 후난성(湖南省) 상인(湘陰) 사람이다. 당시 교육총장이었다.

2) 가화(嘉禾)는 이삭이 많이 달린 벼로 흔히 태평성대의 상징으로 쓰인다. 중국의 다양한 서적에 나타나지만 대체로 전설상의 식물로 봐야 한다.

3) 12장(章)은 고대 천자의 면복(冕服)에 그려 넣는 12가지 무늬다. 일(日), 월(月), 성(星), 산(山), 용(龍), 화충(華蟲)은 윗옷에 그리고, 종이(宗彝), 조(藻), 화(火), 분미(粉米), 보(黼), 불(黻)은 치마에 수놓았다.『상서』「익직」(益稷),『주례』(周禮)「사복」(司服) 등에 관련 기록이 있다.

4) 화충(華蟲)은 꿩을 아름답게 장식한 문양이다. 임금이나 세자 등이 입는 고급 예복의 장식으로 쓰였다.

5) 종이(宗彝)는 종묘의 제사에 쓰인 술그릇이다.

6) 조(藻)는 깨끗한 수초(水草)다.

7) 보(黼)는 도끼 모양 무늬다. 반흑반백(半黑半白)으로 수를 놓아 고대 예복을 장식한다.

8) 불(黻)은 기(己)자 모양 무늬다. 기(己)자 두 개를 반대로 마주 보게 하여 연속된 무늬로 만든다. 반흑반청(半黑半靑)으로 고대 예복에 수를 놓아 장식한다.

9) 오서도(五瑞圖) 석각(石刻)은 지금의 간쑤성 청현(成縣)에 있는 동한시대 마애 석각이다. 영제(靈帝) 건녕(建寧) 4년(171)에 새겼다. 황룡(黃龍), 백록(白鹿), 목연리(木連理), 가화, 감로(甘露) 등 다섯 가지 도상을 새겨서 무도태수(武都太守) 이흡(李翕)의 공덕을 기렸다.

미술보급에 관한 의견서[1]

1. 미술(美術)이란 무엇인가?

미술이라는 말은 중국에서 옛날에 사용되지 않았다. 이 말이 사용된 것은 영어의 아트(art or fine art)를 번역하면서부터다. 아트라고 하는 것은 원래 그리스에서 나왔고 그 뜻은 예藝다. 그곳에 아홉 여신[2]이 있었고 선민先民들은 신들에게 기도를 올리며 뛰어난 솜씨가 갖춰지기를 바랐다. 중화 땅 장인匠人들에게 모두 숭배하며 기원하는 대상이 있는 것과 같다. 현재 상황을 살펴보면 이 말에 아름답다는 뜻이 포함되어 있는데, 아트 전체를 미술이라고 부르는 것은 부당하다.

그리스 사람들은 세상에서 미술로 저명하다. 그러나 그들의 솜씨가 처음부터 잘 연마된 수준이었던 것은 아니고 겨우 직관의 힘에 의지하여 천지만물의 미추를 판별했을 뿐이다. 다만 감각이 예민했기 때문에 그들이 성취한 수준은 신의 경지였다. 대체로 모든 인류는 두 가지 본성을 갖고 있다. 첫째는 감수성受이고 둘째는 창작作이다. 감수성이란 비유컨대 새벽 해가 바다 위로 떠오르고, 고운 풀에서 꽃이 필 때, 백치가 아니라면 누구나 깨달을 수 있고 감동할 수 있는 것과 같다. 깨닫고 감동하면 재능 있는 사람 한둘이 그것을 재현하여 새로운 작품을 만들 수 있는데 이를 창작이라 한다. 따라서 창작이란 생각思에서 나오고, 생각이 없으면 미술도 없다. 그러나 사람들이 바라보는 자연물은 꼭 원만圓滿하지는 않다. 꽃은 시들어 떨어질 수 있고, 숲은 황폐해져 더러워질 수도 있다. 이런 것을 재현할 때는 고치고 다듬어서 적당한 아름다움을 보태야 한다. 이를 미화美化라 한다. 이와 같은 미화가 없다면 그건 미술이 아니다. 이 때문에 미술에는 세 가지 요소가 있다. 첫째 자연물, 둘째 타당한 이치를 생각하는 것, 셋째 미화가 그것이다. 미술에는 반드시 이 세 가지 요소가 있어야 하므로 다른 것과의 경계가 매우 엄격하다. 옥을 깎아 나뭇잎 모양으로 만들고, 옻칠을 해서 쇠처럼 색깔을 내면 비슷하기는 하지만 그것을 미술이라 부를 수는 없다. 사방 한 치의 상아에 문자 천만 개를 새기고, 복숭아씨 한 알에 층층누대를 새기는 건 정밀하기는 하지만 그것을 미술이라 부를 수는 없다. 펼쳐서 확장할 수 있는 책상이나 갖고 다니기에 가벼운 기물은 사용에 편리하기는 하지만 그것을 미술이라 부를 수는 없다. 태곳적 유물이나 먼 나라의 기이한 그릇은 드물기는 하지만 그것이 꼭 미술이 되는 것은 아니다. 짙붉고 짙푸른 색깔이 뒤섞여 영롱하고 자극적이면 사람의 눈길을 뺏을 수 있을 정도로 곱기는 하지만 그것이 꼭 미술이 되는 것은 아니다. 이러한 것들은 더 분명하게 구별하지 않을 수 없다.

2. 미술의 분류

앞에서 언급한 내용을 통해 우리는 미술이라는 것이 사상을 이용하여 자연물을 미화하는 것임을 알 수 있다. 이런 이치에 부합하면 외형이 어떤지 상관없이 모두 미술이라 부를 수 있다. 예를 들면 조소彫塑, 회화, 문장, 건축, 음악이 모두 그러하다. 이러한 분류법은 그리스의 플라톤에게서 비롯되었고, 그 종류에 모두 두 가지가 있다.

(갑) 정적 미술　　　　(을) 동적 미술

플라톤은 조소와 회화를 정적 미술로 여겼고, 음악과 문장을 동적 미술로 여겼다. 이러한 분류가 처음이었기에 그 학설이 완전하지 못했다. 뒤에 프랑스 사람 바퇴[3]가 셋으로 구분했고, 또 독일 사람 헤겔이 그것을 계승했다.

(갑) 눈의 미술　　　　(을) 귀의 미술

(병) 마음의 미술

눈의 미술에 속하는 것은 회화와 조소이고, 귀의 미술에 속하는 것은 음악이며, 마음의 미술에 속하는 것은 문장이다. 이 설은 모두 옳다고 할 수 없고 앞 시대와 다른 것도 없다. 근래에 영국 사람 콜빈[4]은 또 다른 구별법을 만들어 세 종류로 나눴다. 지금 여기에 모두 서술하겠다. 모든 미술은 이중 하나의 분야에 분류해 넣을 수 있다.

(1). (갑) 형체 미술　　　　　(을) 소리 미술

미술에서 볼 수 있고 만질 수 있는 것이 있다. 예를 들면 회화, 조소, 건축 같은 것이 그것이다. 이를 형체 미술이라 한다. 볼 수도 없고 만질 수도 없는 것도 있다. 음악이나 문장 같은 것이 그것이다. 이를 소리 미술이라 한다. 하지만 중국 문장의 미美는 형체와 소리 두 가지 모두를 갖고 있으므로, 이런 분류로 포괄할 수 없다.

(2). (갑) 모방 미술　　　　　　　　(을) 독창 미술

미술에는 자연물의 형상을 모방하는 것이 있다. 조각, 회화, 시가詩歌가 그것이다. 독창적으로 만들어 내는 것도 있다. 건축과 음악이 그것이다. 뒤의 두 가지는 간혹 자연물과 미묘하게 교섭하기도 하지만, 복잡한 구성을 갖고 있기 때문에 자연물에서 거의 벗어나 있다.

(3). (갑) 실용 미술　　　　　　　　(을) 비실용 미술

미술 중에서 실용과 관련되어 있는 것은 오직 건축뿐이다. 기타 조각, 회화, 문장, 음악 등은 모두 실용과 관계가 없다.

3. 미술의 목적과 실용성

미술의 목적을 말하는 사람들은 지극히 다양한 학설을 제시하고 있다. 요컨대 사람들에게 즐거움 주는 것을 중심으로 삼아야 한다 하면서도 다만 실용성 여부에 대해서는 서로 견해가 어긋난다. 미美를 위주로 생각하는 사람은 미술의 목적이 바로 미술 자체에 있고, 다른 일과는 아무런 관계가 없다고 인식한다. 미술의 목적에 대한 설명으로서는 이것이 진실로 정확한 견해다. 그러나 쓰임用을 중심으로 생각하는 사람은 미술이 반드시 세상을 이롭게 해야 하며 그렇지 못하면 존재할 가치가 없다고 한다. 그런데 기실 미술의 본질은 진미眞美를 발양하여 사람의 마음을 즐겁게 하는 데 있으며, 이것을 의도된 이익과 실용성에 비교해 보면, 억지로 의도하지 않은 결과라 할 수 있다. 점점 실용성에 빠져들면 미에 집착하는 사람들을

심하게 혐오하는데 이는 오늘날 중국 사람들의 공공연한 생각과 자못 부합한다. 따라서 아래와 같이 약술하겠다.

그 하나, 미술은 문화를 표현할 수 있다. 모든 미술은 한 시대나 한 민족의 사유를 증명할 수 있다. 따라서 이 또한 국혼國魂이 밖으로 드러난 모습이다. 정신이 변하면 미술도 이에 따라 바뀐다. 이러한 예술품들은 오래도록 세상에 남게 된다. 이 때문에 무공武功과 문교文教는 시간과 함께 소멸되지만, 미술에 기대 그것을 보존하면 장래에 살펴볼 만한 것이 남게 된다. 그밖에 성대한 전례典禮나 중대한 사건,[5] 명승지와 명인 등도 흔히 미술의 힘으로 영원히 존재하게 된다.

또 하나, 미술은 도덕을 보좌할 수 있다. 미술의 목적은 도덕과 완전히 부합하지는 않지만, 그 힘은 인간의 성정性情을 심원하게 할 수 있고, 또 인간의 기호를 고상하게 만들 수 있으므로 도덕에 도움을 주어 나라를 다스릴 수 있다. 물질문명이 날이 갈수록 더욱 만연하여 인정人情도 이에 따라 나날이 천박한 길로 나아가고 있다. 지금 미술로써 이를 아름답게 하고 숭대崇大하게 하면 고결한 마음만 남게 되고 사악한 생각은 일어나지 않게 되어, 징계하거나 권장하지 않더라도 나라는 안정될 것이다.

또 하나, 미술은 경제를 구원할 수 있다. 국산품은 배척당하고 외제품이 유행하여 중국 경제는 끝내 곤궁한 지경에 빠졌다. 그러나 물품의 재료는 여러 나라가 동일하므로 그 차이는 오직 제조에 달려 있다. 미술을 널리 보급하면 물품이 저절로 좋아져서, 시장 점포에 진열해 두었을 때 외국 제품보다 월등히 뛰어날 수 있다. 이후로는 자금이 외국으로 빠져 나가는 것을 걱정하지 않아도 된다. 따라서 부질없이 국산품을 숭상하자고 말하는 사람은 말단이고, 미술을 잘 발휘하는 것이 진실로 근본이다.

4. 미술을 널리 보급하는 방법

미술의 쓰임을 위에서 크게 세 가지로 요약했다. 게다가 미술 본래의 목적
은 인간에게 즐거움을 주는 것이다. 그러므로 이러한 목적을 실천하는 방
법은 자연히 보급에 달려 있다. 보급이란 더 이상 은밀하게 감추는 것이
아니라 세상에 두루 전파하여 국민의 이목耳目과 만나게 하는 것이다. 그
리하여 미술의 본질을 발양하고 국민의 미감을 불러일으키고 더 나아가
미술가의 출세를 바라는 것이다. 이제 마땅히 실천해야 할 사업 시안을 다
음과 같이 열거해 본다.

하나. 건설사업

미술관 : 정부 소재지에 중앙미술관을 설립하여 광복 기념으로 삼는
다. 다음으로 이런 사업을 여러 지방에까지 보급한다. 건축 방법은 전문가
의 의견을 널리 구해야 하며, 도안圖案을 두루 모아 그중에서 좋은 것을 선
택해야 한다. 혹시 옛날 유명한 건축물이 있으면 그것으로 충당하면 된다.
진열품은 옛날부터 전해져 온 중국 국가 소유 미술품이 될 것이다.

미술전시회관 : 건축 방법은 위와 같다. 개인 소장품이나 미술가들이
새로 창작한 작품을 전시한다.

극장 : 건축 방법은 위와 같다. 공연 대상은 중국의 신극이나 외국의
저명한 신극 번역 작품이다. 그러나 더 이상 옛날 공연법은 참고하지 말아
야 한다. 또 그림이나 글로 대략적인 뜻을 설명하여 관람자들이 모두 연극
의 의미를 이해할 수 있게 해야 한다. 중국 구극舊劇은 다른 극장을 사용하
게 하여 신극과 뒤섞이게 해서는 안 된다.

음악당 : 공원이나 공공장소에 연주회장을 설립하고, 정기적으로 신악新樂을 연주해야지 더 이상 옛날 음악을 참고해서는 안 된다. 다만 소책자로 음악의 뜻을 설명하여 방청객들이 모두 이해할 수 있게 해야 한다.

문예회 : 문인학자들을 초빙하여 집회를 열고, 국민들이 창작한 문예를 심사하여, 우수한 사람을 뽑아 장려하고, 또 작품이 널리 유포되도록 도와야 한다. 또한 해외의 저명한 도서를 약간 선정하고 그것을 중국어로 번역하여 국내에 보급되도록 해야 한다.

하나. 보존사업

저명한 건축 : 사원과 궁전은 옛날에 대부분 종교나 제왕의 위력으로 국민들을 시켜서 만든 것이다. 따라서 시대가 이미 변하여 그런 건축을 다시 재현할 수 없으므로, 마땅히 보존하여 파손되지 않게 해야 한다. 기타 역사적으로 저명한 곳, 즉 유명인의 옛집, 사당, 분묘 등도 지방에서 논의하여 보호하거나 잘 꾸며 국민들이 관람하거나 산보하는 장소로 삼는다.

비석 : 탁본을 너무 많이 하여 날이 갈수록 글씨가 희미해지니 탁본 금지령을 내려 장기 보존이 가능하도록 해야 한다.

벽화 및 조상 : 사찰이나 사당에 이런 것들이 있는데, 간혹 명인의 손에서 나온 것도 있다. 근자에는 미신 타파의 명의로 마음대로 파손하고 있으므로, 자세히 조사하고 손을 써서 보존물로 지정해야 한다.

임야 : 각지의 아름다운 임야를 자세히 조사하여 보호하고 벌목을 금지해야 한다. 또 지형을 잘 가늠하여 국가공원으로 개발해야 한다. 아름다운 동식물도 그렇게 해야 한다.

하나. 연구사업

고악古樂 : 중국고악연구회를 설립하여 옛 음악이 중도에 단절되는 것을 막아야 하고 아울러 그 가운데서 훌륭한 것을 뽑아서 국내에 널리 보급해야 한다.

국민문술國民文術 : 민국문술연구회를 설립하여 각지의 민요, 속담, 전설, 동화 등을 관리하게 해야 한다. 그 의미를 자세히 밝히고 그 특성을 분별하여, 이런 자원을 발전시키고 빛나게 하여 교육의 보조수단으로 삼아야 한다.

주)_____

1) 원제는 「儗播布美術意見書」. 이 글은 1913년 2월 베이징의 『교육부 편찬처 월간』(敎育部編纂處月刊) 제1권 제1책에 처음으로 발표되었다. 서명은 저우수런(周樹人)이다. 원래 구두점이 찍혀 있다.

2) 원문은 '九神'. 그리스 신화에 나오는 제우스의 딸 중에서 예술을 관장하는 아홉 명의 뮤즈(Muse)를 가리킨다. 칼리오페(Calliope)는 서사시, 탈레이아(Thaleia)는 희극, 멜포메네(Melpomene)는 비극, 폴리힘니아(Polyhymnia)는 종교 찬가, 에라토(Erato)는 에로틱한 시, 에우테르페(Euterpe)는 서정시, 테르프시코레(Terpsichore)는 합창과 춤, 클레이오(Cleio)는 역사, 우라니아(Urania)는 천문학을 관장한다고 한다.

3) 바퇴(Charles Batteux, 1713~1780)는 프랑스의 평론가, 철학자, 성직자인 동시에 수사학 전문가였다. 만년에는 프랑스 아카데미 회원에 선출되었다. 예술의 본질은 자연을 모방하는 데 있다고 주장했다. 저서에는 『각종 미술은 하나의 원칙으로 귀결된다』(Les beaux arts réduits à un même principe), 『문학 원리』(Principes de la littérature) 등이 있다.

4) 콜빈(Sidney Colvin, 1845~1927)은 영국의 문예평론가로 케임브리지대학교 예술대학 교수, 대영박물관의 판화와 소묘 부문 책임자를 지냈다.

5) 원문은 '侅事'. 중대한 사건을 가리킨다.

스스로 그린 명기 약도 설명[1]

1.

2월 2일 구입한 베이망[2] 토우土偶 약도

오리 한 마리. 황토로 만들었고, 높이는 한 치寸다.

돼지모양 호루라기 하나. 흙으로 만들었고, 외부에 청색을 칠했으며, 길이는 두 치다. 몇 번 불어 보니 위엄 있는 소리가 난다. 지극히 기묘하다.

양 한 마리. 백토白土로 만들었고, 높이는 두 치다.

사람 하나. 황토로 만들었고, 높이는 두 치다. 모자 뒷면은 ◌ 모양이다. 어떤 사람인지는 모르겠다.

내막을 알 수 없는 기묘한 물건 하나. 역시 흙으로 만들었고, 홍색을 칠했지만 지금은 색깔이 벗겨졌다. 뿔 하나에 날개가 있고, 높이는 대략 한 자尺 정도다. 지금의 타이산석감당[3] 및 잡상雜像[4]과 같은 벽사辟邪용이 아닌가 의심된다. 이와 비슷한 종류는 매우 많다. 용머리처럼 생긴 것, 양의 몸에 뿔 하나인 것(수염은 없음) 등이 있는데 모두 무슨 용도로 쓰인 것인지는 알 수 없다.

이 물건의 얼굴 콧수염은 서양인과 같고 역시 특이하다. 지금은 이미 나와 마주 보며 책상에 앉아 있다.

이 물건의 얼굴 모양은 혐오스러워서 다른 사람에게 보여 줄 필요까지는 없을 듯하다.

2.

토우 인형 하나. 옷의 목둘레를 둥글게 처리했고, 숄을 걸쳤으며, 소매는 좁다. 치마 주름을 잡은 곳은 홍색 안료를 칠했는데, 아직도 알아볼 수 있다. 미목眉目은 내가 좀 예쁘게 그렸다.

도기 물건 하나. 위에 황색 유약을 발랐고, 사람들의 말에 의하면 디딜방아 모형이라고 한다. 그러나 조감도 형태로 만들어서 작동할 수는 없다. 이것과 비슷한 것이 푸아싼점傳阿三店에 아직도 있다. 길이는 약 두 치다. 이곳 돌기는 아마도 방앗공이를 박는 자리이고, 그 아래에 방아확이 있었을 것이다.

이곳은 발로 밟는 자리다.

이상 두 가지는 2월 3일 류리창5)에서 샀고 가격은 모두 1.5위안이다.

1.

2.

주)_____

1) 원제는 「自繪明器略圖題識」. 이 글은 루쉰의 자필 원고에 근거하여 편집해 넣었다. 대체로 1913년 2월 초에 쓴 것으로 보인다. 원래 제목도 없고 표점도 없다. 2005년판 『루쉰전집』에 최초로 수록했다. 루쉰의 1913년 2월 2일 일기에 이런 내용이 있다. "오후에 쉬지상(許季上)이 오다. 함께 류리창으로 가서 책을 둘러보다. …… 또 베이망산에서 출토된 명기 다섯 점을 6위안(元)에 구입하다. 사람 하나, 돼지 한 마리, 양 한 마리, 오리 한 마리이다. 그리고 뿔이 하나 달린 인면수신(人面獸身)이 하나다. 날개가 달렸는데 그 이름은 모르겠다." 또 2월 3일 일기에도 이렇게 기록되어 있다. "오후에 쉬지푸(許季市), 쉬지상과 함께 류리창으로 가서 또 명기 두 가지를 구입하다. 여자 입상 하나, 절구 형상 하나로 모두 1.5위안을 주다." 루쉰은 이 명기들을 구입한 후 실물에 따라 그림 두 폭을 그리고 거기에 설명을 덧붙였다. 명기란 장례 시에 함께 껴묻는 부장품이다.

2) 베이망(北邙)은 지금의 허난성 뤄양시(洛陽市) 북쪽에 있는 산 이름이다. 망산(邙山) 또는 망산(芒山)이라고도 한다. 후한 및 위(魏)나라 왕족과 대신들이 이곳에 많이 묻혔다. 따라서 베이망산을 공동묘지의 대명사로 쓰기도 한다.

3) 타이산석감당(泰山石敢當)은 옛날 중국 인가 정문이나 마을 입구에 벽사용(辟邪用)으로 세워 두던 돌장승 비슷한 물건이다. 이 물건 위에 '타이산석감당'(泰山石敢當)이란 글씨를 써둔다. 석감당(石敢當)은 감히 대적할 수 없는 돌멩이란 뜻이다. 타이산을 앞에 붙인 이유는 타이산부군(泰山府君)이 귀신을 제압하고 삿된 기운을 몰아낼 능력이 있기 때문이라고 한다.

4) 원문은 '瓦將軍'. 한국어로는 잡상(雜像)이라고 한다. 기와지붕의 추녀마루 위에 살(煞)을 막기 위해 세워 두는 와제(瓦制) 토우다.

5) 류리창은 대부분 류리창(琉璃廠)이라고 쓰나 류리창(琉黎廠)이라고도 쓴다. 베이징에 있는 거리 이름이다. 청대 건륭(乾隆) 이후 고서적, 골동품, 문방구 가게가 밀집하여 문인들이 많이 찾는 골목이다. 지금도 있다.

1915년

'대운사미륵중각비' 교감기[1]

대운사미륵중각비는 당唐 천수天授 3년[692]에 세워졌다. 산시성山西省 이스현猗氏縣 인수사仁壽寺에 있다. 전문은 호빙지의 『산우석각총편』[2]에 보인다. 지금 탁본은 글자가 많이 마멸되어 전체 문장에 빠지거나 잘못된 글자가 꽤 있다. 제1행의 비문을 쓴 사람과 지은 사람 이름에 더욱 심하다. 내가 을묘년[1915] 봄에 창안長安에서 산 새 탁본은 전혀 그렇지 않았다. 새 탁본으로 『총편』을 교감하여 20여 곳을 보충하거나 바로잡았다. 아마도 비석은 아직 마멸되지 않았는데 호씨가 구한 탁본이 나빴던 것으로 보인다. 마지막 3행은 마멸이 매우 심하여 지금 더 이상 필사해 낼 수 없다.

주)_____

1) 원제는 「大雲寺彌勒重閣碑」校記」. 이 글은 루쉰의 자필 원고에 근거하여 편집해 넣었다. 원래 제목도 없고 표점도 없다. 루쉰이 쓴 「대운사미륵중각비' 석문」('大雲寺彌勒重閣碑'釋文) 앞에 다음과 같은 설명이 있다. "을묘년(1915) 11월 18일 정교한 탁본으로 교감하다." 「대운사미륵중각비」는 높이가 3척 7촌이고, 폭은 2척 3촌 5분(分)이며, 비문

은 총 34행이다. 1행은 65자에서 68자로 균일하지 않고, 정자로 쓰여 있다. "전 교서랑 두등 지음"(前校書郎杜登撰), "전□□□□현 형사선 쓰다"(前□□□□縣荊師善書)라고 되어 있다. 또 비문에는 이렇게 쓰여 있다. "천수 2년(691) 2월 24일 조칙에 따라 '대운사'(大雲寺)로 이름했다. 3년 정월 18일에 조칙에 따라 '인수사'(人壽寺)로 편액을 바꿨다."

2) 호빙지(胡聘之, 1840~1912)는 자가 기생(蘄生)으로, 청대 후베이성 톈먼(天門) 사람이다. 『산우석각총편』(山右石刻叢編) 40권에는 모두 후위(後魏) 정광(正光) 4년(523)에서 원대(元代) 지정(至正) 27년(1367) 사이에 새겨진 산시성 석각 700여 통이 수록되어 있다. 책 앞에는 호씨가 광서(光緖) 무술(戊戌, 1898), 신축(辛丑, 1901)년에 쓴 서문 및 무전손(繆荃蓀)이 광서 무술년에 쓴 서문이 있다. 『총편』 권5에 「대운사미륵중각비」 전문이 실려 있다. 호빙지는 이 비석 안어(按語)에서 "비문이 웅대하고 화려하며 엄정하여 초당(初唐) 4걸(四傑)의 유풍이 남아 있다. 그러나 오로지 무측천(武則天)의 혁명만 칭송하면서 당을 생각하는 말은 전혀 없다"라고 했다.

「교육강요」 폐지에 관한 참고사항[1]

생각건대 「교육강요」는 교육에 관한 행정수반의 정견에 불과하지만 거기에 열거된 세 가지 항목은 모두 현재 사실이 되어 명문화된 법령에 실려 있다. 이후로 이 세 가지[2]는 각각 수정하고, 나머지는 따로 방법을 정하자는 의견도 있다.[3] 이론상으로 말하자면 본래 「강요」는 유야무야 폐기된 거나 마찬가지다. 다만 그것이 대도시에서는 사리에 밝은 사람들이 많아서 애초에 이런 결과[사실상 폐기]를 얻을 수 있었다. 그러나 시골에서는 교사들이 대부분 이런 수속 관계에 대해서 그리 분명하게 알지 못한다. 「강요」에 나열된 것은 또 대부분 구식 사상과 부합하는 내용인데, 무지몽매한 세상 사람들은 그것을 보존하는 일에 즐거움을 느낀다. 기타 직업 없는 건달들도 「강요」에 의지하여 단체를 만들고(예를 들면 경학 연구를 빙자하여 사람들을 모으고 단체를 만드는 따위) 교육을 방해한다. 「강요」는 소멸된 것과 같지만 일부 사람들 마음속에는 은연중에 아직도 그림자가 남아 있다. 만약 뿌리째 뽑지 않으면 아마도 잘못된 의견을 근절하지 못할 것이다. 따라서 이 「강요」를 명확한 문서 규정으로 폐지하여 어떤 사람이건 그것에 의지한 견해를 발표할 수 없게 해야 학제상으로나 행정상으로 방해를 받지 않을 것이다. 법령이 정국 변화에 따라 자주 바뀌면, 준법의 신념을 쉽게 잃을 수는 있지만,[4] 근본을 바로잡고 윗물을 맑게 하는 계책을 마련하기 위해서는 이번에 이렇게 하지 않을 수 없다. 무릇 사리에 분명한 국민들께서는 모두 이런 뜻을 깨닫지 못하는 분이 없을 것이다. 이런 취지가 확정되기를 기다려 명령을 시행할 때 모두 한결같이 추진하면 1~2년 내에 준법 신념이 저절로 회복될 수 있을 것이다. 이렇게 되면 잃는 것은 적고 얻는 것은 매우 많게 된다.

저우수런 주注

주)──────

1) 원제는 「關於廢止'敎育綱要'的簽注」. 이 글은 루쉰의 자필 원고에 근거하여 편집해 넣었다. 원래 제목도 없고 표점도 없다. 「교육강요」(敎育綱要)는 1915년 초 위안스카이가 대총통에 임명되었을 때 제정했다. 모두 '총강'(總綱), '교육요언'(敎育要言), '교과서'(敎科書), '건설'(建設), '학위장려'(學位獎勵) 다섯 항목 25관(款)으로 되어 있다. '공자 존중, 맹자 숭상'(尊孔尚孟)을 취지로 삼고 중학교와 초등학교에 모두 독경(讀經) 과목을 부가하도록 규정했으며, 각 성 곳곳에 경학회(經學會)를 설립하자고 제창했다. 1915년 2월 『교육공보』(敎育公報) 제9책에 게재되었고, 본래 제목은 「교육 정리 요목」(整理敎育要目)이다. 위안스카이가 의도한 황제제도 복원이 실패로 돌아가자, 당시 교육부 참사실(參事室)에서는 학제를 정리하고 교육방침을 확정하기 위해 「강요」의 존폐 문제를 둘러싸고 토론을 진행했다. 그리하여 교육부에서는 1916년 8월 3일 「강요」를 제정한 이래 드러난 실제 문제와 토론 중에 제기된 상이한 의견을 모아서 '설첩'(說帖)을 만들었고, 이것을 각 사(司)와 각 시학(視學)으로 내려보내 의견을 구했다. 당시 루쉰이 이를 위해 '설첩'에다 참고사항으로 이 의견을 적었다.

2) 「교육강요」를 시행하면서 드러난 세 가지 어려운 점이다. '설첩'에 기록되어 있다. 첫째, 중학교·초등학교 학제 문제('총강' 제4관). 둘째, 각 학교 독경 문제('교과서' 제2관), 셋째, 경학회 문제(건설 제7관). 이상 세 가지는 모두 명문화된 법령으로 공포했다(첫째와

둘째 문제는 국민학교령 및 시행세칙, 예비학교령에 보이고, 셋째 문제는 비령批令에 보인다).

3) 토론 중인 세 가지 상의한 의견의 하나를 가리킨다. 역시 '설첩'에 기록되어 있다. "시행 중인 각 조항은 취소한다. (이유) 정사당(政事堂; 내각)에서 교부된 문건(「교육강요」)은 봉행할 책임은 있지만 법령으로 공포된 문건과는 다르다. 「강요」에 기록된 것은 공론만 많고 사실은 적다. 이때 모름지기 앞에서 서술한 각 조항을 각각 나누어 수정하거나 폐지해야 한다. 그리고 이론상 계획상 아직 시행하지 않은 조항은 이후에 따로 방법을 정해서 시행한다. 더 이상 원래 논의에 의지하지 않으므로 「강요」는 유야무야 폐지된 것으로 본다. 이러한 취지에 따라 말하자면 우리가 「강요」를 명문으로 취소할 필요까지는 없을 듯하다."

4) 논의를 늦추자고 주장하는 사람들의 이유를 가리킨다. 역시 '설첩'에 기록되어 있다. "법령을 정국 변화에 따라 바꾸면 법률 준수의 신념을 잃기 쉽다."

콰이지우묘폄석고[1]

이 비갈碑碣은 세상에서는 폄석[2]이라 하고 콰이지산의 우묘禹廟에 있다. 높이는 여구척慮丘尺[3] 여덟 자 아홉 치이고 상단에 구멍穿이 있는데 구멍 직경은 여덟 치 다섯 푼이다. 구멍 오른쪽 아래에 전서篆書 세 줄이 있다. 평씨平氏의『사오싱지』[4]에 이런 기록이 있다. "강희 초에 장희량이 뜻으로 유추해 읽어서 29자를 얻었고, 비석 구석까지 자세히 조사해 본 결과 모두 5행에 각 행 26자로 되어 있었다." 왕창의『금석췌편』[5]에 또 이런 기록이 있다. "오직 '日年王一幷天文晦眞' 9자만 판별할 수 있다." 지금 이 탁본으로 읽을 수 있는 것은 제1행 "甘□□□□□王石", 제2행 "□乾夕幷□天文晦彳", 제3행 "□□言眞□□黃□□" 11자와 반쪽 글자 2자다. 글자를 새긴 때는 혹자는 후한 순제順帝 영건永建[126~132] 연간이라 하고 혹자는 또 후한 환제桓帝 영강永康[167] 연간이라고 하나 모두 증거는 없다.『태평환우기』에서는『여지기』[6]를 인용하여 다음과 같이 기록했다. "우묘 곁에 석선石船이 있고 그 길이는 1장丈[10尺]이며, 우禹임금이 타던 것이라 한다. 삼국시대 오나라 마지막 임금 손호[7]가 그 뒤에 공적을 새겼다. 후인들은 손호에게 기록할 만한 공적이 없다고 생각하고 배를 뒤집어 다른 글자를 새기고는 배 가운데를 갈랐다." 이 때문에 완원도『금석지』에서 삼국시대 손씨가 새겼다고 확정했다.[8] 글자체도 천새각석[9]과 지극히 유사하므로 대체로 사실과 부합한다. 후인들이 새긴 다른 글자는 지금 보이지 않는다. 다만 송宋·원元 시대 사람들이 새긴 글자 몇 단락이 남아 있다. 오른쪽에 조여폐의 이름과 관련된 글자[10]와 거기에서 아홉 치 정도 떨어진 곳에 원교진일과 관련된 글자가 있다.[11] 왼쪽 위에는 용조부龍朝夫의 시[12]가 있는데마멸되어 매우 희미하다. 왕창은 58자를 판별했다.[13] 유월이 또 그의 시를자세히 조사하였는데 읽지 못한 글자가 겨우 네 글자뿐이었다. 그 판독문이『춘재당수필』에 실려 있다.[14] 지금 탁본에 의거하여 몇 글자를 더 읽었다. 그것을 수록한다. "□□□□□九月□一日從事郎□□□□□□□□□□□□□龍朝夫因被命□□□□瞻拜禹陵□此詩以紀盛□云, 沐雨櫛風無暇日, 胼胝還見聖功勞. 古柏參天□元氣, 梅梁赴海作波濤. 至今遺跡衣冠在, 長□空山魑魅號. 欲覓□陵尋窆石, 山僧爲我剪蓬蒿." 위에 잘린 부분에는 옛날 새긴 글자가 모두 마멸되고, 청나라 사람이 새긴 글자 10여 단락이 있었는데, 구지舊志에는 양귀산이 새긴 것이라 했지만[15] 지금은 그것도 보이지 않는다.

비갈은 잘려 있고 전서篆書는 하반부에 있다.『사오싱지』에는 "하반부는 원나라 군사가 훼손했다"라고 기록되어 있는데 자세한 내막은 알 수없다.『여지지』에는 길이가 1장이라 했고, 지금 땅에 나온 부분이 아홉 자이므로 그 이후 훼손되지 않았음을 알 수 있다.『가태콰이지지』에서는『공령부기』[16]를 인용하여 이렇게 말했다. "진시황이 세상을 떠나자 이 고을사람들이 나무로 그의 모습을 깎아 제사를 지내고 우묘에 배향했다." 또 이렇게 말했다. "동해성고가 바다 속에서 석선을 타고 돛을 펼친 채 이곳에 이르렀고, 그 두 가지 물건이 우묘 안에 있다." 대체로 이 비갈은 진대秦代 이래로 이곳에 있었고, 손호가 그 위에 공적을 기록했다. 손호는 그림을 새기기 좋아했는데, 선국산비와 천새기공비 등 여러 각석이 모두 그러하다. 모난 모서리가 없어서 흡사 자연에서 만들어진 것 같기 때문에 상서로운 돌로 여긴 듯하다. 진晉·송宋 사람들은 그 유래를 짐작하지 못하고 석선으로 여겼다. 송·원 사람들이 또 그것을 폄석이라 부른 이래 지금까지 바뀌지 않고 있다.

주)_____

1) 원제는 「會稽禹廟窆石考」. 이 글은 루쉰의 자필 원고에 근거하여 편집해 넣었다. 원래 제목도 없고 표점도 없다. 1917년 상반기에 썼다. 콰이지(會稽)는 옛날 현(縣) 이름이다. 수(隨)나라 때 산인현(山陰縣)에서 분리하여 설치했고 그 치소는 지금의 저장성 사오싱이다. 1912년에 다시 산인현과 합하여 사오싱현이라 했다. 사오싱현 동남쪽에 우묘(禹廟)가 있는데 그 건물은 남조 양대(梁代)에 지었다. 폄석은 우묘의 동남쪽에 있다.
2) 폄석(窆石). 옛날 묘혈에 하관할 때 그 관을 밧줄로 매어 말뚝이나 큰 돌에 묶어서 지탱했는데 그 지탱하는 돌을 폄석이라고 한다.
3) 여구척(廬丘尺)은 한 자가 대략 23.58cm다. 후한 장제(章帝) 건초(建初) 6년(81)에 제정한 동척(銅尺)이어서 흔히 건초척(建初尺)이라고도 한다.
4) 평씨는 평서(平恕)로 청대 산인 사람이다. 일강기거주관(日講起居注官), 첨사부소첨(詹事府少詹) 등을 지냈다. 『사오싱지』(紹興志)는 바로 『사오싱부지』(紹興府志)다. 청 건륭 57년(1792) 평서가 편집책임을 맡아 간행했고 모두 80권이다. 이 책 권75 '한각우묘폄석제자'(漢刻禹廟窆石題字)에 다음 기록이 있다. "청 강희(康熙) 초에 저장독학(浙江督學) 장희량(張希良)이 탁본을 떠서 뜻으로 유추하여 29자를 얻었는데 대체로 한대에 제사를 올린 기록이었다. 비석 구석까지 조사해 본 결과 모두 5행에 각 행 16자로 되어 있었다. 아래 떨어져 나간 부분은 원나라 군사가 훼손했다. 운(韻)자로 맞춰 보면 아래에 6자가 빠졌다." 장희량이 지은 「폄석한예고」(窆石漢隸考)는 청대 두춘생(杜春生)이 편찬한 『웨중금석기』(越中金石記)에 인용되어 있다.

5) 왕창(王昶, 1724~1806)은 자가 덕보(德甫), 호는 난천(蘭泉)으로 칭푸(靑浦; 지금의 상하이上海에 속함) 사람이다. 청대 금석학자다.『금석췌편』(金石萃編)은 금석학 목록으로 모두 160권이다. 폄석 잔존 글자 판독은 이 책 권11에 실려 있다.

6) 『태평환우기』(太平寰宇記)는 지리 총지(總志)로 송대 악사(樂史)가 지었다. 원래 200권인데 지금은 193권만 남아 있다. 여기에 인용된『여지기』기록은 이 책 권96 '강남동도8·웨저우와 콰이지'(江南東道八·越州·會稽)에 나온다. 루쉰이 인용한 문장 속의 '타'(它)는 원문에 '지'(之)로 되어 있다.『여지기』(輿地記)는『여지지』(輿地志)로 의심된다.『여지지』는 남조 양 고야왕(顧野王)이 지었고 원본은 30권이었으나 지금은 없어졌다. 청나라 사람이 잔존 기록을 모아 편집한 1권이 전한다.

7) 손호(孫皓, 242~283)는 삼국시대 오나라 마지막 황제다. 무능하고 포악한 정치로 오나라를 멸망으로 몰아넣었다.

8) 완원(阮元, 1764~1849)은 자가 백원(伯元)으로 장쑤성 이정(儀徵) 사람이다. 청대 학자로 벼슬은 체인각대학사(體仁閣大學士)에 이르렀다.
『금석지』(金石志)는『양절금석지』(兩浙金石志)로 금석학 목록인데 모두 19권이다. 이 책 권1을 보면『태평환우기』에 인용된『여지기』를 언급한 뒤 이렇게 말하고 있다. "이런 사실에 근거해 보면 삼국시대 손씨가 새긴 것이 분명하다.『가태지』(嘉泰志)에 송대 직보문각(直寶文閣) 왕후지(王厚之, 1131~1204; 자는 순백順伯, 호는 복재復齋)도 한대에 새긴 것이라 했는데 유래를 알고 한 말이다."

9) 천새각석(天璽刻石)은 손호가 천새 연간(276)에 세운 선국산비(禪國山碑; 지금의 장쑤 이싱宜興)와 천새기공비(天璽紀功碑; 원래 장쑤 장닝江寧에 있었으나 지금은 없어졌음)를 가리킨다.

10) 조여폐(趙與陛)는 송대 자싱(嘉興) 사람이다. 보경(寶慶) 2년(1226) 진사가 되었다. 그는 폄석 위에 예서로 글자를 썼다. 1행 12자다. "콰이지령 조여폐가 와서 놀다. 아들 맹악(孟握)이 수행하다."

11) 원교진일(員嶠眞逸)은 원대 학자 이척(李倜)이다. 그의 자는 사굉(士宏), 호가 원교진일이다. 타이위안(太原) 사람으로 벼슬이 집현시독학사(集賢侍讀學士)에 이르렀다. 그가 폄석에 새긴 글자는 정자로, 모두 2행 14자다. "원교진일이 방문하여 놀다. 황경 원년(1312) 8월 8일."

12) 모두 9행 14자, 정자로 새겼다. 두춘생의『웨중금석기』에 이렇게 기록되어 있다. "이 각자는 연대를 고증할 수 없다. 그러나 종사랑(從事郎) 벼슬이 송대와 원대에만 있었고, 명대에는 종사랑(從仕郎)으로 고쳤다. 따라서 지금 잠시 원나라 말기로 추정해 둔다."

13) 왕창이 용조부 시를 판독한 글은 그의 저서『금석췌편』권11에 실려 있다.

14) 유월(兪樾, 1821~1907)은 자가 음보(蔭甫), 호는 곡원노인(曲園老人)이다. 저장성 더칭(德淸) 사람으로 청말 학자 겸 문학가다. 도광(道光) 연간에 진사에 급제했고 허난학정

(河南學政)을 지내다가 오래지 않아 귀향했다. 쑤저우, 상하이, 항저우의 서원에서 학문을 강의했다. 저서로『춘재당전서』(春在堂全書)가 있다.『춘재당수필』(春在堂隨筆)은 모두 10권으로『춘재당전서』속에 포함되어 있다. 용조부 시에 대한 판독문은 이 책 권2에 실려 있다.

15) 양귀산(楊龜山, 1053~1135)은 본명이 시(時), 자는 중립(中立), 호는 귀산선생(龜山先生)이다. 송대 난젠(南劍) 장러(將樂; 지금의 푸젠 소속) 사람으로 벼슬은 용도각직학사(龍圖閣直學士)에 이르렀다. 저작으로『귀산집』(龜山集)이 있다.『가태콰이지지』(嘉泰會稽志) 권11에 이런 기록이 있다. "우임금을 콰이지산에 장사 지낼 때 이 돌을 폄석으로 삼았다. …… 선화 연간에 양시가 자기 이름을 새겼다."

16)『가태콰이지지』(嘉泰會稽志)는 지방지로 송대 시숙(施宿)이 지었고 육유(陸游)의 서문이 있다. 남송 가태 원년(1201)에 책이 완성되었고, 모두 20권이다. 여기에 인용된『공령부기』의 앞 단락은 이 책 권6, 뒤 단락은 이 책 권13에 실려 있다.

『공령부기』(孔靈符記)는 공령부의『콰이지기』(會稽記)를 가리킨다. 원서는 이미 없어졌고 루쉰이 그 잔존 기록을 모은 한 권이『콰이지군고서잡집』(會稽郡故書雜集)에 수록되어 있다. 공령부는 본명이 엽(曄)으로 남조 송나라 산인 사람이다. 벼슬은 보국장군(輔國將軍)에 이르렀다.

『구미 명가 단편소설 총간』 평어[1]

무릇 구미 47명의 저작을 실었다. 나라별로는 14개국이고, 그중 이탈리아, 스페인, 스웨덴, 네덜란드, 세르비아 소설은 모두 중국에 처음 소개되며, 선택한 작품에도 가작佳作이 많다. 또 매 편마다 저자의 이름을 밝히고 작은 인물 사진과 약전略傳을 덧붙였는데, 마음 씀씀이가 자못 진지하다. 세속 사람들의 이목을 즐겁게 하려는 데 뜻을 두었을 뿐 아니라, 근래 번역 업적의 찬란한 빛이라 할 만하다. 여러 편은 아마도 각 잡지에 계속 게재되었기 때문인 듯, 체제가 통일되어 있지 않다. 제목을 붙일 때 또 우리나라의 성어成語를 사용했는데, 원본에는 본래 그런 제목이 없으므로 불성실하다는 비판을 면치 못할 것이다. 이 책 속에 수록한 작품은 영국소설이 가장 많다. 영문학 가운데서는 단편소설만 본래 가작이 드물다. 골드스미스 및 램의 글은 잡저雜著의 성격이고[2] 소설과 같은 부류가 아니다. 유럽대륙의 저작은 대체로 손에 넣기가 쉽지 않기 때문에 아직도 그 위상에 맞는 소개를 하지 못하고 있다. 게다가 나라별 분류를 하면서 민족을 차례로 삼지 않은 것도 작은 실수다. 그러나 요즘처럼 음란한 글이 각 서점을 가득 채우고 있는 시절에 독자들이 이런 책을 얻어 소위 애정의 참담함 바깥에 그보다 더욱 순결한 일이 있다는 사실을 알게 된다면 그건 진실로 어두운 밤에 희미한 빛을 찾았다고 할 수 있으며 또 수많은 닭떼 가운데서 한 마리 학을 발견했다고 할 수 있다.

주)_____

1) 원제는 「『歐美名家短篇小說叢刊』評語」. 이 글은 1917년 11월 30일 『교육공보』 제4년 제15기 「보고」(報告)란에 처음 발표되었다. 『구미 명가 단편소설 총간』은 저우서우쥐안(周瘦鵑)이 번역하여 1917년 3월 상하이 중화서국(中華書局)에서 초판을 출간했다. 모두 3권이다. 상권에는 영국소설 18편이 수록되어 있고, 중권에는 프랑스, 미국 소설 17편이 수록되어 있으며, 하권에는 러시아, 독일, 이탈리아, 헝가리, 스페인, 스위스, 덴마크, 스웨덴, 네덜란드, 세르비아, 핀란드의 소설 15편이 수록되어 있다. 이 책을 출간한 후 중화서국에서는 교육부로 책을 보내 심사를 요청했다. 당시에 루쉰은 교육부에 재직하고 있었다. 그는 당시에 교육부 산하 통속교육연구회 소설 분과 심의 간사 직을 담당하고 있었다. 저우쭤런은 『루쉰의 고가』(魯迅的故家)에서 이 평어를 루쉰이 기초했다고 말했다.

2) 골드스미스(Oliver Goldsmith, 1730~1774)는 영국 산문가, 시인, 희곡 작가다. 산문집 『세계 시민』(The Citizen of the World)이 매우 유명하다. 저우서우쥐안은 그의 「탐욕」(貪)을 번역해 넣었다.

램(Charles Lamb, 1775~1834)은 영국 수필가다. 저서로 『엘리아 수필집』(Essays of Elia)과 『엘리아 수필 후집』(The Last Essays of Elia) 등이 있다. 저우서우쥐안은 그의 「고향」을 번역해 넣었다.

'□굉묘지'고[1)]

덮개에 "齊故儀同□公孫墓誌"라고 씌어 있다. 묘지墓誌 본문의 기록은 대략 이렇다. "군君의 이름은 굉肱으로 보하이勃海 탸오儵 땅 사람이다. 조부는 의동삼사儀同三司, 칭저우사군靑州使君, 중령군中領軍을 역임했다. 부친은 표기대장군驃騎大將軍, 개부의동삼사開府儀同三司, 중령군을 역임했다. 군은 황건[2)] 2년[561] 진양[3)]에서 생을 마쳤고 당시 나이 9세였다. 천통[4)] 2년[566] 업[5)] 북쪽 자맥[6)] 남쪽에 장사 지냈다." 사람들이 이 묘지명에 발문跋文을 쓰면서 대부분 '공손'公孫을 성씨로 여겼다. 왜냐하면 굉을 공손략公孫略의 손자로 의심했기 때문이다.[7)] 그러나 공손략은 ＿＿사람[8)]이므로 이 묘지명에서 "보하이 탸오儵 땅 사람이라고 한 말과 부합하지 않는다. 묘지명 덮개 공公 자 위에는 빈 칸이 있는데 아마도 성씨를 새기지 않은 듯하다. 본래 덮개 글은 "齊故儀同某公孫墓志"라고 해야 한다. 생각건대 북제北齊 천통 이전에 보하이 탸오 땅 출신으로 영군을 지낸 사람으로는 천보天保 연간에 평진왕平秦王 고귀언,[9)] 천통 초년에 동평왕東平王 고엄[10)]이 있다. 『위서』「고호전」高湖傳에는 이렇게 기록되어 있다. "귀언은 무정[11)] 말년에 표기대장군, 개부의동삼사, 쉬저우자사徐州刺史 직을 두루 역임하고, 안시현개국남安喜縣開國男에 책봉되었다." 또 이런 기록도 있다. "부친 휘徽는 영희[12] 연간에 지저우자사冀州刺史 직이 더해졌다." 이것은 묘지명의 칭저우사군이란 기록과 부합하지 않는다. 또 『북제서』 「귀언전」歸彥傳에는 다음처럼 기록되어 있다. "후경侯景을 토벌한 공로로 창려군공長樂郡公에 책봉되었고, 영군대장군領軍大將軍에 임명되었다. 영군장군에 대大자를 덧붙이는 관행은 귀언으로부터 시작됐다." 그러나 묘지명에서는 '중령군'中領軍이라고만 말했다. 『북제서』 「무성제기」武成帝紀의 기록은 이렇다. "하청[13] 원년[562] 가을 7월, 지저우자사 평진왕 귀언이 자신의 봉토를 근거지로 반란을 일으켰다. 대사마 단소段韶, 사공 누예婁叡에게 조칙을 내려 계책을 써서 사로잡게 했다. 을미년에 귀언과 그의 세 아들을 참수했다." 이 기록은 묘지명에서 말한 "명성이 바야흐로 널리 뻗어 나갔다"라는 기록과 부합하지 않는다. 고엄도 영군대장군으로 무성제의 아들이니 더더욱 그 사람이 아니다. 『위서』 「고호전」에는 또 인仁과 계昚[14]가 등장하는데 모두 의동삼사와 칭저우자사 벼슬을 증직받았다. 인의 아들 관貫[15]에 대해서는 상고해 볼 자료가 없고, 북제로 들어간 이후의 행적은 알 수 없다. 계의 아들 영락永樂과 필弼[16]은 『북제서』에 열전이 있다. 그러나 모두 중령군이라고 언급하지는 않았다. 그러나 이 묘지명에서는 "보하이 탸오 땅 사람"이라고 했고, 또 "용의 자손으로 명성이 대단했다"라고 했으며, "진양에서 죽어" "업 땅에 장사 지냈다"라고도 했다. 이러한 언급은 모두 그가 북제의 종실임을 암시한다. 그 당시 영군 귀언은 하청 2년 2일 해임되었고,[17] 고엄은 천통 2년에 처음으로 역사 기록에 등장한다. 그 사이 4년의 역사 기록이 빠져 있어서 누구인지 모르겠다. 따라서 굉肱은 고씨高氏인 듯하지만 역사 기록에 빠진 부분이 있어서 그의 조부와 부친의 이름은 알 수 없다. 아래에 내가 살펴본 바를 임시로 기록하여, 나중에 역사에 깊은 식견을 가진 분들이 다시 고찰해 주기를 기대하고자 한다.

[부기]

휘굉묘지諱肱墓誌

묘지명에서는 굉을 보하이 탸오灘 땅 사람이라고 했다. 그의 조부는 의동삼사, 칭저우사군을 지냈다. 부친은 표기대장군, 개부의동삼사, 중령군을 지냈다. 황건 2년 진양 자택에서 죽었고, 그때 나이가 9세였다. 천통 2년 업 북쪽 자맥 남쪽에 장사 지냈다. 묘지명 덮개에 "齊故儀同□公孫墓誌" 8자가 씌어 있다. 굉은 겨우 9세에 죽었으므로 의동은 틀림없이 그의 조부 관직일 것이다. 덮개의 '의동' 아래에 빈 칸이 있는데 아마도 성씨를 새기지 않은 듯하다. 따라서 묘지명과 덮개 두 석재가 모두 존재한다 해도 성씨를 알 수 없다. 이 묘지명의 발문을 쓴 사람들은 공손씨 중 중령군을 역임한 사람 가운데서 해당자를 찾았지만 찾아낼 수 없었다. 생각건대 북제 '탸오 땅 사람' 중에서 영군을 지낸 사람으로는 천통 연간에 동평왕 고엄이 있고, 천보 연간에 평진왕 고귀언이 있다. 『위서』 「고호전」에는 귀언이 무정 말년에 표기대장군, 개부의동삼사, 쉬저우자사에 임명되었고, 안시현개국남에 책봉되었다고 기록되어 있다. 또 그의 부친은 고휘이고 영희 연간에 지저우자사 직을 추증했다고 한다. 『북제서』 본전에는 또 천보 원년에 평진왕에 책봉되었다고 했다. 효성으로 명성이 자자하여 시랑侍郎에 임명되었으며 후경을 토벌한 공로로 창려군공에 책봉되었고, 영군대장군에 임명되었는데, 영군장군에 대大자를 덧붙이는 관행이 귀언으로부터 시작됐다고 했다. 그러나 이 묘지명에서는 '중령군'中領軍으로만 되어 있다.『고호전』에서는 고언귀의 부친 고휘가 지저우자사 직을 추증받았다고 기록되어 있다. 그런데 묘지명에서는 '칭저우사군'이라고 언급하고 있으므로 기록이 모두 부합하지 않는다.『고호전』에서는 또 고호의 셋째아들 밀謐을 언급하면서 밀의 형이 진眞이고 진의 아들이 인仁인데 정광 연간에 허저우별가 직으로 있다가 죽었으며, 태창 초에 사지절, 시중, 도독청서제제삼주제군사, 의동삼사, 칭저우자사 직이 추증되었다고 했다. 이 기록은 굉肱의 조부 관직과 일치하지만 뒷부분에 기록이 탈락되어, 인과 귀언이 어떤 관계인지 알 수 없다.『북제서』에서는 고휘가 북위 말년에 어떤 일에 연루되어 양저우로 옮겼고 허수이河水와 웨이수이渭水 사이를 다니다가 도적을 만났으며 군공軍功으로 유배를 면했다고 했다. 허저우에서 오래 근무하다가 오랑캐 말胡言에 능통하다고 해서 서역대사西域大使 직에 임명되었다. 곧 ……

(미완)

주)_____

1) 원제는「□肱墓誌」考」. 이 글은 루쉰의 자필 원고에 근거하여 편집해 넣었다. 원래 제목도 없고 표점도 없다. 집필 시간도 미상이다. 또 한 편의 미완성 원고「휘굉묘지」(諱肱墓誌)도 부록으로 넣어 둔다.「□굉묘지」는 허난성 안양현(安陽縣)에서 출토되었다. 지석(誌石)은 이미 실전되었고, 덮개만 남아 있다. 지명(誌銘)은 모두 18행이고, 1행은 18자이며, 정자로 되어 있다. 전문은 아래와 같다.

君諱肱字如肱勁海絛人也門資磐石之固世 / 保維城之業祖儀同三司青州使君秉德含弘
來蘊在物父驃騎大將軍開府儀同三司中領 / 軍專總禁闈威名方盛觀夫珠潛溟海璧潤荊

山不有高深孰蘊靈異君神情築立崖岸恢舉 / 龍子馳聲鳳雛飛譽曹童測鳥之妙未爲通識
王孺鑒虎之奇誰云智勇思葉風雲調諧金石 / 進退有度容止可觀雅俗佇其風規家國侯其
梁棟而垂天未效奄從不秀以皇建二年十一 / 月廿六日終於晉陽之第里時年九歲天統二
年二月廿五日葬於鄴北紫陌之陽嗟乎居諸 / 互始屢移岸谷寒暑交謝每易榮枯是用勒石
泉扃庶遺芳不朽乃爲銘曰 / 璧出荊山玉自藍田雖云重實不雕不妍豈如
令質其鋒迥出問望堂堂德音裘裘是稱孺子 / 實標通理辯日未儔論月非擬鵬翰漸就豹變
垂成南山欲下北海將征忽爲異世奄閟泉扃 / 千秋萬古空抱餘聲

2) 황건(皇建)은 북제(北齊) 효소제(孝昭帝)의 연호다.

3) 진양(晉陽)은 지금의 산시성(山西省) 타이위안시(太原市)다.

4) 천통(天統)은 북제 후주(後主)의 연호다.

5) 업(鄴)은 지금의 허베이성 린장현(臨漳縣)이다.

6) 자맥(紫陌)은 도성 교외의 도로다.

7) 굉(肱)이 공손씨라는 견해는 다양하게 제시되어 있다. 예를 들면 청대 단방(端方)의 『도
재장석기』(匋齋藏石記) 권13에 이런 기록이 있다. "『위서』(魏書) 「전폐제본기」(前廢帝本
紀)를 살펴보면, 진태(晉泰) 2년[532; 단방의 오류임. 진태 원년이 되어야 함.—옮긴이] 기
록에 '3월 정축일(丁丑日) 표기대장군, 북화저우자사(北華州刺史) 공손략에게 의동삼
사 직을 더해 줬'라는 대목이 있다. 공손략은 표기대장군에 의동삼사 직이 더해졌으
므로 굉의 부친 관작과 부합한다. 굉의 부친이 공손략인 듯하다." 양수경(楊守敬)의 「임
계정무금석발」(壬癸丁戊金石跋)에는 또 다음과 같은 기록이 있다. "祖儀同三司青州使
君父驃騎大將軍開府儀同三司中領軍'이란 구절을 보면 조부와 부친의 이름을 기록하지
않았는데, 이 또한 금석문의 변칙이다. 『위서』 「공손수전」(公孫邃傳)을 살펴보면, '외직
인 사지절(使持節), 안동장군(安東將軍), 칭저우자사(青州刺史)로 임명되었다'라고 했으
므로 굉의 조부가 공손수인 듯하다."

8) 루쉰의 원고에는 사람(人) 앞에 공란이 두 칸 있다. 이는 공란에 장차 글자를 보충할 의
도가 있었음을 말해 준다.

9) 고귀언(高歸彦)은 자가 인영(仁英)으로 보하이 탸오(지금의 허베이성河北省 징현景縣) 땅
사람이다. 북조 위(魏)나라 영서장군(寧西將軍), 량저우진도대장(涼州鎭都大將) 고호(高
湖)의 증손이고, 북제(北齊) 무제 고환(高歡)의 집안 동생이다. 북제 선제(宣帝) 천보(天
保) 원년(550) 6월 평진왕에 책봉되었다.

10) 고엄(高儼)은 자가 인위(仁威)로 북제 무성제(武成帝)의 셋째아들이다. 『북제서』(北齊
書) 「고엄전」(高儼傳)에는 다음과 같이 기록되어 있다. "처음에 동평왕에 책봉되어 개
부, 시중, 중서감, 경기대도독, 영군대장군, 영어사중승의 관직을 받았다. 이어서 사도,
상서령, 대장군, 녹상서사, 대사마로 옮겼다. …… 무성제가 세상을 떠나고 나서 봉토
가 낭야(瑯琊)로 바뀌었다."

11) 무정(武定)은 동위(東魏) 효정제(孝靜帝)의 연호다.

12) 영희(永熙)는 북위 효무제(孝武帝)의 연호다.

13) 하청(河淸)은 북제 무성제의 연호다.

14) 인(仁)은 고인(高仁)이다. 고호의 증손으로 부친의 이름은 발(拔)이다. 『위서』 「고호전」, "인은 정광(正光) 연간에 허저우별가(河州別駕) 직에 있다가 죽었다. 태창(太昌) 초에 사지절, 시중, 도독청제제삼주제군사(都督靑齊濟三州諸軍事), 의동삼사, 청저우자사 직이 추증되었다. 시호는 명목(明穆)이다."

계(昏)는 고계(高昏)로 자는 명진(明珍)이다. 그도 또한 고호의 증손인데 부친의 이름은 도아(睹兒)다. 『위서』 「고호전」, "태창 초에 사지절, 도독지창이주제군사(都督冀滄二州諸軍事), 정동장군, 지저우자사 직이 추증되었다. 영희(永熙) 연간에 다시 시중, 도독청서광삼주제군사(都督靑徐光三州諸軍事), 표기대장군, 의동삼사, 청저우자사 직이 더해졌다. 시호는 문경(文景)이다." 현대학자 자오완리(趙萬里)는 『한위남북조묘지집석』 (漢魏南北朝墓志集釋) 권7에서 '□胘'을 고계의 손자라고 했다.

15) 관(貫)은 고관(高貫)이다. 『위서』 「고호전」, "관은 자가 소호(小胡)다. 영홍(永興) 말년에 통직산기상시(通直散騎常侍), 금자광록대부(金紫光祿大夫), 상식전어(尙食典御) 직에 임명되었다."

16) 영락(永樂)은 고영락(高永樂)이다. 『북제서』 「양저우공영락전」(陽州公永樂傳), "태창 초에 양저우현백(陽州縣伯)에 봉해졌고 관작이 올라 공(公)이 되었다. 여러 번 승진하여 북위저우자사(北豫州刺史)가 되었다." 사후에 "태사(太師), 태위(太尉), 녹상서사(錄尙書事) 직이 추증되었고 시호는 무소(武昭)다."

필은 고필(高弼)이다. 『북제서』 「양저우공영락전」에 의하면 장필(長弼)로 써야 하고, 바로 영락의 아우다. 가까운 종실이었기 때문에 광무왕(廣武王)에 책봉되었고, 나중에 남잉저우자사(南營州刺史)로 폄적되었다.

17) 고귀언이 영군 직에서 해임된 것은 하청 원년(562)이다. 『북제서』 「무성기」, 하청 원년 "2월 정미일, …… 영군대장군, 종사, 평진왕 귀언을 태재(太宰)와 지저우자사(冀州刺史)로 삼았다."

'서법지묘지'고[1)]

묘지명에는 그의 이름을 "자는 법지, 가오핑 진샹 사람이다"字法智, 高平金鄕
人也[2)]라고만 했다. 성姓은 덮개 첫머리에 썼고, 하반부만 남아 있는데 서徐
자와 흡사하다. 『원화성찬』[3)]에는 둥양 서씨東陽徐氏가 실려 있고 거기에 이
런 설명이 있다. "언왕[4)]의 후예다. 한漢대에 서형이 가오핑으로 이주했고
그의 손자 서요가 또 둥양으로 이주했다." 법지는 아마도 그 후손인 듯하
다. 또 이렇게 기록했다. "쉬저우목徐州牧, 진샹군 ○락왕의 후손이고, 진晉
거기대장군 사도공 3세손이고, 전진前秦 표기대장군 부마도위의 증손이
며, 효문황제[5)] 때 국자박사의 막내아들이다." 여기에서 거론한 선대 관직
들을 역사서에서 찾아보면 가오핑 서씨는 한 사람도 없고 모두 미상이다.
그 다음 부분은 떨어져 나가고 부식된 곳이 많은데 대략 평생토록 불교를
독실하게 믿었다고 서술되어 있다. 그 가운데 "□冨輕人"이란 구절이 있
는데 "輕人"[남을 경시한다]은 미덕美德이 아니므로 오자가 있다고 봐야 한다.
그 다음에 "宣武　　皇帝(아래 6자 마멸)", "悟玄眇□用曠野將軍石窟署(아
래 9자 마멸)", "君運深慮於峹峰抽□情於□□" 구절이 있다. 또 "及其奇形

異狀□□君之思□"라고 했고, 또 정광[6] 6년[525] 정월 □□일에 "終於營福署則以其月廿七日窆□伊闕之□"라는 구절이 있다고 기록되어 있다. 『위서』「석로지」釋老志에는 다음과 같이 기록되어 있다. "경명[7] 초에 세종이 대장추경[8] 백정白整에게 조칙을 내려 다이징[9] 영암사靈巖寺 석굴을 기준으로, 뤄남洛南 이췌伊闕[10]에 고조와 문소황태후를 위해 석굴 두 곳을 만들라고 했다." "정시[11] 2년[505]에 비로소 산을 깎기 시작했다."[12] "영평[13] 연간에 중윤 유등劉騰이 세종을 위해 석굴을 또 하나 만들자고 아뢰어 모두 세 곳이 되었다. 경명景明 원년[500]에서 정광正光 4년[523] 6월 이전까지 공사에 동원된 인원이 80만 2천 8백 6십 6명이었다." 석굴서石窟署는 경명 초에 설립되어 석굴 공사를 전문적으로 관리했고, 법지도 거기에 참여했다. 『위서』「관씨지」官氏志에는 광야장군曠野將軍과 제서령諸署令 중 녹봉 600석 이상에 해당하는 자는 제9품 품계에 오르고, 600석 미만인 자는 종9품 품계[14]에 오른다고 기록되어 있으므로, '서'署 자 아래에 마멸된 것은 '령'令으로 봐야 한다. 석굴 공사는 정광 4년에 끝마쳤고, 법지는 정광 6년에 죽었다. 이 때문에 그는 죽을 무렵에 영복서營福署에 있었다. 이 관서에서 담당한 일이 무엇인지는 지금 상고할 수 없다. 요컨대 불교와 관계된 일이었고, 이췌산에 설치했으므로 법지가 죽은 후 그 땅에 장사 지냈다. '窆'은 바로 장葬 자다. 더러 계窆라고 하는데 매우 잘못된 견해다. 그 다음 단락에서 "나는 좁은 소견과 짧은 문장으로 감히 고루하게 칭송의 글을 지을 수 없다"余不以管見孤文敢陳陋頌라고 한 것은 지은이의 겸양어다. 그러나 성명을 밝히지 않았으므로 지은이가 누군지 알 수 없다.

_____

1) 원제는 「'徐法智墓誌'考」. 이 글은 루쉰의 자필 원고에 근거하여 편집해 넣었다. 원래 제목도 없고 표점도 없다. 집필 시간도 미상이다. 「서법지묘지」(徐法智墓誌)의 본래 명칭은 「위고광야장군석굴서□서군묘지명」(魏故曠野將軍石窟署□徐君墓誌銘)이다. 모두 27행이고 1행은 20자이며 정자로 씌어 있다. 루쉰의 판독문은 다음과 같다.

魏故曠野將軍石窟署□徐君墓誌銘
君諱□字法智高平金鄉人也蓋黃帝之神苗周明
王之胤徐州牧金鄉君馬駱王之後晉車騎大將軍
司徒公三世之孫秦驃騎大將軍駙馬都尉之曾孫
孝文　皇帝國子博士之少子鹿金之美董馥於上
□帶玉之□輝煐於□辰　君□□□岫聳莩蘭津
□□韞之以□□衝勁風而曜□□亮之度粟自
□眞綺繡之質□□□論其□範則珪珠弗能見
其□語其涀則史□□足□□月雖復形同塵俗
□神木□天□□字中□□物表□慕外風六典
攬之於掌握□徇內□□□□於懷抱常□非文
殊頓迯大士亻身不聞□□□冒輕人吐捉好士不
以多能自矜臨□容□□□□□□敔挱若烟
雲豪岸　宣武　皇帝□□□□□悟玄眇□用
曠野將軍石窟署□□□□□□□君運深慮
於岵峰抽□情於□□□□□□□及其奇
形異狀□□君之思□□□□□地□孤貟何
圖上天□善□□良□□□□十四大魏正光六
年歲次□己正月丙午□□日己酉終於營福署則
以其月廿七日坒□伊闕之□排山溝墓穿竁起墳
青松列於堺側蘭菊備於□邊偏納白日之暉獨引
明月之朗迺見者莫不仿偟迺聞者爲之惻愴餘不
以管見孤文敢陳陋頌且可刊石傳詞豈能熏益馨
味其詞曰　遜哉律識寔曰貞人雄姿挺世猛氣逸
群拂纓□路濯足□津言成世軌行合人神如何災
運鍾此良哲玉□止汎金燈永滅懸光書闇風雲夜
結雕石刊文流□亥　正光六年正月廿七日銘

2) 지금의 산둥성 진샹현(金鄉縣)이다.

3) 『원화성찬』(元和姓纂)은 당대 임보(林寶)가 지었다. 원본은 없어졌고 지금 판본은 모두

18권이다. 당대 각 성씨의 유래 및 그 방계 지손들의 계보를 분류하고 고증했다. 둥양 서씨는 이 책 권2에 보인다.

4) 언왕(偃王)은 서(徐)나라 언왕이다. 서나라는 동이(東夷) 계열의 영성(嬴姓) 제후국이다. 산둥성 탄청(郯城) 일대에 나라를 세웠다가 나중에 장쑤성 쓰훙(泗洪) 일대로 옮겼다. 언왕 때 국력이 강성하여 사방의 조공을 받았다. 기원전 512년 오왕 합려(闔閭)에게 망 했다.

5) 효문황제는 북위 고조 탁발굉(拓拔宏)이다.

6) 정광(正光)은 북위 숙종(肅宗)의 연호다.

7) 경명(景明)은 북위 세종(世宗)의 첫번째 연호다.

8) 대장추경(大長秋卿)은 황후의 일상생활을 돌보는 관료의 장이다.

9) 다이징(代京)은 남북조시대 북위의 전기 도읍지다. 지금의 산시성(山西省) 다퉁시(大同 市) 동북이다.

10) 이췌(伊闕)는 산 이름이다. 지금의 허난성 뤄양시 남쪽 이허(伊河) 서쪽에 있다. 룽먼산 (龍門山)이라고도 한다. 이췌석굴은 이 산 및 이허 동쪽 연안 샹산(香山)에 있다. 대략 북위 태화(太和) 18년(494)에 조성을 시작하여 당대(唐代)까지 이어졌다. 거의 400여 년간에 걸쳐 완성되었다.

11) 정시(正始)는 북위 세종의 두번째 연호다.

12) 백정이 북위 고조와 문소황태후를 위해 석굴을 조성한 상황은 『위서』(魏書) 「석로지」 (釋老志)에 다음과 같이 기록되어 있다. "석굴을 처음 조성할 때 석굴의 천정은 땅에서 310척(尺)이었다. 정시 2년에 비로소 산을 23장(丈) 깎아 냈다."

13) 영평(永平)은 북위 세종의 연호다.

14) 광야장군과 석굴서령(石窟署令) 관직에 대해서는 『위서』 「관씨지」에 관련 기록이 있 다. 광야장군은 제9품 품계이고, 제서령은 3개 등급으로 나뉜다. 1,000석 이상은 종8 품 품계, 600석 이상은 제9품 품계, 600석 미만은 종9품 품계에 해당한다.

'정계선잔비'고[1]

정계선 비석은 지금 윗부분만 남아 있다. 비석 위의 큰 글자는 모두 마멸되었으나 옹방강[2]은 비석 위 구멍 왼쪽에 직선 무늬가 있는 걸 보고 그것이 양각陽刻으로 새겨져 있었음을 알았다. 비문에는 각 행마다 17자가 남아 있다. 그것을 『예속』[3]에 실려 있는 문장으로 보충해 보면 매 행이 31자에서 38자까지 글자 수가 균등하지 않았음을 알 수 있다. 대체로 『예속』에 기록한 빠진 글자 수는 판각을 거듭하면서 오류가 생긴 듯하지만 지금 비석 아랫부분이 사라져 버려서 바로잡을 방법이 없다. 지금 알 수 있는 건 제12행 '卒亐'과 '是路' 사이에 홍적洪適은 네 글자가 빠졌다고 했지만 비석에는 기실 다섯 글자가 빠졌다는 사실이다. 또 제17행 '賴祉'에서 '述' 사이에 홍적은 여섯 자가 빠졌다고 했지만 비석에는 기실 일곱 글자가 빠졌다. 마지막 명문銘文은 '영'寧과 '성'成을 운자로 썼고 네 글자가 한 구절을 이루고 있다. 그러므로 '述'에서 '顯奕世' 사이에 여섯 자가 빠진 것으로 봐야 하는데 홍적은 다섯 자가 빠졌다고 했다. 또 제7행의 '據'를 홍적은 '折'이라 했고, 제9행의 '仇嬶'을 '叹俳'라 했으며, 제13행의 '亐'을 '丂'라 했는데, 이는 모두 오류다. 옛날 탁본에서 판독할 수 있는 글자 중에서도『예속』에 빠진 것이 있다. 제4행의 '邝' 반 글자, 제5행의 '郎中' 두 글자, 제6행의 '帝' 자와 '特' 자, 제7행의 '未' 자와 '波' 자, 제10행의 '汱'자, 제12행의 '徽' 자와 '能惠' 두 글자 절반, 제13행의 '辛' 자와 '約殁' 두 글자, 제16행의 '庭' 자, 제17행의 '吕洪' 두 글자 등 모두 16글자와 두 개의 반 글자를 더 알아볼 수 있다. 비석 뒤편을 홍적은 2열이라고 했고, 발문跋文에서는 본래 4횡橫이라고 적었다. 지금 남아 있는 위 2열에는 모두 20명의 성명이 열거되어 있는데,『예속』에 기록된 전반부와 대략 일치한다. 다만 제2열 제17행의 '□□□□邯鄲□□□' 부분을 홍적은 '(闕三字)邵訓(闕)張'이라고 했는데 상당한 차이가 있다. 제3횡에도 응당 20명이 열거되어야 한다. 따라서 홍적이 맨 마지막에 '直事幹' 4명이 있다고 한 것은 제3열 끝에 와야 한다. 마지막에 나오는 '(上闕)音伯字' 세 글자는 비석을 조성한 사람의 지문識文으로 봐야 한다. 그러므로 제4열에는 '直事小事' 3명과 '門下小史' 1명이 되어야 한다.

주)_____

1) 원제는 「'鄭季宣殘碑'考」. 이 글은 루쉰의 자필 원고에 근거하여 편집해 넣었다. 원래 제목도 없고 표점도 없다. 집필 시간도 미상이다. 「정계선잔비」(鄭季宣殘碑)의 본래 명칭은 「한위씨령정계선비」(漢尉氏令鄭季宣碑)다. 지금의 산둥성 지닝(濟寧) 학궁(學宮)에 있었고, 후한 중평(中平) 2년(185) 4월 신유일(辛酉日)에 세웠다. 비석 측면에 청대 건륭 51년(1786) 8월 16일 황역(黃易)이 쓴 제기(題記)가 있다. "한 위씨령 정계선의 비석이다. 정면은 벽을 향해 있었고, 아랫부분은 오래 땅속에 묻혀 있었다. 첨사 옹방강이 비문 전체를 드러내려고 웨이허통판(衛河通判) 황역에게 비석을 땅 밖으로 끌어올리라고 했다. 이에 지지닝즈리주사(知濟寧直隸州事) 유영전과 주판(州判) 왕소례(王所禮)가 그 일을 완성했다. 비석의 글자가 전부 드러났으니 아주 기쁜 일이다."

2) 옹방강(翁方綱, 1733~1818)은 자가 정삼(正三)이며 호는 담계(覃溪)다. 순톈(順天; 지금의 허베이성) 다싱(大興; 지금의 베이징 소속) 사람이다. 벼슬은 내각학사(內閣學士)에 이르렀다. 저작으로 『양한 금석기』(兩漢金石記), 『복초재 시문집』(復初齋詩文集) 등이 있다. 「정계선비」 측면에 옹방강이 건륭 57년(1792)에 새긴 제지(題識)가 있다. "임자년 3월 옹방강이 향시(鄕試) 감독을 위해 이곳에 들렀다가 추암(秋盦)과 함께 이 비석을 쓰다듬어 보았다. 비석 위 구멍 왼쪽에 한 줄기 직선이 있는 것을 보고 비석의 제목 큰 글자가 양각이었음을 알았다." 추암(秋盦)은 황역의 자다.

3) 『예속』(隸續)은 한나라와 위(魏)나라의 석각 문자를 모은 책이다. 『예석』(隸釋)의 속편으로 송대 홍적(洪適)이 편찬했고 모두 20권이다. 「정계선비」는 권19에 보인다. 홍적(1117~1184)은 자가 경백(景伯)으로 지금의 장시성 포양(鄱陽) 사람이다. 송대의 학자이며, 벼슬은 상서우복야(尙書右僕射), 관문전학사(觀文殿學士)에 이르렀다. 저작으로 『예석』, 『예속』, 『반주집』(盤洲集) 등이 있다.

'여초묘지명'발[1]

여초묘지석[2]은 중화민국 6년[1917] 산인현山陰縣 란상향蘭上鄕[3]에서 출토되었다. 나는 친구이[4]에게서 이 묘지석 탁본 1매를 얻었지만 너무 애매모호하여 읽기 어려운지라 오랫동안 문서상자 안에 방치해 두었다. 다음 해 쉬이쑨[5] 선생이 베이징에 와서 내게 또 1부를 줬다. 그리하여 교감을 할 수 있게 되었다. 전체 문장은 겨우 110여 자만 남아 있고,[6] 국호와 연호도 모두 마멸되어 증명할 수 없다. 다만 군郡 이름 및 연도 명칭으로 고찰해 보면 남제南齊 영명永明[7] 연간에 새긴 것으로 짐작된다. 제후국 수隨나라는 서진西晉 무제武帝가 이양義陽 땅을 나눠서 세웠고,[8] 송宋과 제齊에 이르러 그곳을 군郡으로 삼았고, 수나라 때는 현縣으로 삼았다. 여기에서는 수군隨郡이라 부르고 있으므로 수나라 이전이 되어야 마땅하다. 남조 송나라와 제나라 때 수 땅에 분봉받은 사람은 있었다. 여기에서는 수군왕국隨郡王國이라 했으므로 양梁나라와 진陳나라 이전이 되어야 한다. 『통감목록』[9]에는 송 문제 원가元嘉 6년[429], 제 무제 영명 7년[489]이 모두 기사년己巳年으로 기록되어 있다. 『송서』[10] 「문제기」文帝紀를 보면 원가 26년[449] 겨울 10월에 광릉왕廣陵王 유탄劉誕의 봉토를 옮겨 수군왕隨郡王에 봉했다는 기록이 있다.[11] 또 「순제기」順帝紀에는 승명[12] 2년[478] 12월 남양왕南陽王 홰[13]의 봉토를 옮겨 수군왕에 봉하고 고을 이름을 수양군隨陽郡으로 바꿨다는 기록이 있다. 이들 연도는 모두 기사년 이후다. 『남제서』 「무제기」武帝紀[14]에는 건원建元 4년[482] 지강공枝江公 자륭子隆[15]을 승진시켜 수군왕에 봉했다는 기록이 있다. 자륭 본전本傳에서는 이렇게 기록했다. "영명 3년[485]에 보국장군輔國將軍, 난랑예·펑청南瑯琊·彭城 2군郡 태수가 되었고, 다음 해 장저우자사江州刺史로 관직이 옮겨져서 아직 취임하지 않았을 때 당우지[16]의 반란이 평정되자 지절持節이 되어 콰이지, 둥양東陽, 신안新安, 린하이臨海, 융자永嘉 등 다섯 군을 감독했고, 동중랑장東中郞將, 콰이지태수 직을 역임했다." 『남제서』 「상서지」祥瑞志에는 또 이런 기록이 있다. "영명 5년에 산인현 공광孔廣의 집 정원 위성류渭城柳(檉樹)가 12층으로 자랐는데 이는 콰이지태수 수왕 자륭이 바친 것이다." 이 기록은 본전의 기록과 부합한다. 소자륭은 콰이지태수를 지낸 적이 있으므로 자기가 책봉받은 제후국의 중군장군이 되고, 그 관직에 따라 산인에 거주했으므로 딱 이치에 들어맞는다. 따라서 이 기사년은 영명 7년이 되어야 마땅하고 5월 25일은 그가 사망한 날이 되어야 한다. '□一年'은 11년이다. 『통감목록』에 의하면 영명 11년 10월은 초하루가 무인일戊寅日, 12월은 초하루가 정축일丁丑日이므로, 11월 초하루는 무신일戊申日이 된다. 그러므로 병인일丙寅日은 19일인데 그날이 바로 장례일이다. 남제 화제[17]도 황자皇子로 있을 때 수군왕에 봉해진 적이 있지만 이 묘지석과 시기가 맞지 않는다. 당 개원 18년[18]도 기사년己巳年이고 21년 11월 초하루도 병인일丙寅日이 되어 이 묘지석에 기록된 "□一年冬十一月丙寅"과 상당히 비슷하다. 그러나 관직 명칭과 군郡 명칭이 모두 어긋난다. 만약 이장을 했다 해도 연대 차이가 너무 커서 아마도 아닌 듯하다. 영명 연간에 중군장군을 지낸 사람 중에서 역사에 기록된 사람은 난군南郡의 왕장무王長懋, 왕경칙王敬則, 음지백陰智伯, 루링廬陵의 왕자경王子卿이 있다. 그러나 이 묘지석에 나오는 유□劉□[19]은 이름이 마멸되어 고증할 수 없다. "□志風烈者云" 이하에는 글자가 없다. 그 다음은 명문銘文이다. 판독 가능한 글자가 있는 건 네 행이고, 그 뒤 나머지 절반보다 작은 공간은 공백이다. 육조六朝시대 지석誌石의 통례를 보면 명銘은 대체로 앞의 지誌보다 글자 수가 더 많지 않다. 아내와 자식의 이름을 기록해야 하지만 지금 이 묘지석에서는 모두 마멸되었다. 지誌의 문장에서는 '隨'를 '隋'로 썼다. 나필羅泌의 말에 의하면 수나라 문제가 隨 자 안에 '辵'[착辶; 도망치다, 달아나다의 뜻] 자가 있음을 싫어하여 '辵'[辶] 자를 빼고 글자를 고쳤다고 한다.[20] 왕백후王伯厚도 문제의 무식을 조롱했다.[21] 후대의 학자들 중에는 당초 이 두 글자에 일정한 제약이 없었다고 여기는 사람도 있고, 발음이 같아서 통용할 수 있었다고 여기는 사람도 있는데, 위사委蛇를 위수委隨로도 썼다는 걸 그 증거로 내세운다. 그런데 지금 이 묘지석은 수나라 훨씬 이전의 것인데도 이미 隋로 썼으니 수 문제가 글자를 고친 게 아니라는 사실을 알 수 있다. 『예석』「장평자비송」張平子碑頌에도 "在珠詠隋, 於璧稱和"[구슬로는 수후주를 노래하고, 옥벽으로는 화씨벽을 칭송하네]라고 썼다.[22] 또 隋 자는 유구劉球의 『예운』[23]에도 중간에 辶이 들어가지 않았으므로 진대晉代에 이미 그렇게 쓰이고 있었음을 알 수 있다. 隨로 쓰거나, 隋로 쓰거나, 陏로 쓰는 건 모두 필획을 간단하게 생략하는 방식일 뿐이다. 둥핑東平은 본래 옌저우兗州에 속한 군郡이었는데, 남조 송말宋末에 북조의 북위北魏에게 함락되었다. 『남제서』「주군지」州郡志에 의하면 영명 7년 광록대부光祿大夫 여안국[24]이

북옌저우北兗州에 둥핑군을 처음 설치하자고 조정에 건의했다. 그 장계狀啓에 "신의 미천한 집안의 고향에 이 고을을 설치해 주시길 바랍니다"라는 구절을 보면 여안국과 여초가 아마도 동족인 것으로 보인다. 이 묘지석과 같은 무덤에서 출토된 것으로 와앵瓦甖[25]과 동경銅鏡 각 1매가 있다. 거울에는 "鄭氏作鏡幽湅三商幽明鏡"이라는 11자 명문銘文이 있다. 서체는 전서篆書이며 모두 어떤 사람에 의해 파손되었다. 여기에 그 사실을 덧붙여 기록하여 후인들의 연구를 기대한다.

주)_____

1) 원제는 「'呂超墓誌銘'跋」. 이 글은 루쉰의 자필 원고에 근거하여 편집해 넣었다. 원래 제목도 없고 표점도 없다. 루쉰의 일기에는 1918년 6월 11일에 쓴 것으로 되어 있다. 이 글은 1918년 6월 25일 『베이징대학 일간』(北京大學日刊) 제171호 '문예'(文藝) 코너에 발표되었고, 제목은 「새로 출토된 '여초묘지명' 고증」(新出土呂超墓誌銘考證)이라고 달았다. 저자 이름은 저우수런(周樹人)이다. 1919년에 또 이 글은 구딩메이(顧鼎梅)가 편찬한 『여초묘지석 탁본 전집』(呂超墓誌拓片專集)에 수록되었다. 제목은 「남제 '여초묘지' 발문」(南齊'呂超墓誌'跋)으로 되어 있고 마지막에 '사오싱 저우수런 발'(紹興周樹人跋)이란 이름이 기록되어 있다.

2) 「여초묘지석」(呂超墓誌石)은 1916년(민국 5년) 12월에 출토되었다. 원 묘지석 '초'(超) 자 아래에 '정'(靜) 자로 판독되는 잔획이 남아 있으므로 「여초정묘지석」(呂超靜墓誌石)이라고 해야 한다. 루쉰 일기 1923년 6월 8일과 1924년 8월 22일에 각각 「여초정묘지」 탁본을 구매했다는 기록이 있다. 1917년 사오싱의 장정캉(張拯亢)은 이 묘지석을 고증하면서 수(隋) 양제(煬帝) 대업(大業) 5년(609)에 제작했다고 오판했다.

3) 란상(蘭上)은 사오싱 서남쪽의 란팅(蘭亭)이다. 『수경』(水經) 「점강수주」(漸江水注)에서는 "란팅은 란상리라고도 한다"(蘭亭, 亦曰蘭上里)라고 했다. 「여초묘지석」이 출토된 후 이짜오터우촌(灰竈頭村)은 란상 서쪽 약 2리 지점에 위치하고 있다.

4) 천구이(陳古遺, 1875~1943)는 호가 구이(古遺), 자는 보샹(伯翔; 伯祥으로도 씀)으로 저장성 사오싱 사람이다. 웨사(越社), 뤄사(夒社)의 회원으로 활동하며 사오싱부중학당(紹興府中學堂), 사오싱저장성제5사범학교(紹興浙江省立第五師範學校) 교사를 지냈다. 『절사

신문보』(浙事新聞報), 『웨돠일보』를 편집했다. 저작으로 『중국 역대 군현 분류고』(中國歷代郡縣分類考) 등이 있다.

5) 쉬이쑨(徐昌孫)은 자가 이쑨(昌孫), 본명은 웨이쩌(維則)다. 저장성 사오싱 사람으로 금석문 수집가 겸 목록학자다. 당시에 베이징대학교 부속 국사편찬처에서 근무했다. 저작으로 『동서학서록』(東西學書錄), 『석묵암쇄금』(石墨盦碎錦) 등이 있다. 루쉰의 일기, 1918년 6월 2일: "오후에 쉬이쑨(徐以孫; 以는 昌과 같음)의 편지와 「여초묘지」 탁본 1매를 받았다."

6) 루쉰이 교감한 「여초묘지」 판독문은 1918년 6월 24일 『베이징대학일간』 170호 '문예' 코너에 발표되었다. 전체 판독문은 다음과 같다.

□□□墓誌□
□故龍驤將軍隋郡王國中軍呂府君諱超□□□
□□東平人也冑興自姜奄有營業飛芳□□□□
□□□□□□因官卽邦今居會稽山陰□□□□
□□□□□□起令譽早宣故孝弟出□□□□□
□□□□□□風猷日新而脩时有□□□□□
□□□□□□歲在己巳夏五月廿五□□□□
□□□□□□一年冬十一月丙寅□□□□□
□□□□□□同 ⅍ 中軍將軍劉□□□□□□
□□□□□金石□志風烈者云
□□□□藹藹清猷白雲□岫素□□□□□□
□□□□嘉□如□應我□□□□□□□□
□□□□□□其 區眷言□□□□□□□
□□□□□□蕙□□□□□□□□□□□
□□□□□□夕悄松□□□□□

7) 영명(永明)은 남조 제(齊) 무제(武帝)의 연호다.

8) 무제는 혜제(惠帝)의 잘못이다. 『진서』 「지리지」(地理志) 하(下), "혜제가 …… 이양을 분할하여 수군을 설치했다."

9) 『통감목록』(通鑑目錄)은 북송 사마광(司馬光)이 편찬한 『자치통감목록』(資治通鑑目錄)을 줄여서 부르는 말이다. 『자치통감』 제요(提要)로 모두 30권이다.

10) 『송서』(宋書)는 남조 양(梁)나라 심약(沈約)이 편찬한 유송(劉宋)의 역사로 모두 100권이다.

11) 광릉왕 유탄(劉誕)은 송 문제의 여섯째 아들이다.

12) 승명(昇明)은 남조 송 순제(順帝)의 연호다.

13) 남양왕 해(劇)는 송 명제(明帝)의 여섯째 아들 유해(劉劇)다. 승명 2년 12월은 오류다.

11월이 되어야 한다.

14) 『남제서』(南齊書)는 남조 양 소자현(蕭子顯)이 편찬한 남제 역사로 모두 59권이다.

15) 자륭(子隆)은 남제 무제의 여덟번째 아들 소자륭(蕭子隆, 474~494)으로 자는 운흥(雲興)이다. 남제 고제(高帝) 건원 4년(482)에서 무제 영명 8년(490) 사이에 수군왕을 지냈다.

16) 당우지(唐寓之, ?~486)는 남제 푸양(富陽) 사람이다. 영명 3년(485) 반란을 일으켜 다음 해 첸탕(錢塘; 지금의 저장성 항저우)을 점령하고 황제를 칭하면서 국호는 오(吳)라 했다. 그러나 같은 해 패배하여 피살되었다.

17) 화제(和帝)는 남제 고제(高帝)의 여덟째 아들로 성명은 소보융(蕭寶融, 488~502)이다. 아직 황자 신분인 건무(建武) 원년(494)에 수군왕으로 책봉된 적이 있다.

18) 당 개원(開元) 18년은 경오년(庚午年)이고 17년이 기사년(己巳年)이다.

19) 유□(劉□)에 대해 판딩칭(范鼎卿)은 「여초묘지」 정밀 탁본을 근거로 '유'(劉) 자 아래 남은 필획으로 '현'(玄) 자를 판별할 수 있다고 했다. 아울러 『남사』(南史)에서 증거자료를 갖고 와서 이 사람이 "유현명으로 린화이 사람이며 산인령을 역임했고"(劉玄明, 臨淮人, 爲山陰令) "당시에 현명은 이미 중군장군 직에 있었는데, 얼마 지나지 않아 사농 직으로 관직을 옮겼다"(其時玄明已任中軍將軍, 未幾殆卽改官司農矣)라고 했다. 이 주장은 구세광(顧燮光)의 『몽벽이석언』(夢碧簃石言)에 수록된 판딩칭의 발문에 나온다. 그러나 『남사』「순리전」(循吏傳)에는 유현명이 "사농경 직에서 삶을 마쳤다"(終於司農卿)라고만 되어 있고 중군장군 직을 지낸 기록은 없다.

20) 나필(羅泌)은 송대 사람으로 자는 장원(長源)이며, 지금의 장시성 루링(廬陵) 사람이다. 저작으로 『노사』(路史) 47권이 있다. 이 책 권35에 이런 기록이 있다. "수(隨)나라 문제가 '수'(隨) 자 안에 '착'(辶) 자가 있음을 싫어하여 '착'(辶)을 빼고 '隋' 자를 만들었다. 그러나 '隋' 자의 본래 음이 '타'(妥)이고, 귀신에게 제사 지내는 물건이란 의미는 몰랐다."

21) 왕백후(王伯厚, 1223~1296)는 본명이 응린(應麟)이고 자가 백후다. 호는 심녕거사(深寧居士) 혹은 후재(厚齋)이며 칭위안(慶元; 지금의 저장성 닝보寧波) 사람으로 송대 학자다. 『곤학기문』(困學紀聞) 20권을 저술했다. 이 책 권13 '수오주개수'(隨惡走改隋) 조에 이런 기록이 있다. "서초금(徐楚金)의 『설문계전』(說文繫傳)에 의하면 '수 문제가 수(隨) 자의 착(辶)에 도망간다는 뜻이 있음을 싫어하여, 그것을 제거하고 수(隋) 자를 만들었다'고 한다. 그러나 수(隋)는 썰어서 늘어놓은 고기란 뜻이니 그 불길한 의미가 크다. 수(隨)의 착(辶)이 본래 착(辵) 자이고, 착(辵)에는 편안하게 걷는다는 뜻이 있음을 모른 채 …… 함부로 그 글자를 제거했으니 이 어찌 무식한 탓이 아니겠는가?"

22) 『예석』(隸釋)은 송대 홍적이 편찬했고 모두 27권이다. 한·위의 석각 문자를 모은 전문 저작이다. 「장평자비송」(張平子碑頌)은 진대(晉代) 하후담(夏侯湛)이 지었고 『예석』 권

19에 보인다. 장평자는 바로 후한 과학자 장형(張衡)이다. "在珠詠隋, 於璧稱和"는 장형을 칭송하는 구절이다. 여기에서 隋는 수화주(隋侯珠)라는 보옥을 가리키며, 和는 화씨벽(和氏璧)을 가리킨다.

23) 『예운』(隸韻)은 송대 유구가 지은 일종의 자서(字書)로 모두 10권이다. 송대 이전에 출토된 한대 비석의 예서를 구법(鉤法)으로 모방하여 운(韻)에 따라 분류했다. 「장평자비송」의 隋 자는 이 책 권1 '오지'(五支) 부분에 수록되어 있다.

24) 여안국(呂安國, 426~490)은 남제 광링(廣陵; 지금의 장쑤성 양저우揚州) 사람이다. 벼슬은 이양태수(義陽太守), 핑베이장군(平北將軍) 겸 옌저우자사(兗州刺史)에 이르렀다.

25) 와앵(瓦甖)은 입이 작고 배가 부른 오지병이다.

여초묘출토 우쥐정만경고¹⁾

오른쪽 거울은 산인山陰 란상향蘭上鄕 여초 무덤에서 출토되었다. 묘지명이 있어서 그 탁본 2매를 구했는데 국호와 연도가 모두 마멸되어 있었다. 무덤 주인의 관직은 수군왕국隨郡王國의 중군장군이었고, 기사己巳란 글자가 남아 있었다. 이를 근거로 남조 제齊 영명 11년[453] 11월에 장례를 치른 무덤으로 확정했다. 거울에는 "鄭氏作鏡幽涑三商幽明鏡"이라는 11자 전서篆書 명문銘文이 있었다고 들었는데 그 탁본은 구할 수 없었다. 6월에 아우 치밍²⁾이 사오싱紹興으로 돌아가 마침내 이 거울을 보고 알려 주기를 직경이 건초척³⁾ 네 치 네 푼四寸四分이고, 재질은 납과 비슷해 보였고, 이미 아홉 조각으로 깨져 있는데 두 조각은 잃어버렸지만, 잃은 곳은 모두 장식 부분이어서 문자는 그대로 남아 있다고 했다. 얼마 지나지 않아 손수 거울 명문을 탁본하여 부쳐 줬다. 명문은 두 겹으로 쓰여 있었고, 소문으로 듣던 것과 완전히 달랐다. 문구도 어그러지고 탈락한 부분도 있었는데 다른 동경銅鏡의 명문을 가져와서 비교해 본 결과 비로소 그 대략적인 상황을 알 수 있었다. 바깥쪽 명문은 이렇다. "五月五日, 大歲在未. 吳□鄭蔓作其鏡,

幽湅三商, 周刻禺疆, 白牙髳挈, 衆神容." 모두 30자다. 안쪽 명문은 이렇다. "吾作明幽竟湅三商周水" 모두 10자다. 상위上虞 뤄씨羅氏의 『고경도록』[4]에는 진산金山 청씨程氏 소장 거울 탁본 한 장이 수록되어 있는데 문자가 대략 같고 끝 구절이 "衆神見容天禽"으로 되어 있어서 이 거울과 비교해 보면 세 글자가 많으며 구절 또한 끝나지 않았다. 다른 거울에는 뒷부분이 "天禽四守"로 되어 있다. 옛사람들이 쇠를 주조할 때는 대부분 5월 병오일丙午日을 선택했다. 우희의 『지림』[5]에서는 "순도 높은 불씨를 취하여 음양의 술수를 돕는다"(『초학기』 권22에 인용됨)라고 했다.[6] 지금 볼 수 있는 한·위의 거울, 허리띠 고리, 장구동[7] 등에 새겨진 날짜를 보면 대체로 5월 병오일로 되어 있다. 그러나 5일에 쇠를 주조해야 한다는 말은 들어 본 적이 없다. 다만 색루,[8] 약초 캐기採藥, 전쟁 피하기辟兵, 질병 물리치기却病 등의 행사는 대단히 많이 열렸다. 후세에는 이런 사례를 유추하여 거울 만드는 일도 함께 했을 것으로 추측된다. 우리집에 소장하고 있는 당대 작은 거울 1매도 5월 5일 오시午時에 제조했다고 되어 있다. 그러므로 이런 풍속이 진대에 시작되어 당대에도 여전히 이어졌다고 봐야 한다. "大歲在未"는 글자가 반대로 왼쪽에서 오른쪽으로 새겨져 있다. 미년未年이 어느 해인지는 알 수 없다. '𡗥未'는 또 무오戊午 또는 병오丙午와 비슷하고, '𡴀'은 '朿'로도 되어 있는데, 이것이 '未'로 와전되었을 수도 있다. 그러나 자세한 것은 알 수 없다. '吳' 아래의 한 글자는 겨우 반 정도만 남아 있고, 정씨 소장 거울 탁본에서는 그것을 '𦡕' 자로 보았지만 뤄씨는 오히려 '吳郡鄭蔓鏡'이라고 하여 '郡'으로 판독했다. 우吳와 웨越 땅은 땅이 인접해 있어서 사고 팔기에 편리하므로 서로 시기하며 판독에 열을 올렸다. '郡' 자도 글자가 거꾸로 되어 있다. '鄭' 자는 또 '𨜘'[막]과 비슷하고, '蔓'도 '𦮋'와 비슷한데 모두 와전되어 글자가 변했다. "幽涷三商"에 대해서는 『관중금석기』[9]에서 일찍이 『의례』[10] 정현[11] 주注의 "日入三商爲昏"을 근거로 영강경永康鏡의 명문銘文이라고 했지만, 공영달[12]은 주소注疏에서 "商은 상의하다는 뜻이다"商謂商量라고 하면서 이것을 물시계 명칭이라고 했으니 이 또한 거울과는 아무 관계가 없다. 『묵림쾌사』[13]에서는 삼상三商을 세 가지 쇠三金라고 했는데 뜻에 있어서는 이것이 가장 잘 어울린다. 다른 거울에서는 더러 "幽涷宮商"이라고도 썼고, "合涷白黃"이라고도 썼다. 음악의 궁음宮音은 토土에 해당하고, 상음商音은 금金에 해당하므로[14] 색깔로 치면 금金은 백색이고, 토土는 황색이다. 거울은 단양에서 나는 좋은 동銅에다 은과 주석을 섞어서嫩 만들기 때문에 쇠의 종류는 세 가지가 되고 색깔은 황백색이된다. 유(幽)와 효(嫩)는 발음이 비슷하고, 동(涷)은 강물 이름이지만 기실 련(涷)의 오자다. 련(涷)은 련(煉)의 가차자假借字다. 따라서 "幽涷三商"은 "嫩煉三金",[15] "合涷白黃", "幽涷宮商"과 같다. '우강'禺彊에 대해서는 『산해경』[16]에 관련 기록이 있다. "그 북방에 우강이 있는데 사람 얼굴에 새의 몸이다." 곽박郭璞은 다음과 같은 주석을 달았다. "[우강의] 자는 현명이며 물의 신이다." 거울이란 물건은 형체가 달[17]과 비슷하다. 달은 물의 정령이기 때문에 우강을 새긴 것이다. 우禺 자 위에 여분의 필획[18]이 있다. 다른 거울에서는 더러 우禺가 와전되어 만萬으로 쓴 경우도 있으며, "주각망상"周刻罔象이라고 쓴 곳도 있다. 망상罔象도 물의 정령이므로 우강과 동의어다. '白巨'는 바로 백아伯牙[19]다. 건안경建安竟[20]의 명문에 "白巨單琹"이라는 말이 있는데 서동백[21]은 "巨와 琹은 미상이다"라고 했다. 지금 살펴보면 이 구절은 백아가 금을 타는 이야기다. 이 '巨' 자는 더욱 오류가 심하여 오직 그 흔적으로만 탐구해야 한다. '髟龶'은 '樂饗'과 비슷해 보이는데 아마도 '單琴'의 오류인 듯하다. 정씨경程氏竟에 의하면 '신용'神容 두 글자 사이에 '탈견'뮰見22)이 있어야 한다. '견용'見容은 '견형'見形이다. 마지막 세 구절 11자는 거울에 새긴 무늬와 조각의 아름다움을 칭송한 글이다. 그리고 이 동경에는 네 신인神人이 기이한 짐승을 탄 모습이 있었는데, 지금 탁본에는 그중 두 신인이 탈락되었다. 또 돌기는 네 곳四乳 모두 존재하고 있다. 안쪽 층의 'ㅈ' 자는 '吾' 자인데 필획이 불완전하여 '予' 자와 비슷하게 되었다. '水' 자는 '幽' 자다. 다른 거울에서는 대부분 이렇게 쓴다. 이 명문은 한대에 전체 문장을 큰 거울에 새겼을 것이다. 나중에 누차 옮겨 새기면서 글자가 탈락되고 오류가 생겨 갈수록 애초의 모습을 잃게 되어 결국 읽을 수 없는 지경에 이르렀다. 이 거울은 우리 고향에서 출토되었으나 나는 명문도 자주 볼 수 없었다. 해가 긴 여름날 쓸쓸하게 혼자 앉아서 오로지 이 거울을 조사하고 분석해 보았다. 억지로 깊이 천착한 곳도 많지만 끝내 그 의미를 모두 통하게 할 수는 없었다. 오로지 내가 얻은 결과를 기록하여 장차 망실忘失에 대비하고자 한다. 또 소문을 들으니 월나라 거울越鏡과 납 동전鉛泉도 때때로 출토된다고 하는데 납 거울鉛鏡은 매우 드물다. 대체로 납이나 주석은 본래 일상용 거울을 만들기에 적합하지 않지만 묘혈에 매장하는 용도로는 사용된다. 따라서 짚으로 만든 영혼芻靈이나 나무로 만든 인형과 동물 형상木寓 등 매장용 물품이 많아지면서 더 이상 세 가지 쇠三商를 녹여 동경을 만드는 일도 계속되지 않았을 터이다.

중화민국 7년[1918] 7월 29일 씀

주)——————

1) 원제는 「呂超墓出土吳郡鄭蔓鏡考」. 이 글은 루쉰의 자필 원고에 근거하여 편집해 넣었다. 원래 제목은 없지만 구두점은 있다. 정만(鄭蔓)은 한대 우쥔(吳郡; 지금의 장쑤성 쑤저우蘇州)의 유명한 거울 제조가인데, 후인들이 거울을 만들면서 흔히 그의 이름을 빌려 썼다.

2) 치밍(起明)은 루쉰의 바로 다음 아우 저우쭤런(周作人, 1885~1967)이다. 치밍(起孟), 치멍(啓孟), 치밍(啓明)으로도 쓴다. 그는 1918년 베이징에서 사오싱으로 모친을 뵈러 갔다가 천구이(陳古遺)를 통해 우쥔 정만경(鄭蔓鏡) 탁본을 구했고, 7월 25일 루쉰에게 2매를 부쳐 줬으며, 또 8월 16일에 4매를 더 부쳐 줬다.

3) 건초척(建初尺)은 앞의 「콰이지우묘폄석고」 '여구척'(慮丘尺) 각주 참조.

4) 뤄씨(羅氏)는 뤄전위(羅振玉, 1886~1940)다. 자는 수윈(叔蘊) 또는 수옌(叔言)이고, 호는 쉐탕(雪堂)으로 저장성 상위 사람이다. 금석학자로 청말에 학부참사(學部參事) 등의 직을 역임했다. 중화민국 건국 후 청나라 유로(遺老)로 자처하다가 만주국(滿洲國) 감찰원장에 취임하여 매국노의 길을 걸었다. 그의 저작 『고경도록』(古鏡圖錄) 세 권에 옛 거울(古鏡) 탁본 159매가 수록되어 있다. 진산 청씨 소장 거울은 이 책 중권(中卷) 29쪽에 보인다. 바깥쪽 명문에서는 "五月五日, 大歲在未, 吳郡鄭蔓作其□□涷三商白巨㫋䇷尒神見容天禽" 등의 문자를 판독할 수 있다. 안쪽 명문은 "吾作明幽竟涷三商周□" 10자다.

5) 우희(虞喜, 281~356)는 진대(晉代) 학자로, 자는 중녕(仲寧)이며, 지금의 저장성 위야오(餘姚) 사람이다. 『수서』(隋書) 「경적지」(經籍志)에서는 그의 저작이 30권이라고 했고, 또 『지림』(志林) 등의 책을 지은 것으로 알려져 있지만 모두 없어졌다. 명대 도종의(陶宗儀)의 『설부』(說郛)와 청대 마국한(馬國翰)의 『옥함산방집일서』(玉函山房輯佚書)에 『지림』의 일부 글이 남아 있다. 루쉰도 이를 바탕으로 『지림』 집교본(輯校本) 1권을 편집했지만 간행하지는 않았다.

6) 원문은 "取純火精以協其數". 구절의 뜻은 간지가 불(火)에 속하는 달과 날짜에 쇠를 단련하여 음양오행의 술수에 부합하겠다는 것이다. 이 학설은 한대 왕충(王充)의 『논형』(論衡) 「난룡」(亂龍)에 뿌리를 두고 있다. "오목거울로 하늘에서 불을 모아 5월 병오일에 오석(五石)을 녹여 거울을 주조하면 이 거울로도 불을 얻을 수 있다."
『초학기』(初學記)는 당대 서견(徐堅) 등이 펴낸 백과전서로 모두 30권이다. 루쉰은 이 구절이 『초학기』에 인용되어 있다고 했지만, 지금 남아 있는 『초학기』에는 이 구절이 없다. 따라서 출처 미상으로 봐야 한다.

7) 장구동(帳構銅)은 옛날에 장막을 칠 때 나무 구조물을 단단히 이어 주는 동제(銅製) 결합부다.

8) 색루(索縷)는 중국 민간 풍속이다. 중국 한대에 5월 5일이 되면 사악한 기운을 막기 위해 팔뚝에 오색실을 매었다고 한다.

9) 『관중금석기』(關中金石記)는 청대 필원(畢沅)이 편찬한 금석고고(金石考古) 자료 모음집
으로 전체 8권이다. 그런데 이 대목에서 루쉰이 말하는 『관중금석기』는 『중주금석기』
(中州金石記)의 오류다. 『중주금석기』도 필원의 저작이며 모두 5권이다. 『중주금석기』
권1 '영강경명'(永康鏡銘) 조에서는 한 환제(桓帝) 영강 원년(167)에 주조한 동경(銅鏡)
명문 중 "幽涷三商"을 이렇게 해석했다. "정현은 『의례』에 주석을 달면서 '해가 삼상(三
商)에 들어가면 어두워진다'(日入三商爲昏)라고 했고, 공영달은 이 구절에 주소(注疏)
를 달아 '상(商)은 상의하다는 뜻이고, 물시계 시각(漏刻)을 나타내는 명칭이다'라고 했
다." 그러나 명대 초횡(焦竑)은 『초씨필승』(焦氏筆乘) 「삼적」(三商)에서 '商'은 '啇'과 형
태가 비슷하여 오자가 생긴 경우이며, 이 때문에 '三商'은 '三啇'이 되어야 한다고 했다.
또 啇은 滴과 발음이 같아서 통용해서 쓰므로 三滴은 기실 물시계의 물방울이 세 번 떨
어지는 것이라고 풀이했다. 지금은 초횡의 해설이 설득력을 얻고 있다.
10) 『의례』(儀禮)는 중국 고대의 예제와 의식을 기록한 유가 경전이다. 위에서 필원이 인
용한 말은 이 책 제2장 '사혼례'(士昏禮) 제목 아래에 있는 주소(注疏)다. 그러나 기실
주소를 단 사람은 당대 공영달이 아니라 가공언(賈公彥)이다.
11) 정현(鄭玄, 127~200)은 자가 강성(康成)으로 지금의 산둥성 가오미(高密) 사람이며, 후
한의 대학자다.
12) 공영달(孔穎達, 574~648)은 자가 충원(沖遠)으로 지금의 허베이성 헝수이(衡水) 사람
이며, 당대 경학가다.
13) 『묵림쾌사』(墨林快事)는 옛날 기물과 서화에 대한 발문(跋文) 모음집으로 명대 안세봉
(安世鳳)이 지었고 모두 12권이다. 이 책 권2에 "三商'에서 '商은 쇠로 은, 주석, 구리를
가리킨다. 한 솥에 넣고 섞기 때문에 '幽涷' 등과 같은 말이 생겼다." 또 "한대에는 좋
은 구리가 단양(丹陽)에서 나왔다"는 기록도 있는데, 단양(丹陽)은 단양(丹揚)과 같다.
14) 옛날 음악에는 궁(宮), 상(商), 각(角), 치(徵), 우(羽) 오음(五音)이 있다. 옛사람들은 이
오음이 차례대로 토(土), 금(金), 목(木), 화(火), 수(水)에 대응하는 것으로 인식했다.
15) "馭涷三金"은 세 가지 쇠를 섞어서 제련해 낸다는 뜻이다. 다음 두 구절도 마찬가지다.
16) 『산해경』(山海經) 18권은 대략 기원전 4세기에서 기원전 2세기 사이의 기록이다. 주
로 중국 고대 신화 전설에 나오는 산수, 지리, 토산물 등을 기록했다. 저자는 미상이다.
진대 곽박(郭璞)이 이 책에 주를 달았다. 우강(禺疆)에 관한 이야기는 이 책 「해외북경」
(海外北經)에 나온다.
17) 원문은 '曜靈'. 굴원(屈原)의 「천문」(天問)에 "동방의 각수(角宿)가 아직 떠오르지 않았
는데, 달은 어디로 숨었는가?"(角宿未旦, 曜靈安藏)라는 구절이 있다. 대진(戴震)은 '요
령'(曜靈)이 달이라고 했다.
18) 원문은 '羨畫'.
19) 백아(伯牙)는 춘추시대 진(晉)나라 대부로 유명한 금(琴) 연주자였다. 백아의 금 연주

의 의미를 잘 알아듣는 사람이 종자기(鍾子期)였는데, 종자기가 죽자 백아는 더 이상 금(琴)을 연주하지 않았다고 한다.

20) 건안경(建安竟)의 경(竟)은 경(鏡)과 통한다. 후한 헌제(獻帝) 건안(建安) 10년(205)에 주조된 거울로 본래 진산(金山)의 정씨(程氏)가 소장했다. 그 명문은 다음과 같다.
"吾作明鏡幽湅三商周衛罔象五帝天皇三巨單甕黃帝除凶朱鳥玄坴白虎靑龍君宜高官子孫 番昌建安十年造大吉　君宜□　君宜□."

21) 서동백(徐同柏)은 청대 금석학자로 자는 주장(籀莊)이며 지금의 저장성 자싱(嘉興) 사람이다. 『종고당관지학』(從古堂款識學)이란 저작을 남겼다. 그가 건안경을 조사하고 해석한 글은 뤄전위의 『고경도록』 권상, 5면(面)에 보인다.

22) 탈(敓)은 탈(奪)의 고자(古字)다.

『묵경정문』 재교열 후기[1]

등운소(鄧雲昭)는 청 광서光緒 말년에 죽었고 관직과 이력이 자세하지 않다. 이『묵경정문』세 권은 난퉁저우[2]의 지쯔추[3] 거처에서 보았다. 본래 주注가 있었지만 그다지 특이한 점은 없었기에 다시 베껴 쓰지는 않았다. 다만 거듭 고쳐서 확정한 본문은 모두 정확하지는 않았지만 공을 아주 많이 들인 것이었다. 이 때문에 그것을 베껴서 앞으로의 열람에 대비하려고 했다. 6년[1917]에 베껴서, 7년[1918] 8월 3일에 재교열을 마치고 기록하다.

주)_____

1) 원제는 「'墨經正文'重閱後記」. 이 글은 루쉰의 자필 원고에 근거하여 편집해 넣었다. 원래 제목도 없고 표점도 없다. 말미에 '周' 자 인장이 찍혀 있다.
   『묵경정문』(墨經正文)의 전체 제목은『묵경정문해의』(墨經正文解義)다. 청대 네이장(內江) 지역 등운소(鄧雲昭)가 교감하고 주해한 판본이다. 상권은『경상』(經上),『경설상』(經說上), 중권은『경하』(經下),『경설하』(經說下), 하권은『대취』(大取),『소취』(小取)다.『묵경』은 전국시대 후기 묵가의 철학·과학 저작으로 본래『묵자』(墨子)의 일부분이었다.
2) 난퉁저우(南通州)는 지금의 장쑤성 난퉁시(南通市) 퉁저우구(通州區)다.

3) 지쯔추(季自求, 1887~1944)는 이름이 톈푸(天復), 자가 쯔추(自求)로 장쑤성 난퉁 사람이다. 당시 베이양군벌 정부의 참모본부 및 육군부에서 일을 했다. 루쉰 일기 1915년 1월 17일자에 이런 기록이 있다. "오후에 지쯔추가 오다. 『난퉁방언소증』(南通方言疏證)과 『묵경정문해의』를 빌리다." 같은 달 22일자에는 이런 기록이 있다. "밤에 『묵경해』를 베꼈는데 별로 잘하지 못하다."

『포명원집』 교감기[1]

이 책은 모부계[2]의 송본宋本 교정본에서 베낀 것이다. 胤, 朗, 讓, 貞, 筐, 樹, 亘, 恒은 모두 피휘결획[3]을 했다. 또 愍과 世는 당나라의 피휘를 답습한 글자다. 모부계가 이용한 명본明本[4]은 매 쪽 10행이고 1행 17자다. 목차가 매 권 앞에 있는 점이 정본程本[5]과 다르다.

주)_____

1) 원제는 「鮑明遠集'校記」. 이 글은 루쉰의 자필 원고에 근거하여 편집해 넣었다. 원래 제목도 없고 표점도 없다. 루쉰의 일기에 근거해 보면 1918년 9월 25일 전후하여 이 글을 썼다.

『포명원집』(鮑明遠集)은 남조 송나라 문학가 포조(鮑照)의 시문집이다. 원래 남제(南齊) 우염(虞炎)이 편찬하여 『포조집』(鮑照集)이란 제목을 붙였다. 모두 10권이다. 『수서』 「경적지」 주(注)에 의하면 남조 양(梁)나라에도 6권본 『포조집』이 있었다고 한다. 10권본, 6권본 모두 전해오지 않는다. 지금까지 전해오는 것으로 『포명원집』, 『포참군집』(鮑參軍集), 『포조집』, 『포씨집』(鮑氏集) 등 상이한 판본이 있다. 루쉰이 사용한 저본은 명대 신안(新安)의 왕사현(汪士賢)이 교감한 판본으로 모두 10권이다.

포조(약414~466)는 자가 명원(明遠)으로 둥하이(東海; 지금의 장쑤성 롄윈강連雲港) 사람이다. 남조 송 무제 때 태자박사(太子博士) 겸 중서사인(中書舍人)을 지냈고 나중에 임해왕(臨海王) 유자욱(劉子頊)의 전군참군(前軍參軍) 직에 임명되었다.

2) 모부계(毛斧季, 1640~?)는 이름이 의(扆), 자가 부계(斧季)다. 명말 청초 지금의 장쑤성 창수(常熟) 사람으로 장서가 겸 판본학자다. 저작으로 『급고각진장비서도목』(汲古閣珍藏秘書圖目) 등이 있다. 모씨의 송본 교정본(校宋本) 『포씨집』은 모두 10권이다. 교감후기와 지어(識語)에 다음 기록이 있다. 강희 병진년(丙辰年, 1676)에 "오추(吳趨)의 친구에게서 송본(宋本)을 빌려서 한 차례 비교해 보았다." 송본은 "매 폭이 20행이었고, 1행의 글자는 모두 16자였고, 작은 글자는 글자 수가 일정하지 않았다."

3) 피휘결획의 원본은 결필(缺筆)이다. 당대부터 시작된 피휘(避諱) 방식이다. 글을 쓰거나 전각을 할 때 자기가 속한 왕조의 황제나 어른의 이름 한 획을 생략하는 방법이다. 본문의 피휘결획은 송 태조 조광윤(趙匡胤)의 부친 홍은(弘殷), 송 시조 현랑(玄朗), 영종(英宗)의 부친 윤양(允讓), 인종(仁宗) 조정(趙禎), 태조 조광윤(趙匡胤), 영종 조서(趙曙; 송대에 曙는 樹와 같은 발음이어서 피휘함), 흠종(欽宗) 조환(趙桓), 진종(眞宗) 조항(趙恒)의 이름을 피휘한 것이다. 전체 글자뿐만 아니라 글자의 일부가 들어간 부분도 피휘했음을 알 수 있다. 뒤의 두 자는 당 태종 이세민(李世民)의 이름을 피휘한 것이다.

4) 명본(明本)은 모계부가 교감에 사용한 저본으로 명대 정덕(正德) 경오년(庚午年, 1510)에 주응등(朱應登)이 간행한 판본이다.

5) 정본(程本)은 명대 정영(程榮)이 판각한 판본으로 10권이다. 목차가 1권 맨 앞에 모여 있고, 매 쪽 9행이고 1행 글자는 20자다. 앞에 우염의 서문이 있고, 뒤에 주응등의 발문이 있다(『한위육조제가문집 22종』漢魏六朝諸家文集二十二種을 참고함). 정영은 자가 백인(伯仁)으로 지금의 안후이성 서현(歙縣) 사람이다. 『후한총서』(後漢叢書) 38종을 편집했다.

수감록[1]

근래에 이민족의 학대에 관해서 모국[2] 지사가 쓴 글을 몇 편 읽다가 갑자기 우리 자신의 이전 일이 생각났다.

당시에는 내 처지와 시세時勢 혹은 나이 탓이었는지 아니면 다른 원인 때문이었는지 몰라도 언제나 세계 애국자의 목소리를 가장 듣고 싶었고 그 나라의 국내 상황을 탐구해 보고 싶었다. 폴란드와 인도 상황에 대해서는 관련 서적이 비교적 많고, 중국인도 이들 나라를 이야기하는 경우가 가장 많다. 나도 아주 일찍부터 마음을 기울이며 그들 대신 희망을 품기도 했다. 당시에 중국은 겨우 신군[3]을 모집한 상황이라 도로에는 늘 길을 가며 노래 부르는 병사들 몇몇을 만나곤 했다. "인도와 폴란드는 소와 말처럼 노예근성이 있네.……"[4] 나는 얼굴과 귓바퀴가 동시에 붉어지며 등에서 식은땀이 흐르곤 했다.

그때는 나는 또 일종의 편견이 있어서, 피부가 황색인 나라에 특별한 관심을 기울였다. 모국은 당시에 아직 멸망하지 않았다. 때문에 내가 가장 주의를 기울인 나라는 핀란드, 필리핀, 베트남 사정 및 헝가리[5] 옛일이었다. 헝가리와 핀란드는 문인들이 가장 많고 그들의 목소리도 가장 크다. 필리핀에서는 리살[6]의 소설 한 권만 나왔으며, 베트남에서는 문학작품은 찾을 수 없고, 그들 스스로 쓴 망국사가 나와 있을 뿐이다.[7]

이 몇 나라 사람들의 목소리를 들어 보면 물론 진지하고 장렬하고 비애롭다. 하지만 이들 목소리에도 조금씩 차이가 있다. 그중 한 가지는 밝은 미래를 희망하며 새로운 부활을 노래하는 것이다. 이는 진정 때맞춰 내리는 비가 새싹 위로 스며드는 것 같아서 사람들에게 끝도 없이 청신한 기운을 불러일으킬 수 있다. 다른 한 가지는 과거의 영광을 장황하게 떠벌리며, 그 옛날 황제와 백관은 얼마나 부귀하고 존엄했는지 또 보잘것없는 백성은 얼마나 무식했는지를 서술하는 것이다. 그리고 종당에는 저들 정복자가 어진 정치를 시행하지 않는다고 통박한다. 예컨대 환자 두 명이 있다고 하자. 하나는 장래의 건강을 열망한다. 다른 하나는 옛날의 쾌락을 몽상한다. 옛날의 쾌락이 거의 질병의 근원이었는데도 말이다.

나는 이 때문에 세상에는 진실로 나라를 사랑하는 사람이 많지만 그중에는 망국을 사랑하는 사람도 끼어 있다고 생각한다. 나라를 사랑하는 사람은 어쩌다 옛날을 그리워하고 오로지 현재 및 미래를 중시한다. 망국을 사랑하는 사람은 오직 과거를 생각하며 비탄에 젖을 뿐 아니라 멸망의 원인이 된 병의 근원을 칭찬한다. 기실 정복당한 고통이 어찌 정복자의 불인한 행정과 옛 제도의 보존 불능에 그치겠는가? 이것을 큰 고통으로 여긴다면 진정으로 고통을 깨달았다고 할 수 없다. 진정으로 고통을 깨닫지 못했다면 새로운 희망을 갖기가 어렵다.

1) 원제는 「隨感錄」. 이 글은 루쉰의 자필 원고에 근거하여 편집해 넣었다. 1918년 4월에 서 1919년 4월 사이에 썼을 것이다.

2) 모국(某國)은 조선을 가리킨다. 조선은 1910년에 일본에 강제 병탄되었다.

3) 청나라 광서 21년(1895) 위안스카이(袁世凱)와 장지동(張之洞)이 새로 훈련시키기 시작한 신식 육군이다.

4) "인도와 폴란드는 소와 말처럼 노예 근성이 있네"(印度波蘭馬牛奴隷性). 청말에 유행한 군가와 문인들의 시에 이런 내용이 많았다. 장지동의 「군가」(軍歌) : "인도를 보라, 국토는 결코 작지 않지만, 노예 되고 말이 되어 울타리를 못 벗어나네."(請看印度國土並非小, 爲奴爲馬不得脫籠牢) 「학당가」(學堂歌) : "폴란드는 파멸했고, 인도는 망했고, 유태 유민은 사방을 떠도네."(波蘭滅, 印度亡, 猶太遺民散四方)

5) 핀란드는 1809년 제정러시아의 지배를 받는 대공국(大公國)으로 전락했다가 1917년 12월 독립을 선포했다. 필리핀은 1865년 프랑스 식민지로 전락했다가 1945년 독립했다. 헝가리는 16세기부터 터키의 침략을 받다가 오스트리아에 병탄되었으며 1918년에야 독립했다.

6) 호세 리살(José Rizal, 1861~1896)은 필리핀 작가로 민족독립운동의 지도자다. 스페인 치하에서 필리핀의 해방을 주창했고, 스페인의 개혁과 자치 운동을 주장하기도 했다. 장편소설 『봉기자』(El Filibusterismo, 起義者), 『날 만지지 마라』(Noli Me Tángere, 不許犯我) 등을 썼다.

7) 『베트남 망국사』(越南亡國史)를 가리킨다. 베트남 유신파 지식인 판보이쩌우(Phan Bội Châu, 潘佩珠)가 구술했고, 중국 신민총보사(新民叢報社) 사원이 편집하여 1914년 상하이 광지서국(廣智書局)에서 출판했다.

『미술』 잡지 제1기[1]

민국 초년 이래 시류에 편승한 인물들의 입에서 흔히 미술이란 두 글자가 자주 튀어나오곤 했다. 그러나 말만 많고 창작은 드물었다. 그 이후 죽 지금까지도 소설잡지 삽화가조차 극히 구하기 어려운 형편인데 어찌 창작이 뛰어난 대화가를 입에 담을 수 있겠는가? 따라서 옛 그림이라도 좀 찍어낼라치면 마치 패가망신한 집안의 자제처럼 취급하고, 우연히 옛 화법을 파괴한 그림을 몇 장 갖고 있는 사람은 미술계의 큰 인물로 간주되고 있다.

올해 두 번 출간 예정인 『미술』 잡지의 이번 호는 이처럼 적막한 시절을 맞아 상하이도화미술학교[2]에서 출간된 신간이다. 내용을 삽화, 학술, 기사記載, 잡사雜俎, 사조思潮 등 5개 부문으로 나눴으며 아울러 학우명단同學錄을 부록으로 붙였다. 학술, 잡사, 사조 부문에는 미술 규칙에 관한 것이 많고 그림에 관한 내용도 대략 4/5를 차지하고 있다. 그중에는 더러 사람을 경악케 하는 말도 들어 있다. 예를 들면 중국 전통화는 오랜 세월을 거치며 신의 경지에 이르러 실로 유럽 사람들이 배울 수 없다는 언급[3] 및 서양화에는 유파를 논할 만한 게 없다고 떠벌린 주장[4]이 그러하다. 하지만 창간 초기에 발간 취지를 단일하게 가져갈 수 없음은 당연한 일이다. 대체로 살펴보면 그래도 유익한 점이 많고, 또 주관자가 얼마나 열심히 경영하는지 그리고 판촉을 위해 얼마나 고생하는지 그 흔적들을 간파할 수 있다. 이처럼 광대한 중국 땅, 이처럼 많은 인민들 사이에서 지금 이때 이 작은 미술의 맹아만 보일 뿐이니 정말 적막함의 극치라 할 만하다. 그러나 꼭 큰 뿌리에서만 아름다운 꽃이 피어나는 건 아니다. 나는 이로부터 수많은 창조적 천재가 배출되어 아주 튼실한 과일을 맺을 수 있으리라고 기대한다.

주)_____

1) 원제는 「『美術』雜誌第一期」. 이 글은 1918년 12월 29일 『매주평론』(每週評論) 제2호 '신간 비평'(新刊批評) 코너에 처음 발표되었다. 서명은 겅옌(庚言). 본래 구두점이 있다. 『미술』(美術) 잡지는 반년간으로 1918년 10월에 창간했으며(연기 출판) 상하이도화미술학교(上海圖畵美術學校)에서 출판했다. 제2기부터는 이 학교 미술잡지사로 출판자가 바뀌었다. 1922년 5월 제3권 제2호까지 발간하고 정간했다.
2) 상하이도화미술학교(上海圖畵美術學校)는 중국 현대 최초의 사립미술학교다. 1912년 11월 우스광(烏始光), 장위광(張聿光), 류하이쑤(劉海粟) 등이 창건했다. 처음 이름은 상하이미술원(上海美術院)이었고, 1915년 이 이름으로 바꿨다가 1930년 상하이미술전과학교(上海美術專科學校)로 정했다. 류하이쑤가 오랫동안 교장을 지냈다.
3) 이 말은 『미술』 잡지 제1기에 실린 탕슝(唐熊)의 「국수화 원류」(國粹畵源流)에 나온다. "저 유럽인들 중에는 중국 문자와 언어에 능통한 사람은 있지만 중국화에 능통한 사람은 아직 없다. 진실로 중국화의 수준이 발전하면서 오랜 세월을 거쳐 신의 경지에 이르렀기 때문에 저들이 배울 수 없는 것이다. 이 점은 우리가 자부심을 가질 만하다."
4) 이 말은 『미술』 잡지 제1기에 실린 룽시(蓉曦; 류융시劉庸熙)의 「편지 답장 요약」(函授答案摘要)에 나온다.

'권법과 권비'에 관하여[1]

보내온 서신은 질책하는 말만 가득 차 있어서 게재할 필요가 없지만, 말미에 사람의 기분을 도발하는 말로 발표를 요구하는지라, 이제 여기에 발표한다. 기왕에 내 의견을 발표하는 지면이니만큼 답변 몇 마디도 덧붙이고자 한다.

보내온 편지에서 가장 크게 오해하고 있는 점은 내가 비판한 것이 지금의 사회현상이고, 지금 천陳 선생[2]은 또 그것을 근거로 나를 공격하는데 기실 그것이 바로 그 자신의 태도라는 점이다. 사회현상이란 무엇인가? 본 잡지 바로 앞 호에 게재한 「케틀러 비석」[3]에 이미 『신무술』[4] 서문을 인용하여 이렇게 말했다. "세계 각국에는 아직 중화의 신무술을 넘어설 자가 없다. 앞서 경자사변庚子事變[의화단사건] 때 백성의 의기가 격렬했다. ……" 이 서문에 나오는 경자년은 바로 내가 「수감록」에서 말한 1900년이므로, 내가 분명 '귀도주의'[5]를 크게 동정했다는 사실을 알 수 있다.[6] 다만 한 사람이 우연히 말한 것이라면 본래 아무 상관도 없지만 이 책(『신무술』)은 이미 관공서의 심의를 거쳤고, 또 교육자들로부터 대대적인 환영을 받고 있다. 근래에는 모 의원[7]께서도 확대 추진 의견을 낸 상황인데, 같은 파가 있는지는 아직 알 수 없지만 곳곳에서 학습하고 있으므로 이것이 바로 확실한 사회현상으로 확정된 모습이다. 게다가 '귀도주의' 정신이 잘 구현된 모습이기도 하다. 나도 권법가拳術家들 중에는 귀도鬼道를 믿지 않는 사람이 틀림없이 존재한다는 사실을 알고 있다. 그러나 그들은 앞장서서 귀도 배척 의견을 말하거나, 잘못된 견해를 배제하자고 주장한 적이 없다. 그것은 바로 시대 조류에 가로막혀서 특별히 의견을 제기할 방법이 없기 때문이다. 예를 들어 말하자면 어떤 지역의 풍속이 폐쇄적이더라도 그것을 열어젖힐 사람이 한둘도 없다고는 할 수 없겠지만, 언론에 비평문을 게재하려면 어쩔 수 없이 대다수 사람의 의견을 근거로 논리를 세워야 하므로 이런 한두 사람이 절대로 대다수의 의견을 가로막을 수 없다. 따라서 일개인의 태도로 전체 사회 비평을 뒤집을 수 없다. 이에 나의 「수감록 37」도 전체 사회 비평을 다루고 있으므로 여전히 완전하게 성립할 수 있는 글이다.

다음으로 천 선생이 주장한 장점에도 수긍할 수 없는 점이 꽤 많이 포함되어 있다. 아래에서 대략 설명하고자 한다.

차이 선생[8]은 확실히 만주족 청나라 조정의 왕공王公이 아니지만 그분이 지금 권법을 주관하는지 나는 알 수 없다. 그런데 명령을 내려 권법을 주관하는 데 진력한다면 나 또한 그것이 잘못된 일이라고 생각할 것이다.

천 선생은 권법이 노환을 치료할 수 있다고 끊임없는 찬사를 늘어놓고 있다. 이렇게 말한다면 권법은 질병 치료를 위한 술수일 뿐이므로 꼭 보급해야 할 필요는 없다. 예를 들어 말하자면 까마귀 머리와 부자附子가 병 치료에 효력이 있다고 사람마다 모두 달여서 먹을 필요는 없는 것과 같다. 이것을 복용하여 유사한 질병을 치료할 수 있다면 물론 비교적 일리 있는 말이라 할 수 있겠지만, 그렇더라도 여전히 서양 의학을 통해 조사 연구를 하고, 여러 번 임상실험을 진행하여 확실한 통계를 얻은 다음에야 치료에 적용해야 한다. 한두 사람이 우연히 얻은 결과를 치료의 근거로 삼을 수는 없다.

기격술[9]의 '기사회생'起死回生과 '지존무상'至尊無上 기술은 나도 믿을 수 없다. 일본의 '무사도'[10]는 무사가 지켜야 할 도덕이니 기격과는 무관하다. 무사가 단순히 기격에만 능하고 이런 도덕을 지키지 않는다면 무사도가 없는 것과 같다. 중국에서는 근래에 늘 유술柔術과 혼동해서 말하는데 기실 완전히 다른 것이다.

미국에서 새로 출현한 '북방 권법 대련'北拳對打도 정리상 있을 수 있는 일이다. 그들도 각국의 책을 번역할 수 있다. 어떤 사람은 외국인의 장점을 취하고, 어떤 사람은 외국인이 어떤 생각을 하고 어떤 행동을 하는지 잘 살펴볼 것이다. 이것은 또 미국인의 장점이기도 하다. 중국 사람들은 자국의 서적이 간혹 외국어로 번역된 것이 있다는 소식을 들으면 반드시 보배로 생각하지만 기실 이런 태도는 크게 잘못된 것이다.

Boxing은 확실히 외국 문자다. 하지만 중국의 권법과는 다르다. 현재 중국인들은 Boxing을 할 줄 모른다. 그것은 권비拳匪를 Boxer로 번역하면서[11] 그들 고유의 어휘를 쓴 것과 같다. 그러나 이런 번역 어휘가 있기 때문에 외국에도 권비가 있다고 말할 수는 없다.

육군중학에서 나는 학생들이 두터운 천으로 총검을 싸고 서로 대결하는 모습을 본 적이 있다. 틀림없이 총검술이었다. 그러나 그것이 중국 기격술의 범위에서 벗어난 것인지는 나 같은 문외한은 알 수 없었다. 이 때문에 나는 전투의 선봉에 서려면 마땅히 육군중학에서 총검술을 훈련해야 하지만 초등학교와 일반중학에서까지 연습할 필요가 없다는 사실을 깨달을 수 있었다.

결국 중국의 권법을 특별한 기예로 생각한다면 그것에 흥미를 느낀 몇이서 그들 사부님을 좇아 연습하면 된다. 나는 이런 점에 대해서는 전혀 부정적인 의견을 갖고 있지 않다. 그것은 사소한 일이기 때문이다. 내가 반대하는 까닭은 첫째, 교육자들이 모두 시세에 휩쓸리며 중국인에게 이것이 없으면 안 된다는 형세를 만들어 가기 때문이다. 둘째, 고취하는 사람이 대부분 '귀도'鬼道 정신을 갖고 있어서 지극히 위험한 조짐이 보이기 때문이다. 이런 연유로 이 수감록을 썼다. 이를 통해 중국인 몇·명이라도 일깨울 수 있으면 '강이[12]보다 못한 놈'이라고 욕을 먹더라도 전혀 개의치 않을 것이다.

3월 2일 루쉰

[참고]

권법과 권비
—『신청년』5권 5호 「수감록 37」을 반박함[13]

루쉰이 어디 사람인지 나는 아직 모르지만 대략 청년으로 보인다. 그러나 이 선생의 두뇌 속에는 좀 불명확한 점이 들어 있는 것 같다. 그는 결국 권비와 기격술을 함께 뒤섞어서 말하고 있다. 루군이 권비를 본 적이 있는지 모르겠다. 의화단을 본 적이 있다면 절대로 이렇게 멍청한 지경에 빠지지는 않았을 것이다. 그의 귀신 씻나락 까먹는 소리를 빌리자면 의화단의 권법은 성덕단盛德壇[14]의 『영학잡지』靈學雜誌처럼 대인선생들이 그 유혹을 받았고, 게다가 권법은 아무 규칙도 없는 금수의 군무群舞에 불과하다는 것이다. 기격으로 말하자면 몸身, 손手, 눈眼, 보步, 법法 다섯 가지 중에서 하나도 빠져서는 안 된다. 이것이 소위 규칙에 맞는 행동과 법도에 맞는 보법步法이다. 루 선생은 문외한인지라 그렇게 생각하는 것도 당연하다. 나는 감히 루 선생에게 이렇게 말하겠다. "아니오. 그렇지 않소. 의화단은 성덕단의 『영학잡지』와 같은 부류기는 하지만 기격가技擊家들과는 아무런 관계도 없소. 의화단은 귀도주의를 따르고 기격가는 인도주의를 따르오."(이상은 제1단에 대한 반박임)

지금 교육자들 중에서 중국 권법 이용을 주관하는 사람은 내 기억에 차이제민蔡子民 선생이 있다. 그는 상하이애국여학교上海愛國女校에서 "외국 유연체조[15]'는 폐지할 수 있지만 중국 권법은 폐지할 수 없다"라고 연설했다. 이 노선생께서는 대체로 만주족 왕공은 아닌 듯하다. 당시에는 나도 차이 선생의 의견에 찬동하지 않았다. 나중에 중년에 이르러 내 신체는 일찌감치 질병의 공격을 받았고, 이 때문에 서른 이후 나의 손발은 반신불수 상태에 이르렀다. 당시에 어떤 의학박사가 나를 2~3년간 치료하면서 "약석藥石의 힘은 이미 다했으니 유연체조를 배워야 한다"라고 했다. 당시에 나는 전문가를 찾아 유연체조를 배울 수밖에 없었다. 뜻밖에도 2년을 배우고 나자 다리가 좋아졌다. 그러나 손에 또 탈이 나고 말았다. 손이 좋아지니까 다리에 또 탈이 났다. 결국 루쉰 선생이 증오하는 권법가가 나보고 신체 단련을 편향되게 한 때문이라고 했다. 권법으로 단련하면 손과 발을 한꺼번에 움직이고 힘과 기를 함께 사용하기 때문에, 손은 좋아졌는데 발에 병이 난다든가, 발은 좋아졌는데 손에 병이 나는 일이 저절로 없어진다는 것이다. 나는 신체의 고통 때문에 시험 삼아 조금씩 해볼 수밖에 없었다. 그런데 뜻밖에도 3개월 만에 놀라울 정도로 몸이 좋아졌다. 지금 나는 매일 루 선생이 말한 '권비'拳匪[권법 비적] 노릇을 하고 있다. 나는 이제 놀랍게도 마실 수 있고, 먹을 수 있고, 행동할 수 있고, 걸을 수 있다. 권비의 은혜가 정말 적지 않은 셈이다. 생각건대 반신불수가 된 사람이 잘 치료되었으니 진정한 외국 의학박사를 따르던 일이 권비의 권법보다 못하게 되었다. 참으로 기이한 일이다. (이것은 양의가 좋지 않다는 말이 아니다. 왜냐하면 내가 체조를 배우고 권법을 배운 것은 모두 양의의 한 마디 말을 들었기 때문이다. 나는 권법에 기사회생의 공이 있음을 말하고 싶을 뿐이다.) 이것이 바로 권법의 공이다. '무송탈고'[16] 등과 같은 우아하지 못한 문구는 만주족 청나라의 법률에 따라 권법 사부님들이 금지하는 사항에 들어 있는지라 이 벼슬아치[루쉰]께서 그 금지사항에 저촉될까 봐 마침내 이런 문구로 글자를 잘 모르는 무뢰한들에게 이 권법이 있음을 알려 주려는 의도라 할 수 있다. 이 때문에 지존무상의 기격술이 암담하게 빛이 바랬고, 이에 따라 일본의 '무사도'가 우리의 여력을 몰래 훔쳐서 그것을 '대화혼'大和魂이라 자부하는 지경에 이르렀다. 나는 또 미국에서 새로 출판한 책을 한 권 보았는데 그것은 중국 북방 권법 대련中國北拳對打에 관한 것이었다. 애석하게도 나는 어려서 공부를 하지 못해서 꼬부랑 글씨는 전혀 모르고 그림만 볼 수 있을 뿐이다. 하지만 이 책은 내가 올해 직접 보았다. 루 선생이 미국의 권비를 알고 싶으면 이 책의 서양 글자를 다른 사람에게 부탁해 베낀 후 보여드릴 수도 있다.(원문 제2단, 제3단에 대한 반박임)

원문에서 "외국인은 권법을 할 줄 모른다"라고 했는데 이는 더욱더 헛소리다. 그렇게 말하는 만주족 청나라의 왕공대신들은 정말 강이보다 못하다고 할 수 있다. 이 구절은 반박을 위해 여러 말을 할 필요가 없다. Boxing(이 몇 가지 서양문자는 친구가 내게 가르쳐 준 것임)이란 몇 글자를 왕공대신들에게 말해 주면 그것으로 끝이다. 총포는 물론 사용해야 한다. 그런데 전투가 돌격전으로 치닫는다면? 이 점은 아마도 루 선생도 알지 못할 것이다. 그때는 반드시 권비의 권법을 사용해야 한다. 육군중학에는 아직도 총검술 과목이 있는 걸로 나는 기억한다. 거기에 쓰이는 방법이나 그려 놓은 대형을 보면 여전히 기격술의 범위에서 벗어나지 못한 것 같다. 루 선생! 이 또한 진정한 외국 권법이 아닌가? 나의 뇌리 속 기억력에 의하면 10년 전 상하이의 신문 기자 선생이 날마다 기격술을 권비의 훈련법이라고 매도했다. 그런데 지금은 모든 사람들이 기격술과 의화단은 완전히 반대 위치에 서 있다는 사실을 알고 있다. 루 선생이 만약 베이징에서 한 걸음도 벗어나 보지 않았다면 대담하게 문을 나서서 견식을 좀 넓히기 바란다. 내가 위에서 길게 이야기한 내용은 아마 돌멩이라 해도 고개를 끄덕거릴 것이다. 루 선생께서는 나를 매도하기 위해 요설饒舌을 낭비하지 마시기 바란다. 그러나 나는 대인선생에 가깝지 않은 사람이라 겸손한 말을 할 줄 몰라서 사안에 근거해 직설법을 사용했다. 공공의 안건을 공개적으로 말하는 것은 죄가 아니다. 만주족 청나라의 오랜 사례에 따르면 '유중불발'留中不發[17]의 방법이 있을 뿐이다. 진실로 귀 잡지는 평소에 솔직한 표현으로 자처하고 있으므로 절대로 만주족 청나라의 법을 본받지는 않으리라 생각한다.

민국 8년[1919] 1월 20일

웨粵 땅 사람 천톄성陳鐵生

'내공'은 총포가 아니면 뚫을 수 없음을 이르는 말이므로 억지로 전문가처럼 언급하지 말기 바란다.

톄성이 덧붙이다

주)_____

1) 원제는 「關於‘拳術與拳匪’」. 이 글은 1919년 2월 15일 베이징 『신청년』 제6권 제2호 ‘통신’ 코너에 실린 천톄성(陳鐵生)의 문장 뒤에 처음 발표되었다. 1981년판 『루쉰전집』(人民文學出版社 발행)에는 이 글의 제목이 「拳術與拳匪」로 되어 있다. 권비(拳匪)는 의화단투쟁에 참가한 사람을 낮춰 부르는 말이다. 1900년(庚子年) 중국 북방에서 반제국주의 무장투쟁인 의화단투쟁이 발생했다. 그들은 낙후되고 미신적인 조직과 투쟁 방법으로 권회(拳會)를 설립하여 전통 권법과 봉술을 연마했다. 이 때문에 이들을 권민(拳民)이라고 불렀다.

2) 천(陳) 선생은 천톄성(陳鐵生, 1864~1940)이다. 이름은 사오메이(紹枚)이고, 자는 톄성(鐵生)이다. 광둥성 신후이(新會) 사람으로 신문기자였다. 일찍이 남사(南社)에 참가한 적이 있다. 당시에 상하이정무체육회(上海精武體育會) 간행물 편집 업무를 맡아, 『기격총간』(技擊叢刊) 등을 펴냈다.

3) 「케틀러 비석」(克林德碑)이란 글은 천두슈(陳獨秀)가 썼고, 1918년 11월 『신청년』 제5권 제5에 발표되었다. 이 글에서 천두슈는 케틀러 비석이 철거되었지만 "국수보존, 삼교합일"(保存國粹, 三敎合一) 등과 같은 봉건사상의 영향을 제거할 수 없었다고 인식하면서, 마량(馬良)의 『신무술』 출판이 이런 사상의 잘못된 영향으로 나타난 사례라고 했다. 케틀러(Klemens Freiherr von Ketteler, 1853~1900)는 당시 중국 주재 독일 공사로, 의화단투쟁 때 베이징 시쭝부후퉁(西總布胡同) 입구에서 피살되었다. 1901년 청 조정은 불평등조약인 ‘신축조약’(辛丑條約)의 규정에 따라 피살 장소에 ‘케틀러 비석’을 세웠다. 1918년 독일이 제1차 세계대전에서 패배하자, 이 비석을 철거하여 중앙공원(현 중산공원中山公園)으로 옮기고, 그 앞에 ‘공리전승’(公理戰勝)이란 패방(牌坊)을 세웠다.

4) 『신무술』(新武術)은 『중화신무술』(中華新武術)을 가리킨다. 당시 지난진수사(濟南鎭守使) 마량의 저작으로 중국 전통 무술을 강의하는 책이다. 내용은 권각(拳脚), 씨름(摔跤), 곤봉술(棍術), 검술 네 분과로 분류되어 있다. 상하이 상우인서관(商務印書館)에서 1917년 이 책의 전반부 두 부분을 나눠 출판하면서 표지에 ‘교육부심의’(敎育部審定)라고 밝혀 놓았다. 『신무술』 서문은 마량 본인이 썼고, 본래 제목은 「‘신무술’ 발기 총설」(‘新武

術'發起總說)이다. 그중에 이런 내용이 있다. "세계 각국의 무술과 체육 운용을 보면 아직 우리 중화 무술을 뛰어넘은 자가 없다. 앞서 경자사변 때는 백성의 의기가 격렬해서 아직도 노예로 굴종하지 않는 힘이 있었다. 그런데 애석하게도 자기 몸을 보위하고 적을 제압하는 무술이 없어서 도리어 스스로를 해치며 마침내 목숨을 잃는 참화를 기르고 있다."

5) 귀도주의(鬼道主義)는 권법으로 총포를 물리칠 수 있다고 선전하는 미신적 관념이다. 당시에 신무술을 주장하는 사람들은 흔히 무술의 신비적 힘을 주장하며 봉건적인 미신을 조장했다.

6) 루쉰이 미신을 동정했다는 것은 일종의 냉소이며 풍자다.

7) 의원은 왕나(王訥, 1880~1960)를 가리킨다. 그는 1917년 중화민국 국회 중의원 의원으로 재직할 때 '중화 신무술 확대 추진 건의안'(推廣中華新武術建議案)을 제출했고, 이 건의안은 같은 해 3월 22일 중의원에서 표결로 통과되었다.

8) 차이(蔡) 선생은 차이위안페이(蔡元培, 1868~1940)다. 자는 허칭(鶴卿), 호는 제민(孑民)이며 저장성 사오싱 사람으로 교육자다. 당시에 베이징대학 총장을 맡고 있었다.

9) 기격술(技擊術)은 손으로 치거나 발로 차는 권법 기술이다.

10) 무사도(武士道)는 일본 막부시대에 무사가 준수하던 도덕이다. 주로 충군(忠君), 절의(節義), 염치(廉恥), 용무(勇武), 견인(堅忍) 등의 내용으로 되어 있다. 메이지유신 후 일본 통치자들도 '무사도 정신'을 크게 선양했다.

11) Boxer는 영어로 권투선수를 가리킨다. 구미 사람들은 이 복서라는 말로 중국 의화단 단원을 호칭했다.

12) 강이(剛毅, 1837~1900). 만주 양람기(鑲藍旗) 사람으로 청말 완고파 대신에 속하며 벼슬은 공부상서에 이르렀다. 의화단을 이용하여 배외(排外) 정책을 시행한 적이 있다.

13) 원제는 「拳術與拳匪 ―駁『新青年』五卷五號『隨感錄』第三十七條」.

14) 1917년 10월 위푸(兪復)와 루페이쿠이(陸費逵) 등이 미신과 복고를 위해 건립한 단(壇)이다. 이들은 황당무계한 점술로 대사를 결정하면서 영학회(靈學會)를 조직하고 1918년 1월 『영학총지』(靈學叢誌)를 간행했다. 자세한 것은 『무덤』(루쉰전집 1권) 「나의 절열관」 주4) 참조.

15) 유연체조(柔軟體操)는 요가 등과 같은 스트레칭 운동을 말한다.

16) 『수호전』에 나오는 무송의 행동에서 유래한 권법이다. 『수호전』 제30회에서 무송은 죄인으로 몰려 압송되다가 쇠고랑을 부수고 탈출한다. 이를 근거로 무송탈고권을 만들었다고 한다.

17) 청대에 껄끄러운 상소문이 올라오면 황제들이 그것을 자신의 거처에 잡아 두고 밖으로 내돌리지 않는 방법이다. 이렇게 하면 그 상소문의 안건은 조정 신료들의 논의를 거치지 못하므로 자동 폐기된다.

수감록 3칙[1]

삼가 유로[2]에게 고함

자칭 청나라 황실의 거인[3]이라고 하는 린수[4]는 근래에 자신의 의견을 크게 내세우며 중화민국의 명교名教와 강상綱常을 수호하려 한다. 이것은 본래 그 자신의 '혼잣말'이므로 나와는 아무 상관도 없다. 하지만 그가 기세등등하게 소리치는 모습을 보면 참으로 가련하다. 이 때문에 나는 한 마디 말로 권유하고자 한다. "어르신께선 우리 중화민국 사람이 아닌데, 무슨 일로 그렇게 고생스럽게 쓸데없는 일에 간섭하며 공연히 화를 내십니까? 근래에는 공리가 강권에 승리하여[5] 작은 나라도 모두 민족자결을 주장하고, 동쪽 이웃에 있는 강국도 누차 중국의 내정에 간섭하지 않겠다고 선언했습니다. 어르신께선 이제 고생스러운 일을 좀 줄이고 조용하게 더부살이[6] 생활을 하시면서 더 이상 우리 중화민국의 국사에 간섭하지 말아 주십시오."

공교와 황제

청나라 조정에서 연성공 쿵링이孔令貽에게 황궁에서 말을 탈 수 있는 상을 베풀었고,[7] 쿵링이는 상소문을 올려 황은에 감사를 표시했다고 신문지상에서 보도했다. 본래 그도 유로다. 나는 전에 공교와 황제제도 및 황제복위는 모두 지극히 깊은 관계가 있다고 주장하는 어떤 사람의 말을 들은 적이 있다. 이 일은 주안군자籌安君子[8]와 난하이성인[9]의 저작으로 증거를 삼을 수 있지만 끝내 그리 확실한 느낌을 받지 못했다. 그런데 지금 지성선사[10]의 종손이 증명을 해주어 추호도 의심을 품지 않게 되었다.

구극(舊劇)의 위력

지난번 베이징대학 관련 유언비어[11]는 근래에 대사건이 되었다. 나는 당초에도 멍청하고 가련한 늙은이들의 짓이라고 생각했다. 그러나 사실은 전혀 그렇지 않고 전부가 구극을 매도하는 과정에서 야기된 일이라는 걸 어찌 알 수 있었겠는가? 주동자는 린수의 소설 「형생」荊生[12]에 나오는 리쓰李四로 소문에는 그가 무슨 구극평론가라고 한다.[13] 나는 구극에 이처럼 대단한 위력과 가공할 힘이 있을 줄 생각지도 못했다. 이전에 수많은 신문 잡지에 다양한 평론이 발표될 때도 대부분의 사람들은 그것을 신구사상의 충돌로만 여겼다. 그런데 정말 요괴들이 어둠 속에서 음흉한 미소를 짓고 있을 줄이야!

주)_____

1) 원제는 「隨感錄三則」. 이 글은 1919년 3월 30일 『매주평론』 제15호 '수감록'(隨感錄) 코 너에 발표되었다. 본래 제목은 없고, 매 편 말미에 '겅옌'이란 서명이 달려 있다.

2) 유로(遺老)는 멸망한 나라에 대한 절개를 지키면서 새로운 나라에 벼슬하지 않고 은거 해서 사는 노인이다.

3) 거인(擧人)은 중국 청나라 때 성(省)에서 실시한 과거시험에 합격한 사람이다.

4) 린수(林紓, 1852~1924)는 자가 친난(琴南), 호는 웨이루(畏廬)이며, 푸젠성 민허우(閩侯; 지금의 푸저우福州) 사람이다. 번역가 겸 학자다. 그는 조수의 구술을 바탕으로 구미 문 학작품 170여 종을 번역하여 청말에서 5·4 시기까지 문학 애독자들에게 큰 영향을 끼쳤다. 그러나 5·4 시기에는 신문화운동을 반대하는 수구파의 대표 인물이 되었다. 1919년 3월 18일 그는 베이징 『공언보』(公言報)에 「차이허칭 태사에게」(致蔡鶴卿太史; 차이허칭은 차이위안페이蔡元培임)라는 글을 발표하여 신문화운동이 유가의 윤리강상을 없애는 짐승 같은 짓이라고 매도했다. 아울러 그는 또 "공은 민국을 위해 힘을 쏟고 있 고, 이 아우(린수 자신)는 청 황실의 거인이므로" "낡은 부스러기를 끌어안고 죽을 때까 지 그 절개를 바꾸지 않을 것입니다"라고 했다. 그리고 1919년 2월 17일과 18일에 상 하이 『신선바오』(新申報)에 문언소설 「형생」(荊生)을 발표하여 신문화운동 제창자를 공 격하면서 "금수가 인간 세상에서 함부로 날뛰고 있다"고 했다.

5) 1918년 제1차 세계대전이 끝난 이후 영국과 프랑스를 중심으로 한 협상국이 독일과 오 스트리아를 중심으로 한 동맹국을 격파했다. 협상국에서는 이것을 "공리가 강권에 승 리했다"라고 선전했다.

6) 원문은 우공(寓公)이다. 남의 나라에 빌붙어 사는 사람이란 뜻이다. 린수는 멸망한 청나 라의 유로(遺老)를 자처했으므로, 루쉰은 린수를 풍자하여 중화민국에 더부살이하는 신세라고 비꼰 것이다.

7) 연성공(衍聖公)은 송 인종(仁宗)이 공자(孔子)의 적손(嫡孫)에게 부여한 봉작이다. 그 이 후 공자의 종손들은 계속 연성공이란 봉작을 세습했다. 쿵링이(孔令貽)는 산둥성 취푸 (曲阜) 사람이다. 신해혁명으로 황제제도가 사라진 후에도 그는 위안스카이의 칭제, 장 쉰(張勳)의 황제복위운동에 적극 참여했다. 1919년 봄 그는 또 베이징으로 가서 폐위된 청나라 황제 푸이(溥儀)의 생일을 축하했고, 그 상으로 푸이는 쿵링이에게 쯔진청(紫禁 城)에서 말을 탈 수 있도록 허락했다.

8) 1915년 8월 양두(楊度), 쑨위윈(孫毓筠), 옌푸(嚴復), 류스페이(劉師培), 리셰허(李燮和), 후잉(胡瑛) 6명이 주안회(籌安會)를 창립하고 입헌군주제도와 위안스카이 황제 등극을 추진했다. 이들을 흔히 주안 6군자라 부른다. 그중에서 류스페이의 「군정복고론」(君政 復古論)이 1916년 1월과 2월 『중국학보』(中國學報) 제1기와 제2기에 발표되었다.

9) 난하이성인(南海聖人)은 캉유웨이(康有爲, 1858~1927)를 가리킨다. 그는 광둥성 난하이

(南海) 사람으로 청말 변법유신운동의 영도자다. 그는 쑨중산(孫中山)이 영도한 민주혁명에 반대했고, 중화민국 성립 후 위안스카이와 장쉰의 황제제도 부활운동에 참가했다. 이 때문에 당시 청나라 유로들에게 문성(文聖)으로 존중받았다. 여기에서 말하는 캉유웨이의 글은 1918년 1월 『불인』(不忍) 잡지 제9·10기 합간호에 발표되었다.

10) 지성선사(至聖先師)는 '대성지성문선선사'(大聖至聖文宣先師)의 약칭이다. 청 순치(順治) 2년(1625)에 공자에게 추증된 시호다.

11) 린수, 장허우짜이(張厚載) 등이 당시 베이징대학 교수로 재직한 『신청년』 편집자들을 축출하기 위해 날조한 유언비어다. 1919년 3월 4일 『선바오』(申報)에 다음과 같은 기사가 게재되었다. "베이징 소식, 베이징대학 교원 천두슈, 후스 등 4명이 학교에서 축출되었다. 소식에 의하면 출판물 발간과 관련이 있다고 한다."

12) 『무덤』(루쉰전집 1권) 「사진 찍기 따위에 대하여」 주 27) 참조.

13) 구극평론가는 당시 베이징대학 법과대 학생 장허우짜이를 가리킨다. 그는 자가 랴오쯔(謬子)로 중학교 시절 린수의 제자다. 대학 입학 후에는 항상 『천바오』(晨報) 제7판 '극평'(劇評) 코너에 구극 평론을 발표했다. 린수는 자신의 소설 「형생」 말미에서 이렇게 말했다. 여기에 엮어 낸 이야기는 "나의 제자 리생(李生)에게서 들었다. 리생은 아마도 이 세 명에게 불만이 있어서 그 통쾌한 이야기를 내게 들려준 것 같다." 리생은 바로 장허우짜이를 가리킨다.

그¹⁾

1.

'매미'야 울지 마라,

그가 방에서 자고 있다.

'매미'가 울고, 울음이 가슴에 새겨진다.

태양이 지고, '매미' 울음도 그쳤다.──아직 그를 못 봤다.

문을 두드려 그를 불러도,──쇠사슬에 묶여 있다.

2.

가을바람이 불어와,

그 집 커튼을 열어젖힌다.

커튼이 열리면, 그의 보조개를 볼 수 있으리.

커튼이 열리자,──회칠한 벽만 바라보인다.

마른 잎새들만 부질없이 떨어진다.

3.

큰 눈이 내려, 눈을 쓸고 그를 찾아간다.

이 길은 산 위로 이어지고, 산 위에는 온통 소나무와 잣나무들,

그는 꽃과 같아, 이곳에서 어떻게 살 수 있으리?

돌아가서 그를 찾으리, ── 아! 돌아와도 여전히 나의 집.

주)_____

1) 원제는「他」. 이 시는 1919년 4월 15일 『신청년』 제6권 제4호에 발표되었다. 서명은 탕
쓰(唐俟)다.

촌철[1]

무슨 쓰멍이라는 자가 무슨 『사악함 근절』息邪이란 글을 썼다.[2] 설령 그가 혁신파 인물이라 해도 이전에 아무 능력도 발휘하지 못했다. 능력 없음과 사악함은 떨어진 거리가 매우 먼 것 같다. 따라서 쓰멍은 ma ks[3]라는 단어를 썼지만 능력이 없을 뿐 사악하다고 할 수는 없다. 얼토당토않은 거짓 행위를 하더라도 그것은 사소한 사악일 뿐 커다란 사악이라고 할 수는 없다.

유언비어를 지어내어 사람을 중상모략하는 것도 중국의 주종主宗 국수國粹다. 이러한 사실은 옛날부터 매우 많았지만 얼토당토않은 거짓 저작은 모두 소멸되었다. 불초자손들은 이런 사실을 깨닫지도 못하고 여전히 끝도 없이 유언비어를 만들어 낸다. 그들은 이렇게 만들어 낸 후 스스로도 그것이 무가치하다고 깨달을까? 만약 깨닫는다면 실로 저열하기가 가련할 정도지만 깨닫지 못한다면 실로 멍청하기가 무서울 정도다.

류시쿠이[4]의 신하인 대학강사 류사오사오[5]는 현대어를 말할 때도 「마태복음」[6] 투를 쓴다. 아마도 벌써 '태극도'[7]를 받아들여 거기에도 편편마다 복음을 불어넣은 듯하다. 「마태복음」은 좋은 내용이므로 마땅히 읽어야 한다. 유태인이 예수를 십자가에 못 박아 죽인 일은 더욱 자세히 읽어야 한다. 내용을 이해할 수 없더라도 그 복음이 어떤 투로 되어 있는지는 상상할 수 있을 것이다.

선각자들은 역대로 늘 음험한 소인배나 멍청한 대중들에게 압박받고 배제되어 쫓겨나거나 살해당하는 경향이 있다. 중국에서는 특별히 그런 경향이 심했다. 그러나 추장은 마침내 군주가 되었다. 군주는 마침내 입헌을 준비하게 되었고, 입헌을 준비하다가 마침내 공화제로 바뀌었다. 캄캄한 밤을 좋아하는 요괴가 많아서 잠시 캄캄해질 수도 있지만 밝은 빛은 언제나 찾아오기 마련이다. 날이 밝아오면 빛을 가릴 수 없다. 빛을 가리려 하다간 부질없이 기력만 소모할 뿐이다.

주)_____

1) 원제는 「寸鐵」. 이 글은 1919년 8월 12일 베이징 『국민공보』(國民公報) '촌철'(寸鐵) 코너에 발표되었다. 원래 제목이 없고 매 편마다 황지(黃棘)로 서명이 되어 있다.

2) 1919년 8월 3일 『매주평론』 제33호에 실린 톈펑(天風; 후스胡適)의 「오류 피하기와 사악함 근절」(辟謬與息邪)이란 글에 근거해 보면 쓰멍(思孟)은 베이징대학을 사퇴한 교원 쉬(徐) 아무개라고 한다. 『사악함 근절』은 신문화운동 및 그 제창자를 공격하기 위해 쓰멍이 쓴 작은 책자의 제목이다. 부제목은 「베이징대학 주정록」(北京大學籍鼎錄)이다. 이 글은 1919년 8월 6일에서 13일까지 베이징 『공언보』에 연재되었다. 내용은 각각 「서언」(序言), 「차이위안페이전」(蔡元培傳), 「선인모전」(沈尹默傳), 「천두슈전」(陳獨秀傳), 「후스전」(胡適傳), 「첸쉬안퉁전」(錢玄同傳), 「쉬바오황·류푸 합전」(徐寶璜劉復傳) 등

일곱 부분으로 이루어져 있다. 이중에는 "차이위안페이는 독일에 5년 동안 거주했지만 글자를 100여 자밖에 모른다", 천두슈는 "서양 문자를 모른다", 류푸와 첸쉬안퉁은 "모두 재주가 형편없어서 비교 대상도 없다", 후스는 "영어에 비교적 정통한 듯싶지만 아는 글자는 많지 않다" 등의 노골적인 비방 내용이 들어 있다.

3) ma ks는 쓰멍이 잘못 쓴 서양어다. Marx로 써야 맞다.

4) 류시쿠이(劉喜奎, 1894~1964)는 허베이성 난피(南皮) 사람으로 장쑤성 일대의 전통극인 방자희(梆子戲)의 여성 연기자 겸 경극(京劇) 연기자였다.

5) 류사오사오(劉少少, 1870~1929)는 이름이 주이허(儁和), 자는 사오산(少珊)으로 후난성 창사(長沙) 사람이다. 당시에 베이징대학 철학연구소 강사로 있었다. 1919년 3월 13일 상하이 『소시보』(小時報)에 루루(如如)의 「류사오사오의 신시」(劉少少之新詩)라는 글이 발표되었다. 이 글에 류사오사오가 류시쿠이의 7언절구 「류왕을 생각하며」(憶劉王) 10수를 받들어 읽는다는 내용이 나온다. 그 시구에 "스물네 번 전해진 황제의 후예 중에, 오로지 연극계에서 류왕이 나왔네"(二十四傳皇帝後, 只從伶界出劉王) 등의 시어가 있다.

6) 기독교 성경 『신약성서』 4대 복음서 중의 하나다.

7) 태극(太極)은 중국 고대철학 용어로 『주역』에 맨 처음 보인다. 만물을 생산하는 본원이다. 송대에 주돈이(周敦頤)가 『태극도설』(太極圖說)을 지었다. 류사오사오는 1919년 1월 9일에서 2월 1일까지 『베이징대학 일간』(北京大學日刊)에 장편 논문 「태극도설」(太極圖說)을 연재하며 「태극도」를 가리켜 "우리 4,500년 역사의 진짜 문명이고", "오늘날 서구 과학자들이 연구하고 토론한 것이 …… 뜻밖에도 4,000년 전 우리 선조가 발견한 것이다"라고 주장했다.

혼잣말[1]

1. 서(序)

물가 마을 여름밤에 큰 파초선巴蕉扇을 흔들며 큰 나무 아래에서 더위를 식히는 건 아주 쾌적한 일이다.

남녀 모두 잡담을 나누기도 하고 옛날이야기도 한다. 아이들은 노래를 부르기도 하고 수수께끼를 풀기도 한다.

타오陶 영감님만 날마다 혼자서 앉아 있다. 그는 평생토록 대도시로 가본 적이 없는지라 견문이 모자라서 한담을 나눌 거리가 없기 때문이다. 게다가 눈은 희미하고 귀는 먹어서 이것저것 묻고 답하는 일과 이러쿵저러쿵 잡담을 나누는 일을 좀 귀찮아하기도 한다. 그래서 아무도 그에게 신경 쓰지 않는다.

그러나 그는 늘 눈을 감고 뭔가를 혼자 중얼거리곤 한다. 자세히 들어보면 헛소리가 많지만 더러더러 대략 의미가 통하는 대목도 몇 구절 있다.

밤이 깊어지면 더위를 식히는 사람들도 모두 흩어진다. 나는 집으로 돌아와 등불을 켠다. 아직 잠이 오지 않아서 오늘 들은 이야기를 기록한다. 다시 돌이켜 보면 아무 재미도 없는 이야기다.

사실 타오 영감님 같은 분에게서 어떻게 재미있는 이야기가 나오겠는가? 하지만 그에 대해 기록했으므로 그냥 남겨 둘 뿐이다.

기록으로 남겨서 어떻게 할 것인가? 나도 대답할 수 없다.

중화민국 8년[1919] 8월 8일, 등불 아래에서 쓰다

2. 불의 얼음

흐르는 불은 녹아내린 산호인가?

중간의 푸르스름한 색깔은 산호의 심장 같다. 온통 붉은색은 산호의 살점 같다. 바깥의 거무스름한 색은 산호가 불에 그을린 부분이다.

좋기는 하지만 안타깝게도 가져가려 하면 손이 델 것이다.

말로 표현할 수 없는 냉기를 만나자 불은 바로 얼어 버린다.

중간의 푸르스름한 색깔은 산호의 심장 같다. 온통 붉은색은 산호의 살점 같다. 바깥의 거무스름한 색 또한 산호가 불에 그을린 부분이다.

좋기는 좋지만 안타깝게도 가져가려 하면 손이 데는 것처럼 손이 얼어붙을 것이다.

불, 불의 얼음, 사람들은 그걸 어떻게 할 수 없다. 자신도 고통스러울까?

아, 불의 얼음.

아, 아, 불의 얼음의 사람!

3. 옛 성

너는 그곳이 평지라고 생각하니? 아냐. 사실 모래 산이야. 모래 산 속에는 옛 성이 있지. 이 옛 성에도 줄곧 세 사람이 살았어.

옛 성은 그리 크지 않지만 아주 높다. 하나뿐인 성문은 갑문으로 잠겨 있다.

납빛 같은 푸르스름한 안개가 누르스름한 모래를 휘감으며 파도처럼 흘러간다.

소년이 말한다. "모래가 몰려오면 살 수가 없단다. 아이야, 어서 도망가렴."

늙은이가 말한다. "허튼소리, 아무 일도 없을 거다."

이처럼 3년과 12개월과 또 8일을 보냈다.

소년이 말한다. "모래가 높이 쌓여서 살 수가 없다. 아이야, 어서 도망가렴."

늙은이가 말한다. "허튼소리, 아무 일도 없을 거다."

소년은 갑문을 열고 싶지만 너무 무겁다. 갑문 위로 모래가 너무 많이 쌓였기 때문이다.

소년은 목숨을 걸고 마침내 갑문을 들어 올려 손발로 지탱하지만 두 자 높이에도 이르지 못한다.

소년은 그 아이를 떠밀며 말한다. "어서 도망쳐!"

늙은이는 아이를 끌어당기며 말한다. "아무 일도 없어!"

소년이 말한다. "어서 도망쳐! 이건 이론이 아니라 이미 사실이야!"

납빛 같은 푸르스름한 안개가 누르스름한 모래를 휘감으며 파도처럼 흘러간다.

이후의 일은 나도 몰라.

네가 알고 싶으면 모래 산을 파서 옛 성을 살펴보렴. 갑문 아래엔 아마 시체가 있을 테지. 갑문 안에 남은 건 둘일까, 하나일까?

4. 게

게는 불안하다. 온몸이 딱딱하게 느껴지기 때문이다. 껍질을 벗어야 할 때임을 안다.

그는 이리저리 돌아다니며 찾는다. 구멍을 찾아서 몸을 숨기고 돌로 입구를 막고 남몰래 껍질을 벗기 위해서다. 그는 바깥에서 껍질을 벗으면 위험하다는 사실을 안다. 몸이 아직 말랑말랑할 때 다른 게에게 잡아먹힐 수 있기 때문이다. 이건 부질없는 두려움이 아니라 자신이 직접 목격한 일이다.

그는 황급히 발을 뗀다.

곁에 있던 게가 묻는다. "형씨, 왜 그렇게 급하시오?"

그가 말한다. "난 껍질을 벗어야 하오."

"여기서 벗으면 좋지 않소? 내가 도와드리리다."

"사람이 너무 겁나오."

"구멍 속 다른 것은 겁내지 않고 우리 동족을 겁내는 것이오?"

"동족을 겁내는 게 아니오."

"그럼 뭐가 겁나오?"

"당신이 나를 잡아먹을까 봐 겁나오."

5. 보얼[2]

보얼은 화가 나서 마구 날뛴다.

보얼 이 아이는 지붕 낮은 집만큼이나 키가 크지만 여전히 장난꾸러기다. 어디서 못된 짓을 배웠는지 꽃도 심으려 한다.

어디서 가져온 장미꽃 씨앗인지 몰라도 마른 땅에다 심은 뒤, 아침에 물을 주고, 오전에 물을 주고, 정오에도 물을 준다.

정오에 물을 주자 땅 위에 초록빛이 한 점 생겼다. 보얼은 기뻐서 오후에도 물을 주는데 초록빛이 보이지 않는다. 벌레가 먹어 버렸나?

보얼은 물뿌리개를 던져 버리고 화가 나서 강변으로 달려간다. 거기서 울고 있는 여자 아이를 만났다.

보얼이 말한다. "넌 왜 여기서 울고 있니?"

여자 아이가 말한다. "넌 강물이 무슨 맛인지 아니?"

보얼은 물맛을 보고 "싱거워"라고 말한다.

여자 아이가 말한다. "내가 눈물 한 방울을 떨어뜨렸는데도 여전히 싱겁잖아. 내가 어떻게 울지 않을 수 있겠니?"

보얼이 말한다. "바보 같은 계집애!"

보얼은 화가 나서 해변으로 달려간다. 거기서 울고 있는 남자 아이를 만났다.

보얼이 말한다. "넌 왜 여기서 울고 있니?"

남자 아이가 말한다. "바닷물을 좀 봐. 무슨 색깔이니?"

보얼은 바닷물을 바라보며 "녹색이야"라고 말한다.

남자 아이가 말한다. "내가 피 한 방울을 떨어뜨렸는데도 여전히 녹색이잖아. 내가 어떻게 울지 않을 수 있겠니?"

보얼이 말한다. "멍청한 자식!"

보얼이야말로 멍청한 자식이다. 세상 어디에 한 나절만에 싹이 트는 장미꽃이 있을까? 꽃씨는 아직 땅 속에 있는데.

끝내 싹이 트지 않더라도, 온 세상에 장미꽃이 없다고 말할 수는 없으리.

6. 우리 아버지

아버지께서 침대에 누운 채 가쁜 숨을 몰아쉰다. 얼굴은 깡말랐고 누르스름하다. 나는 아버지를 바라보기가 좀 두렵다.

아버지의 눈이 천천히 감기고 숨결도 점점 잦아든다. 나의 늙은 유모가 내게 말한다.

"아버지께서 돌아가시겠다. 아버지를 불러라."

"아버지."

"안 돼, 큰소리로 불러!"

"아버지!"

아버지는 얼핏 눈을 뜨고 입꼬리를 움찔거린다. 좀 고통스러운 듯하다.──그러다가 다시 천천히 눈을 감는다.

늙은 유모가 내게 말한다.

"네 아버지 돌아가시겠다."

아! 지금 생각해 보면 너무나 고요하고 너무나 적막한 죽음은 천천히 다가와야 한다.

누구라도 감히 어지럽게 소리 지르면 그건 큰 잘못이다.

나는 왜 아버지가 천천히 죽음에 들지 못하게 큰소리로 불렀을까?

아! 나의 늙은 유모여! 당신은 전혀 악의가 없었지만 내게 큰 잘못을 저지르게 했다. 우리 아버지의 죽음을 방해하여 내가 부르는 '아버지' 소리만 듣게 하고, 어떤 사람(죽음의 사자)이 황량한 산으로 가자고 부르는 큰소리는 듣지 못하게 했다.

그때 나는 어린아이여서 어떤 일이 옳은지 알지 못했다. 지금은 대략 알게 되었지만 때는 이미 늦었다. 이제 나는 내 아이에게 알려 준다. 내가 눈을 감으면 절대로 내 귓가에 대고 나를 부르지 말라고.

7. 나의 형제

나는 연날리기를 좋아하지 않았지만, 내 어린 동생 하나는 연날리기를 좋아했다.

아버지께서 돌아가신 후 집안에 돈이 없었다. 우리 형제는 아무리 열심히 노력해도 연 하나조차 가질 수 없었다.

어느 날 오후 나는 지금까지 사용하지 않던 어떤 방으로 들어갔다가 동생을 만났다. 동생은 그 안에 숨어서 연을 만들고 있었다. 대나무 꼬챙이 몇 개는 자신이 깎은 것이었고, 질긴 종이 몇 장은 자신이 사온 것이었다. 바람개비 네 개는 벌써 잘 붙여 놓은 상태였다.

나는 연날리기를 좋아하지 않아서 동생이 연날리기 하는 것도 아주 싫어했다. 나는 화가 나서 바람개비를 밟아서 박살을 내고, 대나무 꼬챙이를 뜯어내고, 종이를 찢어 버렸다.

동생은 울면서 밖으로 뛰쳐나가서 조용히 행랑 아래에 앉아 있었다. 그 후 어떻게 됐을까? 당시에 나는 전혀 신경 쓰지 않아서 아무것도 모른다.

나는 뒷날 내 잘못을 깨달았다. 그러나 동생은 내 잘못을 깡그리 잊고 언제나 나를 다정하게 '형'이라 불렀다.

나는 미안한 생각에 이 일을 들려줬다. 하지만 동생은 기억의 그림자조차 기억하지 못하고 있었다. 그는 여전히 나를 다정하게 '형'이라 부른다.

아! 아우야! 네가 내 잘못을 모두 잊었는데 내가 네게 용서를 빌어야할까?

그래도 나는 여전히 네게 용서를 빈다!

주)_____

1) 원제는「自言自語」. 이 글은『국민공보』(國民公報) '신문예'(新文藝) 코너에 최초로 연재되었다. 서명은 선페이(神飛)다. 제1절과 제2절은 1919년 8월 19일에 발표되었다. 제3절은 8월 20일, 제4절은 8월 21일, 제5절은 9월 7일, 제6절과 제7절은 9월 9일에 발표되었다. 제7절 끝에 '미완'(未完)이란 표시가 있다.

2) 보얼(波兒)의 '얼'(兒)은 아이 이름을 부를 때 이름 뒤에 붙이는 단순 접미사일 수도 있지만 여기에서는 제목의 뉘앙스를 살리기 위해 '보얼'로 번역한다.

"살아서는 항복해도 죽어서는 항복하지 않는다"[1]

대략 15~16년 전에 나는 혁명당에게 속았다.

그들은 이렇게 말했다. "혁명이 아니면 안 돼! 봐라, 한족이 얼마나 노예가 되기 싫어하는지. 또 얼마나 밤이나 낮이나 광복을 생각하는지. 이 소원은 지금까지도 마음과 뼈에 단단히 새겨져 있어. 한 가지 예를 들어 볼까." 그들은 또 말했다. "한족이 죽어서 염을 할 때는 모두 변발을 머리 위로 틀어 올려. 명나라 제도인 듯한데. 이걸 살아서는 항복해도 죽어서는 항복하지 않는다고 하는 거야!"[2]

살아서는 항복해도 죽어서는 항복하지 않는다. 이 얼마나 비참하면서도 동정심을 불러일으키는 말인가?

그러나 근래 몇 년 동안 나의 미신은 산산조각이 났다. 나는 부고訃告를 낸 많은 사람들을 보았다. 그들은 대부분 청나라의 환난 때 죽지 않았고, 유민 노릇도 하지 않으면서 청나라 조정과 아무 상관 없는 듯이 살았다. 어떤 사람은 태도를 바꿔 중화민국의 녹봉까지 먹었다. 그런데도 망국 청나라 조정에서는 그들이 죽자 조의대부朝議大夫로 봉하지 않으면 공인恭

人으로 봉했다.[3] 그들은 저승으로 가서 삼궤구고[4]의 예를 행하며 조정으로 올라갈 것이다.

이에 나는 더 이상 혁명당의 말을 믿지 않게 되었다. 내 생각은 이렇다. 다른 것은 모두 거짓말이지만, 한족에게 "살아서는 항복해도 죽어서는 항복하지 않는" 기괴한 습성이 있는 건 사실이다.

5월 5일

주)___

1) 원제는 「"生降死不降"」. 이 글은 1921년 5월 6일 베이징 『천바오 부간』 '잡감' 코너에 발표되었다. 서명은 펑성(風聲)이다.

2) "살아서는 항복해도 죽어서는 항복하지 않는다"(生降死不降)라는 말은 청나라 말기 반청(反清) 선전 구호의 하나였다. 예를 들면 왕징웨이(汪精衛)는 『민보』(民報) 제1권 제1호(1905년 10월)에 발표한 「민족의 국민」(民族的國民)이란 글에서 이렇게 말했다. "우리 민족의 숨결 한 가닥은 여전히 살아 있고, 이 마음도 죽지 않았다. …… 일반 국민은 독한 화염에 굴복하여 자유를 얻지 못하지만, 풍습을 보면 남자는 항복해도 여자는 항복하지 않으며, 살아서는 항복해도 죽어서는 항복하지 않는다는 이야기가 있다. 여자들은 복식을 바꾸지 않아도 나라에서 엄금하지 않는다고 한다. 죽은 사람을 염할 때는 본 민족의 의관을 쓰는데 이는 죽은 사람이 눈을 감지 못하면 안 되고, 또 지하에서 선조들을 만나기 위한 방법이라고 한다. 그 절개에 더욱 고충이 느껴지고, 그 마음이 더욱 참담하다."

3) 조의대부(朝議大夫)는 본래 청나라 종4품 문관 벼슬이다. 공인(恭人)은 본래 4품 관리 부인에게 내리는 봉작이다.

4) 삼궤구고(三跪九叩)는 청 조정에서 신하가 황제를 알현할 때 세 번 무릎을 꿇고 아홉 번 머리를 조아리는 의례이다.

이름[1]

나는 몇 년간 잡지와 신문을 보면서 점차 기괴한 습관이 생겼다.

그게 무엇인가? 바로 글을 볼 때 먼저 서명署名을 보는 습관이다. 서명을 마주하고 적극적으로 대인선생의 이름을 찾는 것이 아니라 소극적으로 다음 사항을 고려하게 되었다.

1. 스스로 '철혈'鐵血, '협혼'俠魂, '고광'古狂, '괴협'怪俠, '아웅'亞雄 따위의 이름을 쓰는 사람의 글은 읽지 않는다.[2]

2. 스스로 '접서'蝶棲, '앙정'鴦精, '방농'芳儂, '화련'花憐, '추수'秋瘦, '춘수'春愁 따위의 이름을 쓰는 사람의 글도 읽지 않는다.[3]

3. 스스로 '일분자'一分子로 자처하거나, '소백성'小百姓으로 겸양을 떨거나, '일소'一笑로 비하하는 따위의 이름을 쓰는 사람의 글도 읽지 않는다.

4. 자신의 호를 '분세생'憤世生, '염세주인'厭世主人, '구세거사'救世居土 따위로 붙인 사람의 글도 읽지 않는다.

이와 같은 이름은 일일이 다 거론할 겨를이 없을 정도다. 임시로 떠오른 것이지만 지금 생각나지 않는 필명도 많다. 더러 혼자서 이렇게 생각해 보기도 한다. '나의 이런 생각은 기실 너무 독단적이고 너무 강퍅하잖아. 다른 사람이 알면 틀림없이 고개를 가로저을 거야.'

그러나 오늘 송나라 사람 유성兪成 선생의 『형설총설』[4]의 한 대목을 읽고 나서는 현대에 사는 나조차도 깜짝 놀랐다. 지금 그 내용을 아래에 초록해 둔다.

오늘날 사람들은 아들을 낳으면 자존망대하기 좋아하여, 대부분 문文, 무武, 부富, 귀貴 네 글자를 이름으로 삼는다. 사현思賢을 이름으로 삼지 않으면 망회望回를 이름으로 삼고,[5] 차한次韓을 이름으로 삼지 않으면 제한齊韓을 이름으로 삼으니 참으로 가소로운 일이다.[6] 옛날 사람들이 이름을 지을 때는 대부분 폄하하고 덜어내는 의미를 취했다. 우愚(어리석다)라 하기도 하고, 노魯(둔하다)라 하기도 하고, 졸拙(졸렬하다)이라 하기도 하고, 천賤(비천하다)이라 하기도 한 것은 모두 겸손하고 억누르는 의미를 취한 것이다. 예를 들어 사마상여司馬相如는 아명兒名을 견자犬子라고 했는데, 이는 들개를 흠모한다는 뜻이므로 어찌 아름다운 이름을 선택한 것이겠는가?! 일찍이 『진사동년록』進士同年錄을 살펴보니 강남 사람들은 교묘한 글자를 좋아했기 때문에 아명에 대부분 좋은 글자를 썼다. 이를 보면 그들에게 스스로 높이는 마음이 있음을 알겠다. 그러나 강북 사람들은 대체로 진실함을 숭상하기 때문에 아명에 대부분 좋지 않은 글자를 썼다. 이를 보면 그들에게 스스로 낮추는 마음이 있음을 알겠다. 대안탑大雁塔에 이름을 붙일 때는[7] 먼저 바른 이름을 써야 후세까지 불후하게 전해질 수 있을 것이다.

이 글의 의미를 살펴볼 때, 아마도 사람들이 개와 돼지로 자칭하지 않아서 유 선생은 아주 기분이 나빴던 듯하다. 이에 나는 옛사람의 깊고 높은 뜻을 추측할 길이 없음을 탄식했고, 이런 연유로 중용의 태도를 잃지 않으려고 이 글을 쓰는 용기를 내게 되었다.

5월 5일

주)_____

1) 원제는「名字」. 이 글은 1921년 5월 7일 베이징『천바오 부간』'잡감' 코너에 발표되었다. 서명은 펑성(風聲)이다.

2) '철혈'은 강철과 열혈로 견인불발의 강한 투혼을 의미한다. '협혼'은 협객의 영혼이란 뜻이다. '고광'은 옛것에 미친 사람이란 뜻이다. '괴협'은 기괴한 협객이란 뜻이다. '아웅'은 영웅에 버금가는 사람이란 뜻이다. 이러한 필명의 인물은 국수적이고 편협한 영웅주의자인 경우가 많다.

3) '접서'는 비목어(比目魚)와 함께 산다는 뜻으로 부부간의 좋은 금실을 상징한다. '앙정'도 원앙의 정신이란 뜻으로 부부간의 짙은 애정을 상징한다. '방농'은 향기로운 그대란 뜻으로 역시 남녀 간의 사랑을 상징한다. '화련'은 꽃을 그리워한다는 뜻, '추수'는 가을을 타서 여윈 사람이라는 뜻, '춘수'는 춘정으로 우수에 젖은 사람이란 뜻으로 이들의 필명은 모두 재자가인(才子佳人)류의 사랑을 내세우는 애정지상주의자인 경우가 많다.

4)『형설총설』(螢雪叢說)은 일종의 수필집으로 송대 유성(兪成)의 저작이며 모두 2권이다. 본문의 인용문은 권1 '인지소명'(人之小名) 조에 나온다.

5) 사현(思賢)은『형설총설』원문에 사안(思顔)으로 되어 있으므로, 공자의 수제자 안회(顔回)를 생각한다는 뜻이다. 그러므로 망회(望回)도 안회를 우러러본다는 의미를 가진다.

6) 차한(次韓)은 당나라 대학자 한유(韓愈)에 버금가는 사람이 되라는 뜻이다. 따라서 제한(齊韓)도 한유와 나란한 사람이 돼라는 의미다.

7) 당나라 때 진사(進士)에 급제한 사람의 이름을 장안 대안탑 안에 써두던 관례를 말한다.

무제[1]

옷깃에 만년필을 꽂은 기자가 나더러 글을 좀 써 달라고 했다. 나는 그와의 약속을 건성으로라도 지키기 위해 글을 써야 했다. 먼저 제목을 생각해야 했고…….

지금은 밤이다. 날씨가 비교적 시원한 탓에 붓을 잡아도 땀은 흐르지 않는다. 자리에 앉자마자 모기가 나타나 나를 보고 그들의 본능을 크게 발휘한다. 그들이 무는 방법과 주둥이의 구조는 아마도 단일하지 않은 듯하다. 이 때문에 내가 고통을 느끼는 방법도 단일하지 않다. 그러나 결과는 하나로 수렴되어 나는 더 이상 글을 쓸 수 없게 된다. 게다가 제목조차 떠올리지 못한다.

나는 등불을 끄고 침대 휘장 속으로 숨어들지만 모기는 또 귓가에서 앵앵거린다.

그들이 나를 물지 않아도 나는 끝내 잠을 이룰 수 없다. 등불을 켜고 비춰 보면 모기 그림자조차 보이지 않는다. 하지만 등불을 끄고 누우면 또 나타난다.

이와 같이 서너 번 하다가 나는 마침내 분노한다. "물고 싶으면 물어도 좋으니 제발 앵앵거리지만 말아다오." 그러나 모기는 여전히 앵앵거린다.

이때 어떤 사람이 내게 "모기와 벼룩 중에서 어느 것이 좋소?"라는 질문을 던진다면 나는 조금도 주저하지 않고 "벼룩이 좋소"라고 대답할 것이다. 이유는 간단하다. 벼룩은 사람을 물지만 소리를 지르지는 않기 때문이다.

묵묵히 피를 빨면 두렵기는 하지만 귀찮지는 않다. 이런 연유로 차라리 벼룩을 좋아하는 것이다. 이런 연유와 대략 동일한 근거로 나는 "소리를 지르며 국민을 각성시키는 방법"을 좋아하지 않는다. 그 이치는 일찍이 홰나무 아래에서 진신이[2]에게 말한 적이 있기에 지금 다시 서술하지 않겠다. 독자 여러분의 용서를 빈다.

나는 또 등불을 켜고 책을 본다. 책을 보는 건 글을 쓰는 것과 달라서 한 손으로 부채를 잡고 모기를 쫓을 수 있다.

그런데 얼마 지나지 않아 파리 한 마리가 날아와서 등갓을 맴돌며 원을 그린다.

"윙! 윙윙!"

나는 또 신경이 쓰여서 더 이상 책 속의 내용이 무엇인지 알 수 없게 된다. 부채로 쫓다가 등불을 끄고 만다. 다시 등불을 켜자 파리가 또 맴돈다. 맴돌면 맴돌수록 더욱 빨라진다.

"휙, 휙, 휙!"

나는 대적할 수 없어서 다시 침대 휘장 속으로 숨어든다.

나는 생각에 잠긴다. 날벌레가 등불로 돌진하는 건 불빛을 좋아하기 때문이라고도 하고, 불꽃을 좇아다니기 때문이라고도 하고, 벌레의 성욕 때문이라고도 하면서 모두가 제 맘대로 이야기한다. 나는 벌레가 맴돌지 않기만 바랄 뿐이다.

하지만 모기가 또 나타나 앵앵거리기 시작한다.

하지만 나는 이미 고개를 떨구며 잠 속으로 빠져들어 모기를 쫓을 수가 없다. 나는 비몽사몽간에 이렇게 생각한다. '하늘이 만물을 만들어 각각 그 소임을 맡겼다는데, 인간을 잠들게 만든 것은 오로지 모기가 잘 물수 있도록 설계한 것이리라……'

아! 깨끗한 달빛, 검푸른 수풀, 별들은 영롱한 눈빛을 반짝이고 달빛 속에 드러난 희고 동그란 무늬는 야래향[3]의 꽃떨기…… 자연의 아름다움은 얼마나 풍성한가?

그러나 나는 꿈결 속에서 고아한 사람들이 이렇게 말하는 소리를 듣는다. 꽃도 없는 나의 창밖에 별빛과 달빛이 깨끗하게 비칠 때면 나는 모기와 전투를 벌이다가 늦게서야 잠 속으로 빠져든다.

나는 아침에 일어나서 승리자 세 분이 선홍색 배를 끌고 휘장 위에 꼿꼿이 서 있는 걸 목격한다. 몸이 가려워 오면 나는 긁으면서 자국을 센다. 모기에게 물린 자국이 모두 다섯 군데다. 이것은 내가 생물계의 전투에서 패배한 표징이다.

그리하여 나는 또 다섯 개의 붉은 자국을 대동하고 문을 나서 대충 밥을 먹으러 간다.

주)_____

1) 원제는 「無題」. 이 글은 1921년 7월 8일 『천바오』 '낭만담'(浪漫談) 코너에 발표되었다. 서명은 펑성이다.

2) 진신이(金心異)는 첸쉬안퉁(錢玄同, 1887~1939)이다. 본명은 샤(夏)이고 나중에 쉬안퉁으로 개명했다. 저장성 우싱(吳興) 사람으로 현대 문자학자다. 베이징대학, 베이징사범대학 교수를 역임했고, 5·4 시기에 신문화운동에 적극 참여했다. 『신청년』 편집자의 한 사람이기도 하다. 그러나 말년으로 갈수록 보수적 입장을 보였다. 린수는 1919년 3월 19일 상하이 『신선바오』(新申報)에 「형생」(荊生)이란 제목의 소설을 발표하여 신문화운동을 공격했다. 당시에 린수가 공격한 인물의 한 사람이 바로 진신이인데 그가 바로 첸쉬안퉁을 빗댄 인물이다. 루쉰과 진신이가 나눈 대화는 『외침』(루쉰전집 2권) 「서문」을 참고하시라.

3) 야래향(夜來香)의 원문은 '월견초'(月見草)다. 다년생 초본식물로 여름밤에 꽃송이가 벌어졌다가 새벽에 닫힌다. 열매와 뿌리는 모두 약으로 쓸 수 있다.

『수초당서목』 초록 교정 설명[1]

명대 사본 『설부』[2] 원본은 현행 각본刻本[3]과 전혀 다르고, 경사도서관京師圖書館에 명대 사본 잔권 10여 권이 소장되어 있다. 이 『수초당서목』은 『설부』 명대 사본 제28권에 수록되어 있고, 그 주注에 "『수초당서목』 1권을 전부 베끼다. 하이창海昌 장랑성張閬聲"[4]이라고 되어 있다. 또 다른 판본을 빌려와, 다시 그 빌린 판본을 베끼면서 두 판본의 상이점을 글자 곁에 주석으로 달았다. 비록 탈자와 오자가 매우 많지만 해산선관[5] 『수초당서목』 각본보다는 훨씬 낫다. 두 판본을 대조 교감한다면 좋은 책 한 권을 얻을 수 있을 것이다.

11년[1922] 8월 3일

쓰탕[6]이 등불 아래에서 초록을 마치고 쓰다

『설부』에는 총목록이 없지만 해산선관 판본에는 있다. 지금 본문에 근거하여 보충해 넣었다.

8월 3일 밤에 쓰다

1) 원제는 「『逐初堂書目』抄校說明」. 이 글은 루쉰의 자필 원고에 근거하여 편집해 넣었다. 원래 제목도 없고 표점도 없다. 앞부분은 초록 원고 겉표지에 쓰여 있고, 뒷부분은 초록 원고 본문 끝에 쓰여 있다. 『수초당서목』은 『익재서목』(益齋書目)이라고도 한다. 송대 우무(尤袤)의 소장 도서목록이다. 모두 1권이다.

2) 『설부』(說郛)는 필기총서로 명대 도종의(陶宗儀)가 편찬했고 모두 100권이다. 명대 이전 필기소설을 수록했고 아울러 경사(經史) 제자백가 및 시화(詩話)와 문론(文論)도 수록했다. 원본 대부분은 이미 없어졌다. 명대 사본 『설부』 원본은 현재 5책이 남아 있는데, 원서의 권3, 권4 및 권23에서 권32까지 모두 12권이 남아 있다.

3) 『설부』 현행본은 청 순치(順治) 4년(1647) 도정(陶珽)이 펴낸 판본으로 도종의의 원본을 마구 뒤섞어서 120권으로 편찬했다.

4) 원문은 '一卷, 全抄, 海昌張聞聲'. 하이창(海昌)은 지금의 저장성 하이닝(海寧). 1914년 장쭝샹(張宗祥; 장랑성)이 베이징 교육부 시학(視學)에 임명되었고, 1919년 교육부장(教育部長) 푸쩡샹(傳增湘)이 장쭝샹을 경사도서관을 주관하게 하면서 도서관주임 직을 겸임하게 했다. 당시 루쉰도 교육부에 재직하고 있어서 장쭝샹에게 경사도서관 소장 명대 『설부』 초본을 베껴 사람들에게 공개하자고 제안했다. 이때 아마 『수초당서목』도 초록했던 것으로 보인다.

5) 해산선관(海山仙館)은 청대 광둥성 판위(番禺)의 장서가 판스청(潘仕成)의 집 이름이다. 여기에서 『해산선관총서』(海山仙館叢書)를 간행하면서 『수초당서목』을 첫번째로 배치했다. 도광(道光) 26년(1864)에 간행했다.

6) 쓰탕(俟堂)은 루쉰이 쓴 필명의 하나다.

『당인설회』진상 폭로[1]

근래에 『소설월보』[2]에서 「소설의 연구」[3]라는 글을 보았다. 그 내용 중에 "『당인설회』는 당나라 소설의 중심이다"라는 말이 있었다. 이것은 진실로 틀림이 없는 말이다. 왜냐하면 우리가 당나라 사람들의 소설을 보려면 실제로 이에 버금가는 소설집을 찾을 수 없기 때문이다. 그러나 이것을 심심풀이로만 읽는다면 물론 문제가 되지 않지만 역사 연구 자료로 이용하게 되면 심각한 오류를 유발할 수 있다. 나도 여러 해 동안 이 책에 속아 오다가 지금에야 진상을 깨달았다. 이 때문에 이 기회를 빌려 그 진상을 폭로하고자 한다.

『당인설회』는 『당대총서』唐代叢書로 불리기도 한다. 일찍이 소형 목판본으로 간행되었으나 지금은 석인본石印本으로 간행되고 있다. 하지만 이 석인본에는 탈자, 오자, 구절 파괴 등의 오류가 보태졌다. 전체 책은 16집으로 매 집의 목록은 매우 휘황찬란하지만 기실은 아주 엉터리다. 대체로 판각상이 사람을 속이는 수단에 불과하다. 내용이 소설이기 때문에 이전의 유학자들은 변론할 가치가 없다고 여겼다. 따라서 이 총서를 배격한 사람이 없었으므로 지금까지 간행을 거듭하며 "이 또한 즐겁지 아니한가?" 라는 경지로까지 유행했다.

나는 지금 황당한 사례들을 대략 열거해 보고자 한다.

첫째, 단락 삭제. 제1집 「수당가화」에서 제6집 「북호록」[4]에 이르기까지 하나도 완전한 것이 없고, 심지어 1/20에도 미치지 못하는 것도 있다. 그 뒷부분도 이런 상황이 적지 않다.

둘째, 억지 분류. 예를 들어 「낙중구로회」, 「오목경」, 「금군기」[5] 등은 모두 각종 문집의 1편 문장에 불과하므로 한 권의 책이 될 수 없다. 그러나 이 총서에서는 이들 문장을 억지로 한 종류로 분류했다.

셋째, 분류 혼란. 예를 들어 「낙고기」, 「지낙고」, 「육확부」, 「금강경구이」는 모두 『유양잡조』[6] 가운데 1편인데 모두 4종으로 분류했고, 이와는 별도로 「유양잡조」도 1종으로 분류했다. 또 「화구석」, 「약보」, 「흑심부」는 『청이록』[7] 가운데 1편인데 모두 3종으로 간주했다.

넷째, 문장 변조. 『의산잡찬』[8]에는 당시 속어가 꽤 많이 나오는데 이것을 이해하지 못하고 마음대로 변조했다.

다섯째, 저자 혼란. 『유괴록』[9]은 우승유牛僧孺가 지었는데 왕운王惲이 지었다고 했다. 『침중기』는 심기제가 지었는데 이필이 지었다고 했다.[10] 『미루기』, 『해산기』, 『개하기』는 저자 미상 혹은 송나라 사람의 작품으로 알려져 있는데 한악韓偓이 지었다고 했다.[11]

여섯째, 책 이름과 저자 날조. 무슨 『뇌민전』雷民傳, 『농상기』蕽上記, 『귀총지』鬼塚志 따위는 전혀 근거가 없는 책인데도 『태평광기』[12]에서 몇 편을 뽑아 단성식이니 저수량[13] 등의 성명을 붙여서 사람을 속이고 있다. 이밖에도 이런 사례가 적지 않다. 사람을 가장 헷갈리게 하는 것은 단성식이 지었다는 『검협전』이다.[14] 이 책은 지금 거의 진짜 책으로 공인되어 있지만 기실 단성식이 어찌 이런 책을 지었겠는가?

일곱째, 저자 연대 오류. 예를 들어 『태진외전』을 지은 악사樂史는 송나라 사람인데도 『당인설회』에 수록했고,[15] 『매비전』을 지은 사람이 섭소온이라면[16] 그는 송나라 사람이 되어야 한다. 그런데 『당인설회』에서는 오히려 저자를 조업이라고[17] 밝혔다. 이에 목록학자로 자부하는 예더후이[18]도 이 두 작품을 자신이 판각한 『당인소설』唐人小說에 수록하는 잘못을 범하게 되었다.

나머지 오류도 아직 많지만 그것을 언급하려면 너무 길어지므로 여기에서 그치고자 한다.

그러나 이런 터무니없는 내용의 하수인은 『당인설회』가 아니라 명나라 사람이 편찬한 『고금설회』古今說會와 『오조소설』五朝小說이고[19] 청나라 초기의 가짜 『설부』[20]도 그 뒤를 잇고 있다. 『당인설회』는 기실 그것들을 주워 모았을 뿐이다. 그 터무니없는 내용은 모두 구판에 연원을 두고 있지만 지금은 이미 보배와 같은 서적 종류로 귀결되었다. 우리는 이런 책을 사서 읽을 만한 여력이 없으므로 그 잘못된 내용에 미혹될까 걱정할 필요도 없다. 목전에 가증스럽게 유행하는 것은 오직 『당인설회』일 뿐이다.

『당인설회』의 해악에서 벗어나기 위해 나는 또 다른 책을 떠올렸는데 그것은 바로 『태평광기』다. 그리 좋지 않은 이 책의 작은 판본은 불과 5위안元에 60여 권이 포함되어 있고 남방에서는 더러 더욱 싸게 구입할 수 있다. 비록 오자가 들어 있지만 다른 방법은 없다. 왜냐하면 더 좋은 것은 바로 명대 판본이나 보배에 속하는 종류이니 우리 같은 사람의 힘으로는 구입할 수 없기 때문이다. 나는 『태평광기』의 장점이 두 가지라고 생각한다.

첫째, 육조시대에서 송나라 초기까지의 소설이 거의 모두 포함되어 있다. 만약 대략적인 연구만 한다면 다른 책을 더 많이 살 필요가 없다. 둘째, 정령精靈, 귀신, 승려, 도사 등을 부류별로 명확하게 구분했고 다양한 사례까지 모아 놓아서 물리고 또 물릴 때까지 계속 볼 수 있다. 따라서 현재 여우나 귀신을 이야기하는 『태평광기』의 아류는 더 이상 읽어 볼 용기가 나지 않는다.

주)_____

1) 원제는 「破『唐人說薈』」. 이 글은 1922년 10월 3일자 『천바오 부간』 '문예담'(文藝談) 코너에 처음 발표되었다. 서명은 펑성(風聲)이다.

　『당인설회』는 필기소설 총서다. 본래 명나라 말기 도원거사(桃源居士)의 집본(輯本)에 모두 144종의 소설이 수록되어 있었다. 그러다가 청나라 건륭 무렵 산인(山陰)의 진세회(陳世熙; 연당거사蓮塘居士)가 또 『설부』 등의 서적에서 20종을 보충하여 모두 20권으로 편찬했다. 나중에 나온 방각본 중에는 『당대총서』(唐代叢書)로 제목을 바꾼 판본도 있다.

2) 『소설월보』(小說月報)는 1910년 상하이에서 창간한 원앙호접파 소설 간행물이었다. 1921년 1월부터 문학연구회의 기관지가 되어 중국 신문학운동의 주요 진지 역할을 수행했다. 1931년 12월 정간되었다.

3) 「소설의 연구」(小說的硏究)는 취스잉(瞿世英)이 쓴 문학논문이다. 1922년 7월 『소설월보』 제13권 제7기에서 같은 해 9월 제9기까지 연재되었다.

4) 「수당가화」(隋唐嘉話)는 당나라 유리(劉餗)가 지었다. 모두 3권이다. 주로 당나라 사람들의 언행과 일화를 기록했다.

　「북호록」(北戶錄)은 당나라 단공로(段公路)가 지었다. 모두 3권이다. 주로 영남 지방의 풍토와 물산을 기록했다.

5) 「낙중구로회」(洛中九老會)는 백거이의 작품이라고 명시되어 있다. 『백거이집』(白居易集)에도 「구로도시병서」(九老圖詩幷序)라는 시가 실려 있다.

　「오목경」(五木經)은 당나라 이고(李皐)의 작품이다. 고대 저포(樗蒲; 주사위 던지기와 유사한 놀이) 유희를 소재로 삼은 소설이다. 『이문공집』(李文公集) 권18에 실려 있다.

　「금군기」(錦裙記)는 당나라 육구몽(陸龜蒙)의 작품이다. 이윤(李尹)이 소장하고 있는 옛 비단 치마에 관한 잡기다. 『입택총서』(笠澤叢書) 권4에 「기금군」(記錦裙)이란 제목으로 실려 있다.

6) 『유양잡조』(酉陽雜俎)는 당나라 단성식(段成式)의 저술로 모두 20권이고, 속집 10권도
있다. 「낙고기」(諾皋記)는 이 책 14~15권에 실려 있다. 「지낙고」(支諾皋)는 『유양잡조
속집』 권1, 권2, 권3에 실려 있다. 모두 기괴한 이야기를 서술했다. 「육확부」(肉攫部)는
권12에 보인다. 매를 기르는 방법에 대한 이야기다. 「금강경구이」(金剛經鳩異)는 『속집』
권7에 실려 있다. 내용은 『금강경』의 신령성에 관한 이야기다.

7) 『청이록』(淸異錄)은 송나라 도곡(陶谷)이 편찬했다. 모두 2권이다. 주로 당나라와 오대
(五代) 문인의 소품을 모았다. 「화구석」(花九錫)은 당나라 나규(羅虬)가 지었다. 『청이
록』 「백화문」(百花門)에 실려 있다. 「약보」(藥譜)는 당나라 후령극(侯寧極)이 지었고, 『청
이록』 「약품문」(藥品門)에 실려 있다. 「흑심부」(黑心符)는 당나라 우의방(于義方)이 지었
고, 『청이록』 「여행문」(女行門)에 실려 있다.

8) 『의산잡찬』(義山雜纂)은 모두 1권으로 저자가 알려져 있지 않다. 주로 당나라 세속에 널
리 알려진 비루한 일들을 모았다. 송나라 진진손(陳振孫)은 당나라 이상은(李商隱)이 지
었다고 생각했다. 『당인설회』에서는 이 책에 실려 있는 당나라 속어를 함부로 고쳤다.
예를 들면 '불궁'(不窮)을 '부귀'(富貴)로, '반측'(反側)을 '황공'(惶恐)으로, '분장'(分張)을
'분석'(分析)으로 고친 것이 그것이다.

9) 『유괴록』(幽怪錄)은 『현괴록』(玄怪錄)이라고도 한다. 당나라 우승유가 지었다. 모두 10
권이었으나 이미 실전되었다.

우승유(牛僧孺, 779~847)는 자가 사암(思黯)으로 디다오(狄道; 지금의 간쑤성甘肅省 린타
오臨洮) 사람이다. 벼슬은 어사중승동평장사(御使中丞同平章事)에 이르렀다. 왕운(王惲)
은 당나라 무종(武宗) 때의 진사다.

10) 『침중기』(枕中記)의 내용은 노생(盧生)의 꿈 이야기다. 노생이 어떤 주막에서 도사 여
옹(呂翁)이 준 베개를 베고 잠이 들었는데, 꿈속에서 온갖 부귀영화를 누리고 깨어나
보니 부엌에서 자신이 잠들기 전에 짓던 기장밥이 아직도 덜 익은 상태였다. 여기에서
인생의 덧없음을 상징하는 황량일몽(黃粱一夢)이란 고사성어가 나왔다.

심기제(沈旣濟, 750?~800?)는 쑤저우(蘇州) 우(吳) 땅 사람이다. 당대 전기(傳奇) 작가
로 벼슬은 예부원외랑(禮部員外郞)에 이르렀다.

이필(李泌, 722~789)은 자가 장원(長源)으로 당대 징자오(京兆; 지금의 산시성陝西省 시
안西安) 사람이다. 벼슬은 중서시중동평장사(中書侍中同平章事)에 이르렀다.

11) 『미루기』(迷樓記)는 모두 1권으로 수(隋) 양제(煬帝)가 미루(迷樓)라는 누각을 지어 미
녀를 총애하며 음란한 생활을 한 것을 묘사했다.

『해산기』(海山記)도 모두 1권으로 수 양제가 서원(西苑)을 조성하고 오호(五湖)를 굴착
한 일을 서술했다.

『개하기』(開河記)도 모두 1권으로 마숙모(麻叔謀)가 수 양제를 위해 운하를 파며 백성
을 잔학하게 부린 일을 기록했다. 루쉰은 『중국소설사략』에서 이렇게 지적했다. "『해

산기』는 이미 『청쇄고의』(青瑣高議)에 보인다. 북송(北宋) 사람의 저작이다."

한악(韓偓, 844~923)은 자가 치요(致堯; 치광致光이라고도 함)로 당대 완녠(萬年; 지금의 산시성陝西省 시안) 사람이다. 벼슬은 한림학사(翰林學士)와 중서사인(中書舍人)에 이르렀다.

12) 『태평광기』(太平廣記)는 송나라 때 이파(李昉) 등이 칙명을 받아 편찬한 유서(類書)로 모두 500권이다. 태평흥국(太平興國) 3년(978)에 완성했다. 육조시대에서 송대까지의 소설과 야사를 수록했고 모두 470종의 책을 인용했다.

13) 단성식(段成式, ?~863)은 자가 가고(柯古)로 당대 치저우(齊州) 린쯔(臨淄; 지금의 산둥성 쯔보淄博) 사람이다. 벼슬은 교서랑(校書郎)을 거쳐 태상소경(太常少卿)에 이르렀다. 저수량(褚遂良, 596~658)은 자가 등선(登善)으로 첸탕(錢塘; 지금의 저장성 항저우) 사람이다. 당대 서예가이며 벼슬은 상서우복야(尙書右僕射)에 이르렀다.

14) 『당인설회』에 단성식이 지은 것으로 표기되어 있는 『검협전』(劍俠傳)은 모두 12편이다. 그중 「난릉노인」(蘭陵老人), 「노생」(盧生), 「승협」(僧俠), 「경서점노인」(京西店老人) 4편이 단성식의 『유양잡조』에 나온다. 그 나머지 「노인화원」(老人化猿)은 『오월춘추』(吳越春秋), 「섭은낭」(聶隱娘), 「곤륜노」(崑崙奴)는 당대 배형(裴刑)의 『전기』(傳奇), 「거중여자」(車中女子)는 황보씨(皇甫氏)의 『원화기』(原化記), 「고인처」(賈人妻)는 당대 설용약(薛用弱)의 『집이기』(集異記), 「홍선」(紅線)은 원교(袁郊)의 『감택요』(甘澤謠), 「전팽랑」(田彭郎)은 강변(康駢)의 『극담록』(劇談錄), 「형십삼낭」(荊十三娘)은 오대 손광헌(孫光憲)의 『북몽쇄언』(北夢瑣言)에 나오므로 단성식과는 관련이 없다.

15) 『태진외전』(太眞外傳)은 『당인설회』에 『양태진외전』(楊太眞外傳)이란 제목이 붙어 있다. 모두 2권이다. 악사(930~1007)는 송대 푸저우(撫州) 이황(宜黃; 지금은 장시성에 속함) 사람으로 벼슬은 삼관비서(三館秘書)에 이르렀다. 저서로 『태평환우기』(太平寰宇記)가 있다. 명대 도종의(陶宗儀)는 『설부』에서 그를 당나라 사람으로 오인했고, 『당인설회』에서도 그 오류를 답습했다.

16) 『매비전』(梅妃傳) 1권은 아직 저자가 밝혀져 있지 않다. 당 현종의 애첩 강채빈(江采蘋)과 관련된 이야기다. 이 작품 말미에 작가가 쓴 다음과 같은 찬어(贊語)가 덧붙여 있다. "이 글은 …… 섭소온이 내게 들려준 이야기다."

섭소온(葉少薀, 1077~1148)은 본명이 몽득(夢得)이고 자가 소온이다. 남송 창저우(長洲) 사람으로 벼슬은 호부상서(戶部尙書)에 이르렀다. 저서로 『석문피서록화』(石門避暑錄話) 등이 있다.

17) 조업(曹鄴)은 자가 업지(鄴之)로 구이저우(桂州; 지금의 광시廣西 구이린桂林) 사람이다. 만당(晚唐) 시인이며 벼슬은 양저우자사(洋州刺使)에 이르렀다.

18) 예더후이(葉德輝, 1864~1927)는 자가 환빈(奐彬)으로 후난성 샹탄(湘潭) 사람이며 유명한 장서가다. 그가 판각한 관고당본(觀古堂本) 『당인소설』은 모두 6종인데 1911년에 간행했다.

19) 『고금설회』는 명대 가정(嘉靖) 연간에 육즙(陸楫) 등이 편찬했고 모두 135종 142권이다. 「설선」(說選), 「설찬」(說纂), 「설략」(說略), 「설연」(說淵)으로 분류되어 있다. 당대와 송대 소설을 비교적 많이 뽑았다. 『오조소설』은 명나라 말기에 도원거사(桃源居士)가 편찬했고, 모두 470여 종이다. 「위진소설」(魏晉小說), 「당인소설」(唐人小說), 「송원소설」(宋元小說), 「명인소설」(明人小說) 네 부분으로 분류되어 있다.

20) 가짜 『설부』(說郛)는 명나라 말기 청나라 초기에 도정(陶珽)이 간행한 『설부』를 가리킨다. 이 책 「'수초당서목' 초록 교정 설명」 해당 각주 참조.

『소설세계』에 관하여[1]

기자 선생[2]:

　나는 오랫동안 할 말이 없었기에 오랫동안 한 마디도 하지 않았습니다. 어제 이구疑古 군이 잡감문에서[3] 나를 거론한 것을 보고서야 갑자기 몇 마디 할 말이 생각났습니다. 바로 『소설세계』에 대해 여러 말을 할 가치가 없다는 것입니다.

　그런 잡지는 중국에 관례상 존재해야 하는 것이기에 문제가 되지 않습니다.

　무릇 중국 자신이 부패할 때 무슨 새로운 것이 들어오면 옛것은 의례껏 모양을 바꿔 생존투쟁을 벌입니다. 예를 들어 불교가 동쪽으로 옮겨 왔을 때 불교도 몇 명이 불경을 번역하여 전도하려 했습니다. 그러자 도교의 도사들이 불경의 원리를 어지러이 훔쳐서 도경道經을 만든 후 그 도경으로 불경을 매도하는 한편, 시정잡배도 감히 하지 못하는 방법으로 승려를 해치며 뒤죽박죽 난장판을 만들었습니다(그런데 현재 수많은 불교도는 국수주의자를 자처하며 서양 학문을 배척하고 있으니 실로 가련할 정도로 멍청합니다!). 그러나 중국인은 소위 '중용'에 뛰어나기 때문에 마침내 불교에도 석장釋藏을 만들고 도교에도 도장道藏을 만들어[4] 시비를 따지지 않고 함께 공존하게 했습니다. 현재 각경처[5]에서는 이미 수많은 불경을 간행했고, 상우인서관에서도 일본의『속장』續藏을 간행함과 아울러『정통도장』도 간행했습니다.[6] 이 두 주객 중에서 어느 것이 낫고 어느 것이 못한지는 각각 자체적으로 증명해야 하므로 여기에서 쓸데없이 언급할 필요는 없겠습니다. 그러나 만약 비교한 후 불교의 학설이 더 뛰어나다 하더라도 중국에는 여전히 도사가 거사와 승려보다 훨씬 많을 것입니다. 왜냐하면 지금 사람들은 일률적이지 않고 모두 각양각색이기 때문입니다.

상하이에는 새로운『소설월보』도 있고,『쾌활』[7]에서『소설세계』에 이르는 낡은(?) 문학잡지도 있습니다. 비록 영향력이 미미하긴 해도 위의 경우와 똑같은 일입니다.

지금의 신문예는 외국에서 들어온 새로운 물결이므로 나라의 오래된 사람들은 근본적으로 쉽게 이해할 수 없는 것입니다. 특히 이처럼 특별한 중국에서야 더 말해 무엇하겠습니까? 많은 사람들이 '구문화소설'(이것은 상하이의 신문지상에서 언급되고 있는 명칭입니다)의 출현을 갈망하고 있다 해도 이상하다고 할 수 없습니다. 또 '구문화소설가'들이 크게 신통함을 펼쳐 보이고 있다 해도 이상하다고 할 수 없습니다. 그러나 소설은 종이 위에 써서 모든 사람이 함께 봅니다. 따라서『소설세계』가 어떤 잡지가 될 것인지는 기실 그들이 자체적으로 증명해야 합니다. 우리가 더 이상 그들을 비평할 필요는 없습니다. 만약 운명이라면 그건 또 다른 일이 될 것입니다.

『소설세계』가 중국 청년들에게 해악을 끼친다고 말하는 것은 아마도 지나친 우려인 듯합니다. 만약 어떤 사람이 그 따위 소설(?)에 의해 피해를 본다면 그런 것이 없다 해도 그는 여전히 폐물로 살아갈 것이니, 어떻게 구제할 방법이 없을 것입니다. 사회와는 더더욱 상관이 없습니다. 분위기가 같은 고사[8]와 창본[9]이 국내에 매우 많고 품격도 비슷하다고 해서 이러한 작품들(?)이 '불 위에 기름을 부어' 중국인을 더 심하게 타락시킬 수는 없을 것입니다.

종합해 보면 새롭고 젊은 문학가들이 첫번째 해야 할 일은 작품 창작이나 소개이므로 파리떼나 새떼처럼 어지럽게 행동하며 아무것도 상관하지 않을 수도 있습니다. 둥즈東枝 군은 오늘 구소설가들이 이미 승리를 거뒀다고 여기는데[10] 그런 일이 어쩌면 있을 수도 있습니다. 그러나 그들이 그렇게 여기는 일은 매우 많을뿐더러 중국문명이 세계를 통일해야 한다고 말하기도 합니다. 만약 이와 같다면 콧대 높고 눈이 깊은 남자 유학생들은 망국 노인들을 둘러싸고 고개를 조아리는 법을 배울 것이며, 콧대 높고 눈이 깊은 여자 유학생들은 대갓집 첩들을 둘러싸고 전족하는 법을 배울 것입니다. 이것도 천하에서 기이한 볼거리가 될 터이니 『소설세계』보다 훨씬 더 재미있을 것입니다. 그러나 애석하게도 장차 이런 일이 일어날 때를 기다려야 합니다.

말이 너무 많아졌습니다. 나중에 다시 이야기하겠습니다.

1월 11일, 탕쓰唐俟

1) 원제는 「關於『小說世界』」. 이 글은 1923년 1월 15일 『천바오 부간』 '통신'(通信) 코너에 처음 발표되었다. 본래 제목은 「탕쓰 군이 보낸 편지―『소설세계』에 관하여」(唐俟君來信―關於『小說世界』)다.

　　『소설세계』는 주간지로 예징평(葉勁風)이 주간이었다. 1923년 1월 5일 상하이에서 창간했고, 상우인서관에서 간행했다. 주로 원앙호접파 작품을 실었다. 1928년 제17권 제1기부터 계간지로 바뀌었고 후화이천(胡懷琛)이 주간을 맡았다. 1929년 12월 제18권 제4기를 끝으로 정간했다. 개혁 후의 『소설월보』와 대항하며 경쟁하던 간행물이었다.

2) 쑨푸위안(孫伏園, 1849~1966)이다. 본명은 푸위안(福源)으로 저장성 사오싱 사람이다. 루쉰이 사오싱사범학교와 베이징대학에서 가르친 제자다. 신조사(新潮社)와 위쓰사(語絲社) 동인이다. 1921년 가을에서 1924년 겨울까지 베이징 『천바오 부간』에서 편집을 담당했고, 그 뒤 다시 베이징 『징바오 부간』(京報副刊)에서 편집을 담당했다.

3) 이구는 첸쉬안퉁(錢玄同)의 필명이다. 그는 1923년 1월 10일 『천바오 부간』 '잡감'(雜感) 코너에 「'의표를 찌르는' 일」('出人意表之外'的事)이란 글을 발표하여 『소설세계』의 취지와 경향을 비판함과 동시에 루쉰의 「그들의 꽃동산」(他們的花園; 루쉰전집 9권 『집외집』 수록)이란 시를 인용하여 신문학자들이 그 잡지에 합류하여 몸을 더럽히지 말 것을 권했다.

4) 석장(釋藏)은 『대장경』(大藏經)이다. 한문으로 된 불교 경전과 저작을 두루 모아서 경(經), 율(律), 논(論)으로 분류했다. 남북조시대에 편집되기 시작하여 송 개보(開寶) 5년(972)에 첫번째 대장경 13만 권이 판각되었다. 이후 각 시대마다 판각이 이루어졌다.

　　도장(道藏)은 도교의 경전과 저작 총집이다. 당 개원(開元) 연간에 가장 먼저 편집이 이루어졌고 송 휘종(徽宗) 정화(政和) 연간에 최초의 판본이 간행되었다. 내용은 매우 방대하고 복잡하다. 현재 통행되는 판본으로는 명대에 간행된 『정통도장』(正統道藏) 5,305권과 청대에 간행된 『만력속도장』(萬曆續道藏) 180권이 있다.

5) 각경처(刻經處)는 금릉각경처(金陵刻經處)를 가리킨다. 불경 판각과 유통을 관장하는 기구다.

6) 상우인서관에서는 1923년 일본 장경서원(藏經書院)에서 간행한 『속장경』을 영인했고, 1924년에는 『정통도장』(正統道藏)을 출판했다. 이 두 가지 서적의 광고가 모두 『소설세계』에 실렸다.

7) 『쾌활』(快活)은 원앙호접파 간행물의 하나로 순간(旬刊)이며 리한추(李涵秋)가 주간을 맡았다. 1922년 1월 상하이에서 창간되었다가 같은 해 12월 정간되었다. 모두 36기를 출간했으며 세계서국에서 간행했다.

8) '고사'(鼓詞)는 중국 전통 예술에 속하는 이야기 공연 방식이다. 흔히 북이나 딱따기로 반주를 넣기 때문에 고사(鼓詞)라 부른다. 한국의 판소리와 비슷한 민간 연예다.

9) 창본(唱本)은 전통적인 창(唱)을 위주로 공연하는 극본이다.

10) 둥즈(東枝)의 「『소설세계』」(『小說世界』)라는 글이다. 1923년 1월 11일 『천바오 부간』 '잡감' 코너에 게재되었다. 그 가운데 이런 내용이 있다. "『소설세계』 출간은 지극히 중요한 의미를 갖고 있으므로 우리는 절대 그것을 소홀히 취급해서는 안 된다. 이러한 의미를 나는 '전승'(戰勝)이란 두 글자로 포괄하고자 한다. 왜냐하면 『소설세계』는 출간되자마자 어느 부분에서건 모두 스스로 전승했다고 여기고 있다."

웨이젠궁 군의 '감히 맹종하지 않는다'를 읽은 이후 몇 가지 성명을 발표하다[1]

『천바오 부간』에 예로셴코[2] 군의 연극 관람기를 번역 등재한 후 몇몇 친구가 내게 그 글을 내가 썼거나 적어도 내 의견이 섞여 있다고 의심했다. 왜냐하면 '관'觀이나 '간'看 자 등이 들어간 글은 맹인 작가가 쓸 수 없기 때문이라는 것이다. 지금 나는 그 글을 결코 내가 쓰지 않았을 뿐 아니라 내 의견도 전혀 개입되지 않았음을 특별히 밝힌다. 작가는 다른 저작에서도 항상 (자신이 맹인임에도) 색채나 명암 등을 형용하는 글자를 쓰면서 눈으로 볼 수 있는 사람과 아무 구별 없이 의견을 발표했다. 그러므로 '관'觀이나 '간'看 자와 같은 동사를 쓴다 해도 전혀 이상하게 여길 일이 아니다. 그는 외국 맹인이라 중국어를 들을 수도 없고 연극을 볼 수도 없지만 나 자신은 그의 불행한 결점을 이용하여 그가 '대학생 제군'에게 죄를 얻게 하는 문장을 짓고 싶지는 않다.

웨이 군은 말미에서 내가 "예로셴코 선생이 베푼 가르침의 선의를 소개해 주었다"고 감사를 표했다. 이것은 본래 일상적인 말이라 특이하게 여길 것도 없지만, 가시 돋친 그의 전체 문장으로 추측해 볼 때 어쩌면 내가 이해할 수 없는 농담일 수도 있을 것 같다. 이 때문에 나는 또 다음과 같이 선언한다. "작가가 중국에 도착하기 이전에 내가 번역한 작품은 모두 나 자신이 개인적으로 선택한 것이고, 그가 중국에 오고 난 이후로는 모두 그가 지정한 것을 선택했다." 이 대목은 내가 그의 동화집 서문에서 이미 설명한 적이 있다. 그의 작품에 대해서 나는 물론 늘 상이한 의견을 갖고 있지만 그를 위해 작품을 번역해야 했기 때문에 항상 내 의견을 없애고 어기語氣조차도 원문과 차이가 나지 않게 하려고 했다. 따라서 그 내용이 선의인지 악의인지는 더욱 말할 수 없었고, 남이 내게 감사하든 나를 욕하든 상관하지 않았다. 그러나 웨이 군이 자신의 글에서 따옴표를 써서 인용한 '요설'囂辭이나 '예술의 해충'과 같은 말은 나의 번역문에는 없는 것이다. 아마도 그의 안목이 너무 밝고 식견도 너무 풍부한지라 일시적으로 혼란이 생겨서 다른 곳에서 끌어들인 것 같다.

그러나 그 관람기는 중국에서 용납될 수 없을 뿐 아니라 반감이 생길 것이란 사실을 나도 분명하게 알고 있었다. 특히 직접 연극에 참여하는 연기자들에겐 더더욱 그럴 것이다. 하지만 내겐 또 저지할 용기가 없었다. 나 스스로 중국의 청년을 사랑하는 마음이 그처럼 깊지 못했음을 일찍부터 의심하고 있었기 때문에 분명히 무익함을 알고서 급박한 언론을 발표하고 싶지 않았다. 그러나 이 또한 러시아인이 중국인 및 다른 나라 사람과 다른 점이다. 그는 아주 성실했고 아부할 줄 몰랐다. 기실 러셀[3]이 영국에서 중국을 칭찬하자 그의 문지방은 중국 유학생의 발길로 닳아 없어질 정도였다는 이야기를 나도 일찍이 그에게 해준 적이 있다.

이상은 내가 웨이 군의 글을 본 후 유발된 느낌으로 다른 독자들에게 밝혀야 할 사실이다. 하지만 예로센코 군과 나 자신을 위한 변명은 결코 아니며 또 웨이 군 및 같은 부류 사람들의 심기를 누그러뜨리려는 의도도 아니다. 만약 웨이 군의 발언 태도 자체에 대해 말하자면 다행히 내 눈은 아직 멀지 않았으므로 이것은 사실 '구극舊劇 연기를 배우는 것'보다 더욱 '가련하고, 수치스럽고, 참담한' 일이라고 감히 말하고자 한다. 익살꾼과 같은 구극 배우도 아직 웨이젠궁 군처럼 오로지 다른 사람의 신체장애를 쾌감의 재료로 삼는 경박한 조롱은 하지 않는다. 더욱 '가련하고, 수치스럽고, 참담한' 일은 스스로 그것을 여전히 예술에 진력하는 태도로 여긴다는 점이다. 이처럼 경박한 마음으로 쥐어짠 예술이 어떻게 구극 배우에 미칠 수 있을 것인가? 오히려 아무것도 하지 않고 깨끗하게 있는 편이 더 나을 것이다. 왜냐하면 구극 배우도 아직은 낡고 부패한 근성을 드러내기 전에 연기 기술은 졸렬하더라도 자신의 인격은 전혀 해치지 않기 때문이다.

웨이 군은 중국이 이미 상당히 문명화되어 청년 학생들이 구시대의 배우와 싸움을 벌이고 있으므로 이건 진실로 하나의 진보라 여기고 있다. 그러나 낡은 구극을 숭배하는 사람은 대개 맹인은 결코 아니므로, 그들의 판단은 합리적이어야 하고 존중되어야 하는데 무엇 때문에 청년 학생들과 싸움을 벌이겠는가? 눈이 멀지 않은 사람들도 틀릴 수 있을 것인데 어찌하여 예로센코 군이 실명한 불행을 이처럼 조롱하는가? '가련하고, 수치스럽고, 참담한' 중국의 새로운 광명인가?

마지막으로 나는 다만 웨이 군의 이 글 때문에 지금 또 특별히 책임 있는 성명을 발표하고자 한다. "나는 감히 낡은 도덕과 새로운 부도덕 속에서 자라고, 새로운 예술의 이름을 빌려 그 본래의 낡은 부도덕을 발휘하고 있는 소년들의 얼굴에 침을 뱉고자 한다!"

부기附記

예로센코 군의 관람기 제3단에 "그러나 오르간을 연주한 사람"然而演奏Organ的人이라는 구절 사이에 몇 글자가 탈락되어 있는데, 원고가 이미 다른 사람에게 넘어간 상황이라 다시 바로잡을 방법이 없다. 그렇지만 아마도 본래 문장은 "그러나 바이올린을 연주하는 사람 특히 오르간을 연주하는 사람"然而演奏Violin的, 尤其是演奏Organ的人으로 되어 있었던 듯하다. 내친김에 여기에서 고쳐 둔다.

1월 13일

[참고]

감히 맹종하지 않는다!
─예로센코 선생의 연극평으로 유발된 감상

웨이젠궁

루쉰 선생이 예로센코 선생의 「베이징대학 학생 연극과 옌징여학교 학생 연극 관람기」를 번역하여 1월 6일 『천바오 부간』에 발표했다. 세계적인 문학가가 우리 연극에 내린 진지한 교훈을 다행히 루쉰 선생이 우리에게 소개해 주었으므로 이는 먼저 감사를 드려야 할 일이다.

우리는 예로센코 선생의 이 글을 읽고 나서 침중하게 정신을 짓누르는 인상을 받고 눈물을 흘리다가 노력해야 함을 느낀다. 적막이 극도의 경지에 도달한 오늘날의 중국과 같은 나라에서는 정말 '연극이 아예 없다'고 말할 수 있는데, 어떻게 '좋은 연극'을 입에 담을 수 있겠으며, 더더욱 '남녀가 함께 연기하는 연극'을 말할 수 있겠는가? 우리나라 이전 시대의 암흑은 오늘날보다 훨씬 심했다! 이전 두 해 동안에는 예술을 위해 마음을 다하는 단체가 하나도 없었다고 말할 수 있다. 그건 정말 얼마나 적막하고 괴로운 상황이었던가! 우리는 정말 가련하고 참담했다. 그러나 자제들을 무대에 오르지 못하게 하는 부형들이 아직도 많지만 예술을 위해 줄곧 마음을 다하며 선봉에 서려는 사람들은 전혀 위축되지 않았고, 이에 아마추어로서 예술을 위한 연극 사업의 신기원을 개척했다. 이른바 '예술 연극의 싹'이 사막으로 덮인 대지에 돋아났다. 그래서 중국 연극은 이제야 비로소 점점 모습을 드러내고 있다. 또 낡은 전통극도 남은 빛을 '다시 밝히며' 우리와 박투를 벌이고 있고, 이어서 문명희文明戲[4]도 우리와 결투를 벌이려 한다. 우리가 어찌 감히 게으를 수 있겠는가? 하지만 우리는 '연극이 없는 상황'에서 '연극이 있는 상황'으로 이끌어 왔다. 이 점에 비춰 볼 때 오늘날의 나라 형편이 지난날의 형편에 비해 다소 밝아졌다고 인정하지 않을 수 없다. 이전의 학생들은 연극을 하지 않고 연극을 경시했지만 지금은 극력 연극을 제창하며 예술적인 연극에 온 마음을 다 바치고 있다. 그러나 지금도 연극 공연은 중국 청년 학생들이 지난날의 '구극 배우'와 벌이는 한바탕 싸움이며 그들이 예술에 바치는 충심의 표시다! 중국의 예술은 정말 가련하다! 마음을 다 바치는 우리 같은 사람이 1~2년간 고함을 질렀지만 분위기는 여전히 적막하다. 좋은 예술의 열매는 어디에 있는가? 이를 봐도 아마 '예술'이 무엇인지에 대한 일반인들의 회의가 아직 해소되지 않은 듯하다. 이 때문에 오늘날에 이르러 연극을 예술로 간주하고 예술을 위해 기꺼이 마음을 바치며 남자와 공연하려는 여자가 있어야 한다고 예로셴코 선생은 목이 터져라 외치고 있지만 언제나 그런 여자는 얻기 어렵다! 우리는 지금 '가까스로 연극이 있는 나라'를 바라다가 다시 좀더 개명하여 '좋은 예술이 있는'

나라를 바라게 되었다. 그리하여 '남녀가 함께 공연하는, 진정으로 좋은 중국 예술'이 비로소 탄생할 수 있으리라는 희망을 갖게 되었다. 중국 예술이 오늘날 보여 주는 공황 상태는 예로센코 선생 모국의 황폐한 공황 상태에 못지않다. 예로센코 선생이 우리 중국 청년 남녀 학생들 때문에 뱉어 내는 탄식을 우리는 오직 눈물을 머금고 마음에 새겨야 한다. 예로센코 선생도 연극이 이제 겨우 생겨난 나라에서 살아가는 우리 청년들이 몇천 년 동안 지속되어 온 무형의 암흑 세력에 반항하기 시작했음을 양해해 주실 것이다. 아울러 잠시 적막을 지키며 우리가 예술의 나라를 밝힐 수 있는지 없는지도 '지켜볼' 것이다! '지난날의 암흑'으로라도 '암흑의 현재'를 비교하다 보면 미래는 그래도 '더욱 암흑적이지는' 않을 것이다! 예술에 마음을 다 바치고 있는 동지들이여! 예로센코 선생의 마음을 우리 잊지 말자!

우리는 노력하는 과정에서 예로센코 선생의 교훈을 얻었으므로 불행하다고 할 수 없다.──우리 베이징대학 학생들은 더욱 그렇다!(여기에서 밝혀야 할 것은 연극을 공연하는 대학생 제군 중에서 외국어로 공연하는 학생을 제외하면 우리 베이징대학 연극실험사戱劇實驗社 대학생이 있을 뿐이라는 사실이다. 연극에 관한 모든 비평을 우리는 받아들일 수밖에 없지만 감히 모든 '대학생 제군'으로 하여금 그것을 감당하라고 할 수는 없다.) 예로센코 선생이 베이징에 온 지 1년이 가까운 세월 동안 우리는 연극 공연을 겨우 두 번 했을 뿐이다. 첫번째는 베이징대학의 두번째 평민학교 학예회 때였다. 예로센코 선생은 그때 연극 현장에 와서 노래를 불렀다. 노래가 끝나고 연극 현장에 잠시 앉아 있다가 바로 떠났다. 당시는 그가 베이징에 막 도착했을 때이므로 어쩌면 중국어를 알아듣지도 못했을 수 있고 귀에 익지도 않았을 것이다. 당시 우리의 그 유치한 예술은 아마 실패로 판명 났을 것이다. 두번째는 바로 기념회 첫날 공연이었다. 그는 우리의 무대 배경 뒤에 앉아서 잠시 '관람'彦하다가 그의 동료의 부축을 받고 그곳을 떠났다. 이 때문에 그는 "대학생 연극 공연을 거의 모두 가서 '관람'했다!"라고 말했다. 그는 두 차례 '관람'한 결과 우리가 연극 공연을 할 때 "무대에서 아마도 Drama 속 인물을 전혀 표현하고 싶어 하지 않는 것 같다"면서, "오히려 우리가 모든 심신을 다 바쳐서 구극 연기를 배우는 데 진력할 뿐"이라고 단정했다. "아마도"? "전혀 하고 싶어 하지 않는다"? 이 몇몇 어휘는 얼마나 심각한가? 이건 정말 '우리의 실상을 폭로하는' 비평이다! 예로셴코 선생은 우리가 "구극 연기를 배우는 데 진력하는 걸" '볼 수' 있고, 또 우리가 "연극 속 인물을 전혀 표현하고 싶어 하지 않는 걸" 알 수 있는가? 이러한 추측과 판단은 너무나 위험할 뿐 아니라, 우리에게 연극에 관한 안목이 조금도 없다고 너무 얕잡아 '보는' 행동이다! 나는 그가 '귀로 눈을 대신하여' 연극을 본다고 믿고 있다. 그리고 그는 마침내 우리가 "아마도 무대에서 오로지 구극 배우처럼 보여 주고, 구극 배우처럼 움직이고 구극 배우 같은 목소리로 구극 배우 같은 말을 하면서 이것이 바로 진정한 예술의 이상이라 여기는 듯하다"고 마침내 자신의 '귀'로 단정했다. 그러나 나는 아마도 그가 이상으로 여긴 것이 이와 같지는 않았다고 생각한다! 연극 공연에 참가한 우리 같은 사람의 "예술이 유치하다" 말할 수도 있고, 또 "표현력이 부족하다" 말할 수도 있다. 하지만 "전혀 표현하고 싶어 하지 않는다"라고 하다니, 누구도 이렇게 독단을 부릴 수는 없다! 우리는 예술에 마음을 다 바치고 있으므로 우리의 뇌리에는 털끝만큼도 '구극 배우'의 그림자가 없다고 믿는다.——지금 '구극 배우'는 또 우리의 적이다! —— 예로셴코 선생이 우리가 '구극 연기를 배운다'라고 말한 건 암흑에 싸인 우리나라 형편을 그리 분명하게 알지 못하고 우리를 '구극 배우'보다 못한 사람으로 '보았다'는 혐의에서 자유롭지 못하다! '구극 배우의 모습'은 어떤지? 예로센코 선생은 자신의 '귀'로 판별할 수 있는가? 설령 그가 말로는 표현할 수 있다 해도 우리가 '구극 연기를 배운 걸' '귀'로 판별할 수 있는가? 그는 또 우리 여자 연기를 하는 사람이 흉내를 잘 내는 '원숭이'가 되어 여자를 배우고 여기에 또 '여자로 분장하는 구극 배역 연기'를 배웠다고 말했다. 그럼 '구극 배우' 가운데서 '여자로 분장하는 배역'을 예로센코 선생이 귀로 판별할 수 있는가? 우리 연극 참여자들은 예로센코 선생이 말한 바와 같이 거의 전부 "구극 연기를 배웠거나" "여자 배역 연기자가 더욱 심하게 배운 건" 결코 아니다. 그러나 마찬가지로 예술 능력이 부족하여 '구극 배우 비슷한' 혐의를 받는 사람이 전혀 없다고는 감히 말하지 못하겠다. 지금 연기하는 사람은 어느 누구를 막론하고 이처럼 원기가 없거나, 스스로 힘을 발휘할 수 없어서 '구극 연기를 배우는 것'이 결코 아니다. 하지만 우리의 능력 부족이 혹시 그로 하여금 우리 연기자가 '구극 연기를 배웠다고' 여기게 만들었을 수도 있다! 예로센코 선생은 우리가 "연극에 진력하고", "심신을 다 바치면서도", "구극 연기를 배운다"라고 말했다. 세계적인 문학가가 우리의 유치한 예술 실험가들을 비평하며 자신의 추측으로 이러한 태도를 보여야만 할까? 우리는 그의 사람됨과 언어에 탄복하지만 그가 우리에게 보여 준 이러한 비평과 이러한 태도는 실로 예상할 수 없었던 것이다. 정말 유감이다! 어찌하여 '말끝마다 욕을 내뱉는' 동방 사람들의 습관이 결국 친애하는 세계적 문학가를 오염시켜 이런 비평을 하게 하고 결국 그 스스로 우리더러 "구극 연기를 배웠다"라고 말한 것과 똑같이 행동하게 했는가? 아아! '대학생 제군'은 너무나 억울함을 면치 못할 것이다. 왜냐하면 우리 몇몇 연극하는 사람 탓에 '예술의 해충'으로 지탄받으며 모두 "구극 연기를 배우는 혐의"를 받게 되었기 때문이다. 대학생들의 인격이여! 대학생들의 인격이여! 우리 대학생 중에서 예술에 온 마음을 바치는 사람들이여!(연극인뿐 아님) 우리가 어찌 스스로 인격을 모독하며 '구극 배우' 모방에 애를 쓰거나 오직 '구극 배우'만 바라보며 예로센코 선생과 같은 일류의 고상하고 존경할 만한 예술가를 망각했겠는가? 아아! 모욕당한 예술의 나라여! 광명을 지향하면 할수록 모욕은 더욱 심해지면서 한층 더 어두워지는 예술의 나라여!

이 때문에 우리에게는 '구극 연기를 배운다고 혐의를 받는' 대학생 중에서 연극하는 동지들이 있다. 나는 감히 그들과 함께 다음과 같이 성명을 발표한다. 우리가 기념회에서 연기한 「암흑의 세력」黑暗之勢力이 실패한——아마도 모든 연극이 실패한——원인은 이렇다. ①충분한 연기 훈련을 받지 못해서 극중 인물의 개성을 유치한 연기로 묘사할 수 없었기 때문이다. 소위 "익지 않은 포도는 시게 마련이다"라는 격이다. ②적절한 주변 여건이 없었기 때문이다. 우리에겐 연극에 마음을 다 바치는 사람은 있지만 시간이 촉박하여 충분하게 연기 훈련을 시키지 못했다. 그처럼 고독한 노력과 도와주는 사람이 없는데 하필이면 부끄러운 연기를 해야 했던가? 그러나 우리는 예술에 마음을 다 바치고 있다. 인적 도움을 받지 못한 데다 물적 도움도 없었으므로 예로센코 선생도 대학 선생님이므로 생각해 보면 알 수 있을 것이다. 그런데도 주변 여건에 대한 이러한 질책을 우리 몇몇 연극인이 어찌 인정할 수 있겠는가? "연극 공연장의 정서에 의해 조성된 분위기에는 마음을 쓰지 않았다"고 했으므로 예로센코 선생은 아마도 그런 분위기를 '귀'로 전혀 듣지 못한 듯하다! 우리는 「암흑의 세력」을 공연한 그날 음악으로 그에게 도움을 주지 못한 것에 미안함을 느낀다. 하물며 그날 예로센코 선생은 무대 배경 뒤에 앉아 있다가 홀연히 떠났으므로 무대 앞에 모인 1만여 명의 공연장 상황을 전혀 '볼' 수 없었고, 무대 뒤의 우리 배우들의 소리만 들을 수 있었음에랴? 그러나 다음 날 "구극 배우의 발성과 대화"를 배울 필요도 없이 아마도 "구극 배우의 동작만 배운" 팬터마임 공연에 중국의 현악기와 관악기(笙, 簫, 蘇胡, 磬鈴)가 그 안에서 도움을 주면서 '극장 같은 분위기'를 다소나마 조성했지만 애석하게도 예로센코 선생은 공연장에 오지 않았다! 그가 왔다면 아마도 이 동양 음악이 여전히 졸렬함을 면치 못한다고 했으리라. 돈도 받지 않고 화로도 없고 춥고 혼잡한 시장 바닥 운동장식 극장 무대 막후의 자리를, 좌석표가 있고 스팀이 따뜻하고 새로 건축한 대회당 극장에 어찌 비교할 수 있겠는가? 본래 예술은 다소 귀족적인 것이 아니던가? 따라서 평민문학을 주장한 톨스토이 선생의 명작이 운동장식의 공개된 공연장에서 우리에게 모욕을 당하며 실패했다. 실패의 원인을 우리는 예술의 유치함 때문이라고 인정할 수 있지만 "무슨 구극 연기를 배운" 때문이라고는 절대 인정할 수 없다.

마지막으로 나는 예로센코 선생과 모든 예술가들에게 삼가 질문을 드리고자 한다. 이처럼 예술계에 암흑이 만연한 지금의 중국 같은 나라에서는 우리 '남자들'과 함께 합연하려는 사람이 한 사람도 없는 상황인데 우리가 어떻게 '여자'가 등장하는 연극에 진력할 수 있겠는가? 만약 연극에 마음을 다 바치려면 남자가 여자로 분장하지 않을 수 없다. 그런데 여자로 분장한 것이 예술상의 실패이고, 그것이 바로 "무슨 구극의 여자 배역 분장을 배운" 것인가? 우리나라의 예술은 우리 자신도 "꼭두각시 인형극보다 더욱 무료하다"고 인정할 수밖에 없다. 그러나 왜 우리로 하여금 꼭두각시처럼 '원숭이'가 되어야 한다고 할까? 우리 남자들이 여자를 따라 배우는 것이 '원숭이가 되는 것'이라면 그 반대는 무엇인가? '원숭이가 된' 동지들이여! 우리는 어떻게 노력해야 할까?!

사람이면서 '원숭이'처럼 연극을 하는 사람은 거의 흐느껴 울어야 하리라! 우리 대학생들은 마음을 다해 예술을 하면서도 많은 도움도 받을 수 없다! 심지어 세계적인 문학가가 우리를 대하는 태도를 봐도 아마 우리 대학생들에게 도대체 인격이 있는지 없는지 전혀 생각하지 않는 듯하다! 가령 어떤 사람이 예로센코 선생이 직접 눈으로 '본' 후 내린 판단이므로 틀림이 없다고 말한다면 그건 너무나 우스운 말일 것이다. 그게 대체 무엇을 말하는 것인가?

그러나 나는 우리의 가련함, 수치스러움, 참담함이 모두 부끄럽지만 감히 맹종하지 않는 몇 마디 말을 하게 만들었다고 스스로 믿는다. 우리는 문학가 한 분의 가르침을 얻었으므로 얼마나 다행인가? 암흑적인 우리나라 예술계에서 이처럼 빛나는 횃불을 얻어 길을 인도할 수 있으니 얼마나 다행인가? 우리가 예로센코 선생에게 깊은 감사를 드려야 함은 너무나 당연한 일이다! 그러나 이 일은 또 우리에게 참을 수 없는 슬픔과 유감을 가져다줬다. 예로센코 선생은 사막과 같은 중국에서 가장 강렬하게 적막을 느끼고 있지만 우리는 이처럼 떠도는 맹인 시인을 아직 위로할 수 없는 상황에서, 오히려 그를 '원숭이'처럼 희롱하며 어떻게 할 방법도 없이 더욱 적막하게 만들었다! 이와 같을 뿐 아니라 심지어 그가 침통하게 우리를 부를 때도 오히려 감히 맹종하지 않으면서 그에게 한바탕 긴 '요설'을 늘어놓으려 한다! 다행인 것은 예로센코 선생이 완전히 견딜 수 없게 하지는 않았고, 또 옌징여학교의 아름다운 예술 인상을 그의 뇌리에 각인시켰다는 사실이다! 하지만 우리는 우리의 인격을 보장하기 위해 '구극 연기를 배웠다'는 예로센코 선생의 한 마디를 영원히 맹종하지 않을 것이다!

나는 루쉰 선생께서 예로센코 선생이 베푼 가르침의 좋은 뜻을 소개해
준 일에 다시 감사를 드린다!

1923년 7월 1일, 베이징대학

제목의 한 글자(盲)와 본문 몇 글자에 씌어진 따옴표는 그다지 좋지 않
은 태도를 드러내고 있지만 편집자가 원작을 존중하기 위해 함부로 고치
지 않았다. 특별히 이 점에 대해 사과드린다.(『천바오 부간』 편집자)

1923년 1월 13일 『천바오 부간』

주)_____

1) 원제는 「看了魏建功君的'不敢盲從'以後的幾句聲明」. 이 글은 1923년 1월 17일 『천바오
부간』에 처음 발표되었다. 웨이젠궁(魏建功, 1901~1980)은 장쑤성 루가오(如皋) 사람이
며 언어학자로 당시 베이징대학 학생이었다. 「감히 맹종하지 않는다」(不敢盲從)는 그가
루쉰이 번역한 예로센코의 「베이징대학 학생 연극과 옌징여학교 학생 연극 관람기」(觀
北京大學學生演劇和燕京女校學生演劇的記)를 읽고 나서 쓴 글이다. 루쉰이 번역한 예로센
코의 이 글은 1923년 1월 6일 『천바오 부간』에 게재되었다.

2) 예로센코(Василий Яковлевич Ерошенко, 1889~1952)는 러시아의 맹인 동화작가다. 일
본, 태국, 미얀마, 인도 등지를 방문한 적이 있다. 1922년 중국에 와서 루쉰 등과 교류
했다. 에스페란토와 일본어로도 작품 활동을 했다. 루쉰은 그의 「연분홍 구름」(Облако
Персикового Цвета, 桃色的雲)과 『예로센코 동화집』(愛羅先珂童話集) 등을 번역했다.

3) 러셀(Bertrand Russell, 1872~1970)은 영국 철학자다. 1920년 중국을 방문했다가 귀국
한 후 『중국 문제』(The Problem of China)라는 저서를 출간하여 당시 영국에 유학하던
중국 학생들의 환영을 받았다. 『수학 원리』(The Principles of Mathematics), 『철학의 문
제들』(The Problems of Philosophy) 등 많은 저서를 남겼다.

4) 원문은 '文明式的新劇'. 보통 '문명희'로 부른다. 우리나라의 신파극과 유사한 중국의
현대 초기 신극이다.

이씨 소장본 『충의수호전서』 새 판각 제요[1]

새로 판각한 이씨 소장본 『충의수호전서』는 120회이고 별도로 「이끄는 말」[引首] 1편이 들어 있다. 또 "시내암施耐庵 지음, 나관중羅貫中 수정"이라고 씌어 있다. 권수卷首에 초인楚人 봉리鳳里 양정견[2]의 「서문」[序]이 붙어 있고, 스스로 말하기를 "이탁오[3]를 섬겼고, 뒤에 우吳 지방으로 유학 가서 원무애[4]를 만나 이탁오가 남긴 글을 구하기 위해 크게 힘을 쏟았고, 또 특히 이탁오가 비평하고 교열한 서적을 구하려고 크게 힘을 쏟았으며, 그리하여 『충의수호전』 및 『양승암집』[5]을 비평·확정하고 나서 먼저 『수호전』을 세상에 간행한다"고 했다. 간행 연월은 표시되어 있지 않다. 「서문」 다음은 「범례」[發凡] 10항목이고, 그 다음은 『선화유사』[6]이고, 그 다음은 『수호』 충의 108호걸의 본적과 출신 기록이고, 그 다음은 목록이고, 그 다음은 「이끄는 말」과 본문이다. 더러 비평하는 말이 들어 있기는 하지만 모두 보잘 것이 없고 또 대체로 위작僞作인 듯하다.

1) 원제는 「新鑴李氏藏本『忠義水滸全書』提要」. 이 글의 원고는 루쉰이 베낀 이씨 소장본 『충의수호전서』 '범례'(發凡) 뒤에 붙어 있다. 대체로 1923년 12월에 쓴 것 같다. 본래 제목과 표점이 없었다. 이씨는 이탁오(李卓吾)다.

2) 양정견(楊定見)은 자가 봉리(鳳里)이고 명대 마청(麻城; 지금의 후베이성에 속해 있음) 사람이다. 10여 년 동안 이탁오를 스승으로 섬겼다.

3) 이탁오(李卓吾, 1527~1602)는 명대 말기 양명학 좌파 사상가로 본명은 지(贄), 자가 탁오다. 동심설(童心說)을 주장하며 허례허식을 타파하자고 주장했고, 민간문학을 중시했다. 『분서』(焚書), 『장서』(藏書) 등의 저서를 남겼다.

4) 원무애(袁無涯)는 명대 말기 서적 판각상이다. 쑤저우(蘇州) 사람으로 이름은 숙도(叔度), 호가 무애다. '서식당'(書植堂)을 경영하며 서적 간행으로 명성을 떨쳤다. 그가 판각한 이씨 소장본 『충의수호전서』는 명 만력(萬曆) 42년(1614)에 간행되었다.

5) 『양승암집』(楊升庵集)은 『이탁오선생독승암집』(李卓吾先生讀升庵集)을 가리킨다. 모두 20권으로 이탁오와 초약후(焦弱侯)의 평어(評語)가 들어 있다. 명 만력 연간에 간행되었다. 양승암(1488~1559)은 명 무종(武宗), 세종(世宗) 때의 관리다. 이름은 신(愼), 자는 용수(用修), 호는 승암이다. 시문으로도 명성을 날렸다.

6) 『선화유사』(宣和遺事)는 『대송선화유사』(大宋宣和遺事)를 가리킨다. 송나라 말기~원나라 초기 사람의 화본소설(話本小說)이다. 북송이 멸망하고 남송이 천도할 때의 역사 사실을 담고 있다. 이 속에 양산박(梁山泊) 의적들의 이야기가 들어 있다.

『중국소설사략』에 제사를 써서 촨다오에게 증정하다[1]

바라건대

'애인의 포옹'에서

잠시 손을 풀고

이 무미건조한

중국소설사략을 받으시오

나의 경애하는

학생머리 형이시여!

루쉰(인)

1923년 12월 13일

주)_____

1) 원제는 「題『中國小說史略』贈川島」. 이 글은 루쉰의 자필 원고에 근거하여 편집해 넣었다. 행 나누기는 『중국소설사략』 상권 속표지의 본래 양식을 그대로 수록했다. 제목이 없었다. 촨다오(川島)는 장팅첸(章廷謙, 1901~1981)이다. 그의 자는 마오천(矛塵)이고, 필명은 촨다오로 저장성 사오싱 사람이다. 1922년 베이징대학 철학과를 졸업하고 학교에 남아 학생들을 가르쳤다. 루쉰과 친분이 깊었다.

시미즈 야스조에게 부쳐[1]

칼을 내려놓으면,

즉시 성불할 수 있다.

불교를 내려놓으면,

즉시 살인을 할 수 있다.

주)_____

1) 원제는 「題寄淸水安三」. 이 시는 시미즈 야스조(淸水安三)에게 보낸 엽서에 씌어 있다. 날짜는 미상인데, 1923년에 쓴 것으로 봐야 한다. 원래 제목이 없었다.
   시미즈 야스조(1891~1988)는 일본인으로 천주교 신부다. 『베이징주보』(北京週報)를 위해 루쉰에게 원고를 부탁한 적이 있다.

광둥성 신후이 뤼펑쭌 군에게 답하다[1]

문 : "이 눈물이 이슬에 섞여 달빛에 반짝인다. 정말 이해하기 어렵다可難解. 야광석처럼 빛을 낸다."——「좁은 바구니」[2](『예로센코 동화집』, 27쪽) 이 문장 속에 들어 있는 "可難解" 세 글자는 무슨 뜻입니까?

답 : "可難解"를 다른 말로 바꾸면 "정말 기이하다"這眞奇怪로 쓸 수 있습니다. 눈물과 이슬은 "야광석처럼 빛을 내지는" 않는데, 결국 이와 같이 썼습니다. 이 때문에 이 현상은 진실로 기이하여 사람들이 무슨 이치인지 생각할 수 없게 합니다.(루쉰)

문 : "더러는 환희가 충만하여 꽃 위에서 치솟아오르고, 더러는 반짝반짝 빛나며 이파리 끝에서 명상에 잠겨 있다."——「좁은 바구니」(위와 같음) 이 두 구절의 '주어'Subject는 눈물과 이슬입니까? 아니면 호랑이입니까?

답 : 눈물과 이슬입니다.(루쉰)

문 : "'노예의 피는 아주 밝아서 홍옥과 같다. 하지만 무슨 맛인지 몰라서 맛을 좀 보려고 한다.……'"——「좁은 바구니」(위와 같음, 53쪽) "맛을

좀 보려고 한다" 아래에 있는 인용부호 'ㄴ'는 제 생각에 "하지만 무슨 맛인지 몰라서" 아래로 옮겨야 할 것 같습니다. 정오正誤 여부에 대한 고견을 알려 주십시오.

답: 원작에 그렇게 되어 있으므로 다른 사람이 그것을 이동시킬 수 없습니다. 그러나 원문에서도 서술 전개상 인용부호 아래에 "그것이 대체 어떤지 보려고 한다"라든가 "그 맛이 정말 좋은지 좀 보려고 한다"는 등등의 뜻이 포함될 수 있을 것입니다.

주)_____

1) 원제는 「答廣東新會呂蓬尊君」. 이 글은 1924년 1월 5일 상하이 『학생잡지』(學生雜誌) 제11권 제1호 「문답」(答問) 코너에 처음 발표되었다.
뤼펑쥔(1899~1944)은 광둥 신후이 사람으로 본명은 사오탕(劭堂), 또는 젠자이(漸齋)이다. 당시 초등학교 교사였다.
2) 「좁은 바구니」의 원제는 「狹的籠」이다. 예로셴코 원작 동화다. 동물원 철창에 갇힌 호랑이가 자유생활을 갈구하는 내용이다. 루쉰이 번역했다. 한국어판 『역문서발집』(루쉰전집 12권)에서는 이 동화의 제목을 「좁은 바구니」로 번역했지만, 원작 내용에 비춰 보면 「좁은 우리」로 번역하는 것이 더 타당해 보인다.

'우스갯소리'에 대한 우스갯소리[1]

판중원范仲澐[2] 선생의 「국고를 정리하자」整理國故라는 글은 난카이대학南開大學에서 행한 강연 원고다. 그러나 나는 신문지상에 전재된 일부를 보았을 뿐이다. 제3절에 다음과 같은 내용이 있다.

······ 근래에 어떤 사람은 우禹가 인명이 아니라 동물 이름이라고 한결같이 의심했다. 나는 그에게 무슨 확실한 증거가 있는지 모르겠다. 우스갯소리나 하자. 누군가는 자신이 어머니 뱃속에서 나오는 걸 눈을 크게 뜨고 분명하게 보았을 텐데 설마 자신의 부모를 의심할 수 있겠는가?

제4절에는 또 다음과 같은 몇 구절이 있다.

고인들의 저서는 대부분 두 가지 방식으로 발표되었다. ① 옛날 성현의 이름에 가탁했다. ② 본인의 사후에야 판각되었다. 첫째 부류 사람은 마치 여불위[3]가 자신의 아이를 임신한 애첩을 다른 사람에게 보낸 경우와 같은 것인데, 이는 실제로 왕위를 탈취하려는 것이다.……

나도 우스갯소리를 해야겠다. 여불위의 행위가 바로 사람들에게 "부모를 의심할 수 있게 하는" 증거다.

주)_____

1) 원제는 「對於'笑話'的笑話」. 이 글은 1924년 1월 17일 『천바오 부간』에 처음 발표되었다. 서명은 펑성(風聲)이다.

2) 판중윈(范仲澐, 1893~1969)은 중국 현대 역사학자다. 저장성 사오싱 사람으로 이름은 원란(文瀾), 자가 중윈이다. 저서로 『중국통사간편』(中國通史簡編) 등이 있다. 당시에 톈진(天津) 난카이대학 국문과 교수였다.

3) 여불위(呂不韋, ?~B.C. 235)는 전국시대 말기 상인 겸 정치가다. 본래 조(趙)나라 사람이었으나 진(秦)나라에서 벼슬했다. 자신의 아이를 임신한 애첩 조희(趙姬)를 진나라 공자 이인(異人; 장양왕莊襄王)에게 바쳤고, 그렇게 태어난 아이가 바로 나중에 진시황이 되었다.

기괴한 일력¹⁾

나는 작년에 일력 하나를 샀다. 가격은 다양大洋 2자오角 5편分이었고, 상하이퀘이화서국上海魁華書局 발행이라고 인쇄되어 있었으며, 내용이 분명하지 못했다. 왜냐하면 얇은 종이로 싸여 있었기 때문이다. 나는 바로 그것을 기둥에 걸었다.

올해 1월 1일부터 시작하여 나는 하루에 한 장씩 뜯어서 오늘에 이르렀는데, 갑자기 이상한 점을 발견했다. 지금 아래에 7일의 내용을 베껴 둔다.

1월 23일 토요일²⁾ 싱치3星期三³⁾ 제사에 적당하고 친구 만남이나 결혼식을 할 수 있다

또 24일 금요일　싱치4　목욕과 집안 청소 하기에 적당하다

또 25일 금요일　싱치5　제사에 적당하다

또 26일 화요일　싱치6

또 27일 화요일　싱치르星期日　제사에 적당하고……

또 28일 수요일　　싱치1　　목욕하고 머리 깎고 짐승을 잡기에 적

당하다

또 29일 수요일　　싱치2

　나는 또 12월 31일까지 죽 살펴봤으나 끝내 일요일과 월요일은 하루
도 찾지 못했다.

　진정으로 시행되지는 못하고 있지만 중화민국이 양력을 사용한 지는
이미 13년에 이른다. 그러나 이처럼 기괴한 일력은 이전에 출간된 적이
없는 것 같다. 그것이 어찌 "머리 깎고 짐승을 잡는" 내용에 그치랴? 그 표
현이 한 해 한 해 더욱 황당해지고 있을 뿐이다!

1924년 1월 23일, 베이징

주)_____

1) 원제는 「奇怪的日曆」. 이 글은 1924년 1월 27일 『천바오 부간』에 발표되었다. 서명은
　아오저(敖者)로 되어 있다.
2) 이 일력에 나오는 토요일, 금요일, 화요일 등은 지금 우리가 쓰고 있는 요일과는 다르
　다. 대체로 천간(天干)을 근거로 한 것 같으나 자세한 내용은 알기 어렵다.
3) 한국과 일본은 요일을 월, 화, 수, 목, 금, 토, 일로 부르지만 중국에서는 요일에 해당하는
　싱치(星期)를 먼저 쓰고 그 뒤에 1, 2, 3, 4, 5, 6, 日(또는 天)을 붙인다.

대척여인 100회본 『충의수호전』 장회 제목 교감기[1]

1924년 9월 8일 100본을 보았다. 편찬자가 밝혀져 있지 않았다. 그 제목
이 이것(120회본)과 같은 것은 '、'로 표시했다. 책 앞에 대척여인[2]의 서
문이 있고, 연·월·일이 밝혀져 있지 않다. 100회 앞의 제90회 제목은 120
회본과 같지만 '遇故'가 '射雁'[3]으로 바뀌어 있다. 91회에서 100회까지는
120회본의 마지막 10회와 같다.

주)_____

1) 원제는 「大滌餘人百回本『忠義水滸傳』回目校記」. 이 글은 루쉰의 자필 원고에 근거하여
   편집해 넣었다. 본래 제목과 표점이 없었다.
2) 대척여인(大滌餘人)이 누군지는 알 수 없다. 명나라 말기 개자원(芥子園)에서 판각한
   100회본 『충의수호전』 앞에는 「충의수호전을 판각한 연유」(刻忠義水滸傳緣起)란 제목
   의 서문이 붙어 있고 이 서문 끝에 '명대척여인지'(明大滌餘人識)라는 서명이 있다.
3) 『수호전』 100회본과 120회본 중 제90회의 제목이 다름을 지적하는 말이다. 즉 120회
   본은 "오대산에서 송강은 참선에 들고, 쌍림진에서 연청은 친구를 만나다"(五臺山宋江
   參禪, 雙林鎭燕青遇故)로 되어 있는데, 100회본은 "오대산에서 송강은 참선에 들고, 쌍림
   나루에서 연청은 기러기를 쏘다"(五臺山宋江參禪, 雙林渡燕青射雁)로 되어 있다.

볼기 이백 대는 볼기 백 대의 오류[1]

기자 선생:

내가 「또다시 '예전에 이미 있었던 일'이다」 又是'古已有之'[2]에서 송나라 조정이 시 짓기를 금지한 후 "어기는 자는 볼기 백 대를 친다"[3]라고 했는데, 오늘 『천바오 부간』을 보니 "볼기 이백 대"로 되어 있습니다. 내가 잘못 쓴 것인지 아니면 기자 선생, 교정 선생, 식자 선생이 그 처벌이 가볍다 의심하고 고친 것인지 모르겠습니다.

그러나 당시에는 확실히 백 대만 쳤습니다. 양 손의 손가락으로 숫자를 꼽으며 10을 곱한 것입니다. 그런데 지금 만약 이백 대로 올리면 위대한 송나라의 관대한 마음을 어기는 것이고 또 시인들에게도 곡절의 고통을 안겨 주는 일이니 관련되는 일이 진실로 가볍지 않습니다.──이미 지나간 송나라의 일이긴 하지만 즉각 정정해 주시면 다행이겠습니다.

9월 29일, 아무개가 허리 굽혀 절을 올립니다

주)_____

1) 원제는 「笞二百系笞一百之誤」. 이 글은 1924년 10월 2일 『천바오 부간』에 발표되었다.

2) 『집외집습유』(루쉰전집 9권)에 실려 있다.

3) 송나라 섭몽득(葉夢得)의 『석림피서록화』(石林避暑錄話)에 나온다. 자세한 사항은 『집외 집습유』에 실린 「또다시 '예전에 이미 있었던 일'이다」 해당 각주를 참고하시라.

문학구국법[1]

나는 정말 어리석은 것 같다. 지금에 이르러서야 중국의 허약함이 신시인新詩人의 과장[2] 때문임을 알았다. 이에 우국의 열정에 내몰려서 밤을 이어 생각하다가 문학으로 나라를 구할 방책을 짓는다. 애석하게도 끝까지 어리석음에 빠져 누락되고 소략한 점이 많겠지만 박사와 학자들께서 앞으로 나오셔서 가르쳐 주시면 그보다 큰 다행은 없겠다.

첫째, 모든 인쇄소의 느낌표 납 활자와 그 본을 걷어서 전부 폐기하고 아울러 다시는 못 만들게 해야 한다. 살펴보건대 이것은 실로 긴 호소와 짧은 탄식의 발원지인지라 근본을 바로잡고 근원을 깨끗이 하면 "축소해서 세균을 만들고 확대해서 탄환을 만들려 해도" 그렇게 할 수 없을 것이다.

둘째, 양웅[3]의 『방언』[4]을 금지하고, 『춘추공양전』[5]과 『춘추곡량전』[6]을 개정해야 한다. 살펴보건대 양웅이 『방언』을 짓자 왕망王莽이 한漢나라를 찬탈했고, 공양씨公羊氏와 곡량씨穀梁氏가 『춘추』를 풀이하면서 사투리를 섞어 넣자 영씨嬴氏[7]의 진秦나라가 주周나라를 멸망시켰다. 방언이 나라에 해가 된다는 사실이 분명하게 증명되고 있지 않은가! 이로써 양웅은 역신逆臣이 되므로 그의 저작은 응당 금지해야 한다. 『공양전』과 『곡량전』은 여전히 통용되도록 허락해야 하지만 아언雅言[고대 표준 중국어]을 써야 하므로 그 속에 섞여 있는 터무니없는 사투리는 제거해야 한다.

셋째, 원나라의 전례를 모방하여 저속한 글자 30자를 금지하고, 학자들에게 심리 측정 및 통계법을 사용하여 마땅히 금지해야 할 글자, 예컨대 '哩'(li), '哪'(na)[8] 등등을 보태도록 부탁한다. 연용하는 글자도 금지 사례를 분명하게 정해야 한다. 예를 들면 '糟'(zao)자를 '粕'(po)와 연용하는 것은 허락하고, '糕'(gao)자와 연용하는 것은 허락하지 말아야 한다.[9] 또 '阿'(a)자를 '房'(fang)자 위나 '東'(dong)자 아래에 쓰는 것은 허락하고, '呀'(ya)자 위에 쓰는 경우 등등은 허락하지 말아야 한다.[10] '糟魚'(zaoyu), '糟蟹'(zaoxie)[11] 등의 어휘는 우아함과 저속함 사이에서 쓸지 말지 마음대로 정하면 된다. 그러나 이런 말을 사용하면 상등의 강국 시인으로 일컬어질 수 없을 것이다. 살펴보건대 말은 마음의 소리인데 어찌 저속하게 속된 기운이 스며들게 할 수 있겠는가?

넷째, 무릇 너무 길다, 너무 짧다, 너무 뚱뚱하다, 너무 말랐다, 불구이다, 늙고 약하다와 같은 어휘는 모두 시에 넣을 수 없게 해야 한다. 살펴보건대 건전한 신체에 건전한 정신이 깃든다고 했으므로 신체가 강하지 못하면 시문詩文도 반드시 허약해진다. 시문이 허약해지면 국운도 그 뒤를 따른다. 이 때문에 설령 환호를 잘 하더라도 미연에 허약해짐을 방비할 계책을 세워야 하고 또 함부로 시 짓는 일을 금지해야 한다. 그러나 두통으로 열이 나거나 감기로 기침을 하는 등과 같은 일이 일어나면 잠시 그런 계책을 금지할 수밖에 없다.

다섯째, 느낌표를 많이 사용한 시문이 있으면 아직 출판을 하지 않았더라도 검역을 교묘하게 피해야 한다거나 무기와 탄약을 몰래 감춰 둬야 한다는 논리를 펴야 한다. 살펴보건대 이것이 바로 축소하여 병을 전염시키거나 확대하여 싸움하는 걸 방지하는 일이다.

주)_____

1) 원제는 「文學救國法」. 이 글은 1924년 10월 2일 『천바오 부간』에 처음 발표되었다. 서명은 펑성으로 되어 있다.

2) 장야오샹(張耀翔)은 『심리』(心理) 잡지 1924년 4월호에 「신시인의 정서」(新詩人的情緒)라는 글을 발표하여 이렇게 말했다. "'탄식'이란 두 글자는 …… 실의한 사람의 호소이고, 소극적·비극적·염세적 생각에 빠진 사람의 구두선이며 망국의 슬픈 소리다." 그는 신시에 사용된 느낌표에 대한 통계를 낸 후 다음과 같이 말했다. 느낌표는 "축소해서 보면 수많은 세균과 같고, 확대해서 보면 몇 줄기 탄환과 같다. 견디기 어려운 것은 무수한 청년 독자들이 날마다 이런 '세균'과 '탄환'에 피해를 입는다는 것이다."

3) 양웅(揚雄, B.C. 53~A.D. 18)은 전한 말기의 문학가 겸 언어학자다. 쓰촨성 청두(成都) 사람으로 자는 자운(子雲)이다. 왕망이 한나라 왕조를 찬탈하고 신(新)나라를 세웠을 때 대부로 임명되었다.

4) 『방언』(方言)은 양웅의 저서로 모두 13권이다. 전한 시대 중국 각 지역 방언과 이체자를 수집하여 해설한 책이다.

5) 『춘추공양전』(春秋公羊傳)은 전국시대 제(齊)나라 사람 공양고(公羊高)가 공자의 『춘추』를 해설했다고 전해지는 책이다. 해설한 대목이 대부분 제나라 방언으로 쓰였다. 『춘추좌씨전』(春秋左氏傳), 『춘추곡량전』과 함께 '춘추삼전'(春秋三傳)으로 불린다.

6) 『춘추곡량전』(春秋穀梁傳)은 전국시대 노(魯)나라 사람 곡량적(穀梁赤)이 『춘추』를 해설했다고 전해지는 책이다. 해설한 대목이 대부분 노나라 방언으로 쓰였다.

7) 춘추전국시대 진(秦)나라 왕실의 성이 영(嬴)이다.

8) '哩'(li), '哪'(na) 등의 글자는 현대중국어에서 감탄을 나타내는 어기사로 쓰인다.

9) '糟粕'(zaopo)는 '찌꺼기', '쓸모없는 것' 등의 뜻을 나타내는 일반 어휘다. '糟糕'(zaogao)는 '아뿔사', '제기랄', '야단났군' 등의 뜻을 지닌 감탄사로 쓰인다.

10) '阿房'(Afang)은 아방궁(阿房宮), '東阿'(Dong'a)는 산둥성에 있는 지명으로 지금의 양구(陽穀) 아청전(阿城鎭)이다. '阿呀'(aya)는 '아이고', '아유' 등에 해당하는 감탄사다.

11) '糟魚'(zaoyu)는 술지게미에 절인 물고기 요리, '糟蟹'(zaoxie)는 술지게미에 절인 게 요리다. '糟'(zao)가 들어가므로 어감이 좋지 않다.

통신(쑨푸위안에게 답함)[1]

푸위안 형 :

보내주신 편지 잘 받았소.

그 글에 기록된 말은 내가 언급한 것이 확실하오.

쉰迅

[참고]

루쉰 선생의 농담

Z.M.[2]

수많은 명사와 학자가 우리를 위해 지어 준 필독서목을 읽고서 여러 가지 감상이 떠올랐다. 그러나 가장 나의 마음을 뒤흔들었던 것은 루쉰 선생이 덧붙인 말이었다. 그는 이렇게 말했다.

중국 책을 적게 보면, 그 결과는 글을 짓지 못할 따름이다. 그러나 지금 의 청년들에게 가장 중요한 것은 '실천'이지 '말'이 아니다. 오직 살아 있는 사람이기만 하다면, 글을 짓지 못한다는 게 뭐 그리 대수로운 일이겠는가![3]

그 말 몇 마디로 말미암아 그가 이야기했던 우스갯소리가 떠올랐다. 그가 이렇게 말했던 듯하다.

말을 하고 글을 쓰는 것은 모두 실패자의 상징처럼 보입니다. 운명과 악전고투를 벌이고 있는 사람은 이런 일을 돌아볼 겨를이 없습니다. 정말로 실력을 갖춘 승리자 역시 대부분 소리를 내지 않습니다. 예컨대 매가 토끼를 잡을 때, 소리를 지르는 것은 토끼이지 매가 아닙니다. 고양이가 쥐를 잡을 때 울부짖는 건 쥐이지 고양이가 아닙니다. 새매가 참새를 포획할 때 짹짹거리는 건 참새이지 새매가 아닙니다. 또 그건 마치 초 패왕 항우가 조나라를 구원하고 한나라를 격파하며 도주하는 적을 추격할 때 아무 말도 하지 않은 것과 흡사합니다. 그가 시인의 얼굴을 하고 술을 마시며 노래를 부를 때는 이미 전투에 패배한 뒤 세력이 꺾여 죽음이 목전에 닥쳐왔을 때입니다. 최근에도 우페이푸吳佩孚란 명사가 "저 서산에 올라, 시를 짓노라"라고 노래한 경우라든가, 치셰위안齊燮元 선생이 "총자루를 내려놓고, 붓자루를 쥔다"라고 노래한 것과 같은 경우가 더욱 분명한 예일 것입니다.[4]

이 대목을 읽고 우리들 중 많은 사람들이 웃음을 터뜨렸다. 나는 그것을 여기에 기록해 둔다. 왜냐하면 말한 사람에게 교정을 청하지 않았으므로 잘못된 점은 게재한 사람의 책임이기 때문이다.

1) 원제는 「通訊(復孫伏園)」. 이 글은 1925년 3월 8일 『징바오 부간』(京報副刊)에 처음 발표되었다. 본문 아래 [참고]에 실린 Z.M.의 글에는 본래 제목이 없었으나 『루쉰전집』(중국 어판) 편집과정에서 내용에 근거하여 제목을 붙였다.

2) Z.M.은 베이징사범대학 학생으로 추정된다. 본명은 미상이다.

3) 『화개집』「청년필독서」에 실려 있다.

4) 이 대목은 『화개집』「후기」에 나온다. 몇몇 글자가 다르게 인용되어 있다.

베이징여자사범대학 학생들을 위해
교육부에 올리는 문건 두 편[1]

1.

지금 올리는 글은 교장[2]이 직권과 처벌을 남용하여 전교 구성원이 원한과 울분을 품고 있으므로 신속하게 교장을 바꾸어 학교를 안정시켜야 하므로 이에 간청을 드리기 위한 것입니다. 생각건대 양인위[3]는 학교에 온 지 1년이 되었지만 아무것도 하는 일 없이 본래부터 헛되이 자리만 차지하고 학생들에게 해악만 끼쳤습니다. 누차 귀 부처에 문서를 올려 조사해 달라고 요청했고, 또 파견된 인원이 학교에 와서 공식적으로 철저히 조사하는 은혜를 입었습니다.[4] 이때부터 양인위는 나타나기도 하고 숨기도 하면서 끝까지 힐난하지 못하고 헛된 명칭만 끌어안은 채 오로지 돈 받는 일에만 연연하고 있으므로 결국 학교 업무는 갈수록 나빠지고 있습니다. 그 후안무치한 행위는 저희들에게 오랫동안 인정을 받지 못해서 일찌감치 양인위란 사람이 있다는 걸 의식하지도 못할 지경이었습니다. 그런데 뜻밖에도 '5·7' 국치일[5]에 교내에서 강연을 할 때 갑자기 얼굴을 붉히고 자리에 나왔습니다. 저희들은 완곡하게 물러나기를 권했지만 그녀는 수치심을 분노로 전환하여 큰소리로 경찰을 불렀습니다. 다행히 교원들이 제지하여 유혈 참극을 면할 수 있었습니다. 오후에는 연회 손님이라는 명목을 빌려 호텔에서 합법적인 평의원인지도 모르는 여러 사람을 소집하여 술과 음식을 차려 거나하게 잔치를 벌인 후 비로소 학생 제적에 관한 일을 모호하게 알리면서도 학생들이 누구인지는 말하지 않았습니다. 9일이 되자 갑자기 자치회 직원……등 6명[6]을 제적한다는 게시물이 교내에 붙었습니다. 대저 자치회 직원은 대중들에 의해 공개적으로 추대를 받은 사람으로 전체를 대표합니다. 그들의 성패와 손익은 저희들이 함께 책임지게 되어 있습니다. 그런데도 (양 교장은) 거꾸로 행동하면서 죄가 아닌 행동을 처벌하며 학생운동이 팽배한 틈을 타 악독하고 사사로운 계획을 시행하여 세상 사람들이 주의를 기울이지 못하게 하고 있습니다. 그 마음 씀씀이가 비열함을 분명하게 알 수 있습니다! 이어서 또 이미 예고한 운동회를 정지하여 사회에서 본교의 신용을 실추시켰고 또 자취를 감추어 간 곳을 알지 못하게 함으로써 저희들이 그녀와 변론을 할 수 없게 만들었습니다. 이것은 실로 학생을 지푸라기처럼 보고, 심한 처벌을 아이들 장난처럼 여기는 행동입니다. 하늘이 부여한 양심을 상실함이 끝간 데까지 간 것입니다! 이제 양인위가 하루라도 이곳을 떠나지 않으면 칼과 도마가 눈앞에 있는 것과 같을 것입니다. 학생들이 살해되어 어육이 될 겨를도 없을 것인데 어떻게 학업을 논할 수 있겠습니까? 이러한 까닭에 학교의 전체 구성원은 원한과 울분을 품고 (양 교장이) 자취를 감춘 날부터 절대로 다시 교문으로 들어오지 못하게 하자고 공개 결의를 했습니다. 이는 그녀가 횡포를 부리며 남은 숨을 이어가려는 걸 방지하기 위한 조치입니다. 이를 위해 이 문건을 귀 부처에 올리오니 간절히 바라옵건대 밝은 명령으로 신속하게 교장을 교체하여 위기에 빠진 본교를 구하고 물과 불의 위험에서 학생들을 구출해 주십시오. 급박하게 명령을 기다리는 마음 이길 수 없습니다! 삼가 교육부 총장님[7]께 올립니다.

2.

지금 올리는 글은 계속해서 양인위 씨의 행적이 은밀하고 심보는 예측하기 어려운 데다 또 학교를 파괴하고 있으므로 즉시 다른 교장을 초빙하여 신속하게 교무를 유지해 달라고 간청을 드리기 위한 것입니다. 생각건대 양씨가 종적을 감춘 지 이미 여러 날이 되었습니다. 앞서 5월 12일 귀 부처에 모든 내용을 갖춘 문건을 올려서 그 음험하고 포악한 실상의 줄거리를 낱낱이 진술하고 교장 교체를 공식 문서로 보내 달라고 요청했습니다. 그러나 양씨는 잘못을 뉘우칠 줄 모르고 여전히 간계를 부리고 있습니다. 먼저 날짜를 당겨서 방학할 모의를 하고, 또 강의를 중지하고 시험을 치게 하려 했습니다. 그 술책이 통하지 않자 더욱 성대한 연회를 베풀고 같은 파당을 많이 불러 모아 비밀리에 학교를 파괴할 책략을 도모하며, 자리를 잃은 원한을 갚으려 하고 있습니다. 또 사방으로 청탁을 넣고 헛소문을 널리 퍼뜨리며 학생들의 가장에게 편지를 보내 누차 품성에 관한 이야기를 했습니다.[8] 이는 제적할 때의 게시물과 말이 다르며, 기실 교묘하게 중상모략을 조작하여 음험하게 인격을 해치는 일입니다. 그런즉 양심이 어디에 있는지는 묻지 않아도 알 수 있습니다. 만약 저들의 기만에만 맡겨 둔다면 이는 진실로 학계의 큰 치욕입니다. 이는 대체로 저희들의 몸이 찢기는 일일 뿐 아니라 학교를 구제할 수 없는 일이기도 합니다. 이 때문에 밝은 명령을 내려 주시기를 글을 지어 계속해서 간청합니다. 조속히 현명한 사람을 임명하여 교무에 주재하는 사람이 있게 해주시고, 포악한 자가 유린할 여지를 없애 주시면 학교에도 큰 다행일 것이고, 교육에도 큰 다행일 것입니다! 삼가 교육부 총장님께 올립니다.

주)_____

1) 원제는 「爲北京女師大學生擬呈敎育部文二件」. 이 글은 루쉰의 자필 원고에 근거하여 편집해 넣었다. 본래 제목과 표점이 없었다. 첫째 문건은 1925년 6월 3일 베이징여자사범대학자치회에서 편집 출판한 『구양운동 특간』(驅楊運動特刊)에 「학생자치회가 교육부에 올리는 글」(學生自治會上敎育部呈文)이란 제목으로 발표되었다. 둘째 문건은 발표한 적이 없다.

2) 중국에서는 대학교 총장도 교장이라 한다.

3) 양인위(楊蔭楡, 1884~1938)는 장쑤성 우시(無錫) 사람이다. 일본과 미국에서 유학하였고 1924년 2월 베이징여자사범대학 교장에 임명되었다가, 1925년 8월 면직되었다. 1924년 11월 학생 3명을 제적하여 학생과 교수들의 공분을 샀다. 학생들은 대회를 개최하고 그녀를 교장으로 인정하지 않았으며, 1925년 1월 교육부에 학생대표를 파견하여 그녀의 교체를 요구했다.

4) 1925년 3월 중순에 당시 교육총장 왕주링(王九齡)이 교육부 첨사(僉事) 장방화(張邦華)와 천마오즈(陳懋治)를 파견하여 학생들이 양인위 교장 교체를 요구하는 문제를 조사했다.

5) 1915년 5월 7일 일본 제국주의는 위안스카이 정부에 최후 통첩을 전하여 중국 멸망을 재촉하는 '21개조 조약' 수용을 압박했고, 위안스카이는 결국 5월 9일 일본의 요구를 승인했다. 이 때문에 5월 7일을 국치기념일이라 부른다. 1925년 5월 7일 양인위는 '5·7 국치'를 기념한다는 명목으로 저명인사를 교내로 초청하여 강연을 하게 했다. 그녀는 이 강연에 반대하는 학생들을 '국치 기념 파괴자'란 죄명을 씌웠고, 이후 5월 9일에 학생자치회 책임자 6명을 제적했다.

6) 류허전(劉和珍), 쉬광핑(許廣平), 푸전성(蒲振聲), 장핑장(張平江), 정더인(鄭德音), 장보디(姜伯諦)를 가리킨다.

7) 당시 교육부 총장은 장스자오(章士釗, 1881~1973)다. 1925년 4월에서 12월까지 베이양 정부의 교육총장을 지냈다.

8) 양인위는 류허전 등 6명을 제적한 후 학생들의 고향집에 편지를 보내 여자사범대학은 품행을 중시하므로 학생들에게 경솔한 행동을 못 하도록 당부해 달라고 경고했다.

『중국소설사략』재판 부기[1]

이 책은 간행 이후에 아는 분들께서 누차 오류를 밝혀내어 개정할 수 있게 해주셨다. 둔쥐[2] 및 탄정비[3] 두 선생께선 한 번도 만난 적이 없는데도 모두 이 책의 오류를 바로잡아 주셨다. 고상하고 정다운 마음에 더욱 감사를 드린다. 아울러 탄 선생은 우취안[4] 선생의 『고곡주담』顧曲塵談에 나오는 다음과 같은 말을 알려줬다. "『유규기』幽閨記는 시군미施君美가 지은 작품이다. 군미는 이름이 혜惠인데 바로 『수호전』을 지은 내암거사耐庵居士다." 그 학설은 매우 신선했지만 『고곡주담』이 어떤 책을 근거로 했는지 몰라서 증거로 삼지 못했다. 그러나 여기에 기록하여 독자들의 참고 자료로 제공하고자 한다.

1925년 9월 10일, 루쉰 씀

주)_____

1) 원제는 「『中國小說史略』再版附識」. 이 글은 1925년 9월 베이징 베이신서국(北新書局)에서 재판을 발행한 『중국소설사략』 합정본(合訂本)에 처음 인쇄되었다.

2) 둔줘(鈍拙)는 서우주린(壽洙鄰, 1873~1961)으로 본명은 펑페이(鵬飛), 자가 주린이다. 저장성 사오싱 사람으로 루쉰의 어린 시절 스승 서우징우(壽鏡吾) 선생의 둘째아들이다. 그는 일찍이 '둔줘'로 서명된 편지를 루쉰에게 보내 『중국소설사략』 「청대의 진당(晉唐)을 모방한 소설과 그 지류」(淸之擬晉唐小說及其支流)에 나오는 롼양(灤陽)이 펑톈(奉天)에 속하는 것이 아니라 러허(熱河)에 속한다고 바로잡아 줬다.

3) 탄정비(譚正璧, 1901~1991)는 상하이 자딩(嘉定) 사람이다. 상하이 전단대학(震旦大學), 중국예술학원(中國藝術學院) 등 대학의 교수를 지냈다. 그는 1925년 7월 8일 루쉰에게 편지를 보내 우메이(吳梅)의 『고곡주담』(顧曲塵談)에 시내암(施耐庵)과 관련된 자료가 있다고 소개했다. 저서로 『중국문학사대강』(中國文學史大綱) 등이 있다.

4) 우취안(吳瞿安, 1884~1939)은 본명이 메이(梅), 자가 취안이다. 장쑤성 쑤저우(蘇州) 사람으로 희곡 이론가다. 저서로 『중국희곡개론』(中國戲曲槪論), 『남북사간보』(南北詞簡譜) 등이 있다. 『고곡주담』은 희곡을 연구한 전문 저서로 상하 두 권으로 나뉘어 있다. 루쉰은 1930년 『중국소설사략』을 다시 찍을 때 우메이의 견해를 제15편에 보충해 넣었지만 "아직 믿을 수 없다"고 표기했다.

'출판계로 가면서' 코너의 '전략'[1]

"그(루쉰)의 전략은 '암시'이지만, 나의 전략은 '동정'이다."[2]

———— 창훙長虹

> **광풍사 광고**
> ……사상계의 선구자 루쉰 및 가장 진보적인 소수 청년들이
> 『망위안』荓原 잡지를 함께 꾸리고……[3]

"루쉰은 심오한 사상가로 동시대인 중에서는 그에게 미칠 사람이 없다."[4]

"……"

"우리의 사상적 차이는 본래 아주 컸지만 어쨌든 관계는 좋았다. 『망위안』 잡지는 바로 이런 좋은 정신의 표현이다."[5]

"……"

"그러나 당신의 도움을 받을 수 있으면 우리는 진실로 기쁠 것이다."

"……"

"그러나 그는 비평을 할 수 없다고 말한다. 왜냐하면 그는 여태껏 비평을 하지 않았기 때문이고, 그 스스로 파당을 지어 남을 공격하는 짓이라 생각했기 때문이다. 그러나 만약 비평을 하는 친구에게 파당을 지어 남을 공격하도록 바란다면 적어도 '다른 사람을 위해 계책을 마련해 줄 때 정성을 다하지 않은 것'[6]이 될 것이다.[7]

"……"

"이미 명성을 얻은 사람들이 있다면 나는 그들의 도움을 얻는 것이 아주 좋은 일이라 생각했다. 루쉰이 당초에 『망위안』 잡지를 꾸리자고 제의했을 때 나는 그가 바로 이런 태도에 해당한다고 여겼다. 그러나 이후의 사실은 오히려 …… 그가 '사상계의 권위자'라는 헛된 명성을 얻으려 할 뿐임을 증명했다! 그의 의견과 반대되는 말은 모두 하지 못하게 했고, …… 또 그는 그가 다른 사람의 도움을 받는다고 여기지 않고 오히려 때때로 다른 사람이 그를 이용한다고 의심했다."

"……"

"이에 '사상계의 권위자'의 대광고가 바로 『민보』民報에 게재되었다. 나는 그것을 보고 정말 '역겨움'을 느끼며 통탄했을 뿐만 아니라 구토까지 했다."

"……"

"연령과 귀천을 알아야 한다는 것이 우리 아버지와 할아버지들의 인습적 사상이지만 새로운 시대에는 이런 사상이 최대의 걸림돌로 작용한다. 루쉰은 작년에 마흔다섯에 불과했다. …… 그런데 만약 스스로 노인이라 한다면 이는 정신의 타락이다!"

"……"

"실제의 반항자가 울음소리 속에서 강제로 학교에서 쫓겨난 후가 되어서야 …… 루쉰은 마침내 종이로 만든 권위자의 가짜 모자를 쓰고 심신에 병이 교차하는 상황으로 들어섰다!"

> 이른바 '사상계의 선구자' 루쉰이 알리는 글
> …… 광풍사는 한편으로 또 세번째로 '종이로 만든 가짜 모자'를 하사하고 계시니, 머리는 적은데 모자는 많아서 남을 속이고 자신에게도 해가 된다.……[8]

"웨이밍사未名社 제군의 창작력을 우리는 알고 있지만 목전에 결코 풍부하게 드러나 있는 건 아니다. 이 때문에 『망위안』은 물론 소개 업무에 편중되어야 한다. ……그러나 이것은 기실 바로 『웨이밍반월간』未名半月刊이다. 만약 여전히 『망위안』의 명의를 사용하면 가짜 모자를 쓰고 있다는 혐의에서 벗어나지 못할 것이다."[9]

"……"

"적어도 저들이 역사의 세력을 끼고 청년의 발아래에서 걸림돌 식의 교활한 역행 음모를 자행하지 못하기를 희망하고, 또 한편으로 외국 작품을 소개하면서도 다른 한편으로는 전갈 꼬리를 흔들며 청년작가의 흥미를 해치지 못하도록 해야 한다."

"……"

"정의正義[10] : 나는 광명일기를 쓴다.── 노인을 구하자!

더 이상 사람을 잡아먹지 않은 노인이 혹시 아직도 남아 있을지?

노인을 구하자!!!"[11]

"……"

"모두 한계를 명확하게 인식하자.——'그 까닭을 알지만 그 이치를 말할 수 없을' 때 다른 방법으로 신사상을 배척한다. 그것은 바로 소위 차를 거꾸로 모는 것이다. 예를 들면 린친난林琴南[林紓]과 장스자오가 한 행위가 바로 이것이다. 우리는『신청년』시대의 사상가에 대해서도 더 이상 따라 배워서는 안 된다!"

"……"

"정의 : 나는 저들의 각성을 깊이 바라지만 아마 쉽지 않을 듯하다!
공리 : 나는 그 사람의 도道로 그 사람 자체를 반대하는 것이다."[12]

1926년 12월 22일, 루쉰, 훔쳐 베끼다

주)_____

1) 원제는「'走到出版界'的'戰略'」. 이 글은 1927년 1월 8일 베이징『위쓰』주간 제113기에 처음 발표되었다. '출판계로 가면서'(走到出版界)는 상하이『광풍』(狂飇) 주간 전문 코너의 하나다. 가오창훙(高長虹, 1898~1956?)이 담당했다. 가오창훙은 광풍사 주요 멤버의 하나로 산시성(山西省) 위현(盂縣) 사람이다.『망위안』(莽原) 잡지의 편집자와 기고자로도 참여했다. 1924년 12월부터 루쉰과 교유하며 많은 지도와 도움을 받았다. 자신이 좋아하던 쉬광핑이 루쉰과 함께 베이징을 떠나자 1926년 하반기부터 루쉰을 공격하기 시작했다.

2) 이 말은 1926년 12월 12일자『광풍』주간 제10기 '출판계로 가면서' 코너에 나온다.

3) 이 광풍사 광고는 1926년 8월『신여성』(新女性) 월간 제1권 제8호에 실렸다.

4) 이 말은 1926년 10월 10일자『광풍』주간 제1기 '출판계로 가면서' 코너에 나온다.

5) 이 말과 바로 아래의 말은 모두 가오창훙이 1926년 10월 17일『광풍』주간 제2기에 발표한「통신, 루쉰 선생님께」(通訊, 致魯迅先生)에 나온다.

6) 『논어』「학이」(學而)에 나오는 말이다. "爲人謀而不忠乎!"

7) 이 말 및 아래 네 단락은 모두 1926년 11월 7일 『광풍』 주간 제5기에 발표한 '출판계로 가면서' 코너에 나온다.

8) 본래 1926년 12월 『망위안』 반월간 제23기에 게재되었다가 나중에 『화개집속편』에 수록되었다.

9) 이 말 및 아래 세 단락은 『광풍』 주간 제10기 '출판계로 가면서' 코너에 나온다.

10) 정의(正義)는 뜻을 바로잡는다는 의미다. 경전에 대한 주석의 한 형태다. '주소'(注疏) 또는 '의소'(義疏)라고도 한다.

11) 이 대목은 루쉰의 소설 「광인일기」를 패러디한 것이다. 루쉰은 「광인일기」의 마지막에서 "아이를 구하자"(救救孩子)라고 했다.

12) 이 말은 『광풍』 주간 제10기 '출판계로 가면서' 코너에 나온다.

『강동화주』소인[1)]

『홍루몽』은 중국의 수많은 사람들이 알고 있는 책이고, 적어도 제목만은 알고 있는 책이다. 누가 작자인지 또 속자續者[2)]인지는 잠시 논하지 않겠다. 다만 그 주제는 독자의 안목에 따라 갖가지 의견이 제시되어 있다. 경학가들은 『홍루몽』에서 『주역』을 보고, 도학가는 음란함을 보고, 재자才子들은 얽힌 정을 보고, 혁명가들은 만주 배척을 보고, 전설에 근거한 사람들은 궁정비사를 본다.……[3)]

내가 보기에 보옥寶玉[4)]은 오히려 그가 목도한 수많은 죽음을 보고 있다. 사랑하는 사람이 많아지면 큰 고뇌에 맞닥뜨린다는 사실을 증명하고 있다. 왜냐하면 세상에는 불행한 사람이 많기 때문이다. 다만 사람을 증오하는 자는 남의 재난과 참화에 기쁨을 느끼므로 일생 동안 작은 기쁨만 얻을 수 있을 뿐이며 거리낌도 거의 없다. 그러나 사람을 증오하는 건 사람을 사랑하는 자가 패망으로 가는 도피처에 불과하다. 그건 보옥이 마침내 출가한 것과 같은 좁은 마음이다. 하지만 『홍루몽』을 지을 때의 사상은 아마도 이렇게 할 수밖에 없었을 것이다. 설령 속작續作에서 이런 마음이 나왔다 하더라도 생각건대 작가의 본뜻과 아주 다르게 쓸 필요는 없었을 것이다. [출가한 보옥이] 붉은 원숭이 털가죽 망토를 걸치고 와서 그의 아버지에게 절을 해야 사람들이 놀랍게 생각할 것이다.

지금 천멍사오[5] 군이 이 책으로 사회 가정 문제 극본을 지은 것도 물론 불가한 일이 아니다. 앞서도 몇 가지 극본이 있었지만 모두 연기자를 위한 것이었지 본격 극본을 위해 지어진 것은 전혀 아니었다. 또 모두가 단편에 불과해서 전체 내용을 두루 살펴보기에는 부족했다. 『홍루몽산투』紅樓夢散套 극본은 머리에서 꼬리까지 모두 갖췄지만 구태의연한 형식을 썼다. 이 극본을 마침내 세상에 내놓았는데, [『홍루몽』의] 모든 것을 녹여서 14막 속에 부어넣었다. 100여 회의 대저작을 한 번에 남김없이 볼 수 있는데도 그 정신이 의연히 살아 있다. 만약 연극으로 상연하면 물론 더욱 볼만할 것이다. 나는 극본을 짓는 방법을 모르지만 [『홍루몽』의] 줄거리에 익숙하고 가위질에 교묘한 솜씨를 발휘한 작자에게 깊이 탄복했다. 등불 아래에서 다 읽은 후 주제넘게 이 소인을 쓴다.

1927년 1월 14일, 샤먼에서 루쉰 씀

주)_____

1) 원제는 『絳洞花主』小引」. 이 글은 루쉰의 자필 원고에 근거하여 편집해 넣었다. 본래 제목은 「小引」이다.

『강동화주』는 천멍사오(陳夢韶)가 『홍루몽』에 근거하여 개편한 연극 대본이다. 모두 14막인데 「서막」이 따로 있다. 루쉰의 「소인」과 이 극의 「서막」 및 전반부 6막은 1936년 11월 샤먼(廈門) 문화계에서 루쉰의 서거를 추모하기 위해 출간한 『민난문예협회 회보』(閩南文藝協會會報)에 실린 적이 있다. 강동화주는 『홍루몽』의 주인공 가보옥(賈寶

玉)의 별명이다. 『홍루몽』 제37회에 보인다.

2) 『홍루몽』은 청나라 장회소설로 모두 120회로 이루어져 있다. 전반부 80회는 조설근(曹雪芹)이 썼다. 후반부 40회를 이어 쓴 사람이 누구인지는 아직 논란이 분분한데, 흔히 정위원(程偉元), 고악(高鶚), 무명씨(無名氏)를 꼽는 사람이 많다.

3) 『홍루몽』에 주제에 대해서는 다양한 학설이 있다. 청나라 장신지(張新之)는 「석두기 독법」(石頭記讀法)에서 『홍루몽』은 "『주역』의 원리가 담기지 않은 곳이 없다"라고 했다. 또 양공진(梁恭辰)은 『북동원필록』(北東園筆錄)에서 『홍루몽』은 심하게 음란함을 가르치는 책이다"라고 했다. 화월치인(花月癡人)은 「홍루몽서」(紅樓夢序)에서 "『홍루몽』은 어떤 책인가? 내가 대답한다. 연애 책(情書)이다"라고 했다. 차이위안페이(蔡元培)는 『석두기색은』(石頭記索隱)에서 "작자는 민족주의를 견지하고 책 속에서 명나라 멸망을 애도하고 청나라의 실정을 폭로했다"라고 했다. 또 장유병(張維屛)은 『국조시인정략이편』(國朝詩人征略二編)에서 "고(故) 재상 명주(明珠)의 집안일이다"라 했고, 왕몽완(王夢阮)과 심병암(沈瓶庵)은 『'홍루몽'색은』('紅樓夢'索隱)에서 "청나라 세조와 동소완(董小宛)에 관한 일이다"라고 했다.

4) 『홍루몽』 주인공 가보옥(賈寶玉).

5) 천멍사오(陳夢韶, 1903~1984)는 푸젠성 퉁안(同安) 사람이다. 이름은 둔런(敦仁)이고, 자가 멍사오다. 1926년 샤먼대학(廈門大學) 교육학과를 졸업하고 그곳에서 중학교 교사 생활을 하고 있었다. 당시에 루쉰이 샤먼대학으로 가서 중국소설사를 강의하자 천멍사오도 그의 모교로 와서 루쉰의 수업을 청강했다.

새로운 세상물정[1]

1. "보통의 비평을 보면 광고와 비슷하다"

"비평 업무의 시작. 비평할 작품은 지금 대체로 아래와 같은 몇 종류를 들수 있다.

『여신』女神, 『외침』吶喊, 『초인』超人, 『방황』彷徨, 『타락』沈淪, 『고향』故鄉, 『세반역 여성』三個叛逆的女性, 『희미한 꿈』飄渺的夢, 『낙엽』落葉, 『형극』荊棘, 『커피점에서의 하룻밤』咖啡店之一夜, 『들풀』野草, 『비오는 날의 서』雨天的書, 『마음의 탐험』心的探險

이에 관한 글은 모두『광풍주간』에만 발표한다. 지금 몇 기에 몇 편을 발표할 수 있을지 확실히 단언하기 어렵다. 모든 것은 내가 안배하는 시간에 따라 결정된다."[2]

2. "이곳의 광고는 오히려 비평인가?"

같은 패거리黨同 : "『마음의 탐험』. 실제 가격 6자오角. 창홍의 산문 및 시집. 허무를 실제로 삼고, 그리고 또 이 실제에 반항하는 사납고 고통에 찬 그의 절규를 남김없이 토로했다. 루쉰이 글을 뽑고 표지를 그렸다."[3]

다른 패거리 공격伐異 : "나는 번역된 『차라투스트라는 이렇게 말했다』의 일부와 『노동자 셰빌로프』[4]를 일찍이 읽어 본 적이 있다."

3. "유머와 비평의 충돌"[5]

비평 : 아라제프[6]를 좀 배우라! 고골을 좀 배우라! 로맹 롤랑Romain Rolland을 좀 배우라!……[7]

유머 : 지난 시대 청나라 노인 기효람[8]의 필기에 이런 고사가 실려 있다. 어떤 사람이 자살을 하려 하자 각종 귀신이 소문을 듣고 왔고, 그는 대체 수단을 구했다. 액귀縊鬼는 그에게 목을 매라고 권했고, 익귀溺鬼는 그에게 연못을 뛰어들라고 권했으며, 도상귀刀傷鬼는 그에게 칼로 목을 찌르라고 권했다. 사방에서 끌어당기며 서로 다투느라 소란스럽기가 이를 데 없었다. 그는 이렇게 할 수도 없고, 또 저렇게 할 수도 없어서 망설이고 있었다. 나중에 결국 새벽닭이 울자 귀신들은 한꺼번에 흩어졌다. 그는 결국 죽지 못하고 자세히 생각해 보다가 차라리 자살하지 않기로 했다.

비평 : 아, 아, 나는 정말 사람의 마음이 죽어 버린 것에 탄식하지 않을 수 없다.[9]

4. 신시대의 월령(月令)

8월, 루쉰이 "사상계의 선구자"로 변했다.

11월, "사상계의 선구자"가 "걸림돌"絆脚石로 변했다.

풀이하여 말한다 : 선구라는 건 채찍질하여 선봉으로 치고 나가게 하는 것이다. 소위 "그가 사람들의 도움을 받았다"는 것이 그것이다. '도움'을 받지 않으면 '발이 묶인다絆.' 발脚은 소위 '우리'의 발이지 그들의 발이 아니다. 그의 변화는 12월에 있었는데 11월이라고 하는 건 무슨 까닭인가? 연월을 거꾸로 채우기 때문이다.

5. 세상물정과 걸림돌

세상물정 : 다시 쓰지 말자. 계략에 걸려들면 오히려 그들을 위해 광고를 해주게 된다.

걸림돌 : 상관하지 말라. 광고를 해주는 건 유래가 오래되었다.

세상물정 : 그럼 또 광고를 배반하는 '선구자'가 된다.

걸림돌 : 아니다. 때로는 '발목을 잡을 수'도 있다.

6. 신구시대와 신시대 간의 충돌

신시대 : 나는 청년이다. 따라서 공리는 이곳에 있다.

구시대 : 나는 선배다. 따라서 공리는 이곳에 있다.

신시대 : 연령과 귀천을 알아야 한다는 것이 우리 아버지와 할아버지

들의 인습적 사상이지만 새로운 시대에는 이런 사상이 최대의 걸림돌로
작용한다.

7. 희망과 과학의 충돌

　　희망 : 전갈이 꼬리를 흔들며 청년작가의 흥미를 해치지 못하도록 해
야 한다.

　　과학 : "생존경쟁은 진화의 공리다." 이 구절은 뱌오먼서국彪蒙書局에
서 출판한 어떤 교과서 위에 실려 있다.[10]

8. ……에게 주다[11]

　　만날 때는 이야기를 나누고,

　　안 만날 때는 싸운다.

　　샤먼에 있는 루쉰은,

　　후베이에 있는 궈모뤄가 교만하다고 말하고,

　　또 여러 번 말했다, 베이징에서.

　　믿지 못하겠다면, 과학적인 귀가 그 증거다.

　　그러나 상하이에 도착해서야 기억이 떠올랐다.

　　정말 사람의 마음이 죽어 버린 것에 일찌감치 탄식하지 않을 수 없었
다!

　　다행히 가까운 곳에 있는 차이제민[12] 선생의 아량과

　　저우젠런[13] 선생의 과학을 위한 싸움을 새로 발견했다.

9. 자유 비평가가 닿지 못한 출판계

광화서국.[14]

_____

10. 갑자기 "한계를 분명하게 인식하다"

이상은 아마 "전갈이 꼬리를 흔드는 것"에 가까울 것이다. 만약 전갈인데도 꼬리를 흔들지 못하게 하면 '희망'은 바랄 수 없다. 그것은 바로 내가소위 '우리의 신시대'로 나아가는 것을 희망하는 것과 같은데 그 유일한전략은 바로 [전갈을] 때려죽이는 것이다.

하지만 때릴 때는 반드시 전갈이 나를 쏘려 하고 그것이 우리와 다른부류라 말하는 작은 용기가 필요하다. 만약 전갈이 '공리'와 '정의'를 쏘려하기 때문에 때려야 하고, 그것이 바로 아직 조직적으로 성공하지 못한 과학자의 말이라면 구시대에도 여전히 지리멸렬한 점이 좀 있었다는 사실을 깨달아야 한다.

그 까닭을 알고 그 이치를 말하는 건 지극히 간단한 일이다. 『망위안』잡지를 빼앗았거나 『광풍』으로 『망위안』을 대신했다. 여전히 하늘에 두태양이 없어야 한다는 건 유아독존식 추장의 생각이다. 하지만 "신시대의 청년 작가"는 오히려 이런 생각을 깊이 증오하면서, 한사코 다른 사람의 '마음' 속에서 그것을 간파해 내려는 것 같다. 내가 「'타마더'에 대하여」論'他媽的'라는 글을 쓴 건 사실이다. 그러나 토론했을 뿐이지 그 말을 내가발명했다고 말한 건 결코 아닌데도 지금 어떤 자는 그 발명의 영예를 힘써 다투고 있다.

원고 게재의 갈등 때문에 앞서 나는 『망위안』 반월간을 정간하거나 개명改名해야 한다고 주장한 적이 있다. 그러나 지금은 그렇지 않으므로 계속 발간하는 것이 좋겠다. 내용도 첫 해와 같다. 또 무슨 '운동'을 추진할 열정은 전혀 없지만 어떤 사람은 글을 짓고, 어떤 사람은 번역을 하여 인쇄한 후 읽고 싶은 사람에게 읽게 하면 된다. 읽고 싶지 않은 사람은 물론 그 잡지를 읽지 않을 것이다. 이전에 인쇄한 '오합총서'도 그런 의미였다.

창작, 번역 그리고 비평에 대해 나는 등급을 연구한 적이 없지만 그 모든 분야를 상당히 존중한다. 항상 소홀히 취급되고 있는 외국문학 번역과 소개에 대해서도 나는 경시하지 않으며, 오히려 그 역량이 작지 않다고 생각한다. 내가 몇 가지 책을 번역했으므로 중국의 셰빌로프가 출현할 수 있을 것이다. 만약 세계사 한 부를 번역했다면 고금내외에 내놓을 만한 대인물이 많이 운집할 수 있지 않겠는가? 그러나 나는 그런 일을 할 생각은 없다. 그렇지 않으면 나폴레옹이 내게 전투를 도와 달라고 요청할 것이고, 진시황이 내게 분서焚書를 도와 달라고 요청할 것이고, 콜럼버스가 나를 끌고 여행을 다니려 할 것이고, 메테르니히[15]는 압제를 가할 것이니 내 한 몸이 갈가리 찢어질 것이다. 한쪽으로 따라가다 보면 나머지 영웅들은 헛소문을 퍼뜨릴 것이다.

창작은 어렵고 번역도 쉽지 않다. 비평에 대해서 나는 그것이 어떤 건지도 모르고, 스스로도 할 줄 모르지만 다른 사람도 하지 말라고 '바라'지는 않는다. 과학을 크게 부르짖으면서 다른 사람이 과학을 이해하지 못한다고 배척하는 건 과학이 아니다. 외국 그림 몇 조각을 인쇄한 것이 신예술이 아니란 건 쉽게 알 수 있는 일이다. 비평이라 일컫기만 하면 그것이 바로 비평이 될 수 있는지는 모르겠지만 잡감문 따위나 좀 끄적거리면서도 지리멸렬한 수준만 드러낸다면 위대한 사업이란 것도 상상하기가 어렵지 않다. "그가 어떻게 말하는지 들어 보라", "그는 어떤 걸 '희망'하는가?", "그는 어떤 걸 '생각'하는가?", "그의 안색은 어떤가?",…… 등등을 말하기보다, 스스로 뉴스를 만들어 내는 것이 더 나을 것이다.

하지만 이것도 전갈 꼬리 흔드는 일에 가까우므로 여러 말 하지 않겠다. 하지만 대수로운 일은 아니다. 니체 선생은 "심한 독은 사람을 죽이지만 약한 독은 사람을 편안하게 한다"[16]라고 말했다. 가장 무료한 것은 오히려 마구 들러붙어 떨어지지 않는 것이다. 나는 독침으로 누구를 죽일 생각은 없고 또 밧줄로 아무개의 다리 하나를 잡아맬 생각도 없다. 만약 내가 큰길 위에 누워서 누구의 갈 길을 방해한다면 힘껏 재빨리 치워 버리고 빨리 갈 길을 가기 바란다. 그러나 만약 내가 큰길에 누워 있지도 않은데, 한사코 어떤 사람이 내 등 뒤를 둘러싸고 갑자기 선구자로 삼거나 갑자기 걸림돌로 배척한다면 그건 정말 "문을 닫고 집안에 앉아 있는데, 재앙이 하늘에서 떨어졌다"는 격이니, 다소 그 까닭은 알지만 그 이치는 말하고 싶지 않은 상황이 되는 셈이다.

본래 성명을 숨기고 은둔한 채 신문에 현인 초빙 광고도 내지 않고 또 분주히 다니며 친구도 구하지 않다가 마침내 발각되어 방문까지 받는 신세가 되고 만다. '세상물정'이 가르치는 바에 의하면 청년들은 "자신들을 만나 주지 않으면 잘난 체하는 것이다"라고 말한다. 그래서 만난다. 어떤 사람은 한 번 만나고는 가 버린다. 어떤 사람은 각종 요구를 꺼내 놓고 내가 무능력하다는 사실을 발견하고는 바로 가 버린다. 어떤 사람은 잡담만 늘어놓을 뿐이다. 어떤 사람은 시시비비를 좀 가린다. 어떤 사람은 물질적인 도움을 좀 바랄 뿐이다. 어떤 사람은 이러쿵저러쿵 들러붙어서 자신만 신경 쓰고 남에 대해서는 아랑곳하지 않으며, 억지로 나를 자신의 입맛에 맞는 인물로 만든다. 그때부터 나에겐 새로운 업무 한 가지가 보태져서 손님 접대 외에도 투고하고, 원고 읽고, 소개하고, 답장 쓰고, 원고료 재촉하고, 편집하고, 교정을 봐야 한다. 그러나 나는 조금도 불평하지 않고 때때로 정말 한편으로 약을 먹으면서 다른 한편으로 이런 일을 한다. 그것이 바로 창홍이 조소한 것처럼 "심신에 병이 든" 때인 것이다. 나는 스스로 기꺼이 내 약간의 생명을 이렇게 사용하고 있지만 이건 내 생명으로 염라대왕께 고리채를 놓아 막대한 이익을 얻으려는 것이 아닐 뿐 아니라 조금의 보상을 받을 희망조차 전혀 없는 일이다. 어떤 사람이 내게 발판이 되어 달라고 요구하면서 어떤 곳으로 오르려 한다면 그것도 좋은 일이다. 다만 자신은 끝까지 오르지도 못하면서 다른 사람에게도 오르지 못하게 하는 일이 없기를 바란다.

그러나 사람은 결국 발판이나 걸림돌이 아니므로 움직여야 하고 잠도 자야 한다. 또 개성도 있어서 각 방문자의 입맛에 맞을 수 없다. 이 때문에 어떤 사람이 내게 그가 하고 싶은 말을 대신 하게 하고 그가 적대시하는 사람을 대신 공격하게 할 때는 나는 항상 이렇게 말한다. "나는 비평을 배우지 못했습니다. 나는 단지 나 자신의 말을 할 뿐이고 같은 파당의 입장에서 다른 파당을 공격하는 사람입니다." 나는 확실히 아직 공리나 정의를 발견하지 못했다. 바로 작년에 내가 장스자오와 싸울 때도 언제 "나 자신이 비평가의 안목으로 중국을 두루 돌아보고 시시비비를 헤아리며 그가 신문화를 가로막는 수괴라 단정하고, 의병을 불러 모아 무기를 갈고 군마를 배불리 먹인 후 천자의 군대를 직접 지휘하여 장차 천하를 평정하겠노라"고 말한 적이 있었던가? 다만 의견과 이해가 서로 다른 차에, 마침 좁은 길에서 맞닥뜨려 주먹 몇 대만 날렸을 뿐이다. 따라서 나는 무슨 '공리와 정의'나 무슨 '비평'이라는 황금 팻말을 내걸지 않았다. 그때 나를 옳다고 여긴 사람은 나의 패거리고, 장을 옳다고 여긴 사람은 장의 패거리다. 자칭 공정하고 중립적인 비평가라고 자처한 부류들도 내가 볼 때는 나를 옳다고 여긴 사람은 나의 패거리고, 장을 옳다고 여긴 사람은 장의 패거리다. 그 나머지 모든 것들도 이 사례에 비춰 유추하면 된다. 다시 한번 말하겠다. 나는 같은 파당의 입장에서 다른 파당을 공격하는 사람이고 "사적인 일만 챙기고" "공적인 명목은 빌리지" 않는 사람이다. 또 엉성하게 기력만 팔고 온전하게 희생을 하지 않았으며, 감히 자신만 팔고 친구는 팔지 않았다. 이런 것도 좋다고 생각하는 사람은 나와 왕래해도 무방하지만 옳지 않다고 생각하는 사람은 쓸데없이 애를 쓸 필요가 없다. 또한 책략적인 동정도 받지 않을 것이며, 더더욱 사람들에게 무슨 충성스런 우의를 베풀라고 요구하지도 않을 것이다. 간단히 말해서 이와 같을 뿐이다.

이용당한다는 것에 대해서는 나는 오히려 무방하다고 생각한다. 일부 사람들은 이 글자를 보고 얼굴을 붉히며 흥취가 사라진다고 느끼지만 나는 오히려 그렇게 나쁘지 않다고 여긴다. 좀 좋게 말하면 이것이 바로 '도움'이다. 문장에서 이러한 묘기가 상당히 많이 발견된다. '서로 이용한다'는 것도 '상호 도움'이고, '타협'과 '조화'도 모두 보기가 좋지 않으므로 '양보'라고 말하는 것이 가장 좋다. 그러나 지금은 잠시 도움이라고 부르겠다. 따라서 나에게 도움을 좀 달라는 건 괜찮은 일이고, 그것이 바로 이용인데 나는 전혀 반감을 갖고 있지 않다. 다만 간접적으로 다른 사람에게까지 영향이 미치게 해서는 안 된다. 8월 말에 나는 상하이에 도착하여 광풍사 광고를 보니 '웨이밍총간'과 '오합총서'조차도 모두 '광풍운동'의 업무로 간주되고 있었다. 나는 좀 이상해서 이렇게 말했다. "이 광고는 대체로 창훙이 게재한 것 같다. '웨이밍'과 '오합'까지도 모두 끌어들였으니 다른 사람을 지나치게 이용한다는 혐의에서 자유로울 수 없다. 그렇게 해서는 안 된다." 왜냐하면 이 두 가지 총서는 내가 편집을 담당하며 유사한 형식을 쓰려 했던 것이기 때문에 하나의 명목을 세웠다. 총서의 저자와 역자는 서로 전혀 알지 못할 뿐 아니라 몇 명은 나조차도 두세 번 만났을 뿐이다. 나는 그들의 원고를 속여서 빼앗아 총서로 엮어 사사롭게 다른 단체에 팔아넘길 수 없다.

이어서 베이징에 있는 『망위안』 투고 갈등이 발생했다. 상하이에 있던 창훙은 곧 공개편지 한 통을 발표하여 샤먼에 있는 내게 한 마디 말을 해 달라고 요청했다. 이 일은 조금의 상식만 있는 사람이라면 어떻게 말을 할 수 없다는 걸 알 것이다. 또 나는 결코 천리안이 아닌데 어떻게 그 먼 곳까지 볼 수 있겠는가? 나는 침묵했다. 하지만 나도 『망위안』을 정간하거나 다른 곳에서 내야 한다고 생각했다. 그러나 청년 작가들의 흥미가 용솟음쳐 오르자 오래지 않아 창훙의 붓끝에서 내가 그 작품을 번역한 적이 있는 구리야가와 하쿠손이 먼저 회색빛으로 변했고,[17] 나는 '사상이 심오한 경지'에서 '세상물정'만 남은 속물로 급전직하했다. 게다가 자신은 작년에 이미 진상을 간파했으나 솔직하게 말하지 않았을 뿐이라고 했다. 어쩐지 내가 적어도 1년 동안 그의 손아귀에서 희롱당한 셈이다.

이것도 그가 하는 대로 내버려 두자. 내가 아픈 것도 웃음거리로 삼았고, 내 나이도 중대한 과오로 간주되었지만 그가 하는 대로 내버려 두자. 다른 사람이 게재한 광고조차도 나의 죄상이 되었다. 그러나 그 자신은 광고에서 내게 한 가지 칭호를 달아줬다. 이 같은 두 갈래 혓바닥을 전갈 독침으로 찌르려고 나는 「이른바 '사상계의 선구자' 루쉰이 알리는 글」을 게재했다.

이번에는 "신시대는 인류의 동정에 뛰어나다"라는 유머를 독침으로 찌르며 공리와 정의가 담긴 말을 하려 한다.

"더 이상 사람을 잡아먹지 않은 노인이 혹시 아직도 남아 있을지? 노인을 구하자!!!"

아직 희망은 남아 있다.

"적어도 저들이 역사의 세력을 끼고 청년의 발아래에 누워 걸림돌 식의 수레 전복 모략을 쓰지 말기를 희망한다. 또 한편으로 외국작품을 소개하면서 다른 한편으로는 전갈 꼬리를 흔들며 청년 작가의 흥미를 해치지 말기를 희망한다!"

이 두 단락의 말은 '외국작품 소개'를 '비평의 간판을 달다'로 바꾸기만 하면 바로 웨이밍사가 그 자신에게 증정할 수 있을 것이다.

기실 선구자는 본래 걸림돌로 변하기 쉽다. 그러나 나는 다행히 그런 지경에 이르지 않았다. 나는 확실히 평범한 사람이기 때문이다. 게다가 청년들에 대해서 나 스스로는 늘 그들에게 길을 피해 줘야 한다고 여겨 왔으므로, 내가 설령 쓰러져 있더라도 건너뛰기가 쉬울 것이다. 왜냐하면 나는 평범하기 때문이다. 만약 어떤 사람이 내가 앞을 가로막고 있다고 느낀다면 그것은 바로 그 스스로가 내 등 뒤를 둘러싸고 있기 때문이다. 그리고 눈은 작고 다리는 짧아 다른 사람은 볼 수도 없고 비켜 갈 수도 없어서 그때부터 입만 열면 루쉰, 입을 닫아도 루쉰, 꿈을 꿔도 루쉰을 찾게 된다. 문장 속에서도 점선을 몇 개 찍어서 다른 사람들이 그 속에서 '루쉰'이란 두 글자를 간파할 수 있게 한다. 타이둥서국에서 '노선생이 루쉰의 책을 찾는' 기사를 읽어 보았더니 그 스스로도 『소설사략』 따위는 읽지 않겠다고 투덜대고 있었다.[18] 이렇게 나가면 아마도 정말 '루쉰광'魯迅狂이 될 것이다. 병의 뿌리는 아마도 간에 있는 듯하다. "그는 식초 마시기를 좋아하기 때문이다."[19]

오직 목적을 달성하려고 어떤 수단이든지 감히 사용한다 해도 흥미가 좀 풍부한 청년의 자격을 잃지는 않는다. 그러나 감히 솔직하게 말할 용기가 있다면 적어도 자신의 마음을 분명하게 하는 용기를 가져야 한다. 필묵을 허비하고, 종이와 목숨을 허비하면서 끝까지 간다면 『망위안』이라는 기반 쟁탈, 좀 멋있게 말하자면 바로 진지 쟁탈에서 끝끝내 벗어날 수 없을 것이다. 중국에는 현재 길이 부족하고 길이 있다 해도 아주 협소하다. "생존경쟁은 진화의 공리"이므로 모름지기 같은 업계에서 자신과 다른 부류를 배척하고 그가 노인이든 같은 청년이든 "그들의 지위를 빼앗아 대신하는 것"은 본래 이상하게 생각할 것이 없다. 그것은 시대와 환경이 부여한 운명이다.

하지만 온몸 가득 무슨 전혀 이해할 수 없는 과학, 빈 껍질의 인류 동정, 광고식의 자유 비평, 뉴스식의 기록, 동판을 복제한 신예술을 걸고 있다면 작은 범위의 "같은 파당 입장에서 다른 파당을 공격하는" 진상은 아마 가릴 수도 있겠지만 신시대로 향하는 발걸음은 떼지도 못하게 꽁꽁 묶게 될 것이다.

이 잘못은 안으로 지나치게 헛된 수식을 하려는 경향 때문이고, 밖으로는 선구자에게 지나치게 의지하거나 혹은 그를 이용하려 하기 때문이다. 그러나 모두 대수로운 일은 아니다. 다만 구시대의 그런 좋은 간판을 폐기하고 감히 솔직하게 말하지 않으려고 하지 않는다면 설령 정말 걸림돌이 있다 해도 그것은 발판이 될 것이다.

나는 결코 무슨 '우의'나 '동정'을 팔지 않았다. 아는 사람이나 모르는 사람이나 모두 이렇게 말한다.

1926. 12. 24

주)_____

1) 원제는 「新的世故」. 이 글은 1927년 1월 15일 『위쓰』 주간 제114기에 처음 발표되었다.

2) 이 말은 가오창홍이 1926년 11월 4일 『광풍』 주간 제6기에 발표한 「비평 업무의 시작」(批評工作的開始)에 나온다.

3) 이 말은 본 권에 실린 「'웨이밍총서'와 '오합총서' 간행 서적」(『未名叢書』與『烏合叢書』印行書籍)이란 글을 참고하라. 아래 대목은 출처가 미상이다.

4) 러시아 소설가 미하일 아르치바셰프(Михаил Петрович Арцыбашев, 1878~1927)의 소설이다.

5) 이 말은 1926년 12월 12일 『광풍』 주간 제10기 '출판계로 가면서'에 나온다.

6) 아라제프(Аладьев)는 아르치바셰프의 소설 『노동자 셰빌로프』의 작중 인물이다.

7) 이 말은 1926년 12월 12일 『광풍』 주간 제10기 '출판계로 가면서'에 나온다.

8) 기효람(紀曉嵐, 1724~1805)은 허베이성 셴현(獻縣) 사람으로 이름은 윤(昀), 자가 효람이다. 여기에 실린 고사는 그의 저서 『열미초당필기』(閱微草堂筆記) 권17에 나온다.

9) 이 말은 가오창홍이 『광풍』 주간 제5기에서 행한 언급을 모방한 것이다. "뜻밖에도 오래지 않아 루쉰도 나더러 너무 쓸데없는 일에 간섭하기를 좋아한다고 했다. 이 말을 듣고 나는 정말 중국 민족의 마음이 죽어 버린 것에 탄식했다."

10) "생존경쟁은 진화의 공리다"(生存競爭, 天演公例)라는 구절은 가오창홍이 1926년 10월

10일 『광풍』 주간에 발표한 「국민대학 X군에게 답함」(答國民大學X君)에 나온다. 뱌오먼서국(髟門書局)은 뱌오멍서실(髟蒙書室)의 잘못이다. 이 서실에서 1905년 아동용 계몽 학습서 『과학은 기실 주역에 있다』(格致實在易)를 출간했다.

11) 원문은 「給……」이다. 본래 가오창홍이 『광풍』 주간에 연속해서 발표한 연애시 제목이다. 여기에 실린 것은 그것을 바탕으로 조금 개작한 것이다.

12) 차이제민(蔡子民, 1868~1940)은 중국 현대 저명한 혁명가 겸 교육자다. 본명은 위안페이(元培), 자가 제민이다. 저장성 사오싱 사람으로 베이징대학 총장에 임명된 후 혁신적인 학자들을 초빙하여 학교를 현대화하는 데 큰 공을 세웠다. 신문학운동의 지지자로도 유명하다.

13) 저우젠런(周建人, 1888~1984)은 루쉰의 막내 아우다. 자는 차오펑(喬峯)으로 생물학을 연구한 과학자다.

14) 광화서국(光華書局)은 1925년 상하이에서 창립되었고 당시 사장은 선쑹취안(沈松泉)이었다. 『광풍』 주간과 '광풍총서' 3종을 모두 이 출판사에서 출판했다.

15) 메테르니히(Klemens Metternich, 1773~1859)는 오스트리아 정치가다. 보수적 입장에 서서 프랑스혁명과 자유주의에 반대했고, 신성동맹을 이용하여 여러 나라의 통일운동에 무력으로 간섭했다.

16) 『차라투스트라는 이렇게 말했다』 「서언」에 나온다.

17) 구리야가와 하쿠손(廚川白村, 1880~1924)은 일본의 문학평론가다. 그의 문학평론집 『고민의 상징』(苦悶の象徵)과 『상아탑을 나서며』(象牙の塔を出て)를 루쉰이 번역했다. 가오창홍은 『광풍』 주간 제2기에서 "웨이밍사의 번역은 중국의 현시대에 아주 중대한 의미를 갖고 있지만" "그것이 구리야가와 하쿠손의 회색빛 용기에 놓여 있지는 않다"라고 말했다.

18) 가오창홍은 『광풍』 주간 제10기 '출판계로 가면서'에서 "루쉰의 『중국소설사략』을 읽고 싶지 않다고 했고, 또 그의 『당송전기집』(唐宋傳奇集)과 『고소설구침』(古小說鉤沉)은 더 말할 필요도 없다"고 악담을 했다.

19) 『광풍』 주간 제10기 '출판계로 가면서'에 나온다.

중산대학 개교 치사[1]

중산[2] 선생께서 평생토록 국민혁명에 힘을 바쳐 이룩한 결과로 지금까지 전해 오는 가장 큰 기념물은 바로 중화민국입니다.

그러나 "혁명은 아직 성공하지 못했습니다."[3]

혁명의 근원지였던 광저우는 지금 이미 혁명의 후방이 되었습니다. 교사校史에서 말한 것처럼 여기에 설립된, "쑨 총리의 혁명 정신을 관철하자"는 중산대학은 이제 첫걸음을 떼려 합니다.

그 사명은 중대하지만 후방에 있습니다.

중산 선생은 항상 혁명의 맨 앞 대열에 있었습니다.

하지만 중산 선생은 또 수많은 책을 갖고 있었습니다. 저는 중산대학과 혁명의 관계가 아마도 이 수많은 책과 같다고 생각합니다. 그러나 이는 죽은 책이 아닙니다. 그분은 혁명 정신을 불러일으켜야 했고, 혁명적 사고를 북돋워야 했고, 혁명 기백의 역량을 견고히 해야 했습니다.

지금은 사방에 포화도 없고, 채찍질도 없고, 압제도 없습니다. 이에 또한 반항도 없고 혁명도 없습니다. 모든 것은 대부분 일찍이 혁명을 했고, 또 장차 혁명을 하려면 혁명을 지향하는 청년들이 이 고요한 분위기 속에서 학술 탐구의 생활을 해야 합니다. 그러나 이 고요한 분위기는 반드시 혁명 정신으로 가득 차야 합니다. 이 정신은 햇볕과 같아서 영원히 빛을 내며 아무리 멀어도 닿지 않는 곳이 없습니다.

이렇게 하지 않으면 혁명의 후방은 바로 게으름뱅이가 복을 누리는 곳이 되고 말 겁니다.

중산대학도 의미가 없어질 겁니다.

국내에 허울 좋은 수많은 졸업장을 더 보태는 데 불과할 겁니다.

마지막으로 이렇게 축사를 올립니다. "저는 먼저 중산대학 사람들은 앉아서 일하더라도 영원히 전선을 기억하기를 희망합니다."

주)_____

1) 원제는 「中山大學開學致語」. 이 글은 1927년 3월 광저우에서 출판한 『국립중산대학 개교 기념책』(國立中山大學開學紀念冊) '논술'(論述)란에 처음 발표되었다. 서명은 저우수런(周樹人)으로 되어 있다.

2) 중산(中山)은 신해혁명을 일으켜 청나라를 전복하고 중화민국을 세운 쑨원(孫文)의 호다. 자는 더밍(德明)이고 또 다른 호는 이셴(逸仙)이다.

3) 쑨중산은 1923년 11월 『국민당주간』(國民黨週刊) 제1기 출판 제사(題詞)에서 "혁명은 아직 성공하지 못했다. 동지들이여 여전히 노력해야 한다"(革命尙未成功, 同志仍須努力)라고 썼다.

상하이와 난징 수복 경축 저편¹⁾

광저우에서 나는 기념과 경축의 성대한 행사가 특별히 많은 것처럼 느껴졌다. 이것은 혁명의 진행과 승리 과정에서 반드시 있어야 할 현상이다. 상하이와 난징 수복을 전보로 받아 본 날 나는 이미 개인적으로 두 차례나 기쁨을 느꼈다. 이처럼 "다른 사람은 힘써 싸우는데, 나는 앉아서 기뻐하는" 인과응보의 하나는 메마른 생각을 쥐어짜서 억지로 문장을 지어야 하는 고역이다. 기실 나는 이런 일을 하는 것이 그다지 적합하지 않은 사람이다. 왜냐하면 붓을 들면 언제나 제목에서 천 리 밖으로 달아나기 때문이다. 지금 같은 경우도 어찌 제목에 좀 적합하게 쓸 생각을 하지 않았겠는가? 그러나 여전히 생각은 어지럽게 뒤얽혀 있고, 좀 괜찮다 싶은 생각은 늘 끈 떨어진 연처럼 날아가 돌아오지 않는다. 그러다가 문득 어제 황푸군관학교黃埔軍官學校에서 보았던, 학생군에 투신한 몇몇 청년이 생각났고, 그제야 전선에서 목숨을 바친 군인이 본래 이런 사람들이었음을 알게 되었다. 따라서 내가 강당에서 몇 마디 헛소리를 하는 건 청중의 박수를 받기 위한 속임수이며, 그건 정말 부끄러워해야 할 일이었다. 또 갑자기 16

년 전에 난징을 수복했을 때 목숨 바친 전사들을 위해 기념비를 세운 일이 생각났다. 그러나 민국 2년[1913] 장쉰[2)에 의해 파괴되었고, 올해 다시 건립할 수 있었다. 또 갑자기 홍콩『순환일보』循環日報에 게재된 리서우창[3)이 베이징에서 체포된 소식이 떠올랐다. 그의 둥근 얼굴과 아래로 늘어뜨린 중국식 검은 수염도 눈앞을 스쳐갔다. 그가 지금 어떤 상황인지 모르겠다.

암흑의 구역에서는 반혁명가의 공작이 소리 없이 진행되고 있어서 후방에 남은 사람도 신음하고 있지만 일부 사람들은 즐겁게 산다. 후방의 신음과 즐거움은 물론 아주 다르다. 그러나 일에 도움이 되지 않는다는 점에서는 똑같다. 최후의 승리는 즐겁게 사는 사람이 얼마나 많으냐에 달려 있지 않고, 영원히 진격하는 사람이 얼마나 많으냐에 달려 있다. 어떤 간행물[4)에 레닌의 말을 인용한 것이 기억난다.

첫번째 중요한 일은 승리했다고 두뇌가 뒤죽박죽되어 자존망대해서는 안 된다는 것입니다. 두번째 중요한 일은 우리의 승리를 공고히 하여 오래도록 우리에게 속하게 해야 한다는 것입니다. 세번째 중요한 일은 적을 소멸시키기 위한 준비를 해야 한다는 것입니다. 왜냐하면 지금 적은 겨우 정복되었을 뿐 소멸되기까지는 아직 너무 먼 길이 남아 있기 때문입니다.

러시아는 마침내 혁명의 명문세가가 되었고, 레닌도 마침내 혁명의 노장이 되었다. 그는 역대 혁명의 성패 원인을 깊이 알았고, 스스로도 많은 경험을 쌓았으며 또 그것을 말로 표현하지 못하는 사람이 아니었다. 앞서 중국 혁명가들이 누차 좌절한 것은 바로 이 점을 소홀히 했기 때문이라고 나는 생각한다. 작은 승리를 얻으면 바로 개선가에 도취하여 근육의 긴장을 풀고 진격하기를 망각했다. 이에 적들은 바로 그 틈을 파고들어 재기했다.

지지난해 나는 짧은 글을 한 편 써서 '물에 빠진 개'는 두드려 패야 한다고 주장했다.[5] 그러자 점잖은 분들이 가혹하다고 여기며 너무 포용력과 관용성이 부족하다고 지적했다. 게다가 내가 이런 태도로 남을 대하면 남도 내게 보복해 올 것이므로 결국 보복이 영원히 끝나지 않게 될 것이라고 했다. 그러나 외국의 사례는 내가 잘 모르지만 중국에서는 역대 승리자 중 가혹하지 않은 사람이 누가 있었던가? 가까운 예만 들어 보더라도 청나라 초기 몇몇 황제와 중화민국 2년 후의 위안스카이는 자신과 다른 생각을 가진 사람을 깡그리 말살하지 않았던가? 그는 입으로만 무슨 포용과 관용을 떠벌렸을 뿐 무슨 자비와 인후한 마음을 가졌던가? 또한 결코 레닌처럼 간단명료하지 않았다. 레닌은 결국 러시아 사람인지라 자신의 생각을 그대로 말했다. 이는 우리 중국인보다 훨씬 솔직하고 상쾌한 태도다. 하지만 중국에서는 사실상 지금까지도 포용, 관용, 자비, 인후 등등의 미명을 운운하는데 대체로 이를 명실상부하게 실천한 사람은 실패했고, 오직 그 명목만 이용한 사람은 성공했다. 그러나 결국 멍청한 사람들을 속였는데도, 아직도 그들을 믿는 사람이 있다.

경축과 혁명은 아무 상관도 없고 겨우 한 가지 장식에 불과하다. 혁명을 경축하고 노래하고 혁명에 빠져드는 사람이 많으면 물론 좋기는 하다. 하지만 때로는 이런 행동이 혁명정신을 빈 껍질로 만들 수도 있다. 혁명세력이 확대되면 혁명 참가자들도 반드시 많아진다. 통일 이후 나는 연구계[6]도 혁명을 이야기할 것이라고 추측했다. 작년 연말 『현대평론』[7]이 논조를 바꾸지 않았던가? 이것을 '3·18참사'[8] 때의 논조와 비교해 보라. 나는 정말 그들이 모두 단약丹藥을 먹고 갑자기 환골탈태한 것이 아닌가 의심이 들 정도다. 나는 불교에 대해 일종의 편견을 갖고 있어서 고행을 견지하는 소승불교만 불교로 여긴다. 술을 마시고 고기를 먹는 권세가와 부자 영감들이 한 끼 채식만 하면 바로 거사라 칭해지고 신도로 간주될 수 있다면, 그것이 아름답게 대승불교라 불리고, 또 멀리까지 전파된다 해도 그 종교는 쉽게 신봉되기 때문에 쉽게 빈 껍질로 변하거나 결국은 아무것도 없는 것과 같게 될 것이다. 혁명도 이와 같다. 고행을 견지하며 진격하는 사람은 앞을 향해 나아가며 이미 혁명에 성공한 광대한 땅을 남겨 주어 우리로 하여금 마음 놓고 노래하게 하고, 또 혁명가의 색채를 한껏 뿜낸다. 기실 이런 행동은 혁명과는 아무 상관이 없다. 이런 사람이 많아지면 혁명정신은 오히려 껍질로 변하고 부박浮薄해지다가 마침내 깡그리 사라지며 그러다가 다시 옛날로 돌아가자고 한다.

광둥은 혁명의 진원지였지만 이 때문에 가장 먼저 혁명의 후방으로 바뀌었고, 이 때문에 가장 먼저 위에서 말한 위기에 직면하게 되었다.

성대한 경축행사가 벌어진 오늘 나는 감히 이처럼 어지럽고 두서없는 말을 광저우의 혁명 민중에게 바친다. 나는 상궤를 벗어난 이 따위 몇 마디 말 때문에 흥이 깨지지 않기를 깊이 소망한다. 왜냐하면 장래에 바로 잡을 수 있는 날이 아직 많기 때문이다. 만약 이 때문에 흥이 깨졌다면 그건 바로 혁명정신이 이미 껍데기로 변했다는 증거다.

4월 10일

주)_____

1) 원제는 「慶祝滬寧克復的那一邊」. 이 글은 1927년 5월 5일 광저우『국민신문』부간 「신출로」(新出路) 제11호에 처음 실렸다. 상하이와 난징 수복은 1927년 3월 22일 상하이 노동자 제3차 무장투쟁이 성공한 일과 3월 24일 북벌군이 난징(南京)을 함락한 일을 가리킨다.

2) 장쉰(張勳, 1854~1923)은 청나라 강남제독(江南提督), 흠차강방대신(欽差江防大臣)을 역임했다. 청나라 황실 옹호자의 한 사람이다. 1913년 9월 난징으로 진격하여 '웨군 전몰 장졸 기념비'(粤軍陣亡將士紀念碑)를 파괴했다. 또 1917년 7월 청나라 폐위 황제 푸이(溥儀)를 복위시켰다가 금방 실각했다.

3) 리서우창(李守常, 1889~1927)은 본명이 리다자오(李大釗)다. 서우창은 그의 자다. 중국에서 맑스주의를 최초로 전파한 사람이고 중국공산당 창시자의 한 사람이다. 1927년 베이징에서 펑텐(奉天) 군벌 장줘린(張作霖)에게 체포되어 28일 처형되었다.

4) 『소년선봉』(少年先鋒)이다. 중국공산주의청년단 광둥구위원회(廣東區委員會)의 기관지다. 1926년 11월 11일 『소년선봉』 제8기에 「승리 이후」(勝利之後)란 제목으로 스탈린이 쓴 「레닌을 논하다」(論列寧)의 몇 단락이 게재되었다. 그 가운데에 레닌의 발언이 포함되어 있다.

5) 「'페어플레이'는 아직 이르다」를 가리킨다. 『루쉰전집』 제1권 『무덤』에 수록.

6) 연구계(研究系)는 중화민국 시기 정파의 하나다. 량치차오(梁啓超)와 탕화룽(湯化龍)이 주축이 된 헌법연구회(憲法研究會)를 기반으로 삼았기 때문에 흔히 연구계라고 부른다. 리위안훙(黎元洪) 총통과 돤치루이(段祺瑞) 총리가 대립할 때 돤치루이를 지지했다. 정치적 경향은 혁명보다 개량을 지향했다.

7) 『현대평론』(現代評論)은 1924년 12월 베이징에서 창간된 주간지다. 후스(胡適), 천위안(陳源), 쉬즈모(徐志摩) 등 서구 유학생이 중심이 된 종합 잡지다. 정치적으로는 연구계와 가까웠다.

8) 1926년 3월 18일 베이징에서는 일본 제국주의의 중국 침략에 항의하는 대규모 항의 집회가 벌어졌다. 돤치루이 정부는 이를 무력으로 진압하여 모두 200여 명의 사상자가 발생했다. 이를 '3·18참사'라 한다. 당시 『현대평론』에서는 항의 학생들을 폭도로 비난하며 돤치루이 정부를 두둔했다.

소설목록 두 가지에 관하여[1]

작년 여름, 일본의 가라시마 다케시[2] 군이 도쿄에서 베이징 서재로 나를 방문하여 중국 소설을 다룬 목록 두 종류를 보여 줬다. 하나는 『나이카쿠內閣문고 서목』[3]으로 일본 내각의 현존 도서목록이었다. 또 하나는 『하쿠사이 서목』舶載書目 몇 가지로 일본의 수입 도서대장이었다. 그러면서 말하기를 겐로쿠[4] 12년(1699)이나 그 전해에 시작하여 호레키[5] 4년(1754)에 이르기까지 현재 30권이 존재한다고 했다. 당시 나는 바야흐로 적을 피해 샤먼으로 갈 준비를 하고 있던 상황이라 급한 틈에 여가를 내기 어려웠다. 이에 징쑹[6]에게 부탁하여 전자 중에서 전기傳奇와 연의演義 종류를 베끼게 했고 그것을 여행용 상자 속에 넣어 두었다. 오래지 않아 또 배척을 당해 푸젠福建에서 광둥廣東으로 가느라 거의 조금도 쉴 틈이 없었으니, 하물며 그것을 펼쳐 볼 틈이 있었겠는가? 지금 또 북쪽으로 이사를 하려고 여장을 꾸리며 살펴본바, 좀을 먹은 곳이 이미 많아서 슬프게 탄식이 우러났다. 혼자 생각건대 이 목록에 기재된 간행 시대 및 작자 이름은 이곳 중국에서 나온 새 판본에는 대개 이미 탈락되어 있다. 그런즉 이것이 비록 간단한 목록이지만 소설사에 주의해 온 사람들에게는 당연히 기쁜 소식이 될 것이다. 이 때문에 『위쓰』 지면을 빌려 동호인들에게 전하고자 한다. 애석하게도 가라시마 군이 바다 멀리 떨어져 있는지라 그의 동의를 구하지 못하고 결국 내 마음대로 일을 처리하게 되어 미안하게 생각한다. 이와 별도로 청나라 전증[7]이 소장한 소설목록 두 단락이 있는데, 이는 지난날 『야시원서목』[8]에서 베낀 것이다. 이를 통해 청나라 초기 소장가들이 진귀하게 여기던 것이 어떤 책인지 알 수 있을 것이다. 모두 말미에 붙여 둔다.

1927년 7월 30일 밤, 루쉰이 광저우 둥디위루[9]에서 쓰다

갑. 나이카쿠문고 도서 제2부 한문도서 목록

자(子). 제10류(第十類), 소설(小說).

一. 잡사雜事(베끼지 않음)

二. 전기傳奇, 연의演義, 잡기雜記

『역대신선통감』歷代神仙通鑒(二十二卷, 目一卷. 明 陽宣史撰. 淸版. 二十四本.)

『반고당우전』盤古唐虞傳(明 鍾惺. 淸版. 二本.)

『유하지전』有夏志傳(明 鍾惺編. 淸版. 四本.)

『유하지전』(同上. 淸版. 八本.)

『열국지전』列國志傳(明 陳繼儒校. 明版. 一二本.)

『영웅보』英雄譜(一名『三國水滸全傳』. 二十卷, 目一卷, 圖像一卷. 明 熊飛編. 明版. 一二本.)

『수호전서』水滸全書(百二十回. 明 李贄評. 明版. 三二本.)

『충의수호전』忠義水滸傳(百回. 明 李贄批評. 明版. 二十本.)

『수호전』水滸傳(七十回; 二十卷. 王望如評論. 淸版. 二十本.)

『수호전』(七十回; 七十五卷, 首一卷. 淸 金聖歎批注. 雍正十二年刊. 二四本.)

『수호전』(同上. 伊達邦成等校. 明治十六年刊. 一二本.)

『수호후전』水滸後傳(四十回; 十卷, 首一卷. 淸 蔡奡評定. 淸版. 五本.)

『수호후전』(同上. 淸版. 十本.)

『수호지전평림』水滸志傳評林(二十五卷. 第一至七卷缺. 明版. 六本.)

『남북양송지전』南北兩宋志傳(二十卷. 明 陳繼儒. 明版. 十本.)

『수상금창전전』繡像金槍全傳(五十回, 十卷. 第四十六回以下缺. 淸 廢閑主人校. 道光三年刊. 八本.)

『황명영무전』皇明英武傳(八卷. 萬曆十九年刊. 四本.)

『황명영렬전』皇明英烈傳(明版. 六本.)

『황명중흥성열전』皇明中興聖烈傳(五卷. 明 樂舜日. 明版. 二本.)

『전상이십사존나한전』全像二十四尊羅漢傳(六卷. 明 朱星祚編. 萬曆三十二年刊. 二本.)

『평요전』平妖傳(四十回. 宋 羅貫中. 明 龍子猶補. 明版. 八本.)

『평요전』(四十回. 明 張無咎校. 明版. 六本.)

『평로전』平虜傳(吟嘯主人. 明版. 二本.)

『승운전』承運傳(四卷. 明版. 二本.)

『팔선전』八仙傳(明 吳元泰. 明版. 二本.)

『김운교전』金雲翹傳(二十回, 四卷. 靑心才人. 淸版. 二本.)

『종규전전』鍾馗全傳(四卷. 安正堂補正. 明版. 一本.)

『비룡전전』飛龍全傳(六十回. 淸 吳璿刪訂. 嘉慶二年刊. 一六本.)

『수상비타전전』繡像飛跎全傳(三十二回, 四卷. 嘉慶二十二年刊. 二本.)

『재생연전전』再生緣全傳(二十卷. 淸 香葉閣主人校. 道光二年刊. 三二本.)

『금석연전전』金石緣全傳(二十四回. 淸版. 六本.)

『옥명당전기』玉茗堂傳奇(四種, 八卷. 明 湯顯祖. 明版. 八本.)

『옥명당전기』(同上. 明 沈際飛點次. 明版. 八本.)

『오종전기재단원』五種傳奇再團圓(五卷. 步月主人. 淸版. 二本.)

『양한연의전』兩漢演義傳(十八卷, 首一卷. 明 袁宏道評. 明版. 一六本.)

『삼국지연의』三國志演義(十二卷. 宋 羅貫中. 萬曆十九年刊. 一二本.)

『삼국지연의』(二十卷. 萬曆三十三年刊. 八本.)

『삼국지연의』(二十卷. 明 楊春元校. 萬曆三十八年刊. 五本.)

『후칠국악전연의』後七國樂田演義(二十回. 煙水散人. 乾隆四十五年刊. 二本.)

『당서연의』唐書演義(八卷. 明 熊鍾穀. 嘉靖三十二年刊. 四本.)

『당서연의』(明 徐渭批評. 明版. 八本.)

『잔당오대사연의전』殘唐五代史演義傳(六十回, 二卷. 宋 羅本. 明 湯顯祖批評. 淸版. 四本.)

『반당연의전전』反唐演義全傳(姑蘇如蓮居士編. 淸版. 十本.)

『양송지전통속연의』兩宋志傳通俗演義(二十卷. 明 陳尺蠖齋評釋. 明版. 十本.)

『봉신연의』封神演義(百回, 二十卷. 明 許仲琳編. 明版. 二十本.)

『인물연의』人物演義(四十卷, 首一卷. 明版. 一六本.)

『손방투지연의』孫龐鬪志演義(二十卷. 吳門嘯客. 明版. 四本.)

『손방투지연의』(同上. 明版. 三本.)

『손방연의』孫龐演義(四卷. 澹園主人編. 淸版. 二本.)

『무목연의』武穆演義(八卷. 明 熊大本編. 『後集』三卷, 明 李春芳編. 嘉靖
  三十一年刊. 十本.)

『송무목왕연의』宋武穆王演義(十卷. 明 熊大本編. 明版. 五本.)

『악왕전연의』岳王傳演義(明 金應鰲編. 明版. 八本.)

『전상평화』全相平話(十五卷. 元版. 五本.)

『신편선화유사』新編宣和遺事(二集二卷. 淸版. 二本.)

『성탄외서삼국지』聖歎外書三國志(六十卷, 首一卷. 第三十八至四十二卷缺.
  淸 毛宗崗評. 乾隆十七年刊. 二二本.)

『동주열국지』東周列國志(二十三卷, 首一卷. 淸 蔡奡評. 淸版. 二四本.)

『신열국지』新列國志(百八回. 墨憨齋. 明版. 一二本.)

『선진일사』禪眞逸史(四十回. 明 淸心道人編. 淸版. 一二本.)

『선진일사』(同上. 淸版. 四本.)

『염사』艶史(四十四回; 首一卷. 明 齊東野人編. 明版. 九本.)

『여선외사』女仙外史(百回. 淸 呂熊. 淸版. 二十本.)

『담사』蟫史(二十卷, 繡像二卷. 磊砢山房主人. 淸版. 一二本.)

『서양기』西洋記(百回, 二十卷. 明 羅懋登. 淸版. 二十本.)

『서유기』西遊記(百回. 明 李贄批評. 明版. 十本.)

『전상서유기』全像西遊記(百回. 華陽洞天主人校. 明版. 十本.)

『서유진전』西遊眞詮(百回. 明 李贄等評. 淸版. 十本.)

『수상서유진전』繡像西遊眞詮(百回. 淸 陳士斌評; 金人瑞加評. 淸版. 二四

本.)

『수상서유진전』西遊證道書(同上. 淸版. 二十本.)

『수상서유진전』(同上. 淸版. 十本.)

『서유증도서』西遊證道書(百回. 明 汪象旭等箋評. 明版. 二十本.)

『후서유기』後西遊記(四十回. 淸 天花才子評點. 乾隆四十八年刊. 十本.)

『단충록』丹忠錄(四十回. 明 孤憤生. 熱腸人偶評. 明版. 四本.)

『초호로』醋胡蘆(二十回, 四卷. 伏雌敎主編. 心月主人等評. 明版. 四本.)

『전상금병매』全像金瓶梅(百回, 二十卷. 明版. 二一本.)

『금병매』金瓶梅(百回. 淸 張竹坡批評. 淸版. 二四本.)

『금병매』(同上. 淸版. 二十本.)

『국색천향』國色天香(十卷. 明 謝友可. 萬曆二十五年刊. 十本.)

『옥교리』玉嬌梨(二十卷. 荑荻散人編. 明版. 四本.)

『신편초틈통속소설』新編剿闖通俗小說(十回. 明版. 二本.)

『신편초틈통속소설』(同上. 西吳懶道人. 日本寫本. 二本.)

『고금소설』古今小說(四十卷. 綠天館主人評次. 明版. 五本.)

『홍루몽』紅樓夢(百二十回. 淸 程偉元編. 淸版. 二四本.)

『홍루몽도영』紅樓夢圖詠(淸 改琦. 明治十五年刊. 四本.)

『용도공안』龍圖公案(聽玉齋評點. 明版. 五本.)

『수상용도공안』繡像龍圖公案(十卷. 明 李贄評. 嘉靖七年刊. 六本.)

『박안경기』拍案驚奇(三十九卷. 『宋公明鬧元宵雜劇』一卷. 明版. 八本.)

『수진박안경기』袖珍拍案驚奇(十八卷. 淸版. 八本.)

『해외기담』海外奇譚(『忠臣庫』十回. 淸 鴻蒙陳人譯. 文化十二年刊. 三本.)

『해외기담』(同上. 日本版. 三本.)

『비화영』飛花詠(一名『玉雙魚』. 十六回. 明版. 四本.)

『한상자』韓湘子(三十回. 雉衡山人編. 明版. 六本.)

『경오종』警寤鍾(十六回, 四卷. 嗤嗤道人. 淸版. 二本.)

『오봉음』五鳳吟(二十回. 嗤嗤道人. 淸版. 二本.)

『인봉소』引鳳簫(十六回, 四卷. 楓江牛雲友. 淸版. 二本.)

『환중진』幻中眞(十回, 四卷. 煙霞散人編. 淸版. 二本.)

『원앙배』鴛鴦配(十二回, 四卷. 煙水散人編. 淸版. 二本.)

『요투연』療妬緣(八回, 四卷. 靜恬主人. 淸版. 二本.)

『조세배』照世杯(四回, 四卷. 酌元亭主人. 諸道人批評. 明和二年刊. 五本.)

『격렴화영』隔簾花影(四十八回. 淸版. 八本.)

『풍백옥풍월상사소전』馮伯玉風月相思小傳(明版. 一本.)

『공숙방쌍어선추전』孔淑方雙魚扇墜傳(明版. 一本.)

『소장공장대류전』蘇長公章臺柳傳(明版. 一本.)

『장생채란등전』張生彩鸞燈傳(明版. 一本.)

『녹창여사』綠窗女史(明版. 一四本.)

『정사류략』情史類略(二十四卷. 詹詹外史. 明版. 一二本.)

『오희백미』吳姬百媚(二卷. 宛瑜子. 明版. 二本.)

『철수기』鐵樹記(十五回, 二卷. 明 竹溪散人鄧氏編. 明版. 二本.)

『비검기』飛劍記(十一回. 明 竹溪散人鄧氏編. 明版. 二本.)

『주조기』呪棗記(十四回, 二卷. 明 竹溪散人. 明版. 二本.)

『동유기』東遊記(明 吳元泰. 明版. 二本.)

『증보전상연거필기』增補全相燕居筆記(十卷. 明 林近陽編. 明版. 四本.)

『증보연거필기』增補燕居筆記(十卷. 明 何大掄編. 明版. 四本.)

『형차기』荊釵記(明版. 二本.)

『인해기』人海記(淸 查愼行. 日本寫本. 二本.)

『청평산당지』淸平山堂志(十五種. 明版. 三本.)

『풍운정서』豊韻情書(六卷. 明 竹溪主人編. 明版. 二本.)

『산수쟁기』山水爭奇(三卷. 明 鄧志謨. 明版. 二本.)

『풍월쟁기』風月爭奇(三卷. 明 鄧志謨. 明版. 一本.)

『화조쟁기』花鳥爭奇(三卷. 明 鄧志謨. 明版. 二本.)

『동완쟁기』童婉爭奇(三卷. 明 竹溪風月主人編. 日本寫本. 一本.)

『매설쟁기』梅雪爭奇(三卷. 明 鄧志謨 編. 明版. 一本.)

『소과쟁기』蔬果爭奇(三卷. 明 鄧志謨. 明版. 一本.)

『고장절진』鼓掌絶塵(四集四十回; 首一卷. 明 金木散人. 明版. 一二本.)

『하방수이』霞房搜異(二卷. 明 袁中道編. 明版. 四本.)

『염이편』艶異編(四十卷. 續十九卷. 明 王世貞. 湯顯祖批評. 明版. 一六本.)

『염이편』(十二卷. 明版. 六本.)

『광염이편』廣艶異編(三十五卷. 明 吳大震. 明版. 十本.)

『일견상심편』一見賞心編(十四卷. 鳩茲洛源子編. 明版. 四本.)

『일견상심편』(同上. 明版. 二本.)

『오소합편』吳騷合編(騷隱居士. 明版. 四本.)

『쇄쇄편』灑灑編(六卷. 明 鄧志謨校. 明版. 四本.)

『금곡쟁기』金谷爭奇(明版. 四本.)

『금고기관』今古奇觀(四十卷. 淸版. 一六本.)

『괴석록』怪石錄(淸 沈心. 日本寫本. 一本.)

『두붕한화』豆棚閑話(十二卷. 艾衲居士. 嘉慶三年刊. 四本.)

『해천여화』海天餘話(四卷. 芙蓉沜老漁編. 淸版. 二本.)

『화진기언』花陣綺言(十二卷. 楚江仙曳石公編. 明版. 七本.)

『성세항언』醒世恒言(四十卷. 明 可一居士評. 明版. 一六本.)

『유세명언』喻世明言(二十四卷. 明 可一居士評. 明版. 六本.)

『서호이집』西湖二集(三十四卷. 附『西湖秋色一百韻』. 明 周楫. 明版. 一二本.)

『서호습유』西湖拾遺(四十八卷. 淸 陳樹基. 淸版. 一六本.)

『서호가화』西湖佳話(十六卷. 淸 墨浪子. 淸版. 十本.)

『오색석』五色石(八卷. 服部誠一評點. 明治十八年刊. 四本.)

『팔동천』八洞天(八卷. 五色石主人編. 明版. 二本.)

『철백구』綴白裘(十二集, 四十八卷. 淸 錢德倉. 乾隆四十二年刊. 二四本.)

『인중화』人中畫(四卷. 乾隆四十五年刊. 二本.)

『소림광기』笑林廣記(十二卷. 遊戱主人編. 乾隆四十六年刊. 四本.)

『소림광기』(同上. 乾隆四十六年刊. 二本.)

『개권일소』開卷一笑(十四卷. 明 李贄編. 明版. 五本.)

『개권일소』(同上. 明版. 六本.)

『사서소』四書笑(開口世人編. 日本寫本. 一本.)

『소부』笑府(十三卷. 淸 墨憨齋. 淸版. 四本.)

『소부』(鈔錄, 二卷. 日本版. 二本.)

『소부』(鈔錄, 一卷. 森仙吉編. 明治十六年刊. 一本.)

『삼소신편』三笑新編(四十八回, 十二卷. 淸 吳毓昌. 嘉慶十八年刊. 一二本.)

『화간소어』花間笑語(五卷. 淸 釀花使者. 日本寫本. 二本.)

『용재총화』慵齋叢話(十卷. 朝鮮 成任.[10] 日本寫本. 五本.)

『필원잡기』筆苑雜記(二卷. 朝鮮 徐居正. 日本寫本. 一本.)

『계곡만필』谿谷漫筆(二卷. 朝鮮 張維. 日本寫本. 一本.)

『보한』補閑(三卷. 朝鮮[11] 崔滋. 日本寫本. 一本.)

三. 잡극雜劇(이하 모두 베끼지 않음)

四. 이문異聞

五. 쇄어瑣語

　　루쉰 논평 : 이 목록은 상세하고 치밀하지는 않지만 견문을 넓히는 데 도움이 된다. 예를 들어 『여선외사』를 유월兪樾은 『재원잡지』[12]에서 보고 누가 지었는지 처음 알았고,(『다향실총초』[13]에서 말했다) 작가가 바로 명나라 여웅[14]이라고 했다. 『봉신연의』[15]의 편자는 명나라 허중림[16]이지만 중국에서 지금 통행되는 여러 판본에는 모두 그 이름이 빠져 있다. 양장거[17]가 임월정[18]의 이야기를 기록하면서도,(『낭적속담』浪跡續談 및 『귀전쇄기』歸田瑣記를 보라) 단지 "앞 시대 명나라의 한 유명한 학자"前明一明宿라고만 했다. 그는 죽계산인竹溪散人 및 풍월주인風月主人이 등지모鄧志謨인 사례와 같다. 일본의 『주신구라』[19]는 100여 년 전(분카文化 12년은 바로 1815년임)에 중국인이 이미 번역하여 『해외기담』海外奇譚이란 제목을 붙였다. 이 또한 이 목록에서 볼 수 있다. 묵감재墨憨齋 풍유룡[20]은 잡다한 서적 판각하기를 좋아했고, 이 목록에도 세 종류가 포함되어 있다. 그것은 바로 『평요전』,[21] 『신열국지』,[22] 『소부』[23]다. 기억하건대 베이징 『쿵더월간』[24]에 이를 고찰한 문장이 발표된 적이 있는 것 같은데, 두번째 것은 아마 들어가지 않았던 것 같다. 핀칭[25]이 병이 난 후 『쿵더월간』을 받을 수 없었다. 옛날에 있던 잡지도 누군가 가져가서 상세하게 살펴볼 방법이 없게 되었다.

을. 야시원서목

송인사화(宋人詞話)

『등화파파』燈花婆婆

『종과장로』種瓜張老

『자라개두』紫羅蓋頭

『여보원』女報冤

『풍취교아』風吹轎兒

『착참최녕』錯斬崔寧

『산정아』山亭兒

『서호삼탑』西湖三塔

『풍옥매단원』馮玉梅團圓

『간첩화상』簡帖和尙

『이환생오진우』李煥生五陣雨

『소금전』小金錢

『선화유사』宣和遺事 四卷

『연분소설』煙粉小說 四卷

『기문류기』奇聞類記 十卷

『호해기문』湖海奇聞 二卷

통속소설(通俗小說)

『고금연의삼국지』古今演義三國志 十二卷

『구본나관중수호전』舊本羅貫中水滸傳 二十卷

『이원광기』梨園廣記 二十卷

　　루쉰 논평 : 사화詞話 중『착참최녕』및『풍옥매단원』두 가지는 지금 장인 먀오씨[26]가 번각飜刻한 송나라 잔본『경본통속소설』[27]에 보인다. 전증이 수집한 것은 아마도 단행본인 듯하다.

주)_____

1) 원제는「關於小說目錄兩件」. 이 글은 1927년 8월 27일과 9월 3일『위쓰』주간 제146기와 제147기에 처음 발표되었다.

2) 가라시마 다케시(辛島驍, 1903~1967)는 일본의 중국학 연구자다. 1926년 8월 17일과 19일 루쉰의 집을 방문했다. 당시 도쿄제국대학 학생이었다.

3)『나이카쿠문고 서목』(內閣文庫書目)은 일본 나이카쿠문고의 도서목록이다. 나이카쿠문고란 일본의 총리대신 공관의 서고를 말한다. 그 전신은 게이초(慶長) 7년(1603) 도쿠가와 이에야스(德川家康)가 세운 후지미문고(富士見文庫)다. 메이지유신 후 일본 정부가 접수하여 나이카쿠문고로 개명했다. 송 · 원 이래 중국 소설 선본이 포함되어 있다.

4) 겐로쿠(元祿)는 일본 히가시야마 천황(東山天皇)의 연호다. 1688~1704년에 쓰였다.

5) 호레키(寶曆)는 일본 모모조노 천황(桃園天皇)의 연호다. 1751~1764년에 쓰였다.

6) 징쑹(景宋)은 바로 쉬광핑(許廣平)이다. 징쑹은 그녀의 필명. 나중에 루쉰의 부인이 되었다.

7) 전증(錢曾, 1629~1701)은 청나라 초기 장서가다. 장쑤성 창수(常熟) 사람으로, 자는 준왕(遵王), 호는 야시옹(也是翁)이다. 그는 자신의 장서실 이름을 술고당(述古堂) 또는 야시원(也是園)이라 했다.

8)『야시원서목』(也是園書目)은 청나라 초기 장서가 전증의 도서목록으로 모두 10권이다.

9) 둥디위루(東堤寓樓)는 광저우 둥디에 있는 바이윈루(白雲樓)를 가리킨다. 1927년 3월 루쉰은 중산대학 숙소를 떠나 이곳으로 이사했다.

10) 성임(成任)은 성현(成俔)의 잘못이다. 성임은 성현의 맏형이다.

11) 정확하게는 고려(高麗)다.

12)『재원잡지』(在園雜誌)는 청 강희 연간에 랴오하이(遼海)의 유정기(劉廷璣)가 지은 필기집으로 모두 4권이다.

13) 『다향실총초』(茶香室叢鈔)는 유월의 『춘재당전서』(春在堂全書) 중 하나다. 『다향실총초』 17을 보면 유정기의 『재원잡지』에 오인(吳人) 여문조(呂文兆)가 『여선외사』 100회를 지었다고 했다.

14) 여웅(呂熊)은 청나라 초기 소설가로 자가 문조(文兆)이고, 호는 고희일전수(古稀逸田叟)이며, 저장성 신창(新昌) 사람이다. 혹은 장쑤성 우현(吳縣) 사람이라고도 한다.

15) 『봉신연의』(封神演義)는 중국 전통 판타지소설의 일종인 신마소설(神魔小說)이다. 일본 나이카쿠문고에 소장된 것은 명대 만력 말년 판본으로 제2권 첫째 쪽에 "종산일수 허중림 편집"(鍾山逸叟許仲琳編輯)이라고 되어 있다.

16) 허중림(許仲琳)은 호가 종산일수(鍾山逸叟)로 명나라 잉톈부(應天府; 지금의 장쑤성 난징시) 사람이다.

17) 양장거(梁章鉅, 1775~1849)는 자가 굉중(閎中), 호는 퇴암(退庵)이다. 청나라 문인이다. 저서로 『낭적총담』(浪跡叢談) 11권, 『낭적속담』(浪跡續談) 8권, 『귀전쇄기』(歸田瑣記) 8권이 있다. 그는 『낭적속담』 권6에서 이렇게 말했다. "기억하건대 우리 고향 임월정(林樾亭) 선생께서 일찍이 나와 여담을 나누면서 『봉신연의』는 앞 시대 명나라의 한 유명한 학자가 지었다 말했다."

18) 임월정(林樾亭)은 본명이 교음(喬蔭), 자가 월정, 호는 육만(育萬)이다. 청나라 허우관(侯官; 지금의 푸젠성 민허우閩侯) 사람으로 『병성거사집』(瓶城居士集), 『월정잡찬』(樾亭雜纂) 등의 저작을 남겼다.

19) 『주신구라』(忠臣藏)는 일본 고극 대본 『가나데혼추신구라』(仮名手本忠臣藏)의 약칭이다. 다케다 이즈모(竹田出雲), 미요시 쇼라쿠(三好松洛), 나미키 센류(並木千柳)의 공동 작품이다. 이 극은 겐로쿠(元祿) 15년(1702) 오보시 유라노스케(大星由良之助) 등의 의사(義士)가 울분으로 죽은 염치판관(鹽治判官) 복수 사건을 다루고 있다. 청나라 홍몽진인(鴻蒙陳人)의 중역본(重譯本) 제목이 『해외기담』이다. 또 『일본충신고』(日本忠臣庫)라고도 하는데 책 앞에 역자가 건륭 59년(1794)에 쓴 자서(自序)가 붙어 있다.

20) 풍유룡(馮猶龍, 1574~1646)은 명나라의 유명한 문학가다. 본명은 몽룡(夢龍)이고 자가 유룡이며, 호는 묵감재주인이다. 저작으로 『유세명언』(喩世明言), 『경세통언』(警世通言), 『성세항언』(醒世恒言), 『신열국지』(新列國志), 『평요전』(平妖傳), 『소부』(笑府), 『정사』(情史), 『지낭』(智囊), 『춘추별본대전』(春秋別本大全) 등이 있다.

21) 『평요전』(平妖傳)은 본래 원나라 말기에서 명나라 초기에 나관중(羅貫中)이 쓴 20회 소설인데, 풍몽룡이 40회로 증보했다. 북송의 왕칙(王則)이 요술로 봉기했다가 문언박(文彦博)에게 평정된 일을 소재로 삼았다.

22) 『신열국지』(新列國志)는 춘추전국시대 역사를 다룬 연의소설이다. 여소어(余邵魚)의 『열국지전』(列國志傳)을 풍몽룡이 108회로 개편하여 완성도를 높였다. 이 『신열국지』를 청나라 채원방(蔡元放)이 개편하고 정리하여 『동주열국지』(東周列國志)라고 했다.

23) 『소부』(笑府)는 중국 고대 유머 모음집이다. 풍몽룡이 모두 8류(類) 100가지 이야기로 정리했다.

24) 『쿵더월간』(孔德月刊)은 베이징 쿵더학교동학회(孔德學校同學會)가 창간한 문예지다. 1928년 6월까지 모두 15기를 출간했다. 이 간행물 제1기와 제2기(1926년 10월과 11월)에 마렌(馬廉)이 일본 시오노야 온(鹽谷溫)의 「명대의 통속단편소설」(明代之通俗短篇小說)이란 제목의 도쿄제국대학 강연 원고를 연속해서 실었다. 그는 또 해설을 통해 풍몽룡의 생애와 저작을 고증했다. 그러나 이 글을 살펴보면 강연 원고나 해설 속에 『신열국지』, 『평요전』, 『소부』를 모두 언급하지 않았다. 루쉰의 기억 착오로 보인다.

25) 핀칭(品靑)은 왕핀칭(王品靑, ?~1927)이다. 허난성 지위안(濟源) 사람으로 베이징대학을 졸업한 후 베이징 쿵더학교(孔德學校) 교사를 지냈다.

26) 장인(江陰) 먀오씨(繆氏)는 먀오취안쑨(繆荃孫, 1844~1919)이다. 장쑤성 장인 사람으로 자는 샤오산(筱珊), 호는 이펑(藝風)이다. 유명한 장서가이며 판본학자다.

27) 『경본통속소설』(京本通俗小說)은 저자 미상이며 현재 잔본 7권만 전해온다. 1915년 먀오취안쑨이 원나라 사본을 근거로 출간했다.

서원절지[1]

나는 자못 게을러서 늘 누워서 잡다한 책을 본다. 그러다가 더러 마음에 느낀 바가 있으면 잊어버릴까 염려하면서도 베끼기에 게을러서 다만 종이쪽지 하나를 끼워 표시를 해둔다. 세월이 번개처럼 흐르면 일에 따라 마음도 변하는데, 다시 책을 점검하다가 우연히 지난날 끼워 둔 쪽지를 만날 때면 여기에 쪽지를 남겨 둔 것이 무슨 뜻일까 하고 스스로 의아해한다. 또 내 심경 변화의 속도가 이처럼 빠른 것에 슬픔을 느끼기도 한다. 긴 여름날 혼자 한적하게 거주하다가 소일거리를 찾으려고 아직도 기억할 수 있는 대목을 기록하고 대략 논평을 붙여 동호인들에게 제공하고자 한다.

1927년 8월 8일, 추관병수楮冠病叟가 붓 가는 대로 쓰다

당 구양순[2]의 『예문유취』[3] 25에 양梁 간문제[4]의 「당양공 소대심을 경계하는 글」[5]이 인용되어 있다. "입신立身의 도는 문장과 다르다. 입신은 먼저 신중해야 하고, 문장은 구속이 없어야 한다."

논평案 : 제왕이 글을 지어 자식을 경계하면서 작문은 "구속이 없어야

한다"라고 말했는데, 이런 경지가 큰 지식이 없이 어떻게 가능하겠는가? 후세의 자잘한 문인들은 감히 말할 수도 없고 감히 생각할 수도 없다.

청 저인획[6]은 『견호구집』[7] 권4 『통감박론』[8]에서 이렇게 말했다. "한漢 고조가 천하를 얻은 것은 모두 공신과 모사의 힘이다. 천하가 평정되자 여후呂後는 한신韓信, 팽월彭越, 영포英布 등을 죽이고 그 친족을 멸했으며 그 제사까지 끊었다. 헌제獻帝에 이르러 조조曹操가 권력을 잡고 마침내 복후伏後를 죽인 뒤 그 친족을 멸했다. 어떤 사람은 헌제는 고조이고, 복후는 여후이고, 조조는 한신이고, 유비劉備는 팽월이고, 손권孫權은 영포라고 했다. 이 때문에 천하를 삼분하여 한나라의 맥을 끊었다는 것이다." 애매모호한 전설을 파고들었으나 인과응보의 원리는 깨끗하게 설명하지 못한 듯하다.

논평 : 한신이 다시 삶을 의탁하여 조조가 되었고, 팽월은 손권이 되었고, 진희陳豨는 유비가 되어 한나라 왕실을 삼분하고 숙원宿怨을 갚았다라는 내용은 『오대사평화』[9] 시작 부분에 나온다. 소설에서는 그래도 가능한 일이지만 그것을 근거로 역사를 논하는 건 너무나 이상하다. 『통감박론』은 명나라 종실 함허자涵虛子의 저작인데 지금 전해오는 판본은 매우 드물다.

송宋 장뢰[10]의 『명도잡지』[11]에 이런 내용이 있다. "도성의 어떤 부잣집에 아버지를 여읜 젊은 아들이 재산을 제 마음대로 쓰자 무뢰배들이 백방으로 그를 유인했다. 그 아들은 그림자극影戱 관람을 매우 좋아해서 매번 관우關羽를 참수하는 장면에 이르면 문득 눈물을 흘리며 예인藝人에게 늦춰 달라고 부탁하곤 했다. 어느 날 예인이 말하기를 '관운장'關雲長은 옛날의 맹장인데 지금 참수하면 그 귀신이 혹시 해코지를 할 수도 있습니다. 청컨대 지금 참수하면 제사를 지내 주십시오. 그 아들은 예인의 말을 듣고 매우 기뻐했다. 이에 예인은 술과 고기 비용을 요구했다. 그 아들은 은기銀器 수십 개를 내놓았다. 날짜가 되어 관우를 참수하는 공연이 끝나자 제사를 지내는 것처럼 음식을 크게 진설했다. 무뢰배들이 모여들어 음식을 즐기며 마침내 그 사람에게 음식그릇도 두루 나눠 주기를 청했다. 그 사람은 감히 거역하지 못하고 그릇을 모두 나눠 줬다." 옛날에 이 이야기를 들었을 때 나는 믿지 않았다. 근래에 또 이 이야기를 읽었고 이와 유사한 일이 있었다. 문득 기록하여 후일의 웃음거리로 삼고자 한다.

논평 : 웃음거리에 대해서는 따로 논해야 한다. 이 글을 통해 송나라 때 그림자극에서 삼국시대 이야기를 공연했고, 그 가운데 '관우를 참수하는' 내용이 있었음을 알 수 있다. 나는 오늘날 전통극의 동작, 몸짓, 얼굴 분장이 모두 그림자극과 관련이 있다고 의심한 적이 있지만 상세히 고찰하지 못했다. 이 내용을 기록하여 박학다식한 사람들의 탐색을 기대하고자 한다.

주)＿＿＿＿
1) 원제는 「書苑折枝」. 이 글은 1927년 9월 1일 상하이 『베이신』 주간 제45~46 합간호에 처음 발표되었다. 서명은 추관(楮冠)으로 되어 있다. 원제의 '書苑'은 책의 동산이라는 의미로 서적 전체를 가리키고, '折枝'는 가지를 꺾다라는 뜻으로 책 속의 어떤 부분을 발췌한다는 뜻이다. 따라서 '書苑折枝'는 독서 과정에서 책 속의 어떤 부분을 발췌하여

감상을 적거나 의미를 해설하는 것을 가리킨다. 전통적인 의미의 '독서차기'(讀書箚記) 와 같다.

2) 구양순(歐陽詢, 557~641)은 당나라 서예가다. 자는 신본(信本)이며 태자솔경령(太子率更令), 홍문관학사 등의 직을 역임했다.

3) 『예문유취』(藝文類聚)는 당나라 구양순 등이 어명으로 편찬한 백과전서다. 모두 48문 (門) 100권으로 이루어져 있다.

4) 양(梁) 간문제(簡文帝, 503~551)의 본명은 소강(蕭綱)이고, 자는 세찬(世纘)이다. 재위 2 년 만에 후경(侯景)에게 시해되었다.

5) 「당양공 소대심을 경계하는 글」(誡當陽公大心書)은 『예문유취』 권23에 「당양공을 경계 하는 글」(誡當陽公書)이란 제목으로 실려 있다. 소대심(蕭大心, 522~551)은 자가 인서(仁 恕)로 소강의 둘째아들이다. 중대통(中大通) 4년(532)에 당양공으로 봉해졌다.

6) 저인획(褚人獲, 1635~1682)은 청나라 문인으로 지금의 장쑤성 쑤저우(蘇州) 사람이다. 자는 학가(學稼), 호는 석농(石農)이다.

7) 『견호집』(堅瓠集)은 청나라 저인획이 각종 필기류 글을 모아 편집한 책으로 정집(正集) 과 속집(續集) 총 15집, 66권으로 구성되어 있다. 아래의 글은 제9집 권4 「한팽보시」(韓 彭報施)에 나온다.

8) 『통감박론』(通鑒博論)은 명 주권(朱權, 1378~1448)이 어명으로 편찬한 역사평론집으로 모두 상, 중, 하 3권으로 이루어져 있다. 주권은 명 태조 주원장의 열일곱번째 아들로 영 헌왕(寧獻王)에 봉해졌으며 별명은 함허자(涵虛子)다.

9) 『오대사평화』(五代史平話)는 작자 미상의 송나라 이야기꾼들의 대본이다. 당나라 멸망 후 혼란기 오대(五代) 즉 후양(後梁), 후당(後唐), 후진(後晉), 후한(後漢), 후주(後周)의 역 사를 구연하는 내용이다.

10) 장뢰(張耒, 1054~1114)는 송나라 시인으로 자는 문잠(文潛)이다. 지금의 장쑤성 화이 인(淮陰) 사람으로 벼슬은 태상소경(太常少卿)에 이르렀다.

11) 『명도잡지』(明道雜志)는 장뢰가 황저우군(黃州郡)에 재직할 때의 견문을 기록한 것이 다. 모두 2권이고, 속권이 또 1권 있다. 아래 내용은 속권에 나온다.

서원절지(2)[1]

송 주밀[2]의 『신해잡지』[3] 속집 하에 이런 내용이 있다. "옌관현학鹽官縣學 교유教諭 황겸지黃謙之는 융자永嘉 사람으로 갑오년에 복숭아나무 부적桃符을 만들어 다음 내용을 썼다. '새해에 들어서서 어떻게 살아야 하나?'宜入新年怎生呵 '온갖 일이 크게 길하도록 그렇게 살아야 한다.'百事大吉那般者 어떤 사람이 그것을 관에 고발하자 마침내 그만뒀다."

논평 : 원나라의 조칙詔勅에는 구어체 직역을 많이 썼다. '怎生呵', '那般者'는 모두 조칙 중에 보이는 관용어였으므로 황겸지가 우스갯거리로 삼은 것이다. 오늘날 사람들은 항상 오늘날의 구어를 비난하고 하찮게 여기면서 원나라 때의 이런 조칙은 생각지도 않고 있다. 이는 아마도 그것이 이미 '옛것'으로 변했다고만 생각하기 때문이다. 갑오년은 쿠빌라이忽必烈 지원至元 31년[1295]인데 그 해 정월 쿠빌라이가 죽었다.

위와 같은 책 별집 하에 이런 내용이 있다. 어떤 사람이 『물외평장』物

外平章이라 불리는 수필집을 지었다. "요堯, 순舜, 우왕, 탕왕, 문왕, 무왕은 각각 한 사람이 한 무더기 황토가 되었다. 고요皐陶, 기夔, 직稷, 설卨, 이윤伊尹, 주공周公도 모두 한 사람이 하나의 해골이 되었다. 그런데 대체로 4~5천 년 동안 무슨 까닭으로 미쳐 날뛰었던가? 만약 사해와 구주九州가 모두 네 것이라 해도 날마다 먹는 건 쌀 반 되에 불과하다. 밤낮으로 환관과 여자를 시켜 곁을 지키게 해도 결국은 짧은 목숨이 끝나게 된다. 무슨 왕후장상이라 해도 이와 같을 뿐이다. 어떤 성대한 장례나 국장을 치러도 영혼은 벌써 도깨비가 되어 버린다. 성명이 청사에 기록되었다 해도 그것이 우리와 무슨 상관인가? 세상사는 결국 아무것도 대단한 게 없으며, 세상 밖의 한 줄기 비웃음거리로 제공될 뿐이다." 이 말도 한 가닥 웃음거리라 할 수 있다.

논평 : 근래에 창사長沙의 예씨[4]는 『목피도인고사』[5]를 판각했고, 쿤산崑山의 자오씨[6]는 『만고수곡』[7]을 판각했다. 상하이의 서점에서는 또 이를 근거로 석인石印으로 작은 판본을 만들어 마침내 (이 두 책이) 꽤 유행하게 되었다. 두 책의 작자는 명나라 말기에 태어나 세상사를 어떻게 할 수 없음을 알고 억지로 자신의 몸을 세상 밖에 위치시키고 방관자로서 거리낌 없는 말을 했다. 그들의 마음이 담긴 작품은 이 송나라 말기의 작품과 똑같다.

송나라 당경[8]의 『문록』[9]에 이런 내용이 있다. 「남정부」南征賦에서 읊기를 "시절은 하늘 넓고 아득한데, 다시 만물이 시들며 슬픔이 밀려온다" 時廓舒而浩蕩, 復收斂而凄涼라고 했다. 어휘는 아름답지 못하지만 남쪽으로 천도할 때의 상황을 스스로 곡진하게 말했다.

논평 : 오늘날 이것을 「민기부」民氣賦나 「군중운동부」群衆運動賦에 사용해도 지금 상황을 곡진하게 드러낼 수 있다.

청 엄원조[10]의 『혜면잡기』에 이런 내용이 있다. "서호西湖 악묘[11]에 엄숭[12]이 악왕鄂王 악비[13]의 「만강홍」[14] 사詞에 화답한 작품을 새긴 석각이 있는데, 아주 웅장하다. 사 작품이 비분강개하고 글씨도 굳세서 참으로 볼 만하다. 끝에 화개전대학사華蓋殿大學士라는 글씨가 쓰여 있다. 후인들이 성명을 갈아 없애고 하언夏言이라고 써넣었다. 비록 가소로운 일이지만 간신을 징벌했다고 할 만하다.

평어 : 엄숭이 한사코 악비의 사에 화답한 것은 저와 같은 기만이다. 후인이 사만 남기고 이름을 바꾼 것은 저와 같이 스스로를 속인 것이다. 엄원조 선생이 이런 일을 가소롭게 여기면서도 간신 징벌의 의미를 인정한 것은 저와 같은 두 가지 행동 모두를 있을 법하다고 여긴 것이다. 듬성듬성 새겨진 60자에 이 세 가지 태도가 남김없이 드러나 있다.

주)_____

1) 원제는 「書苑折枝(二)」. 이 글은 1927년 9월 16일 『베이신』 주간 제47~48호 합간호에 처음 발표되었다. 서명은 추관으로 되어 있다.

2) 주밀(周密, 1232~1298)은 남송의 사인(詞人)이다. 지금의 산둥성 지난(濟南) 사람으로 자는 공근(公謹), 호는 초창(草窗)이다.

3) 『신해잡지』(辛亥雜識)는 주밀이 항저우에 거주할 때 쓴 잡기로 전집, 후집, 별집, 속집으로 분류되어 있으며 모두 6권이다.

4) 예씨(葉氏)는 예더후이(葉德輝)를 가리킨다. 이 책 「『당인설회』 진상 폭로」의 해당 각주

를 참고 바람.

5) 『목피도인고사』(木皮道人鼓詞)는 본래 『목피산인고사』(木皮散人鼓詞) 또는 『목피사』(木皮詞)로 불렸다. 작자는 명말 청초의 문인 가부서(賈鳧西, 1590?~1676?)다. 가부서의 본명은 응총(應寵), 자는 사퇴(思退), 호는 부서(鳧西), 별명은 목피산인 또는 목피산객(木皮散客)이다. 예더후이가 판각한 『목피산인고사』는 『쌍매경암총서』(雙梅景闇叢書)의 하나로 편입되었다.

6) 자오씨(趙氏)는 자오이천(趙貽琛)이다. 장쑤성 쿤산(昆山) 사람이다.

7) 『만고수곡』(萬古愁曲)은 『격축여음』(擊築餘音)이라고도 한다. 모두 1권으로 20곡이 수록되어 있다. 여러 가지 판본이 있고 판본에 따라 내용도 조금씩 차이가 있다. 자오이천이 판각한 판본은 1920년 11월에 출간되었고 『우만루총서』(又滿樓叢書)의 하나로 편입되었다.

8) 당경(唐庚, 1071~1121)은 북송시대 시인이다. 지금의 쓰촨성 단링(丹稜) 사람으로 자는 자서(子西)다. 저서로 『당자서집』(唐子西集) 24권이 있다.

9) 『문록』(文錄)은 당경의 『당자서문록』(唐子西文錄)을 가리킨다. 모두 1권 35항목(則)으로 되어 있다. 루쉰이 아래에 인용한 것은 이 책 제28항목에 나온다.

10) 엄원조(嚴元照, 1773~1817)는 청대 유명한 장서가다. 자는 수능(修能)으로 지금의 저장성 우싱(吳興) 사람이다. 독서필기인 『혜면잡기』(蕙櫋雜記) 1권을 남겼다.

11) 악묘(岳廟). 남송의 충신 악비(岳飛)를 모신 사당이다.

12) 엄숭(嚴嵩, 1480~1567)은 명나라의 유명한 간신이다. 장시성 편이(分宜) 사람으로 자는 유중(惟中)이다. 명나라 세종 때 화개전대학사(華蓋殿大學士)를 지냈고, 나중에 벼슬이 태자태사(太子太師)에까지 올랐다. 오랫동안 권력을 전횡하며 충신 이부상서 하언(夏言)을 죽였다.

13) 악비(岳飛, 1103~1142)는 남송의 명장으로 금나라에 적극 항전을 주장한 충신이다. 지금의 허난성 탕인(湯陰) 사람으로 자는 붕거(鵬擧)다. 나중에 주화파인 간신 진회(秦檜)에게 살해되었고 영종(寧宗) 때 악왕(鄂王)에 추봉되었다.

14) 「만강홍」(滿江紅)은 충신 악비의 충성심이 잘 드러난 사 작품이다.

서원절지(3)¹⁾

명 육용²⁾의 『숙원잡기』³⁾ 4에 이런 내용이 있다. "승려 혜간惠暕은 유가의 책을 두루 섭렵했고 행동을 삼갔다. 영락永樂 연간에 『영락대전』永樂大典 편찬에 참여했다가 타이창太倉의 홍복사興福寺로 돌아가 노년을 보냈다. ······ 일찍이 앉아 있는 손님에게 이렇게 말했다. '저들 수재⁴⁾는 모두 빚 받으러 온 사람이오.' 손님이 그 까닭을 묻자 다음과 같이 대답했다. '홍무洪武 연간에 수재들이 관리가 되어 수많은 고통을 겪고 심한 공포에 떨면서도 조정에 자신의 마음과 힘을 대거 투입했소. 그러다 결국 작은 잘못을 저질러서 가볍게는 군대 복무의 처분을 받았고, 무겁게는 몸이 찢기는 형벌을 받았소. 제 목숨대로 잘 죽은 사람은 열에 두세 명뿐이었소. 당시에는 사대부가 국가를 배신하지 않았고, 국가가 사대부를 배신하는 경우가 많았소. 이것이 바로 빚을 진 것이오. 근래에는 성은이 관대하게 베풀어지고 법망도 성글어서 수재가 관리로 임명되면 음식, 의복, 거마車馬, 궁실, 자녀, 처첩을 얼마나 많이 받으며 또 얼마나 즐거운 일을 할 수 있소? 결국 저들에게 죄는 조금도 없소. 오늘날은 국가가 사대부를 배신하지 않고, 천하의 사대부가 국가를 배신하는 경우가 많소. 이것이 바로 빚을 받는 것이오."
……

논평 : 어떤 경우를 막론하고 창업할 때는 반드시 많은 '빚을 지게' 마련이다. 창업이 안정되면 '빚을 갚아야' 할 일이 많이 생긴다. 빚을 갚아야 할 일이 늦어지면 상황이 좋은 경우이고, 빨라지면 상황이 나쁜 경우다. 빚을 지고 빚을 갚는 일이 동시에 발생하면 상황은 끝이다. 오호! '빚쟁이'들이여!

원나라 사람의 『동남기문』[5] 1에 이런 내용이 있다. "유평국[6]은 징커우京口 사람이다. (중략) 저서로 『만당집』이 있는데 문장에 위대한 기상이 담겨 있다. 그는 편지에서 다음과 같이 말했다. '지금의 소위 호걸이란 사람은 옛날의 소위 파락호다.' 이 글이 가리키는 의미를 당시 식자들은 명언으로 여겼다. (하략)"

논평 : 이렇게 말할 수도 있다. 호걸이란 파락호 중에서 이미 권세를 가진 사람이고, 파락호란 호걸 중에서 아직 권세를 얻지 못했거나 끝내 권세를 얻지 못한 사람이다.

청 진조범[7]의 『장록』[8] 상에 이런 내용이 있다. "일처리가 거꾸로 된 것이 있다. 삼국시대 오나라에서 부모상 치르러 가는 사람을 사형에 처하도록 제도를 만든 것, 북제北齊에서 칙령으로 도사의 머리를 깎아 승려로 만든 것, 송 선화宣和 연간에 칙령으로 승려에게 관을 씌워 도사로 만든 것, …… 원우元祐 연간에 국자감에서 『사기』를 불태운 것, …… 정화政和 연간에 명령을 내려 선비들 중 시부詩賦를 배운 자에게 곤장 100대를 치게 한 것 등이다!"

논평 : 옛날부터 거꾸로 일을 시행한 예가 많았는데도 당시에는 전혀 이상하게 생각하지 않았음을 알겠다. 현재 시사에 대한 의구심을 없애는 데 적지 않게 도움을 받을 수 있다.

주)_____

1) 원제는 「書苑折枝(三)」. 이 글은 1927년 10월 16일 『베이신』 주간 제51~52호 합간호에 처음 발표되었다. 서명은 추관으로 되어 있다.

2) 육용(陸容, 1436~1497)은 명대 문학가다. 장쑤성 타이창 사람으로 자는 문량(文量), 호는 식재(式齋)다. 난징 이부주사(吏部主事)를 지냈다.

3) 『숙원잡기』(菽園雜記)는 육용의 필기집으로 모두 15권이다. 여기에 인용된 문장은 권2에 나온다.

4) 수재(秀才)는 한나라 이래로 과거 시험을 공부하는 학생을 가리켰고, 명대 이후로는 향시에 합격한 사람을 가리켰다.

5) 『동남기문』(東南紀聞)은 저자 미상의 원나라 필기집이다. 원서는 이미 실전되었고, 지금 남아 있는 3권은 모두 『영락대전』에서 뽑아서 편집한 것이다. 주요 내용은 송나라 시대의 여러 가지 이야기 모음이다.

6) 유평국(劉平國)은 송나라 문인이다. 본명은 재(宰), 자는 평국(平國), 호는 만당(漫塘)이다. 저서로 『만당문집』(漫塘文集)이 있다.

7) 진조범(陳祖範, 1675~1753)은 청나라 문인이다. 장쑤성 창수(常熟) 사람으로 자는 역한(亦韓)이다. 건륭 연간에 국자감사업(國子監司業)을 지냈다.

8) 『장록』(掌錄)은 진조범의 필기집으로 모두 2권이다. 인용문은 상권 「전도」(顚倒)에 나온다.

지식계급에 관하여[1]

저는 상하이에 온 지 20여 일이 되었습니다. 이번에 상하이에 온 건 아무 의미도 없습니다. 세상을 왔다 갔다 하다가 우연히 상하이로 오게 되었을 뿐입니다.

제겐 여러분들에게 내놓을 만한 무슨 학문과 사상이 없습니다. 하지만 이번에 이[貺] 선생[2]이 저를 불러 몇 마디 말을 하게 했습니다. 제가 작년에 이 선생이 베이징에서 군벌 관료들과 어떻게 싸웠는지 직접 목도했을 뿐 아니라 저도 거기에 참여했기 때문에 이번에 저를 이곳으로 와 달라고 요청했는데 이에 저는 오지 않을 수 없었습니다.

저는 강연을 잘 할 줄 모릅니다. 또 무슨 강연할 만한 내용도 생각해 낼 줄 모릅니다. 강연은 팔고문 작문에 가까운지라 매우 어렵습니다. 강연에 뛰어난 천부적 재능이 있다면 좋겠는데 저는 그런 능력이 없습니다. 끝내 아무것도 생각해 낼 수 없어서 제 마음대로 이야기해 보겠습니다. 방금 중국 상황을 이야기하며 '지식계급'이란 네 글자를 언급했습니다. 저는 지식계급에 대해 개인의 의견을 좀 발표할까 합니다. 다만 저는 전혀 인도자의 지위에 있지 않으므로 여러분이 저를 믿어 주신다면 의견을 발표하겠습니다. 제 자신이 길을 가면서도 길을 분명하게 알지 못하는데 어떻게 여러분을 인도할 수 있겠습니까?

'지식계급'이란 어휘는 예로센코(V. Eroshenko)가 7~8년 전 「지식계급 및 그 사명」[3]이란 강연을 할 때 제기한 말입니다. 그는 러시아의 지식계급을 매도했고, 중국의 지식계급도 매도했습니다. 이에 중국인들도 지식계급을 매도하기 시작했습니다. 지식이 마치 죄악처럼 되어, 한편으로 어떤 사람은 지식계급을 매도했지만 다른 한편으로 어떤 사람은 이를 자랑했습니다. 이런 상황은 중국에만 있습니다. 이른바 러시아의 지식계급은 기실 중국의 경우와 다릅니다. 러시아에서는 혁명 이전에 사회적으로 지식계급이 환영을 받았습니다. 왜 환영을 받았을까요? 그들은 확실히 평민을 대신하여 불만을 품고 평민의 고통을 대중에게 알렸기 때문입니다. 그들은 왜 평민의 고통을 이야기했을까요? 그들은 평민과 가깝거나 자신이 바로 평민이었기 때문입니다. 몇 년 전 어떤 중국 대학교수 한 분이 왜 아무개 교수가 인력거꾼을 묘사하려 하는지 아주 이상하게 생각한다고 했습니다.[4] 왜냐하면 대학교수는 늘 높다란 서양식 주택에 거주하며 평민의 생활을 잘 알지 못하기 때문이라는 것입니다. 유럽의 저작가들은 흔히 평민 출신인 경우가 많습니다. (유럽인들은 곤궁한 계층 출신이라도 글을 쓸 수 있습니다. 왜냐하면 그들의 문자는 쓰기 쉽지만, 중국의 문자는 쓰기 쉽지 않기 때문입니다.) 따라서 평민의 고통을 똑같이 느끼더라도 그들은 자연히 통쾌하게 아픔을 묘사하여 평민을 위해 발언할 수 있습니다. 이 때문에 평민들은 지식계급이 자신들에게 도움을 준다고 생각합니다. 이에 그들의 의견에 찬성하고 곳곳에서 그들을 환영합니다. 그러나 그들은 이러한 영예를 얻고 지위가 높아지는 동시에 평민을 망각하면서 특별한 계급으로 변했습니다. 당시에 그들은 스스로 대단하다고 여기고 부귀한 사람들 집으로 가서 파티를 즐겼습니다. 돈이 많아지자 집과 물건도 좋은 것만 사려고 하며 마침내 평민들에게서 멀어졌습니다. 그들은 고귀한 생활을 향유하면서 종전의 빈궁한 생활을 모두 기억하지 못하게 되었습니다.——그래서 여러분들께서는 제게 박수를 보내서는 안 됩니다. 박수를 보내면 제 지위가 높아져서 말하는 걸 망각하게 될 것입니다. 그들은 평민을 동정하지 않을 뿐 아니라 평민을 압박하며 평민의 적으로 변했습니다. 지금 귀족계급은 존재할 수 없습니다. 귀족적인 지식계급도 물론 자리 잡을 수 없습니다. 이것이 지식계급의 결점 중 한 가지입니다.

또 지식계급에겐 피할 수 없는 운명이 있습니다. 혁명시대에는 실천을 중시하고 움직여야 한다는 것입니다. 생각은 그 다음입니다. 솔직하게 말하면 생각이 해가 된다고 할 수도 있습니다. 적어도 제 개인의 의견은 이와 같습니다. 당나라 간신 이임보李林甫가 한번은 군사 조련이 아주 용감하게 펼쳐지는 걸 구경한 적이 있습니다.[5] 어떤 사람이 그에게 훈련을 칭찬했습니다. 그러자 그가 말했습니다. "군사가 좋기는 좋지만 생각은 없다." 이 말은 틀림이 없습니다. 군사가 용감한 까닭은 생각이 없기 때문입니다. 만약 생각이 있으면 용기가 없어질 수 있습니다. 지금 제게 군대에 가라 하고 혁명에 참가하라 한다면 나는 틀림없이 가지 않을 것입니다. 왜냐하면 이해관계와 시시비비를 분명하게 알고 나면 실천을 하기가 어렵기 때문입니다. 지식이 있는 사람이 플라톤(Plato)을 이야기하고, 소크라테스(Socrates)를 이야기하는 건 위험하지 않습니다. 플라톤을 1년 동안 이야기할 수 있고, 소크라테스를 3년 동안 이야기하면서 그는 안정되게 살아갈 수 있습니다. 그러나 그에게 위험한 일을 하라고 하면 매우 주저할 것입니다. 예를 들어 중국인들은 문장을 지을 때 늘 "이로운 점이 있으면 또 나쁜 점도 있다"라고 말합니다. 이것이 지식계급을 대표할 만한 사상입니다. 기실 어떤 것을 막론하고 나쁜 점이 있습니다. 우리가 먹는 밥에도 나쁜 점이 있습니다. 밥은 우리에게 영양분을 공급해 주는 면에서는 이로운 점이지만 다른 한편으로는 우리의 소화기관을 피로하게 하므로 그것은 좋지 않은 점입니다. 또 만약 일을 할 때 모든 점을 다 고려하면 어떤 일도 할 수 없습니다.

또 지식계급은 다른 사람의 행동에 대해서 왕왕 이렇게 해도 좋지 않고, 저렇게 해도 좋지 않다고 생각합니다. 이전에 러시아 황제가 혁명당을 살해할 때 그들은 황제를 반대했습니다. 그러나 나중에 혁명당이 황족을 살해하자 그들은 또 일어나 그 행위에 반대했습니다. 어떻게 해야 하는지 질문을 했지만 그들에게도 방법이 없었습니다. 따라서 황제시대에 그들은 고통을 당했고 혁명시대에도 그들은 고통을 당했습니다. 이것은 실제로 그들 자체의 결점입니다.

이 때문에 저는 지식계급이 존재할 수 있는지 없는지도 하나의 문제라고 생각합니다. 지식은 강권과 충돌하므로 병립할 수 없습니다. 강권은 인민이 자유로운 사상을 갖는 걸 불허합니다. 왜냐하면 그렇게 하면 강권의 힘을 분산시킬 수 있기 때문입니다. 동물계에는 아주 명확한 사례들이 있습니다. 원숭이 사회가 가장 전제적입니다. 원숭이 왕이 '가자'라고 한마디 하면 모든 원숭이가 갑니다. 원시시대에 추장의 명령은 반대할 수도 의심할 수도 없었습니다. 당시에 추장은 군중을 거느리고 쇠약하고 작은 부락을 병탄했습니다. 그리하여 부락은 점점 커졌고 단체도 커졌습니다.

한 사람으로는 지배할 수 없었습니다. 개인의 사상이 발달하여, 각자의 사상이 같지 않게 되고, 민족의 사상도 통일할 수 없게 되었기 때문에 명령이 행해지지 않고 단체의 역량도 줄어듦으로써 점차 멸망의 길을 걷게 되었습니다. 고대에는 야만 민족이 문명이 발달한 민족을 침략했고 그런 사실을 역사 기록에서 자주 볼 수 있습니다. 현재 지식계급이 국내에서 보여주는 병폐도 옛날과 같습니다.

영국의 러셀(Russel)과 프랑스의 로맹 롤랑(R. Rolland)은 제1차 세계대전에 반대했습니다. 사람들은 두 사람이 대단하다고 여기지만 기실 다행히 그들의 말은 시행되지 못했습니다. 그렇지 않았다면 독일이 일찌감치 영국과 프랑스로 진격했을 겁니다. 왜냐하면 독일이 만약 다른 나라와 동시에 전쟁 반대 정책을 시행할 수 없다면 다른 나라도 전쟁 외에는 다른 방법이 없기 때문입니다. 러시아 톨스토이(Tolstoi)의 무저항주의가 시행될 수 없었던 까닭도 이 때문입니다. 그는 악은 악으로 갚아야 한다고 주장하지 않았습니다. 그의 뜻은 황제가 우리에게 군대에 가라 하면 군대에 가지 않고, 경찰을 시켜 사람을 체포하라 하면 체포하지 않고, 사형집행인에게 사형수를 죽이라 하면 죽이지 않는 등 모두들 황제의 명령을 따르지 않으면 황제도 재미가 없어진다는 것입니다. 그럼 황제 노릇 하는 것이 무료해지기 시작하고 천하도 태평하게 된다는 것이지요. 그러나 일부 사람이 한사코 황제의 명령을 따르면 그 방법은 시행될 수 없습니다.

저는 이전에 황제가 되고 싶었습니다. 나중에 베이징에 가서 궁전의 방이 모두 판에 박은 듯이 한 가지 구조로 되어 있는 것을 보고 너무나 무료하다고 느꼈습니다. 이 때문에 저는 황제가 될 생각이 없어졌습니다. 사람 사는 재미는 많은 친구들과 재미있는 잡담을 나누거나 열띤 토론을 하는 데 있습니다. 그런데 황제가 되면 말 한 마디에 신민들이 모두 무릎을 꿇고 끊임없이 Yes, Yes를 남발합니다. 그게 뭐가 재미있습니까? 어떤 사람이 황제가 되면 그는 외부 세계와 단절되기 때문에 궁궐 밖에 또 다른 세계가 있다는 걸 알지 못합니다!

요컨대 생각이 일단 자유를 얻었는데도 능력을 줄이려 하면 민족은 제자리를 잡을 수 없고 인간 자신도 제자리를 잡을 수 없게 됩니다. 지금 사상의 자유는 생존과 충돌을 일으키는데, 이는 지식계급 자체의 결점입니다.

그럼 지식계급은 장차 어떻게 해야 할까요? 지휘도 아래에서 명령을 따라 행동해야 할까요? 아니면 민중에 경향된 사상을 발표해야 할까요? 만약 의견을 발표하려면 무엇을 생각하든 거리낌 없이 그대로 말해야 합니다. 진정한 지식계급은 이해관계를 따지지 않습니다. 만약 온갖 이해관계를 따진다면 그는 가짜이고, 지식인을 사칭하는 지식계급입니다. 그런데 이런 가짜 지식계급만이 수명이 비교적 오래갑니다. 오늘 이런 주장을 발표하고, 내일은 저런 의견을 발표하는 사람은 사상이 날마다 진보하는 것 같지만, 진정한 지식계급의 진보는 결코 이처럼 빠르지 않습니다. 하지만 그들은 사회에 대해서 영원히 만족하지 않습니다. 스스로 느끼는 것도 영원히 고통스럽고, 보는 것도 영원히 결점 투성이입니다. 그들은 미래의 희생을 준비하고 있고 사회도 그들이 있음으로써 뜨거워집니다. 하지만 그들 자신은——심신 모두가 고통스럽습니다. 왜냐하면 이것도 구식 사회가 물려준 유물이기 때문입니다. 여러분들은 구식 인간과 달리 20세기 초 청년입니다. 노동대학에서 공부하면서 일을 합니다. 이것은 새로운 경우입니다. 어쩌면 새로운 국면을 만들어 낼 수도 있습니다. 그러나 환경이 여전히 옛날 그대로여서 하나하나 사람을 핍박하여 타락하게 합니다. 만약 이 늙은 사회와 분투하지 않으면 여전히 옛길로 회귀하고 말 것입니다.

예를 들어 이전 학생시대에 나는 담배도 피지 않았고, 술도 마시지 않았으며, 마작도 하지 않아서 취미가 하나도 없었습니다. 나중에 교사가 되자 어떤 사람이 전단을 만들어 내가 아편을 피운다고 떠벌렸습니다. 나는 매우 화가 났지만 전혀 변명하지 않았습니다. 그들에게 보복하려고 지지난해 나는 산시陝西에서 정말 아편을 한번 피워 봤습니다. 그들이 어쩌는가 보려고요. 이번에 상하이에 오자 어떤 사람이 신문에 내가 서점을 열었다고 했고, 또 어떤 사람은 내가 매년 인세로 1만여 위안을 번다고 말했습니다. 그러나 나는 전혀 변명하지 않았습니다. 다만 나 스스로 헛된 명성을 얻기보다 정말 그렇게 많은 돈을 버는 것이 더 낫다고 생각했습니다.

또 한 가지 가장 두려운 상황이 있습니다. 그것은 바로 비교적 새로운 사상운동이 일어날 때 벌어지는 일입니다. 즉 새로운 사상운동이 사회와 무관하게 공리공담이 되어 버린다 해도 그건 중요하지 않은 일입니다. 이 또한 전제시대가 지식계급의 존재를 포용할 수 있는 까닭이 되기 때문입니다. 왜냐하면 통곡하고 눈물을 흘리는 건 현실 변화와 관계가 없고, 오직 사상운동이 현실 사회운동으로 변화했을 때만 위험하기 때문입니다. 그리하여 흔히 구세력에 의해 박멸됩니다. 중국에서는 현재에도 이와 같습니다. 이러한 현상을 혁신적인 사람들은 '반동'이라 칭합니다. 나는 문예사에서 좋은 명사 하나를 찾아냈습니다. 그것은 바로 Renaissance[르네상스]입니다. 이탈리아에서 문예부흥의 의미는 옛날의 좋은 것은 부활하고, 현재의 나쁜 것은 타도한다는 뜻입니다. 당시의 사상이 너무 전제적이고 부패했기 때문입니다. 옛날에는 확실히 비교적 좋은 것들이 있었습니다. 이 때문에 나중에 사회의 믿음을 얻었습니다. 지금 중국에서는 완고파들이 복고를 주장하며 공자의 예교를 끌어내고 있지만 그들이 끌어낸 것이 좋은 것입니까? 만약 좋지 않다면 그건 바로 반동이고 퇴행입니다. 이후는 어쩌면 퇴행시대가 될 것입니다.

또 중국인은 지금 담력이 너무나 작아졌습니다. 이것은 공산당의 영향 때문입니다. 사람들은 러시아란 말을 듣거나 붉은색을 보기만 해도 놀라서 펄쩍 뜁니다. 새로운 사상에 대해서 듣고, 러시아 소설을 보기만 해도 더욱 겁을 냅니다. 비교적 특별한 사상이나 비교적 새로운 사상에 대해서는 더더욱 이성을 잃고 부들부들 떱니다. 그러면서 이것이 공산주의 사상으로 변화될 가능성이 있을까 없을까를 자세하게 따져 보려 합니다. 이처럼 두려움을 갖고 조금도 움직이려 하지 않는데 어떻게 진보가 있을 수 있겠습니까? 이것은 실제로 힘이 없다는 표시입니다. 예를 들어 우리가 뭔가를 먹을 때 그냥 먹으면 그만이지 만약 이리저리 따진다면 맛있는 소고기를 먹어도 소화시킬 수 없을 것입니다. 차를 마실 때도 의심만 한다면 그건 옳지 않은 일입니다.──노인들이 이와 같습니다. 힘이 있고 자신감이 있는 사람은 이런 지경에 빠지지 않습니다. 비록 서양문명이라 해도 우리가 그것을 수용할 수 있을 때 서양문명도 우리 자신의 것이 됩니다. 그것은 마치 소고기를 먹는 것과 같습니다. 소고기를 먹는다고 자신이 절대 소고기로 변하지는 않습니다. 만약 그렇게 담이 작다면 그것은 바로 쇠약한 지식계급입니다. 쇠약하지 않은 지식계급은 그래도 그들의 미래 존재에 대해서 확정할 수 없지만, 쇠약한 지식계급은 틀림없이 멸망할 것이다. 이전에 혹시 존재했더라도 미래에는 틀림없이 존재할 수 없을 것이다.

현재 비교적 안전한 한 갈래 길이 있습니다. 그것은 시대비평을 하지 않고 예술가가 되는 길입니다. 또 예술을 위한 예술을 하는 것입니다. 목전에 '상아탑' 속에 거주하면 물론 다른 곳보다 안전합니다. 나 자신을 예로 들어 말하겠습니다.──어떤 사람은 내가 나 자신의 이야기만 할 줄 안다고 하는데 정말 그렇습니다. 나는 이전에 혼자 샤먼대학에 있는 적막하고 커다란 양옥에 거주한 적이 있습니다. 밤이 되면 나는 늘 외롭게 생각에 잠기곤 했습니다. 모든 걸 생각했습니다. 세계는 어떻고, 인류는 어떤지 고요하게 생각할 때면 나 스스로도 대단하다고 느꼈습니다. 그러나 모기에게 한 번 물리면 펄쩍 뛰게 됩니다. 세계 인류의 중대한 문제도 깡그리 망각합니다. 나는 여전히 나 자신에게서 벗어날 수 없었습니다.

나 자신에 대해 말하자면 일찍이 어떤 사람이 내게 의론을 내세우지 말고, 잡감문雜感文[6]을 쓰지 말고, 창작을 하는 게 더 낫다고 권했습니다! 창작을 하면 세계 역사에 이름을 남길 수 있지만, 잡감문을 쓰면 이름을 남길 수 없기 때문이라는 것입니다. 기실 나는 잡감문을 쓰지 않아도 세계 역사에서 여전히 이름을 남기지 못할 것입니다. 이에 이제 한 마디 성명을 발표해야겠습니다. "내게 잡감문을 쓰지 말고 창작을 하라고 권한 사람들 중 몇 명은 다른 의도를 갖고 있거나 내게 욕을 먹은 적이 있다. 이 때문에 내게 더 이상 잡감문을 쓰지 말라고 요구했던 것이다." 그러나 나는 그의 말을 듣지 않았고 이 때문에 베이징에서 끝내 자리를 잡을 수 없어서 샤먼 도서관으로 도피하지 않을 수 없었습니다.

예술가가 상아탑에 거주하면 물론 비교적 안전합니다. 그러나 애석하게도 끝까지 안전이 보장되지는 않습니다. 진시황과 한무제는 신선이 되려고 했지만 끝내 성공하지 못하고 죽었습니다. 위험이 닥치는 순간은 두렵습니다. 그러나 다른 운명은 단정적으로 말할 수 없고, '인생은 반드시 죽는다'는 운명을 우리는 피할 방법이 없습니다. 이 때문에 위험해도 마치 두려워할 필요가 없는 것처럼 행동하지만 나는 결코 청년들에게 위험과 맞닥뜨리라고 권할 생각이 없고 또 사회를 위해 죽으면 명망이 좋아지고 높다란 동상을 세워 줄 것이라고 떠벌리며 남에게 목숨을 희생하라고 권할 생각도 없습니다. 자신은 살아 있으면서 다른 사람에게 죽음을 권유할 권리가 우리에겐 없습니다. 만약 죽음이 좋다고 스스로 생각한다면 당신 자신이 먼저 죽기 바랍니다. 여러분 중에는 아마도 돈 많은 사람이 많지 않을 것입니다. 그럼 우리 같은 가난뱅이의 유일한 자본은 바로 생명입니다. 생명을 투자하여 사회를 위해 일을 좀 하다가 이익을 좀 얻으면 좋습니다. 생명을 투자하여 이자가 적은 희생 행위에 올인하는 건 가치 없는 일입니다. 따라서 나는 지금까지 남에게 목숨을 희생하라고 말한 적이 없습니다. 또 나는 더 이상 상아탑과 지식계급 속으로 들어가지 않는 것이 가장 타당한 길이라고 생각합니다.

외국 유학에서 돌아온 자칭 지식계급도 있지요. 그들은 중국에 자신들이 없으면 바로 멸망한다고 생각합니다. 그러나 그들은 저의 토론 범위에 들어 있지 않습니다. 그런 지식계급이 어떤 물건들인지 저는 아직도 잘 모르겠습니다?!

오늘의 강연도 너무 두서가 없었네요. 여러분께서 널리 용서해 주시길 바랍니다!

1) 원제는 「關於知識階級」. 이 글은 1927년 11월 13일 상하이 『국립노동대학』(國立勞動大學) 주간 제5기에 처음 발표되었다. 본래 제목 밑에 '루쉰 선생 강연'(魯迅先生講演)이란 부제가 붙어 있고, 그 아래에 '황허칭 필기'(黃河淸筆記)란 서명이 있다. 문장 끝에는 다음과 같은 주석이 달려 있다. "10월 28일 오후 3시 장완노동대학(江灣勞動大學)에서 강연이 있었다." 그러나 루쉰 일기에는 강연 시간이 10월 25일 오후로 기록되어 있다. 국립노동대학은 국민당의 시산회의파(西山會議派)를 배경으로 1927년에 개교했고, 1933년에 폐교했다. 무정부주의를 표방하며 일하고 공부하는 학교를 지향했다. 농과대학, 공과대학, 사회과학대학으로 나뉜 종합대학이었다.

2) 이(易) 선생은 이페이지(易培基, 1880~1937)를 가리킨다. 그는 후난성 창사 사람으로 자가 인춘(寅村)이다.

3) 러시아 작가 예로센코가 베이징에서 행한 강연의 제목이다. 1922년 3월 6~7일 『천바오 부간』에 「지식계급의 사명」(知識階級的使命)이란 제목으로 처음 게재되었다.

4) 둥난대학(東南大學) 교수 우미(吳宓)을 가리킨다. 『이심집』(루쉰전집 6권) 「상하이 문예의 일별」을 참고하라.

5) 이 대목의 일화는 이임보가 아니라 허경종(許敬宗)과 관련된 것이다. 당나라 유속(劉餗)의 『수당가화』(隋唐嘉話) 권중(卷中)에 나온다.

6) 흔히 잡문(雜文)이라고 한다. 루쉰의 글 중에서 잡문이 가장 많다. 잡문은 당시 현실 문제나 시대 상황에 대한 루쉰의 날카로운 비평이 담긴 글이다.

세상의 도를 구제하려는 문건 4종[1]

갑. '이에 대해 기쁘게 듣다'[2]라는 내용의 편지

루쉰 선생님 :

리진밍[3] 형의 편지를 통해 당신이 벌써 상하이에 도착했다는 사실을 알았습니다. 또 근래에 『위쓰』를 보고 치밍 선생도 이미 예부총장[4] 직에서 물러났다는 걸 알았습니다. 『위쓰』는 상하이에서 출판되는데 그 예부 상서禮部尙書 직은 어떤 분이 승계하는지 모르겠습니다. 총장이란 말은 근래에 그렇게 많이 통용되지 않으니 아마도 상서나 대신으로 부르는 것이 더 나을 듯합니다. 이 후배가 보기에는 그렇습니다.

누가 상서 직을 담당하든지 간에 저는 국수國粹를 유지해야 한다고 생각합니다. 어르신께서도 이 업무에 열심이시니 특별히 먼저 선물 두 가지를 드리고 "뛰어난 인재英英髦彦들께서 또 발군의 실력을 갖춰 주시도록" 제 구구한 견해를 대략 밝힙니다.

(뒤에 첨부하는) 선언은 제가 석 달 전에 공교청년회에 가서 공경을

다해 얻은 것입니다. 청년회에서는 매일 밤, 거의 매일 밤 명사와 유로遺老들이 경전을 강의합니다. 청중은 대부분 머리를 자른 모생髦生[뛰어난 인재]입니다.——이 단어는 남녀 양성에 모두 통용됩니다——저도 한 번 가르침을 받은 적이 있습니다. 당시 상황은 다른 글로 써서 시간이 날 때 다시 발표하겠습니다. 이전 며칠 밤 또 우연히 라오바쯔로老靶子路의 청년회 문 앞을 지나가다가 등불 빛이 밝게 빛나는 걸 보았습니다. 그곳에서 경전 읽는 소리가 노숙하면서도 낭랑한 성대를 통해 흘러나오고 있었습니다. 저도 모르게 고개를 들고 바라보다가 공교청년회 문회文會의 인원 모집 광고지를 발견했습니다. 각계 청년이 어깨 걸고 교류할 기회를 잃을까 깊이 우려하며 특별히 이를 부쳐 드리오니 널리 청년들을 불러모아 주시길 간청합니다. 이렇게 되면 국수에 큰 다행이겠습니다. 만약 평어를 베풀어 주시면 서발序跋로 겸하겠습니다. 현세와 내세 영원토록 선조들께서 영광을 베풀어 주실 것입니다.

지금 어디에 거주하시는지? 근래에도 상하이에 거주하시는지 몰라서 이 서신을 다른 사람에게 대신 전하게 했습니다. 축복 있으시길 빕니다.

1927. 12. 15, SJ의원에서

자오멘즈[5]

을. 공교청년회 창설 준비 선언[6]

인심이 피폐하고 도덕이 타락하니, 세상 운수의 재난이 모두 이 때문에 생겨난다. 지금 우리나라 청년은 이처럼 만악萬惡의 소용돌이 가운데 처해 있어서 가무, 여색, 재물, 이익이 마음을 오염시키고, 사악한 학설과 포악한 행동이 신체 밖에서 유혹의 손길을 뻗치고 있다. 천지는 캄캄하게 막혀 있고, 인욕이 세상에 가득 흘러넘치니 그 속으로 빠져들지 않은 자가 거의 몇 명 되지 않는다. 오직 이러함에도 오늘날 사람들은 홍수와 가뭄을 만나면 모임會을 만들어 구휼을 생각하고, 병란과 약탈을 당하면 단團을 훈련하여 보위를 도모한다. 그런데도 유독 청년 도덕의 타락에 대해서는 그 폐단이 홍수와 맹수보다 심한데도 모임을 설립하여 바로잡을 줄 모른다. 이는 다만 유형의 재앙만 방어할 줄 알고, 무형의 재앙을 없앨 줄은 모르는 것이 아닌가? 동인들이 이런 상황을 깊이 살펴서 공교청년회를 설립하고 먼저 경전 강의를 마련했고, 음악, 기예技藝, 체육 각 과목은 공문孔門에서 행한 육예六藝[7]의 뜻을 빌려 거기에 부합되게 했다. 일단 효과를 거두도록 일처리를 해나가면서 다시 학교와 도서관 등을 설립하여 우리나라 청년들이 모두 공자의 도道를 이해하고 고상한 학술의 훈도를 받을 수 있게 하겠다. 그리하여 또 사회 악습은 가까이해서는 안 되고, 사악한 학설과 포악한 행동은 배척해야 함을 알게 되었으면 좋겠다. 그리하여 세상 운수의 재난이 혹시라도 무형에서부터 사라질 수 있기를 바란다. 오늘날에도 모임이 많지만 대부분은 모두 오락에 편중되어 있고, 청년들의 도덕에 중점을 둔 모임은 매우 드물다. 오직 공자의 도만이 해와 달처럼 하늘을 꿰뚫고, 강물처럼 땅 위를 흘러간다. 우리는 잠시라도 벗어나서는 안 된다. 이 공교청년회가 성립되면 반드시 청년들을 정도로 이끌고 민심과 세도世道에 도움을 주는 사람이 나타날 것이다. 또 공자는 일찍이 "후생가외"後生可畏[8]라고 말했다. 또 "글로 벗을 모으고, 벗으로 인仁을 돕는다"[9]라고 말했다. 우리 청년회 설립은 공자의 이런 뜻을 체화體化한 것이다. 이 나라 군자들도 어쩌면 이에 대한 소식을 기쁘게 듣지 않겠는가?!

병. 상하이 공교청년회 문회 설립 연유[10]

지금 시험 삼아 묻겠다. 비단 옷을 부드럽게 끌고 흰 분칠에 검은 눈썹을
한 미녀가 봉두난발을 하고 거친 옷을 입은 추녀와 다른 까닭이 있는가?
또 시험 삼아 묻겠다. 생선 요리와 살찐 고기 음식을 먹고 반짝이는 금박
에 심취하는 일이 미숫가루와 명아주국을 마시는 일과 다른 까닭이 있는
가? 이것은 눈 밝은 이루[11]나 요리에 뛰어난 역아[12]에게 물어보지 않아도
모두 잘 아는 일일 것이다. 비록 그렇지만 세상에는 무염[13] 같은 추녀를
화장시켜 서시[14] 같은 미녀와 대결하려는 사람도 있다. 또 맛있는 육류를
오랫동안 배불리 먹다가 우연히 소라와 대합을 생각하는 사람도 있다. 이
런 것이 어찌 진정으로 사람의 눈을 멀게 하는 미색일 것이며, 사람의 창
자를 썩게 하는 진수성찬이겠는가? 이 또한 화장과 요리의 지나친 번잡함
에 불과하지 않겠는가? 우리나라의 문장은 본래 아름다운 서시나 맛있는
고기와 같았다. 통달한 인재와 위대한 학자 중에서 정밀한 생각을 가다듬
으며 늙을 때까지 기운을 다 바친 사람이라 해도 겨우 열에 일고여덟을 얻
을 수 있을 뿐이다. 이보다 아래에 속한 사람은 혹시 자세히 살펴도 사물
을 보지 못하고, 뒤에 태어난 하찮은 유생들은 자신이 갈 길을 배우지 못
한 채 다만 수천수만 개의 문 앞에 무지몽매하게 서서 그곳 계단으로는 올
라갈 수 없다고 여긴다. 그런즉 틀림없이 뒤나 돌아보며 퇴각하게 될 것이
다. 이 때문에 나는 이런 상황을 군인이 전투에 나가는 걸 두려워하고, 여
성이 아이 낳는 걸 두려워하고, 승려가 열반을 두려워하고, 과거 응시생이
과거시험을 두려워하는 일이라 생각한다. 이는 모두 매우 기괴한 일이지
만 현실 상황을 살펴보면 이치상 있을 수 있는 일이다. 상하이는 남북 교

통의 요지인지라 청년들이 억만에 이르고 학교도 숲처럼 많다. 국내의 유명 노학자들 중에서 이곳에 거주하는 사람은 모두 덕망이 있고 문장에 능하므로 가슴속에 축적한 지식으로 후진을 인도하고 격려하기를 꺼리지 않으며, 후진들도 일제히 그를 종장崇匠으로 받든다. 만약 가정 안에 현명한 부형이 있고 또 널리 좋은 스승과 유익한 벗을 맞아들여 자제들의 타산지석他山之石으로 삼을 수 있으면, 위장유[15]나 안지추[16] 같은 여러 현인도 이보다 앞설 수 없을 것이다. 대저 천하대사의 결과는 그 원인에 따라 발생하고, 또 그 호응은 부르는 소리에 따라 응답하기 마련이다. 이곳의 최근 기풍을 살펴보면 중원의 문화가 실로 머리칼 하나로도 엄청난 무게를 들어 올리는 힘을 갖추고 있음을 알 수 있다. 뛰어난 인재도 틀림없이 발군의 실력을 갖추고 때에 맞게 일어날 것이다. 이런 때에 함께 모여 회會를 만들지 않으면 목소리와 기운을 소통할 수 없고, 증거로 징험하지 않으면 명예를 밝게 드러낼 수 없고, 권장하여 제창하지 않으면 나아가 쟁취함이 신속할 수 없고, 보고 느끼는 바가 신령하지 못할 것이다. 『주역』에 이르기를 "군자는 벗과 더불어 강습한다"[17]라 했고, 『논어』에 이르기를 "군자는 문장으로 벗을 모은다"[18]라고 했다. 가만히 이러한 뜻에 근본을 두고 대중에게 호소하여 그들로 하여금 눈을 닦고 서시를 볼 수 있게 하고, 입을 열고 맛있는 고기 먹을 생각을 하게 하면서 이 세상에 이런 일을 추구하는 사람이 많음을 알게 하고자 한다. 동인들이 불민해도 수건을 잡고 지분脂粉을 받들어 미인을 위해 화장을 재촉하고, 쏜살같이 연락하며 훌륭한 요리사를 위해 여덟 가지 진미를 보내는 일을 할 수 있는데, 이 또한 어찌 사양할 수 있겠는가? (장정章程은 생략했음.)

정. '이에 대해 기쁘게 듣다'라는 편지에 대한 답장[19]

멘즈 선생 족하. N일을 만나지 못하니 M가을 동안 떨어져 있는 듯합니다. 확실한 숫자를 자세히 알지 못하여 서양 글자를 썼습니다. 그러나 선비족鮮卑族의 말이 안지추 공에게서도 버려지지 않았는데,[20] 로마 글자가 어찌 갑자기 공교孔教에 어긋나겠습니까? '뛰어난 인재'들이 비웃지나 않으면 다행이겠습니다. 개탄스럽게도 홍수와 맹수가 횡행한 이후로 황제黃帝의 신령은 슬프게 신음했고, 예악은 모두 오랑캐 변발과 함께 무너졌으며, 성정性情은 전족과 함께 모두 방자해졌습니다. ABCD는 학교에서 극성스럽게 읽히는데, 지호자야之乎者也[21]는 붓끝에서 점차 사라지고 있습니다. 이로써 "인심이 피폐하고 도덕이 타락하는" 지경에 이르렀습니다. 진실로 가시밭길을 걷는 때를 만났으니 어찌 하늘이 무너질 것을 근심하는 일에 그치겠습니까? 다행히 상하이 조계租界에 공께서 기거하시며 서양 사람들의 마당에서 성현의 도를 전하고 계십니다. 이에 뗏목을 타고 바다를 떠돌[22] 필요도 없이 문득 시대의 목탁이 되신 것입니다.[23] 이로부터 노숙한 분들은 목소리를 밝게 울리며 '관관저구關關雎鳩[24]'를 읊을 것이고, 멋진 남자들은 모두 운집하여[25] 마치 황허처럼 드넓게 늘어설 것입니다. 사악한 학설은 곧 제거되고, 재난도 점점 잦아들 것입니다. 유구한 선조들의 가르침이 천추만대까지 전해질 것입니다. 다만 '예禮'에 대한 '강의를 펼치면서도' 공문孔門과 다소 다르게 하고, 모임의 이름을 '청년'이라 붙여 대략 예수교를 모방한 것이 안타깝습니다. 오랑캐 것을 사용하여 중화를 변화시킨 일에 대해서[26] 공자께서는 일찍이 잠을 이루지 못했고, 묵가墨家를 끌어와 유가에 편입하자 아무개 공이 이 때문에 얼굴을 돌렸습니다.[27] 그러나 그건 말할 필요도 없으니 하늘이 무슨 말을 합니까?[28] 이는 당연한 일이니 성인은 때에 맞게 행동하는 법입니다.[29] 하물며 "후생은 두려워할 만하므로" 그들의 눈에는 장차 서시西施만 보일 것이요, "벗으로써 인仁을 도우므로" 먼저 가슴에 품은 맛있는 고기까지 내놓는 상황이야 말해 무엇하겠습니까? 이에 비록 승려라 해도 기꺼이 열반에 들 것입니다. 한 번 향시에 급제하면 과거시험에 온 정신을 집중할 것입니다. 그러니 어찌 저 수많은 출입문을 보고도 뒤를 돌아보며 퇴각할 리가 있겠습니까? 반드시 눈을 닦고 침을 삼키며 곧바로 달려 들어갈 것입니다. 문운文運이 크게 번창할 것임을 이에 점칠 만합니다. 보내 주신 편지를 받들어 읽어 보니, 내려 주신 가르침에 잠시 위안이 됩니다. 애오라지 몇 마디 답장을 올려 제 비루한 생각을 대략 말씀드렸습니다. 이 글로 "서발序跋을 겸하겠다"는 말씀은 제가 어찌 감히 바라겠습니까? 오로지 이 글로 답장이나 올려 삼가 평안하시길 빕니다. 쓸 말은 많으나 이만 줄입니다.

정묘년丁卯年 하력夏曆 11월 26일

루쉰이 삼가 아뢰었습니다

주)_____

1) 원제는 「補救世道文件四種」. 이 글은 1927년 12월 31일 상하이 『위쓰』 주간 제4권 제3기에 처음 발표되었다.

2) 원문은 '樂聞於斯'. 이 구절은 바로 다음 글 '을. 공교청년회 창설 준비 선언' 마지막 부분에 나온다. 공교청년회 창설 소식을 기쁘게 들었다는 의미다.

3) 리진밍(黎錦明, 1905~1999)은 현대 소설가다. 후난성 샹탄(湘潭) 사람으로 자는 쥔량(君亮)이다. 이 편지를 쓴 자오몐즈(招勉之)와 광둥 하이펑중학(海豊中學)에서 함께 재직했다. 『위쓰』에 글을 자주 투고했다.

4) 1924년 12월 1일 『위쓰』 제1권 제3기에 장사오위안(江紹原)이 저우쭤런에게 보내는 공개편지 「예에 관한 문제」(禮的問題)가 실렸다. 이 편지에서 그는 낡은 예교 문제를 거론하면서 저우쭤런을 '예부총장'이라고 비꼬았다. 여기에서 총장은 지금의 행정 각 부서 장관에 해당한다.

5) 자오몐즈(招勉之)는 광둥성 타이산(台山) 사람이다. 당시에 중산대학 부속 중학 사범과에서 교편을 잡고 있었다. 『위쓰』와 『망위안』 잡지의 투고자였다.

6) 원제는 「籌設孔敎靑年會宣言」.

7) 육예(六藝)는 예(禮; 예절), 악(樂; 음악), 사(射; 활쏘기), 어(御; 수레몰기), 서(書; 글씨), 수(數; 셈하기)이다.

8) 『논어』 「자한」(子罕)에 나온다. "후배는 두려워할 만하다"는 뜻으로 후배가 선배보다 뛰어남을 일컬을 때 흔히 쓰이는 말이다.

9) 『논어』 「안연」(顏淵)에 나온다. "以文會友, 以友輔仁."

10) 원제는 「上海孔敎靑年會文會緣起」.

11) 이루(離婁)는 중국 고대 전설에 나오는 눈 밝은 사람이다. 황제(黃帝) 때 혹은 춘추시대 사람이라고도 한다. 100보 밖의 털끝도 분명하게 분별했다고 한다.

12) 역아(易牙)는 중국 춘추시대 제(齊) 환공(桓公) 때의 뛰어난 요리사다. 맛을 분별하는 감각이 발달하여 치수(淄水)와 민수(澠水)의 물맛을 구별할 정도였다고 한다.

13) 무염(無鹽)은 전국시대 제(齊)나라 선왕(宣王)의 왕비 종리춘(鍾離春)이다. 추녀(醜女)였으나 직간(直諫)과 부덕(婦德)으로 왕비가 되었다. '각화무염'(刻畫無鹽)은 추녀 종리춘이 화장을 한다는 뜻으로 아무리 꾸며도 표가 나지 않음을 비유한다.

14) 서시(西施)는 춘추시대 월(越)나라 미녀다. 오(吳) 부차(夫差)에게 패배한 월 구천(勾踐)이 미인계로 서시를 부차에게 바쳤다. 오 부차는 서시에게 빠져 국사를 돌보지 않다가 결국 구천에게 패배하고 망국의 군주가 되었다.

15) 위장유(韋長孺, B.C.148~60)는 전한 선제(宣帝) 때의 유명한 유학자로 이름은 현(賢), 자가 장유다. 벼슬은 승상에 이르렀다.

16) 안지추(顏之推, 531~591)는 남북조시대 북제(北齊)의 유명한 학자이며 문학가다. 지금의 산둥성 린이(臨沂) 사람으로 자는 개(介)다. 남북조시대 혼란한 상황에서 남조의 양(梁), 북조의 북제, 북주(北周), 수(隋)에서 벼슬했다. 문자학과 음운학에 뛰어났다. 『지추집』(之推集), 『안씨가훈』(顏氏家訓) 등의 저작을 남겼다.

17) 『주역』 「태괘」(兌卦)에 나온다. "君子以朋友講習."

18) 『논어』 「안연」(顏淵)에 나온다. "君子以文會友."

19) 원문은 「樂聞於斯'的回信」.

20) 안지추의 『안씨가훈』 「교자」(敎子)에 다음과 같은 기록이 있다. "북제(北齊)의 어떤 사대부가 일찍이 나에게 말했다. '제게 아들이 하나 있고 나이가 이미 열일곱인데, 서찰

에도 상당히 뛰어납니다. 그 아이에게 선비어 및 비파 타기를 가르쳐 능통하게 되도록 힘썼습니다. 이로써 공경대부를 엎드려 섬기면 존중받지 않는 경우가 없으니 이 또한 중요한 일입니다.' 나는 당시에 고개를 숙이고 대답하지 않았다. 기이하도다! 저 사람이 아들을 가르치는 방법이여! 만약 이 일을 따라 힘쓰면 스스로 경상(卿相)의 벼슬에 이를 것이지만, 너희들은 이런 일 하기를 바라지 않는다." 여기에서도 알 수 있듯이 안지추 본인은 선비어를 배우자고 결코 주장하지 않았다. 나중에 루쉰은『풍월이야기』「'헛방' 오류 수정」('撲空'正誤)에서 이에 대해 상세한 설명을 했다.

21) 지호자야(之乎者也)는 중국 문언문 즉 한문에 가장 흔히 쓰이는 어조사다. 따라서 중국 전통 문장을 비유한다.

22)『논어』「공야장」(公冶長)에 나온다. "공자가 말했다. '도가 행해지지 않아서 뗏목을 타고 바다를 떠돌 때 나를 따를 자는 유(由)일 것이다.'"

23)『논어』「팔일」(八佾)에 나온다. "천하에 도가 사라진 지 오래되어서, 하늘이 장차 스승님을 목탁으로 삼을 것이다."

24)『시경』「주남(周南)·관저(關雎)」에 나온다. "꾸룩꾸룩 우는 물수리는 황하의 모래톱에 있네."(關關雎鳩, 在河之洲)

25) 원문은 "吉士駢塡"이다.『시경』「소남(召南)·야유사균(野有死麇)」에 "아가씨가 봄생각에 젖어드니, 멋진 남자가 그녀를 유혹했네"(有女懷春, 吉士誘之)라는 구절이 있다. '병전'(駢塡)은 사람들이 많이 모인 모양이다.

26)『맹자』「등문공」(滕文公) 상에 나온다. "나는 중화의 것으로 오랑캐를 변화시켰다는 말은 들었어도, 오랑캐에 의해 중화가 변했다는 말은 들은 적이 없다."

27) 당나라 한유(韓愈)의「불도 문창 선생님을 보내는 글」(送浮屠文暢師序)에 나온다.

28)『논어』「양화」(陽貨)에 나온다. "공자가 말했다. '하늘이 무슨 말을 하더냐? 그래도 사시는 운행하고 온갖 만물은 자라난다. 하늘이 무슨 말을 하더냐?'"

29)『맹자』「만장」(萬章) 하에 나온다. "공자는 성인 중에서 때에 맞게 행동한 사람이다."

'병과 갑' 평어[1]

편집자가 삼가 논평한다. 이것은 작년 원고인데 어째서 어제 도착했는지 모르겠다. 작자가 지금에야 부친 것일까? 아니면 길에서 1년 동안 우편으로 돌아다닌 것일까? 알 수 없다. 어리석은 내 의견에 근거해 볼 때 학자[2]는 틀릴 리가 없으므로, 대체로 열사[3]가 세상을 떠났을 때는 11세가 되어야 하고, 이는 의심할 수 없다. 내 말을 믿지 못하겠다면 올해 '정법'正法[4]을 내세운 반란 집단에 12~13세도 섞여 있지 않던가? 그러나 확실한지 여부는 알 수 없다. 모든 것은 여전히 '갑인년 늦봄'에 해당한다고 하니 연구원 교수의 밝은 가르침을 엄숙하게 서서 경청해야 할 것이다.

중화민국 16년[1927] 정묘년 늦겨울, 중라[5] 부기附記

[참고]

병과 갑

지롄季廉

학생회에서 간행한 3·18 희생자의 한 사람 웨이韋 열사의 『웨이제싼 기념집』^{韋傑三紀念集}이 도착했다. 나는 책을 펼쳐서 읽다가 「육방옹이 예사업에게 보내는 시의 제목을 빌려 『웨이 열사 기념집』에 쓰다」^{陸放翁送芮司業詩借題韋烈士紀念集}라는 량런궁^{梁任公}의 시 몇 줄을 발견했다. 그 곁에는 또 "갑인년 늦봄 치차오"^{甲寅暮春啓超}라는 여섯 글자가 씌어 있었다. 나는 이상했다. 올해(민국 15년)는 병인년^{丙寅年}이 아닌가? 어쩌면 내 기억이 틀릴 수도 있다. 이에 일력^{日曆}을 들춰보니 확실히 갑인년이 아니고 병인년이었다. 나 스스로 추산해 본 결과 웨이 열사의 희생 때 나이는 23세였다(『기념집』에 실린 천윈바오^{陳雲豹}의 「웨이 열사 행적 서술」^{韋烈士行述}에 보임). 갑인년은 열사가 희생되기 12년 전이다. 지금 만약 서기 1926년과 민국 15년으로 열사가 병인년에 희생되었음을 증명하지 않으면, 우리는 틀림없이 장스자오^{章士釗}가 『갑인』^{甲寅} 잡지를 창간한 그 해에 열사가 희생되었다고 말하게 될 것이다. 이렇게 계산하면 열사가 희생되었을 때 나이는 11세가 돼야 한다. 우리는 또 장스자오가 『갑인』 잡지를 창간한 그 해 같은 시기에 그가 돤치루이^{段祺瑞} 정부의 교육총장 혹은 사법총장이 되었다고 말할 수 있다.──이 고증은 연구계 수령이며 연구원 교수[량치차오]에게 부탁할 수밖에 없다. 대인 선생과 학자 박사들이여! 천간과 지지는 국수^{國粹}의 하나이므로 보존하고 싶으면 보존해도 무방하다. 그러나 이렇게 웃음거리로 전락한다면 보존하지 않는 것이 더 낫다. 문명의 20세기에 서기 1920 몇 년이나 민국 10 몇 년으로 연도를 표기하면 되지 그런 골동품 같은 노리개를 쓸 필요가 없다.

민국 15년 11월

주)_____

1) 원제는 「丙和甲'按語」. 이 글은 1927년 12월 31일 『위쓰』 주간 제4권 제3기 「수감록」(隨感錄) 코너 지롄(季廉)의 글 뒤에 처음 발표되었다.

2) 여기에서 학자는 량치차오(梁啓超)를 가리킨다. 광둥성 신후이(新會) 사람으로 자는 줘루(卓如), 호는 런궁(任公)이다. 청나라 말기 유신변법운동의 대표자 중 한 사람이다. 당시 정계에서 연구계(研究系) 최고지도자로 활동했고, 학계에서는 칭화대학(淸華大學) 국학연구소 교수로 재직하고 있었다.

3) 웨이제싼(韋傑三, 1903~1926)을 가리킨다. 당시 칭화대학 학생으로 청원운동에 참가했다가 '3·18참사' 때 목숨을 잃었다.

4) 1927년에 장제스(蔣介石)가 일으킨 4·12쿠데타를 가리킨다. 장제스는 법을 바르게 집행한다는 명목으로 당시 노동자, 학생, 지식인, 공산당원을 대대적으로 학살했다.

5) 중라(中拉)은 루쉰의 필명의 하나다.

'모 신문 스크랩 주석' 평어[1]

루쉰 논평 : 내가 상하이에 온 후 놀랍게 여기는 일 가운데 하나는 신문 기사가 장회소설화한 것이다. 어떤 참사를 막론하고 모두 재미있게 이야기하려 한다.——상하이식 재미다. 세력을 잃거나 재앙을 당하면 바로 비웃음을 당해야 한다.——감상거리로서 비웃음이다. 천남둔수[2]식의 부패한 '지호자야'^{之乎者也} 이외에도 오견인[3]과 이백원[4] 식의 차가운 방관자적 어투도 보태지고, 또 새로 첨가된 것들도 보태진다. 이 신문 스크랩은 충칭^{重慶}에서 부쳐 온 것인데 무슨 신문인지는 설명이 없다. 그러나 나는 땅이 우^吳[상하이]와 수^蜀[충칭]로 상이한데도 중국 정신은 동일하다는 사실에 정말 깜짝 놀랐다. 기껏해야 그가 소위 '미스'라고 한 사람이 기녀^{妓女}가 되었다거나——중국에 옛날부터 존재한 기녀일 뿐이다——그의 친구가 기방으로 한 번 놀러 간 것은 그리 적절한 행동이 아니라 하면서도 집요하게 치^祁 아무개[5]를 언급하고, 또 이념까지 언급하고, 또 치 아무개의 이름까지 조롱하고, 또 무슨 수오지심^{羞惡之心}을 이야기하고, 또 『시경』을 끌어들이고, 또 '개탄'까지 한다. 그러나 치 아무개에서 '남녀 학생'까지 비웃은

투고 책임자는 누군지 조사할 수도 없는 '소남여사'^{笑男女士}이고, 이 소식을 전한 매체는 '혁신통신사'다. 기실 이것이 어찌 "그 열에 여덟아홉이 확실히 공산분자임을 의심할 수 없다"라는 치수펀^{漆樹芬}을 비웃는 데 그치겠는가? 바로 중국이 비웃음을 당해도 충분하다. 정묘년 늦겨울 X일.

[참고]

모 신문 스크랩 주석

서우렌^{瘦蓮}

| 치
난
쉰
의
여
제
자 | 아내 공유를 크게 이야기하다
처음 칸장관^{瞰江館}에 거주할 때는
　비파를 안고 얼굴 절반을 가렸지만
지금은 샤오자오창^{小較場}에 거주하는데
　꽃 속 꾀꼬리처럼 울고 웃는다 |

혁신통신사 소식 : 얼마 전 소남여사로 서명한 사람이 원고 하나를 투고했다. 제목은 「치수펀에게 아직도 제자가 있어서 향기가 전해지다」^{漆樹芬尚有弟子傳芬芳}였다. 원문에는 다음과 같은 내용이 있다. "전 『신수바오』^{新蜀報} 주필이며 샹스췐 군대 정치부 주임 치수펀은 자가 난쉰^{南薰}이다. '3·31사건' 때 죽었지만 그가 공산당원인지 여부는 지금까지도 견해가 일치하지 않는다. 하지만 이전에 난징정부에서 공산당에 대한 지명수배령을 내렸을 때도 그의 이름이 들어 있었다. 또 그가 전에 『신수바오』에 쓴 글에도 '공산당 기미'^{共味}가 배어 있다. 그런즉 열에 여덟아홉이 확실히 공산분자임을

의심할 수 없다. 치수편은 올해 봄에 본래 모 군대 정치훈련처 주임이 되어 남녀학생을 모두 받아들였다. 천陳 아무개라는 사람도 소위 '미스'miss인데 해당 훈련처에서 수업을 받은 지 여러 날이 되었다. 모 군대가 충칭을 떠날 때 마침내 휴가를 내서 함께 떠나지 않았는데, 무슨 까닭인지 모르지만 결국 화류계로 빠져들고 말았다. 처음에는 아직 웨이魏 아무개 여단장과 소위 연애란 걸 하며 칸장루瞰江樓에서 신녀神女 같은 생활을 했다. 근래에는 공공연히 샤오자오창에 향내 나는 방을 만들어 놓고 염정艷情의 깃발을 높이 내걸었다. 문 앞에 합환화合歡花 한 그루를 심어 두자 경박한 나비와 미친 꿀벌이 그녀에게 심취하여 적지 않게 몰려왔다. 내(이 글 투고자) 친구 아무개의 말에 의하면, 그가 처음에 칸장루에서 그녀를 만났을 때는 그 자신이 서생의 면목을 갖추지 못했지만, 그녀는 여전히 '비파를 안고 얼굴 절반을 가리면서' 부끄러운 마음을 드러냈는데, 근래에 샤오자오창에서 다시 만났을 때는 꽃 속 꾀꼬리처럼 울고 웃으며 옛날의 면목과 완전히 다른 모습을 보였다고 한다. 소위 '미스' 시절을 회고해 보건대 곧바로 천 길 낭떠러지로 떨어졌다고 할 수 있다. 슬프다! 충칭 사회가 사람을 바꾸는 정도가 이와 같으니 정말 두렵지 않은가! 혹자는 이렇게 말했다. '치난쉰의 공처주의公妻主義[6]는 그가 죽은 후에도 계승자가 있게 되었다.' 희학질에 속하고 정도가 심하기는 하지만[7] 이를 보고 사람들은 탄식을 내뱉지 않을 수 없다."

  (주석) '3·31사건'(식자공은 주의하기 바란다. '3·31사건案'이지 '3·31참사慘案'가 아니다. 충칭에서는 이런 호칭을 허가하지 않고 있기 때문이다)은 대중화大中華 16년 3월 31일 충칭 각계가 다창바打槍壩에서 시민대회를 열고, 영국군 함대의 난징 포격에 반대할 때, 대회 도중 소위 폭도 수백 명이 대

회장으로 들어와 군도軍刀, 쇠채찍, 권총…… 등으로 사람을 한바탕 난타하고 모든 걸 박살내어 참으로 볼만한 광경을 연출한 일을 가리킨다. 그 결과 남녀 학생, 초등학생, 시민들이 모두 200여 명 목숨을 잃었다.

(또 주석) 치 아무개는 생전에 아내 공유公妻를 크게 이야기했다는데(애석하게도 나는 여태껏 본 적도 들은 적도 없다), 죽은 후에도 제자(게다가 여자 제자)가 그 도道를 전하게 되어 사람은 죽었지만 그 도는 여전히 살아 있으니, 정말 죽어도 산 것과 같다고 할 수 있다. 그러나 이 고족제자高足弟子 미스 천陳에 대해서 나는 일찍이 그녀가 몸담았던 군대의 여성 훈육관에게 물어본 적이 있다. 그런데 전혀 그런 사람이 없었다고 하며 혹시 성을 바꿨을 수도 있다고 했다. 그러나 이 뉴스에 나오는 기자 나으리께서 분명하게 말씀을 한 적이 없기 때문에 나는 여기에 또 주석 한 단락을 달아 둘 수밖에 없다.

(다시 주석) '공미'共昧란 공산주의 색채다. 치 아무개가 일찍이 '학생은 입당해서는 안 된다'라는 글을 한 편 지은 적이 있기 때문에 이런 말을 썼다.

(달지 않아도 될 주석) 이 서신이 만약 투고가 가능하다면 발표 여부는 당신의 특권이다.

정묘년 중동仲冬 무진일戊辰日

위저우渝州 서우롄이 삼가 주석을 달다

주)_____

1) 원제는 「'某報剪注'按語」. 이 글은 1928년 1월 21일 『위쓰』 주간 제4권 제6기 「모 신문 스크랩 주석」(某報剪注) 뒤에 처음 실렸다.
2) 천남둔수(天南遯叟)는 청나라 말기 작가 왕도(王韜, 1828~1897)의 호다. 홍콩 『순환일

보』의 편집장을 지낸 적이 있다. 필기소설 『둔굴란언』(遁窟讕言), 『송은만록』(淞隱漫錄) 등을 남겼다.

3) 오견인(吳趼人, 1866~1910)은 청나라 말기 소설가다. 본명은 옥요(沃堯), 자는 견인이다. 『이십 년 동안 목도한 이상한 현상』(二十年目睹之怪現狀) 등의 작품을 남겼다.

4) 이백원(李伯元, 1867~1906)은 청나라 말기 소설가다. 본명은 보가(寶嘉), 자는 백원이다. 『관장현형기』(官場現形記) 등의 작품을 남겼다.

5) 치(漆) 아무개는 치수펀(漆樹芬, 1892~1927)을 가리킨다. 자는 난쉰(南薰)이며 일본 교토제국대학을 졸업한 후 경제학자로 활동했다. 1926년 쓰촨(四川)군벌 샹스쥔(向士俊)의 정치부 주임에 임명되어 『신수바오』(新蜀報)를 주관했다. 1927년 충칭에서 발생한 3·31참사 때 피살되었다. 저서로 『제국주의 경제 침략 하의 중국』(帝國主義經濟侵略下之中國) 등이 있다.

6) 공처주의(公妻主義)는 아내를 공유한다는 의미로 흔히 공산주의자를 비난하는 말로 쓰였다. 공산주의는 재산뿐만 아니라 아내까지 공유한다고 왜곡했다.

7) 원문은 '雖屬謔而虐兮'. 『시경』 「위풍(衛風)·기욱(淇奧)」에 나온다. "관대하고 여유 있는 모습으로 수레 옆나무에 기대시네. 회학질도 잘 하지만 지나치지는 않으시네."(寬兮綽兮, 猗重較兮. 善戲謔兮, 不爲虐兮)

'행로난' 평어[1]

루쉰 논평 : 작년 이후로 나는 비슷한 일을 아주 많이 들었다. 어떤 광둥 친구는 내게 또 이렇게 말했다. "자네의 「홍콩에 관한 간략한 이야기」略談香港와 같은 글은 정말 좀 발표해야 하긴 하지만 영국인에게는 조금도 손해를 끼치지 못했네." 나는 그의 말이 진실이라고 굳게 믿었다. 올해 상하이로 와서 큰 다리 위에서 한 번 검문을 당한 적이 있다. 그러나 홍콩처럼 사납지 않았다. 소문을 들으니 내지內地 몇 곳은 조계租界보다 삼엄하다고 한다. 여관에서도 경찰이 한밤중에 들어올 수 있고, 글을 쓰려면 연구를 해야 한다고 한다. 내 동향同鄕 한 사람은 여관에서 요약문 한 장을 쓸 때, 수배령이 내린 자신의 형을 보호하려 했는데, 요약문을 다 쓰지도 못하고 잡혀갔다고 한다. 신문에 대해서도 어찌 검열을 하지 않겠는가? 삭제된 부분이 여러 곳이어도 공백으로 남겨 두는 건 허용되지 않는다. 왜냐하면 공백으로 남겨 놓게 되면 독자들이 그들의 압제를 간파할 수 있기 때문이다. 홍콩에서는 아직도 공백으로 남겨 놓는다. 이런 점에서 나는 영국인들이 우리 중국 동포의 세밀함에 미치지 못한다고 말하지 않을 수 없다. 따라서

남들이 자신을 사람으로 인정해 주기를 바란다면 모름지기 자신의 나라에서 먼저 자신의 인격을 쟁취해야 한다. 그렇지 않으면 이후 양인洋人과 군벌이 연합하여 착취할 때 중국 곳곳은 모두 홍콩처럼 되거나 그보다 더욱 심하게 될 것이다.

음력 제야, 상하이 원근 폭죽 소리 속에서 쓰다

[참고]
'행로난'

루쉰 선생님 :

몇 번인가 선생님께 편지를 쓰려 했지만 늘 여러 가지 어려움 때문에 그만두곤 했습니다. 그러나 오늘은 평탄한 도로에서 몇 번이나 장애물을 만나 거의 머리가 깨지고 피가 흘렀습니다. 이번에는 저도 더 이상 참을 수 없었습니다. 거처로 돌아와서 전등을 켜고 붓을 들고 숨을 씩씩거리며 어찌됐든 글을 써서 부치지 않으면 안 되겠다는 결심을 하게 되었습니다.

선생님께서도 아실 겁니다. 우리 남쪽나라의 풍광이 아름답고 상업이 번성한 한 작은 섬이 바로 현재 영국 양대인洋大人들의 관리를 받아 유지되고 있는 홍콩이라는 사실을 말입니다. 선생님께서 광저우에서 상하이로 돌아가려고 이곳을 거쳐 갈 때 우리 몇몇 가련한 동포는 또 선생님께 베풀 은혜를 양대인에게 주청했을 수도 있습니다. 선생님께선 미안하게 생각하며 『위쓰』 잡지 지면으로 감사 인사를 끊임없이 표했지요. 물론 저도 마찬가지로 『위쓰』의 작은 공간을 빌려 홍콩에 살고 있는 우리 가련한 동포들께 감사의 인사를 드리고자 합니다!

저는 산터우汕頭에서 홍콩으로 온 지 겨우 2개월이 되었습니다. 이 짧은 기간에 제 마음은 마치 실연한 것과 같은 쓰린 고통을 겪었습니다. 왜냐하면 어느 날 우연히 거리에서 『신중국보』新中國報 1부를 사가지고 와서 부간副刊을 읽다가 글 가운데 '검열당했다'被檢去란 글자가 가로로 크게 쓰여 있는 걸 보았기 때문입니다. 나는 처음에 영문을 알 수 없었지만 이후 대략 문장을 읽다가 비로소 삭제된 글에서 다룬 것이 사회 경제 문제 및 여성 정절 문제와 좀 관련이 있다는 사실을 알게 되었습니다. 나는 실제로 대담하게도 「중국 근대문예와 연애 문제」中國近代文藝與戀愛問題라는 글을 지어 『대광보』大光報 부간 「다줴」大覺에 투고했습니다. 이틀도 되지 않아서 이 신문의 기자가 제게 답장 한 통을 보내왔습니다. 그는 제가 쓴 그 글이 검열관에 의해 4쪽이나 삭제되어 게재할 방법이 없다고 했습니다. 또 이렇게 말했습니다. "몇 번 교섭을 해봤지만 끝내 원고를 돌려받지 못했습니다." 저는 말문이 막힐 정도로 화가 났습니다. 이건 정말 제 심혈을 유린하는 악마에 다름 아닙니다. 저는 또 친구에게 물어서 이 검열 업무를 모두 우리 동포(고등 중국인)가 담당하고 있다는 사실을 알게 되었습니다. 아울러 다음과 같은 내막도 알게 되었습니다. 즉 검열할 때 신문사에서 그 검열관에게 사례금을 얼마 집어주든가 매월 일정한 보수를 지급하면 검열관이 참작할 여지가 생긴다는 것입니다. 이것은 고등 중국인에 해당하는 우리 동포의 좋은 점이라 하지 않을 수 없습니다!

저도 정말 올해 들어 선생님처럼 화개운2)을 만난 것 같습니다. 그렇지 않다면 이런 지경에 빠질 수 없을 것입니다. 친구 두 명과 완쯔彎仔 지역으로부터 홍콩으로 오는 큰길 위 즉 빅토리아 부두 근처에서 뜻밖에도 우리 동포 3~4명에게 붙잡혔습니다. 그들은 우리에게 상세한 질문을 몇 차례 하고 또 손으로 우리의 어깨에서 대퇴부까지 더듬었고, 또 허리띠를 따라가며 잡아당겨서 우리의 바지가 거의 벗어지게 되었습니다. 우리는 부득이하게 그들에게 간절히 이렇게 말을 해야 했습니다. "이렇게까지 수색하지는 마십시오. 우리는 모두 독서인입니다!"

"허! 그게 무서운 거야! 공산당도 대부분 독서인이야." 그리고 그들은 제 손에 들려 있던 원고 몇 권을 의심스럽게 낚아채 가서 좀 살펴보다가 제게 이렇게 물었습니다. "이거 무슨 선언문인가?"

"무슨 선언문요? 이건 제 친구의 원고입니다." 저는 이렇게 대답했습니다. 그러나 그들은 끝내 믿지 못하고 손으로 원고지 몇 쪽을 뜯어냈습니다. 이에 따라 글자도 갈기갈기 찢겨 나갔습니다. 나는 한순간 화가 나서 주먹을 쥐고 그들의 콧등을 후려갈기고 싶었습니다. 그러나 눈을 돌려 살펴보니 그들의 엉덩이에 흉악한 서양 총이 꽂혀 있었습니다. 저는 멍청하게도 무저항주의의 마비된 물건이 될 수밖에 없었습니다. 이런 상황이 20~30분 정도 이어지고 나서야 비로소 우리가 그곳을 떠나도 된다고 허락이 떨어졌습니다.

이런 일이 몇 번이나 연속해서 발생했고, 마지막 한 번은 그들이 마침내 저를 큰 집(경찰청과 같았음)으로 끌고 가서 심문을 했습니다. 그들은 제가 호주머니에 작은 칼(이건 내가 편지봉투나 종이를 자를 때 늘 쓰는 물건임) 한 자루를 넣어 다닌다고 트집을 잡았습니다. 또 제가 지니고 있던 다이어리 중간에 몇몇 친구 이름과 연락처가 기재되어 있는 것을 보고 제가 비밀 조직의 영수일지도 모른다고 추정했고, 결국은 그들을 따라가야만 했습니다. 5~6리 정도 가자 큰 집에 도착했는데, 그곳에는 양복을 입은 우리의 고

등 동포 한 분만 있었습니다. 그는 제 앞에 서서 한 차례 질문을 던지고는 그제야 저를 석방했습니다. 당시에 저는 울지도 못하고 웃지도 못하는 상황이었습니다. 거처로 돌아와 침대에 누워 천정을 멍하니 바라보자 마음속 고통이 한바탕 뼈에까지 사무쳤습니다. 이에 고통을 참으며 선생님께 이 편지를 씁니다. 장차 이 편지를 널리 퍼뜨려 국민들에게 알려 주시길 바랍니다.

이백李白은 이렇게 탄식했습니다. "촉蜀으로 가는 길의 험난함은 하늘로 오르는 것보다 심하다."[3] 그러나 이처럼 평탄한 홍콩의 대로도 이와 같이 다니기가 어려우니 이 또한 기괴한 일이라 할 만합니다! 저는 오늘 이후로도 홍콩을 떠나지 않겠지만, 저 다니기 어려운 대로로는 다니지 않을 작정입니다. 선생님께서는 제 결심이 좋다고 생각하십니까?

1월 12일 홍콩에서, 루셴취안陸仙泉

주)_____

1) 원제는 「行路難」按語」. 이 글은 1928년 1월 28일 『위쓰』 주간 제4권 제7기 '통신' 코너 「행로난」이란 문장 뒤에 처음 실렸다.

2) 화개운(華蓋運). 화개는 본래 임금이나 귀인들이 쓰던 화려한 일산(日傘)이다. 여기에서는 '화개운'(華蓋運)을 말한다. 스님이 화개운을 만나면 머리에 후광이 덮이는 것으로 간주되어 성불할 조짐으로 보지만, 속인들이 화개운을 만나면 화개의 무게를 감당할 수 없어 머리가 깨지게 되므로, 운명이 막히고 불운하게 된다고 한다. 『화개집』 「제기」(題記) 참조.

3) 이백의 「촉도난」(蜀道難)에 나오는 구절이다.

'표점부호 금지'에 대한 평어[1]

편집자 논평 : 이것은 작은 기사일 뿐이지만 나에게는 의미 있는 글로 느껴진다. 중국은 이후 장차 영어를 가져와서 백화 및 표점부호 사용을 금지할 것이지만, 이것이 바로 '국수國粹를 보존하는 것이다.' 일부 동포는 마음속으로 백화를 원수처럼 미워하지만 '국수'와 '영어'의 한계는 이미 사라졌다.

제야, 추관楮冠 부기附記

[참고]

표점부호 금지

어제 교육부 선발시험이 진행되었다. 주임 시험관이 문제를 낸 후 모 과장이 즉시 시험장에 와서 훈계를 했다. "여러분! 표점부호를 사용하면 안 됩니다. 표점부호는 백화문을 지을 때 쓰는 부호이기 때문입니다. 그러나 중국 문장의 phrase and clause(그는 영어를 쓸 때 특히 엄격한 표정을 짓는다)는 아주 복잡하기 때문에 구두점이 없으면 독자가 '문장만 보고 터무니없이 뜻을 유추하는'望文生意 곤란함에 빠지게 됩니다. 하지만 여러분은 전통적인 구두점만 사용해야지, colon, semicolon, question mark, and so on and so forth 등을 사용하면 안 됩니다."

모 과장의 의도는 중국 문장에 표점부호를 사용하는 건 애석하게도 이미 백화문으로 문장을 짓게 된 학계 비적들이 먼저 쓰고 있기 때문에 오염을 피하기 위해 4천 년 동안 선조들께서 전해 주신 구두점만 쓰자는 것이다.

1927년 12월 24일(시험이 끝난 후 둘째 날),

첸쩌민錢澤民이 베이징에서 쓰다

주)_____

1) 원제는 「禁止標點符號'按語」. 이 글은 1928년 1월 28일 『위쓰』 주간 제4권 제7기 「수감록」 코너 「표점부호 금지」(禁止標點符號)란 문장 뒤에 처음 실렸다.

지롄이 보내온 편지에 대한 평어[1]

우리는 상하이의 신세를 지고 살면서도 무슨 "시험과 관련된 경위"나 "법이 확립된 후에 은혜를 안다"[2] 따위의 제목을 신문에서 그다지 자주 보지 못했다. 하지만 소문들을 우연히 들으니 "그런 혐의와 관련되었거나" "대학 시험에서 백화문을 쓰는 사람은 모두 뽑지 않는다"는 등의 말이 떠돌고 있다. 그러나 이런 소문의 진위는 알 수 없다. 이 때문에 내 주위가 '캄캄한지' 아니면 '환한'지조차 알려 드릴 방법이 없다. 근래에 이곳 '혁명문학가'가 '위쓰파'語絲派 사람들이 베이징에서 취생몽사醉生夢死 하느라 '혁명'에 나서지 못한다고 성토하며 대포로 베이징을 때려 부수지 못함을 안타까워하고 있다.[3] 그럼 이곳이 대체로 좋다는 것인가? 그렇지 않다면 그들은 왜 저처럼 위세를 부리고 있는 것일까?

새봄에, 상하이를 떠도는 기자旅滬記者

통신

제 나이는 스물다섯 살입니다. 민국 원년[1912]부터 서기西紀를 사용했으므로 지금까지 벌써 열일곱번째 설을 쇤 셈이 됩니다.——아니 서른네번째 설을 쇠었습니다. 왜냐하면 양력으로 설을 쇠면서도 관례에 따라 음력으로도 설을 쇠어야 했기 때문입니다. 설을 쇠면 한 살 더 먹는다는 계산법을 따른다면 저는 지금 (일 년에 설을 두 번 쇠므로) 서른아홉 살이 되어야 합니다. 그럼 "인생은 일흔을 사는 사람이 드물다"라고 하지만 민국에서는 전혀 '드물지' 않게 될 것입니다. 오늘 또 음력 제야를 맞아 하늘 끝을 떠도는 몸이 되니 제 슬픈 신세에 다소 탄식이 우러납니다. 제 슬픔을 풀기 위해 손 가는 대로 책상머리의 지난 신문을 뒤적이며 답답한 마음을 해소하려 합니다. 뜻밖에도 좋은 자료가 적지 않게 발견되었습니다. 지금 삼가 종류를 나누고 베껴서 첨부해 드리오니 기자 선생들께서 이것을 국민들에게 공포하여 "예교를 성대히 밝히려는 대원수大元帥의 지극한 뜻을" 받들고, 또 학풍을 정비하려는 류劉 교육총장의 고뇌에 찬 마음을 널리 밝힐 수 있기를 간절히 바랍니다.

(1) 예제(禮制)에 관하여

▲ 예제관이 창립되어 판푸潘復 등이 연설하다

베이징 소식 : 예제관이 어제 오후 2시에 창립식을 거행했다. 각료회의가 끝난 후 판푸 및 각 각료가 모두 참석했다. 먼저 총재인 판푸와 부총재 선루이린沈瑞麟이 치사를 했고, 교육총장 류저劉哲도 연설을 했다. 다음으로

편집장 장한江瀚이 답사를 했다. 3시경이 되어서야 비로소 폐회를 했다. 여기에 판, 선, 장 등의 연설문을 게재한다.

① 총재 치사 : 중국은 예교禮敎로 나라를 세워 세상을 경륜하고 만물을 주재했습니다. 자신을 수양하고 남을 다스리는 도道는 예禮보다 중대한 것이 없습니다. 크게는 하늘, 땅, 백성, 만물에서, 작게는 보고, 듣고, 말하고, 행동하는 일에 이르기까지 하나같이 예를 귀의처로 삼았습니다. 예교가 침체되고 나서 법치가 처음 생겼습니다. 그러나 법이란 다스림을 돕는 도구이지 다스림의 근본은 아닙니다. 민국이 건국된 지 10여 년이 지났지만 예제를 버려 둔 채 이야기하지 않고 있으니 진실로 큰 유감입니다. 여러 해 동안 변란이 그치지 않게 된 것도 처음부터 여기에서 말미암지 않음이 없었습니다. 그 뚜렷한 사례를 들어 보겠습니다. 혼례, 상례, 제례, 장례의 의식, 공사公私의 관복 제도와 같은 것에 명백한 규정이 없어서 백성이 대부분 따를 방법이 없습니다. 그러니 어떻게 외관을 엄숙하게 하고 백성의 뜻을 안정시킬 수 있겠습니까? 하물며 옛 성인께서 나라를 경륜하던 정밀한 뜻이야 더 말해 무엇하겠습니까? 지금 대원수께서 여기에 비춰 신중하게 예제를 현재의 급무로 삼아 예제관을 열고 빈객을 맞아들이셨습니다. 한 세대의 유명 학자들을 두루 초빙하여 예악제도를 함께 논의하니 그 발단이 광대하고 기획 의도가 심원합니다. 여러 군자들은 모두 위대한 유학자에 뛰어난 석학이시라 고금 예악의 타당함에 대해 평소에 연구를 계속하여 틀림없이 일찍부터 축적한 소양에 바탕을 두고 상세하게 고찰을 할 수 있었을 겁니다. 이에 위대한 의론을 펼치며 나라의 빛을 선양할 수 있게 되었습니다. 비루한 이 사람도 몸소 이 성대한 대회에 참여할 수 있게 되었으니 기쁘고 다행스러운 마음 어찌 이길 수 있겠습니까?

② 부총재 치사 : 방금 판 총재님께서 말씀하신 지극히 공명정대한 뜻을 듣고 보니 비루한 이 사람은 탄복의 마음을 이길 수 없습니다. 옛날 성군께서 예禮를 제정한 까닭은 백성을 하나의 규범으로 묶어 놓기 위한 것입니다. 이 때문에 예란 민심을 바로잡고 풍속을 정하고 상하의 도리를 밝히기 위한 것이라고 말합니다. 후세에는 예교가 분명하지 못하여 이에 따라 대란大亂이 발생했습니다. 오늘날 예禮를 논의하고 악樂을 바로잡는 일에 대해서 천박한 견해를 가진 자들은 거의 웃음거리로 여기는데 이는 근본을 도모할 줄 모르는 짓이니 어찌 예악을 버려 두고 강구하지 않을 수 있겠습니까? 마침내 사람들로 하여금 근본을 바르게 하고 원천을 맑게 할 뜻을 갖게 할 수 있다면 경전을 벗어나고 도를 배반하는 학설이 어찌 생길 수 있겠으며, 또 붉은 패거리의 만연을 어찌 근심할 수 있겠습니까? 예는 시대와 함께 변해야 하고, 시속에 마땅한 것을 참작하여 지금 통행될 수 있는 제도를 제정해야 합니다. 그럼 사람들의 이목이 놀라지 않을 것이고, 정밀한 뜻이 그 사이에 깃들 것입니다. 증曾 문정공文正公[증국번曾國藩]이 말한 소위 "오늘날 관복冠服을 입고 무릎을 꿇는 일상 예절은 모두 옛날 인의와 등급에 따라 정확성을 기하던 예법"과 부합한다는 것이 그것입니다. 비루한 이 사람은 학식이 고루한데도 다행히 여러 군자들과 한 집에서 머리를 모아 감히 한 가지 어리석은 계책이라도 바칠 수 있게 되었습니다. 훌륭한 군자들께서 가르침을 베풀어 주시면 큰 행운이겠습니다.

③ 편집장 답사 : 방금 총재님과 부총재님 그리고 류 교육총장님께서 펼치신 고담준론을 들으며 무한한 탄복에 젖어들었습니다. 공화국을 건국한 이래로 예제를 바로잡은 지가 이미 네 차례입니다. 첫째, 민국 3년[1914] 정사당政事堂이 건립되었고, 또 그것을 예제관이라 부르기도 했지만 5년 만

에 중단했습니다. 둘째, 민국 6년[1917] 여름에 내무부 예속사禮俗司 주관으로 예제를 편찬·교정한 일입니다. 셋째, 민국 9년 가을에 국무원 내무부가 합동으로 설립한 예제수정처修訂禮制處를 민국 10년 겨울에 비용 삭감으로 폐지한 일입니다. 넷째, 민국 14년 내무부가 설립 비준을 요청한 예제편찬회禮制編纂會를 지금 이 예제관을 법령에 따라 설립한 후 폐지한 일입니다. 전후 편찬 수정 제안을 모두 계산해 보면 10여 종 아래로 내려가지 않습니다. 이미 공표한 것도 있고, 아직 공표하지 않은 것도 있도 또 원고가 장차 완성되려는 단계에서 정변 때문에 아직 올리지 않은 것도 있습니다. 황제의 수레에 비유하자면 장식 없는 바퀴는 이미 마련했으므로 순서에 따라 힘써 노력하면 수레의 완성을 쉽게 볼 수 있는 것과 같습니다. 옛 기록에도 이르기를 "사람이 예를 갖추면 편안하고, 예를 갖추지 못하면 위험하다"[4] 라고 했습니다. 지금 대원수께서는 사려가 깊고 원대하여 간절한 마음으로 예악을 제정함으로써 민심을 아름답게 도야하고 기운을 돌이키려는 급한 일을 추진하고 계십니다. 원근 사람들이 이 소식을 들으면 그 누가 감격하지 않겠습니까? 이 일을 담당하는 동인들은 먼저 앞서 편찬한 각 원고를 공동으로 연구해야 합니다. 만약 빠진 것이 있으면 보태고, 여러 방책과 힘을 모아 반년 이내에 이 일을 완수하여 대원수께서 예교를 성대히 밝히려는 지극한 뜻에 부응할 수 있기를 바랍니다. 아직까지 미진한 모든 일은 총재, 부총재와 여러 군자들께서 수시로 지도해 주시면 다행이겠습니다. (민국 16년 11월 18일 『다궁바오』大公報)

▲ 베이징공교회北京孔教會가 어제 하늘에 제사를 올리다

제례가 끝난 후 천환장陳煥章, 장팅젠張廷健, 장팅구이張廷桂 등이 경서를 크게 강의하다. (11월 24일 『다궁바오』)

(2) 시험에 관한 것. 시험 제목이 날짜 순서로 신문에 보인다. 아래에 열거함.

▲ 교육부는 어제 민국대학民國大學 시험을 시행했다. 국문 제목은 "법이 확립된 후에 은혜를 안다"였다.

▲ 교육부는 어제 평민대학平民大學 시험을 시행했다. 국문 제목은 "사람들과 사귀는 일은 신의에 그친다"였다.

▲ 교육부는 어제 중국대학中國大學 시험을 시행했다. 국문 제목은 "맹자는 사악한 학설이 횡행하는 현상을 홍수, 맹수와 나란하게 취급했는데, 그 해악의 소재를 논하라"였다.

▲ 교육부는 퉁차이상업전문학교通才商專學校 입학생 선발을 시행했다. 제목은 "상업에 두루 통하는 건 노동을 배려하는 것이다"였다.

▲ 교육부는 어제 중앙대학中央大學 선발 입시를 시행했다. 제목은 "예의염치는 나라의 네 가지 뼈대다"였다.

이런 시험을 거치고 나면 성인의 도가 발달할 것이고, 유학도 손상되지 않을 것이고, 사악한 학설도 제거될 것이고, 민심도 옛날처럼 회복될 것이니 요·순·우·탕의 세상도 오늘날에 다시 전개될 것입니다.…… "도성에 사는" 하찮은 백성은 그 덕망에 젖어드는 것이 정말 끝이 없을 것입니다.

(3) 학생과 시험

▲ 앞서 체포된 차오양대학朝陽大學 남학생 쑨하오탄孫浩潭, 리쥐톈李菊天 등 네 명은 이미 석방되었지만, 여학생 리푸룽李芙蓉, 웨이樂毅는 조사 경과를 비교적 신중하게 처리해야 하기 때문에 일시적으로 석방하기가 쉽지 않다고 한다. (16년 11월 30일『다궁바오』)

▲ 이전에 체포된 차오양대학 남녀 학생 리쥐톈, 웨이, 리푸룽 등 10여 명

이 시험과 관련된 사정이 중요하지 않다고 하여 모두 요 며칠 전후로 석방되었다. (12월 20일 『다궁바오』)

이런 사실은 우리에게 리쥐텐, 웨이, 리푸룽 등이 군경에 체포되어 20일 동안 감금되어 있었음을 분명하게 알려 줍니다. 죄명은 "시험과 관련된 사정"이었습니다. 학풍을 정돈한다는 게 본래 이와 같은 법률 정돈이었군요. 저는 늦게 태어나서 실로 견문이 부족합니다. 기자 선생! 소문을 들으니 어떤 곳에서는 인권보장선언을 했다고 하는데 그것이 말장난에 불과한 것인지 모르겠습니다.

하늘 끝에서 세모를 맞으니 마주치는 풍경마다 슬픔이 우러납니다. 제가 25년 동안 살면서 39번 새해를 맞은 사실이 슬프고, 생명의 미약함이 슬프고, 제 사방의 칠흑 같은 어둠이 슬픕니다. 또 ……이 슬픕니다.

제야, 지롄

주)_____

1) 원제는 「季廉來信按語」. 이 글은 1928년 3월 19일 『위쓰』 주간 제4권 제12기 '통신' 코너의 「지롄이 보내온 편지」 뒤에 처음 실렸다.

2) 원문은 "法立然後知恩"이다. 중국 삼국시대 제갈량(諸葛亮)의 「답법정서」(答法正書)에 나오는 구절을 조금 변형했다. "법이 행해지면 은혜를 압니다."(法行則知恩)

3) 당시 프롤레타리아 혁명문학을 주장하던 청팡우(成仿吾)는 1928년 2월 『창조월간』(創造月刊) 제1권 제9기에 「문학혁명에서 혁명문학으로」(從文學革命到革命文學)라는 글을 발표하여 '위쓰파'(語絲派)를 다음과 같이 평가했다. "그들의 표어는 '취미'다. 나는 이전에 그들이 긍지로 여기는 것이 '한가, 한가, 제3의 한가'라고 말한 적이 있다. 그들은 한가로운 부르주아를 대표하거나 북(鼓) 속에서 잠자고 있는 프티부르주아를 대표한다." 또 이렇게 말했다. "만약 베이징의 캄캄하고 독한 기운을 연기 없는 폭약으로 쓸어 없애지 않으면 그들은 아마 영원히 그렇게 살아갈 것이다." '위쓰파'는 당시 『위쓰』 잡지에 투고하던 사람들과 편집진을 통틀어 일컫는 말이다.

4) 원문은 "人有禮則安, 無禮則危". 『예기』 「곡례」(曲禮)에 나온다.

'오류 본보기' 편집자 주[1]

편집자 주 : 원작에는 사례를 많이 들었는데, 지면 관계상 좀 생략했다. 또 다른 이유 때문에 설명도 좀 줄였다. 그러나 이를 통해서도 표점본 『도화선』[2]이 가공할 만한 판본이란 사실을 알 수 있다. 마음대로 삭제한 부분에 대해서 작가의 양해를 간절히 바란다.

3월 19일 편집자

[참고]

오류 본보기

위시育熙

왕위안팡汪原放이 『홍루몽』과 『수호전』에 표점을 찍어서 서적상에게 편리한 출입문을 크게 열어 줬다. 이에 몇몇 서점 주인 및 점원들은 이 기회에 편승하여 옛 종이 더미에서 각양각색의 책을 바삐 옮겨 와 표지를 바꾸고 표점을 찍어 사방으로 팔면서 즐겁게 명예와 이익을 함께 얻고 있다. 더욱

이 쿤산昆山 사람 타오러친陶樂勤은 이 장난에 특히 열심이다.

공평하게 말하자면 표점가가 모두 왕위안팡처럼 책 선택 및 표점에 정밀한 태도를 유지한다면 상당한 공로를 세울 수 있다고 할 수 있다. 그러나 단지 돈벌이 목적으로 썩은 책을 크게 펼쳐 놓는다면 이는 고인에게 미안한 일일 뿐 아니라 독자를 기만하는 일이기도 하다. 유기징역과 같은 처분을 내려야 한다고 말할 수는 없다 해도 최소한 종아리를 매질하는 형벌에 처하여 일벌백계로 징계를 해야 모방 범죄를 방지할 수 있을 것이다.

지금 타오러친이 표점을 찍은 중국 유명 희곡 『도화선』을 예로 들어 표점 오류의 본보기를 보이고자 한다.——

타오러친이 표점한 상책上冊 30쪽:

貞麗　"堂中女, 好珠難比;
　　　學得新鶯, 恰恰啼春;
　　　鎖重門人未知."——(尾聲)

운韻이 맞는지 여부는 잠시 묻지 않기로 하고, 뜻이 통하는지 여부만 묻기로 하겠다. 만약 순조롭게 읽어 내려가려면 마땅히 다음과 같이 표점을 찍어야 한다.

貞麗　"堂中女, 好珠難比;
　　　學得新鶯恰恰啼;
　　　春鎖重門人未知."——(尾聲)

[정려 "집안의 여인, 고운 구슬로도 비견하기 어렵네;

새봄 꾀꼬리 울음을 배워서 흐느끼는 듯,

봄날 겹문을 닫고 있으니 남들은 알지 못하네."──(미성)]

또 타오가 표점한 상책 54쪽:

方域 "金粉未消亡,

　　　聞得六朝香滿,

　　　天涯煙草斷人腸,

　　　怕催花信緊;

　　　風風雨雨, 誤了春光."──(縱山月)

『도화선』은 매 절折[3] 모두 한 가지 운韻이나 통운의 방식으로 끝까지 운을 맞춘다. 이 절──「방취」訪翠는 양평성陽平聲 강운江韻을 쓰고 있는데, 첫머리에 어찌 선운先韻을 썼겠는가? 이것도 타오러친의 오류다. 응당 다음과 같이 고쳐야 한다.──

方域 "金粉未消亡,

　　　聞得六朝香.

　　　滿天涯芳草斷人腸!

　　　怕催花信緊,

　　　風風雨雨, 誤了春光."──(縱山月)

[방역 "금분이 아직 다 지워지지 않아,

　　　육조시대 향기가 피어나네.

하늘 끝 우거진 풀에 안개는 가득하여 애간장 끊어지네!

아마도 꽃소식 다급하게 재촉하는 듯;

바람 불고 비 내리며 봄빛을 앗아가네.”──(구산월)]

또 타오의 상책 49쪽:

(大笑著) 不料這侯公子倒是知己!

이 절의 제목은 「정희」偵戲다. 본래 진정생陳定生이 방밀지方密之와 모벽강冒辟疆 두 공자를 초청하여 계명태鷄鳴埭에서 술을 마실 때, 완대성阮大鍼의 희반[4]이 그의 『연자전』燕子箋을 공연하게 되었다. 완대성은 자신이 지은 곡과, 자신이 연출한 분장과, 자신의 연극반을 썼기 때문에 이 기회를 빌려 그들 몇몇 공자들의 비평이 어떤지 듣고 싶었다. 따라서 사람을 보내 물어보았다. 최초로 돌아온 탐문 결과는 공자 몇 사람이 『연자전』에 모두 호평을 내렸다는 것이었다. 이 때문에 대성은 매우 득의만만해졌다. 그러나 지금 우리는 아무도 또 한 명의 공자인 ‘후공자’侯公子가 그 자리에 있었는지, 또 왜 그가 ‘후공자’를 지기知己라 부르는지 모른다. 당초에 타오러친이 틀린 탓이다. 왜냐하면 원문에 따르면 다음과 같이 써야 하기 때문이다.──

(大笑著) 不料這班公子倒是知己!
[(크게 웃으며) 뜻밖에도 이 공자께서 도리어 지기로구나!]

이 점에 대해 타오러친은 식자공이 오류를 저질렀다고 추측하지 못했다. '班'과 '侯'는 글자 모양이 거의 비슷하기는 하지만 타오 자신은 '侯' 자 옆에 고유명사 인용을 나타내는 줄을 그어두고 있다.

이상에 거론한 것과 같은 사례는 실로 이루 다 지적할 수 없을 정도다. 이제 다시 크게 오류가 난 부분을 예로 들어 독자 여러분께 보여 드리고자 한다.——

타오의 상책 37쪽 :

"魏家干, 又是崔家干,
一處處兒同吃.
東林里丟飛箭,
西廠裏牽長線 ;
怎掩傍人眼宇,
難免同氣崔田.
同氣崔田熱,
兄弟糞爭嘗癰."

타오의 상책 111쪽에서 112쪽까지 :

"你看中原豺虎亂如麻,
都窺伺龍樓鳳闕帝王家.
有何人勤王報主,
肯把糧草缺乏?
一陣陣拍手喧嘩,

一陣陣拍手喧嘩，
百忙中教我如何答話？
好一似䴙䴘白晝鬧旗拿；
那督帥無老將，
選士皆嬌娃，
卻教俺自撐達，
卻教俺自撐達，
正騰騰殺氣，
這軍糧又蜂衙！」

위에 제시한 악곡 두 단락을 나는 먼저 타오러친에게 "스스로 읽었을 때 순조롭게 읽히는지? 아닌지?" "어떻게 읽히는지?" 물어보고 싶다. 나는 또 독자 여러분께도 양심에 따라 읽었을 때 이해할 수 있는지 여부와 읽어 내려갈 수 있는지 여부를 묻고 싶다. 만약 이해할 수 없고, 읽어 내려갈 수 없다면 아래 문장을 읽어 보시기 바란다.——

"魏家干，又是崔家干，
——一處處'兒'字難免.
同氣崔田！
同氣崔田，
熱兄弟糞爭嘗癰同吮！
東林里丟飛箭，
西廠裏牽長線，

怎掩旁人眼!"

["위씨 집 양아들이면서, 또 최씨 집 양아들이네.

곳곳에서 '아들 노릇' 면하기 어렵네.

최씨와 전씨는 한마음이네!

최씨와 전씨는 한마음이라,

열렬한 형제는 똥도 다투어 먹고, 고름도 함께 빠네!

동림당으로 화살을 날리고,

서창으로 길게 선을 대네.

어떻게 주위 사람 눈을 가리랴!"]

또,

"你看中原豺虎亂如麻,

都窺伺龍樓鳳闕帝王家.

有何人勤王報主,

肯把義旗拿?

那督帥無老將,

選士皆嬌娃,

卻敎俺自撑達!

卻敎俺自撑達,

正騰騰殺氣,

這軍糧草又早缺乏.

一陣陣拍手喧嘩, —— 一陣陣拍手喧嘩,百忙中教我如何答話?

好一似'嚶''嚶'白晝鬧蜂衙!"

["보라, 중원의 승냥이와 호랑이가 삼밭처럼 어지럽게 얽혀,

모두 용루와 봉궐[5]의 제왕가를 엿보네.

그 누가 왕을 호위하고 주군에 보답하며,

기꺼이 의병의 기치를 들어 올리랴?

저 감독하는 장수엔 노장이 없고,

선발한 병사는 모두 아리따운 여인들 같네.

그런데 내게 군대를 지탱하라 하네!

그런데 내게 군대를 지탱하라 하여,

살기등등 기세를 높였지만,

이 군량미와 사료가 일찌감치 떨어졌네.

한바탕 박수를 치며 소란을 떨었네. ── 한바탕 박수를 치며 소란을 떨었네.

온갖 일에 바쁜 와중에 나는 어떻게 대답해야 하나?

'웅''웅'거리는 소리가 대낮에 벌집을 건드린 것 같네!"]

독자들께서는 이 두 단락을 타오가 표점을 찍은 위의 두 단락과 대조해보시라. 그럼 바로 그의 오류가 매우 크다는 사실을 간파할 수 있고, 타오 러친이 스스로 문장을 이해했는지 못했는지는 따지지 않고도 바로 그가 엉망진창으로 혼란을 조성했음을 알 수 있다.

지면을 아끼기 위해 더 이상 베끼지는 않겠다. 나는 근래에 번역을 비평하는 사람은 많지만 표점가에 대해서는 모두들 치지도외置之度外 하고 있음을 느낀다. 첫째는 불가피하게 그들의 작은 열의를 저버리게 되기 때문이

다. 하지만 둘째는 저런 표점을 불문에 부치면 그들은 또 더욱 창궐하게 되고, 속는 사람도 더욱 많아질 것이다. 이 때문에 이제야 내가 의무를 다하기 위해 교정 겸 서기 일을 맡게 되었다. 나는 여러분들이 더 이상 그들의 속임수에 당하지 말기를 바란다!

부기 : 내가 근거로 삼은 것은 '상하이량시도서관'上海梁溪圖書館에서 중화민국 13년[1924] 4월 15일에 재판을 간행한 판본인데, 전질 2책에 정가는 1위안元 2자오角다. 이 책이 바로 쿤산 사람 타오러친 선생이 표점한 『중국명곡제일종─도화선』中國名曲第一種─桃花扇 판본이다. 아울러 이 책 첫머리에는 타오러친 자신이 쓴 「신서」新序가 있고, 그 스스로 거듭 다음과 같이 설명하고 있다. "옛날 인쇄본에는 틀린 글자와 탈락한 구절이 매우 많아서 모두 개정하고 보충했다." "오류가 생긴 부분도 보태고 고쳤다."

이것은 그를 대신해서 광고하려는 글이 아니다. 하지만 "책임을 밝히고 수속을 깨끗하게 하기 위한 것"임을 분명하게 말씀드리고자 한다.

1928. 3. 3., 베이징에서

주)_____

1) 원제는 「示衆」編者注」. 이 글은 1928년 4월 16일 『위쓰』 주간 제4권 제16기 「오류 본보기」(示衆) 뒤에 처음 실렸다.
2) 『도화선』(桃花扇)은 청나라 초기 공상임(孔尚任)이 지은 중국 전통극 전기(傳奇) 극본이다. 명나라 말기 유명인 후방역(侯方域)과 명기 이향군(李香君)의 연애 이야기를 다룬 작품이다.
3) 중국 전통극 전기(傳奇)의 절(折)은 현대 연극의 막(幕)에 해당한다.
4) 희반(戱班)은 중국 전통극을 전문적으로 상연하는 극단이다.
5) 용루(龍樓)와 봉궐(鳳闕)은 모두 제왕이 거주하는 궁궐을 비유한다.

통신(장멍원에게 답함)[1]

멍원 선생 :

보내 주신 원고를 읽은 후 저는 여러 부분에 동의할 수 없었습니다. 첫째, 저는 스스로 서양 문예 수입을 자못 좋아하는 사람 중 하나로 생각하기 때문입니다. 그 다음으로 우리가 우상숭배자라고 인정하는 사람들 중 일부는 기실 전혀 그렇지 않다고 여기기 때문입니다. 그 본인은 원래 우상을 믿지 않고, 그것을 꼭두각시로 삼고 있을 뿐인 경우도 있고, 승려가 술을 마시고 아내를 얻어 살기도 하면서 천당과 지옥을 가장 불신하기도 합니다. 무당은 사람에게서 신령도 보고 귀신도 본다고 하지만 신령과 귀신이 어떤 것인지는 그 자신의 마음속으로만 분명하게 알 수 있을 것입니다.

그러나 저는 이 원고와 편지 게재를 강하게 희망합니다. 첫째, 물론 『산우』[2] 잡지를 위해 하나의 기념으로 남겨 두기 위해서입니다. 둘째, 근래 내지內地의 상황에 하나의 기념으로 남겨 두기 위해서입니다. 또 사람들에게 그곳 인쇄소 사장의 철학과 환경을 좀 보여 주는 것도 꽤 '흥미'로운 일이 될 것입니다.

우리 이 '혁명적이지 않은'『위쓰』잡지는 베이징에서는 발을 디딜 수가 없었지만 상하이에서는 그래도 대략 몇 권 인쇄할 수 있을 듯하니 보내오신 원고를 게재하도록 하겠습니다. 그러나 이곳에서도 인쇄가 제대로 끝나야 일이 마무리되었다고 할 수 있을 겁니다. 우리는 모두 중국에 살고 있고, 이곳 인쇄소 사장도 중국인임을 선생께서도 잘 아실 겁니다.

4월 12일, 루쉰

[참고]
우상과 노예(백로지습 제6)[3]

시핑西屛

7~8세 무렵 그때는 아직 우리 할머니께서 살아계셨는데, 나는 죄인의 모습으로 한 차례 분장을 한 적이 있다. 붉은 옷을 입고 수갑을 찬 채 신상神像을 따라 걸었다. 신상은 사람들이 떠받들고 걸었고, 나는 두 발로 따라 걸었다. 많은 거리와 시장을 지나 어떤 사당에 멈췄다. 이에 나는 옷과 수갑 따위를 벗어 버리고 죄가 없는 사람이 되었다. 할머니 말씀에 의하면 이렇게 한 번 걸으면 재난에서 벗어나 병도 물리치고 목숨도 연장할 수 있다고 한다. 그러나 그 후에도 나는 자주 병에 걸리곤 했다. 그래도 지금까지 살아 있는 건 아마도 죄인으로 분장한 공덕에 힘입은 듯하다. 그때 나는 어른들의 오묘한 말씀을 듣고, 토제 보살을 보면 경외심이 좀 일었는데 그건 영문도 모르는 해괴한 경외심이었다. 나중에 학교에서 '새로운 이치'新理를

듣고 돌아온 이후로 그 오묘한 말씀은 점점 발붙일 데가 없게 되었다. 열 살 때 아버지를 따라 각 '부두'를 돌아보고 나서는 이상한 이론들을 더욱더 많이 들어서 토제 보살의 존엄이 내 머릿속에서 사라지게 되었다. 이후 붉은 얼굴에 검은 머리를 한 토제 신상을 보아도 삼가고 숭배하는 마음이 우러나지 않는다. 그래서 백모님들은 나를 멍청이라고 불렀다. 왜냐하면 서양식 학당 선생의 믿을 수 없는 말만 듣고, 정말 좀 바보같이 되었기 때문이라는 것이다.

이 바보 같은 모습은 마치 요정처럼 내게 달라붙어 떨어지지 않았고, 줄곧 지금까지 나는 여전히 토제 보살을 믿지 않는다. 비록 나는 아직도 "사람은 재난에서 벗어나고, 재난은 몸에서 떨어져, 모든 재난이 티끌로 변하게 하소서. 고통을 구제하고 재난을 구제하는 관세음보살이시여"[4]라는 경전 구절을 기억하고 있지만 말이다. 소문을 들어 보면 이런 태도는 전혀 희귀하지 않고, 또 이제는 귀신을 믿지 않는 사람이 대단히 많다고 한다. 이렇게 마음대로 말하더라도, 모든 분들이 의심하지 않으리라고 생각하지만,──자세히 따져 보면 우상을 숭배하지 않는 사람이 결코 많지 않다고 느껴진다.

양복을 입고 양키 티를 내는 사람들도 엄연히 "머리 들어 세 자 높은 곳 신명을 바라보며"擡頭三尺有神明 교주 예수가 앉으나 누우나 가만히 있으나 움직이나 그들을 지켜 주고 있다는 사실을 경건하고 성실하게 믿고 있다. 그러므로 마고자와 긴 도포를 입은 선생들께서 동선사[5]의 교주를 신봉하는 건 더 말할 필요조차 없다.

다윈이 제창한 진화론이 중국에서도 서양과 마찬가지로 널리 통용되고 있다. 민국 이래로 "세상의 도道가 나날이 타락하고, 민심도 옛날 같지 않아서" 우상도 꼭 토제 보살을 내세우지 않을 정도로 진화했다. 시대를 걱정하는 지사들이 이에 대해 장탄식을 내뱉고 있을 뿐 아니라, 나 자신도 사설邪說이 사람을 중독시킴을 깨닫고 자못 도도한 한탄을 쏟아 내고 있다. 나는 결코 "옛 법도를 지키는 선비"처럼 국수國粹가 사라지고 서양 종교가 흥성함을 탄식하지는 않는다. 나는 지금 우상이 너무 많고 또 이에 따라 그것을 숭배하는 사람이 지나치게 많아짐을 근심하고 있다. 맑게 깨어 있는 사람은 더욱 드물어지고 있다. 이제 여기에서 먼저 우상을 분류해 보기로 하겠다.

영국인 양키[6] 베이컨(F. Bacon, 1561~1626)은 우상을 네 가지로 분류했다.

1. 종족의 우상 Idoles of the Tribe
2. 동굴의 우상 Idoles of the Cave
3. 시장의 우상 Idoles of the Market Place
4. 극장의 우상 Idoles of the Theater

무릇 양키의 학설에는 대개 명확한 정의와 상세한 토론이 포함되어 있다. 그러나 동성파[7]의 문장은 주로 간명하고 질박하고 힘차고 굳셈을 추구하기 때문에 나는 나머지 세 가지는 모두 생략하고 세번째 우상만 가지고 이야기를 해보고자 한다. 소위 '시장의 우상'을 많은 서양 서적에서는 다음과 같이 정의한다.

시세의 흐름을 맹종하는 자들이다. 사람들이 떠들면 나도 떠들고, 사람들이 동의하면 나도 동의한다. 일을 추진할 때 애초부터 변별하고 분석할 능력이 없어서, 오직 가담항설만 진귀한 보배로 삼고, 유명인의 말을 만세의 경전으로 떠받든다. 또 그것을 천하에 퍼뜨려 모두 표준으로 삼게 하고 자세하게 시비를 가리지 않는 사람은 모두 시장의 우상을 신봉하는 무리다.

데모크라시Democracy와 돌턴[8]의 법칙…… 등과 같은 공허한 학설과 신앙을 믿는 신도들은 그래도 시장의 우상 신도 중에서 상위의 상위에 속한다. 그 아래에 속하는 사람들은 오직 어떤 사람을 숭배할 뿐이다. 이에 흙으로 만든 우상은 일변하여 살과 뼈로 채워진 저속한 교주가 된다. "그를 미워하면 그가 죽기를 바라고, 그를 사랑하면 그가 살기를 바란다." 무릇 자신의 가슴속에 어떤 사람에 대한 선입관이 생기면 바로 명확한 인식을 하기 어렵게 된다. 대체로 『열자』列子를 읽어 본 사람은 이웃집 아들이 도끼를 훔쳤다고 의심하는 단락[9]을 기억할 것인데, 바로 이런 측면의 의미를 상상할 수 있다. 내성심리학자內省心理學者[10] 중에서 심리의 내면 보고를 실험하는 사람은 반드시 양호한 훈련을 통과해야 한다.──이 때문에 이와 같이 하려는 사람은 내면의 우상을 제거하면서 성찰을 통해 진리 상실을 방지하려 하지 않을 수 없다. 그러나 주관적 선입관에서 벗어나기란 진실로 지극히 어렵고 이는 거의 불가능한 일이기도 하다. 하지만 이것은 이 글의 제목을 벗어나는 주제이므로 아래에서 이야기하지 않겠다. 내가 기괴하게 생각하며 한 마디 언급을 하지 않을 수 없는 것은 스스로는 '새로운' 사람으로 자처하며 남들에게 우상 관념을 갖지 말라고 하면서도 자신은 유독 시장의 우상의 하등下等 신도가 되어 있는 경우다.

토제 보살을 숭배하면서 남들에게 멍청하다고 비웃음을 당하는 경우도 물론 희귀한 일이 아니다. 왜냐하면 토제 보살은 전혀 고명하지 않기 때문이다. 그런데도 왜 고개를 숙이고 그런 물건의 신도가 되려 하는가? 그러나 나는 심리분석학자와 사회심리학자의 보상(Compensation)설이 떠오른다. 어리석은 남녀는 현실세계에서 총명한 사람들이 지위나 금전을 얻는 것처럼 할 수 없으므로 단지 백일몽(day dreaming)을 꾸며 어리석은 소망 속에서 신령의 보우를 바랄 수 있을 뿐이다. 스스로 환상에 만족한다 해도 정말 가련하고 근심스럽다. 이런 무지한 약자들에게 우리는 깊은 동정심을 보내야 한다. 또한 당신이 만약 사회의 광명운동에 종사하는 사람이라면 "선각자로서 후배를 깨우치는 자세로" 그들을 각성시킬 필요가 있다.——그러나 지식계급 중 어떤 사람이 사회의 광명운동에 종사하면서도 스스로 백일몽을 꾸며 멍청하게 우상을 받들고 공손하게 경배를 드린다면 어찌 탄식하지 않을 수 있으며 어찌 슬퍼하지 않을 수 있겠는가?

근래에 꽤 많은 사람들이 국민성을 이야기하는데 나는 그것을 의심하며 이렇게 생각하고 있다. '이미 피차 똑같은 중화민국 국민이 되었으므로 모두의 국민성도 동일할 터이고, 그럼 저들의 우상 숭배도 아마 어떤 특성에 근거한 것이리라. 비록 그 대상(우상)이 결코 같지 않을 지라도.' 이렇게 의심하게 되자 바로 모든 일이 수상쩍어 보였다.——왜냐하면 대상이 다른 것은 정도나 고하의 상이함에 그칠 뿐이지 성질의 상이함은 아니기 때문이다. 프로이트의 성욕설(Freud's concept of libido)이 진실한 학설이라면 승화(Sublimation)의 이치가 그 사이에서 어찌 일찍부터 응용되지 않을 수 있었겠는가? 이제 잠시 멍청이가 되어 이런 특성을 좀 찾아보도록 하겠다. 물론 나의 연구 성과가 아주 정확하다고 감히 말할 수는 없지만 그래도 진실에 가깝다면 독자들 앞에 내놓고 함께 토론해 보는 것도 무방하리라 생각한다.

F. H. Allport[11]는 『사회심리학』*Social Psychology* 제5장 「인격론」의 '자기 표현'(Self expression) 단락에서 '인간'을 자존형과 자비형(Ascendance and Submission), 또 외향형과 내향형(Extroversion and Introversion) 두 종류로 나눴다. 그는 다음과 같이 말했다.

가장 내향적인 사람은 환상 속에서 만족을 추구한다. …… 은폐된 욕망은 낮꿈이나 밤꿈을 통해 보상받는다. 그 결과 마침내 이 거짓 이미지는 현실 생활의 실제 이미지와 혼잡하게 연결된다. 진실한 현상을 모두 환상을 이용하여 곡해하고 그것과 자신의 욕망이 합치되기를 바란다. 이에 사물의 진정한 가치는 모두 하나의 기괴한 표준 위에 세워진다. …… 백치나 광인이 사소한 일을 지나치게 과장하는 것이 바로 이러한 사례다. 나약하거나 몸에 장애가 있으면 더러 어린 시절에 자기보다 나이 많은 아이들과 어울리기도 한다. 만약 환상 속에서 만족하지 못하면 항상 스스로 비하하는 습성을 가지기도 한다. 가혹한 부모, 스승, 어른들에게 굴복하거나 아첨하며 스스로를 비하하는 노예가 된다. 다른 사람에게 자신의 의견을 감히 말하지 못하고 …… 다른 사람을 만날 때면 흔히 그 사람의 비범함, 위대함, 숭고함을 보고 스스로 그 사람의 발아래 순종하며 굴복한다.

여기까지 번역하고 나서 나는 우리나라 옛날 성현들의 교훈이 모두 사람들에게 '스스로 비하하는' 도덕을 가르쳤다고 생각하게 되었다. 역대로 겸양과 공손을 미덕으로 삼아 온 중국인은 시골에서 '소를 치는 사람'도 "차라리 손해를 보는 것이 편하다"라는 격언을 알고 있다. 노예가 되는 것이 올바른 이치라는 것이다! ── 믿지 못하겠다면 『시공안』,[12] 『팽공안』[13]과 같은 '부류'의 민간 통용 이야기를 살펴보기 바란다. 황제를 마주 대하는 관리들이 스스로 '노예'奴才라고 부르지 않던가? 이것은 정말 중국인 스스로 자신의 국민성을 가장 철저하게 표현한 지점이다. 그러므로 지금 우리는 우상을 숭배하는 신도들을 가혹하게 질책할 필요가 없다. 왜냐하면 중국인의 국민성은 태어나면서부터 이처럼 넉넉한 노예성을 갖고 있기 때문이다.

이렇게 말하고 보니 중국 국민은 정말 가련하다. 거의 타고난 노예라 할 수 있다. 신인들의 우상 숭배는 물론 아주 좋은 사례다. 5·30참사는 국치가 아니라고 하며 닝보의 학생들이 5·30참사에 항의하여 수업을 거부한 것은 징쯔위안經子淵 씨의 범법 사건이라 한다. 그리고 몇 마디 의연한 말조차 감히 하지 못하고 제국주의 열강인 영국, 일본, 프랑스, 미국 등의 나라에 죄를 지을까 봐 두려워하는 국가주의자들 …… 이러한 논란과 사실이 어찌 노예적 국민성의 표현이 아니란 말인가?

만약 당신이 이러한 현상을 분명하게 보았다면 슬픔에 젖어 탄식하지 않을 수 있겠는가? 그러나 지금 국내에서는 탄식하고 신음하는 것조차 금지되어 있다! 명망이 있는 사람이 정의로운 말을 하면 '유언비어'가 섞여 있다고 한다. 젊은 사람들이 정의로운 말을 하면 더더욱 인륜을 끊고, 성인의 도를 배반하고, 효를 비난하고, 아내 공유를 주장하고, 적화를 추진하는 인물로 취급된다. 이런 일을 마주하고도 기꺼이 노예가 되려는 사람들에 대해서 정말 무슨 방법을 쓸 수 있을까? 『요재지이』[14]에 실린 이야기가 진실이라면 나는 정말 저 노예들의 두뇌를 바꿔 버리고 싶다. 이밖에도 다른 나라 사회당원의 세력을 빌려서 중국을 도와 노예의 위치에서 벗어나게 하고 싶은 마음 간절하다. 이 어찌 다른 사람은 높게 보고 자신은 비하하며 백일몽 속에서 만족을 추구하는 노예 사상이 아니겠는가? 자신은 일어날 생각을 하지 않고 다른 사람이 당겨 주기만을 바라는 것, 이것이 바로 노예의 본질이다. 그리고 불행히도 이것이 바로 국내 지식계급 사이에 유행하고 있는 현실이다.

요컨대 자비형과 내향형은 우리 국민의 열등성이다. 이 열등성을 하루빨리 뿌리 뽑지 않으면 우리는 단 하루도 노예 상태에서 벗어날 수 없을 것이다.

이런 노예 상태에서 벗어난 가장 좋은 모범 국가가 독일이다. 여기에서 전 독일 황제 빌헬름 2세의 말을 인용하여 결론으로 삼겠다.

독일의 옛 지위를 회복하려면 절대로 외부에서 원조를 구해서는 안 된다. 대체로 구한다고 해도 반드시 그렇게 되는 것도 아니다. 그렇게 된다면 틀림없이 노예의 지위에서 스스로 은폐되고 말 것이다. ……
다른 사람에 의지하지 말고 자립해야 한다. 이것이 국민에게 반드시 필요한 의식이다. 만약 국민 전 계급이 각성하면 향상하려는 마음이 저절로 생길 것이다. …… 만약 독일인이 전체적으로 국민의식을 가지면 동포들이 서로 돕는 정신과 조국이 존엄하다는 자각이 …… 함께 몰려올 것이고, …… 전쟁(제1차 세계대전을 가리킴) 전 국민의 기개를 다시 발휘하는 것이 어렵지 않을 것이다.……

보내온 편지

루쉰 선생님 :

　이전에 우리 몇이서 『대풍』大風이란 일종의 반월간 잡지를 발행한 적이 있습니다. 그러나 각자의 사정이 너무 바쁘고 가난으로 생활이 어려워서 몇 호 내지도 못하고 바로 정간하고 말았습니다. 지금은 혁명을 거치면서 많은 친구들의 밥벌이 방법도 바뀌었습니다. 그러나 글을 쓸 수 있는 기회와 또 때때로 함께 모일 수 있는 기회도 생겼습니다. 이 때문에 다시 흥취가 생겨서 『대풍』을 재발간하려 했습니다. 닝보에서 저와 인쇄소 관계자가 상의를 하는 과정에서 그곳 사장이 이 『대풍』이란 두 글자를 보더니 깜짝 놀랐습니다. 이에 다시 상의한 후 샤몐쥔[15] 선생에게 잡지 제목을 써 달라고 부탁하고 『산우』山雨로 개칭했습니다. 우리 모두는 마음속으로 근래에 말을 하기가 쉽지 않고, 한 마디라도 잘못하면 사람들에게 모함을 당해 목이 잘릴 수 있다는 사실을 분명하게 알고 있었습니다. 따라서 글을 쓸 때 시시비비에 대해 조심하고 또 삼가고 두려워하며 감옥에 갈 일을 걱정해야 했습니다.──실제로 우리들 가운데는 이미 여러 명이 감옥 맛을 본 적이 있고, 저 자신도 바로 그중 한 사람에 속합니다. 우리는 재차 억울한 일을 당하고 싶지 않았기 때문에 글을 쓰고 원고를 선택할 때 매우 주의를 기울였으며, 많은 사람들이 자기 '검열'을 했습니다. 그렇게 하여 아무 하자가 없다고 느낀 원고를 제가 인쇄소로 보냈고 지난 토요일에 교정지를 보러 가기로 약속했습니다. 인쇄에 들어가기 전에 우리는 이미 상하이의 카이밍서점開明書店, 현대서국, 신학회사新學會社 및 항저우杭州, 한커우漢口……등지의 서점 몇 곳과 대리 판매 계약을 맺었습니다. 이 때문에 토요일 이전에 우리는 모두 안심하고 간행물이 출간되기를 기다렸습니다. 이건 비록 작은 장난에 불과했지만 우리 스스로 잡지를 꾸린 것이기에 마음 가득 진귀하게 생각했습니다. 따라서 그것의 출간을 바라는 심정은 자못 간절했습니다.

지난 토요일 오후에 제가 교정을 보러 갔을 때 인쇄소 주인은 원고를 반환했습니다. 저는 장례에 달려간 셈이 되었고, 『산우』라는 잡지도 이로써 목숨을 다하게 된 것입니다. 전체 원고에 껄끄러운 글자가 조금도 없었지만 끝내 이 지경에 이른 것은 시대상황과 큰 관계가 있습니다. 인쇄소 주인은 원고를 반환할 때 진실하게 사과하며 용서를 구한 이외에도 아울러 다음과 같은 입장을 밝혔습니다. "선생님! 우리도 장사를 안 할 도리는 없지만 기실 풍랑의 위협을 견딜 수 없습니다. 이 간행물이 문예성 또는 무슨 성이 얼마나 풍부하든지 막론하고 우리 모두는 결국 이를 다시 인쇄하지 않을 겁니다. 선생님께서도 잘 아시다시피 작년에 선생님 친구 분이 원고를 갖고 와서 우리에게 인쇄를 맡겼다가 결과적으로 영어(囹圄)의 신세가 되어 꼬박 한 달 동안 감옥에 갇힌 채 묶여 가서 목이 잘릴까 봐 날마다 근심했습니다. 상점 쪽에서도 저 때문에 600~700위안을 내어 준 것은 계산하지 않더라도 며칠간 문을 닫아야 했습니다. 시골에 사는 연로한 부모님께서 애처롭게도 시내로 달려오셔서 울면서 다른 사람에게 사정을 이야기했습니다. 군벌 시대에는 시골 유지들에게 아직 팔아먹을 체면이 남아 있었지만, 당시에 입을 열면 지방 토호의 혐의를 받아야 했습니다. 선생님, 저도 많이 놀랐습니다. 저는 연로하신 우리 부모님을 다시 놀라게 하고 싶지 않습니다. 이제 더 이상 그런 간행물을 인쇄할 마음이 없습니다. 선생님의 원고를 받았던 건 본래 다른 사람의 혼동 때문이었습니다. 선생님, 저도 선생님의 글에 무슨 문제가 있다고는 말씀드리기 어렵습니다. 다만 선생님의 용서와 은혜를 빕니다. 다시는 저희의 장사를 돌아보지 말아 주십시오.”

제게 반환한 원고를 살펴보니 이미 검은색 손도장이 찍혀 있었습니다. 그들이 이미 판형을 짰으므로 식자공에게 임금을 얼마간 지급했음을 알 수 있습니다. 이런 말을 듣고도 그들을 핍박하며 억지로 인쇄할 마음을 낼 수 있겠습니까? 이에 여기에 이르러 『산우』는 목숨이 다하고 말았습니다.

루쉰 선생님, 우리 청년들의 능력이 단지 말만 할 수 있을 정도로 떨어졌다면 그건 이미 가련할 정도로 쇠약해졌다는 뜻입니다. 그러나 더욱 가련한 것은 다른 사람이 책임져야 할 것을 감히 인쇄하지 못한다는 것입니다. 동시에 우리도 매우 가련한 양이 되었습니다. 이에 우리는 소리도 없이 도살을 기다리는 약한 양이 되고 말았습니다. 만약 어떤 사람이 우리를 포박해 가서 도살하면 아마 닭이나 돼지처럼 슬피 우는 소리조차도 한 마디 내지 못할 것입니다. 아, 이 얼마나 경악할 만한 침묵인가요! 설마 이것이 바로 각 지역이 지금 침묵하고 있는 진상인가요?

결국 우리는 바로 이렇게 『산우』를 저승으로 보냈습니다. 이건 절대 꼭 우리의 비겁함 때문만은 아니고 절반은 우리 마음속 퇴폐적 감정이 우리를 주재하여 우리로 하여금 일을 번거롭게 벌이지 않는 것이 좋다고 이끈 탓입니다. 하지만 아직 적막하고 슬프고 쓰라린 감정이 얼마간 남아 있어서 선생님께 이 편지를 씁니다. 『위쓰』 잡지에 제게 빌려줄 공간이 남아 있다면 이 편지를 실어 주시기 바랍니다. 우리는 이 기회를 빌려 중간에 우선 감사를 드립니다. 또 우리 잡지의 대리 판매를 허락해 준 각 서점의 호의에도 감사를 표합니다.

인쇄소 주인의 말에 의하면 『산우』에서 가장 '껄끄러운' 글은 바로 이

「우상과 노예」한 편이라고 합니다. 이 글은 제가 썼습니다. 3년 전에 저는 난징에 있었고, 혁명군은 아직 광둥에 있었으며, 국부위원[16] 징쯔위안 선생은 아직 닝보제4중학에서 교장으로 재직하고 있었습니다.──하지만 소문에 의하면 지금까지도 꺼리는 문자가 있다고 합니다. 그러나 이미 혁명이 일어났습니다! 이 편지에 위의 글도 함께 받들어 올립니다. 실어 주실 수 있으면 널리 공표하시어 국민들에게 글쓰기가 정말 쉽지 않다는 사실을 알려 주십시오. 만약 읽어 보시고 문장 같지 않다고 여기시면 반환해 주시기 바랍니다. 제 스스로 이 글을 보존하여 『산우』 사후──요절──의 기념물로 삼을 생각이기 때문입니다.

선생님의 노력을 축원합니다!

3월 28일 밤, 장멍원 올림

주)_____

1) 원제는 「通信(復張孟聞)」. 이 글은 1928년 4월 23일 『위쓰』 주간 제4권 제17기 「우상과 노예」(偶像與奴才)와 장멍원의 편지 뒤에 처음 실렸다.
   장멍원(張孟聞, 1903~1993)은 저장성 인현(鄞縣) 사람으로 필명은 시핑(西屛)이다. 당시에 닝보(寧波)에 있는 저장성립제4중학(浙江省立第四中學)과 이팅사립춘후이중학(驛亭私立春暉中學) 교사로 재직했다.
2) 『산우』(山雨)는 반월간으로 발간된 문학잡지다. 1928년 8월 16일 상하이에서 창간하여 같은 해 12월 16일까지 모두 9기를 내고 정간했다. 이 간행물이 닝보에서 발간된 적은 없다.
3) 원제는 「偶像與奴才(白露之什第六)」.
4) 중국 민간에 전해지는 『해재비법대전』(解災秘法大全) 주문의 하나다. 『루쉰전집』 원본에는 "災離難, 難離身, 一切災難化灰塵, 救苦救難觀世音."으로 되어 있다. 그러나 첫째 구절 '災離難'은 '人離難'이 되어야 한다.
5) 동선사(同善社)는 지금의 충칭시(重慶市) 다쭈현(大足縣) 룽수이진(龍水鎭) 사람 펑루쥔

(彭汝尊, 1873~1950)이 1912년에 창시한 민간종교다. 유교, 불교, 도교의 융합을 주장하면서 공자, 석가모니, 노자의 상을 모신다. 이 종교를 믿으면 재난을 피해 바로 천당에 갈 수 있다고 주장했다. 1917년 베이징 정부의 비호하에 정식으로 총사(總社)를 설립했다. 그러나 교세를 확장하고 신도를 늘리는 과정에서 사기로 재산을 갈취하여 사회적 문제를 야기했다.

6) 원문은 '洋鬼子'. 편의상 양키로 번역한다.

7) 동성파(桐城派)는 청 중기 이후에서 말기까지 고문(古文) 창작을 대표하는 문파다. 이 문파의 대표자 방포(方苞), 유대괴(劉大櫆), 요내(姚鼐)가 모두 통청(桐城) 사람이기 때문에 동성파라고 부른다. 동성파의 문장은 내용에 있어서 성리학 전통을, 형식에 있어서는 고문의법(古文義法)을 주장했다.

8) 돌턴(John Dalton, 1766~1844)은 영국의 화학자다. 어려서부터 기상 관측에 흥미를 가지면서 과학자의 길을 걸었다. 그의 과학 업적으로는 돌턴의 분압 법칙, 배수 비례의 법칙, 원자설 등이 있다.

9) 『열자』 「설부」(說符)에 나온다. 어떤 사람이 도끼를 잃어버리고 이웃집 아들이 훔쳐간 걸로 의심했다. 그래서 그의 걷는 모습을 보고, 표정을 보고, 하는 말을 들어 보니 분명 도끼를 훔쳐간 것 같았다. 그러다가 다른 곳에서 도끼를 찾았다. 그 후 이웃집 아들을 보았더니 전혀 도끼를 훔친 사람 같지 않고 평상시와 똑같았다.

10) 내성심리학자는 의식 현상을 내관(內觀)이나 자기 관찰의 방법으로 연구하는 주관적 심리학자를 가리킨다.

11) 올포트(F. H. Allport, 1890~1979)는 미국의 사회심리학자다. 노스캐롤라이나 대학 등지에서 교수를 역임했다.

12) 『시공안』(施公案)은 저자 미상의 중국 민간 통속소설의 하나다. 공안이란 사건을 말한다. 따라서 공안소설은 사건 해결을 중심으로 공정하고 정의로운 판결을 이끌어 내는 내용을 담고 있다. 『시공안』은 청나라 강희(康熙) 연간에 조운총독(漕運總督)을 지낸 시세륜(施世倫)의 행적을 묘사한 공안소설이다.

13) 『팽공안』(彭公案)은 식몽도인(食夢道人)이 지은 것으로 알려진 공안소설이다. 강희 연간에 허난순무(河南巡撫)를 지낸 팽붕(彭鵬)의 행적을 묘사했다.

14) 『요재지이』(聊齋志異)는 청나라 포송령(蒲松齡)이 쓴 문언소설집이다. 490여 편의 이야기가 실려 있다. 귀신과 여우 이야기가 많아서 『귀호전』(鬼狐傳)으로도 불린다.

15) 샤몐쭌(夏丏尊, 1886~1946)은 현대 문학가, 어문학자, 출판가, 번역가다. 저장성 사오싱 사람으로 본명은 주(鑄), 자는 몐잔(勉旃), 호는 먼안(悶庵)이다. 나중에 자를 몐쭌(丏尊)으로 고쳤다. 저서로 『문예론 ABC』(文藝論ABC), 『현대 세계문학 대강』(現代世界文學大綱) 등이 있다.

16) 국부(國府)는 중화민국 국민정부의 간칭이다.

'이번이 세번째'에 대한 평어[1]

루쉰 논평 : 5~6년 전에 나는 중국인들의 '권법 붐'을 확실히 반대한 적이 있다.[2] 그건 사람들이 총포를 망각한 채 주먹과 발로 나라를 구할 수 있다고 여기다가 나중에 끝내 낭패를 당할까 두려웠기 때문이다. 그러나 지금 나의 의견은 좀 달라졌다. 나는 권법으로 외국인을 공격하는 일을 사람들이 이미 생각하지 않는다고 느낀다. 따라서 좀 배워도 무방하다. 첫째, 손을 쓰는 것이 말을 하는 것에 비해 위험하지 않기 때문이다. 둘째, 상이한 계급 간의 전쟁은 많은 사람들이 반대하고 있어서 장차 실현되지 않겠지만 동일한 계급 간의 전쟁은 아마도 피할 수 없기 때문이다. '문예 분야'[3]를 예로 들어 보자. 내가 추측하기엔 만약 저들의 비판, 헛소문, 중상모략이 모두 효과가 없고, 당신이 저들의 몇몇 수법을 이해하지 못하면 사람을 보내 당신을 몇 대 칠지도 알 수 없다. 따라서 당신이 하는 일이 문화文化든 무화武化든 상관없이, 생존을 위하여 권법을 할 수 있어야 한다.

이번이 세번째

원후이^{文輝}

국수國粹는 두 가지로 나눌 수 있다. 하나는 문文에 관한 것이고, 다른 하나는 무武에 관한 것이다. 지금 문에 관한 것은 잠시 내버려 두고 무에 관한 것만 말하겠다.

루쉰 선생의 말에 의하면 '권법' 제창이 이미 두 차례 있었다고 한다. 첫번째는 청나라 말기에 있었고, 두번째는 중화민국 시작 무렵에 있었으므로 이번은 세번째로 쳐야 한다. 앞서 두 차례 명목은 '신무술'新武術을 한다는 것이었고, 이번에는 '국기'國技로 이름이 바뀌었다. 앞서 두 차례 제창한 사람들 중 한 부류는 '왕공대신'王公大臣이었고, 다른 한 부류는 '교육자'였지만 이번에는 '국부國府 요인'들이 나섰다.

근래에 '수도 지역'에서 매우 다채로운 행사가 열리고 있는데, 그중 이번 '국기國技 공연'[4]을 첫 손가락에 꼽을 수 있다. 그 요인의 말을 요약하면 이렇다. "이것은 국수國粹이므로 응당 보호하고 잘 발전시켜야 한다." 그렇지 않으면 "이전 시대의 고인들에게 부끄러울 것이고, 또 이후로 후인들에게 무슨 말을 할 수 있겠는가? 양심의 가책이 더욱 심해질 것이다." 다행히 이 '더욱 고귀한' 권법(국기)을 좋아하는 전통이 아직 단절되지 않고 "국기 대가 제군들이 흔쾌하게 달려오고" 있으므로, 이로부터 기풍이 넓게 열려 사람들이 모두 용감하게 변할 것이다. 이에 군벌은 타도할 것도 없고, 제국주의자는 축출할 것도 없이 대동 세계가 저절로 실현될 것이다. "국민 모두 떨쳐 일어나 배워서" 혁명을 완수하기 바란다.

우리 같은 나이 어린 후생은 국수의 고귀함이 이런 경지에 이르렀음을 모르고 있다. 아직 눈요기를 충분히 하고 있지 못하다고는 해도 찬탄과 기쁨을 이길 수 없다. 그러나 아무개 장군은 '일대일 대련'을 주장했지만 나는 진지한 마음으로 그것이 불가하다고 여긴다. 왜냐하면 대련을 하다가 만일 코를 망가뜨린다든가 바지를 찢게 되면 상황이 좋지 않게 되기 때문이다. 심한 경우 대련 중에 더욱 총력을 기울이다가 마침내 서로 진지해지게 되면 우리 같은 제삼자도 어쩔 수 없이 손해를 보게 된다. 그때가 되면 군벌이 아직 타도되지도 않은 상황에서 백성들이 먼저 "집과 사람 모두가 망가지게 될 것이다". 그러나 이런 생각은 전부 지나친 걱정일 것이다. 왜냐하면 중국 삼대[하·은·주]의 겸양 기풍이 일찍부터 여러 군자의 마음에 깊이 스며들어 있기 때문이다. 하물며 요인들은 이미 "용기를 좋아하고 사납게 싸우는 일과 법을 어지럽히고 금기를 범하는 일을" 허락하고 있지 않음에랴! 따라서 절대로 후환이 발생하지 않을 것이므로 우리는 완전히 마음 놓고 요란한 권법 붐을 구경할 수 있다.

주)_____

1) 원제는 「這回是第三次」按語」. 이 글은 1928년 4월 30일 『위쓰』 주간 제4권 제18기 「이번이 세번째」 글 뒤에 처음 실렸다.

2) 루쉰은 1918년 11월 발표한 「수감록 37」(『열풍』에 수록)과 1919년 2월 발표한 「권법과 권비」에 관하여」(『집외집습유보편』에 수록)에서 '권법 붐'(打拳熱)을 비판했다.

3) 창조사 동인인 청팡우(成仿吾)는 1928년 2월 『문화비판』(文化批判) 제2호에 발표한 「그들을 두드려 패서 몰아내자」(打發他們去)라는 글에서 이렇게 말했다. "문예 분야에서 우리의 사회의식을 마비시키는 모든 마취약과 우리의 적을 찬양하는 모든 가사를 완벽하게 조사하여 그 작가들에게 돌려주고 그들을 두드려 패서 몰아내야 한다."

4) 1928년 3월 3일 국민당 정부가 난징에서 개최한 '국기 학예회'(國技遊藝大會)를 가리킨다. 본문의 인용문은 이 대회에서 리례쥔(李烈鈞)이 행한 '격려사'(獎詞)에 나온다. 이 격려사는 1928년 3월 5일 『선바오』(申報)에 실렸다.

샤오전과 캉쓰췬에게 답함[1]

1. 10개 조 죄상

샤오전 선생 :

나는 남을 공격하는 전단에 열거된 죄상이 왕왕 열 가지임을 늘 보아 왔기 때문에 위의 제목처럼 말했습니다. 법률에 정해진 것도 아니고 또 제가 정한 것도 아닙니다. 열 가지가 무엇인지는 전단에서 공격하는 사람이 서로 상이하기 때문에 더더욱 구체적으로 말할 수 없습니다.

7월 20일, 루쉰

2. 사랑 반대

쓰췬 선생 :

참으로 미안합니다. 지금 편지를 보내 정정할 계획입니다. 그러나 잘 못 인쇄된 그 구절을 신비한 시문을 좋아하는 신비가의 관점으로 바라보면 진실로 좋게 보일 겁니다.

7월 21일, 상하이를 여행하는 어떤 기자

[참고]

편지 개요

루쉰 선생님 :

『위쓰』4권 17기에 실린 Y군에게 답하는 편지[2)]에는 다음과 같은 구절이 있습니다. "……먼저 문책이 결정되어 있고, 거기에 맞추어 죄상(보통 10개 조에 달하는데)이 이후에 수집되는 법이오." 이 구절의 Parenthesis[3)] 안에 있는 '보통 10개 조'라는 말 중에서 '10개 조'는 무엇입니까? ──선생님이 정하신 겁니까? 아니면 소위 법률에 있는 것입니까?『위쓰』에 빈 곳이 있으면 해설을 실어서 제게 좀 들려주십시오. (하략)

6월 25일, 샤오전 올림

기자 선생 :

제4권 27기에 게재된 저의 시 중에 지나치게 신비화된 오류가 있습니다. 고쳐 주시기를 부탁드립니다. 42쪽 둘째 줄에서 "우리는 그래도 제때 사랑한다"를 식자공이 "우리는 그래도 제때 사랑에 반대한다"로 글자를 배열했습니다. 실로 ×××의 시보다 더욱 신비하게 되었습니다! (하략)

7월 12일, 상하이에서 캉쓰천

주)_____

1) 원제는 「復曉眞, 康嗣群」. 여기에 실린 두 편의 글은 1928년 7월 30일 『위쓰』 주간 제4
   권 제31기 '편지 개요'(信件摘要) 코너의 각 편지 뒤에 처음 실렸다.
   샤오전(曉眞)은 자세한 경력이 미상이다.
   캉쓰췬(康嗣群, 1910~1969)은 당시 푸단대학(復旦大學) 학생으로 청년 작가였다.
2) 『삼한집』 「통신」에 실려 있다.
3) Parenthesis는 원문 그대로이다. 괄호라는 뜻이다.

'신문 스크랩 한 조각' 습유[1]

루산^{盧山}의 가시덤불 속에서 뜻밖에도 어떤 동지가 광고를 스크랩해서 보냈는데 정말 환호작약의 심정을 이길 수 없다. 무슨 이유인가? 나도 광고 보는 걸 좋아하기 때문이다. 그러나 잉양^{盈昻} 동지가 수집 발표한 자료에는 한 가지 결점이 있다. 그것은 바로 그가 스크랩한 신문 이름을 주석으로 밝히지 않은 점이다. 물론 광고 스크랩 전문가는 중요한 광고가 대개 『선바오』^{申報}와 『신문보』^{新聞報} 두 신문에 실린다는 사실을 안다. 그러나 초학자는 그런 사실을 두루 알 수 없다.

이 글이 발표되어 내가 스크랩한 자료는 적지 않게 버릴 수 있게 되었다. 오직 1편만 차마 매몰시킬 수 없어서 뒤에 부록으로 붙여 '습유'로 삼았다.──

현상 수배

6월 12일 오후 8시 반, 기녀 1명이 도망침. 이름은 천메이잉^{陳梅英}으로 충밍^{崇明} 사람이다. 올해 18세로 체격은 중간 정도이며 머리는 단발이고 상하이 말을 쓴다. 몸에는 인화印花 벨트를 맨 황마黃麻 상의를 입었고, 하의는 검은색 인도 비단 치마를 입었으며, 또 발에는 황색 하이힐과 흰색 양말을 신었다. 도망친 후 종적을 알 수 없다. 만약 풍문을 알려 주거나 소식을 전해 주는 사람에게는 보상금으로 양은洋銀 50위안元을 지급하 겠다. 잡아 오는 사람에겐 양은 100위안을 사례금으로 드리겠다. 절대 로 식언하지 않고 양은을 준비한 채 기다리겠다. 주소, 프랑스조계 황허 로黃河路 이룬리益潤里 제1가家 1호.

주인 삼가 알림

위의 광고는 중화민국 17년[1928] 8월 1일『신문보』제3장 '중요사항' 緊要分類 가운데 '청구류'徵求類에 실렸다. 기생집 주인도 사람을 현상 수배 할 수 있으니 적어도 우리가 살고 있는 곳이 어떤 나라인지 알 수 있게 하 고, 혹은 어떤 나라인지 알 수 없게 한다.

8월 20일, 상하이 중화 구역 유성기의
전통극 소리와 마작 치는 소리가 들리는 유리창 아래,
사오싱주紹興酒 술 단지 뒤에서 쓰다[2]

[참고]

신문 스크랩 한 조각

잉양盈昻

신문에 게재되는 글은 다양하다. 동방통신 루터우路透 기자의 시사 평론 주 요 보도, 경제와 교육, 국내와 국외 기사 및 「자유담」自由談이나 「쾌활림」快 活林의 기사──신문 독자들은 모두 이 기사들을 미처 다 볼 수 없으며 그 좋은 내용도 이루 다 헤아릴 수 없다. 애초에 나는 물론 신문을 보지 않았지만 나중에는 신문 보는 걸 알게 되었고, 지금은「자유담」을 즐겨 본다. 많은 사람들이 말하기를 특파원 특별 송고 기사와 뉴스를 많이 보면 '나라 형편'을 좀더 많이 알게 된다고 한다. 그러나 사람의 배알이 비정상적인지 어떤지 알 수 없지만 나는 이 시대와 관련된 '나라 형편'을 보고 나면 죽어도 더 이상 보고 싶은 마음이 나지 않는다. 오히려 광고를 즐겨 보기 시작했다. 광고를 즐겨 보는 건 말할 것도 없고 또 광고를 스크랩까지 하게 되었다. 잘라 낸 광고를 시도 때도 없이 뒤적이다 보면 볼수록 더욱 흥미진진해진다. '천하위공'天下爲公이란 말처럼 이것을 감히 나 홀로 사사롭게 즐길 수는 없고, 삼가 본래 광고 스크랩을 첨부하여『위쓰』의 몇 쪽을 빌리고 다시 인쇄하여 독자 여러분의 감상거리로 제공하고자 한다.

독서의 편의를 위해 몇 마디 말을 덧붙이고 억지로 분류해 보았다.

분류가 이도저도 아니게 된 것은 나의 학식이 수준 이하이기 때문이므로 대학자들께서 바로잡아 주시기 바란다.

이번 문장은 대체로 다시 인쇄하는 것이므로 판권을 훔치는 혐의가 있다. 그러나 국민정부의 국법에 광고도 판권을 부여하는지 모르겠다. 만약 아니라면 정말 다행이겠다.

한담은 그만두고 이제 본론으로 들어가겠다. 아래는 신문 스크랩이다.

1. 변호사 직업

(갑) 우마이吳邁 변호사가 장시성 룽후산龍虎山 장張 천사天師[3]의 상임 법률 고문 직을 수락하다

얼마 전 장시 룽후산 장 천사에게서 편지를 받았다. 펼쳐 보니 이런 내용

이었다. "말씀 올립니다. 언푸恩溥는 평소에 귀 변호사의 법학 지식이 심오하고 경험이 풍부함을 숭앙하고 있었습니다. 또 도덕을 숭상하고 평화를 애호하는 모습도 이 미천한 사람에게 흠모의 대상이 되었습니다. 이에 지금 특별히 서신을 보내 귀하를 상임고문으로 초빙하고자 합니다. 이후로 모든 법률 사건에 관해서 지시를 내려 주시고 아울러 보호해 주시면 감사하겠습니다. 한漢나라부터 이어진 63대 천사 장언푸 인印." 이에 준하여 그 변호사는 초빙을 수락하고 자문에 응하기로 한 것 이외에도 초빙자에게 불법을 저지르는 침범자에 대해서는 의법 처리하고 초빙자를 극력 보호할 책임을 지기로 했다. 또 천사는 현재 상하이에 머물고 있으므로 각처에서 만나 뵙고 상의할 일이 있으면 본 사무소에 연락하여 처리해 주시기 바란다. 이에 알린다.

사무소 : 영국 조계 퉁푸로同孚路 다중리大中里 436호

전화 : 서西 6256

(을) 류스팡劉世芳 변호사가 창조사 및 창조사출판부를 대표하여 알리는 중요한 공고

본 의뢰자 창조사 및 출판부가 표명한 바에 의하면 본사는 순전히 신문예 모임이고, 본 출판부도 순수하게 문예 서적과 잡지를 발행하는 기관으로 지금까지 어떤 정치단체와 그 어떤 관계를 맺은 적도 없다. 정치운동에 종사한 적이 있는 옛 동인 궈모뤄郭沫若 등은 본사와 관계를 끊은 지 오래되었다. 이 사실은 일찍이 거듭 세상에 알린 바 있다(지난해 11월 19일 『선바오』및 같은 날짜 『민국일보』를 보라). 사회에서는 이미 잘 알고 있으리라 생각한다. 이제 청천백일기[4] 아래에서 활동하는 문예단체는 법을 어기는 근

심이 없어야 한다. 이는 문예사업에 종사하는 우리 동지들이 극단적으로 믿는 바다. 그런데 나날이 유언비어가 난무하여 마침내 모종의 간행물이 여론을 날조하고 사람들의 이목을 혼란시키고 있다. 결과적으로 이런 상황이 오래 지속되면 진실로 와전이 많아지고 오해가 증폭될까 두렵다. 편지로 정정을 요청한 외에도 특별히 다시 신문에 등재하여 정중히 선언한다. 이후에 만약 본사 및 본 출판부를 헐뜯는 자가 있으면 단호하게 법에 따라 기소하여 법률의 정당한 제재를 받게 하겠다. 위촉된 대표로서 통고한다. 이후 만약 본사의 명예를 훼손하는 자가 있으면 본 변호사가 법에 따라 본사 보호의 책무를 다할 것이다.

사무소 : 베이징로北京路 100호

소문을 들으니 변호사 직업은 의사와 마찬가지로 돈을 많이 번다고 한다. 사람이 아프면 의사를 찾아 약을 먹지 않으면 안 된다. 송사를 벌일 때도 변호사를 찾지 않으면 안 된다. 송사가 일어나지 않으면 그만이지만 송사를 예방하기 위해서 변호사를 찾아 법률 대표 업무를 맡기고 신문에 공고를 등재하는 일이 오늘날 성행하고 있다. 장 천사는 하늘에서 명령을 받았고, 그 지위가 전해진 지가 벌써 63대가 되었다고 한다. 지금까지 편안하게 장시성 룽후산에 거주한 지도 63대에 이른다. 몸은 천사이지만 하늘이 번개불로 그를 불태우는 일이 어찌 두렵지 않겠는가? 그러나 시대는 이미 달라졌고, 세상의 기풍도 나날이 나빠져서 혁명이 일어났으며, 혁명군이 장시에까지 쳐들어갔다. 저승사자 같은 혁명당원들이 마침내 대담하게도 천사의 행위에 간섭했다. 소문에 의하면 천사의 지위를 취소하려는 논의가 있었다는데, 이와 같은 불법 침범이 오래 지속되는 걸 어찌 용납할 수 있겠는가? 변호사를 찾아 상임고문을 맡기고 법에 따라 보호를 받아야 평안을 찾을 수 있을 것이다.

순수한 신문학 단체로서 어떤 정치 단체와도 전혀 관계를 맺은 적이 없는 창조사가 거듭 변호사를 초빙하여 법률 대표를 맡기고 공고를 낸 것은 아마도 변호사 생업으로는 좋지 않은 사례일 뿐이다. 너도 알고 나도 알고 있으므로 여러 말을 할 필요는 없겠다.

2. 각계의 분분한 보살핌과 사회 인사들의 환영을 받다

(갑) 상하이에 거주하는 부호와 거상巨商들에게 알림

본 상점에서 판매하는 안전철갑조끼와 방탄유리 등은 일찍부터 원근으로 명성이 알려져 각계의 분분한 보살핌을 입었으므로 대단히 감사드린다. 이제 본 상점에서는 상하이 거주 부호와 거상의 안전을 위해 특별히 거금을 들여 제1차 세계대전 시기의 저명한 기사로 국가 영예 증서를 소지한 사람을 상하이로 초빙하여 전문적으로 아무 걱정 없는 안전자동차를 만들고 아울러 군부를 대신하여 군용기차까지 마련했다. 만약 런지로仁記路 25호의 본 상점으로 왕림하는 은혜를 베풀어 주시면 만나서 상의할 수 있다.

마오펑양행茂豊洋行 알림

(을) 『마전화 애사』5)를 조건 없이 증정하다

본사는 『마전화 애사』를 출판한 이래 사회 인사들로부터 꽤 큰 환영을 받았다. 독자들도 모두 편지를 보내 편집이 적절하고, 인쇄가 정밀하고, 내용이 풍부하여 다른 출판사의 편집에 비해 훨씬 완벽하다고 칭찬했다. 이에 본사에서는 특별히 독자들을 우대하기 위해 다시 1만 부를 한도로 재판을 찍었다. 상하이 부두 안팎을 막론하고 6편分에 해당하는 우표를 아래 증정권에 붙여서 바로 본사 총대리판매점인 상하이 시사신보관時事新報館으로 우송해 주시면 다양大洋 2자오角 가치에 해당하는 『마전화 애사』 1부를 받으실 수 있다. 이 증정권의 유효기간은 이 광고가 신문에 게재된 날부터 15일 이내다. 기간이 지나면 무효로 처리한다.

총발행소 : 상하이 싼유도서공사

贈	우표 6편어치를 부쳐드리니 『마전화 애사』 1부를 보내주십시오.
(新)	성명
卷	주소

맹자는 성선설을 말했고, 톨스토이는 평화를 이야기했다. 마오펑양행이 상하이 거주 부호와 거상의 안전을 위해 특별히 거금을 들여 제1차 세계대전 시기의 저명한 기사를 상하이로 초빙하여 전문적으로 아무 걱정 없는 안전자동차를 만들었다. 양인洋人 선생은 수만 리 밖에 앉아서도 마음속으로 중국 상하이의 부호와 거상이 얼마나 위험에 처해 있는지를 생각하고, 다른 사람이 위험에 처한 상황을 참지 못하여 그들 대신 안전자동차를 만들었으니 그가 바로 톨스토이다.

기억하건대 옌루이성閻瑞生이 왕롄잉王蓮英을 계획 살해했고,[6] 지금도 리지루이李吉瑞의 「옌루이성」이란 경극이 남아 있다. 올해 상하이에서 마전화 투신 자살 사건이 발생하자 대세계大世界 극장과 소세계小世界 극장에서는 모두 「마전화」란 신극이 상연되었고, 모 영화사에서는 영화도 찍었는데 사회에서 꽤 큰 환영을 받았음은 더 말할 필요도 없다. 『마전화 애사』도 이

런 붐을 타고 출간되었고, 아울러 재판 1만 부를 무조건 증정하면서 우표 6
편어치만 요구했다. 중국인은 장례 구경을 좋아하고, 목이 잘리고 살이 발
라지는 일도 구경하기를 좋아하며 슬픈 이야기 관람도 물론 좋아한다. 『마
전화 애사』도 출간된 이래 사회에서 꽤 큰 환영을 받았음은 물론이다.

3. 성어(成語) 한 구절

구 교장을 환송하고 신 교장을 환영하는 학예회

후장대학滬江大學 및 그 부속중학 전체 학생이 전 교장 웨이푸란[7] 박사의
귀국을 환송하고 중국인 교장 류잔언[8] 박사의 취임을 경축하는 학예회를
오늘 밤(2월 25일) 6시 반에 양수푸楊樹浦 본교에서 거행한다. 각계 인사들
께서 왕림하여 관람해 주시면 환영의 마음 이기지 못하겠다.

후장대학 및 부속중학 자치회 알림

옛것을 보내면 새것이 온다. 독군督軍이 오니 독판督辦이 떠나고, 독판이
떠나니 독리督理가 온다.[9] 일찍이 이런 일이 몇 번 있었음을 사람들이 모두
기억하고 있는데 어찌 여러 말을 할 필요가 있으랴? 회교도는 죽으면 몸의
털을 깎아야 한다. 청정하게 태어나서 청정하게 가기 위함이다. 장쭤린張作
林은 이번에 폭탄을 맞기 전에 베이징을 나갈 때 올 때처럼 길에 황토를 깔
았다. 그는 "황제가 왔다가 황제가 간다"라고 말했다(황제는 응당 황토를
밟아야 하는데 이는 황제 철학의 한 가지다).

후장대학에서 구 서양 교장을 환송하고 내친김에 신 중국 교장을 환영
한 것은 그야말로 일석이조一箭雙雕다. "왕림하여 관람해 주시면 환영의 마
음을 이기지 못하겠다"고 했으므로 더 나아가 일거삼득一擧三得이 된다.

4. 특별 공고

난양형제연초공사南陽兄弟煙草公司 특별 공고

본사에서 제조한 10개들이 다롄주大聯珠 담배 종이 갑을 보면, 상우인서관에서 인쇄한 것은 내면 종이에 C.P.라는 두 글자를 새겨놓았고, 중화서국中華書局에서 인쇄한 것은 C.H.라는 두 글자를 새겨놓았다. 이 글자들은 모두 인쇄 담당 회사가 자신들의 상업 기호를 표시한 것이다. C.P.는 Commercial Press의 약자로 상우인서관 이름이고, C.H.는 Chung Hwa의 약자로 중화서국의 이름이다. 이외에 별다른 뜻은 없다.[10] 항간에는 담배 갑에 이런 글자를 인쇄한 것은 사은품으로 바꾸기 위한 것이라는 말이 돌고 있는데, 이것은 기실 억측에 불과하다. 또 이 종류의 담배 갑은 이미 다 썼기 때문에 인쇄 담당 회사에 더 이상 이런 기호를 넣을 필요가 없다고 부탁했다. 오해를 피하기 위함이다. 이에 특별히 신문에 광고를 실어 분명하게 밝히는 바이다.

모든 일을 할 수 있지만 공산당이 되어서는 안 된다. 공산당을 타도하는 것이 바로 혁명의 성공이다. 공산당만 아니면 모든 것을 할 수 있다. 신 국가주의자도 좋고, 구 국가주의자도 좋고, 시산파주의자[11]도 좋고, 무정부주의자도 좋다. 오늘날의 중국은 삼라만상을 모두 포괄하지만 C.P. Being the Exception[공산당은 제외]이므로 C.P.를 입에 올리지 말라. 죽어야 할 자들이다. C.P. 자체가 바로 폭탄이어서 위험하고도 위험하다. 따라서 상우인서관도 위험하다. 난양형제연초공사도 위험하다. 담배 갑 내면 종이에 C.P.란 두 글자를 인쇄했다니 얼마나 위험한 일인가! 신문에 광고를 실어 성명을 발표한 건 오해를 피하기 위해서다. 진실로 더 이상 늦춰서는 안 되는 일이다. 좀더 서둘지 않으면 단두대가 머리 위로 닥쳐올 것이다.

5. 오묘한 글 한 편

전서前序 : 이것은 덧붙이는 말이다. "아래 문장은 아주 재미있을 것이므로" 더 이상 양념을 보탤 필요는 없겠다. 하지만 외국인은 보지 말기 바란다. 외국인은 받지 않을 것이기 때문이다. 그러나 나는 즐겁다. 이 사람이 이처럼 애국하고 있으니, 이것은 진실로 대견한 일이다.

구혼求婚을 위한 오묘한 글(진상)

양저우揚州 성안에 문득 성은 주朱, 이름은 □□라는 사람이 나타났다. 담소는 자유로웠고, 용모는 속되지 않았다. 말은 미친 것 같았고 모습은 명사名士와 같았다. 근래에 갑자기 『양저우일보』揚州日報 1면에 '주 아무개 구혼 광고'朱某求婚廣告 한 편을 게재했다. 문장이 아주 재미있어서 독자들이 입을 벌리고 웃지 않은 사람이 없다. 이에 원문을 베껴서 「쾌활림」에 우송하여 독자 여러분에게 우스갯거리로 제공하고자 한다.

(원문) 알립니다. 이 비천한 사람은 본래 아내가 있었으나 정묘년 가을에 병사했습니다. 홀아비가 되고 나서 자못 괴롭게 살았습니다. 사람 몸의 구조를 조사해 본즉 사람은 각각 한 조각인지라 남녀가 몸을 합쳐야 원만한 형체를 이룹니다. 이 때문에 남녀 부부가 몸을 합치면 즐겁게 되고, 떨어지면 괴롭게 됩니다. 이것은 자연의 추세입니다. 저는 스물한 살에 독서를 시작했고, 스물여섯 살에 일찍이 캉문康門에서 가르침을 받았습니다. 10년 사이에 위로는 『대학』의 정통을 계승하여 제자백가의 전기까지 두루 엿보았습니다. 세로로는 삼계三界를 탐색했고, 가로로는 천지를 꿰뚫었습

니다. 종교학, 운명학, 도덕학, 정치학, 법률학, 병법학에 대해 안으로는 심성의 오묘함을 깨달았고, 밖으로는 천지의 큰 이치를 알게 되었습니다. 그 사이의 곤충과 초목, 사람과 조수鳥獸에 대해서 기원을 연구하고 그 끝을 탐구하여 한계가 없는 경지에 도달했습니다. 앞으로 나아갈수록 더욱 정밀해졌고, 정밀해질수록 더욱 기발해졌습니다. 남과 나, 하늘과 땅의 차이를 거의 모른다 해도 그러나 최상의 경지는 정을 잊는 것인데, 누가 이것을 해소할 수 있겠습니까? 이 모자라는 사람은 호색한이라 마음속으로 남몰래 여인을 사모합니다. 무릇 향기로운 규방의 아리따운 여인이나, 학계의 재주 있는 여인이나, 이제 바른 길로 들어선 기녀는 모두 뜻을 잃은 영웅의 적당한 짝이 될 수 있습니다. 아래의 주소에 따라 반신 사진과 의견서 한 통을 덧붙여 우편으로 보내 주시기 바랍니다. 제가 검사한 후 그에 상응하는 답장을 드리겠습니다. 또 인연이 있는 자매가 있으면 제게 말씀해 주십시오. 다만 외국인은 받지 않습니다. 이에 알립니다.

1928. 8. 4.

루산의 가시덤불 속 장미로薔薇路에서 씀

주)_____

1) 원제는 「'剪報一斑'拾遺」. 이 글은 1928년 9월 10일 『위쓰』 주간 제4권 제37기 「신문 스크랩 조각」 제6절 '습유'(拾遺) 뒤에 처음 실렸다. 서명은 없다.

2) 예링평(葉靈鳳)은 1928년 5월 『고비』(戈壁) 제2기에 발표한 만화 설명에서 루쉰을 가리켜 이렇게 조롱했다. 루쉰은 "이중인격을 가진 노인으로 이미 지나간 전과를 내걸고 술항아리 뒤에 숨어 있다." 또 펑나이차오(馮乃超)는 1928년 4월 『문화비판』 제4호에 발표된 「인도주의자는 어떻게 자신을 방어하나?」(人道主義者怎樣地防衛著自己?)라는 글에서 루쉰을 이렇게 조롱했다. "사오싱주 술독 속으로 숨어들어 가 '여전히 취미를 이야기 하고 있다.'" 루쉰은 이들의 조롱을 패러디하여 이와 같이 썼다.

3) 천사(天師)는 도교 일파인 오두미교(五斗米教; 정일교正一教 또는 천사교天師教라고도 함)의 최고위직이다. 이 종교의 창시자인 후한 말 장릉(張陵)의 자손을 천사(天師)라고 부른 다. 이들의 근거지가 장시성 룽후산에 있다. 여기서는 중화민국 시기의 장언푸(張恩溥, 1904~1969)를 가리킨다.

4) 청천백일기(青天白日旗)는 중화민국 국기다. 지금도 타이완에서 사용하고 있다.

5) 『마전화 애사』(馬振華哀史)는 1927~1928년에 상하이에서 발생한 마전화(1897~1928) 와 왕스창(汪世昌)의 연애 비극을 다룬 실화 스토리다. 상하이 처녀 마전화는 1927년 11월부터 당시 군인이었던 왕스창과 자유연애를 했고, 1928년 3월에 약혼을 했다. 약 혼 후에 두 사람은 성관계를 맺었는데, 성관계 직후 왕스창은 마전화의 처녀성을 의심 했다. 그러자 마전화는 자신의 결백을 증명하기 위해 1928년 3월 26일 황푸강(黃浦江) 에 몸을 던져 자살했다. 이 사건은 당시 상하이를 뒤흔들었고 이후 각 신문과 잡지, 단 행본 등으로 발간되면서 많은 사람들의 관심을 증폭시켰다. 『마전화 애사』도 이를 소 재로 당시 상하이 싼유도서공사(三友圖書公司)에서 출간한 책이다.

6) 1920년 6월 상하이 외국회사 직원 옌루이성이 도박 자금을 마련하기 위해 당시 화류계 의 총리(花國總理)로 불리던 기녀 왕롄잉을 유인하여 살해하고, 그녀의 돈과 장신구를 강탈한 사건이다. 유명 기녀가 관련된 이 사건은 당시에 상하이에서 많은 사람의 흥미 를 불러일으켜 다양한 문예 작품의 소재가 되었다. 르포와 소설류 작품으로는 『롄잉참 사』(蓮英慘事), 『롄잉통사』(蓮英痛史) 등이 있고, 영화로는 「옌루이성」이 있으며, 신극으 로는 「롄잉피해기」(蓮英被難記), 경극으로는 「롄잉 재난」(蓮英劫), 「옌루이성이 롄잉을 모살하다」(閻瑞生謀害蓮英), 「옌루이성 총살」(槍斃閻瑞生) 등이 있다.

7) 웨이푸란(魏馥蘭)은 미국 목사 화이트(Francis John White, 1870~1959)의 중국식 이름 이다. 1901년부터 중국에서 선교활동을 시작했으며 이후 상하이 후장대학 교장을 20 여 년간 역임했다.

8) 류잔언(劉湛恩, 1895~1938)은 미국 컬럼비아대학에서 철학박사 학위를 받고 귀국하여 1922년부터 난징 둥난대학, 상하이 다샤대학(大夏大學)과 광화대학(光華大學) 교수를 역임했다. 1928년부터는 상하이 후장대학 교장을 지냈으며 1931년부터 항일활동에 적극적으로 참가하다가 1938년 4월 7일 일본 특무에게 암살되었다.

9) 독군, 독판, 독리는 중화민국 시기 중국 각 성(省)의 군사 일을 총괄하던 책임자다. 대체 로 여기에 나열된 순서대로 명칭이 바뀌었지만 성에 따라 이 순서와 다른 경우도 있다.

10) 이런 광고를 낸 본래의 이유는 C.P.라는 말이 Communist Party(공산당)의 약자라는 오해를 피하기 위해서다.

11) 시산파(西山派)는 1925년 11월 베이징 서쪽 비윈사(碧雲寺)에서 열린 국민당 우파 회 의에 참가한 사람들을 가리키는 말이다. 이들은 국민당 좌파의 급진적인 혁명 노선에 반대하였고, 타협적이고 온건한 태도를 보였다.

'나도 푸단대학에 대해 말한다' 문장 뒤의 부기[1]

『위쓰』는 본래 어떤 학교 한 곳을 위해서 긴 편폭을 할애하지 않는다. 그러나 이미 '말'을 시작했으므로 '말'을 계속하는 것도 무방하다고 생각한다. 이 글은 앞서 실린 문장[2]의 변호에 가까울 뿐 아니라 그 어투를 살펴보면 필자[3]가 푸단대학과 밀접한 관련을 맺고 있고, 또 그 학교를 위해 뭔가 일을 하려는 사람임을 알 수 있다. 이 때문에 조금도 생략하지 않고 이곳에 등재하여 독자들께서 모두 살펴볼 수 있도록 하겠다.

8월 28일, 기자 부기

[참고]

나도 푸단대학에 대해 말한다

판추지潘楚基

본문으로 들어가기 전에 나는 두 가지 점을 분명하게 밝히고자 한다.

첫째, 나도 이미 푸단을 떠난 학생이다. 내가 이 글을 쓰는 것은 주관적인 견해로 푸단을 위해 아무 의미도 없이 큰소리치려는 것이 절대 아니다.

둘째, 펑야오馮珧 군의 이름을 동창 명부에서 모두 찾아봤지만 찾을 수 없었다. 그러나 나는 필자가 본명을 쓰지 않았다고 해서 그의 말을 절대 경시하지 않는다.

펑야오 군은 본간 제32기에 「푸단대학에 대해 말한다」談談復旦大學란 글을 썼다. 이 글에서 그는 푸단대학이 부패한 사실을 열거하며 그것을 총괄하여 다음과 같이 정리했다.

① 학교의 물질적 시설이 잘 갖춰지지 못했다. 예를 들면 좁아터진 주거 공간 및 열람실, 더러운 식당, 불충분한 참고도서 등이 그것이다.

② 교수의 실력이 형편없다. 예를 들면 걸음을 잘 걷지 못할 정도로 뚱뚱한 모 교수, 중국 시골 사투리 어투가 섞인 영어, 상하이어 어조의 베이징어를 쓰는 모 교수, 수업과 시험을 대강대강 해치우는 모 교수가 그들이다.

③ 학교가 학생들을 지나치게 착취한다. 도서비 이중 징수, 새 기숙사 주거비 과다 징수, 식비 은행 징수, 학점 취득을 위한 추가 시험 때 돈을 받고 합격시키는 일 등이 그것이다.

④ 학생들이 공부를 하려 하지 않는다. 강의 시간에 모두 소설 한 권, 잡지 한 권, 소형 신문 한 장을 들고 있다. 성적 취득 리포트를 쓸 때 다른 사람에게 대신 써 달라고 부탁한다. 시험 칠 때 시험지 페이지 수를 줄여 달라 요구하고 또 몰래 책을 보는 등 부정행위를 한다.

⑤ 학생들의 횡포. 우수한 교수의 '10대 죄악'을 열거한 뒤, "이러한 도적을 몰아내겠다고 맹세한다".

⑥ 학생들의 낭만. 예를 들면 "왼쪽에서는 '선제께서 난양으로 내려간다'⁴⁾는 창을 하고", "오른쪽에서는 '소녀여! 나는 너를 사랑해'⁵⁾라는 노래

를 한다." "2층 마루에서 춤을 추고", "대부분 학생들은 얼굴에 하얀 크림白玉霜을 바른다." "제복의 치수를 재려고 사흘이나 휴강한다."

⑦ 학생들의 나약함. 학생들은 매점의 착취에 대해서 어린 양처럼 저항을 하지 못한다.

위의 이 몇 가지 때문에 평군(?)은 다음과 같은 결론을 내렸다. "푸단대학은 이미 천 길 낭떠러지로 떨어졌다!" 또 "이 학교가 이렇게 쉽게 노쇠하고 타락할 줄은 생각지도 못했다!"라고 했다.

나는 평군이 말한 것의 일부는 사실이라고 생각한다. 그러나 "폭군 주왕紂王의 사악함은 그렇게 심하지 않았다!" 게다가 전체 중국의 교육이 결코 정상 궤도에 오르지 못한 상황에서, 만약 우리가 몇십 년 전의 영광스런 탄생 역사를 갖고 있고 현재에도 구제가 가능한 푸단에 대해 그 우수한 점을 완전히 말살하고, 겨우 한두 가지 사실을 들어 문장의 자극성을 도모하고 그것을 확대하여 전체 죄상으로 확정한 뒤, 그 학교에 영원하고 맹렬한 상처를 안긴다면 이제 싹이 트는 중국 교육의 한 부분에 간접적으로 치명적인 타격을 가하는 일이 될 것이다. 나는 이것이 평군의 본뜻은 아니라고 생각한다. 이 때문에 나는 내가 알고 있는 푸단대학을 완전히 객관적인 사실에 근거하여 좀 이야기해 보고자 한다.

물질적인 시설에 대해 말하자면, 푸단은 부채가 10여만이라 최근 몇 년 동안 학교에서는 전력을 다해 이자를 줄이고 묵은 빚을 상환하고 있기 때문에(현재 매년 3만씩 갚을 수 있음) 완전한 시설은 기실 학생 숫자의 발전과 증가 추세를 따라갈 수 없다. 그러나 이 점에 주의하지 않는 건 결코 아니다. 올해 여름방학에 열람실을 늘린 일과 거의 200명을 수용할 수 있는 새 기숙사를 더 지은 일이 바로 부정할 수 없는 사실이다. 나는 금후 학우들이 더 이상 시골의 작은 방에 머물거나 온종일 비바람이 불고 뜨거운 태양이 내리쬐는 사막 속을 치달리지 않아도 된다고 생각한다. 식사 문제에 대해 이야기하자면 나는 한편으로 학교와 학생회가 교내 식당을 정돈하는 데 진력할 수 있기를 바라고, 다른 한편으로는 학우들이 더 이상 학교의 힘이 미치지 않는 교외의 오염된 식당으로 가서 가격이 비교적 비싼 밥을 먹지 말기를 바란다.

다음은 밥벌레 교수 문제다. 몇십 명의 교수 중에서 확실히 몇 명은 평균이 말한 바와 같다. 나는 학우들의 비평을 들었기 때문에 작년 방학 때 학교 당국에 철저하게 저들의 체면을 봐주지 말 것을 재삼 요청했다. 즉 그런 무능력하거나 무책임한 교수를 축출하는 한편, 확실한 학문 능력을 가진 학자를 더 초빙할 것을 요청했다. 그러나 학교 당국에서는 이렇게 대답했다. "교수를 바꾸고 초빙하는 일은 1년 단위로 하는데 임기가 아직 종료되지 않았고 다수 학생들이 아직 분명한 축출 의사 표시를 하지 않은 상황에서는 교수를 해고할 수 없다. 연봉이 특히 비싼 저명 학자를 더 초빙하는 일은 최근 학교의 경제 상황 하에서 사실 실행하기가 어렵다." 다음 기에 새로 초빙하는 교수가 어떤지 나는 알 수 없다. 그러나 평균이 열거한 유명 밥벌레 교수 몇 명은 그가 그 문장을 발표하기 전에 이미 사퇴를 결정했다. 이것은 사실이다.

다음은 학교가 학생을 착취하는 문제에 대해 말하겠다. 학생들은 총 도서비 외에도 각 학과에 별도의 도서실이 개설되어 있기 때문에 그에 따른 별도의 도서비를 내야 하는 것이 사실이다. 그러나 나는 문과에서 도서비 1위안π만 낸 것으로 기억한다. 나는 1위안을 희생하여 꽤 많은 책을 볼 수 있다면 이 희생은 가치 있는 일이라고 생각한다. 이 때문에 내가 주의하는 것은 도서비 자체가 아니라 도서비의 처리가 타당한지 여부다. 내가 작년에 학우들에게 도서위원회를 조직하라고 주장한 것이 바로 이런 뜻이다 (본래 학교에 교수와 학생이 함께 구성한 도서위원회가 있음). 또 새 기숙사 주거비를 3위안 더 받는 문제에 대해 이야기하자면 소문을 듣건대 그곳의 시설이 다른 기숙사보다 특별히 좋아서 학교가 그 경제적 손실을 보충하려고 하기 때문이라고 한다. 그리고 식비를 반드시 은행에 내야 하는 문제다. 이것은 학교가 은행과 차관 협약을 맺을 때 협약서에 '학교 경비 전체 납부'나 '초과대출' 등의 조건을 명기했기 때문이다. 만약 3년 내로 학교가 은행 차관을 깨끗이 상환하면 이 불평등조약을 당연히 취소할 수 있다. 또 학점 취득을 위한 추가시험 때 돈을 받고 합격시키는 문제는 이렇다. 첫째, 추가시험은 결코 교수에게 맡기지 않는다. 둘째, 추가시험을 친다고 꼭 합격할 수 있는 것도 아니다. 내가 알고 있는 한 친구도 재수강을 하고 있다. 셋째, 학교에서 매 방학마다 평균 몇십 명의 성적 불량 학생을 제적하려고 한다. 이를 통해서도 학교가 결코 이익만 추구하지 않는다는 사실을 증명할 수 있다. 향우회는 자유롭게 가입할 수 있는 기관이므로 결코 모금처라는 이름이 존재하지 않는다.

다음은 학생들이 공부를 하지 않으려는 문제에 대해 말하겠다. 강의 시간에 모든 학생이 소설이나 소형 신문을 본다는 건 전혀 사실이 아니다. 푸단은 교통 편 때문에 소형 신문 판매가 지극히 드물다. 내가 푸단에 다닐 때 강의실에서는 소형 신문을 가져오는 사람을 전혀 본 적이 없다. 소설이나 잡지를 가져오는 사람도 매우 드물었다. 쉐디쯔[6]나 홍메이구이[7] 같은 명칭을 나는 아직까지도 들어 본 적이 없다. 평군은 '모든 학생'이 소설과 잡지 혹은 소형 신문을 본다고 했는데, 무슨 근거로 그렇게 말하는지 모르겠다. 나는 푸단의 학우들을 대신해서 억울하다고 외치고 싶다. 성적 취득 리포트를 다른 사람에게 대신 써 달라고 하는 행위는 각 학교에서 모두 그럴 가능성이 있는 일이다. 그러나 나는 남에게 대신 써 달라고 하는 학생이 매우 드물다고 믿는다. 왜냐하면 이는 모두들 자신의 시험 준비에도 바쁜 상황에서 전적으로 자신을 희생하여 다른 사람의 도구가 되려는 일인데, 세계에서 이렇게 멍청한 바보는 있을 수 없기 때문이다. 시험 칠 때 시험지 페이지 수를 줄여 달라고 하거나 부정행위를 하며 책을 보는 일은 소수의 밥벌레 교수 면전에서는 쉽게 할 수 있는 일이지만 책임감 있는 다수의 교수 면전에서는 절대 불가능한 일이라고 생각한다. 이것은 내가 오랫동안 관찰한 사실이어서 스스로에게 물어봐도 큰 착오가 없다(나는 작년에 강의실의 자리를 고정적으로 배치하자고 건의했는데 어쩌면 오래지 않아 시행할 수 있을 것 같다). 또 내가 관찰한 바에 의하면 푸단에서 공부가 목적이 아닌 공자孔子나 도련님들을 함부로 받아들이긴 했지만 부지런히 공부하는 학우가 나날이 많아지고 있음을 느낀다. 또 과거에는 하나의 열람실도 넉넉하게 이용할 수 있었지만, 지금은 7~8개 열람실도 미어터진다. 그리고 과거에는 성적이 B 이상인 학생이 수십 명에 불과했지만 지금은 성적이 B 이상인 학생이 200명을 초과한다는 사실을 보더라도 앞의 진술을 증명할 수 있다.

다음은 학생들의 횡포 문제에 대해 말하겠다. 어떤 교수에 대해서 학생들 마음대로 10대 죄악을 나열하고 이런 도적을 몰아내겠다고 맹세하는 일은 내가 관찰한 바에 의하면 기실 그 반대다. 나는 푸단대학 학우들이 강의가 끝난 후 어떤 교수를 소극적으로, 단편적으로, 잡담식으로 비평할 뿐이지, 학교당국을 향해 자신의 태도를 적극적으로, 구체적으로, 조리 있게 표시하는 일은 없다고 생각한다. 기억하건대 내가 작년 겨울 학우들의 여론을 근거로 학교 당국에 그 밥벌레 교수 몇 명을 축출해 달라고 요구했을 때, 주위에 있던 학우들이 나에게 호응해 주지 않아서 당국이 결국 내가 그들 교수에게 사사로운 감정이 있다고 의심한 적이 있다. 결과적으로 당국은 나의 말을 믿지 않았다. 여기에서도 학우들이 책임감 있게 교수들에게 '10대 죄악'을 나열하고 이런 도적을 몰아내겠다고 맹세하는 건 거의 있을 수 없는 일이다!

다음은 학생들의 낭만 문제에 대해 말하겠다. '선제께서 난양으로 내려간다'라는 창과 '소녀여! 나는 너를 사랑해'라는 노래는 전 상하이에 두루 퍼져 있는 저속한 음악이다. 매일 밤 7시 자습 이전에는 푸단에서도 도처에서 들을 수 있다. 그러나 "2층 마루에서 춤을 춘다"거나 "대부분 학생들이 얼굴에 하얀 크림을 바르는" 일은 사실이 아니다. 휴일이 너무 많다는 문제는 나도 확실히 봄철에 휴일이 너무 많다고 느낀다. 그러나 펑쥔이 말한 것처럼 "제복의 치수를 재려고 사흘이나 휴강하는" 일은 꼭 그렇다고 할 수 없다. 왜냐하면 그것은 5·3참사[8] 이후 상하이 전체 각급 학교가 시위와 가두 강연 등을 위해 일치된 행동을 한 것이지, 푸단대학 단독으로 제복의 치수를 재기 위해 행동한 것이 아니기 때문이다.

다음은 휴일에 학생들이 매점의 핍박을 받으며 어린 양처럼 나약하게 처신하는 문제에 대해 말하겠다. 이 일은 나도 정말 못마땅하게 보고 있다. 하지만 만약 외상을 금지하면 학우들이 불편하게 느낄 것이고, 외상값 독촉을 금지하면 매점이 또 우리의 횡포를 매도할 것이라고 생각한다. 이 때문에 나는 확실히 아직 좋은 방법을 생각하지 못했다.

다음은 푸단이 왜 아직도 존재할 수 있느냐의 문제에 대해 말하겠다. 펑군은 푸단에서 이미 유명한 상인 몇 명을 배출했고, 또 학교를 위해 많은 광고를 했으며, 황금색으로 반짝이는 학교 연감年鑑을 발행해 왔기 때문이라고 여겼다. 나는 이것도 다 그렇다고 생각하지 않는다. 나도 큰 거리 상인과 같은 모습이 보기 싫어서 상과商科에서 문과로 옮긴 사람이다. 그러나 나는 또 오늘날 중국에서는 어떤 것이든 모두 사람들이 공부해야 하고, 또 상하이는 전국 상업의 중심이므로 상과도 물론 특별한 발전을 했다. 그러나 푸단의 존재가 전적으로 몇몇 상인에 의지하고 있다는 건 사실이 아니다. 광고와 연감에 대해 말하자면 내가 아는 푸단의 광고가 기타 각 학교와 달리 특별한 흡인력을 가진 것은 결코 아니다. 연감은 이미 발간을 중지한 지 2년이 되었으므로 더더욱 사람을 현혹하기엔 부족하다. 나는 푸단이 존재할 수 있을 뿐 아니라 근래에 학생이 갑자기 증가한 것은 아래의 몇 가지 원인이 있다고 생각한다.

① 푸단은 중국에서 첫번째로 종교 교육에 반항한 학교다. 푸단의 탄생에는 혁명의 의미가 풍부하게 깃들어 있다. 이 때문에 시대의 조류 속에서 이 영광스런 역사가 청년들의 숭배 대상이 되고 있다.

② 푸단에는 여섯 학과가 있다. 여섯 학과에 개설된 과목은 모두 200강좌를 넘는다. 내가 알기로 이처럼 많은 과목을 개설한 학교는 상하이에 더 이상 없다. 나는 S교회대학에서 푸단으로 전학했다. 나는 어떤 사람이 피동적으로 극소수 과목——예를 들어 영어, 성경——의 엄격한 훈련(intensive reading)만 받으려 한다면 S대학에 가는 편이 더 낫다고 말한 적이 있다. 만약 그가 자유의지로 다양한 과목을 선택하여 extensive reading[9]을 해볼 생각이라면 푸단에 가는 편이 좋다고 생각한다. 나는 또 판에 박힌 듯이 책 몇 권만 읽도록 하지 않는 학풍도 학생들이 푸단으로 진

학하는 원인이라고 생각한다.

③ 푸단은 정치적인 분파 색깔이 존재하는 관립학교와 다르고, 특수한 사명을 갖고 있는 교회학교와도 다르다. 이들 학교는 개인이 설립하지 않아서 학벌을 조성할 가능성이 있다. 이 때문에 학생들은 푸단에 다니며 사상, 언론, 행동 부문에서 비교적 폭넓은 자유를 누릴 수 있다. 나는 초등학교와 중고등학교에서 엄격한 훈련을 시행하고 있으므로 대학에서는 학생들에게 좀 자유를 누리게 해도 무방하다고 생각한다. 이곳에 다니고 있는 많은 학우들의 심리도 이와 같을 것이다.

④ 기왕의 발전 과정에서 푸단은 상인 몇 명을 배출했을 뿐 아니라 각 학과에서도 모두 자기 분야의 사업을 이룬 학우가 있고, 그들은 사회적으로 상당한 신임을 받고 있다.

⑤ 재학생의 사회적 활동 능력도 사회의 주목을 받고 있다(예를 들면 정치활동 참여자와 전문적인 활동가가 그들이다. 나는 남들 앞에서 우쭐대는 특수한 사람들의 행동에 결코 찬성하지 않지만 이 또한 보편적 현상이라고 생각한다. 푸단만 그런 게 아니다).

⑥ 과거의 푸단과 현재의 푸단 모두 정부의 보조금, 교회의 예산, 자본가의 출연금을 받지 못해서 심각한 경제적 압박을 받고 있기 때문에 발전이 매우 더디다. 그러나 이러한 압박은 나날이 줄어들고 있다. 모든 구성원이 조금만 더 노력하면 푸단은 밝고 위대한 발전을 이룰 것이고, 이 때문에 가까운 장래에 수많은 청년들이 여전히 푸단에 진학하여 함께 노력하기를 희망할 것이다.

이상의 서술은 펑군이 푸단에 대해 행한 비판을 조금 정정한 것이다. 그러나 나는 결코 푸단에 만족하는 사람이 아니다. 나도 푸단 전체에 대해서 다음과 같이 비판하고자 한다.

첫째, 정신적 부문에서 학교 당국은 교육에 대해 아무런 이념도 표방하지 않고 있다. 그들의 목적은 오로지 학생들에게 책 속의 지식을 전수하기 위한 것뿐이고, 수많은 학생들이 이 학교에 진학하는 것도 서둘러 졸업장을 따기 위한 것뿐이다. 그러나 돈과 졸업장을 교환하는 일은 기실 오늘날 중국 전체 교육의 근본적인 문제 가운데 하나이지 푸단만의 현상이 아니다. 따라서 나는 푸단의 미국화와 상업화 추세를 바로잡으려면 전체 중국의 교육 방침을 굳게 확립하는 것이 가장 중요하다고 생각한다.

둘째, 물질적 부문에서 학교 시설이 너무나 부족하다. 학교의 빚을 갚으려면 학생을 많이 받지 않을 수 없다(내가 아는 바에 의하면 올 가을 학생 모집은 작년에 비해 훨씬 엄격하다고 한다). 이로써 학생은 증가했지만 주거 시설과 도서 등은 이에 비례하여 증가하지 않았다. 다른 학교에서 안락한 주거 시설에 익숙했거나 충분한 도서에 익숙했던 학우들은 지극한 고통을 느끼는 게 당연하다. 하지만 빚이 너무 많아 학교의 기운이 크게 손상된 후이니만큼 학교 당국은 한 걸음 한 걸음 개량을 하며 전진해야지 갑자기 용맹하게 뛰쳐나가서는 안 된다. 이 또한 학교의 고충이다.

요컨대 푸단의 20여 년 역사를 살펴보면서 나는 푸단이 여전히 진화하고 있음을 느낀다. 하지만 이런 진화는 비교적 완만하여 푸단이 응당 진화해야 할 수준에 전혀 도달하지 못했다. 만약 학교 당국과 학생들이 한 마음 한 뜻으로 함께 책임을 지고 죽어라 노력하면 푸단의 발전이 틀림없이 이런 수준에 멈추지 않을 것이라고 믿는다. 펑군은 "푸단대학은 이미 천 길 낭떠러지로 떨어졌고" 또 "이 학교가 이렇게 쉽게 노쇠하고 타락할 줄은 생각지도 못했다"라고 말했지만 나는 근본적으로 과거의 언제가 푸단의 황금시대였는지 그리고 또 언제가 푸단의 청춘 시기였는지 찾아낼 수 없다. 펑군은 푸단의 진정한 역사 밖에서 하나의 이상 시대를 억지로 날조하고 있다. 여기에는 좀 주관적인 색채가 묻어 있음을 부정할 수 없다. 펑군은 어떻게 생각하는지 묻고 싶다.

마지막으로 나는 여전히 다음과 같은 한 마디 말을 하고 싶다. 푸단은 여전히 곡선처럼 진화하고 있다. 만약 학교당국과 학생들이 특별한 책임의식을 갖고 두 배의 노력을 기울인다면 그 진화가 틀림없이 이런 수준에 멈추지 않을 것이다. 푸단 당국과 학생들은 주의를 기울이기 바란다. 더욱이 펑군의 글에 담긴 분개한 말을 인용하여 이후 혁신의 귀감으로 삼기를 바라는 사람들은 나의 이 말이 귀에 거슬리는 충언임을 알아야 한다.

주)_____

1) 원제는 「'我也來談談復旦大學'文後附白」. 이 글은 1928년 9월 10일 『위쓰』 주간 제4권 제37기에 처음 발표되었다.
2) 1928년 8월 6일 『위쓰』 제4권 제32기에 실린 펑야오(馮珧)의 「푸단대학에 대해 말한다」(談談復旦大學)를 가리킨다. 펑야오(1909~2000)는 쉬스취안(徐詩荃)의 필명이다. 후난성 창사 사람으로 당시 푸단대학 학생이었다.
3) 본문의 원문을 쓴 판추지(潘楚基)를 말한다.
4) 원문은 '先帝爺下南陽'. 『삼국지연의』(三國志演義)를 소재로 한 경극 「공성계」(空城計)에 나오는 가사다.
5) 원문은 '妹妹我愛你'. 1920~30년대 중국 신시와 유행가에 흔히 나오는 구절이다. 자유연애를 상징하는 말로 인식되었다.
6) 쉐디쯔(血滴子)는 명말(明末) 청초(淸初) 통속소설에 나오는 무기다. 회전하는 삿갓 모양의 암기(暗器)로 멀리서 던져서 적의 수급을 취한다.
7) 홍메이구이(紅玫瑰)는 1920~30년대 중국 민간 통속 연예에 등장하는 비련의 여주인공이다. 이후 1950년대에 영화로 제작되기도 했다. 유흥장 여가수 홍메이구이가 소학교 교사와 사랑을 하다가 군벌의 방해로 헤어지고 결국 우여곡절 끝에 모두 비극적인 죽

음을 맞는다는 내용이다.

8) 5·3참사는 1928년 5월 3일 일본군이 장제스의 국민혁명군의 북벌을 방해하기 위해 산둥성 지난(濟南)으로 난입하여 민간인 1만 7천여 명을 도살한 사건이다.

9) 광범위하게 두루두루 공부하는 경향을 가리킨다.

통신(장다성에게 답함)[1]

다성 선생 : 보내 주신 편지를 읽고 가르침을 받아서 매우 감격하고 있습니다. 그러나 우리 『위쓰』는 발간 이래 편집부가 줄곧 '유한계급'[2]으로 활동해서 "너무 바쁜 듯하다"는 경지에 전혀 도달하지 못했습니다. 그러나 비록 바쁘지는 않지만 명인의 원고를 끌어오지는 않습니다. 따라서 "몇 마디 반항적인 어투가 있는 원고를 보기만 하면 바로 오체투지로 절을 하고 서둘러 게재하는" 일을 할 리도 없습니다. 이 점은 선생께서 안심하셔도 좋습니다.

　귀교의 학우들이 우리 『위쓰』를 가져가서 교장에게 보여 주는 일은 또 다른 문제입니다. 문장은 종류가 갖가지이고, 학우도 부류가 갖가지입니다. 이런 문장을 실으면 이런 학우들이 가져가고, 저런 문장을 실으면 저런 학우가 가져가므로 우리 잡지 기자들은 사실 그들의 행동에 많이 관여할 수 없습니다. 기실 이 또한 무슨 경천동지할 만한 일로 칠 수도 없습니다. 교장이 『위쓰』를 보고 "좋아, 좋아!"라고 말하는지 여부는 장래의 어떤 상세한 세계사에도 한 점의 흔적도 남기지 못할 것입니다. 하지만 현재 어떤 사람은 "(음모의 수단을) 빌려 자기와 다른 사람을 배척하겠지만"
——그러나 선생께선 투고가 바로 음모이므로 '빌리는' 것이 아니라고 여
길 것입니다. 그러나 다음 문장에서 또 "아무개 군은 이 글로 농담 몇 마디
를 한 것에 불과하지만, 이미 나쁜 후과의 씨를 뿌린 사실은 모르고 있다"
라고 했습니다. 그러므로 이 말은 전혀 음모가 아닌 것처럼 보입니다. 결
국 이런 것들은 여기에서 잠시 거론하지 않기로 하겠습니다.——그건 전
혀 우리 기자의 초심이 아니기 때문에 지금 한 편을 뽑아[3] 등재하여 잠시
과오를 보완하려는 것입니다. 이 글은 귀교의 교장에 대해 불만을 표시하
는 것이므로 나는 귀교의 "모 학과를 반대하는 학우들"이 이번에는 더 이
상 이 글을 가져다가 교장에게 보일 수 없을 거라고 생각합니다.

본 기자에겐 푸단대학의 동창회 명부가 없기에 이번에 그 필자가 진
짜 성명을 썼는지 알 수 없습니다. 그러나 추측해 보면 아마 가짜 이름을
쓴 듯합니다. 왜냐하면 이 글이 지적하고 비판하는 내용에 편중되어 있기
때문입니다. 본 기자가 알고 있는 바에 의하면 결점을 지적한 원고는 늘
별명을 많이 씁니다. 감히 진짜 성명을 쓰고 진짜 주소를 쓰면서 선생처
럼 책임을 지려는 사람조차 "지금 분명하게 밝히기가 불편합니다. 그렇지
않으면 심한 의심을 받기 때문입니다"라고 하는 상황입니다. 상황이 이와
같이 어려우므로 정말 애석하기 그지없습니다.

열심히 애쓰시길 축원합니다.

9월 1일 상하이에서, 기자 삼가 드림

보내온 편지

기자 선생 :

최근 귀 간행물에서 아무개 군이 푸단대학을 공격하는 잡감문雜感文[4]을 읽었습니다. 나는 그 글 속에 사실과 다른 부분이 많고, 또 아무개 군이 글을 쓴 동기가 너무 불순하다고 생각합니다. 따라서 저는 푸단대학 학생 자격으로 이 편지를 선생께 보냅니다. 부디 기자 선생들께서 공명정대한 시각으로 바라보시고, 제3자의 태도로(아무개 군의 태도를 비호하는 것이 아니라) 이 글을 권말卷末에 발표해 주시기 바랍니다.

푸단대학에는 1,000여 명의 학우가 있으므로 엄연히 작은 사회입니다. 따라서 그 안에서 벌어지는 당파의 복잡함과 의견의 다양함은 피할 수 없는 일입니다. 목전에는 서로를 비방하는 암흑의 흐름이 무르익어서 일촉즉발의 형세를 이루고 있습니다. 그러나 우리 조상 때부터 전해 내려온 수단에 의거하여 적들에게 공격의 북을 당당하게 울리지도 못하고, 또 정당한 깃발을 내걸지도 못한 채, 오히려 음모의 수단을 빌려 이질적인 사람을 배척할 것입니다. 이번에 귀 잡지에 투고하는 글이 바로 이러한 수단의 표현입니다(지금 벌써 증거가 나타남). 이 때문에 이 글이 등재되고 나면 모 학과를 반대하는 학우들은 이 글을 가져가서 교장에게 보이며 학교가 이처럼 나빠진 게 전부 모 학과가 학교를 망친 탓이라고 이야기할 것입니다. 우리는 방법을 생각해야 하지만 교장은 예예, 하고 대답만 할 뿐입니다. 아무개 군은 이 글로 농담 몇 마디를 한 것에 불과하지만, 이미 나쁜 후과의 씨를 뿌린 사실은 모르고 있습니다. 또 귀 잡지의 지면을 이용하는 한편,

이를 자신의 공격 무기로 삼고 있으니 정말 일거양득이라고 할 수 있을 정도입니다. 목전의 잡지 편집자는 아마도 너무 바쁜 듯, 명인의 원고조차도 잠시 손에 넣지 못한 것 같습니다. 그 대신 몇 마디 반항적인 어투가 있는 원고를 보기만 하면 바로 오체투지를 하고 서둘러 게재합니다. 일반적인 폐단이라면 타인의 결점을 말한 것은 좋은 글이라 말하고, 이와 같이 찬미한 글은 오히려 좋지 않다고 하는 것입니다. 왜냐하면 찬미의 글을 게재하면 마치 '아부'하는 것 같으므로, 다소 그렇게 해서는 안 될 것 같은 느낌이 있고, 또 투고자에게 이용당하게 될 것 같은 근심도 있습니다. 그러나 지금의 투고자는 벌써 매우 총명하다는 사실을 누가 알겠습니까? 그들은 잡지 편집자와 잡지 애독자의 심리를 잘 알고 바로 책략을 바꿔서, 사실을 날조하여 남을 공격하는 글을 지어 편집자를 이용합니다. 푸단은 그 내막이 어떤지 나는 지금 분명하게 밝히기가 불편합니다. 그렇지 않으면 심한 의심을 받기 때문입니다. 응당 사회의 다수인이 푸단을 비판해야 할 것입니다. 아무개 군은 자신의 글에서 상하이의 모든 대학이 좋지 않다고 하면서 이번 기회를 빌려 푸단을 개량해야 한다고 말했습니다. 이를 통해 아무개 군이 이 대학에 입학하기 전에 이미 심오한 학문을 닦았음을 알 수 있습니다. 이 때문에 일체의 사물이 눈에 차지 않아서 모든 대학을 한 덩어리로 뭉뚱그려 매도하고 있습니다. 만약 아무개 군이 이 대학의 진보를 촉진하려 한다면, 어쨌든 강의실에서 교수와 토론을 벌이며 질문을 하는 편이 더 좋고, 교수가 질문에 대답하지 못하면 그때 꺼지라고 요청하는 편이 더 좋다고 나는 생각합니다. 그러면서 다른 한편으로 학교 당국을 향해 자기가 마음속으로 교수 자격이 있다고 인정하는 사람을 추천하면 학교 당국이 어찌 감히 따르지 않을 수 있겠으며, 어찌 더욱 직접적으로 학교의 개혁을 촉진하지 않을 수 있겠습니까? 가령 학교의 시설이 미비하면 아무개 군은 이미 학교의 한 구성원이므로 학교 당국을 향해 시설을 늘려 달라고 건의할 권리가 있습니다. 그런데 어찌하여 아무개 군은 이런 곳에서 학교 개혁을 촉진하지 않습니까? 하물며 푸단대학의 모든 행정(예를 들어 교수 초빙과 학교 시설 등등)은 전부 학교 각 학과의 학과장, 교장, 학생대표가 토론하여 진행하지 결코 한두 사람이 좌우하지 못하는데 더 무슨 말이 필요하겠습니까? 아무개 군은 학교 개혁을 촉진할 수 있는 기회가 아주 많았을 텐데도 거기에는 참여할 가치가 없다고 여기고, 오히려 글을 써서 공격하고 있습니다. 나는 이런 태도가 아주 불량하다고 생각합니다.

편지가 너무 길어졌습니다. 그러나 나는 푸단대학의 학생 자격으로 이 편지를 쓰지 않을 수 없었습니다. 나는 아무개 군의 태도가 좀 바뀌었으면 좋겠다는 희망을 갖고 있습니다. 또 나는 이 편지를 진짜 성명으로 발표하여 완전한 책임을 질 것입니다. 만약 아무개 군도 답변할 것이 있으면 진짜 성명을 써 주기 바랍니다. 이것은 별다른 뜻은 없고 아무개 군도 책임지겠다는 의사를 표명해야 한다는 것입니다.

기자 선생들의 평안을 축원합니다!

푸단대학 제1기숙사에서

8월 20일, 장다성

주)_____

1) 원제는 「通信(復章達生)」. 이 글은 1928년 9월 17일 『위쓰』 주간 제4권 제38기 '통신' 코너 장다성의 편지 뒤에 처음 실렸다.

2) 유한계급(有閑階級)은 한가로운 계급이란 의미다. 1928년 2월 리추리(李初梨)는 『문화

비판』 제2호에 「혁명문학을 어떻게 건설할 것인가」(怎樣地建設革命文學)라는 글을 발표했다. 그는 이 글에서 청팡우가 『위쓰』 기고자들을 다음과 같이 비판한 대목을 인용했다. "그들이 자랑스러워하는 것은 한가, 한가, 제3의 한가이다." 그리고 이렇게 말했다. "우리는 현대 자본주의 사회에서 유한계급이 비로 유전계급(有錢階級)임을 알고 있다."

3) 1928년 9월 17일 『위쓰』 주간 제4권 제38기에 실린 홍편(宏芬)의 「나도 푸단대학에 대해 말한다」를 가리킨다.

4) 펑야오의 「푸단대학에 대해 말한다」를 가리킨다.

'덜렁이'에 관하여[1]

기자 선생:

『다장월간』 창간호에서 벌어진 '덜렁이'粗人 토론[2]에 관해 이 비루하고 재주 없는 사람도 망령되나마 말단의 의견을 가지고 좀 참가해 보고자 합니다.

1. 천陳 선생[3]은 「백혜」伯兮를 가리켜 '덜렁이를 묘사한 시'(寫粗人)라고 했습니다. 이 '粗' 자가 의미상 통하는지 안 통하는지는 아무 관계가 없습니다. 피부나 의복에 대해 시에서는 마구잡이로 입었는지 그렇지 않은지 분명하게 말하지 않았기 때문에 우리는 그것이 '마구잡이인지' 추측할 방법이 없고, 또 그것이 '세심한지'도 단정할 수 없습니다. 이것은 잠시 토론 밖으로 내버려 두겠습니다.

2. '寫' 자가 좀 의미가 통하지 않습니다. 응당 '덜렁이가 묘사한 시'(粗人寫)로 고쳐야 하고, 이렇게 해야 어순이 순조롭습니다. 한번 보십시오. 시에서는 남편을 '백'伯이라 부르고 자신을 '아'我라 부르고 있습니다. 분명히 이 부인太太(거친지 꼼꼼한지 불문하고 잠시 이 호칭을 쓰겠음)이 스

스로를 서술한 시인데 어떻게 '덜렁이를 묘사했겠습니까?' 아마도 시인이 그 부인을 대신해서 시를 지은 것으로 보입니다. 그러나 대신 지었다 해도 '덜렁이가 묘사한' 것이므로 주어와 목적어를 '혼란스럽게' 말할 수 없습니다.

3. 천 선생은 또 '덜렁이 미인'粗疏的美人이라고 고쳤습니다. 그러나 이는 말을 더듬는 것처럼 문맥이 통하지 않습니다. 왜냐하면 이 부인은 전혀 '덜렁이'가 아니기 때문입니다. 그녀는 본래 '기름으로 머리를 감아서' 머리칼에 윤기가 납니다. 다만 남편이 원정을 가야 하기 때문에 머리를 감고 빗는 일에 게을러져서 되는대로 살고 있습니다. 그러나 그녀 자신은 이런 사실을 알고서 아마 장차 어떤 학자가 그녀를 '덜렁이'라고 말하리라 예상했기 때문에 다음 구절에서 이렇게 물었습니다. "누구를 위해 단장할까?"誰適爲容 보십시오. 이 얼마나 세심합니까? 그런데도 결국 '덜렁이'로 지적당하면서, 뜻풀이에 대한 인쇄 실수를 1,000여 가지나 저지른 식자공과 같은 대열에 서게 되었으니 어찌 원통하고 억울하지 않겠습니까?

훌륭하신 군자들께서는 어떻게 생각하시는지 모르겠습니다. 이에 알립니다. 부디 편안하시길 빕니다.

11월 1일, 펑위[4] 삼가 올림

주)_____

1) 원제는 「關於'粗人'」. 이 글은 1928년 11월 15일 상하이 『다장월간』(大江月刊) 제2기 '통신' 코너에 처음 발표되었다.

2) 1928년 10월 상하이의 『다장월간』 창간호에서 『시경』 「위풍(衛風)·백혜(伯兮)」를 둘러싸고 벌어진 논쟁. 천중판(陳鍾凡)이 『중국운문통론』(中國韻文通論)에서 「백혜」 시를 '덜

렁이'(粗人)를 묘사했다고 한 견해에 대해 장톄민(章鐵民)과 왕징즈(汪靜之)가 비판하고 천중판 자신이 반박한 논쟁이다. 이 논쟁은 본래 상하이 『지난주간』(暨南週刊) 1928년 제3권 제1기, 제2기, 제3기, 제10기까지 진행되던 것을 『다장월간』으로 옮겨 온 것이다. 『다장월간』 창간호에서는 또 장톄민의 「'백혜' 문제 10강」('伯兮'問題十講)을 게재하여 이 논쟁의 경과를 소개하는 동시에 천중판의 잘못된 관점과 태도를 비판했다.

3) 천중판(陳鍾凡, 1888~1982)이다. 당시 상하이 지난대학 문과대학 학장(文學院院長) 겸 중국문학과 학과장이었다. 그는 장톄민에게 보낸 편지에서 "'덜렁이'란 어휘는 본래 '덜렁이 미인'"이라고 해명했다.

4) 펑위(封餘)는 '封建餘孽'(봉건잔재)를 줄여서 쓴 필명이다. 1928년 8월 두취안(杜荃; 궈모뤄郭沫若)은 『창조월간』 제2권 제1기에 발표한 「문예전선상의 봉건잔재」(文藝戰線上的封建餘孽)라는 글에서 루쉰을 이렇게 비난했다. 루쉰은 "자본주의 이전의 봉건잔재다. 자본주의는 사회주의에 대해서 반혁명이고, 봉건잔재는 사회주의에 대해서 이중의 반혁명이다." 루쉰은 이를 패러디하여 두취안의 비난을 비꼬았다.

'도쿄통신' 평어[1]

이 편지를 받은 후 사실 소생은 다소 주저했다. 게재할 것인가 말 것인가? 그 필치의 뛰어남과 재미(또 재미를 이야기했다. 창조사 프롤레타리아 문학가들[2]에게 잠시 용서를 빈다), 또 해외 유학계 상황을 대략 알 수 있다는 측면을 보자면 게재해야 마땅하다. 하지만 게재하면 장차 어떻게 될 것인가? 『위쓰』가 남쪽으로 내려온 이후 난관에 봉착한 경우가 여러 번 있었다. 청팡우는 장차 '구타'를 가하려 하고,[3] 저장성은 벌써 '금지'를 선사했다.[4] 정인正人[5]은 이미 욕설을 미워하고, 혁가革家(혁명가다. 앞 구절과 대구를 맞추기 위해 한 글자를 생략했다)는 또 '낙오자'[6]라 배척한다. 게다가 내가 마침 어떤 간행물을 보니, '아무개 여사'[7]가 어느 나라 유학생의 나쁜 점을 이야기한 탓에 여러 공公들께서 단체의 위대한 명의로 『위쓰』의 죄를 성토하고 있었다. 이 편지에 묘사된 사람이 누구인지 모르지만, 이후 전국 국민의 대표가 일어나 토벌하지 않는다고 보장할 수 있을까? 시선은 멀리 50년까지 내다봐야 하므로 지금 대략 내가 주저하는 상황을 탓할 수는 없는 일이다. 그러나 다시 한번 읽어 보니 묘사가 살아 숨쉬는 듯 생생하게 느껴졌다. 이에 '취미'가 마침내 이해관계에서 승리해서 이번 호에 편집해 넣었다. 다만 몇 글자를 고친 건 필자의 양해를 빈다. 이 글에서 언급한 사람이 대체로 '낙오자'가 결코 아니고, 위쓰사도 거물 변호사[8]를 초빙하지 않았기에 일처리가 정말 어렵다. 글자를 고친 점, 양해를 바란다. 어쩔 수 없는 일이었다. 용서하지 않으시면 즉……, 즉 무엇일까? 즉 나도 어찌할 수가 없다.

중화민국 17년 11월 8일 등불 아래에서

편집자

[참고]

도쿄통신

기자 선생 :

확실히 감사해야 할 일입니다. 이번에 마침내 격앙된 어조로 '중화민국'이란 네 글자를 썼습니다. 이것은 정말 너무나 신선해서 웃음이 나올 것 같습니다. 그저께 아침 『아사히신문』朝日新聞 제7면 아래 오른쪽 구석에 「중화민국 쌍십절 강연회」라는 제목 아래 이런 글 한 단락이 실려 있었습니다.

10월 10일은 쌍십절이라 불리는데 이는 중화민국 혁명기념일이다. 금년에 국민혁명이 성공하여 통일 대업이 완성되어, 도쿄와 요코하마에 거주하는 중화민국 사람들이 성대한 경축 행사를 거행하려 한다. 지나 공사관 유학생감독처 및 이곳에 거주하는 중화민국 유력 인사 주최로 오늘 오후 1시부터 아오야마회관靑山會館에서 축하 강연회를 열고 저녁에는 기념 연극회를 거행한다.

사전에 각 학교에서는 이미 감독처의 통지를 받았고, 학생들도 모두 하루 휴무를 얻었습니다. 이미 혁명 성공과 전국 통일을 달성했으므로 자연히 금년 쌍십절을 경축하지 않을 수 없습니다. 게다가 이들 명인과 유력 인사는 이미 우리를 대신해서 완전하게 준비를 마쳤습니다. 당연한 이야기지만, 더 이상 편리할 수 없고 무조건 향유해야 할 권리를 포기해서는 안 됩니다.

전차를 족히 한 시간이나 탄 이후에야 이 찬란하고 당당한 모임 장소를 보았습니다! 벽에는 빨강색과 초록색 색종이로 표어가 가득 붙어 있었습니다. 정말 휘황찬란하게 보였습니다. 한번 보시죠.……만세,……만세, 도처에 만세라고 쓰여 있었습니다. 다시 한번 보시죠. 오직 저 구석, 모든 관중 뒤편 벽에는 수많은 만세 사이에 다음과 같은 구절이 섞여 있었습니다. "쌍십절을 경축하고 혁명을 방해한 제국주의를 잊지 말자." 어휘가 얼마나 은근하고 교묘합니까? 어쩐지 중국 사정을 토론한 모든 일본 책에는 그것이 호의든 악의든 상관없이 지나인은 외교의 천재라고 대서특필하고 있지 않습니까? 아, 외교의 천재! 그렇습니다. 솔직하게 "제국주의를 타도하자"라고 말하는 것은 외교적 언사의 본색을 잃는 일일 뿐 아니라 이로 인해 우방의 감정을 상하게 할 수 있습니다. 그러므로 좀 애매하게 말을 바꿔 "잊지 말자"라고 하는 것이 당연합니다. 제국주의를 타도하려고 혁명을 하는 건지 혹은 혁명이 막히는 상황이므로 암암리에 '제국주의' 네 글자를 쓴 건지에 대해서는 물론 물을 필요가 없습니다.──또한 우리처럼 이름도 없고 힘도 없는 청년들이 물어서는 안 되는 것입니다. 아마도.

연설한 사람은 아마도 저들 명인과 유력 인사들일 것입니다. 한 사람 한 사람씩,……대표,……대표, 각자가 모두 그들의 위대한 논리를 펼쳤습니다.——그러나 들리지 않는 것도 있었고, 목소리는 들렸지만 그가 도대체 무슨 말을 하는지 알 수 없는 것도 있었습니다. 예복, 양복, 군복 그리고 학생복이 번갈아 무대에 출현했습니다. 아니 진열되었습니다. 명인이 탁자를 주먹으로 내려치자 의장은 기민하게 대중을 선도하여 폭죽 같은 박수로 이에 보답했습니다. 또 명인이 발을 구르자 대중은 이것이 통절한 말을 할 때 명인이 응당 행하는 '동작'으로 추측하고, 더 이상 의장의 지시도 없이 일제히 박수를 쳤습니다.——대중운동이 이미 자동적으로 선지자나 선각자의 지도를 필요로 하지 않는 것은 당연히 매우 기뻐해야 할 일입니다. 이에 우리의 명인은 흡족하게 단상을 내려갔습니다.

나는 대회장 뒤편에서 겹겹으로 덮인 담배 연기를 뚫고 운무 속에 있는 것과 같은 연단을 애를 써서 바라봤습니다. 명인과 유력 인사들은 마치 신선처럼 무대 위에서 훨훨 떠다니는 것 같았고, 신선의 제자와 자제들도 그를 따라 무대 위에서 훨훨 떠다니는 것 같았습니다. 나는 정말 죄인입니다. 왜냐하면 나는 이들 신선을 바라보면서 결국 고향에 있을 때 즐겨 봤던 나무인형극을 떠올리지 않을 수 없었기 때문입니다. 인형들은 정말 영혼이 있는 것처럼 매우 활발하게 무대 위에서 머리를 긁으며 동작을 펼쳐 보였습니다. 나무인형을 조종하는 사람은 무대 아래의 장막 속에서 피리를 불었는데, 화음에도 맞지 않는 온갖 소리를 만들어 냈습니다. 터무니없는 것 같은 이 기억 때문에 나는 저들의 연설과 흥겹게 움직이는 명인과 유력 인사들에게 다소 호감이 생겨서 나도 모르게 박수를 치며 성원을 보냈습니다.

전체 대중의 성원 속에서 연설이 진행되었고, 또 구호를 외쳤고, 그리고 강연회를 마쳤습니다. 강연회를 마치기 전에 명인 한 사람이 다음과 같이 보고했습니다. "학예회는 5시에 시작될 것입니다. 여러 여사들께서 우리를 위해 춤을 출 것입니다!" 여사들이 춤을 춘다, "우리를 위해서". 대중이 큰 기쁨을 표현했음은 물론입니다. 그들은 자기도 모르게 "백성과 함께 즐기는"與民同樂 이 명인에게 마음속에서 우러나오는 감사를 표시했습니다.

5시! 대중은 더욱더 환호작약하며 대회에 참가했습니다. 오래지 않아 무대 옆 내빈 휴게실은 입술이 붉고 이빨이 하얀 미소년과 화려하게 차려입은 여사들로 붐볐습니다. 대회가 시작되었을 때도 그 명인은 여전히 무대에서 점잖게 걸으며 그가 학예부장으로 선출된 경과와 오늘 밤 학예회 준비 경과를 보고했습니다. 이번에는 대중도 오후에 비해 더욱 활발하고 기민하게 끊임없이 박수를 치며 그분의 넓은 은혜에 보답했습니다.

명인의 발걸음이 멈추자 학예회가 시작되었습니다. 우리나라 수천 년 문화를 표현하기 위해 첫째 마당에서는 피황희[9] 창을 공연했는데, 이때 그 명인이 보고 도중 특별히 강조한 '여사'도 무대에 올랐습니다. 카페트 위에서 비스듬한 자세를 하고, 90도로 벌어진 검은 가죽 구두와 하얀 비단 양말을 신은 다리가 반짝이는 검은색 치파오旗袍 속에서 좌우로 요동치는 가녀린 몸매를 지탱하고 있었습니다.

백색 스카프를 두른 목 위로는 하얀 얼굴과 반짝이는 무수한 다이아몬드로 장식된 흑발이 드러나 있었고, 신체의 요동에 따라 상하 좌우로 반짝이는 시선을 던지고 있었습니다. ── 결국 주위는 모두 환한 빛으로 가득

했습니다. 이는 마치 문학가들이 소설에서 묘사하고 있는 빛나는 여주인공과 흡사했습니다. 대중 가운데 학생들은 흡사 자신들의 눈알이 튀어나올 정도인 모습인데도 전혀 아랑곳하지 않고 그 여사를 주시했고, 노동자들도 서로를 쳐다보며 미소 짓고 있었습니다. 전체 대회장은 강연회가 시작되기 3분 전에 비해 더욱 정적에 싸였고, 오직 양복 입은 그 소년의 무릎에 놓인 호금胡琴만이 빛나는 여사의 목소리 뒤를 따라 한 가닥 가느다란 소리를 뽑아내고 있었습니다. 그녀가 창 한 대목을 끝내고 호금이 잠깐 숨을 뱉어 낼 때마다 대중은 열렬하게 경천동지의 갈채를 보냈습니다. 창이 끝난 후에도 대중은 여전히 힘껏 박수를 보내며 앙코르를 요청했습니다. 마치 모든 사람의 두 손에서 눈송이를 날리며 "여사가 다시 나오지 않으면 천하의 창생은 어찌해야 합니까?"라고 급한 전보를 치는 것 같았습니다. 명인은 백성의 뜻은 존중해야 하고, 백성의 기운은 거스를 수 없음을 알고 특별히 그 여사 스스로 피아노를 치며 「서궁사」西宮詞를 부르도록 부탁했습니다.──이에 대중은 비로소 그 여사의 다재다능을 진정으로 알게 되었습니다.

　그 다음은 소위 골계희[10]라는 것으로 남자들 공연이었습니다. 그게 뭔지 잘 몰랐지만 앞뒤로 모두 서너 번 공연했습니다. 나는 『사원』辭源을 뒤적이며 가장 비열한 글자를 찾아 소위 골계희의 내용을 묘사한 듯하여 진실로 부끄러웠습니다. 나는 마치 귀신들이 그곳에서 어지럽게 춤추는 걸 보는 것 같았습니다. 무대 곁에 단정히 앉아 있던 미야자키 류스케宮崎龍介[11] 등 혁명 선배들은 참을 수 없는 쓴웃음을 새롭게 각성한 저들 혁명 청년에게 보내고 있었습니다. 중국 유학생과 노동자들은 모두 만족하여 미친 듯 웃어 댔습니다. 출입문과 창 밖에서 바라보던 일본 대중도 모두 깜짝 놀란 눈빛으로 인간의 감상력을 뛰어넘는 이 위대한 지나의 예술을 감상했습니다. 단도를 찬 순경도 한쪽 곁에 앉아서 짧은 콧수염 아래 입술로 냉소를 보내고 있었습니다.

그러나 이것에 골계극이라고 이름을 붙인 까닭은 대개 이와 별도로 소위 정극正劇이란 것이 있기 때문입니다. 이 정극의 내용은 내가 여기에서 보고할 겨를이 없지만, 그들은 가장 득의만만한 마지막 일막을 말살할 수 없었던 것 같습니다. 그들은 그 가장 마지막 일막에서 국민대회를 열어 어떤 군벌을 처단한 내용을 공연하려 했습니다. 여기에서 우리는 그들이 얼마나 총명한지 추측할 수 있습니다. 그들은 놀랍게도 이런 기회에 몇 단락을 크게 넣어 공연할 생각을 했습니다. 보십시오! 저 공연자들의 위풍당당함을! 주먹질, 발 구르기, 갑자기 몸을 쪼그렸다가 갑자기 용수철처럼 뛰어오르며 길게 소리 지르기. 차렷 자세를 했다가 박수소리가 끝나기를 기다려 또 몸을 쪼그렸다가 길게 소리 지르며 뛰어오릅니다. 이에 몸을 쪼그렸다가, 소리 지르고, 뛰어오르고, 박수소리를 듣고, 다시 뛰어오르고, 또 박수소리를 듣습니다.──관중들의 손은 공연자들의 몸짓을 따라 탄력이 풍부한 용수철로 변합니다.

마지막에는 바로 점잖게 걷던 그 학예부장이 특별히 강조한 두번째 '무용'이 펼쳐졌습니다. 과연 그 무용은 대중의 열렬한 환영을 받았습니다. 학예부장은 무대 세트 뒤에서 매우 만족해했습니다. "백성과 함께 즐기는" 그의 위대한 계획이 이미 완성되었기 때문입니다.

11시에 대회가 끝났습니다. 관중들은 이렇게 생각할 겁니다. "여사가 우리를 위해 춤을 췄다. 다이아몬드, 노랫소리, 요동치던 육체와 눈빛, 소리를 지르던 용수철 인간……." 그리하여 결론은 지나의 문화가 이로 인해 해외에서 크게 기세를 떨쳤다는 것입니다. 명인과 유력 인사들의 은혜가 정말 드넓습니다. …… 성황에 성황을 이뤘습니다!

동쪽 바다를 건너온 지 벌써 1년이 되어 가지만 보내 드릴 선물이 아무 것도 없습니다. 이 기회에 기자 선생의 평안을 기원합니다.

민국 17년 1월 12일, 어쥔^{璽君}

주)_____

1) 원제는 「'東京通信'按語」. 이 글은 1928년 11월 19일 『위쓰』 주간 제4권 제45기 「도쿄통신」 뒤에 처음 실렸다.

2) 창조사는 중국 신문학 초기에 문학연구회와 쌍벽을 이룬 문학사단이다. 1921년 6월에 창립되어 낭만주의 문학을 추구했다. 초기 동인은 궈모뤄, 청팡우, 위다푸(郁達夫), 정보치(鄭伯奇) 등이다. 이후 1927년 일본에서 귀국한 펑나이차오(馮乃超), 리추리(李初梨), 펑캉(彭康), 주징워(朱鏡我) 등이 프롤레타리아 혁명문학을 기치로 내걸고 창조사에 가입하여 루쉰을 비난했다.

3) 청팡우는 1928년 2월 『문화비판』 제2호에서 「그들을 두드려 패서 몰아내자」라는 글을 발표하여 "문예 분야에서 우리의 사회의식을 마취시키는 환각제와 우리의 적을 찬양하는 가사를 분명하게 찾아내어 그들 작가들을 한바탕 두드려 패자"라고 했다.

4) 1928년 9월 국민당 저장성 당무지도위원회가 "언론이 황당무계하고, 심보가 반동적이다" 등의 죄목으로 『위쓰』 등 15종의 간행물을 유통 금지시킨 일을 가리킨다.

5) 『현대평론』과 신월파 작가로 활약하던 천위안(陳源), 천헝저(陳衡哲), 딩시린(丁西林), 양전성(楊振聲) 등을 가리킨다. 이들은 당시에 『위쓰』 작가들과 대립하며 정인군자(正人君子)를 자처했다.

6) 1928년 1월 펑나이차오는 『문화비판』 창간호에 실린 「예술과 사회생활」(藝術與社會生活)이란 글에서 루쉰을 이렇게 비난했다. "루쉰의 작품이 반영하고 있는 것은 사회변혁기 낙오자의 비애다. 그는 무료하게도 그의 아우와 함께 인도주의라는 아름다운 말 몇 마디를 지껄이고 있다."

7) '아무개 여사'는 당시 젊은 작가였던 천쉐자오(陳學昭, 1906~1991)를 가리킨다. 1927년 프랑스 유학을 갔고, 이 해 10월, 11월 및 다음 해 1월 상하이의 『신여성』(新女性) 잡지에 「프랑스 여행 통신」(旅法通信)이란 글을 계속 발표하여, 파리 등지에 거주하는 일부

중국 유학생들의 부패 행위를 폭로했다.

8) 당시 창조사가 변호사를 초빙하여 법률 문제를 맡긴 일을 풍자한 것이다.

9) 피황희(皮黃戲)는 중국의 대표적인 전통극인 경극(京劇)의 선행 형태다.

10) 골계희(滑稽戲)는 중국 현대에 상하이, 장쑤성, 저장성 등지에서 새롭게 유행한 신흥 전통극의 일종이다. 이 지역 사투리로 공연하면서 신극의 표현 양식을 섞어 주로 골계, 유머, 해학을 추구했다.

11) 원문 '宮琦龍介'는 '宮崎龍介'의 오류다. 미야자키 류스케(宮崎龍介, 1892~1971)는 일본 현대의 사회운동가, 변호사, 정치가다. 쑨원(孫文)의 맹우였던 미야자키 도덴(宮崎滔天)의 아들이다. 다이쇼(大正) 데모크라시의 영향으로 신인회(新人會)를 창설한 이래 사회운동에 헌신했다. 사회민중당 중앙위원을 지냈다. 1927년 중국을 방문하여 장제스(蔣介石)와 만나 중국국민당과 우호 관계를 맺었다. 이후 우익 정치 단체 '동방회'(東方會)에서 활동했다.

근하신년[1]

"폭죽 일성으로 묵은해를 보내고, 춘련[2] 붙은 만호萬戶는 새해를 맞이하네." 하룻밤이 지나면 또 새해다. 사람이 갑자기 새 사람으로 변하고, 문장도 갑자기 새 문장으로 진화한다. 소문을 들으니 여러 간행물이 크게 개혁을 단행하고, 환하게 면모를 일신하고, 내용을 풍부하게 하고, 외관도 더욱 아름답게 하여 보살펴 주신 독자들의 훌륭한 뜻에 보답한다고 한다. 우리의 뜻은 멀리 후방에 뒤떨어져서 여전히 구태를 고수한 채 본 간행물의 내용 모두를 평소처럼 유지하는 것이다. 비록 갑자기 날아가겠다고 말할 수는 있지만 기실 전혀 자신이 없다. 해명하자면 묵은해보다 게으르지 않을 자신만 있다고 말할 수 있을 뿐이다. 이 때문에 새해에도 떨쳐 일어날 방법은 없다. 만약 독자 여러분께서 그래도 불가하다고 생각하지 않고 여전히 이 간행물을 좀 읽어 보려 하신다면 우리는 매우 만족스럽게 생각할 것이다. 이에 이제 ── 근하신년이란 새해 인사를 올린다!

분류사[3] 동인

주)_____

1) 원제는 「敬賀新禧」. 이 글은 1928년 12월 30일 상하이 『분류』(奔流) 월간 제1권 제7기에 처음 실렸다.

2) 춘련(春聯)의 원문은 '桃符'. '도부'(桃符)는 복숭아나무 판대기에 문을 지키는 신의 모습이나 이름을 새겨서 대문에 걸어 두고 악귀를 쫓는 부적이다. 이 때문에 흔히 설날이나 입춘에 대문에 써서 붙이는 춘련(春聯)을 가리키기도 한다.

3) 분류사(奔流社)는 『분류』 월간사다. 『분류』는 루쉰, 위다푸가 편집을 담당한 문예잡지다. 1928년 6월 20일 상하이에서 창간하여 베이신서국(北新書局)에서 발간했다. 1929년 12월 제2권 제5기를 내고 정간했다.

『근대미술사조론』독자 여러분께 드리는 글[1]

『근대미술사조론』독자 여러분께 :

현재 중국에서 문학과 예술은 여전히 소위 문예가가 먹고 자는 둥지 입니다. 이 또한 부득이한 상황에서 이루어진 일입니다. 나는 여태까지 장 난꾸러기 아이들처럼 가는 대나무 장대를 들고 고목 위 숭고한 둥지를 들 쑤시려고 생각한 적이 전혀 없습니다.

그림에 대해서 나는 본래 문외한입니다. 이론과 유파를 알기는 좀 알 지만 문외한이란 칭호를 제거하기에는 절대 부족합니다. 내가 알고 있는 것이 결코 많지 않기 때문입니다. 내가 이 책을 번역한 이유는 1년여 전에 리샤오펑[2] 군이 『베이신월간』[3]의 도판 모은 것을 보았기 때문입니다. 이 에 신예술 분야에 아무 뿌리도 없는 나라에 엉성한 소개로는 일말의 도움 도 되지 않을 것이므로 체계적으로 소개하는 것이 가장 좋겠다고 생각했 습니다. 그때 마침 『근대미술사조론』이 출간되었습니다. 도판도 많았는 데 대체로 미술사의 대표작을 뽑은 것이었습니다. 나는 이것을 도판으로 넣고, 나 스스로 사론史論을 번역하여 그림의 설명으로 삼으면 독자들께서 좀 체계를 잡을 수 있을 것이라고 주장했습니다. 이밖에 의식적으로 다른 부문에 대한 무슨 악의는 전혀 품지 않았습니다.

나의 이 의견은 마침내 실행되었습니다. 글이 게재된 후 '혁명문학가' 의 탈을 쓰고 선의를 가장한 자의 경고를 받았습니다. 그는 엽서 한 통을 보내서[4] 내게 그래도 창작을 하는 것이 더 낫지, 일본 책을 함부로 번역해서는 안 된다고 말했습니다. 나는 이전에 창조사가 구분한 "창작은 처녀이고, 번역은 중매쟁이"[5]라는 학설을 본 적이 있습니다. 그러나 서로의 의견은 같을 수 없으므로 늘 처녀가 중매쟁이가 되어도 무방하지만——나중에 그들은 뜻밖에도 이 두 가지를 겸했습니다——, 만약 일개 중매쟁이에 불과하다면 억지로 처녀를 칭해서는 안 된다고 생각했습니다. 나는 절대 번역을 경시하지 않습니다. 이 책으로 말하자면 물론 불후의 저작은 결코 아닙니다. 그러나 나름대로 체계를 갖췄고 말에 조리가 있어서 지금 그 존재를 말살할 수 없습니다. 나는 책을 선택할 때 이런 정도면 만족합니다. 나는 비록 위대한 괴테, 니체, 맑스를 절대 모르지는 않지만 나의 재주와 힘을 스스로 살펴보건대 아직 이들의 책을 번역할 능력은 없습니다. 이 때문에 그들의 책에 빌붙어 세상에 명성을 전할 큰 뜻은 품고 있지 않습니다.

이처럼 작은 계획을 가지고 이처럼 작은 책을 번역했고, 이제 마침내 연재를 마쳤습니다. 하지만 돌이켜 보니 실망스런 점도 있었다고 느껴집니다. 세상 일은 서로 관련되어 있습니다. 그건 마치 번역문이 좋지 못한 것처럼 중국에서는 교정과 제판도 모두 만족할 수 없는 수준입니다. 예를 들어 그림 인쇄의 경우 중국판과 일본판, 일본판과 영국·독일판을 비교해 보면 나라마다 그 수준이 다름을 바로 알 수 있습니다. 삼색판은 중국에서도 인쇄할 수 있지만 이 또한 두세 군데 출판사에 불과합니다. 독보적인 인쇄소에서 제작한 컬러 그림은 한 장만 봐도 확실히 보기 좋습니다. 그러나 만약 같은 그림을 몇십 장 살펴보면 동일한 컬러에도 농담이 각 장마다 조금씩 다르다는 사실을 발견할 수 있습니다. 인쇄한 그림을 통해 원본 그림을 알아보기는 본래 어려우며, 다만 비슷하게 그릴 수 있을 뿐입니다. 그러나 저렇게 인쇄한 그림에 어찌 '비슷한 모습'을 구현할 수 있겠습니까? 책도 드물고 인쇄도 졸렬한 이 같은 환경에서 문예의 미묘함을 깨닫는 건 정말 지난한 일로 느껴집니다. 유럽 대륙 화랑을 두루 관람할 능력이 있는 사람은 말할 필요도 없고, 만약 중국에서 꼭 해외 문예에 유의하려는 사람은 반드시 외국에서 인쇄한 그림을 봐야 하고 그렇게 하면 느끼고 깨닫는 바가 틀림없이 '국내 인쇄품'에 정체되어 있을 때보다 훨씬 많을 것이라고 생각합니다.──이 말은 여전히 내가 몇 년 동안 사람들에게 욕을 먹은 "중국 책을 적게 읽으라"[6]는 타령과 같다고 여기겠지만, 나는 감히 이 주장에 깊은 확신을 갖고 있습니다.

한 번 비교해 보기만 하면 수많은 일의 상황을 분명히 알 수 있듯이 책과 그림을 보는 일도 동일한 이치입니다.

만약 독자가 잠시 좋은 책을 구하지 못하여 나의 이 작은 번역본을 소장해야 한다면 번역문을 떼어내어 '도판 목차'에서 지정한 페이지에 따라 도판으로 가서(시냐크[7]의 「범선」은 본문에서는 전혀 언급하지 않았지만 '점묘파 화가'에서는 언급되었습니다. 이것이 한 가지 사례입니다) 장정하면 한 권의 책이 됩니다. 그 차례는 다음과 같습니다.

(1) 전체 책 제1쪽 (2) 서언   (3) 본문 목차

(4) 도판 목차   (5) 본문 제1쪽 (6) 본문

또 오자가 좀 있으므로 독자 여러분께서 직접 고쳐 주시기 바랍니다.
지금 그 중요한 부분을 아래에 기록합니다.

갑. 문자

쪽	줄	오誤	정正
XX	五	樵探	樵采
11	十二	造創	創造
14	一	并永居	而永居
23	八	Autonio	Antonio
28	二	模樣	這樣
32	七	在魯	在盧
61	一	前體	前面
63	三	河內	珂內
66	八	Nagarener	Nazarener
74	四	他熱化	白熱化
82	八	回此	因此
86	七	質地開始	科白開場
92	五	秦祀	奉祀
95	五	間開勤	泃開勒
95	九	一統	一流
109	十二	證明	澄明
114	三	煎煎	熊熊
115	十二	o Slrie	Sélrie

116	三	說解	誤解
125	二	恐佈	恐怖
130	四	冷潮	冷嘲
135	二	言要	要將
138	四	豐姿	豐姿
139	六	覺者	觀者
145	四	去怎	又怎
146	十	正座	玉座
146	十二	多人物	許多人物
147	一	臺庫	臺座
151	一	比外	此外
152	一	證明	澄明
158	十一	希勅	希勒
159	八	auf	auf-
161	九	穩約	隱約
171	十	圖桂	圓柱
177	六	Vineent	Vincent
197	一	Romanntigue	Romantique
197	四	Se,	se
197	四	part	á part
197	六	Iln ous	Il nous
197	六	aw	au
197	九	quon	qu'on

198	五	Copie,	Copié
198	六	il n'élait	il n'etait
198	十	jái	J'ai
198	十二	dén	d'eu
200	八	Sout	Sont
200	九	exect	exact
200	九	réculte	résulte
200	九	sout	sont
200	十一	dovarat	devrait
201	一	le	la
201	四	Voila	Voilà

을. 삽화 제목

오誤	정正
薩昆尼的女人	薩毗尼的女人
托羅藹庸庸	托羅藹雍
康斯召不勒	康斯臺不勒
穆納：盧安大寺	盧安大寺
盧安大寺	穆納：盧安大寺
凱爾	凱爾波
羅蘭珊：女	萊什：朝餐
萊什：朝餐	羅蘭珊：女

정오표를 베끼고 나니 두뇌는 멍해지고 눈은 어지러워 더 이상 쓸데 없는 말은 하고 싶지 않고, 여기에서 '멈춥니다'.

부디 모두의 건필을 빕니다.

2월 25일, 루쉰

주)_____

1) 원제는 「致『近代美術思潮論』的讀者諸君」. 이 글은 1929년 3월 1일 상하이 『베이신』 (北新) 반월간 제3권 제5호 '통신' 코너에 처음 실렸다. 원래 제목이 없었다. 『근대미술 사조론』은 일본 미술평론가 이타가키 다카오(板垣鷹穂, 1894~1966)의 저작을 루쉰이 번역한 책이다. 이 책은 유럽 근대미술발전사를 소개하면서 140폭의 도판을 곁들였다. 이 책의 번역은 1928년 1월 『베이신』 반월간 제2권 제5호로부터 연재를 시작하여 1928년 10월 제22호에 연재를 마쳤다. 나중에 베이신서국에서 단행본으로 출간했다.

2) 리샤오펑(李小峰, 1897~1971)은 장쑤성 장인(江陰) 사람으로 베이징대학 철학과를 졸업하고 당시에 신조사(新潮社)와 위쓰사(語絲社) 동인으로 활동했다. 상하이 베이신서 국 주관자였다.

3) 『베이신월간』은 『베이신』 반월간의 오류다. 1926년 8월 상하이에서 창간되었다. 처음 에는 주간지로 발행하다가 1927년 11월부터 반월간으로 바꼈다. 1930년 12월 제4권 제24기를 끝으로 정간했다.

4) 1928년 1월 31일 창조사출판부 천사오쑹(陳紹宋)이 보낸 엽서다.

5) 원문은 "創作是處女, 飜譯是媒婆". 1921년 2월 귀모뤄가 『민탁』(民鐸) 월간 제2권 제5호 에 게재한 리스천(李石岑)에게 보낸 편지에 나오는 구절이다.

6) 원문은 "少看中國書". 『화개집』 『청년필독서』를 참고하라.

7) 시냐크(Paul Signac, 1863~1935)는 프랑스 점묘파 주요 화가다. 점묘파는 1880년대 프 랑스에서 일어난 신인상파다. 각종 색과 점으로 화면을 구성하는 특징을 보인다.

'공자가 남자를 만나다'에 관하여[1]

1. 산둥 성립 제2사범학교 학생회 공개 전보

각급 당黨 기관, 각급 정부, 각 민중단체, 각급 학교, 각 신문사 일람 :

　　본교 캠퍼스는 취푸曲阜에 설립되어 공묘와 연성공부[2] 가운데에 위치해 있습니다. 본 학생회는 성립 이래 늘 봉건세력의 압박을 느꼈지만 주위 환경을 돌아보며 일을 만날 때마다 신중을 기했습니다. 모든 행동을 취푸 현당부曲阜縣黨部 지도 아래에 두고, 업무에 힘쓰며 일찍이 성인의 후예와 마찰을 빚지 않았습니다.

　　뜻밖에도 올해 6월 8일 본 학생회는 학예회를 거행했으며 이에 따라 본교 대강당에서 「공자가 남자를 만나다」란 연극을 공연해서 결국 쿵씨 孔氏 가문에 죄를 짓게 되었습니다. 본교 교장 쑹환우宋還吾 선생이 이 일에 연루되었는데, 쿵씨 일족 쿵촨위孔傳堉 등에 의해 단계를 건너뛰어 국민당 정부 교육부에 넘겨진 후 공자 모욕죄로 고소되었습니다. 얼마 지나지 않아 교육부는 또 주바오친朱葆勤 참사參事를 파견하여 취푸에서 벌어진 일을 처리하게 했습니다. 그 보고서가 어떤지는 본 학생회가 알 수 없습니다. 다만 쿵씨 일족에게 본교 교장을 일러바친 각 항목은 아무 의미가 없다고 생각합니다. 죄명이 성립하는지 판단할 때 공론이 존재한다면 진상을 숨길 수 없습니다. 그런데 각계에서 진상을 분명하게 알지 못하고 은폐된 내용만 받아들여 쿵씨 대신 선전한다면 반동 세력의 기세가 나날이 사나워져서 장차 사태를 수습할 수 없을까 봐 심히 두렵습니다.

본 학생회 동인들은 지금 바야흐로 청년 시절을 보내고 있으므로 이 부패한 봉건세력에게 절대로 고개를 숙이고 항복하지 않을 것입니다. 또 국민혁명의 성공 여부, 우리 이념의 실행 여부와 봉건세력의 존재 여부는 밀접한 관계가 있습니다. 이것은 실로 전국 각급 당 기관, 민중단체, 언론기관이 공동으로 책임져야 할 임무이지 본 학생회 동인만의 임무에만 그치지 않습니다. 이제 교육부훈령, 첨부된 원고 고소장 및 본교 교장 답변서를 따로 올려드리는 이외에도 특별히 이 전보를 열람해 주시기 바랍니다. 지도를 베풀어 주시고 아울러 도움을 주시기를 기원합니다.

산둥성 제2사범학교 학생회 올림. 전眞

2. 교육부훈령 제855호 6월 26일 산둥교육청에 명령함

쿵씨 60문중 일족인 쿵촨위 등이 산둥 성립 제2사범학교 교장 쑹환우가 그들의 조상 공자를 모욕했으므로 조사·처리해 달라고 고소한 문건이 접수되었다. 조사를 해보니 공자 탄신일에 전국 학교에서는 각각 수업을 하지 말고 공자의 사적을 강연하며 그날을 기념해야 했다. 또 이 기념일은 행정원 제8차 회의 의결을 거쳐 현행 양력 8월 27일로 결정되었다. 또 학교가 학사력과 학기 및 휴일에 관한 규정을 제정할 때, 이 결정에 따라 기념일을 학사력에 편입하고 전후로 명령을 내려 각 안건을 준수해야 한다. 원고의 고소장에 기술된 각 항목이 만약 사실이라면 특히 행정원과 교육부에서 공자를 기념하는 본뜻과 크게 상반된다. 고소장에 기술된 지난 사정에 근거하여 내린 지시 즉 "고소장을 접수했다. 원고의 고소장에 기술된 각 항목의 사실 여부는 산둥교육청에 명령을 내려 진상을 밝히고, 조사하고, 보고하기 바란다"는 등의 지시 이외에도 원고의 고소장을 모두 베껴 송부하니 해당 교육청장이 진상을 밝히고, 조사하고, 보고하기 바란다. 이에 명령한다.

원고 고소장 초본 1건

공공연히 우리 조상 공자를 모욕하는지라, 사람들이 불평을 품고 있으므로, 진상을 조사하기 위한 밝은 명령을 내려 주십시오. 이 일을 고소합니다. 몰래 생각건대 산둥성 제2사범학교 교장 쑹환우는 산둥성 차오저우曹州 사람으로 베이징대학을 졸업했습니다. 성격이 괴벽하고 학문이 불순합니다. 이 때문에 몰래 서로 끌어주는 패거리가 있으며, 이 학교 교장 직을 함부로 수행했습니다. 교장 직을 맡은 이래 말과 행동이 모두 과격해서 국민당 본색을 전혀 보이지 않았습니다. 이는 일찍부터 식견 있는 사람이라면 모두 목격한 바입니다. 더더욱 올바른 도를 배반하고 우리 일족을 견딜 수 없게 한 것은 이 학교에서 늘 붙이는 표어 및 시위할 때 외치는 구호입니다. 예를 들어 공구孔丘는 중국 제일의 죄인이다, 공씨 집 둘째아들을 타도하자, 구도덕을 타도하자, 구예교를 타파하자, "백성은 따라오게 하면

되지, 알게 하면 안 된다"라는 우민정책을 타파하자, 연성공부에서 출자하여 설립한 명덕학교明德學校를 타도하자 등이 그것입니다. 아울러 분필로 공림[3]과 공묘 곳곳에 마구 쓴 낙서도 때때로 발견되지만 방지하려 해도 방지할 수 없고, 지우려 해도 모두 지울 수 없습니다. 저들은 사람도 많고 세력도 강하므로 저들이 행하는 폭력은 정말 우려할 만합니다. 귀 부처는 전국의 교육을 관장하는 기관으로 올바른 방침을 가지고 통일된 시행령을 반포했지만 공자에 대해서 모욕하는 공문을 발표한 적은 아직 없었습니다. 저처럼 함부로 행동하는 학교 교장은 도대체 어떤 교육 방침을 따르고 있으며, 어떤 지시를 받들고 있습니까? 아니면 별도로 새로운 방침을 시행하면서 별도의 이념을 품고 있습니까? 찬위 등은 쿵씨 집안 소속으로, 옛 제도를 헤아릴 때 조상을 감히 잊을 수 없는지라, 저들에게 권고를 하면서도 면박만 당하며 은인자중 지금에 이르렀는데, 그런 상황이 이미 습관이 될 정도로 흔하게 되었습니다. 그리고 뜻밖에도 올해 6월 8일이 학교에서는 연극을 공연한다고 하며 표를 마구 풀고 사람들을 불러 구경하게 했습니다. 마침내 「공자가 남자를 만나다」라는 공연이 시작되자 학생이 함부로 공자로 분장하여 추악하게 그 배역을 연기했고, 여자 교원이 남자南子로 분장하여 요염한 모습을 빼어나게 연기했습니다. 자로子路로 분장한 사람은 강호 녹림綠林의 기상을 넉넉히 갖췄습니다. 남자가 창을 한 가사는 『시경』「용풍鄘風·상중桑中」편인데, 온갖 추태를 드러냈고, 갖은 외설을 보여 줬습니다. 비록 구극의 「거대한 항아리」[4]와 「젊은 과부가 남편 무덤에 가다」[5]도 이보다 지나치지는 않을 것입니다. 피와 기氣를 가진 사람이라면 누가 조상이 없겠습니까? 우리 일족 남북 종친 60문중 중에서 취푸에 거주하는 사람이 많습니다. 이들이 이 연극을 눈으로 보고 귀로 들었으니 더 이상 참기 어렵게 되었습니다. 게다가 일본 손님 이누카이 쓰요시大養毅 등도 어제 취푸에 와서 공림과 공묘에서 노제를 지냈는데, 공자를 모욕하는 표어를 결국 보게 되었습니다. 다행히 동시에 그를 수행했던 장지張繼 선생이 즉시 취푸현 정부에 그것을 떼라고 재촉했고, 아울러 그 학교로 가서 강연을 하며 그들의 잘못을 지적했습니다. 그러자 그 학교 훈육주임 리찬례李燦堛는 크게 화를 내며 그날 바로 학생들을 불러 모아 이누카이 쓰요시는 제국주의의 대표자이고, 장지 선생은 시산회의파 부패 분자이고, 공자는 고금 중외의 죄인이라고 말했습니다. 이처럼 지극히 황당한 이론으로 마음대로 사람을 매도하고 있는데, 선비를 죽일 수는 있지만 욕되게 할 수는 없습니다. 공자께서 지금도 살아 있으면 저들을 어떻게 처리하시겠습니까? 이것은 전국의 중대한 문제이고, 귀 교육부 스스로 처리 권한을 갖고 있을 터이니 찬위 등은 감히 따져 묻지는 않겠습니다. 다만 이 불법 모욕 행위에 대해서는 전체 60문중의 생명을 걸고 불경不敬의 죄를 무릅쓰고자 합니다. 부디 신속하게 그 학교 교장 쑹환우를 분명하게 조사하고 엄격하게 처리하여 대중들에게 훤히 드러내 주시길 바랍니다. 그럼 귀 부의 성덕盛德에 감사하는 사람이 우리 일족에 그치지 않을 것입니다. 격분하여 말씀을 올리자니 황송하게 명령을 기다리는 마음 이길 수 없습니다. 별도로 장蔣 주석 및 내무부에 이 글을 올리는 외에도 삼가

국민정부 교육부 장蔣 부장[장관]에게도 올립니다.

신청인 쿵씨 60문중 일족 쿵촨위孔傳坿　쿵지쉬안孔繼選　쿵광리孔廣璃

쿵셴퉁孔憲桐　쿵지룬孔繼倫　쿵지전孔繼珍

쿵촨쥔孔傳均　쿵광쉰孔廣珣　쿵자오룽孔昭蓉

쿵찬스孔傳詩　쿵자오칭孔昭淸　쿵자오쿤孔昭坤

쿵칭린孔慶霖　쿵판룽孔繁蓉　쿵광메이孔廣梅

쿵자오창孔昭稇　쿵셴젠孔憲劍　　쿵광청孔廣成

쿵자오둥孔昭棟　쿵자오황孔昭鍠　쿵셴란孔憲蘭

3. 산둥 성립 제2사범학교 교장 쑹환우 답변서

쿵씨 60문중 일족 쿵찬위 등이 산둥 성립 제2사범학교 교장 쑹환우가 공자를 모욕한 사건을 고소했고, 이에 교육부에서 주바오친 참사를 파견하고 또 산둥교육청에서 장위광張鬱光 독학督學을 취푸로 파견하여 조사를 진행하게 했습니다. 고소한 각 항목의 사실 여부는 해당 관리들이 스스로 그것에 맞는 보고를 올릴 것입니다. 다만 이 일의 진상에 대해서는 저 환우도 부득이 말을 해야 하기에 특별히 가닥을 잡아 진술하고자 합니다.

　　원고의 고소장에는 "이 학교에서 항상 붙이는 표어 및 시위할 때 외치는 구호"가 있다는 등의 말이 있습니다. 각 기념일 군중대회를 조사해보면 모두 취푸현 당 기관에서 모집했고, 표어와 구호도 대부분 당 기관에서 발급했습니다. 예를 들어 "공구는 중국 제일의 죄인이다", "공씨 집 둘째아들을 타도하자" 등의 표어가 그것입니다. 기타 민중단체에서 붙인 것도 간혹 있지만 본교와는 무관합니다. "백성은 따라오게 하면 되지, 알게 하면 안 된다라는 우민정책"은 물론 본교 학생회에서 붙인 표어입니다. 학생회가 당 기관의 지휘 아래 있다는 건 잠시 논하지 않더라도 저는 학생회에 함부로 간섭할 수 없습니다. 설령 제가 간섭할 수 있다 해도 쿵씨 가문을 모욕한다는 이유로 강제로 표어를 붙이지 말라고 말할 수는 없습니다. 또 "연성공부에서 출자하여 설립한 명덕중학을 타도하자"라고 한 말은 더더욱 아무 근거가 없습니다. 그는 또 원고 고소장에서 "분필로 공림孔林과 공묘 곳곳에 마구 쓴 낙서도 때때로 발견되지만 방지하려 해도 방지할 수 없고, 지우려 해도 모두 지울 수 없습니다"라는 등의 말을 했습니다. 분필 등의 물건이 어느 곳에 없겠습니까? 그런데 과연 무슨 근거로 본교를 고소했습니까? 그는 계속해서 "사람도 많고 세력도 강하므로 저들이 행하는 폭력은 정말 우려할 만합니다"라고 했는데 이는 더욱 실제로 가리키는 대상이 없습니다. 본교에 설령 학생이 많다 해도 공씨 집안 60문중에 비하면 그 차이가 어찌 100배 적음에 그치겠습니까? 또 적수공권인 학생들이 어찌 강하다 할 수 있으며, 또 공부하는 학생들을 더더욱 폭력배라 칭하기는 어렵습니다. 본교 학생들은 평소에 사회의 민중들과 전혀 갈등을 빚지 않았는데 또 어찌 우려할 만한 말을 했겠습니까?

본교에서 「공자가 남자를 만나다」라는 연극을 공연했다고 한 것은 진실로 그런 일이 있었습니다. '공자가 남자를 만난' 일을 조사해 보면 『논어』에 기록이 보입니다.[6] 『논어』란 공자의 70제자와 그 후학들이 기록한 것인데 사람들에 의해 성인의 경전으로 받들어지며 역대로 원전을 삭제한 적이 없습니다. 기록한 사람이 죄가 없는데, 연출한 사람은 고소를 당했으니 너무나 억울한 일이 아니겠습니까? 또 원래 극본은 베이신서국의 『분류』월간 제1권 제6호에 보이고, 린위탕이 개편한 작품입니다. 매우 광범위하게 퍼져 나가 사람들이 모두 봤을 것입니다. 본교에서 이 연극을 공연한 까닭은 관객들로 하여금 예교와 예술의 충돌을 분명히 알게 하여 예술 속에서 인생의 진정한 의미를 인식하게 하려는 의도 때문이었습니다. 공연 때는 진실에 가깝게 하려고 공자로 분장한 사람에게 심의深衣를 입고 면류관을 쓰게 하여 그 모습을 지극히 장엄하게 했습니다. 또 남자로 분장한 사람에게는 수려한 옛 복장을 입게 하고 행동거지도 예법에 맞추도록 했습니다. 그리고 자로로 분장한 사람에게는 높다란 관을 쓰고 칼을 차게 하여 자못 용기를 좋아하는 모습을 드러내게 했습니다. 원고의 고소장에서는 또 "학생이 함부로 공자로 분장하여, 추악하게 그 배역을 연기했고, 여자 교원이 남자南子로 분장하여 요염한 모습을 빼어나게 연기했으며, 자로로 분장한 사람은 강호 녹림의 기상을 넉넉히 갖췄습니다"라고 말했는데 이는 정말 입에서 나오는 대로 헛소리를 한 것입니다. 대저 창에 쓰인 가사는 모두 『시경』의 옛 문장이고 또 원작 극본에도 있습니다. 예를 들어 「상중」편의 가사가 성인의 밝은 행적을 모독했다지만, 『시경』 각 판본에서는 모두 삭제하지 않고 보존해 두어 성인의 뜰에서 전수받을 수 있게 했고,[7] 마루 위에서 읊조릴 수 있게 했습니다. 그런데 유독 큰 공연장의 많은 민중들 가운데서 높은 목소리로 노래 부를 수 없단 말입니까? 원고의 고소장에서는 「상중」편을 「젊은 과부가 남편 무덤에 가다」 및 「거대한 항아리」에 비견했는데, 그것이 쿵씨 가문 가르침의 진정한 뜻인지, 타성인 저로서는 알 수 없습니다.

또 원고의 고소장에 의하면 이누카이 쓰요시와 장지가 본교에 와서 한 차례 강연을 한 것은 본교가 그를 환영해서 온 것이지 그가 쿵씨 집안의 지시를 받고 본교에 와서 잘못을 질책한 것이 전혀 아닙니다. 본교의 훈육주임이 학생들을 모아 놓고 훈화를 한 것은 교내에서 흔히 거행되는 행사이지 우연히 일어난 일이 결코 아닙니다. 이누카이 쓰요시가 중국에 온 의미를 학생들에게 설명해야 했습니다. "장지 선생은 시산회의파 부패분자"라는 발언은 장씨가 강연을 할 때 자기 스스로 한 말입니다. 또 "공자는 고금 중외의 죄인"이라고도 했다는데 이런 황당무계한 발언은 논리에도 맞지 않는 말입니다. 본교 직원의 학식이 천박하다 해도 이와 같은 불통의 지경에 빠지지는 않았을 겁니다. 게다가 본교 훈육주임 리찬례는 본 국민당의 충실한 동지입니다. 그는 난징특별시 당 훈련부 지도과 주임, 쑤이위안성綏遠省[8] 당무지도위원회 선전부 비서를 역임하면서 지금까지 줄곧 본 국민당의 입장에 서서 발언을 신중하게 했기 때문에 비난받을 만한 일을 하지 않았습니다. 산둥교육청 훈령 제693호에는 이런 언급이 있습니다. "훈육주임 리찬례는 당의 이론에 대해 심오하고 절실한 연구를 했고, 업무에도 풍부한 경험을 갖고 있다. 평소에 학생들과 가까이하면서 학생 지도에도 타당한 방법을 터득하여 학생들의 사상을 융화시켜 당 이론 교육의 정상 궤도로 귀의하게 할 수 있을 터이니 훈육 분야에 적임자를 얻었다고 할 수 있다." 저 쿵씨 등이 제 마음대로 업신여기는 말을 어찌 마음에 담아 둘 수 있겠습니까? 조사해 본 바에 의하면 이누카이 쓰요시와 장지는 취푸에 와서 연성공부에 기거하면서 출입할 때 늘 여덟 사람이 매는 큰 가마를 타고 다닌다고 하며, 학교 관계자의 전언에 의하면 매번 식사비용이 26위안에 달한다고 합니다. 또 골동품과 옥기 등을 모든 사람에게 10여 종 선물했다고 합니다. 장지 선생 일행이 취푸를 떠난 다음 날 저를 고소하는 문서가 벌써 우송되었습니다. 그러니 이 일의 실마리를 깊이 음미할 만합니다.

원고의 고소장을 종합해서 살펴보면 온통 거짓말투성이어서 진실한 증거는 아무것도 없습니다. 또 "공자를 모욕"했다고 떠벌리는데, 죄를 덮어씌우려면 어찌 꼬투리가 없을까 걱정하겠습니까? 설령 고소한 내용이 사실이라 하더라도 언론과 사상의 범위를 벗어나지 말고 가능한 한 공개적으로 토론해야지 하찮은 일을 크게 떠벌릴 필요는 없습니다. 또 "인민에게 집회, 결사, 언론, 출판, 거주, 신앙의 완전한 자유권이 있음을 확정한다"라고 당규에 기재되어 있는데 누가 감히 이것을 위반하고 있습니까? 저 쿵촨위 등은 거짓말을 날조하여 사람을 무고한 후 정상적인 단계를 건너뛰어 고소장을 올렸는데도 죗값을 치르지도 않았습니다. 오히려 교육부에서는 마침내 참사를 취푸로 파견하여 조사를 하게 했으니 이는 민주정치 하에서는 있을 수 없는 현상입니다.

또 원고의 고소장에서 일컫는 바에 의하면 쿵씨 전체가 60문중이라고 운운합니다. 조사에 의하면 60문중이란 기실 쿵씨 일가의 특수한 봉건조직입니다. 쿵씨 일족은 크게 60문중으로 나눠지고 매 문중마다 호수^戶^首가 있으며 호수 위에는 가장家長[가문의 장]이 있습니다. 가장과 호수가 각 문중의 소송을 처리할 때는 매번 당堂에 올라가 관례대로 검은색과 붉은색 오리부리 몽둥이⁹⁾를 벌려 세웁니다. 소송하는 사람은 무릎을 꿇고 사유를 진술하면서 입으로는 가장과 호수를 다라오예大老爺라고 부르며, 또 육형肉刑을 받기도 하는데 이는 엄연히 전제시대의 작은 조정입니다. 소송을 듣고 처리할 때는 정情을 따르지 리理[법리]를 따르지 않습니다. 소위 정情이란 대개 금전으로 판결을 거래하는 것입니다. 안건에 판결이 내려지면 지극히 억울하다 해도 감히 관공서에 고소하지 못합니다. 취푸현 원님도 쿵씨 문중 및 거기에 소속된 소송에 대해서는 여태껏 감히 따지지 못했습니다. 가장과 호수는 또 기부금을 강제로 정하여 공명을 얻을 수 있습니다. 예를 들어 공묘의 직원을 임용하면서 기부금을 받는데 직원마다 3만~5만 원文을 요구하는 등 강제로 기부금을 받는 일이 끊임없이 계속되고 있습니다. 각 문중 아래 소속된 쿵씨는 원통함을 품고 억울함을 참으며 하늘의 해를 보지 못한 지가 이미 오래되었습니다. 연성공부에도 백호百戶라는 관직이 있습니다. 타성 평민이라도 일단 백호가 되면 사람을 죽인 흉악한 범인도 법망 밖에서 노닐 수 있습니다. 이에 보통의 토호열신土豪劣紳도 다투어 거금을 내고 이 관직을 얻으려 합니다. 이웃 현이나 이웃 성이라 해도 기꺼이 기부금을 내려는 자가 드물지 않습니다. 연성공부에는 또 호상호號喪戶와 조추호條帚戶 등의 관직 명칭도 있으니 더욱 기괴합니다. 이들 관리는 대부분 여우가 호랑이의 위세를 빌린다는 격으로 양민을 속이며 탄압합니다. 그 피해가 쿵씨 문중 아래 백성에게 미칠 뿐 아니라 곧바로 타성 민중에게까지 미치고 있습니다. 또 그 피해가 취푸 현에 미칠 뿐 아니라 이웃 현에까지 미치고 있습니다. 쿵씨 문중 일족은 재앙을 당하면 그래도 말은 할 수 있지만, 타성 민중만 유독 무슨 잘못이 있습니까? 청천백일기 아래에 아직도 이런 제도를 용납할 수 있습니까?

본교는 취푸에 설립되어 있어서 역대 교장들이 모두 어려움을 느꼈습니다. 전 교장 쿵샹퉁孔祥桐은 동족에게 죄를 지어서 고소를 당해 직장을 떠났습니다. 한을 품고 멀리까지 떠났다가 병이 나서 죽었습니다. 그 후임 교장 판빙천范炳辰은 재임 1년 초까지 10여 차례나 고소를 당했습니다. 본성 교육청 설계위원회가 본교를 지닝濟寧으로 옮겨 봉건세력을 멀리 피하자고 주장한 것도 까닭이 없지 않습니다. 또 제가 본교에 도착한 이래로도 쿵씨 일족에게 공손하게 대하지 않은 적이 없습니다. 그리고 저는 일찍이 쿵씨 가문에 전해 내려온 책, 예를 들면 『미파사총서』微波榭叢書 및 『의정당집』儀鄭堂集 등을 다시 인쇄하자고 제창했습니다. 선철先哲을 표창하자는 제 생각에 증거가 없는 것이 아닙니다. 본교 학생 300여 명 중에서 취푸현에 소속된 사람은 2/10에 달합니다. 본교 부속소학 400여 명 중에서는 외부 현 출신 10~20명을 제외하면 나머지는 모두 취푸현에 본적을 두고 있습니다. 민중학교 여성부는 완전히 취푸현 학생으로 구성되어 있습니다. 소위 취푸현 소속 학생들 중 쿵씨 문중 자녀는 거의 절반에 이릅니다. 올해는 경비 조달이 매우 어려웠고, 취푸현 교육국에서 사숙私塾을 단속했기 때문에 학생들은 취학할 곳이 없었습니다. 본교 부속소학은 본래 7개 반의 경비로 운영되는데, 특별히 2개 반을 더 개설하고 자금을 들여 학생을 받았습니다. 지방사회 및 공자의 후예에 대해서 후한 대접을 하지 않았다고 할 수 없습니다. 본교의 한 해 일상 경비 5~6만 위안 중에서 봉급으로 절반을 지출하는 것 이외에 나머지는 모두 취푸현 안에서 소비됩니다. 모든 학생은 매년 각각 70~80위안을 소비합니다. 취푸현의 상업이 오늘과 같을 수 있는 연유를 보면 본교가 힘이 없지 않은 셈입니다. 이번에 저를 고소하는 일에 서명한 사람들은 모두 60문중의 호수가 결코 아니고, 대부분 시골에 거주하는 사람입니다. 따라서 고소한 각 항목에 대해서 그 사정을 반드시 알고 있지 못합니다. 다른 사람의 이름을 사칭하거나 빌리는 등의 일이 있는지도 확정하기 어렵습니다. 또 토호열신도 그들 속에 섞여 있습니다. 제가 탐문한 바에 의하면 쿵씨 중에서 사리에 좀 밝은 사람은 이번 일에 참가하지 않았습니다. 또 쿵촨위 등의 이번 행동은 진실로 식견이 있는 사람들에게 비웃음을 당하고 있다 합니다. 설령 저들의 뜻과 같이 모든 일을 처리하고 교장을 분명하게 조사·엄단하여 대중에게 밝게 드러낸다 해도 그 뒤로 부임하는 사람은 장차 일을 계속하기 어려울 것이며, 본교를 지닝이나 옌저우兗州로 옮기지 않고는 학교 업무를 처리할 방법이 없을 것입니다. 그렇게 되면 본교 부속소학 400명의 학생들은 그로 인해 배움을 잃을 것이고, 취푸의 상업은 그로 인해 몰락하게 될 것입니다. 앞서 진푸철로津浦路를 개설할 때 본래는 취푸현에 기차역을 만들기로 의견을 모았으나 연성공부가 풍수를 맹신하며 극력 반대한 나머지 결국 취푸현 성에서 18리나 떨어진 야오춘姚村 경유로 노선이 바뀌어, 상인이나 여행객 모두 불편을 감수하게 되었습니다. 그렇게 길들여진 취푸현 성안 사회는 여전히 중고시대를 유지하며 아직 진화하지 못하고 있습니다. 현재 상태에서 옛날을 되돌아봐도 사태가 완전히 동일합니다. 취푸의 민중은 쿵찬위 등에게 무슨 빚을 졌기에 언제나 반개화 상태에 머물며 근대문명을 수용할 수 없단 말입니까? 쿵씨 집안 자제들도 무슨 즐거움으로 이렇게 살아야 합니까? 쿵씨 60문중에도 개명한 인사가 적지 않을 것이니 저 쿵찬위 등의 불법 비행을 좌시해서도 안 되고, 눈감아 줘서도 안 될 것입니다.

한 걸음 더 나아가 말씀 올리겠습니다. 저는 또 국민당에 가입한 이래, 총리[10]께서 남기신 가르침을 신봉하며 여태껏 당의 기율을 위반한 적이 없습니다. 우한武漢에 있을 때 공산당에 체포되어 2개월여 하옥된 적이 있고, 국공합작이 깨진 후 비로소 석방되었습니다. 원고의 고소장에 "말과 행동이 모두 과격해서 국민당 본색을 전혀 보이지 않았다"라고 했는데 과연 무슨 근거로 이렇게 말했는지 모르겠습니다. 저 쿵찬위 등이야말로 결코 국민당의 동지가 아닌데 소위 과격과 본색의 의미를 아마도 깊이 알지 못하는 것 같습니다. 이제 마침내 본당의 동지를 헐뜯고 있으므로 본당에서는 응당 처치해야 할 법률이 있을 것입니다. 그렇지 않으면 이런 비행을 따라하는 자가 꼬리를 물고 일어나 이로부터 많은 사고가 생기지 않겠습니까? 저는 베이징대학을 졸업한 이후로 교육에 종사하며 여러 해를 보냈습니다. 1926년 가을에는 또 광저우에 있는 중국국민당학술원에 들어가서 5개월 동안 엄격한 훈련을 받았습니다. 이번에 교장 직에 임명되고 나서는 삼민주의 교육의 종지宗旨를 품고 상급기관의 법령을 준수하며 모든 정례 휴일까지 한결같이 집행하지 않은 적이 없고, 행정원과 교육부의 명령도 지금까지 위배한 적이 없습니다. 또 북벌이 성공한 이후 중앙에서 교육 행정 담당 장관을 맡은 분은 이전에 차이제민蔡孑民 선생이 계셨고, 지금은 장멍린蔣夢麟 선생이 계시며, 또 산둥성에는 허셴차何仙槎 교육청장이 계십니다. 이분들은 모두 10년 전에 린친난林琴南이 "공자와 맹자를 뒤엎고 윤리강상을 깎아 없앤다"고 간주하던 분들입니다. 차이 선생이 린친난에게 보낸 답장은 아직 그분의 『언행록』에 실려 있고, 장 선생은 『신교육』 잡지를 주관했으며, 허 청장은 『신조』新潮에 글을 쓰셨습니다. 저는 당시에 이분들을 우러러 탄복함이 실로 깊어서 10년 동안 그 뒤를 따르며 옛 뜻이 변치 않고 오늘에 이르렀습니다. 이에 저는 행정원과 교육부의 근본 취지도 조금이라도 어기기를 바라지 않습니다. 원고의 고발장에는 또 이런 말이 있습니다. "귀 부처는 전국의 교육을 관장하는 기관으로 올바른 방침을 가지고 통일된 시행령을 반포했지만 공자에 대해서 모욕하는 공문을 발표한 적은 아직 없었습니다. 저처럼 함부로 행동하는 저 학교 교장은 도대체 어떤 교육 방침을 따르고 있으며, 어떤 지시를 받들고 있습니까? 아니면 별도로 새로운 방침을 시행하면서 별도의 이념을 품고 있습니까?" 이는 분명히 고의로 사람을 모함하는 일인데, 저들이 온갖 극악무도한 수단을 다 동원하고 있음을 알 수 있습니다.

저는 공교회孔教會 대문으로 출입한 적이 없고, 또 연성공부로 가서 정성을 다해 배알한 적도 없으므로 성격이 괴벽하다고 할 수 있습니다. 또 날마다 경전을 읽은 적이 없으므로 당연히 학문이 불순합니다. 그러나 본성 교육청훈령 693호를 펼쳐 보면 이런 언급이 있습니다. "교장 쑹환우는 태도가 온화하여 교직원 및 학생들과 정신적으로 잘 융합한다. 업무도 자못 열성을 다하면서 교무 안배도 모두 매우 타당하게 처리한다. 또 교원 초빙 분야에서는 더더욱 전심전력을 다한다." 뜻밖의 칭찬이 마침내 이 미약한 사람에게 미쳤지만, 청정한 한밤중에 스스로 생각해 보니 진실로 제 임무를 감당하지 못하겠습니다. 저는 본적이 산둥성 옛 차오저우부曹州府 청우현城武縣이고, 확실히 베이징대학을 졸업했으므로 본 성 교육청 허何 청장과 동향同鄕 동문의 혐의가 없지 않습니다. 소위 "몰래 서로 끌어 주는 패거리가 있다"는 언급이 아마 이것을 가리키는 듯합니다. 그러나 청장과 동향 동문의 혐의가 있다고 해서 교장에 임명될 수 없다는 말은 어떤 법전에 근거했는지 모르겠습니다. 행정원과 교육부에 명문 규정이 있습니까? 교장 직을 함부로 수행했는지 여부는 관청에서 조사하면 될 것이고, 사회에서도 공론이 있을 것이니 제가 여러 말을 할 필요도 없을 것입니다. 저는 형편없이 직무를 수행하여 큰집에 가득 찰 만큼 죄를 지었습니다. 이에 쿵찬위 등은 권세가에 빌붙어 단계를 건너뛴 채 고소장을 올려 법규 질서를 어지럽게 했습니다. 교육을 진행할 방법이 없게 되었고, 이로 인해 학생들도 방황하고 있습니다. 한밤중까지 괴로워해 봐도 갈 길을 알지 못하겠습니다. 본래 제 스스로 위의 처분을 기다리며 아무 말 없이 침묵해야 마땅하지만 사회가 진상을 명확히 알지 못한 채 평판을 근거 없이 내릴까 두려워서 사태의 대강을 요약해서 서술해 드립니다. 이 나라의 군자들께서는 모두 살펴 주십시오.

7월 8일

4. 교육부 주 참사 및 산동교육청 합동 처리 보고서

합동으로 처리한 답변 문건을 보고합니다. 귀 부처의 훈령을 살펴보니 쿵씨 60문중 일족 쿵찬위 등이 산둥 성립 제2사범학교 교장 쑹환우가 그들의 선조 공자를 모욕했다고 그 진상을 조사해 달라는 등의 고소장을 올렸으며, 이에 교육청에 명령을 내려 분명하게 조사·처리하게 하고, 아울러 바오친을 산둥성으로 파견하여 교육청과 합동으로 조사·처리하여 결과를 모두 보고하게 한 일이 있습니다. 이를 받들어 본 교육청에서는 산둥성 독학督學 장위광張郁光을 보내 바오친을 수행하여 취푸로 가서 현지 조사를 실시하게 했습니다. 이에 본 사건의 경과와 상황을 대강 알게 되었습니다. 원고 고소장에서 고소한 각 항목은 모두 세 가지로 집계됩니다.

첫째, 공자를 모욕한 표어 및 구호를 공표한 일. 둘째, 「공자가 남자를 만나다」라는 연극을 공연한 일. 셋째, 이 학교 훈육주임 리찬례가 학생들을 소집하여 훈화하면서 이누카이 쓰요시와 장지를 매도한 일. 첫째 항목으로 말하자면 "백성은 따라오게 하면 되지, 알게 하면 안 된다라는 우민 정책을 타파하자"라는 표어를 이 학교 학생회에서 확실히 붙인 것 이외에는 기타 "공구[공자]는 중국 제일의 죄인이다", "공씨 집 둘째 아들을 타도하자" 등의 표어는 모두 조사 결과 실제 증거가 없었습니다. 둘째 항목으로 말하자면 「공자가 남자를 만나다」라는 연극은 공연한 게 확실하지만 조사 결과 이 연극 대본은 이 학교에서 만든 것이 전혀 아니고, 완전히 『분류』월간 제1권 제6호에 실린 린위탕 제작 극본에 근거하여 편성한 것이었습니다. 공자로 분장한 각색도 의관이 단정하여 전혀 추악한 꼴이 아니었습니다. 또 조사 결과 학생들이 연극을 공연할 때 이 학교 교장 쑹환우는 공무로 성衛에 가 있었습니다. 셋째 항목으로 말하자면 학생들 측으로부터 조사한 결과 이 학교에서는 관례상 아침저녁으로 한 차례씩 훈화를 하는데, 당일 이누카이 쓰요시와 장지 두 선생을 환영하는 대회가 끝난 후 이 학교 훈육주임이 훈화할 때 이누카이 쓰요시의 사람됨 및 중국에 온 임무를 언급한 적은 있지만 장씨를 매도한 일은 전혀 없고, 더더욱 공자가 고금 중외의 죄인이라는 말을 하지 않았습니다. 다시 원고의 고소장에 서명한 사람들은 조사에 의하면 대부분 시골 거주민들이고 공씨 일족 중 시내에 거주하는 사람은 고소한 각 항목에 대해 대부분 냉담한 눈으로 바라보고 있었습니다. 조사로 얻은 상황을 종합해 보면 이 학교 교직원과 학생들은 아마도 고의로 공자를 모욕한 사실은 없는 듯합니다. 다만 췌리闕里[11]에 거주하면서 수천 년 동안 감히 공자를 존경하고 숭배하지 않은 사람은 일찍이 없었습니다. 따라서 공자를 일단 연극에 편입하여 용모와 목소리를 흉내 내면 질타와 격분이 쏟아진다 해도 이상할 게 없습니다. 다만 이 학교 교장 쑹환우에 대해서 결국 어떤 처분을 내려야 하느냐 하는 점은 본 직원 등이 감히 마음대로 의견을 올릴 수 없습니다. 삼가 원고 고소장에서 고소한 각 항목을 근거로 조사해서 얻은 상황을「공자가 남자를 만나다」극본과 함께 연명해서 답장을 올리오니 부디 귀 교육부가 잘 살펴 지시해 주시면 이를 삼가 따르겠습니다. 이렇게 하면 진실로 공익에 편리할 것입니다. 교육부 부장[장관] 장蔣 공에게 올립니다.『분류』월간 한 권도 첨부합니다.

참사 주바오친, 산둥교육청 청장 허쓰위안何思源

5. 지난통신(濟南通信)

취푸 제2사범학교가 이전에 「공자가 남자를 만나다」란 신극을 공연하여 취푸 쿵씨 일족의 반대를 야기했고, 이에 쿵씨 일족이 교육부에 이 학교 교장 쑹환우를 고소했다. 공상부 장관 쿵샹시孔祥熙도 엄격한 처리를 주장하자 교육부에서 참사 주바오친을 지난濟南으로 보내 교육청에서 파견한 독학 장위광과 합동으로 취푸로 가서 조사를 진행한 결과 전혀 근거가 없는 것으로 밝혀져서 교육청이 이미 주바오친과 합동으로 교육부에 보고서를 올려 상세하게 처리하게 했다. 11일 쿵샹시는 장蔣 주석을 수행하여 지난에 들렀을 때 여전히 이 일에 대해 엄격하게 추궁해야 한다고 주장했다. 교육부장 장멍린과 감찰원장 차이위안페이蔡元培는 일전에 칭다오青島로 가는 길에 지난에 들렀을 때, 신극 공연에서 공자를 모욕한 일이 전혀 없으므로 쿵씨 일족은 하찮은 일을 크게 벌려서는 안 된다고 비공식적으로 의견을 표시했다. 과연 결과가 어떻게 될지는 교육부의 처리를 기다려야 한다.

8월 16일 『신문보』新聞報

6. 「공자가 남자를 만나다」 사건 내막

▲연성공부가 요인을 모시고 큰 소란을 일으키다
▲무뢰배 소송 거간꾼들이 조상을 위해 영광을 다투다

어제 산둥 제2사범학교 학생회에서 보낸 편지를 받았다. 그들은 「공자가 남자를 만나다」 연극 소송 사건 내막을 보고했다. 비록 편파적인 언사에서 벗어나지 못했으나 이 사건 문제점의 핵심은 충분히 살펴볼 수 있었다. 이 때문에 여기에 베껴서 게재한다.

취푸에서 소위 쿵씨 일족이라고 하는 쿵촨위 등 21명이 제2사범학교 교장 쑹환우가 '공자'를 모욕했다고 고소했다. 교육부가 직원을 파견하여 일을 조사·처리한 후 각 신문에 그 소식이 게재되었으나 대부분 언어가 상세하지 않았다. 당시에는 이 일이 있은 후 모두들 아무런 움직임도 보이지 않았다. 6월 18일에 이르러 국내외 명인 이누카이 쓰요시와 장지가 연이어 취푸로 왔고 연성공부에서 그들에게 성대한 잔치를 베풀었다. 명인이 떠나간 후 나흘 만에 갑자기 쑹 교장이 고소를 당하는 일이 발생했다. 이 속에 희미한 흔적이 숨어 있지만 진실로 그 자취를 찾을 수 있다. 원고 21명 등은 60호 문중의 호수가 결코 아니므로 아마도 쿵씨를 대표하기에는 부족한 듯하다. 대체로 저들은 무뢰배 소송 거간꾼 부류에 불과하고 또 저들 모두가 반드시 사정을 알고 있는 것도 아니다. 소문에 의하면 이 사건의 막후는 쿵샹짜오孔祥藻이고, 또 쿵판푸孔繁樸 등이 사주했는데, 이 때문에 이 사건이 비로소 확대되었다고 한다. 쿵샹짜오는 취푸에서 유명한 무뢰한이고, 쿵판푸는 공교회 회장이다. 살펴보건대 쿵판푸는 일찍이 땅과 재산을 늘리려고 형을 핍박하여 아편을 삼키고 죽게 했으니 그 인품을 알 만하다. 그리고 소위 공교회라는 것도 그 한 사람의 일인극에 불과한 것이다. 그는 공교회 세력을 확장하려고 했으므로 제2사범학교를 다른 곳으로 옮기지 않고는 다른 좋은 방법을 찾을 수 없었다. 그러므로 이번에 기회를 틈타 일을 일으킨 것은 스스로 피할 수 없는 일이었다. 이 때문에 이 사건은 진실로 제2사범학교와 공교회의 싸움이라고 할 수 있다. 게다가 소송 거간꾼을 끌어들인 것은 자기 세력을 과시하려는 시도에 불과하다. 현재 취푸의 각 기관, 각 민중단체는 모두 불만을 품고 있다. 건설국, 재정국, 교육국, 농민협회, 여성협회, 상회, 제2사범 학생회 제2사범 부속 소학 학생회 등은 모두 선언문을 발표하고, 관련 문건을 보내고, 연합하여 쿵촨위 등을 반박했다. 특히 현縣의 당기관이 봉건세력의 분란에 대해서 가장 심하게 분노를 드러내고 있다. 쿵촨위 등도 반동적인 힘을 크게 갖고 있지 못하므로 이 사건은 오래지 않아 일단락을 고할 것이다.

7월 18일 『다이아몬드』金鋼鑽

7. 하찮은 일을 크게 떠벌리다

스티얼史梯耳

취푸 제2사범학교가 「공자가 남자를 만나다」를 공연하여 야기한 풍파

지성선사至聖先師 공자는 우리 중국 '사상계의 권위자'로 수천 년 동안 민심을 지배했을 뿐 아니라 여태껏 세력을 잃은 적이 없다. 이 때문에 이와 같은 구예교와 봉건사상을 우리에게 남겨 놓았다!

역사는 우리에게 이런 사실을 알려 준다. 한나라 유방劉邦은 본래 정장亭長으로 일개 무뢰한이었지만 일단 "고귀한 천자가 되자" 공자를 존중했다. 명나라 주원장朱元璋은 일개 소 치는 목동에다 수도승에 불과했지만 어느 날 "용상에 높이 앉자" 공자를 존중했다. 청나라 누르하치도 중원으로 들어와 주인 노릇을 하게 되자 또 "한족 풍속을 존속시키고 유가(공자) 학술을 존중하려 했다". 이들 '만세 황제'들은 왜 이처럼 같은 마음을 먹었을까? 이는 공자 사상이 일반 '백성'들로 하여금 감히 반항하지 못하게 하고, 윗사람을 침범하여 혼란을 일으키는 걸 좋아하지 않게 훈련시킬 수 있기 때문이다. 우리는 이전의 문인 학자들이 '팔고문'을 '백점 만점'으로 지을 줄 알았지만 거기에 '활기'가 조금도 들어 있지 않았음을 이상하게 생각할 것도 없다!

쑨중산孫中山의 철학은 '사리를 알기는 어렵지만 그것을 실천하기는 쉽다'知難行易이므로, '사리를 아는 것'에 편중되어 있다. 또 '민중을 불러일으켜야 한다'는 유언을 남겨 일반 민중도 모두 '사리를 알아야' 한다고 했다. 그러나 지성선사 공자는 오히려 백성으로 하여금 '따라오게'만 하면 되지, '알게 하면' 안 된다라고 주장했다. 그가 말한 "民可使由之, 不可使知之"가 바로 이 뜻인데 쑨중산의 이념과 서로 어긋나지 않는가? 지금 같은 혁명시대에 반동 봉건사상이 여전히 잔류하도록 허용해야 하는가?

산둥성 취푸 제2사범학교는 「공자가 남자를 만나다」란 연극을 공연하여 '성인의 후예'인 쿵촨위 등에게 죄를 지었다. 이들은 국민당 정부 교육부에 이 학교 교장이 '자신들의 선조 공자를 모욕했다'는 죄명으로 우편 고소장을 접수하여 국민당 정부를 깜짝 놀라게 했고, 이에 정부에서는 직원을 파견하여 사건을 조사·처리하게 했다. 나는 아직까지 『분류』에 실린 원본 극본을 보지 못해서 이 연극이 공자를 모욕했는지 비판할 방법이 없다. 그러나 제2사범학교 교장은 다음과 같이 언급했다. "본교에서 이 연극을 공연한 까닭은 관객들로 하여금 예교와 예술의 충돌을 분명히 알게 하여 예술 속에서 인생의 진정한 의미를 인식하게 하려는 의도 때문이었습니다." 이와 같다면 무슨 지나친 모욕은 없었다고 할 수 있다. 다만 구예교에 대해 불만을 표시했을 뿐이다. 구예교에 대해 말하자면 이는 수천 년 동안 적폐가 쌓여 완성된 것이지 공자가 손수 만든 것은 결코 아니다. 따라서 구예교를 반대하는 것이 공자를 모욕하는 것이라고 인정할 수 없다.

게다가 인성을 가두고 사상을 억압하는 구예교의 죄악에 대해 우리는 반대하지 않을 수 없다! 만약 우리가 지금 시대에 공자를 존중해야 하는지, 봉건사상을 제거해야 하는지, 예술을 생산해야 하는지에 대해 명확하게 인식하고 있다면 이번 취푸 제2사범학교 풍파가 사상과 예술에 관계된 문제이고, 봉건세력이 사상계와 예술계를 향해 퍼붓는 공격임을 자연스럽게 알 수 있을 것이다.

하지만 국민당 정부에서는 이 하찮은 연극 때문에 직원을 파견하여 사건을 조사하게 하고 또 훈령을 내려 답변서를 올리라고 했으니 '하찮은 일을 크게 떠벌렸다'는 혐의에서 벗어날 수 없다. 나는 이렇게 생각한다.

1929. 7. 18, 고도古都에서

(7월 16일 『화베이일보』華北日報 부간에 게재)

8. '공자 모욕 문제'로 『다궁바오』 기자에게 답하다

쑹환우

금년 7월 23일 『다궁바오』 사설에 「근래 취푸의 공자 모욕 문제」近日曲阜之侮孔問題라는 글이 실렸는데, 어제야 내 친구가 그 글을 찾아 내게 보여 줬습니다. 나는 그 글을 읽고 나서 매우 기뻤습니다. 이 문제로 인해 산둥성의 각 신문에서도 토론이 벌어졌지만 두세 차례 토론이 진행된 후 다른 원인 때문에 잦아들고 말았습니다. 그런데 『다궁바오』 기자가 뜻밖에도 이것이 문제라고 인식했을 뿐 아니라 사설을 써서 우리를 비평했습니다. 우리는 탄복의 느낌을 받은 이외에도 이 사건에 대해 진실에 걸맞은 성명을 발표하는 동시에 기자 선생이 비평한 몇 가지 점에 대해 간단히 답변을 하고자 합니다.

　우리는 공자가 남자를 만난 일이 사실이라고 인식하고 있습니다. 이유는 다음과 같습니다. 첫째, '공자가 남자를 만난 일'이 『논어』에 나옵니다. 『논어』는 가짜 책이 아니고 70제자와 그 후학들이 기록한 것이므로 당연히 공자에 대해 유언비어를 날조하지 않았을 것입니다. 둘째, 공자가 열국을 주유한 의도는 벼슬을 얻어 자신의 도道를 펼치기 위함이었습니다. "사흘 동안 섬길 임금이 없으면 위로를 한다"[12]라든가 "3개월 동안 섬길 임금이 없으면 허둥대며 불안해한다"[13]라는 옛 뜻에 비춰 보면 공자가 남자를 만난 일은 사실로서 성립 가능합니다.

　「공자가 남자를 만나다」는 단막 희비극입니다. 연극은 예술의 일종입니다. 예술의 정의로 가장 간단한 것은 인생의 표현이나 재현이란 말입니다. 그러나 발견하지 못한 사람은 아무것도 표현할 수 없고, 생활 경험이 없는 사람도 아무것도 표현할 수 없습니다. 발견한 이후에 그가 발견한 것을 의식화해야 그것을 작품 속에 표현할 수 있습니다. 「공자가 남자를 만나다」는 작가가 자신이 발견한 남자의 예禮와 공자의 예가 상이함을 표현한 것입니다. 그리고 주공주의周公主義와 남자주의南子主義의 충돌을 표현한 것입니다. 그가 발견한 것에 깊이가 있는가 없는가? 또 표현한 것에 좋은 점이 있는가 나쁜 점이 있는가는 우리가 비평할 수 있는 것입니다. 그런데 만약 공자를 극본 속 각색으로 분장해서는 안 된다라든가, '공자가 남자를 만난' 일을 극본으로 편성해서는 안 된다라든가, 또 취푸에서 이런 단막 희비극을 공연해서는 안 된다라고 말한다면 이것은 우리가 토론해야 할 사안이 됩니다.

　『다궁바오』 기자는 이렇게 말했습니다. "비평은 타당한 태도가 있어야 한다. 충실해야 하고 신중해야 하며 이론과 사실에서 벗어날 수 없다."
이것은 논리를 세우기 위한 공식이지 연극을 연출하기 위한 공식은 아니며, 또 우리 연극인들이 복종해야 할 공식은 아닙니다.

또 이렇게 말했습니다. "공자가 남자를 만난 것은 '만난 것'에 불과한데 어떻게 예술이 되고, 무슨 인생의 참된 의의가 있겠으며, 또 예교와의 충돌을 어느 지점에서 발견해야 할까?"(여기서 나는 부차적으로 공언하고자 합니다. 나의 답변서의 원문은 "예교와 예술 사이에서 인생의 참된 의의를 인식하는 것입니다"로 되어 있었습니다. 그런데 이것을 손으로 베끼는 과정에서 오류가 생겼습니다. 하지만 이런 것은 전체적인 취지와는 아무 관련이 없습니다.) "만난 것에 불과했다!" 하지만 당시에 자로가 벌써 불쾌하게 생각했음은 물론입니다. 공자도 예에 어긋나는 짓을 하지 않았다고 맹세했습니다. 이른바 '만났다'^見는 말에 어찌 문장의 의미가 크게 담겨 있는 것이 아니겠습니까? 또 남자는 일찍이 "위^衛나라에 와서 우리 군주를 만나시려면, 반드시 저를 만나야 합니다"라고 선언한 적이 있습니다. 공자는 또 남자를 수행하여 외출할 때 참승^{參乘}이 되어 시장을 지나간 적이 있습니다. 다시 그것을 남자의 수많은 고사와 연결하고 그것을 한데 편집하여 공연하면 어찌 예술이 될 수 없겠습니까? 예술의 표현에는 작가 자신이 그 속에 포함된다는 측면에서 역사 서술과는 다릅니다! 공자에게는 공자의 인생관이 있고, 남자에게도 그녀의 인생관이 있습니다. 이런 두 가지 상이한 인생관을 단막극 속에 표현하여 관객들로 하여금 스스로 인식하게 했는데 어찌 인생의 참된 의의를 발견할 수 없겠습니까? 원극에서 표현하고 있는 남자는 자아를 존중하고 향락주의에 기운 사람입니다. 그러나 공자는 예법을 준수하며 벼슬을 얻어 도를 펼치려는 사람입니다. 이 두 사람은 근본적인 태도가 상이합니다. 그러니 어찌 충돌하지 않을 수 있겠습니까? 심지어 "일반적으로 정의하는 이른바 공교孔敎는 송나라 유학 이후의 일이지 원시 공교는 아니다"라고 말하기도 합니다. 나는 묻고자 합니다. 원시 예교는 도대체 어떤 모양입니까? 위진魏晉 사이에 늘 언급되는 '예법지사'禮法之士는 유가 부류를 가리키는 것이 아닙니까?

또 이렇게 말했습니다. "예를 들어 「공자가 남자를 만나다」라는 연극을 공연하면 예술과 인생을 밝힐 수 있다고 하는데, 나는 소위 예술과 인생이 어떤 것인지 모르겠다!" 위의 글에서 예술은 인생의 표현이라고 말했습니다. 작가가 인생을 표현하면 관객은 그것을 보고 나서 각각 자신이 느낄 수 있는 정도에 따라 현실 인생에 대해 나름대로 관점을 가질 것입니다. 또 어떤 사람은 전문적으로 극장으로 달려가서 인류를 관찰할 것입니다. 소위 예술과 인생이란 바로 이와 같습니다. 여기에 무슨 기이함이 있겠습니까? 소위 예술과 인생이 모두 공교의 범주 속으로 들어가야 한다는 말은 아니겠지요?

기자 선생은 또 공자 학문의 자체적 측면으로 관찰했다고 하면서 이렇게 말했습니다. "한나라 이래로 공자는 제왕에게 함부로 이용되어 마침내 우상화되고 형식화되었지만 공자는 그 책임을 지지 않아도 된다. ──진리가 제시해 주는 바와 같이 2000년 전의 철인哲人은 애초에 2000년 후의 정치적 책임을 지지 않는다." 그러나 나는 그렇지 않다고 생각합니다. 한나라 이래로 역대 제왕들이 왜 공자만 이용하려 했을까요? 공자를 가장 숭배한 몇몇 군주는 모두 어떤 사람이었습니까? 그들이 공자를 숭배한 의미는 무엇이었습니까? 만약 공자에게 그와 같은 일련의 사상이 없었다면 후세 제왕들이 무엇을 이용할 수 있었을까요? 그들은 왜 장자나 순자를 이용하지 않았을까요? 일반적으로 농사를 짓지 않고도 밥을 먹고, 직물을 짜지 않고도 옷을 입는 사람이 떠돌이 계급인 '사'士가 됩니다. 이들은 모두 공교를 숭배하자는 구호 아래에서 탄생한 사람들이 아닙니까? 역대로 정치적 권력자들이 부양한 사士는 모두가 공자를 원조로 떠받들지 않았습니까? 그들이 원조로 떠받든 공자학설은 모두가 근거도 없이 날조된 것으로 봐야 하지 않습니까? 맹자는 이렇게 말했습니다. "백성이 귀하고, 사직은 그 다음이며, 군주는 가볍다."[14] 이 말 때문에 맹자는 명 태조 주원장에 의해 거의 문묘文廟에서 쫓겨날 뻔했습니다. 장쭝창[15]은 공자를 존중하면 민심을 수습할 수 있기 때문에 쿵더청[16]을 '인질'仁侄[17]이라고 인정한 외에도 『십삼경』十三經을 출간했습니다. 봉건세력은 공자의 학설을 호신부로 삼는 데 뛰어납니다. 그런데 책임을 공자가 지지 않으면 누가 지겠습니까?

또 이렇게 말했습니다. "공자 학문의 진정한 가치는 애초에 정치세력의 힘을 빌리지 않고 그 학설을 보존했다는 것인데, 오히려 제왕이 그것을 이용함으로써 가르침의 의미가 밝게 드러나지 못했다." 그럼 기자 선생은 이번에 내가 고발당한 일에 대해 어떤 감상을 가져야 합니까?

또 기자 선생은 우리의 연구가 철저하지 못하고 태도도 근엄하지 못하다고 말했습니다. 기자 선생은 우리가 연극을 공연할 때 역사 사실을 암기만 하지 않았으며, 또 우리가 학예회를 열었지 논문을 낭송하지 않았다는 사실을 망각하고 있습니다. 그리고 "궁극적인 의미에서 말을 하자면" 연기자가 진실한 인생을 연기할 때는 그에게 좀 근엄해야 한다고 요구할 필요도 없이 자연스럽게 근엄해집니다. 왜냐하면 진실한 인생은 엄숙하기 때문에 연기자가 진실한 인생을 대하면 저절로 엄숙하게 됩니다. 동시에 연구가 불철저하면 그는 절대 연기를 잘 할 수 없습니다. 「공자가 남자를 만나다」 공연을 준비할 때 나는 학생들에게 공묘로 가서 공자 및 자로의 조상造像을 살펴보라고 했을 뿐 아니라 아주 자세하게 관찰하라고 요구했습니다. 또 『논어』 특히 「향당」 편을 착실하게 연구하라고 요청했습니다. 단순히 연극을 공연하더라도 "溫[온화], 良[선량], 恭[공손], 儉[검소], 讓[겸양]" 다섯 글자의 의미를 자세하게 토론하도록 했습니다. 우리의 연구는 물론 그렇게 철저하다고 할 수 없지만 최선의 노력은 다 기울였습니다. 그런데 기자 선생은 우리가 너무 경솔했다고 여기십니까? 그럼 우리가 10년간 독서를 한 이후 다시 「공자가 남자를 만나다」를 공연해야 할까요? 그럴 필요는 없습니다! 기자 선생은 또 "「공자가 남자를 만나다」라는 극본을 우리는 아직 보지 못했고, 취푸 제2사범학교에서 이 연극을 어떻게 공연했는지는 더욱 알지 못한다"라고 말했습니다. 그런데도 우리의 연구가 철저하지 못했고, 태도도 근엄하지 못했다고 할 수 있습니까? 어찌하여 『분류』 월간 제1권 제6호를 사서 좀 읽어 보거나, 취푸로 가서 현지 조사를 한 후 다시 말하지 않습니까? 이렇게 해야 연구도 더욱 철저하고 태도도 더욱 근엄하지 않겠습니까? 취푸의 사회 상황은 어떠합니까? 일반 민중의 요구는 어떻습니까? 기자 선생도 아마 "더욱 무지한 상태"겠지요? 그럼 근거로 삼은 역사 사실은 무엇입니까? 기자 선생은 공자 학문 자체에 대해 논술한 적은 없겠지요? 무엇이 예교입니까? 무엇이 예술입니까? 이에 대해 자세한 의견을 표명한 적은 더욱 드물겠지요? 그런데도 저 개인에 대해서 자못 질타하는 말을 했고, 또 우리가 공연한 「공자가 남자를 만나다」에 대해 더욱 많은 불만을 표시했습니다. 그런데 근거하고 있는 것이 무슨 이론인지 모르겠습니다.

소위 '공자 학문 본체'와 '공자 학문의 진정한 가치'는 도대체 무엇입니까? 부탁드리건대 『다궁바오』 기자께서 구체적으로 진술해 주십시오. 우리는 중화민국 18년[1929]의 입장에 서서 기자 선생을 모시고 다시 생각해 보고 싶습니다.

1929. 7. 28, 지난濟南 객사에서

9. 교육부훈령 제952호 산둥교육청에 명령함

이 성 성립 제2사범학교 교장 쑹환우가 공자를 모욕했다고 고소된 사건은 이미 해당 교육청에 조사·처리하라고 명령을 내렸고, 아울러 본 교육부 참사 주바오친을 파견하여 해당 교육청과 합동으로 각 사안을 엄중히 조사·처리하게 했다. 이에 해당 참사와 교육청장 등은 조사하여 밝힌 각 상황에 근거하여 합동으로 답변서를 보내왔다. 조사에 의하면 이 학교 교장 쑹환우는 해당 참사와 교육청장 등이 합동으로 조사하여 밝힌 사실에 근거해 볼 때 공자를 모욕한 일은 아직 없다고 하므로 인사 전형을 면하게 해야 한다. 다만 이 학교 교장은 이후에 학생들을 엄격하게 훈계하고 공자에 대해서 지극한 숭배의 마음을 갖게 하여, 공자를 기념하고 존중하는 정부의 본뜻에 부합하게 해야 할 것이다. 정황에 근거함과 아울러 본 교육부의 처리 상황을 행정원에 보고하여 심사를 요청 드리고, 또 명령을 내려 주시길 바란다. 합동으로 해당 교육청에 통지하고 아울러 이 학교 교장에게 명령을 전달하여 이 명령을 준수하기를 바란다. 이에 명령한다.

10. 취푸 제2사범학교 교장이 산둥교육청에 올리는 글

글을 올려 요청합니다. 살펴보건대 산둥의 『민국일보』^{民國日報}, 『산둥당보』 山東黨報 28일자에 교육부훈령 952호가 실렸는데 이 훈령 속에 '운운'^{云云}하는 부분이 있습니다. 저는 조사를 받은 이래 잘못을 인정하고 죄를 기다렸습니다. 그 후 20여 일 만에 마침내 교육부가 저의 사정을 밝게 살펴 인사 전형을 면해 준다는 처분을 받았습니다. 저는 감격한 나머지 삼가 그 은혜에 보답할 생각을 하고 있습니다. 다만 학생 훈계와 공자 숭배 두 가지에 관해서는 아직 상세하게 규정된 명문이 없습니다. 이에 공자를 기념하고 숭배하는 정부의 본뜻에 부합하지 못하여 다시 중대한 죄를 지을까 두렵습니다. 또 8월 27일 공자 탄신 기념일이 이미 박두했기 때문에, 교육청의 훈령이 학교에 도착할 때까지 기다리지 못하고 기일에 앞서 글을 올려 요청합니다. 공자 철학의 출발점을 조사해 보면 대략 『역경』^{易經} 한 부에 불과하다고 말할 수 있습니다. "상괘가 천天, 하괘가 택澤이 리괘履卦다. 군자는 이로써 상하를 분별하고 백성의 뜻을 정한다."[18] 이처럼 하늘과 땅이 자리를 잡으면 귀천이 펼쳐져 임금과 신하의 대의가 밝게 드러나고 만세토록 이어질 변함없는 우주관이 세워집니다. 얼마나 가지런합니까? 중화민국이 세워진 이래로 군주 전제의 정체^{政體}가 일변하여 민주 민치의 제도가 되었습니다. 공자 철학의 관점으로 논해 보면 실로 하늘과 연못의 위치를 뒤집는 데 그치지 않고, 신발을 머리 위에 얹은 꼴이니, 상하 질서를 분별하지 못하고, 백성의 뜻을 정하지 못하게 되어, 하늘과 땅이 허물어지고 음과 양이 혼란스러워집니다. 따라서 "하늘과 땅이 허물어지면 '역'^易을 볼 수 없고, '역'을 볼 수 없으면 하늘과 땅이 거의 운행을 멈춘다"[19]고

했습니다. 이와 같이 되면 공자의 전체 철학은 어디에 근거를 둘 수 있겠습니까? 이후 교장이 학생들에게 훈계를 한다 해도 만약 군주를 존중하는 공자의 뜻을 분명하게 밝히지 못하면 훈계가 근엄하지 못하여 교육부의 훈령을 어기는 죄에서 벗어나기 어려울 것입니다. 또 만약 군주를 존중하는 공자의 뜻을 분명하게 밝히면 국가의 민주 정체에 저촉되기 때문에 장차 형법 제103조 및 제160조를 범하게 됩니다. 저는 우한에서 공산당에 체포되어 감옥에 갇힌 지 80여 일 동안 철창의 쓴맛을 만끽했습니다. 지금도 그때 생각을 하면 마음이 으스스해집니다. 그런데 어찌 감히 다시 법망에 저촉되어 영어의 몸이 되고 싶겠습니까? 교장은 당과 국가에 힘을 다바쳐야 합니다. 만약 죄가 있으면 응당 밝은 명령에 따라 처분받기를 바랍니다. 만약 죄가 없다면 무슨 까닭으로 진퇴양난의 곤경에 빠지게 할 수 있겠습니까? 저는 교장으로서 형벌을 생각하며 법을 두려워하지만 다만 이 점에 대해서는 이미 제 스스로도 어쩔 수가 없습니다. 몰래 생각하옵건대 응당 교육부와 행정원에서 형법 제103조 및 제160조를 삭제하거나, 밝은 명령을 내려 군주를 존중하는 공자의 뜻이 국가의 민주 정체에 저촉되지 않는다고 해석해 주시기를 문서로 요청합니다. 이렇게 되면 교장이 장차 준수할 근거가 있게 되어 죄를 짓지 않을 수 있을 것입니다. 또 조사에 의하면 공자 숭배가 가장 뚜렷한 사례로는 공자 제사 전례典禮보다 더 지나친 것이 없습니다. 중화민국 성립 이래로 공자 제사 때는 모두 허리를 굽히는 국궁례鞠躬禮를 행했습니다. 그런데 위안스카이가 황제제도를 준비할 때 제천복祭天服을 입고 무릎을 꿇고 절하는 궤배례跪拜禮를 행하도록 정했습니다. 장쭝창이 산둥에 있을 때도 궤배례를 이용했습니다. 취푸의 공자 후예들이 공림과 공묘에서 제사를 지낼 때 위안스카이 이래로 지금까지 모두 제천복을 입고 궤배례를 행하며 조금도 고치지 않고 있습니다. 본교는 취푸에 설립된 까닭에 수년 전에 전교 교수와 학생이 공묘로 가서 공자 제사 전례에 참가했습니다. 그때 궤배례를 따르지 않았기 때문에 공자 후예의 질책을 크게 들으며 몇 번 충돌을 일으켰습니다. 지금은 시간이 현행력 8월 27일 공자 탄신일에서 1개월도 남지 않았습니다. 만약 제천복을 준비하여 궤배례를 행하도록 정하지 못해서, 공자 숭배에 예를 다하지 않는다고 공자 후예들에게 고소를 당하면 교장의 죄가 가중될 터인데 무슨 말로 스스로 해명할 수 있겠습니까? 제천복을 준비하려 해도 예산에 제한을 받아서 자금을 댈 방법이 없습니다. 그리고 궤배례를 행하려 해도 행정원과 교육부에 아직 관련 법령이 없습니다. 무턱대고 궤배례를 따르면 현행 예절을 어기게 되어 당연히 죄를 짓게 됩니다. 또 조사에 의하면 취푸 연성공부에서 자금을 보내 명덕중학을 설립했다고 합니다. 이 학교는 지금까지도 줄곧 서양식 요일을 쓰지 않고 구력舊曆 경일庚日마다 하루 휴식하며 이를 순휴旬休라고 부릅니다. 또 구력 초하룻날과 보름날 관례에 따라 공자상을 배알해야 하고 그때마다 삼궤구고례三跪九叩禮를 행합니다. 그리고 공자 제례를 행할 때마다 사람들이 공묘 안에 모두 모이고 양쪽 계단에서 팔일무八佾舞를 춥니다. 본교 학생이 이를 따르지 않으면 공자 숭배에 예를 다할 수 없게 됩니다. 만약 이를 따르면 행정원과 교육부의 관련 법령을 어기는 것이 아닙니까? 이런 갖가지 사례를 모두 귀 교육청에 알려 드리오니 행정원과 교육부에 전달해 주시고 밝은 명령을 제시하여 따를 수 있게 해주십시오. 이 문서를 쓰고 나니 절박하게 명령을 기다리는 마음 이길 수 없습니다. 삼가 산둥성 정부 교육청장 허何 공에게 올립니다.

7월 28일, 산둥 성립 제2사범학교 교장 쑹환우

11. 산둥교육청 훈령 제1204호

8월 1일

성립 제2사범학교 교장 쑹환우를 교육청으로 옮겨 따로 임용하도록 하고, 그 결원된 자리는 장둔나張敦訥로 보충한다. 이에 명령한다.

12. 결어

이상의 11편 공문서과 사문서를 보면 이미 더 이상 설명을 할 필요도 없이 산둥성 취푸 제2사범학교에서「공자가 남자를 만나다」연극을 공연한 사건의 내막을 분명하게 알 수 있다. 앞에 실린 보고서 몇 편(2~3)에 기대 우리는 '성인의 후예'가 고소를 남발하는 수단과 성인의 땅에서 그들이 벌이는 위세를 알 수 있다. 중간의 합동 보고서(4)는 고소의 황당무계함을 증명하고 있다. 그 다음의 두 가지 기사(5~6)는 이 사건의 내막 및 기사와 관련된 요인의 주장을 폭로하고 있다. 교육부 훈령(9)이 하달된 이후에는 표면적으로 이미 일이 무마된 듯 보이지만, 쑹 교장은 한사코 완강한 태도로 여러 가지 문제(10)를 제기하고 있다. 이에 교육청으로 옮겨 따로 임용을 기다릴 수밖에 없게 되었으니(11), 이는 기실 면직에 해당한다. 이것은 이른바 "임시방편으로 분쟁을 그치게 하는" 조처이고 또 '강대한 가문'의 완전한 승리라 할 수 있다.

1929년 8월 21일 밤, 루쉰이 편집을 끝내고 삼가 기록하다

주)_____

1) 원제는 「關於 '子見南子'」. 이 글은 1929년 8월 19일 『위쓰』 주간 제5권 제24기에 처음
발표되었다.
「공자가 남자를 만나다」(子見南子)는 현대 단막극이다. 린위탕(林語堂)이 공자가 위(衛)
영공(靈公)의 부인 남자를 만난 역사 기록에 근거하여 개편한 연극 대본이다. 1928년
11월 『분류』 제1권 제6호에 처음 발표되었다.

2) 공묘(孔廟)는 공자를 제사 지내는 사당이고, 연성공부(衍聖公府)는 공자의 종손이 대대
로 거주해 온 저택이다. 흔히 공부(孔府)라고 부른다. 연성공(衍聖公)은 역대로 공자의
종손이 세습하던 작위다. 송(宋)나라 인종(仁宗) 때부터 연성공 작위를 내려서 이후 원,
명, 청까지 이어졌다.

3) 공림(孔林)은 산둥성 취푸의 공자 묘소와 그 주위의 숲을 함께 일컫는 말이다.

4) 「거대한 항아리」(大鉅缸)는 중국 전통극의 하나다. 가뭄 귀신이 된 왕다냥(王大娘)이 관
세음보살의 진압에 맞서 오물이 가득 든 거대한 항아리로 저항하지만 결국 관세음보
살에 의해 제거된다는 내용이다.

5) 「젊은 과부가 남편 무덤에 가다」(小寡婦上墳)는 상하이와 장쑤성 북부 일대에서 공연되
는 중국 전통극이다. 청명절에 젊은 과부가 어린 아들을 안고 남편 무덤에 가서 제사를
올린다는 내용이다.

6) 『논어』 「옹야」(雍也)에 나온다.

7) 『논어』 「계씨」(季氏)에 다음과 같은 기록이 있다. "진항이 공자의 아들 백어에게 물었
다. '그대는 다른 가르침을 들었습니까?' 백어가 말했다. '아닙니다. 일찍이 아버지께서
혼자 서 계셨는데, 제가 빠른 걸음으로 뜰을 지나갔습니다. 그러자 물으시기를 "시를
배웠느냐"라고 하셨습니다. 그래서 대답하기를 "아직 배우지 않았습니다"라고 했습니
다. 그러자 "시를 배우지 않으면 말을 할 수가 없느니라"라고 하셨습니다. 이에 저는 물
러나와 시를 배웠습니다.'" 성인의 뜰에서 시를 전수받는다는 건 자기 가정에서 가학
(家學)을 전수받는다는 의미다.

8) 쑤이위안성(綏遠省)은 1928년 중국 국민당 정부가 몽골족을 다스리기 위해 설치한 행
정구역이다. 대체로 지금의 네이멍구자치구(內蒙古自治區)에 해당한다.

9) 오리부리 몽둥이(鴨嘴棍)는 일종의 형구(刑具)다. 한쪽 끝은 손잡이이며 다른 한쪽 끝은
두 갈래로 갈라진 몽둥이다. 두 갈래로 갈라진 모양이 오리부리 같아서 이런 이름이 붙
었다.

10) 총리는 신해혁명을 주도하고 중화민국을 건국한 쑨원(孫文)을 가리킨다.

11) 공자의 거주지다. 흔히 우리말로 궐리(闕里)로 알려져 있다. 지금 공부(孔府)가 있는 곳
이다.

12) 『맹자』 「등문공」 하에 "三月無君則弔"로 나온다. 여기에서는 '三月'을 '三日'로 고쳤다.

13) 『맹자』 「등문공」 하에 나온다. "三月無君則遑遑如也."
14) 『맹자』 「진심」(盡心) 하에 나온다. "民爲貴, 社稷次之, 君爲輕."
15) 장쭝창(張宗昌, 1881~1932)은 펑톈(奉天) 군벌 두목의 하나다. 산둥성 예현(掖縣) 출신
   으로 자는 샤오쿤(效坤)이다. 1925년 칭다오(靑島)의 일본인 방적공장 노동자 파업을
   잔혹하게 진압하여 악명을 떨쳤다. 펑톈 군벌의 주요 장령으로 활동하다가 1932년 지
   난(濟南) 역에서 정지청(鄭繼成)에게 총살되었다.
16) 쿵더청(孔德成, 1920~2008)은 공자의 77대 종손이며 31대 연성공(衍聖公)이다. 자는
   위루(玉汝), 호는 다성(達生)이다. 장제스(蔣介石) 정부를 따라 타이완으로 이주하여 타
   이완대학(臺灣大學), 타이완사범대학, 푸런대학(輔仁大學) 등지의 교수직을 역임했고,
   중화민국 정부의 고시원장 직을 지냈다. 『예기석의』(禮記釋義), 『금문선독』(金文選讀)
   등 저서를 남겼다.
17) 인질(仁姪)은 장쭝창이 공자의 사상을 계승한다는 취지에서 공자의 종손 쿵더청을 공
   자의 주요 사상인 인(仁)에 근거하여 그를 조카(姪)라고 부른 것이다.
18) 『주역』 「리괘」(履卦) 「상전」(象傳)에 나온다. "上天下澤, 履. 君子以辯上下, 定民志."
19) 『주역』 「계사상전」(繫辭上傳)에 나온다. "乾坤毁, 則無以見易, 易不可見, 則乾坤或幾乎
   息矣."

류우지가 보내온 편지에 대한 의견[1]

루쉰이 삼가 의견을 드립니다.——

제 『중국소설사략』은 강의를 하던 시절 호구지책을 마련해야 해서 계속 편집한 책입니다. 당시에는 경제 능력이 한정되어 있어서 수집한 서적이 모두 좋은 판본이 아니었습니다. 이에 어떤 책은 글자가 바뀐 것도 있었고, 어떤 책은 서문이나 발문이 빠진 것도 있었습니다. 『옥교리』[2]도 제가 본 것은 번각본으로 작가와 저작 연대를 모두 조사해 볼 방법이 없었습니다. 그때 저는 명나라 때 판각한 원본을 구할 수 있으면[3] 판식版式, 인장, 서문 등을 통해 어쩌면 저작 연대와 작가의 진짜 성명을 추정해 볼 수 있겠다고 생각했지만 이 희망은 지금까지도 달성하지 못하고 있습니다.

근래 3년 동안은 더 이상 강의를 하지 않고 있어서 소설사와 관련된 자료에도 마음을 쓰지 않고 있습니다. 이 때문에 무슨 새로운 자료는 전혀 갖고 있지 않습니다. 그러나 현재 소설사를 연구하는 사람이 이미 많아졌고, 아울러 각종 새로운 부문도 개척되었기에 지금 바로 류우지 선생의 편지를 『위쓰』의 지면을 빌려 공개하겠습니다. 이를 보고 『옥교리』에 관한 자료를 갖고 있는 독자들께서 유익한 글을 보내 주시기를 희망합니다. 이는 아마도 『위쓰』에서도 발표를 바랄 것입니다.

1930년 2월 19일

[참고]

보내온 편지

루쉰 선생님 :

평소에 서로 알지 못하는 사이인데 무례하게 편지를 드리는 죄를 용서해 주시기 바랍니다.

제가 드릴 말씀은 중국 소설에 관한 한 가지 일입니다. 선생님의 『소설사략』에는 명대明代의 언정소설言情小說 『옥교리』가 언급되어 있습니다. 진정으로 선생님께서 말씀하신 바와 같이 이 책이 중국에서는 그리 널리 알려지지 못했지만, 유럽에서는 한때를 풍미하는 운명을 누렸습니다. 한 달 전에 예일대학교 독문과 학과장을 방문하여 괴테에 관한 이야기를 나눈 적이 있습니다. 그는 이렇게 말했습니다. "괴테가 일찍이 중국 소설 한 부를 비평하며 상당히 칭찬한 적이 있습니다." 그리고 그는 교내 '괴테 장서실'의 불어와 독어 번역본 『옥교리』를 제게 보여 줬습니다. 나중에 저는 또 별도로 예일대학교 도서관에서 영역본 한 권을 찾아냈습니다.

학술 부문에서 구미 작가들은 괴테에 대해서 거의 빠짐없이 고증을 진행했습니다.──그러나 유독 이 분야 즉 『옥교리』를 언급한 글은 아직도 미비한 실정입니다. 이 때문에 저는 만약 우리나라 사람이 이 책을 언급한 모든 자료를 수집하고 정리하여 괴테를 연구하는 구미 학자들에게 공개할 수 있으면 그것이 아주 미미한 것이라 해도 아마도 저들을 위해 작은 공헌을 하는 것이라 칠 수 있을 것입니다. 그러나 괴롭게도 학문이 부족하고 또 이곳에는 사용할 만한 참고서가 없어서 끝내 손을 댈 방법이 없습니다. 따라서 선생님께서는 중국 소설에 대해 연구의 소양을 갖췄으므로 제게 자료를 좀 제공해 주실 수 있는지 모르겠습니다. 즉 원전의 확실한 연대, 작가의 성명 및 생활, 이 책에 대한 후세 사람들의 기록 및 비평 등을 조사하는 데 도움을 주실 수 있겠습니까?

이 편지는 샤오펑⁴⁾ 선생을 통해 전달해 드릴 생각입니다. 만약 공개할 수 있으면 대중의 흥미를 불러일으킬 수 있을 터이니 이 또한 '미덕'이 될 것입니다.

학운學運을 빕니다.

1930년 1월 21일, 류우지 올림

주)_____

1) 원제는 「柳無忌來信按語」. 이 글은 1930년 1월 20일 『위쓰』 주간 제5권 제45기 '통신' 코너 류우지의 편지 뒤에 처음 실렸다.

류우지(1907~2002)는 장쑤성 우장(吳江) 사람으로 당시에 미국 예일대학 학생이었다.

2) 『옥교리』(玉嬌梨)는 5권 20회 장회소설로, 작가가 누구이며 언제 사람인지 알려지지 않았다. 그러나 근래의 연구에 의하여 청대 소설로 추정되지만 작가는 여전히 명확하지 않다. 몇몇 학자는 이 소설의 작가가 청대 장균(張勻)이라고 주장하지만 근거가 분명하지 않다. 이 소설은 1826년 프랑스의 중국학자 아벨-레뮈자(Jean Pierre Abel-Rémusat, 1788~1832)에 의해 프랑스어로 번역되었고, 다음 해 영국 런던에서 영어 번역본이 출간되었으며, 독일 슈투트가르트(Stuttgart)에서는 독일어 번역본이 출간되었다. 에커만(Johann Peter Eckermann, 1792~1854)이 쓴 『괴테와의 대화』(*Gespräche*

mit Goethe in den letzten Jahren seines Lebens) 1827년 1월 31일자 기록에 따르면 괴테가 칭찬한 중국 소설은 기실 『옥교리』가 아니라 청대 인정소설 『호구전』(好逑傳)이라고 한다. 따라서 류우지가 아래 편지에서 언급한 내용은 오류다. 『호구전』은 『협의풍월전』(俠義風月傳)이라고 하는데 모두 4권 18회이고 명교중인(名教中人)이 편집했다고 알려져 있다.

3) 루쉰이 이 글을 쓸 때까지도 『옥교리』는 명대 소설로 알려졌으나, 그 이후 연구에 의해 청대 소설로 밝혀졌다.

4) 샤오펑(小峰)은 리샤오펑(李小峰, 1897~1971)이다. 장쑤성 장인(江陰) 사람이다. 베이징대학을 졸업하고 1924년 루쉰, 쑨푸위안(孫伏園) 등과 위쓰사(語絲社)를 창설했다. 나중에는 주로 번역가로 활동했다.

『문예연구』 범례[1]

1. 『문예연구』는 문학과 예술 연구에 관한 글을 전문적으로 게재한다. 번역과 저작을 따지지 않으며 아울러 문예 작품 및 작가 소개와 비평에까지 영역을 확대한다.

2. 『문예연구』는 이미 문예에 종사하고 있는 독자들의 독서물로 제공하고자 한다. 따라서 글의 내용은 비교적 충실하기를 힘써 구하고, 글의 생명은 비교적 길게 가기를 힘써 구한다. 무릇 공리공담을 일삼거나 계몽을 추구하는 글 중에서 진부한 말이 있으면 모두 뽑지 않는다.

3. 『문예연구』는 오로지 지금 사람들의 작품만 게재하지 않는다. 무릇 선인들의 옛 작품 가운데서도 문예사와 중대한 관련을 맺고 있거나 한 시대의 획을 그은 작품은 소개의 대열에 넣는다.

4. 『문예연구』의 경향은 문예와 사회의 관계를 규명하는 데 둔다. 따라서 사회과학 논문 중에서도 만약 문예와 관련된 부분이 좀 있으면 이따금씩 소개의 대열에 넣는다.

5. 『문예연구』는 중국에서 새로 출간한 문예 및 사회과학 서적에 관해 간

명한 소개와 비평을 하여 독자들에게 독서 편의를 제공하기를 매우 바란다. 그러나 동인들의 식견이 한정되어 있어서 힘이 마음을 따라갈 수 없다. 전문가들께서 원고를 보내 도와주시면 큰 다행으로 여길 것이다.

6. 『문예연구』는 또 문학과 예술이 상호 소통하기를 매우 바란다. 이런 미미한 뜻을 갖고 있기 때문에 여기에 또 삽화 넣기를 시도할 것이고, 아울러 가능한 범위 내에서 조상造像과 조각 작품 사진도 많이 게재할 것이다.

7. 『문예연구』는 매년 2월, 5월, 8월, 11월 각 15일에 각 1권을 출간하고 4권을 1세트로 삼는다. 매 권은 대략 200여 쪽 10만 자에서 12만 자 정도로 구성한다. 만약 마땅히 배포해야 할 글을 많이 얻으면 수시로 페이지를 늘린다.

8. 『문예연구』에 게재한 글은 이후 더 이상 단행본으로 출간하지 않는다. 따라서 이 잡지는 단편 요론要論을 모은 총서가 되어 언제나 독자들의 참고도서로 제공될 수 있을 것이다.

주)_____

1) 원제는 「『文藝研究』例言」. 이 글은 1930년 상하이 『문예연구』 창간호에 처음 발표되었다. 원래 제목은 「범례」(例言)다. 서명은 없다. 1930년 2월 8일 루쉰 일기에 다음 구절이 있다. "오후에 천왕다오(陳望道)에게 편지를 부쳤고, 또 『문예연구』 범례」 초고 8개 항목을 부쳤다."
『문예연구』는 계간잡지로 루쉰이 편집을 담당했으며 상하이 다장서포(大江書鋪)에서 간행했다. 판권지에는 1930년 2월 15일에 출간한 것으로 되어 있으나 실제로는 대략 4월 말이나 5월 초에 출간한 것으로 보인다. 1기만 출간하고 정간했다.

루쉰 자서전[1]

나는 1881년 저장성浙江省 사오싱부紹興府 성안 저우周씨 가문에서 태어났
다. 아버지는 선비이고, 어머니는 성이 루魯씨로 시골 사람인데 독학으로
책을 읽을 수 있는 학력에 도달했다. 사람들의 말을 들어 보면 내가 어렸
을 때 집안에 아직 40~50무畝의 논이 있어서 전혀 생계 걱정을 하지 않았
다고 한다. 그러나 내가 열세 살이 되었을 때 우리 집은 갑자기 큰 변고를
만나 거의 모든 것이 사라졌다. 나는 한 친척 집에 빌붙어 살아서 때때로
거지로 불리기도 했다. 이에 마음을 굳게 먹고 집으로 돌아갔으나 아버지
께서 중병에 걸려 대략 3년여 만에 돌아가셨다. 나는 점차 정말 얼마 되지
않는 학비조차 생각할 방법이 없는 지경에 빠져들었다. 어머니께서는 나
를 위해 여비를 좀 마련해 주시고, 나더러 학비가 필요 없는 학교를 찾아
가 보라고 하셨다. 왜냐하면 나는 막료幕僚나 상인이 될 생각이 아예 없었
기 때문이다.──이것은 우리 고향에서 몰락한 선비 집안 자제들이 흔히
걷는 두 가지 길이었다.

그때 나는 열여덟 살이었는데, 바로 난징으로 여행하여 수사학당水師

學堂에 합격한 후 기관과機關科에 배정되었다. 대략 반 년이 지나 나는 또 그곳을 떠나 광로학당礦路學堂으로 들어가 광산 개발을 배웠다. 졸업한 후 바로 일본으로 파견되어 유학을 했다. 그러나 도쿄의 예비학교를 졸업할 때 나는 이미 의학을 배우기로 마음먹었다. 그 원인의 하나는 새로운 의학이 일본의 유신에 커다란 도움이 되었음을 내가 확실하게 알았기 때문이다. 그래서 나는 센다이(Sendai) 의학전문학교에 진학하여 2년간 공부했다. 이 당시는 바야흐로 러일전쟁이 한창이었는데, 나는 우연히 영화에서 스파이노릇을 했다는 이유로 목이 잘리는 어떤 중국인을 보았다. 이 때문에 또 중국에서는 사람 몇 명을 치료해 봐야 아무 소용이 없으며, 비교적 광대한 운동이 있어야 한다는 사실을 깨닫고 …… 먼저 신문예를 제창했다. 나는 학적을 포기하고 다시 도쿄로 가서 친구 몇 명과 몇 가지 작은 계획을 세웠지만 계속해서 모두 실패하고 말았다. 나는 또 독일로 가려 했으나 역시 실패했다. 결국 우리 어머니와 다른 사람 몇 명이 내가 경제적으로 도와주기를 바라고 있었기 때문에 나는 곧 중국으로 돌아왔다. 그때 내 나이 스물아홉이었다.

나는 귀국하자마자 저장성 항저우杭州의 양급사범학당兩級師範學堂에서 화학과 생리학 교사를 지냈다. 이듬해 그곳을 떠나 사오싱중학당紹興中學堂으로 가서 교무장으로 일했다. 삼 년째 되는 해 또 그곳을 나왔지만 갈 만한 곳이 없어서 어떤 서점에서 편집자 겸 번역가 역할을 해보고 싶었으나 끝내 거절당하고 말았다. 그런데 혁명이 발생하여 사오싱이 광복된 후 나는 사범학교 교장이 되었다. 혁명정부가 난징에 들어서자 교육부 장관이 나를 교육부 직원으로 불렀고, 이후 베이징으로 옮겨 갔다. 나중에 또 베이징대학, 사범대학, 여자사범대학 국문과 강사를 겸임했다. 1926년 몇

몇 학자가 돤치루이段祺瑞 정부에 나를 불순분자라 밀고하고 체포해야 한다고 했다. 나는 즉시 친구 린위탕林語堂의 도움으로 샤먼廈門으로 도피하여 샤먼대학 교수로 재직했다. 12월에 또 그곳을 떠나 광둥으로 가서 중산대학中山大學 교수가 되었다. 4월에 사직하고 9월에 광둥을 떠나 지금은 줄곧 상하이에 살고 있다.

나는 유학할 때 잡지에 변변치 못한 글 몇 편을 실은 적이 있을 뿐이다. 처음 소설을 쓴 것은 1918년이다. 친구 첸쉬안퉁錢玄同의 권유로 소설을 써서 『신청년』에 실어야 했기 때문이다. 그때 비로소 '루쉰'魯迅이란 필명(Pen-name)을 사용했다. 또 항상 다른 이름으로 짧은 글을 좀 짓기도 했다. 현재 글을 모아 인쇄하여 책으로 만든 것으로는 단편소설집 두 권 즉 『외침』과 『방황』, 논문집 1권, 회고록 1권, 산문시 1권, 짧은 평론집 4권이 있다. 이밖에 번역을 제외하고도 인쇄한 것으로는 『중국소설사략』1권이 있고, 또 내가 편집한 『당송전기집』唐宋傳奇集 1권이 있다.

주)_____

1) 원제는 「魯迅自傳」. 이 글은 루쉰의 자필 원고에 근거하여 편집해 넣었다. 루쉰이 1925년에 쓴 「러시아 역본 「아Q정전」 서언 및 저자의 자술 약전」(俄文譯本『阿Q正傳』序及著者自敍傳略; 『집외집』에 수록)의 기록을 바탕으로 그것을 증보하고 수정하여 완성했다.

펑후이시에게 제사를 써주다[1]

사람을 죽이는 일에 장군들이 나서는데,

사람을 구하려 의학을 배운다.[2]

민중들 태반을 살해하는 때에,

한두 명 남은 사람 구하려 한다.

작은 도움이 될 수 있을까?

오호라 아아아 허허허허!

1930년 9월 1일, 상하이

루쉰

주)＿＿＿＿

1) 원제는 「題贈馮蕙憙」. 이 글은 루쉰의 친필 글씨에 근거하여 편집해 넣었다. 본래 제목
  이 없었다. 이 사언시는 1962년 중국 우스창(吳世昌) 교수가 처음 발굴하여 『톈진만보』
  (天津晚報)에 「루쉰 집외의 사언시」(魯迅集外的四言詩)란 제목으로 발표되었다. 이후 홍

콩에 거주하던 평후이시(馮蕙熹)가 이 시의 친필 사진을 제공하여 사실을 확인해 줬다. 평후이시는 루쉰의 부인 쉬광핑의 고종 여동생으로 당시 베이징 협화의학원(協和醫學院) 학생이었다. 1930년 여름 방학 때 루쉰의 집을 방문하여 기념 글씨를 요청하자 쉬광핑은 '친여수족'(親如手足)이란 구절을 써줬고, 루쉰은 이 사언시를 써줬다고 한다. 루쉰 지음, 김영문 옮김, 『루쉰, 시를 쓰다. 루쉰시전집』(역락, 2010)을 참고했다.

2) 루쉰의 잡문 「나폴레옹과 제너」(拿破倫與隋那; 루쉰전집 8권 『차개정잡문』 수록)에도 "사람을 죽이는 자는 세계를 파괴하고, 사람을 구하는 이는 세계를 보수한다"(殺人者毀壞世界, 敎人者在修補它)라는 구절이 있다.

『철갑열차 Nr. 14-69』번역본 후기[1]

작가의 사적은 그의 자서전에 보인다. 이 책에 대한 비평은 Kogan[2] 교수가 쓴 『위대한 10년의 문학』에 보인다. 중국에도 이미 번역본이 있으므로 여기에서 많은 말을 할 필요는 없겠다.

파르티잔에 관한 소설은 이바노프[3]가 지은 이 한 편만 있는 것은 아니지만 이 소설이 걸작으로 일컬어지고 있다. 파르티잔이란 본래 불어에서 나온 말로 '당원'이란 뜻이다. 나폴레옹이 러시아를 침략했을 때 농민들이 단체를 조직하여 자위에 나섰다.——이 명칭은 아마도 프랑스 사람들이 붙인 것으로 보인다.

지금은 더러 유격대로 번역하기도 하고 습격대로 번역하기도 한다. 서구의 신문기자들이 그들의 피어린 펜으로 선연하게 묘사하자 독자들은 마치 파르티잔이 피에 굶주린 야수처럼 느껴졌을 것이다. 이 소설로 모든 풍문을 썼고, 그들이 단순하고 평범한 농민일 뿐이며,——기실 노동자와 농민 자위단에 불과하다는 사실을 알 수 있을 것이다.

이 번역본의 저본은 일본 구로다 다쓰오[4]의 번역본, 그중에서 두번째 개역본改譯本이다. 그는 스스로 "확실히 면목이 완전히 새로워져서 완전함에 능히 가까워졌다고 믿는다"라고 말했다. 그러나 Eduard Shienmann의 독일어 번역본을 참고해 보니 다른 점이 적지 않았다. 소설의 줄거리에 근거하여 추측해 봐도 서로 장단점이 있는 것 같다. 이 때문에 이 번역본도 항상 독일어 번역본을 참조했다. 대체로 작가가 편력한 곳이 아주 많아서 방언이 마구 뒤섞여 있다. 따라서 이 소설에는 시베리아 방언과 중국어도 자주 등장한다. 필치가 자못 특별하기에 완전한 번역본은 출현하기 어려울 것이다. 우리의 번역본도 직접적인 완역본이 나오기 전까지 존재할 권리가 있다고 주장할 수 있을 뿐이다.

1930년 12월 30일, 편자

주)＿＿＿＿

1) 원제는 「『鐵甲列車 Nr.14-69』譯本後記」. 이 글은 상하이 신주국광사(神州國光社)에서 출간한 중국어 번역본 『철갑열차 Nr.14-69』에 처음 실렸다. 본래의 제목은 「후기」(後記)다.

『철갑열차 Nr.14-69』는 소련 이바노프(Всеволод Вячеславович Иванов, 1895~1963)가 지은 중편소설이다. 소련 국내 전쟁 시기에 시베리아의 노동자와 농민이 파르티잔(유격대)을 조직하여 일본과 미국 간섭자들이 지지하는 코사크 비적과 투쟁을 벌이는 이야기다. 스헝(侍桁)이 번역하고 루쉰이 교열했다. 루쉰이 편집한 '현대문예총서'의 하나로 편입되었다. Nr.은 번호란 뜻으로 독일어 Nummer의 축약어다.

2) Kogan, 즉 코간(Пётр Семёнович Коган, 1872~1932)은 소련의 문학사가다. 『서구문학사개론』 등의 저서를 남겼다.

『위대한 10년의 문학』은 10월혁명 전후에서 1927년까지 소련문학 발전 개황을 논술한 저작이다. 이 저작은 선돤셴(沈端先; 샤옌夏衍)이 번역하여 1930년 9월 상하이 난창서국(南昌書局)에서 출판했다.

3) 이바노프는 소련 작가로 중편 『철갑열차 14-69』(Бронепоезд 14-69), 『파르티잔 이야기』(Сопки. Партизанские повести), 장편 『파르코멘코』(Александр Пархоменко) 등의 작

품을 남겼다.

4) 구로다 다쓰오(黑田辰男, 1902~1992)는 일본의 러시아문학 연구가 겸 번역가로 와세다 대학교 러시아문학과 교수를 지냈다. 그가 개역한 『철갑열차 Nr.14-69』 판본은 1930 년 3월 10일 도쿄 고이시카와(小石川)의 맑스서방에서 출판했다. 같은 해 2월에 쓴 서 문에서 그는 이렇게 말했다. "『철갑열차』 졸역은 3년 전에 이미 출판한 적이 있다. 이번 재판에서는 옛날 원고를 모두 버리고 완전히 새롭게 개역했다. 새 번역본 『철갑열차』 는 확실히 면목이 완전히 새로워져서 완전함에 능히 가까워졌다고 믿는다."

『타오위안칭 출품 도록』에 부쳐[1]

이것은 쉬안칭[2]이 당시에 손수 장정하여 내게 증정한 책이다. 벌써 3년을
훌쩍 넘겼고, 작가도 오래도록 호숫가에서 영면하고 있다. 풀잎에 맺힌 이
슬은 쉽게 마르는 법이라,[3] 이 글씨를 남겨 기념하고자 한다. 오호라!

1931년 8월 14일 밤, 루쉰이 상하이에서 쓰다

주)_____

1) 원제는 「題『陶元慶的出品』」. 이 글은 루쉰의 친필 글씨에 근거하여 편집해 넣었다. 본
래 루쉰 소장 화집(畵集) 『타오위안칭 출품작』 속표지에 쓴 글씨인데, 제목과 표점이 없
었다.
『타오위안칭 출품 도록』은 타오위안칭이 상하이 리다학원(立達學園) 미술원(美術院) 서
양화과(西畵系) 제2회 회화전시회에 출품한 작품을 모은 것으로 모두 8폭의 그림이 들
어 있다. 1928년 5월 베이신서국에서 인쇄했다. 이 도록 속에 루쉰의 「타오위안칭 군의
회화전시회 때—내가 말하려는 몇 마디 말」(當陶元慶君的繪畵展覽時—我所要說的幾句
話; 나중에 『이이집』에 수록)이 실려 있다. 같은 해 5월 7일 타오위안칭이 이 도록을 루쉰
에게 증정했다.

2) 쉬안칭(璿卿)은 타오위안칭(陶元慶, 1893~1929)의 자다. 저장성 사오싱 사람으로 미술
가다. 상하이 리다학원(立達學院), 항저우 미술전과학교(美術專科學校) 등지의 교수직을
역임했다. 루쉰이 출간한『무덤』,『방황』,『아침 꽃 저녁에 줍다』,『고민의 상징』등 서적
의 표지 그림을 그렸다. 1929년 병사하자 루쉰이 돈을 내서 항저우 시후(西湖) 가에 무
덤을 마련하고 장례를 치렀다.

3) 원본은 '草露易晞'. 한나라 악부시 상화곡(相和曲)「해로곡」(薤露曲)에 "부추 잎 위의 이
슬은 어찌 그리 쉽게 마르나"(薤上露, 何易晞)라는 구절이 있다. 부추 잎 위의 이슬이 쉽
게 마르는 것처럼 인생도 잠깐 사이에 늙어서 죽는다는 사실을 비유한 것이다. 한나라
때 장송곡 가사로 알려져 있다.

케테 콜비츠의 목판화 「희생」설명[1]

케테 콜비츠(Käthe Kollwitz)는 1867년 동프로이센의 쾨니히스베르크[2]에서 태어났다. 고향, 베를린, 뮌헨에서 그림을 배웠고, 뒤에 의사인 Kollwitz와 결혼했다. 남편이 빈민가에 살며 항상 빈민들의 병을 치료해 줬기 때문에 K. Kollwitz의 판화 소재에도 가난한 사람들의 질병과 고통이 많이 들어 있다.

가장 유명한 것은 네 가지 연작 판화다.[3] 「희생」은 목판화 『전쟁』7폭 중 하나다. 한 어머니가 슬픔을 머금고 자신의 아들을 아무 의무도 없는 희생물로 바치는 일을 새겼다. 그때가 바로 제1차 세계대전 기간이었고, 그녀의 두 어린 아들은 모두 전선에서 죽었다.[4]

그러나 그녀의 그림은 '비애'와 '분노'에 그치지 않는다. 만년에 이르러서는 이미 비극적이고 영웅적이고 암담한 형식화에서 벗어났다.

이 때문에 오토 나겔[5]은 그녀를 이렇게 비평했다. "K. Kollwitz가 우리에게 이렇게 가까워진 까닭은 강하고 포용적인 그녀의 모성애 때문이다. 그녀의 예술 작품 위에 떠도는 이것은 마치 선善의 징조와 같다. 이것은 우리로 하여금 인간 세상을 떠나고 싶게 한다. 그러나 이것은 또한 더욱 새롭고 더욱 좋은 '미래'에 대한 독촉과 신앙이기도 하다.

주)_____

1) 원제는 「凱綏·珂勒惠支木刻'犧牲'說明」. 이 글은 1931년 9월 20일 상하이 『북두』(北斗) 월간 창간호에 처음 발표되었다. 본래 제목은 「희생―독일 콜비츠 목판화 『전쟁』 중 하나」(犧牲―德國珂勒惠支木刻『戰爭』中之一)로 서명은 없다. 루쉰이 「희생」을 선택하여 실은 의미는 『남강북조집』(루쉰전집 6권) 「망각을 위한 기념」을 참고하라.
   케테 콜비츠(Käthe Kollwitz, 1867~1945)는 독일 판화가다. 루쉰은 1936년 『케테 콜비츠 판화 선집』을 편집하여 인쇄하면서 「머리말 및 목록」(序目)을 쓴 적이 있다(『차개정 잡문 말편』에 수록).
2) 쾨니히스베르크(Königsberg)는 제2차 세계대전 이후 러시아로 할양되어 지금은 칼리닌그라드(Kaliningrad, Калининград)로 불린다. 러시아연방 서쪽 끝 항구도시다.
3) 『직공들의 반란』, 『농민전쟁』, 『전쟁』, 『프롤레타리아트』를 가리킨다. 「희생」은 『전쟁』 중 한 편으로 중국에 소개된 콜비츠의 첫 판화 작품이다.
4) 콜비츠의 둘째 아들 페테르가 1914년 10월 23일 전사했다. 따라서 본문에서 두 아들이 죽었다라고 언급한 것은 오류다.
5) 오토 나겔(Otto Nagel, 1894~1967)은 독일의 화가 겸 미술비평가다.

『용사 야노시』 교열 후기[1]

이 책 번역 원고가 내 손에 도착한 것은 이미 족히 1년 반이나 되었다. 나는 본래 지금까지 Petöfi Sándor[2]의 사람됨과 그의 시를 아주 좋아해 온데다, 또 번역문이 착실하면서도 유창함을 보고 마치 기이한 보배를 얻은 것 같았다. 이에 단행본 출간 계획이 성공하지 못하면 계속 『분류』에 게재하여 중국에 소개할 생각이었다. 또 한편으로 그에게 편지를 보내 아름다운 삽화를 찾을 수 있는지 물었다.

  역자는 바로 작가의 본국 즉 원역자原譯者 K. de Kalocsay[3] 선생이 있는 곳으로 편지를 보냈고, 작년 겨울 마침내 아주 좋은 그림 12폭을 받았다. 그것은 Sándor Bélátol(구미식으로 표기하면 Béla Sándor)[4] 교수가 그린 벽화로 오색찬란한 축소 인쇄품이었다. 또 그는 편지에서 이렇게 말했다. "이전에 나는 이 작품의 그림을 수집한 적이 있지만 오랫동안 찾을수 없어서 절망하고 있었습니다. 그런데 마침내 저의 한 친구에게서 그림을 찾을 수 있었습니다." 그럼 이 『용사 야노시』 그림은 헝가리 본국에서도 절대 자주 볼 수 있는 작품이 아니다.

그러나 그때 『분류』가 영문을 알 수 없는 이유 때문에 이미 정간한 상태였다. 나는 이런 연유로 이 번역이 묻혀 버린다면 너무나 애석하다고 생각했다. 나 스스로 출판할 힘이 없어서 소설월보사에 소개했지만 내줄 듯 말 듯 망설이는지라 다시 학생잡지사로 보냈다. 그러나 단칼에 낼 생각이 없다고 해서 운수가 사납다 여기고 낙담하여 돌아왔다. 그리하여 이 원고는 나를 수행하며 말라 가고, 나와 함께 떠돌며 지금에 이르렀다. 하지만 어떤 난관을 만나더라도 이 시와 그림은 여전히 훌륭하다. 그것은 작가가 코사크 병사의 창 끝에 죽었지만 의연히 시인이며 영웅인 것과 같다.

작가의 개략적인 사적은 역자가 이미 앞쪽에서 서술한 이외에도 오스트리아의 Alfred Teniers[5]가 지은 전기도 있다. 이것을 바이망白莽이 번역하여 『분류』 마지막 호인 제2권 제5호에 게재한 바 있는데, 내용이 비교적 상세하다. 그의 장기는 물론 서정시다. 그러나 이 민간고사에 기반한 시는 사적은 간단하고 소박하지만 어린이의 천진함이 가득하다. 따라서 설령 당신이 이미 90 연세를 넘었다 해도 '어린이의 마음'만 갖고 있다면 아주 즐겁게 이 책을 끝까지 읽을 수 있을 것이다. 독일에서는 1878년에 이미 I. Schnitzer[6]가 번역본을 내면서 헝가리 동화시라고 칭했다.

동화에 대해서 근래에 문무 관리들까지 높은 식견을 보이고 있다. 어떤 사람은 고양이와 개가 말을 하거나 또 그것들을 선생이라고 부르는 것은 인류의 체통을 잃는 일이라고 말한다.[7] 또 어떤 사람은 이야기에서 왕을 만들고 황제를 꾸며내 공화의 정신을 위배해서는 안 된다고 말한다. 그러나 나는 이런 것이 거의 '기杞나라 사람이 하늘 무너질까 걱정하는 일'처럼 여겨지는데 기실은 전혀 중요한 일이 아니다. 아이들의 마음은 문무 관리들과 달리 진화할 수 있으므로 절대 어떤 한 지점에 영원히 머물며 수

염이 길게 자라서도 여전히 거인을 타고 신선이 사는 섬으로 가서 황제가 될 생각을 하지 않는다.[8] 만약 계속 그런 생각을 한다면 그건 타고난 저능아이므로 설령 평생토록 동화 한 편을 읽지 않더라도 대수로울 게 전혀 없는 것이다.

그러나 지금 만약 신작 동화가 있다면 꼭 왕을 봉하고 재상을 임명하는 이야기는 아닐 것이라고 나는 생각한다. 하지만 이 작품은 1844년에 지어졌을 뿐 아니라 민간 전설에서 소재를 취한 분명한 동화이기 때문에 전혀 기이할 게 없다. 당시에 시인은 아마도 하느님을 믿었다. 이에 어떤 사람은 시인이 사후에 하느님의 우대를 받아 하느님 곁에 앉아서 사탕을 먹고 있을 것이라고 생각했다.[9] 그러나 지금 우리는 그 말을 듣는다고 해서 서둘러 시작詩作을 배워 장래에 사탕을 먹어야겠다고 희망하지는 않는다. 엄청나게 사탕을 좋아하는 사람이라 해도 그런 지경에 빠지지는 않는다.

위에서 서술한 몇 가지는 해롭지 않고 유익하기 때문에 마침내 나의 미력이나마 다 바쳐 중국 독자들께 헌정하려는 것이다. 노인과 성인까지이 책에 기대 한가하게 시간을 보내거나 문학을 연구하려는 사람은 모두 독자에 포함되며, 오로지 어린이들에게만 국한되지 않는다. 에스페란토 번역본에는 본래 작은 삽화 세 폭이 포함되어 있는데, 이 번역본에는 두 폭만 실었다. 가장 애석한 것은 경제적인 문제 때문에, 그 구하기 어려운 12폭 벽화 대부분을 단색 동판으로만 인쇄하여 원본의 정채로움을 적지 않게 잃어버렸다는 점이다. 하지만 이 자리를 빌려 헝가리 명작과 화가 두 명을 벌써 소개한 것으로 간주할 수 있겠다.

1931년 4월 1일, 루쉰

1) 원제는 「『勇敢的約翰』校後記」. 이 글은 1931년 10월 상하이 후펑서점(湖風書店)에서 출
   판한 중국어 번역본『용사 야노시』에 들어 있었다.
   『용사 야노시』(*János Vitéz*)는 페퇴피의 대표작으로 전설적인 국민 영웅에 대한 장편
   동화 서사시다. 쑨융(孫用, 1902~1983)이 에스페란토 번역본에 근거하여 중국어로 번
   역했다. 쑨융은 저장성 항저우 사람으로 본명이 부청중(卜成中)이다. 1929년 11월 초에
   『용사 야노시』중국어 번역 원고를 루쉰에게 우송했다.
2) 페퇴피 샨도르(Petőfi Sándor, 1823~1849)는 헝가리의 낭만적 애국 시인이다. 중학 졸
   업 후 군인, 여행 가이드 등 다양한 일을 하며 민중들의 생활을 직접 겪었다. 1844년 민
   간 전설을 기반으로 국민적 영웅을 노래한 장편 동화 서사시『용사 야노시』를 발표하
   여 명성을 날렸다. 1848~1849년 혁명 때는「일어나라, 마자르인이여」라는 시를 발표
   하여 애국, 정열, 환희의 시정을 마음껏 발산했다. 1849년 26세의 젊은 나이로 독립전
   쟁에서 전사했다. 루쉰은 일찍부터 페퇴피의 문학에 심취했다.
3) K. de Kalocsay는 컬로처이 칼만(Kalocsay Kálmán, 1891~1976)으로 헝가리 시인 겸
   번역가다.『용사 야노시』를 에스페란토로 번역했다. 쑨융이 이 번역본을 대본으로 하
   여 중국어 번역본을 완성했다.
4) 샨도르 빌라톨(Sándor Bélátol, 1872~1949)은 헝가리 화가다.
5) 알프레드 테니어스(Alfred Teniers, 1839~1921)는 오스트리아 작가다.
   바이망(白莽, 1909~1931)의 본명은 쉬바이팅(徐柏庭) 또는 쉬쭈화(徐祖華), 필명이 바이
   망 또는 인푸(殷夫)다. 그는 페퇴피의 전기를 소개한 테니어스의 문장을 번역하여「페
   퇴피 샨도르 행장」(彼得斐·山陀爾行狀)이란 제목을 달았다. 중국좌익작가연맹 구성원
   으로 활동 중 1931년 2월 7일 러우스(柔石), 후예핀(胡也頻), 리웨이썬(李偉森), 펑겅(馮
   鏗)과 함께 국민당 당국에 체포되어 살해되었다. 이 다섯 사람을 흔히 '좌련오열사'라
   고 부른다.
6) 슈니처(Ignaz Schnitzer, 1839~1921)는 헝가리 기자, 시인, 번역가다.
7) 1931일 3월 5일자『선바오』(申報) 기사에 따르면 후난 군벌 허젠(何鍵)이 1931년 2월
   국민당정부 교육부에 보낸 글에 이런 이야기를 했다고 한다.
8) 『용사 야노시』마지막 부분에 나오는 이야기다.
9) 독일 시인 하이네(Heinrich Heine, 1797~1856)의『노래의 책』(*Buch der Lieder*)「귀향
   시편」(Die Heimkehr)에 나온다.

리베라의 벽화 「빈민의 밤」 설명[1]

리베라(Diego Rivera)는 1886년 멕시코에서 태어났지만 오랫동안 서구에서 그림을 배웠다. 그는 20세 이후 프랑스, 스페인 그리고 이탈리아를 왕래하며 인상파와 입체파 및 르네상스 전기 벽화 화가의 영향을 깊이 받았다. 이후 귀국하여 노동자·농민 운동에 느낀 바가 있어서 마침내 "민중과 함께하겠다"는 선언을 하고 유명한 프레스코 벽화 화가가 되었다. 프레스코(Fresco)란 소석회 분말이 마르는 동안 바로 붓으로 채색을 하는 기법인데 매우 쉽지 않은 방법이다.

그의 벽화는 세 곳에 있다.[2] 첫째, 교육부 안에 있는 노동원勞動院이다. 둘째, 제사원祭祀院이다. 셋째, 차핑고(Chapingo) 농업학교다. 이번에 소개하는 이 한 폭은 제사원 안에 있는 것이다.

리베라는 벽화를 사회적 책임을 다할 수 있는 양식으로 생각했다. 왜냐하면 이것은 귀족의 저택에 소장된 그림과 달리 공공건축의 벽에 그린 것이어서 대중에 속한 것이기 때문이다. 이 때문에 만약 아직도 살롱(Salon) 회화에 기울어 있다면 그것은 바로 현대예술 중에서 가장 나쁜 경향에 치우쳐 있는 것이다.

주)_____

1) 원제는 「理惠拉壁畵『貧人之夜』說明」. 이 글은 1931년 10월 20일 『북두』 월간 제1권 제2
   기에 처음 발표되었다. 본래 제목은 「빈민의 밤」(貧人之夜)으로 되어 있고, 서명은 없다.
   리베라(Diego Rivera, 1866~1957)는 멕시코 화가다. 스페인 정복 이전의 아스테카 문
   화와 현대 회화를 이어주는 역할을 담당했다. 멕시코의 고대 신화와 역사를 바탕으로
   초현실주의, 다다이즘, 인상주의, 입체주의 등 현대적 회화 기법을 결합하여 가장 멕시
   코다운 그림을 그린 것으로 인정된다. 지금도 멕시코의 영웅으로 일컬어진다. 특히 벽
   화운동에 매진했다.
2) 루쉰이 이 글을 쓸 때는 리베라의 벽화가 세 곳에만 있었으나 그 이후에도 리베라는 대
   통령궁, 예술의 전당, 미국의 여러 곳 등 다양한 곳에 벽화를 그렸다.

'일본 연구'의 바깥[1]

일본이 랴오닝성遼寧省과 지린성吉林省을 점령한 이래 출판계에 새로운 현상이 나타났다. 수많은 신문과 잡지에 모두 일본 연구 논문이 게재되고 있고, 여러 출판사에서도 일본 연구 소책자를 출간하려 한다. 이밖에도 광고에 의하면 무슨 망국사亡國史가 순식간에 매진되어 판을 거듭 찍고 있다고 한다.

어떻게 이처럼 다양한 일본 연구 전문가가 갑자기 탄생할 수 있는가? 상황을 보자. 『선바오』「자유담」自由談에 실린 무슨 "일본을 도적의 나라로 불러야 한다"日本應稱爲賊邦, "일본의 옛 명칭은 왜노다"日本古稱倭奴, "친구에게 들으니 일본은 징병제를 시행한다고 한다"聞之友人, 日本乃施行徵兵之制 따위의 저능아 같은 담론을 제외하고, 비교적 내용이 충실한 것 중 어떤 것이라 해도 상하이의 일본 서점에서 사온 일본 책과 관계가 없지 않다. 그것은 중국인의 일본 연구가 아니라 일본인의 일본 연구다. 일본을 연구한 일본인의 문장을 중국인이 크게 훔쳐 온 것이다.

일본인이 자신들의 본국 및 만주와 몽골에 관한 책을 쓰지 않았다면 우리 중국 출판계는 이처럼 뜨겁게 달아오르지 않았을 것이다.

이 같은 일본 배척 목소리 가운데서, 나는 감히 단호하게 중국 청년들에게 다음과 같이 충고하고자 한다. 일본인에게는 우리가 본받을 만한 점이 있다. 예를 들어 그들은 본국과 우리 동삼성[2]에 관해 평소에도 많은 책을 쓴다.──그러나 목전에 투기를 목적으로 출간하는 책은 제외해야 한다.──외국에 관한 것은 물론 더 말할 필요가 없다. 우리 자신에게는 무엇이 있는가? 묵자는 비행기를 만든 원조이고,[3] 중국은 4000년 고국古國이라는 따위의 변변치 않은 잠꼬대를 제외하고 무엇이 있는가?

우리는 물론 일본을 연구해야 하지만 다른 나라도 연구해야 한다. 티베트를 잃고 나서 잉글랜드를 연구하거나(전례에 비춰 보면 그때는 '영국 오랑캐'英夷로 불렸다), 윈난이 위급해지고 나서야 다시 프랑스를 연구하는 경향에서 벗어나기 위해서 말이다. 또 지금 우리와 아무 관계도 없는 것 같은 독일, 오스트리아, 헝가리, 벨기에…… 등등과 특히 우리 자신을 연구해야 한다. 우리의 정치는 어떤가? 경제는 어떤가? 문화는 어떤가? 사회는 어떤가? 해마다 이어지는 내전과 '정법'正法을 겪고도 도대체 아직도 4억 인구가 남아 있을 수 있는가?

우리는 더 이상 무슨 망국사를 읽어서는 안 된다. 왜냐하면 이러한 책은 기껏해야 당신에게 망국노가 되는 길을 가르쳐서, 현재의 고통보다 더한 고통을 안겨 줄 수 있을 뿐이기 때문이다. 뒷날 상황에 따라 마음이 변하면 겉으로 봐도 이미 망국에 빠진 인민들보다 상황이 더 낫다고 생각하고 이를 행운으로 여기며, 여전히 기쁨에 젖어 다시 또 멸망이 더욱 가까이 다가오기를 기다릴 수도 있다. 이것은 '망국사' 첫 페이지 이전의 페이지이므로 '망국사'의 필자가 분명하게 써낼 수 없는 것이다.

우리는 현대의 흥국사興國史를 읽어야 한다. 현대 신흥 국가의 역사 속에서 드러나는 것은 전투의 함성과 생생한 활로이지 망국노의 비탄과 절규가 아니다!

주)_____

1) 원제는 「'日本硏究'之外」. 이 글은 1931년 11월 30일 『문예신문』(文藝新聞) 제38호에 처음 발표되었다. 서명은 러번(樂賁)이다.

2) 동삼성(東三省)은 중국 만주 지역의 세 성, 즉 랴오닝성, 지린성, 헤이룽장성(黑龍江省)을 가리킨다.

3) 『한비자』 「외저설」(外儲說)에 다음과 같은 기록이 있다. "묵자는 나무로 연을 만들면서 3년을 들여 완성했지만 하루를 날고는 떨어졌다."

독일 작가 판화전 소개[1]

세계에서 판화가 가장 일찍 출현한 나라는 중국이다. 돌에 새겨 사람들이 손으로 만져 볼 수 있게 하기도 했고 목판에 새겨 세상에 두루 배포하기도 했다. 나중에 그 쓰임을 확장하여 서적의 수상繡像[2]이나 낱장의 꽃종이花紙에 새겨 그림을 좋아하는 사람들이 더욱 쉽게 볼 수 있게 되었다. 그렇게 계속 전해지다가 새로운 인쇄술이 중국으로 전입되자 비로소 점점 쇠망의 길로 들어섰다.

유럽의 판화도 애초에는 삽화로 이용되거나 낱장으로 인쇄되었으므로 이는 중국의 경우와 동일하다. 모두들 판화를 빌려 눈과 마음의 오락물로 삼으면서도 전혀 예술로 간주하지 않았던 점도 중국과 같다. 그러나 19세기 말에 이르자 풍조가 바뀌어서 수많은 유명 예술가들이 모두 직접 칼로 붓을 대신하여 스스로 밑그림을 그리고 스스로 판화를 새기고, 스스로 그것을 찍어 냈다. 그러자 판화가 확실하게 일종의 예술품이 되었다. 그리고 사람들의 감상품으로 제공되는 양도 한 장으로 예술적 성취를 이룰 수 있는 유화 종류에 비해 훨씬 많다. 이런 예술을 지금 사람들은 '창작 판화'

라 부르고, 옛날 목각과 구별하여 어떤 사람은 그것을 '조각칼 예술'이라 부르기도 한다.

그러나 중국에서 이 예술에 주의를 기울인 사람은 여태까지 아주 드물었다. 작년에 작은 전시회가 열린 적이 있지만[3] 지금까지도 후속 움직임이 전혀 없다. 근래에 소문을 들으니 독일의 미술 애호가들이 '창작 판화 전시회'를 준비하고 있다고 한다. [전시하려는] 판화의 종류로는 목판, 석판, 동판이 있으며 작가들은 모두 현대 독일인이거나 독일에 거주하고 있는 각국의 명인인데, 이미 미술사로 진입한 사람도 많이 있다고 한다. 예를 들면 아르키펭코(Archipenko), 코코슈카(O. Kokoschka), 파이닝거(L. Feininger), 페히슈타인(M. Pechstein)은 모두 현대예술을 조금만 알고 있는 사람이라면 아주 잘 알고 있는 인물이다. 이밖에도 표현주의 문학운동이 전개될 때 문학가들과 함께 협력한 호프만(L. von Hofmann)과 마이트너(L. Meidner)의 작품도 있다. 신진 전투적 작가, 예를 들면 콜비츠(K. Kollwitz), 그로스(G. Grosz), 메페르트(C. Meffert) 같은 작가는 문학에 주의를 기울여 온 사람이라면 바로 알 수 있으므로 더욱더 많은 말을 할 필요가 없다.

이 전시회에는 위에서 소개한 각 작가 및 다른 작가의 판화까지 모두 100여 폭이 전시되고, 큰 것은 두 세 자[尺]에 이르며, 모든 작품에 작가의 친필 사인이 있다고 한다. 이것은 복제한 그림과는 정말 하늘과 땅만큼의 차이가 있으므로 미술 전공 학생과 미술 애호가들은 직접 보고 연구할 만한 가치가 있다.

주)_____

1) 원제는 「介紹德國作家版畵展」. 이 글은 1931년 12월 7일 『문예신문』 제39호에 처음 발표되었다. 서명은 러번이다. 독일 작가 판화전은 상하이의 잉환도서공사(瀛寰圖書公司)의 독일인 사장 이레네(Irene)가 1931년에 준비하여 1932년 6월에 전시했다. 이 전시회는 당시 상하이에 거주하던 함부르거(Ursula Hamburger) 여사와 루쉰의 큰 지지를 받았다. 루쉰은 이 전시회를 위해 일부 전시품과 액자를 제공했고, 이 글과 바로 다음 글을 써서 전시회를 널리 소개했다.

2) 수상(繡像)은 명대와 청대 이래 통속 장회소설 앞부분에 작중 주요 인물들을 판화로 새겨서 첨부하는 것이다.

3) 루쉰과 일본인 우치야마 간조(內山完造, 1885~1959)가 1930년 10월 상하이에서 공동으로 개최한 판화 전시회다. 소련과 독일 등지의 판화 작품 70여 폭을 전시했다.

독일 작가 판화전 거행 연기 진상[1]

이번 판화 전시회는 본래 이달 7일에 거행하기로 결정되었다. 소문을 들으니 수집한 원판 판화도 적지 않고, 대체로 큰 것은 1자ﾚ 넘는 것도 있다고 한다. 예를 들면 그로스의 석판화 「쉴러의 극본 『강도』에 나오는 경구 그림」Neun Lithographien zu Sentenzen aus Schillers Räuber 열 장,[2] 콜비츠 부인이 제작한 동판화 『농민도』 일곱 장이 그것인데 큰 것은 2자 이상이라고 한다. 이 때문에 마침내 액자에 문제가 생겼다. 미술에 뜻을 둔 사람도 구입할 힘이 없어서 일시적으로 다른 방법으로 해결하기도 어렵다. 지금 전시회를 준비하는 사람이 사방으로 친구들을 향해 돈을 빌리려고 상담하고 있는데, 일단 빌리는 일이 잘 해결되면 바로 전시회를 열 수 있을 것이다.

또 소문에 러시아 목판화 명인 피스카레프[3]가 「철의 흐름 그림」鐵流圖 소품 4폭을 갖고 있었는데, 스스로 엄동설한에 원판으로 찍어 내서, 소설 『철의 흐름』 중국어 번역자[4]에게 증정했고, 그것을 번역자가 어제 이미 상하이로 우송했다. 이것은 동아시아 유일의 원판 판화다. 전해 오는 말에 의하면 삼한서옥三閑書屋에서 판을 찍어 인쇄한다고 한다. 이 작품도 함께 이 전시회에 먼저 전시하여 미술 애호가들의 감상에 제공하고자 한다.

주)_____

1) 원제는 「德國作家版畵展延期擧行眞像」. 이 글은 1931년 12월 14일 『문예신문』 제40호에 처음 발표되었다. 본래 제목은 「철의 흐름 그림·판화전 거행 연기의 진상」(鐵流圖·版畵展 延期擧行眞像)이다. 서명은 없다.

2) 중국어판 『루쉰전집』 주석에는 이 작품이 모두 9폭이고 1922년에 완성되었다고 한다. 루쉰의 기억에 오류가 있는 것으로 보인다.

3) 피스카레프(Николай Пискарев, 1892~1959)는 소련의 판화가 겸 삽화가다. 『철의 흐름』(Железном потоке)과 『안나 카레니나』(Анна Каренина) 등 소설의 삽화를 그렸다. 『집외집습유』 「『철의 흐름』 편집교정 후기」 참조.

4) 『철의 흐름』 중국어 번역자는 차오징화(曹靖華, 1897~1987)다. 그는 허난성 루스(盧氏) 사람으로 본명이 롄야(聯亞)다. 웨이밍사(未名社) 동인으로 활동하며 번역에 종사했다. 그는 1931년 11월 소련 작가 세라피모비치(Александр Серафимович Серафимович, 1863~1949)의 장편소설 『철의 흐름』을 중국어로 번역하여 삼한서옥에서 출판했다. 같은 해 12월 8일 루쉰은 그가 우송해 준 피스카레프의 원판 판화 『철의 흐름』 삽화 4폭을 단독으로 인쇄하여 출간하려 했으나 뜻을 이루지 못했다. 나중에 『인옥집』(引玉集)에 수록되었다.

수재가 바로 '건국'이다[1]

『건국월간』[2] 제6권 제2기가 출판되어 상하이 각 주요 신문에 광고를 게재했다. 첫머리에 실린 것이 휘황찬란한「본지의 발행목적」이었다.

(1) 삼민주의의 이론과 실제를 선양한다.

(2) 본 당의 영광스러운 혁명 역사를 정리한다.

(3) 실제 건설 문제를 토론한다.

(4) 우리나라 학술을 정리하고 세계 학술사조를 소개한다.

너무나 훌륭하다. 내용을 보자. 가장 먼저 실린 것이 휘황찬란한 '화보'다. 그 제목은 '수재 촬영'(4폭)[3]이다!

너무나 훌륭하다…… 이것이야말로 한 마디로 '건국'의 본색을 다 말한 것이다.

1) 원제는 「水災卽'建國'」. 이 글은 1932년 1월 5일 상하이 『십자가두』(十字街頭) 순간 제3기에 처음 발표되었다. 서명은 샤관(遐觀)이다.

2) 『건국월간』(建國月刊)은 정치 종합 잡지로 당시 국민당 중앙집행위원이었던 사오위안충(邵元沖)이 주간을 맡았다. 1928년 4월 상하이에서 창간되었다. 본래 주간지였으나 1929년 5월부터 월간으로 바꿨다. 1931년 2월에는 난징으로 옮겨서 출판했고, 1937년 12월에 정간되었다. 이 잡지 제6권 제2기는 발행날짜가 표기되어 있지 않지만 대체로 1931년 말에 출간된 것으로 보인다.

3) 1931년 여름에 창장 강(長江)과 화이허 강(淮河) 유역 8개 성에서 심각한 수재가 발생하여 1억 명에 가까운 수재민이 발생했다. 당시 『건국월간』 제6권 제2기에 이 지역 4곳의 수재 사진이 실렸다.

『외투』에 부쳐¹⁾

이 책은 쑤위안이 병이 깊었을 때 특별히 장정하여 내게 보내 준 것이다. 이 어찌 스스로 이 세상을 떠날 것임을 생각한 것이 아니겠는가? 슬프다! 2년이 지나 책 상자를 열다가 이 책을 발견하고 추모하며 이 글을 쓴다.

1932년 4월 30일, 쉰迅

주)_____

1) 원제는 「題『外套』」. 이 글은 루쉰의 자필 글씨에 근거하여 편집해 넣었다. 본래 제목이 없었다.
   『외투』는 러시아 작가 고골의 중편소설이다. 웨이쑤위안(韋素園)이 중국어로 번역하여 1926년 9월 웨이밍사(未名社)에서 출판했다. 1929년 재판을 발행하며 '웨이밍총간'에 편입했다. 1929년 7월 웨이쑤위안은 루쉰에게 모직물 정장본(布面 精裝本, cloth binding) 1권을 기증했다.

『문신』에 대한 나의 의견[1]

『문예신문』은 Journalism을 표방하고 있으므로 다소 잡다함을 면치 못하는 것이 당연하다. 그러나 Journalism이란 입장에서 말하자면 지난 50기를 내는 과정에서 더러 지나치게 잡다한 때도 있었던 것 같다. 예를 들어 플라톤의 『국가론』, 텐[2]의 『예술 철학』은 모두 '문예론' 종류가 아니므로 기실 기괴하기 이를 데 없다. 갑과 을은 병이 아닌데 저런 말을 해서 무엇 하겠는가?

또 「매일필기」[3]에 영향력이 없는 말이 너무 많다. 예를 들어 누가 장시를 읊었고, 누가 걸작을 썼다는 따위의 기사는 지금까지도 대개 그 뒷이야기가 실리지 않고 있다. 나는 이후에 결과가 나온 이후에는 관련 기사를 게재하는 것이 옳다고 생각한다. 누가 피서를 하고, 누가 땀범벅이 되었는지와 같은 기사는 정말 게재하지 않는 것이 옳다.

각 성, 특히 궁벽한 곳의 문예사건에 관한 통신은 아주 중요하지만 애석하게 이런 소식도 왕왕 일회성으로 그치는 경우가 많아서 나중에 어떻게 되었는지 모른다. 하지만 항상 소식이 이어지는 것이 좋다.

논문을 읽어 보면 너무 판에 박은 듯하므로 좀더 특색 있게 쓸 필요가 있다.

각국 문예계 소식은 많이 실어야 하지만 간략하게 개괄해야 한다. 예를 들어 「소련 문학통신」[4]과 같은 것은 아주 좋은 기사라고 생각한다. 하지만 루이스가 뺨을 얻어맞았다[5]와 같은 기사는 싣지 않아도 된다.

이밖에도 무엇이라고 생각은 나지 않지만 매우 잡다하다. 내 의견이 옳은지 그른지 참작해 주시기 바란다.

5월 4일, 루쉰

주)_____

1) 원제는 「我對於『文新』的意見」. 이 글은 1932년 5월 16일 『문예신문』 제55호에 처음 실렸다. 『문신』은 바로 『문예신문』이다. 중국좌익작가연맹 주도로 발간한 주간지로 위안수(袁殊; 위안쒀이袁學易)가 주필을 담당했다. 1931년 3월 16일 상하이에서 창간하여 1932년 6월 20일 국민당 당국에 의해 폐간되었다. 이 잡지 창간 1주년 때 널리 독자 의견을 모집했는데, 루쉰도 이 모집에 호응하여 이 글을 썼다.

2) 텐(Hippolyte Taine, 1828~1893)은 프랑스 비평가, 철학자, 문예이론가다. 19세기 프랑스 실증주의 학자 중에서 가장 유명하다. 『라퐁텐 우화론』(Essai sur les fables de La Fontaine), 『영문학사』(Histoire de la Littérature Anglaise), 『예술 철학』(Philosophie de l'Art), 『근대 프랑스의 기원』(Les Origines de la France Contemporaine) 등을 남겼다.

3) 「매일필기」(每日筆記)는 『문예신문』에 개설된 전문 코너다. 주로 문예계 인사의 동정을 실었다. 1931년 3월 30일 『문예신문』 제3호에 "예링펑(葉靈鳳)이 시후로 가서 장편 저작을 쓰고 있다"라는 소식과 "장이핑(章衣萍)이 시후로 가서 시를 읊었다"라는 소식이 실렸다.

4) 「소련 문학통신」은 『문예신문』 1932년 4월 11일(제50호)과 18일(제51호)에 연재된 레이단린(雷丹林)의 글이다.

5) 1931년 6월 1일 『문예신문』 제12호에 실린 해외 문단 소식이다. 제목은 「뺨따귀 한 방! 드라이저(T. Dreiser)가 루이스(S. Lewis)의 귀싸대기를 때리다」(一巴掌! 德蘭散打魯意絲的耳光)이다. 두 사람 모두 미국 소설가다.

제기 1편[1]

원시인들은 군거 생활을 할 때 대개 몸짓과 목소리로 겨우 자신의 마음을 표현했을 뿐이다. 목소리가 복잡하게 변하면서 점차 언어가 되었고, 언어가 아름답게 조화를 이뤄 노래가 탄생했다. 그러나 말이란 바람이나 물결과 같아서 출렁이다가 그치면 남은 흔적이 아득히 사라지고 오직 입과 귀의 전승에만 의지하게 되므로 특히 먼 곳이나 후세에 전할 수 없다. 이 때문에 월越나라 노래[2]도 옛날 책에 단 한 번만 보이고, 장송곡[3]도 시집에는 채집되지 않았다. 다행히 문자에 의지하여, 흩어진 것을 모아 종이와 먹으로 기록함으로써 수명이 오래가게 되었다. 이런 문자 기록이 풍부해지자 그것에 대한 비평이 마침내 생겨나서 동쪽에는 유언화[4]의 『문심조룡』文心雕龍이 있게 되었고, 서쪽에는 아리스토텔레스의 『시학』이 있게 되었다. 문학의 정신을 분석하며 드넓고 자세한 내용을 포괄하고, 비평의 원류를 열어 대대로 모범이 되었다. 그러나 애석하게도 지역적인 제한과 시대적인 한계가 있었다. 후대 현인들이 그 부족함을 보충하고 신선하고 특이한 재능을 다투어 드러내며 거작을 지어 서고에 쌓았다. 아! 백발이 되어도 추측하기 어렵나니, 만약 요약 정리한 비평집이 없다면 어느 누가 그 우수한 작품을 알 수 있겠는가? 작가는 젊은 나이에 학문에 힘써서 새로운 저작을 지었다. 종으로 옛날과 지금을 살펴보고, 횡으로 유럽과 아시아를 열람하면서, 중화의 옛말을 발췌하고, 영미의 새 학설을 취했다. 그리하여 그 뿌리와 근원을 탐색하고 그 종류를 밝히면서 혼란함을 풀고 요령을 잡았으니 그 찬란한 모습이 참으로 볼만하다. 대체로 작은 병의 얼음을 보고도 추운 겨울이 왔음을 알고, 떨어진 오동잎을 보고도 가을이 왔음을 깨닫는 것과 같다. 이후에 시학詩學을 연구하는 사람은 아마도 이 책에 근거하여 탐색의 노고를 줄일 수 있을 것이다.

1932년 7월 3일, 루쉰이 책을 다 읽고 나서 삼가 기록하다

주)_____

1) 원제는 「題記一篇」. 이 글은 루쉰의 자필 원고에 근거하여 편입해 넣었다. 어떤 청년 작가의 시학 논저에 쓴 제기다. 본래 구두점도 없고 제목도 없다.

2) 원문은 '越吟'. 한나라 유향(劉向)의 『설원』(說苑) 「선설」(善說)에 춘추시대 월나라에 「월인가」(越人歌) 1편이 있었다고 기록되어 있다.

3) 원문은 '�316謳'. 중국 고대의 장송곡이다. 한나라 악부시 「상화곡」(相和曲)에 포함되어 있는 「해로곡」(薤露曲)과 「호리곡」(蒿里曲) 등을 말한다.

4) 유언화(劉彦和)는 남북조시대 남조 양(梁)나라 문학비평가 유협(劉勰, 465?~532?)이다. 그의 자가 언화(彦和)다. 그의 문학평론 저작 『문심조룡』(文心雕龍) 10권은 매우 체계적인 문학이론서다.

문학노점상 비결 10조[1]

1. 서방[2] 주인에게 극력 아부하며 자신의 성질을 죽여야 한다.

2. 후스즈[3]와 같은 부류를 많이 언급해야 하지만, 이름 앞에 '나의 친구'란 네 글자를 붙여야 한다. 그러나 그를 비웃는 말 몇 마디도 덧붙여야 한다.

3. 방법을 강구하여 작은 신문이나 잡지를 발간하여 힘을 다해 자신의 작품을 첫번째로 게재하고, 목차는 2호 활자를 써야 한다.

4. 방법을 강구하여 자신의 사진을 잡지에 게재해야 하지만, 사진 속에 유리 책상자가 보이게 하여 그 속에 모두 양장본 책을 넣어 두고, 자신은 책상에 엎드려 책을 보거나 명상에 몰두하는 모습을 연출한다.

5. 방법을 강구하여 묵적[4]은 검은 핑임을 증명하거나 양주[5]는 오스트레일리아 사람임을 증명해야 하고,[6] 아울러 이에 관한 '특집호'를 낸다.

6. 『세계 문학가 사전』 1부를 편집하여 자신과 마누라와 아들을 모두 상세하게 기록해야 한다.

7. 『사기』와 『한서』의 문장 한두 편을 취하여 자구를 조금 고친 후 자신의 이름으로 출간하는 동시에 또 『세계 사학가 사전』을 편집해야 한다. 방법

은 위와 같다.

8. 항상 자신의 눈앞에는 아무것도 없다는 어투를 넌지시 드러내야 한다.

9. 항상 유럽 여행과 미국 여행 소식을 넌지시 드러내야 한다.

10. 만약 어떤 사람이 글을 지어 공격하면, 그 사람이 일찍이 투고를 한 적이 있는데 게재를 허락하지 않아서 그걸 빌미로 보복을 하는 것이라고 설명할 수 있어야 한다.

주)_____

1) 원제는 「文攤秘訣十條」. 이 글은 1933년 3월 20일 상하이 『선바오』 「자유담」에 처음 발표되었다. 서명은 루뉴(孺牛)다. '文攤'은 루쉰이 당시 문단을 비하하여 부른 말이다. '攤'은 길거리 노점 또는 난전의 뜻이므로 '문학노점상'으로 번역했다.

2) 서방(書坊)은 옛날에 책을 인쇄하고 팔던 곳이다.

3) 후스즈(胡適之)는 중국 현대 문학혁명의 제창자 후스(胡適, 1891~1962)의 자(字)다. 후스는 1917년 「문학개량에 관한 변변찮은 나의 견해」(文學改良芻議)를 발표하여 언문일치를 주장했다. 당시에 일부 사람들은 그를 언급할 때 흔히 "나의 친구(我的朋友) 후스즈"라고 했다.

4) 묵적(墨翟, B.C. 468~376)은 춘추전국시대 노(魯)나라 사람으로 묵가학파의 창시자다.

5) 양주(楊朱)는 전국시대 위(魏)나라 사람으로 자신을 중시하고 생명을 귀하게 여길 것을 주장했다. 그의 주장은 초기 도가(道家)에 가깝다.

6) 후화이천(胡懷琛, 1886~1938)은 『동방잡지』 제25권 제8호(1928년 4월)와 제16호(동년 8월)에 「묵적이 인도인임을 변론함」(墨翟爲印度人辨)과 「묵적속변」(墨翟續辨)을 발표하여 '墨'은 본래 '黑'의 뜻이고, '翟'은 또 '狄'과 음이 같으므로 묵적은 인도인이라고 단언했다. 이 글에서 루쉰이 "묵적은 검은 꿩이고", "양주는 오스트레일리아 사람"이라는 예를 든 것도 이러한 '고증학'에 대한 풍자의 의미가 있다.

고바야시 동지의 사망 소식을 듣고[1]

[번역문][2]

고바야시 동지의 사망 소식을 듣고

일본과 중국의 대중은 본래 형제다. 부르주아가 대중을 기만하고 그들의 피를 이용하여 경계선을 그었고, 아직도 계속 경계선을 긋고 있다.

그러나 프롤레타리아와 그들의 선구자들은 바로 피로써 경계선을 지우고 있다.

고바야시 동지의 죽음이 바로 그 하나의 진실한 증거다.

우리는 알고 있고, 우리는 잊을 수 없다.

우리는 단호하게 고바야시 동지의 길을 따라 손을 잡고 전진할 것이다.

루쉰

주)_____

1) 원제는 「聞小林同志之死」. 이 글은 1933년 5월 1일 일본의 『프롤레타리아 문학』(プロレ
   タリア文學) 제2권 제4호에 처음 발표되었다(시일이 지연되어 출판). 본래 일본어로 쓴
   것이다.
   고바야시는 고바야시 다키지(小林多喜二, 1903~1933). 그는 일본 프롤레타리아 문학을
   대표하는 작가다. 1931년 일본공산당에 가입하여 일본 프롤레타리아작가동맹 중앙위
   원 겸 서기장을 맡았다. 1933년 2월 20일 일본 당국에 체포되어 심한 구타를 당한 후
   사망했다. 대표작으로 『게공선』(蟹工船), 『부재지주』(在外地主) 등이 있다.

2) 원문은 다음과 같다.

同志小林の死を聞いて

　日本と支那と大衆はもとより兄弟ごある. 資産階級は大衆をだまして其の血で界をゑ
がいた、又ゑがきつつある.
　併し無産階級と其の先驅達は血ごそれを洗つて居る.
　同志小林の死は其の實證の一だ.
　我々は知つて居る、我々は忘れない.
　我々は堅く同志小林の血路に沿つて前進し握手するのだ.

魯迅

통신(웨이멍커에게 답함)[1]

멍커 선생:

3일 부치신 편지 잘 받았습니다. 마침 글 빚을 한 무더기 청산해야 하기에 이제 몇 글자 쓰고자 합니다.

아마도 우리의 연령, 환경…… 등등이 상이한 까닭에 우리는 아직 너무 소원합니다. 예를 들면 기실 답장 쓰는 일도 늘 시기를 놓치곤 합니다. 즉 답장할 필요가 없다고 여기기도 하고, 주소를 잃어버리기도 하고, 우연히 내버려 두었다가 결국 잊어버리기도 하고, 질문에 대해서 본래 한 번 조사해 보고 다시 답장을 쓰려다가 다른 일 때문에 옆길로 새서 펜을 들지 못하기도 합니다. 편지를 보낸 분들은 아마 내가 '대문학가'로 자처하며 당신의 의견과 완전히 다르다고 뻐기는 것으로 여기시는 듯합니다.

당신은 버나드 쇼[2]에게 다소 허위적인 부분이 있다고 의심하는데 나도 이의가 없습니다. 그러나 나도 중국과 외국 고금의 명인 중에서 전혀 허위가 없는 사람을 발견하지 못했습니다. 이 때문에 인간에 대해서 나는 때에 따라 그의 한 단락과 한 부분만을 취할 수 있다고 생각합니다. 이

번에 내가 버나드 쇼를 위해 변호한 것은[3] 그 사정이 결코 멀리 있는 것이 아니라 매우 명백한 것입니다. 그것은 바로 그가 홍콩대학에서 행한 강연[4]에서 비롯된 것입니다. 이 학교는 노예식 교육에 충실한 학교입니다. 그러나 여태까지 폭탄 하나도 던진 사람이 없었습니다. 그곳에 가서 폭탄을 던진 사람은 그 한 사람뿐입니다. 하지만 상하이의 신문 매체에서는 이 때문에 그를 좀 증오하고 있습니다. 따라서 나는 반드시 그를 지지할 것입니다. 왜냐하면 이런 때 버나드 쇼를 공격하는 것은 바로 노예교육을 도와주는 것이기 때문입니다. 가령 우리가 '배고프면 어떻게 할 것인가'라는 제목을 만들어 옛사람을 끌어와 질문을 하게 한다고 가정해 봅시다. 만약 '배가 고프면 밥을 먹기 위해 싸워야 한다'라고 말한다면 설령 그가 간신 진회秦檜[1090~1155]라 하더라도, 나는 그의 의견에 찬성할 것입니다. 만약 그렇게 말하는 사람의 '뺨을 때려야 한다'라고 말한다면, 그가 충신 악비岳飛[1103~1142]라 하더라도 나는 그의 의견에 반대할 것입니다. 제갈량諸葛亮[181~234]을 불러내 설명을 해보고자 합니다. 그가 만약 "밥 먹는 건 열기를 발생시키기 위한 것에 불과하고, 지금 뺨을 때리면 마찰로 인해 역시 열이 발생하므로 그것은 밥 먹는 것과 동일하다"라고 말한다면 우리는 그 가짜 과학자의 가면을 벗겨 내야 할 것입니다. 이전의 품행이 어떠했든 그를 대단하게 쳐줄 필요가 없습니다.

따라서 쇼에 대한 언론은 그 사람 개인을 모욕했느냐 여부는 문제가 되지 않습니다. 주의해야 할 것은 사회를 위한 전투에서 우리와 관련된 이해관계입니다.

다음은 고리키[5]에 관한 것입니다. 많은 청년들은 당신과 마찬가지로 세계의 각종 명인들로부터 각종 장점을 찾아내어 그것을 본보기로 삼아 따라 배우려 합니다. 그러나 그건 어려운 일입니다. 한 사람이 어떻게 그렇게 훌륭한 경지에 도달할 수 있겠습니까? 게다가 당신도 나와 그가 다르다는 걸 잘 알고 있습니다. 바로 당신이 거론하고 있는 그 장점들이 비록 기록에 근거하고 있다 해도 나는 좀 의심스럽습니다. 한 사람의 역량에 비춰 시간과 업무를 비교해 보면 한 사람이 그렇게 많은 일을 할 수 없습니다. 이 때문에 나는 그에게 서기나 조수 몇 명이 있었던 것으로 의심하고 있습니다. 나는 나 자신 한 사람뿐입니다. 이 편지를 쓰는 일도 한밤중에 이르고 있습니다.

그 삽화[9]에 대해 말하자면 정말 일목요연하게 표현했습니다. 그 두 글자는 다른 문학가의 필적인데 기실 그 삽화와 잘 어울려서 나는 본래의 뜻을 해치지 않는다고 느꼈습니다. 나는 그가 내 몸을 너무 뚱뚱하게 그렸고 또 키를 너무 크게 그렸다고 생각합니다. 내가 어찌 고리키의 절반에라도 미치겠습니까? 문예가를 비교하는 건 지극히 쉬운 일입니다. 작품이 바로 철석같은 증거가 되므로 그 우열을 뒤흔들 방법이 없기 때문입니다.

당신은 내가 "지위 때문에 유치한 단체의 전투에 참가하기가 불편하다"고 말씀하시는데 그건 부정확한 관찰입니다. 나는 청년들과 여러 번 힘을 합쳤습니다. 비록 좋은 결과를 얻지는 못했지만 사실 청년들의 일에 참가한 적이 있습니다. 하지만 그것은 모두 문학단체였는데, 내가 그 분야에 대해 비교적 경험이 많기 때문입니다. 미술 간행물에는 글을 투고한 적이 없습니다. 다만 때때로 친구가 급박하게 원해서 짧은 서문 따위를 몇 편 써준 적은 있습니다. 그것이 망령된 글쓰기인지 몰랐지만 지금 생각해 보면 좀 마음이 불편합니다.

나는 물론 목석이 아니므로 어떤 사람이 내게 주먹질을 한 번 하면 나도 더러는 그에게 발길질을 한 번 하기도 합니다. 그러나 내가 "다시 입을 열지"[7] 않는 것은 결코 당신의 글 때문이 아닙니다. 나는 다른 사람이 나를 위해 올려놓은 명실상부하지 않은 '백과전서'의 허위 광고를 찢어 버리고 싶습니다.

그러나 자세히 분석해 보면 아마 당신의 대작에 관해서도 좀 그런 점이 있는 것 같습니다. 이것도 나의 '지위' 때문이라고 여기실 듯하나, 부디 오해하지 마십시오. 설령 고양이나 개 따위라 하더라도 당신이 때리고 나면 그놈들도 당신을 좀 피하게 될 것입니다. 나도 항상 청년들을 대할 때마다 좀 조용한 곳으로 피하고 싶은 마음이 듭니다.

예술의 중요성에 대해 나도 결코 잊지 않고 있지만 그 업무는 서로 분담해야 합니다. 이 때문에 나는 여러분의 간행물이 조속히 나오길 축원하고, 또 나는 전투적인 청년들의 전투를 먼저 보기를 지극하게 소원합니다.

이에 답장을 드림과 아울러 항상

평안하시길 기원합니다.

6월 5일 밤, 루쉰 올림

[참고]

보내온 편지

루쉰 선생님:

선생님께서 기꺼이 써주신 답장에 대해 우리 청년들은 정말 감격해할 만합니다. 대부분의 중국 대문학가는 보통의 무명 졸개가 무슨 질문이나 무슨 요구를 하는 편지에 대해 여태까지 '대꾸조차 하지 않았기' 때문입니다.

선생님께서는 미술가는 아니지만 미술 이론과 오늘날 세계의 미술 추세에 대해 아주 분명하게 알고 계시므로 겸양하실 필요는 없습니다. 하지만 제가 버나드 쇼를 언급한 그 글을 선생님께서 보신 탓에 "다시 입을 열지" 않으신다면 저는 매우 죄송스럽습니다.

쇼에 대해서 나이 어린 저로서는 늘 거짓된 점이 좀 있다고 의심해 왔고, 지금까지도 여전히 그렇게 생각합니다. 풍자나 소위 유머는 적과 대적하는 무기겠지요? 노동자와 프롤레타리아 청년의 열정적인 환영은 성심으로 받아들여야 하지 않겠습니까? 저는 선생님께서 쇼 대신 쓴 변호의 글을 읽고 나서 일시적인 충동으로 그 글을 썼는데 아마도 모욕적인 글로 인식될 수도 있을 것 같습니다. 나중에 『현대』 잡지에서 선생님의 글 「쇼와 '쇼를 보러 온 사람들' 인상기」[8]를 읽고 나서야 저는 선생님께서 쇼를 좋아하는 것이 "그저 어디선가 그의 몇몇 경구를 본 적이 있기" 때문일 뿐임을 알았습니다.

선생님께서 중국 문단의 대선배로 줄곧 시대를 따라 전진한 일은 우리로 하여금 러시아의 고리키를 상기하게 합니다. 우리가 무례하게 감히 편지를 보내 선생님께 우리를 지도하는 답장을 좀 써 달라고 부탁하는 것도 고리키가 아주 즐겁게 청년들과 서신 왕래를 하고 글을 써 주고 원고를 고쳐 준 일이 생각났기 때문입니다. 문자 교육 운동이 아직 널리 보급되지 않은 중국에서는 미술의 역량이 아마 문자보다 훨씬 클 것입니다. 오늘날 중국의 예술계가 이렇게 타락한 상황에 대해 미술을 배운 그리고 미술을 이해하는 사람들이 그 잘못을 교정할 책임을 지지 않을 수 있겠습니까? 물론 선생님의 위치에서는 유치한 단체의 전투에 참가하기가 불편하시겠지만 우리는 선생님께서 '문학을 이야기하는 일' 이외에도 미술의 중요성을 잊지 말아 주시기를 희망합니다.

『논어』 제18기에 멍커의 「루쉰과 고리키」라는 삽화가 실렸습니다. 이 삽화는 본래 『대중예술』[9]에 넣을 생각이었는데, 이후 『논어』와 관련이 있는 어떤 분이 가져가 발표하면서 아무 까닭도 없이 '엄연'이란 두 글자를 보탰습니다. 그러나 이것은 작가의 원래 의도와 상반된 것입니다. 책임 문제 때문에 이 자리에서 사실을 밝혀 둬야겠습니다.

선생님께서 공사다망한 중에 1~2분의 시간이라도 내서 이 편지를 읽어 주시면서 저를 '꼴 보기 싫은 놈'이라고 생각하지는 않으시겠지요?

순조로운 집필을 축원합니다!

6월 3일, 선생님께서 모르시는 청년 웨이멍커 올림

주)_____

1) 원제는 「通信(復魏猛克)」. 이 글은 1933년 6월 16일 상하이 『논어』(論語) 반월간 제19기 웨이멍커(魏猛克)의 「보내온 편지」(來信) 뒤에 처음 실렸고, 전체 제목은 본래 「편지 두 통」(兩封通信)이었다.

2) 버나드 쇼(George Bernard Shaw, 1856~1950)는 영국의 극작가 겸 비평가로 1925년 노벨문학상을 수상했다. 1933년 중국을 방문하여 문인들과 교류했다.

3) 루쉰은 1933년 2월 17일 『선바오』 「자유담」에 「버나드 쇼 송가」(蕭伯納頌)를 발표했다. 이 글은 나중에 「쇼에 대한 송가」(頌蕭)로 제목이 바뀌어 『거짓자유서』에 수록되었다.

4) 버나드 쇼는 1933년 2월 13일 홍콩대학에서 강연을 했다.

5) 고리키(Максим Горький, 1868~1936)는 러시아 사회주의 혁명가이자 문학가다. 장편소설 『어머니』(Мать)와 자전적 삼부작인 『어린 시절』(Детство), 『세상에서』(В людях), 『나의 대학』(Мои университеты) 등이 있다.

6) 웨이멍커의 만평 「루쉰과 고리키」(魯迅與高爾基)를 가리킨다. 그림 속에서 루쉰은 왜소

한 모습으로 몸집이 큰 고리키 곁에 서 있다. 그 그림은 리칭야(李靑崖)가 '엄연'(儼然)이란 두 글자를 제목으로 달아 1933년 6월 『논어』 반월간 제18기에 발표했다.

7) 루쉰이 「버나드 쇼 송가」를 발표하자 웨이멍커가 루쉰을 조소하며 '무덤'에서 기어 나와 버나드 쇼를 찬양하는 글을 지었다고 했다. 나중에 웨이멍커 등은 미술전시회를 개최하며 루쉰에게 편지를 보내 지지를 요청했다. 루쉰은 5월 13일 웨이멍커에 보낸 답신(이미 상실됨)에서 자신은 미술 공부를 한 사람이 아니므로 만약 "다시 입을 열면" "무덤"에서 기어 나오는 것보다 더 가소로울 것이라고 했다.

8) 원제는 「看蕭和'看蕭的人們'記」. 『남강북조집』(루쉰전집 6권)을 참고하라.

9) 『대중예술』(大衆藝術)은 웨이멍커 등이 내려고 했던 잡지인데 끝내 출간하지 못했다.

나의 우두 접종[1]

상하이는 아마 진정으로 중국에서 '가장 문명화'된 곳인 듯하다. 전봇대와 담벼락에 여름이면 항상 천연 얼음을 먹지 말라는 경고문이 붙어 있고, 봄이면 부모에게 자녀를 위해 조속히 우두牛痘를 접종하라고 알리는 쪽지가 붙어 있으며 그 위에는 빨간 적삼을 입은 어린아이가 그려져 있다. 나는 그 그림을 볼 때마다 내가 이전에 어떻게 천연두에 걸리지 않았는지 기이하게 생각되곤 한다. 오호라 슬프다! 그리하여 나는 내 목숨을 길에서 주운 것 같아서 전혀 귀하게 여겨지지도 않고, 살해 대상을 적은 '블랙리스트'[2]에 내 성명이 올라 있는데도 그렇게 경악하지도 않는다. 그러나 물론 다소간은 어쩔 수 없는 일이기도 하다.

소문에 의하면 현재 상하이의 아이들은 생후 6개월에 우두 접종을 하는 것이 가장 안전하다고 한다. 우두접종국施種牛痘局 문 앞을 지나가다 보면 중산계급이나 무산계급 어머니들이 아이를 안고 기다리는 모습을 볼 수 있다. 대개 한 살 안팎의 아이들이다. 현재 지식인 계층에 속하지 않은 사람들도 모두 이 일을 알고 있다는 것이 명확하게 드러나는 광경이다. 나의 우두 접종은 매우 늦었다. 이후 내가 기억하고 있는 사실이 분명하기 때문에 적어도 두세 살 때였던 것으로 보인다. 내가 살던 곳이 궁벽한 곳이고 다른 지방과 교통이 드물어서 지금보다 전염병을 수입할 기회가 적기는 했지만, 천연두는 해마다 유행했고, 이 때문에 사망자 소식도 늘 들리곤 했다. 내가 뜻밖에도 이 난관에서 벗어난 것은 정말 하늘에 닿을 만한 홍복이므로 매년 한 차례씩 경축회를 연다 해도 지나친 일이라 할 수 없다. 그렇지 않았다면 죽어도 그만이었을 터이고 만일 죽지 않았다 해도 얼굴에 곰보 자국이 좀 남았을 것이다. 그럼 지금 연로했다는 죄목을 제외하고도 또 한 가지 큰 죄목을 보태게 되어 젊고도 얼굴이 반반한 문예비평가들의 비웃음을 더욱 크게 당했을 것이다. 다행히 결코 그런 일은 없었으니 이건 정말 크나큰 은혜인 셈이다.

그 시절 아이들을 위해 천연두를 예방하는 방법에는 세 가지가 있었다. 그 한 가지는 막연하게 잊어버리고 있는 것이다. 천연두 귀신이 마음대로 활개를 치게 하여, 그것이 아이의 몸 도처에 발진을 일으키게 한 후에 의원을 초청하거나 보살님께 기도하는 것이다. 그럼 사망자가 많겠지만 생존자도 있게 된다. 생존자에겐 대개 곰보 자국이 남지만 곰보 자국이 남지 않는 사람을 꼭 찾을 수 없는 것도 아니다. 다른 한 가지는 중국의 옛날 방법으로 천연두를 예방하는 것이다. 천연두 곰보딱지를 분말로 갈아서 아이들의 콧구멍으로 불어넣는다. 발진하는 곳이 일정하지는 않지만 그 숫자가 적기 때문에 위험하지 않다. 사람들의 말에 의하면 이 방법은 명나라 말기에 발명되었다고 하지만 나는 그것이 확실한지 모르겠다.[3]

세번째 방법이 바로 이른바 '우두'다. 이 방법은 서양에서 왔기 때문에 이전에는 '양두'洋痘라고 불렸다. 처음에는 물론 중화인들이 믿지 않아서 한바탕 선전과 해명의 노력을 기울여야 했다. 이런 방법을 전하는 고귀한 문헌이 지금도 『험방신편』[4]에 남아 있다. 이 책에서 이 방법을 입이 아프도록 권고하는 마음은 매우 감동적이지만 그 이치를 설명하는 대목은 매우 기괴하다. 예를 들면 종두법으로 면역하는 이치를 이렇게 말하고 있다.

"천연두는 어린아이의 큰 병이다. 천연두가 유행할 때는 멀리 피할 것을 생각해야 하는데 지금은 까닭 없이 아이에게 병을 투여한다. 가당한 일인가?" "그렇지 않다. 도둑 잡는 일에 비유하자면, 그 패거리가 만들어지기 전에 잡으면 아주 쉬운 것과 같다. 또 잡초를 제거하는 일에 비유하자면 그 넝쿨이 아직 뻗어 나가기 전에 베어서 없애면 아주 쉬운 것과 같다.……"

그러나 더욱 기괴한 것은 '양두'가 중국으로 전입된 원인을 설명하는 대목이다.

내가 옛날 의서醫書의 기록을 살펴보니 아이가 태어나면 수일 만에 팔뚝을 칼로 째서 오염된 피를 빼내어 평생 천연두에서 벗어날 수 있게 했다. 이후 여섯 가지 도법刀法이 모두 실전되었는데, 오늘날 우두법이 혹시 그때 잃어버린 방법인지도 모르겠다. 대저 만전지법萬全之法이 실전된 지 이미 오래되었다가 오늘날 다시 유행하는 것은 대체로 이전에는 액운이 아직 가득 차지 않았기 때문인 듯하다. 그러나 오늘날 아편洋煙이 중국으로 수입되어, 그 피해를 입은 사람이 이루 헤아릴 수 없을 만큼 많다. 이 때문에 이 우두법을 서양에서 들여와서 영아의 수명을 보전할 수 있게 되었다. 만약 이 방법을 굳게 믿으며 따르지 않는다면 그것은 하늘의 뜻을 어기고 스스로 생생불식生生不息의 이치 밖으로 벗어나는 일이 된다!
……

내가 접종한 것이 바로 이 아편의 해악을 줄이기 위해 들여온 우두다. 지금부터 50년 전에 우리 아버지는 신학문을 배운 사람이 아니었는데도 의연하고 단호하게 나에게 '양두'를 접종했다. 이는 아마도 위의 학설에 영향을 받은 탓인 듯하다. 왜냐하면 내가 나중에 우리집 장서를 조사해 본 결과 '자부子部 의가류醫家類'에 속한 것은 언급하기에도 정말 부끄럽지만,──기실 『달생편』[5]과 저 고귀한 『험방신편』만 있었기 때문이다.

당시에 우두를 접종하는 사람은 물론 드물었지만 우두 접종을 받는 일도 어려워서 반드시 때가 오기를 기다려야 했다. 즉 성안에 임시로 우두접종국이 설치되어야 우두 접종의 기회가 생겼다. 내가 우두를 접종할 때는 의원을 우리 집으로 초청해 왔다. 이는 그 의원을 특별히 정중하게 대한다는 뜻이다. 그 시기는 완전히 잊어버렸지만 추측해 보면 결국 봄이어야 상황이 맞다. 이날 종두種痘 의식을 거행했다. 대청 중앙에 네모난 탁자를 놓고 붉은 상보를 늘어뜨렸으며 향을 피우고 촛불을 켰다. 아버지께서 직접 나를 안고 탁자 곁에 앉았다. 그것이 정면인지 측면인지는 지금 전혀 기억할 수 없다. 나는 이런 의식의 출전을 아직까지도 찾아내지 못하고 있다.

이때 나는 의관醫官을 보았다. 입은 것이 무슨 복장이었는지는 기억의 그림자가 전혀 남아 있지 않다. 기억나는 것은 그의 얼굴뿐이다. 통통하고 둥글었으며 붉은색이었고 검은색 큰 안경을 쓰고 있었다. 더욱 특이한 것은 내가 조금도 알아들을 수 없었던 그의 말이었다. 무릇 알아듣기 어려운 그런 말을 하는 사람은 우리 고향에서 벼슬아치 나리들을 제외하면 전당포와 찻잎 가게를 운영하는 안후이^{安徽} 사람, 대나무 공예품을 만드는 둥양^{東陽} 사람, 마술을 하는 장베이^{江北} 사람뿐이었다. 관청에서 쓰는 말을 '관화'^{官話}라고 하는데 그가 말하는 것이 '관화'였음을 알 수 있었다. 관화가 나의 고막을 두드린 것은 그때가 처음이었다.

우두 접종의 순서를 말하자면, 그는 도착하자마자 칼을 움직여 접종액을 넣었을 것이다. 그러나 나는 정말 기억이 모호해서 조금도 생각이 나지 않는다. 그 이후로 죽 20년이 지나고 나서 스스로 팔뚝 위의 상처 자국을 보고서야 여섯 군데에 접종을 했고, 그중 네 군데에 발진이 있었음을 알았다. 그러나 나는 그때 전혀 아프지 않았고, 울지도 않았음을 확실하게 기억하고 있다. 그 의관도 웃음을 머금은 채 내 정수리를 쓰다듬으며 이렇게 말했다.

"아이구, 착하다! 착해!"

무엇을 "착하다! 착해!"라고 말했는지 나는 이해할 수 없었다. 나중에 아버지께서 내게 통역해 주시며 그것은 그가 나를 칭찬하는 뜻이라고 했다. 그러나 나는 전혀 기쁘지 않았던 듯하다. 내가 기뻤던 건 아버지께서 내게 마음에 드는 장난감 두 가지를 사 주셨을 때다. 지금 생각해 보니 나는 대략 두세 살 무렵에 벌써 실리주의자였음을 알 수 있다. 그 나쁜 습성은 늙어서도 변함이 없어서 지금도 여전히 원고를 팔 때나 인세를 받을 때가 비평가들의 '관화'를 들을 때보다 훨씬 즐겁다.

그중 한 가지 장난감은 주희^{朱熹}가 "그 자루를 잡고 흔들면, 두 귀가

다시 자신을 친다"[6]고 말한 작은북^{鞀鼓}이다. 나에게는 귀한 물건으로 칠 수도 있었지만 아마 이전에 갖고 놀아 본 적이 있었던 듯, 희귀한 것으로 느껴지지는 않았다. 내 마음에 가장 쏙 들었던 다른 한 가지는 '만화경'^{萬華鏡}이라 부르는 장난감이다. 이것은 작고 긴 원통이었는데, 바깥에는 꽃종이를 발랐고 양쪽 끝에는 유리를 박아 넣었다. 구멍이 작은 쪽에서 밝은 곳을 향해 들여다보면 정말로 아름답도다라는 경관이 보인다. 원통 안쪽에 오색찬란하고 기이한 꽃송이가 다양하게 펼쳐진다. 꽃송이 모양은 모두 매우 가지런하면서도 기묘하여 실제의 꽃무더기 속에서는 볼 수 없는 것들이다. 게다가 기적은 아직 끝나지 않았다. 만약 싫증이 나면 손으로 원통을 한 번 흔들어 보라. 그 속의 꽃이 바로 또 다른 꽃 모양으로 변한다. 흔들 때마다 변하면서도 모양이 비슷하지 않다. 속담에서 "신기함이 꼬리에 꼬리를 문다"[7]는 말이 아마도 바로 "이런 경지를 이르는 것"이리라.

그러나 나도 다른 모든 아이들과——천재는 이 대열에 서지 않는다——마찬가지로 이 기이한 경지를 탐험하고 싶었다. 그리하여 나는 우리 집 어른을 배신하고 외진 곳에서 원통 바깥의 꽃종이를 벗겨 내고 보기 흉한 맨 종이판이 드러나게 했다. 또 양쪽 끝의 유리를 떼어 내자 오색 셀룰로이드 줄기들과 그 부스러기가 쏟아졌다. 마지막으로 원통을 찢자 세 조각 거울을 합쳐서 만든 속이 빈 삼각형 유리 대롱이 나왔다. 꽃도 없었고 아무것도 없었다. 그것을 다시 복원하려 해보았지만 성공하지 못했다. 그것으로 끝이었다. 나는 정말 몇 해 동안 아까워했는지 모른다. 그렇게 50세 생일이 지나고 나서도 그것을 하나 구해서 놀아 볼 생각을 했지만 끝내 아이 때와 같은 용기가 나지 않아서 결국 특별히 그것을 사러 행차하지 못했다. 그렇지 않았다면 각종 깃발을 내건 '문학가들'이 나를 보고 또 하나의 죄목을 만들어 냈을 것임에 틀림없다.

지금의 방법에 의하면, 예컨대 아이가 6개월이나 한 살 때 접종을 한 경우, 더 안전하게 하려면 네다섯 살 때 반드시 한 번 더 접종을 해야 한다. 그러나 나는 지난 세기의 사람이라 이렇게 주도면밀하게 하지 못했다. 두 번째와 세번째 접종은 이미 스무 살이 넘어서 일본 도쿄에 있을 때 했다. 두번째는 좀 붉어졌으나 세번째는 아무 영향도 없었다.

최후의 우두 접종은 10년 전 베이징에서 어슬렁거릴 때였다. 그때 에스페란토전문학교[8]에서 몇 시간 강의를 했는데, 마침 천연두가 유행했다. 내가 강의하는 시간에 학교 의사[9]가 와서 우두를 접종하라고 했다. 나는 계속 사람들에게 우두 접종을 선동해 왔던 터라 이 학교 학생들을 보고 정말 깜짝 놀라고 말았다. 모두가 스무 살 안팎이었지만 물어본 결과 아직 천연두를 앓은 적이 없는 데다 우두 접종도 하지 않은 학생이 매우 많았다. 게다가 그 전 해에 생생한 사례가 발생한 적도 있다. 당시에 꽤 예쁜 아무개 여사가 두 달을 결석한 후 다시 학교에 왔을 때 면모가 완전히 변해 있었다. 얼굴이 붓고 얽어서 거의 알아볼 수 없었다. 또 매우 의심이 많고 쉽게 화를 내는 성격으로 변해 있었다. 그녀와 이야기할 때는 정말 미소를 짓는 것조차 금기 사항이었다. 왜냐하면 그녀가 당신이 몰래 자신을 비웃는다고 의심하기 때문이었다. 그래서 나는 언제나 매우 조심하면서 근엄하고 신중하게 행동했다. 물론 이런 상황 때문에 모종의 사람들은 나를 비판하며 내가 차가운 방법으로 여학생을 공격한다고 말할 수도 있을 것이다. 그러나 그렇지는 않다. 솔직하게 말해서 그녀가 본래 내 애인이었다 해도 그때 나는 진실로 '진퇴양난'의 지경에 빠졌을 것이다. 왜냐하면 나는 플라톤식의 정신적 사랑을 볼 수 있고 말할 수는 있지만 실천할 수 없기 때문이다.

그렇더라도 어떤 좋은 사람이 분명히 타당한 방법이 있다고 하면서 한사코 세균을 자신의 몸에 집어넣어 번식시키고자 하는 것이 나는 기실 너무 집착에 가까운 것으로 여겨졌다. 하지만 모두를 예쁘게 만들기 위해 내가 차갑게 공격할 수 있다고 생각한 것도 아니었다. 결국 나는 강의실에서 힘을 다해 선동했지만 아주 큰 어려움에 봉착했다. 모두들 우두 접종은 아프다고 말했기 때문이다. 재삼 상의한 결과 마침내 모두가 공론으로 나를 추천하면서 먼저 접종을 하여 청년의 모범이 돼라고 말했다. 이에 나는 군중에 의해 추대된 영수가 되어 청년군을 거느리고 호호탕탕하게 학교 의무실을 향해 달려갔다.

비록 봄날이었지만 베이징의 날씨는 아직 따뜻하지 않았다. 그러나 나는 옷을 벗고 접종액을 네 군데 주입했다. 다시 서둘러 옷을 입었지만 시간이 꽤 흐르고 말았다. 내가 한편으로 단추를 꿰면서 한편으로 얼굴을 돌렸을 때 나의 청년군은 이미 한 사람도 남지 않고 내뺀 뒤였다.

물론 우두는 내 몸에서 한 군데도 흔적을 남기지 않았다.

그러나 내가 우두에 이미 아무 반응이 없게 되었다고 단정할 수 없다. 왜냐하면 이 학교 의사와 그의 접종액이 진실로 의심스러웠기 때문이다. 그는 무정부주의자에 박애주의자였지만 그에게 병 치료를 맡긴 것은 그리 타당하게 볼 수 없었기 때문이다. 또 이 해에 내가 학교에서 강의를 할 때 몸에 열이 있음을 느끼고 그에게 진찰을 부탁했다. 진찰을 한 후 그는 친절하게 말했다.

"늑막염입니다. 어서 귀가하여 누우세요. 제가 약을 보내 드리겠습니다."

나는 이 병이 금방 낫기 어려워 생계에 큰 장애가 된다는 사실을 알고 매우 걱정이 되었다. 그래서 얼른 귀가하여 누운 채 약을 기다렸다. 밤이 되어도 오지 않았다. 다음 날 또 초조하게 온종일 기다렸지만 여전히 소식이 없었다. 밤 열 시가 되어서야 그가 내 거처로 와서 공손하게 예를 행했다.

"미안합니다. 미안해요. 제가 어제 약을 잊어먹어서 지금 특별히 와서 사죄드립니다."

"그건 괜찮습니다. 지금이라도 먹어야지요."

"아이구 이거! 약을 갖고 오지 않았네요.……"

그가 떠난 후 나는 혼자 누워서 생각했다. 이런 치료법으로 보건대 절대 늑막염일 수 없다. 다음 날 오전에 나는 단호하게 외국 의원[10]으로 달려가서 그곳 의사에게 상세한 진찰을 받았다. 그는 마침내 내 병이 절대 늑막염이 아니며 감기에 불과하다고 단정했다. 그제야 나는 안심하고 집으로 돌아와 더 이상 눕지 않았다. 이 때문에 나는 그의 접종액이 정말 효험이 있는 것인지 의심하게 되었다. 그러나 나와 우두의 관계는 그때가 마지막이었다고 할 수 있다.

그 후 1932년 1월 중에야 나는 또 우두 접종의 기회를 맞았다. 그때 나는 자베이閘北 전선으로부터 영국 조계지의 구식 양옥으로 도피해 있었다.[11] 계단과 복도에 모두 사람으로 붐볐지만 사방에는 여전히 호금胡琴 소리와 마작하는 소리가 들려와서 정말 지옥에서 천당으로 올라온 것 같았다. 며칠이 지나 두 분의 대인大人께서 조사를 하러 와서 우리의 숫자를 분명하게 묻고 그것을 장부에다 적어서 오만하게 떠났다. 나는 그가 난민수목표難民數目表를 만들어 상사에게 보고하러 간다고 생각했다. 지금은 아마 일이 끝나서 무슨 기관의 공식문서로 들어가 있을 것이다. 나중에 또 공무원 한 사람이 왔는데 서양 대인이었다. 그는 매우 유창한 중국 표준어를 구사하며 시골에서 도피해 온 우리에게 조속히 우두 접종을 해야 한다고 권했다.

이처럼 돈이 들지 않는 접종은 손을 내뻗어서라도 그 편의를 차지해도 무방하지만 나는 여전히 바닥에 누워 있었다. 또 날씨가 추워서 게으르게 일어나 몇 마디 설명을 덧붙이며 그의 제의를 거절했다. 그는 좀 생각하더니 바로 나에 대한 접종을 그만뒀다. 그리고 머리를 숙인 채 바닥을 바라보며 나를 칭찬했다.

"나는 당신의 말을 믿습니다. 내가 보기에 당신은 지식이 있는 사람입니다."

나도 기뻤다. 왜냐하면 내가 내 명예를 살펴보건대 고금중외의 의관의 입에 올랐다는 것이 매우 좋아보였기 때문이다.

하지만 '난민'이 된 기회를 빌려 나는 또 큰길을 두루 돌아보는 기회에 뜻밖에도 만화경을 목도하게 되었다. 말을 들어 보니 여전히 아무개 대기업에서 만든 제품이라고 했다. 우리 아이는 생후 6개월에 바로 우두 접종을 했는데 당시에는 그 모습이 마치 번데기와 같아서 장난감이라는 뇌물을 쓸 필요가 없었다. 지금은 좀 자라서 조공품을 받을 자격을 갖추고 있는지라, 나는 즉시 만화경을 사서 선물했다. 그러나 참 기괴하게도 나는 이것이 내가 갖고 놀던 그것에 훨씬 미치지 못한다고 느껴졌다. 왜냐하면 속을 들여다보니 온통 어두침침하여 꽃송이조차도 선명하지 않았을 뿐 아니라 아름다운 모양도 전혀 보이지 않았다.

나는 때때로 어린 시절 먹던 음식이 문득 생각나곤 한다. 매우 맛있었던 것 같은데 환경이 달라져서 뒷날 영원히 먹을 수 없게 된 것들이 그것이다. 그런데 더러 기회가 생겨서 예기치 않게 먹을 수 있게 된 것도 있다. 하지만 기이한 것은 그 맛이 내 기억 속의 좋은 맛과 전혀 다르다는 사실이다. 그것은 다시 만난 이후 오히려 아름다운 꿈이 깨어져 버려서, 영원히 그리워하는 것보다 못하게 된 경우와 같다. 나는 그럴 때마다 항상 먹거리의 맛은 퇴보할 리가 없지만 내가 늙었으므로 신체 조직도 쇠퇴하지 않을 수 없으니 미각도 물론 예외가 될 수 없고, 미각의 둔화가 오히려 내 실망의 원인이라고 생각하곤 했다.

이 만화경에 대한 실망도 나는 이와 똑같이 해석했다.

다행히 우리 아이도 나와 성격이 같아서——그러나 나는 그 애가 자란 이후 성격이 바뀌기를 바란다——그 기이한 경지를 탐험하려고 했다. 먼저 바깥의 꽃종이를 찢자 여전히 19세기의 것처럼 보기 흉한 종이판이 드러났고, 한쪽 유리를 떼어 내자 떨어진 것은 오색 셀룰로이드 줄기가 아니라 오색 유리 조각이었다. 삼각형 대롱으로 만든 유리판 세 개도 양식이 바뀌어서 뒷면에 주석을 바르지 않았고 검은색만 칠했을 뿐이었다.

이때가 되어서야 나는 내 자책이 잘못된 것임을 분명하게 알게 되었다. 검은색 유리도 빛을 반사할 수 있지만 거울 유리보다 강하지 못하다. 셀룰로이드는 가벼워서 쉽게 겹쳐지며 거대한 꽃송이를 만들어 낸다. 그런데 지금은 유리 조각으로 바뀌었으므로 아무리 흔들어도 모래나 자갈처럼 한 구석으로 모일 뿐이다. 이런 만화경이 사람의 눈을 즐겁게 할 수 있겠는가?

옹근 50년을 지구의 나이로 계산해 보면 정말 미미하기 그지없다. 그러나 인류의 역사로 말해 보면 이미 반세기에 해당한다. 러우스와 딩링[12]

은 그렇게 오래 살지 못했다. 나는 뜻밖에도 행운에 힘입어 이 50년을 거쳐 왔다. 이렇게 거쳐 오는 과정에서 우두 접종의 보급이 아마도 19세기보다 다소 진보했음을 알 수 있었다. 하지만 만화경의 제조법은 크게 퇴보했음이 분명하다.

6월 30일

주)_____

1) 원제는 「我的種痘」. 이 글은 1933년 8월 1일 상하이 『문학』 월간 제1권 제2호에 처음 발표되었다.
2) 원제는 '黑冊子'. 1933년 6월 국민당 특무조직인 남의사(藍衣社)는 혁명적이고 진보적인 인사와 국민당 내 반(反)장제스 인사를 암살하려는 명단을 만들었다. 「구명단」(鉤命單)이라고도 한다. 여기에 쑹칭링(宋慶齡), 차이위안페이(蔡元培), 양싱포(楊杏佛), 루쉰(魯迅), 마오둔(茅盾) 등 56명이 포함되어 있었다.
3) 중국 고대 종두법은 송나라 때 시작된 것으로 전해진다. 명대 목종(穆宗) 융경(隆慶) 연간에 이미 두진전과(痘疹專科)가 설립되어 있었다. 청대 유무곤(俞茂鯤)이 쓴 『두과금경부집해』(痘科金鏡賦集解)에 기록이 있다.
4) 『험방신편』(驗方新編)은 청대 포상오(鮑相璈)가 편찬한 총 8권의 의학 서적이다. 위의 내용은 이 책 권5 '두증'(痘症)에 나온다. 루쉰이 아래 인용한 문장에서 '여섯 가지'(六道)로 쓴 어휘는 원문에 '혈도'(穴道)로 되어 있고, '오늘날'(今日)은 '금지'(今之)로 되어 있다.
5) 『달생편』(達生篇)은 청대 극재거사(亟齋居士) 왕기(王琦)가 쓴 산부인과 전문 의학서적이다. 모두 1권이다.
6) 송나라 주희의 『논어집주』(論語集註) 「미자」(微子)에 나온다. "持其柄而搖之, 則旁耳還自擊." 루쉰이 쓴 본문에는 '旁耳'가 '兩耳'로 잘못 인용되어 있다.
7) 원문은 "層出不窮". 당나라 한유(韓愈)의 「정요선생묘지명」(貞曜先生墓誌銘)에 "귀신이 베푼 것이 그 사이에 끊임없이 출현한다"(神施鬼設, 間見層出)라는 말이 나온다.
8) 1923년 베이징에서 개교한 '세계어전문학교'(世界語專門學校)다. 루쉰은 1923년 9월에서 1925년 3월까지 이 학교에서 강의했다.
9) 이 학교 의사의 이름은 덩멍셴(鄧夢仙)으로 알려져 있다.

10) 일본인이 운영하는 야마모토의원(山本醫院)이다.

11) 1932년 일본이 상하이를 침략하여 '1·28사변'을 일으키자 루쉰 일가는 1월 30일 우치야마서점(內山書店)으로 피했다가, 2월 6일 다시 영국 조계지에 있는 우치야마서점 지점으로 옮겼으며, 이후 3월 중순에 귀가했다.

12) 러우스(柔石, 1902~1931)는 저장성 닝하이(寧海) 사람으로 본명은 자오핑푸(趙平復)이다. 중국좌익작가연맹 구성원으로 활동했다. 1931년 2월 7일 인푸(殷夫), 후예핀(胡也頻), 리웨이썬(李偉森), 펑겅(馮鏗)과 함께 국민당 당국에 체포되어 살해되었다. 이들을 '좌련오열사'라고 부른다.

딩링(丁玲, 1904~1986)은 후난성 린리(臨澧) 사람으로 본명은 장빙즈(蔣氷之)다. 유명한 여류작가로 좌련 구성원으로 활동했다. 1933년 5월 14일 상하이에서 체포되었다. 당시에 딩링이 난징에서 피살되었다는 소문이 널리 퍼져 있었다. 이후 석방된 후 옌안(延安)으로 이주하여 마오쩌둥 휘하의 중국혁명에 참가했다. 루쉰도 딩링이 피살되었다는 소문을 듣고 이 글을 썼다.

'문인무행'을 변론하다[1]

올해 발표된 여러 사람의 글을 살펴보니, 자신의 입술을 핥는 행위에서 유언비어를 날조하거나 친구를 파는 행위에 이르기까지, 문인들의 모든 것을 '문인무행'이란 성어成語에 포함시켰다.[2] 그러나 종래의 관습에 따르면 이 말의 함의는 이렇게 광범하지 않다. 머리를 긁고 입술을 핥는(물론 자신의 입술이어야 함) 행위는 아직 '문인무행'의 범위에 드는 것으로 칠 수 없지만, 유언비어를 날조하고 친구를 파는 행위는 이미 '문인무행'의 범위 밖으로 벗어난 것이다. 왜냐하면 이런 행위는 이미 비열하고 음험해서 옛사람이 말한 "사람의 머리를 달고 짐승 소리를 내는"[3] 짓이기 때문이다. 그러나 이 성어는 지금 사용하기에 적합하지 않다. 과학이 일찍이 증명한 바에 의하면 인류 이외의 동물은 결코 이렇지 않다.

경박하게 행동하고, 방정을 떨면서, 술주정을 하고, 기생집 찾다가 시끄러운 일을 야기하거나 여자를 유혹하다가 사람을 해치는 일에 이르는 행동, 이런 것들이 옛날부터 내려오는 소위 '문인무행'이다. 그러나 저 '무행無行'의 문인들은 스스로 책임을 지려 하면서 자신이 먹은 과일로 인해

'한평생 초라하게 살아간다'. 그는 자신이 기생집을 찾던 행위를 말할 수는 없지만 애국심은 절실하기 때문에 이를 빌려 사람들에게 압박받던 웅심雄心을 푼다. 여자를 유혹한 이후 소란을 야기하고도 여자가 먼저 그를 유혹했다고 말하지 않는다. 왜냐하면 그녀는 본래 기녀였기 때문이다. 가장 대단한 그들의 변명은 문인들을 특별히 관대하게 용서하자는 것뿐이다.

지금의 소위 문인들은 그렇게 변변치 못한 사람들이 아니다. 시대의 전진에 따라 사람들도 총명해지기 시작했다. 만약 그가 간행물 편집을 담당하다가 다른 이의 지적을 받으면 이번에 지적질하는 사람은 앞서 원고를 보냈다가 등재되지 못하여 지금 사사롭게 복수를 한다고 말할 것이다.[4] 더욱 심한 자는 심지어 음으로 양으로 그 사람이 무슨 당파나, 무슨 향우회에 속해 있다고 밝히면서 그의 생명을 요구하기까지 한다.

이러한 비열하고 음험한 행위의 근원은 기실 결코 '문인무행'에 있지 않고 '문인무문'[5]에 있다. 근래 10년 동안 문학가들의 거리는 이미 명예와 이익을 함께 얻을 수 있는 보증수표가 되었다. 명예와 어부지리를 좋아하는 무리 중에는 이 분야로부터 손을 댄 자들이 꽤 있다. 게다가 확실히 꽤 여러 명이 성공했다. 이에 점포를 연 자도 있고, 양옥을 지은 자도 있다. 하지만 수음手淫을 부추기는 소설은 쉽게 식상하고, '니미럴'로 범벅이 된 소설도 발전하기 어렵다. 그래서 오직 모략을 이용하고, 사기술을 시행하여, 적이나 아무 관계도 없는 사람을 음해하면서 자신의 '문학적 가치'를 높일 수밖에 없다. 해마다 이어지는 수재도 그들에게 교훈을 준다. 그들은 제방이 터지고 오곡이 잠겨야 초근목피의 가치가 높아진다고 여긴다.

기실 현재 시장에 이미 이러한 것들이 출현하고 있다.

이러한 '작가'를 '문인무행' 부류에 넣는 건 사기를 치는 것이다. 그들은 '문인'이란 깃발의 엄호 아래에서 남을 해치고 자신을 살찌우는 사업 건설에 매진하는 '상인과 도적'[6]의 혼혈아일 뿐이다.

주)_____

1) 원제는 「舊'文人無行'」. 이 글은 1933년 8월 1일 『문학』 월간 제1권 제2호에 처음 발표 되었다. '文人無行'은 문인들의 품행이 나쁘다는 뜻이다.

2) 1933년 3월 9일 장뤄구(張若谷)는 『다완바오』(大晚報)의 「고추와 감람」(辣椒與橄欖) 코너에 「악취미」(惡癖)란 글을 발표하여 입술을 핥고 머리를 긁는 일부 작가의 악습을 모두 '문인무행'이라고 말했다(『거짓자유서』 「문인무문」 '비고'를 참조). 또 구춘판(谷春帆) 은 같은 해 7월 5일 『선바오』 「자유담」에 「'문인무행'을 말하다」(談'文人無行')를 발표하 여 유언비어를 날조하고 친구를 파는 등의 비열한 행위도 '문인무행'이라고 말했다(『거 짓자유서』 「후기」에 인용되어 있다).

3) 원문은 '人頭畜鳴'. 『사기』 「진시황본기」 뒤에 반고(班固)가 쓴 진이세(秦二世) 호해(胡 亥)에 대한 논평에 나온다.

4) 장쯔핑(張資平)의 소행을 말한다. 『거짓자유서』 「후기」를 참조.

5) 원문은 '文人無文'이다. 문인이 문인다운 글을 쓰지 못한다는 뜻이다. 『거짓자유서』 「문 인무문」을 참조.

6) 원문은 '商人與賊'. 쩡진커(曾今可)의 중편소설 『어떤 상인과 도적』(一個商人與賊)을 패 러디했다.

아녀자들도 안 된다[1]

린위탕 선생은 『논어』에만 탄복했을 뿐 맹자는 숭배하지 않았기 때문에 아녀자들로 하여금 나라를 한번 다스리게 해보자[2]고 요구했다. 기실 맹자께서도 이렇게 말씀하신 적이 있다. "산 사람을 부양하는 건 큰일이라 할 수 없고, 죽은 사람을 장송하는 게 큰일이라 할 수 있다."[3] 아녀자들은 "산 사람을 부양할 수 있을 뿐"이고, "죽은 사람을 장송할 줄" 모른다. 그런데 어떻게 그녀들로 하여금 천하를 다스리게 할 수 있겠는가?

"부양해야 할 산 사람"이 너무 많아지니 사람이 가득 차 버리는 근심이 있다. 이에 뺏고 뺏기는 가운데 천하가 크게 어지러워진다. 어떤 사람을 구해서 장송 정책을 실행하며 사람들로 하여금 남들을 무더기로 장송하게 하고 오직 그들 자신만 남겨 놓게 하지 않으면 안 된다. 이것은 사내 대장부만 할 수 있다. 이 때문에 문관과 무장을 모두 남자가 독차지했으므로 이건 결코 아무 공로도 없이 녹봉을 받은 것이 아니다. 물론 남자 전체는 아니다. 예를 들어 린위탕 선생이 거론한 로맹 롤랑 등등은 이 속에 포함되지 않는다.[4]

이러한 이치를 이해해야만 비로소 군축회의, 세계경제회의, 내전폐지동맹 등등이 모두 사내들이 아녀자들을 속이기 위한 장난일 뿐임을 분명하게 알 수 있다. 그들 자신도 마음속으로 눈빛처럼 환하게 알고 있다. '장송'만이 나라를 다스리고 천하를 태평하게 할 수 있다는 걸.──장송이란 장차 자신의 죽음을 위해 장례로 남을 전송하는 일을 이른다.

말하자면 대다수의 '남'은 죽고 싶어 하지 않는다. 이 때문에 자애로운 모성을 지닌 아녀자들을 초청하여 나라를 다스리려 하지만 그것도 안될 일이다. 임대옥[5]은 이렇게 말했다. "동풍이 서풍을 압도하지 않으면, 서풍이 동풍을 압도한다."[6] 이것은 바로 여자 세계의 '내전'도 영원히 끝나지 않는다는 뜻이다. 아녀자들이 싸울 때는 기관총을 사용하지 않는다고 말할 수 있지만 걸핏하면 손톱으로 상대의 얼굴을 후벼 파는데 상상을 초월할 정도다. 하물며 '동풍'과 '서풍' 사이에는 또 다른 여인도 있음에랴. 그 여자들은 전문적으로 도발하고 교사하면서 분란을 부추긴다. 결국 언쟁과 싸움 또한 여치주의女治主義 국가의 국수國粹이고, 더 격렬한 모습을 보인다. 따라서 가령 아녀자들이 통치한다 해도 천하는 여전히 태평해질 수 없음은 물론이고 우리의 귀뿌리는 더더욱 한순간도 조용해질 수 없을 것이다.

사람들은 천하의 혼란이 남자들의 싸움 때문에 야기되었다고 여기지만 기실 그렇지 않다. 그 원인은 싸움을 철저히 하지 못해서, 싸우는 사람과 진정한 원수가 누구인지 분명하게 인식하지 못했기 때문이다. 만약 원수를 분명하게 인식했다면 아녀자들처럼 부질없이 소리만 지르지 않고 견실하게 격전을 치를 수 있었을 것이며, 그럼 아마도 싸움을 좋아하는 남녀 인종은 모두 멸종되었을 것이다. 아녀자들은 대부분 제삼자처럼 행동한다. 동풍이 불어오면 서쪽을 향해 쓰러지고, 서풍이 불어오면 동쪽을 향해 쓰러지면서 순환 보복이나 일삼으며 결판을 내지 못하는 나날을 보내고 있다. 동시에 매번 싸울 때마다 여자들은 너무 빨리 쓰러지는 탓에 늘 철저하게 싸울 수 없다. 또 여자들은 대부분 특히 원수를 분명하게 인식하지 못하기 때문에 영원히 원수와 뒤엉켜서 깨끗하게 결판을 짓지 못한다. 통치하고 있는 사내들은 기실 여자들에게 감사해야 한다.

따라서 현재 세계가 엉망이 된 것은 통치자가 남자라는 데 이유가 있는 것이 아니라, 남자가 여자처럼 통치하면서 처첩지도^{妻妾之道}로 천하를 다스리는 데 이유가 있다. 천하가 어찌 엉망이 되지 않겠는가?

반 쪼가리 예를 들어 보겠다. 명나라 위충현⁷⁾은 환관 즉 반쪽 여인이다. 그가 천하를 다스릴 때 백성은 편안하게 생활하지 못했다. 그는 도처에서 수많은 양아들과 양손자를 '부양'하면서 인간의 혈육과 염치를 만두처럼 집어삼켰다. 그리고 여우 같고 개 같은 그의 파당은 또 그를 공자 사당에 배향하여 도통을 계승하게 했다. 반쪽 여인의 통치도 이처럼 가공할 만한데 하물며 온전한 진짜 여인의 통치야 말해 무엇하랴!

주)_____

1) 원제는 「娘兒們也不行」. 이 글은 1933년 8월 21일 『선바오』「자유담」에 처음 발표되었다. 서명은 위밍(虞明)이다.

2) 원문은 "所以他要讓娘兒們來干一下". 린위탕은 1933년 8월 18일 『선바오』「자유담」에 「아녀들에게도 한번 해보게 하자!」(讓娘兒們干一下吧!)라는 글을 발표했다. 이 글 가운데 다음과 같은 대목이 있다. "세상사는 중국이든 외국이든 지금 남자들이 통치하는 이 상황보다 더 나빠질 수 없다. 따라서 아씨들이 우리를 향해 '우리 아녀들도 한 번 해보자'라고 요구한다. 나는 우리 사내들이 실패를 솔직하게 인정하고 세계의 정권을

아녀자들에게 넘겨줄 수밖에 없다고 생각한다."

3) 『맹자』 「이루」(離婁) 하에 나온다. "養生者, 不足以當大事, 唯送死, 可以當大事."

4) 린위탕은 「아녀자들에게도 한번 해보게 하자!」라는 글에서 "지금의 현자 러셀, 아인슈타인, 롤랑 등을 초청하여" "천하를 다스리게 하자"라고 했다.

5) 임대옥(林黛玉)은 청나라 유명한 소설 『홍루몽』의 여자 주인공.

6) 『홍루몽』 제82회에 나온다. "不是東風壓倒西風, 就是西風壓倒東風."

7) 위충현(魏忠賢, 1568~1627)은 명대 천계(天啓) 연간에 조정을 좌지우지한 환관이다.

1934년

자서전[1]

루쉰, 1881년 저장성의 사오싱 시내 저우周씨 성을 가진 대가족 가문에서 태어났다. 아버지는 수재[2]였고, 어머니는 성이 루魯씨로,[3] 시골 사람이었으나 혼자 독학하여 문학작품을 볼 수 있을 정도의 수준에 이르렀다. 집안에는 원래 조상에게서 물려받은 땅이 40~50무畝 정도 있었지만, 아버지가 돌아가시기 전에 이미 다 팔아 버렸다. 이때 나는 대략 열서너 살 무렵이었고 중국 책들을 억지로 3~4년가량 공부하고 있었다.

　돈이 없었기 때문에 학비가 들지 않는 학교를 찾아 난징으로 가서 반년을 살다가 수사학당水師學堂에 합격했다. 오래지 않아 기관사 반[기관과]에 배치되었는데, 배의 갑판에 오를 생각이 없었으므로 곧 거기에서 나와 다시 광로학당[4]에 입학해 그 학교를 졸업하고 일본으로 유학을 떠났다. 하지만 나는 또 계획을 바꾸어 2년 남짓 의학을 공부하다 또다시 계획을 바꾸어 문학을 했다. 이에 문학 서적을 몇 권 읽고, 번역도 하는 한편 논문도 몇 편 써서 잡지 등에 발표했다. 1910년이 되자 어머니가 생계를 꾸려가기 힘들게 되어 귀국해서 항저우사범학교에서 교사 노릇을 하다 그 이

듬해에 사오싱중학에서 교무주임을 맡아보았다. 1912년 혁명이 일어난 뒤에는 사오싱사범학교 교장에 임명되었다.

하지만 사오싱 혁명군의 우두머리는 강도 출신으로[5] 나는 그의 행위에 불만을 품었다. 그가 나를 죽이려 한다고 말했기에 나는 난징으로 가서 교육부에서 일했다. 여기서 베이징으로 가서 사회교육부의 제2과 과장이 되었다. 1918년 '문학혁명' 운동이 일어난 뒤, 나는 처음으로 '루쉰'이라는 필명으로 소설을 써서 『신청년』에 실었다. 그 뒤 때때로 소설과 짧은 평론을 쓰는 한편, 베이징대학과 사범대학, 여자사범대학의 강사 노릇을 했다. 내가 쓴 평론 때문에 적이 많아졌는데, 베이징대학 교수 천위안[6]이 처음으로 그 '루쉰'이 바로 나라는 사실을 밝혀냈다. 이로 말미암아 돤치루이段祺瑞가 나를 사직시키고 체포하려 했다. 나는 이내 베이징을 떠나 샤먼대학厦門大學에 가서 교수 노릇을 반년 정도 하다 그 학교 총장 및 다른 교수들 몇 명과 부딪혀 광저우廣州로 가서 중산대학中山大學에서 교무주임과 문과 교수를 지냈다.

다시 약 반년 뒤에 국민당의 북벌이 아주 순조롭게 이루어질 것이 명백해지자, 샤먼의 몇몇 교수들 역시 광저우로 왔으나, 오래지 않아 공산당원과 국민당 좌파분자들에 대한 '청당'淸黨[7] 운동이 벌어졌다. 나는 평생 이렇게 사람을 죽이는 것을 본 적이 없어서 곧 사직을 하고 상하이로 돌아가 번역 일로 생계를 도모하고자 했다. 하지만 자유대동맹에 가입한 일로 인해 국민당이 나를 체포하려 한다는 소식을 듣고 피신했다. 그 뒤 다시 좌익작가연맹[8]과 민권동맹[9]에 가입했다. 올해까지 내가 1926년 이후 출판한 번역 작품들은 거의 모두 국민당에 의해 금지되었다.

나는 번역이나 편집 작업 외에, 단편소설집 두 권, 산문시 한 권, 회고

록 한 권, 논문집 한 권, 짧은 평론집 8권과 『중국소설사략』 한 권을 창작
했다.

주)_____

1) 원제는 「自傳」. 이 글은 루쉰의 자필 원고에 근거하여 편집해 넣었다. 본래 제목이 없었
   다. 1934년 3~4월 사이에 쓴 것으로 봐야 한다. 당시에 루쉰은 마오둔(茅盾) 등과 함께
   미국인 아이작스(Harold R. Isaacs, 1910~1986)의 부탁을 받고 『짚신』(草鞋脚)이란 제
   목으로 중국 현대 단편소설집을 편집하고 있었다. 이 책에 들어갈 작가 소개용으로 이
   자서전을 썼다.

2) 수재(秀才)는 명·청시대 향시(鄕試)에 합격한 사람이다. 생원이라고도 부른다. 루쉰의
   부친 성명은 주봉의(周鳳儀, 1861~1896)로 자는 백의(伯宜)다.

3) 루쉰의 어머니 성명은 루루이(魯瑞, 1858~1943)이다.

4) 광무철로학당(礦務鐵路學堂)이다.

5) 왕진파(王金髮, 1882~1915)를 가리킨다. 그는 1911년 11월 사오싱군정분부(紹興軍政分
   府) 도독에 임명되었다. '제2차혁명' 실패 후 1915년 6월 저장독군(浙江督軍) 주루이(朱
   瑞)에 의해 항저우에서 피살되었다. 1912년 루쉰이 지지하던 『웨둬일보』가 군정분부
   의 폐단을 비판하자 왕진파가 사람을 보내 루쉰을 암살하려 한다는 소문이 돌았다. 『아
   침 꽃 저녁에 줍다』 「판아이눙」 참조.

6) 천위안(陳源, 1896~1970)은 장쑤성 우시(無錫) 사람으로 자는 퉁보(通伯), 필명은 시잉
   (西瀅)이다. 서구 유학생이 중심이 된 '현대평론파'의 주요 구성원이다. 정치적 입장은
   서구 자유민주주의를 신봉하는 개량적 경향을 보였다. 이 때문에 루쉰이 중심이 된 '위
   쓰파'와 대립했다. 베이징여사대 사태 때 루쉰을 공격했고, 1926년 1월 20일 『천바오
   부간』에 「즈모에게」(致志摩)라는 편지를 써서 루쉰이 바로 교육부 첨사(僉事) 저우수런
   (周樹人)이라고 폭로했다.

7) 1927년 4월 12일 국민당 우파 장제스가 국민당 좌파 및 공산당원을 축출한 사건이다.

8) 좌익작가연맹은 흔히 좌련(左聯)이라 부른다. 국민당의 독재정치와 언론탄압에 항의하
   여 루쉰, 샤옌(夏衍), 펑쉐펑(馮雪峰), 저우양(周揚) 등을 중심으로 1930년 3월 상하이에
   서 결성되었다. 1935년 국방문학 논쟁 과정에서 자진 해산했다.

9) 민권동맹은 중국민권보장동맹의 약칭이다. 1932년 12월 쑹칭링, 차이위안페이, 양취
   안(楊銓; 양싱포楊杏佛), 루쉰 등이 발기한 진보 단체다. 1933년 6월 18일 총간사 양취안
   이 암살된 후 활동이 정지되었다.

『루화』에 관하여[1]

『루화』(월간)는 샤먼에서 출판했다. 1933년 12월 15일 창간호를 냈다. 1928년 이미 『루화』라는 잡지가 어떤 일보에서 부간으로 나오다가 오래지 않아 정간했다.[2] 이번이 세번째 부활인데 내용도 옛날과 달라져서 좌경화되었다. 작품은 소설과 시가 많고 평론 및 번역도 있다.

주)_____

1) 원제는 「關於『鷺華』」. 이 글은 루쉰의 자필 원고에 근거하여 편집해 넣었다. 1934년 4월 하순에 쓴 글이다. 본래 제목이 없었다. 루쉰은 미국인 아이작스를 도와 『짚신』을 편역하는 과정에서 마오둔과 함께 연명으로 하면서도 마오둔이 집필한 『중국 좌익문예 정기간행물 편목』(中國左翼文藝定期刊編目)을 번역자에게 제공했다. 루쉰은 마지막으로 이 『편목』을 심사할 때 위의 글을 썼다. 『루화』는 샤먼(廈門) 루화문예사(鷺華文藝社)에서 발간한 월간 잡지다. 1934년 6월에서 제1권 제4기까지 내고 정간했다.

2) 『루화』 월간의 전신은 샤먼의 지메이중학(集美中學)과 샤먼대학의 일부 진보학생이 간행한 『루화』 주간이다. 1928년 부평문예사(浮萍文藝社)가 이 잡지를 창간하여 그곳 『민국일보』 부간으로 발행하다가 오래지 않아 정간했다. 그러다가 1929년 가을 루화문예사로 이름을 바꾼 후 같은 해 12월에 복간하여 『쓰밍일보』(思明日報) 부간으로 발행했으며 이후 다시 『민국일보』 부간으로 발행하다가 1930년 2월 정간했다. 같은 해 8월 23일 『민국일보』 부간으로 다시 복간했다가 다음 해 '9·18사변'이 발생한 후 정간했다.

『무명목각집』서[1]

조각칼 몇 자루와 목판 한 장으로 수많은 예술품을 제작하여 대중 속으로 유포하는 것이 현대의 목각이다.

목각은 중국에 본래부터 있었지만 지하에 매몰된 지 오래되었다. 현재 옛것을 다시 부흥시키지만 오히려 새로운 생명이 충만하다.

새로운 목각은 강건하고 분명하다. 새로운 청년 예술이며 훌륭한 대중예술이다.

여기에 실은 작품은 물론 작은 맹아에 불과하다. 그러나 울창한 삼림과 아름다운 꽃이 존재하게 하려면 먼저 이런 맹아가 없이는 불가능하다.

이것은 지극히 기념할 만한 일이다.

1934년 3월 14일, 루쉰

주)_____

1) 원제는 「『無名木刻集』序」. 이 글은 1934년 4월 상하이에서 출판된 『무명목각집』에 인

쇄되어 있다. 류셴(劉峴)이 루쉰의 친필을 그대로 영인하여 인쇄했다. 본래 제목은 없었다.

『무명목각집』은 '무명목각사'(無名木刻社) 회원들의 작품 선집으로 모두 7폭의 목판화를 원판 그대로 찍어서 실었다. 무명목각사는 1933년 겨울 상하이 미술전문학교 학생들이 창립한 목판화 단체다. 나중에 웨이밍목각사(未名木刻社)로 이름을 바꿨다. 류셴, 황신보(黃新波), 야오자오(姚兆) 등이 주요 구성원이었다.

'현무호 괴인' 해설[1]

중터우中頭[2]가 살핀다. 이 통신에서 말하는 '세 가지 괴인怪人' 중에서 두 사람은 분명히 기형인데, 사오싱에서 말하는 '배냇병신'胎裏疾이다. '대갈장군'大頭漢은 환자인데, 그 병은 뇌수종이다. 그것을 동물원에 안치하고, 또 '동물 중에서 특별한 것이다'라고 말한 것은 정말 아주 특별하기는 하지만 사람을 참담하게 만든다.

[참고]

현무호 괴인

난징 통신 : 수도[3] 현무문玄武門 밖 현무호는 평소에 역사적 명성을 누리고 있다. 시 정부가 오대주공원五洲公園을 건설하면서 인공으로 수리한 이후 이곳의 호수 빛과 산 색은 더욱 그윽하고 우아하게 사람의 마음을 흡족하게 한다. 풍경은 자연에서 오는데 봄과 여름 햇볕이 따뜻한 가운데 빨간색

꽃과 자줏빛 꽃이 마구 흐드러지고 유람객들 모습도 수를 놓은 듯하다. 연예인 친칭썬秦慶森 군은 유람객의 흥취를 돋우기 위해 거금을 아끼지 않고 특별히 오대주동물원을 만들고 작년 겨울 친구에게 부탁하여 남양군도南洋群島 및 윈난성, 구이저우성 등 각지에서 기이한 동물을 아주 많이 사왔다. 이로써 이 공원의 풍광이 더욱 빛나게 되었다. 이에 동물 중 특별한 것을 아래에 나누어 기록하고자 한다. 모두 세 가지 괴인이 있다. ①샤오터우小頭. 성이 쉬徐여서 별명이 쉬샤오터우徐小頭다. 하이저우海州 출생으로 키는 3척尺이고 머리가 주먹만 하다. 나이를 물어보니 이미 36세라고 했다. ②다터우한大頭漢. 성은 탕唐이고 별명은 다터우大頭다. 또 다른 이름은 라이파來髮다. 저장성 사오싱 출생으로 머리 크기가 광주리만 해서 그 모습이 마치 수성壽星[4]과 같다. 실제 나이는 겨우 12세다. ③절반 미인. 나이는 24세로 양저우揚州 출생이다. 얼굴과 두발은 보통 미녀와 다름이 없다. 다만 다리가 없고 살점 발가락 두 개만 달려 있을 뿐이다. 이 때문에 절반 미인이라고 부른다.

(중터우가 5월 14일자 『다메이완바오』大美晚報에서 스크랩하다)

주)_____

1) 원제는 「玄武湖怪人'按語」. 이 글은 1934년 6월 16일 『논어』 반월간 제43기 '고향재'(古香齋) 코너 「현무호 괴인」 글 뒤에 처음 발표되었다. 본래 루쉰이 1934년 5월 16일 「현무호 괴인」 스크랩을 『논어』 편집자 타오캉더(陶亢德)에게 부쳐 줄 때 해설하는 말을 덧붙인 편지를 보냈다. 나중에 타오캉더가 루쉰의 동의를 얻어 이 편지의 주요 부분을 해설로 삼아 스크랩 기사와 함께 실었다. 괴인(怪人)은 선천적으로나 병을 앓아서 기괴한 모습으로 바뀐 사람이다.

2) 중터우(中頭)는 루쉰 필명의 하나다. 1934년 5월 16일 루쉰은 타오캉더에게 보낸 편지

에서 이렇게 말했다. "'잘못을 지적한' 보잘것없는 글을 '고향재' 말미에 실어 주는 일은 괜찮기는 합니다만 서명은 '중터우'로 고쳐 주시기 바랍니다. 너무 장난스럽다면 '준' (准)으로 써도 좋습니다.『논어』는 선생께서 편집하시지만 어쨌든 성씨(盛氏) 가문에 빌 붙어 있는 그 사위의 상품이니까요. 이 때문에 저는 특히 그와 심한 갈등을 빚기를 바라 지 않습니다." 성씨 집안의 사위는『논어』동인이며 청말 매판관료 성쉬안화이(盛宣懷) 의 손녀 사위 사오쉰메이(邵洵美)를 가리킨다. 당시에『논어』반월간은 그가 운영하던 시대도서인쇄공사에서 발행했다.
3) 당시 중화민국의 수도가 난징(南京)이었다.
4) 수성(壽星)은 중국 도교에서 존중하는 장수의 신이다. 남극노인성(南極老人星)이라고도 한다. 이마가 강조된 커다란 대머리에 하얀 수염을 달고 있다.

'『어머니』 목판화 14폭' 서[1]

고리키의 소설 『어머니』가 출판되자 혁명가들은 이것이 "시대에 가장 부합하는 책"[2]이라고 말했다. 그때뿐만 아니라 지금도 그러하다. 나는 특히 중국의 현재와 미래까지 선둰셴[3] 군의 이 번역본이 증거가 되리라는 것은 더 많은 말을 할 필요가 없다고 생각한다. 저쪽[러시아]에서는 이미 이런 상황을 볼 수 없고, 진부한 흔적으로 변했다.

이 14폭의 목판화는 근래의 새로운 인쇄 판본으로 장정되었다. 판화가 알렉세예프[4]는 이제 막 30세가 된 청년이다. 비록 기법은 아직 충분히 성숙되었다 할 수 없지만 생동감 있고 역량을 갖추고 있어서 전체 책의 정신을 생생하게 드러내고 있다. 소설을 읽지 않은 사람들도 여기에서 암흑의 정치와 분투하는 대중을 볼 수 있지 않겠는가?

1934년 7월 27일, 루쉰 씀

1) 원제는「'『母親』木刻十四幅'序」. 이 글은 1934년 8월 청사진 영인본 '『어머니』목판화
14폭' 화첩에 처음 인쇄되었다. 본래 제목이 없었다.
'『어머니』목판화 14폭'은 한바이뤄(韓白羅)가 청사진 감광법으로 인쇄한 판화집이다.
루쉰이 원본 삽화를 제공하고 이 서문을 썼다(루쉰이 1934년 7월 27일 한바이뤄에게 보
낸 편지 참조).

2) 고리키의 회고록『레닌』에 나오는 말이다. 고리키가 레닌의 말을 인용했다.

3) 선돤셴(沈端先, 1900~1995)은 저장성 항저우 사람으로 필명이 샤옌(夏衍)이다. 극작가
로 활동했으며, 좌련 지도자의 한 사람이기도 하다. 그는 고리키의『어머니』를 상·하권
으로 번역하여 다장서포(大江書鋪)에서 각각 1929년 10월과 1930년 8월에 출판했다.

4) 알렉세예프(Николай Васильевич Алексеев, 1894~1934)는 소련의 화가다. 고리키의
『어머니』, 도스토예프스키(Фёдор Михайлович Достоевский)의『노름꾼』(Игрок), 페딘
(Константин Александрович Федин)의『도시와 세월』(Города и годы)의 삽화를 그렸다.

『송은만록』에 부쳐[1]

『송은만록』12권

　　본래 상하이『점석재화보』[2] 부록으로 인쇄·발행했고, 나중에 합정본 合訂本으로 내면서『후요재지이』[3]라고 개칭했다. 이 판본은 호사가가『점석재화보』에서 떼낸 것이기에 쉽게 눈에 띄지 않는 것이다. 술년戌年[4] 한여름에 또 계속 잔본殘本 두 권을 구해 한 부로 합하여 소장하고 있다.

　　　　　　　　　　　　　　　9월 3일, 남쪽 창가에서 쓰다

주)＿＿＿＿

1) 원제는「題『淞隱漫錄』」. 이 글은 루쉰의 자필 원고에 근거하여 편집해 넣었다. 본래『송은만록』재장정본 첫째 권 속표지에 쓴 제사(題詞)다. 제목이나 표점은 없고, 글 말미에 '旅隼'이란 인장이 찍혀 있다.

　　『송은만록』은 청대 왕도(王韜)가 지은 필기소설로 모두 12권이다. 왕도에 대해서는 이 책의「'모 신문 스크랩 주석' 평어」주 2) 참조. 귀신 이야기, 명기(名妓) 이야기 등이 많이 들어 있다. 광서 13년(1887) 가을에『점석재화보』(點石齋畵報) 부록으로 인쇄할 때 오우여(吳友如)와 전자림(田子琳)이 그린 삽화를 넣었다. 루쉰이 구입한 판본은 재장정본 6책이다.

2) 『점석재화보』(點石齋畵報)는 청나라 말기에 석인(石印)으로 발간하던 순간(旬刊) 화보다. 오우여가 그림을 그리고 펴냈다. 1884년 상하이에서 창간되었고, 상하이 선바오관(申報館) 부설 점석재석인서국에서 출판했다. 1898년 8월에 정간했다.

3) 『요재지이』(聊齋志異)는 청대 포송령(蒲松齡)이 편집한 문언소설집이다. 내용이 요괴와 귀신 이야기 위주이기 때문에 이 같은 명칭이 붙었다. 『송은만록』도 내용과 주제가 『요재지이』와 비슷하기 때문에 『후요재지이』(後聊齋志異)로 개칭한 것이다.

4) 1934년 갑술년(甲戌年)이다. 아래의 술년도 모두 같다.

『송은속록』 잔본에 부쳐[1]

『송은속록』 잔본

　　자서自序에 의하면 모두 12권이라고 한다. 그러나 4권 이후로는 권수를 표시하지 않았다. 아마 끝내 온전하게 발간하지 못한 듯하다. 광서 계사년癸巳年 배인본排印本 『송빈쇄화』淞濱瑣話도 모두 12권이고, 또 정해년[2] 중원절[3] 뒤 사흘 만에 서문을 쓴 것으로 되어 있고, 이 서문과 겨우 몇 글자만 다르며, 내용은 대체로 같다. 다만 17번째 이야기만 이 판본에 없으므로 기실 한가지 책일 따름이다.

9월 3일, 상하이 아파트에서 쓰다

주)_____

1) 원제는 「題『淞隱續錄』殘本」. 이 글은 루쉰의 자필 원고에 근거하여 편집해 넣었다. 본래 『송은속록』 재장정본 첫째 권 속표지에 쓴 제사(題詞)다. 제목이나 표점은 없고, 글 말미에 '旅隼'이란 인장이 찍혀 있다.
　　『송은속록』은 청대 왕도가 지은 필기소설이다. 본래 『점석재화보』 부록으로 간행했다.

앞 네 권은 매 권 열 가지 이야기로 되어 있고, 나머지는 열한 가지 이야기로 되어 있지만 분권(分卷)하지 않았다. 장지영(張志瀛)이 그림을 그렸다. 루쉰이 구입한 화보본은 2책 재장정본이다. 합정본은 제목을 『송빈쇄화』로 고쳤으며 모두 열두 권에 68가지 이야기가 들어 있다. 광서 계사년(1893) 가을 9월 송은려(淞隱廬)에서 출판했다.

2) 정해년(丁亥年)는 1887년이다.

3) 중원절(中元節)은 음력 7월 15일이다.

『만유수록도기』 잔본에 부쳐[1)]

『만유수록도기』 잔본

이 또한 『점석재화보』 부록이다. 서문에 의하면 그림이 80폭이라고 했다. 그러나 이 판본에는 50폭뿐이다. 이 판본 뒤에 속작續作이 있는 것인지 여기에서 중지했는지 미상이다. 그림 속 이역 풍경은 모두 화가가 억측으로 그린 것이라 실제와 거리가 너무 멀어서 믿을 수 없다.

개의 해[2)] 6월에 손에 넣어서 9월에 재장정하고 기록하다

주)_____

1) 원제는 「題『漫遊隨錄圖記』殘本」. 이 글은 루쉰의 자필 원고에 근거하여 편집해 넣었다. 본래 『만유수록도기』 재장정본 속표지에 쓴 제사(題詞)다. 제목이나 표점은 없고, 글 말미에 '루쉰'(魯迅)이란 인장이 찍혀 있다.
 『만유수록도기』는 청대 왕도의 저작이다. 내용은 대부분 작가가 서구, 일본 및 중국 국내를 여행하면서 본 명승고적과 풍토 인정에 관한 것이다. 본래 『점석재화보』 부록으로 간행했고, 장지영이 그림을 그렸다. 루쉰이 구매한 화보본은 재장정본 1책이다. 여행기(遊記) 50가지와 삽화 50폭이 들어 있다.
2) 개의 해는 1934년(甲戌年)이다.

『풍쟁오』에 부쳐[1]

이입옹[2]의 『풍쟁오』

　이 또한 『점석재화보』의 부록이다. 대체로 『입옹십종곡』[3]을 그리려 했으나 끝내 다 그리지 못한 것 같고, 나 또한 겨우 이것만 입수했다. 지금은 천남둔수[4] 저작 끝에 부록으로 붙어 있다. 화가 김계金桂는 자가 섬향蟾香으로 오우여[5]와 동시대 사람이어서 화법畵法도 비슷하다. 당시에 석인石印으로 인쇄한 수상소설[6]이나 전도소설[7]이 매우 많았는데, 그 기풍은 대체로 이와 같다.

술년 9월, 장정을 하며 기록하다

주)_____

1) 원제는 「題『風箏誤』」. 이 글은 루쉰의 자필 원고에 근거하여 편집해 넣었다. 본래 『풍쟁오』 재장정본 속표지에 쓴 제사(題詞)다. 제목이나 표점은 없고, 글 말미에 '루쉰'(魯迅)이란 인장이 찍혀 있다.

『풍쟁오』는 청대 이어(李漁)가 지은 전기(傳奇) 극본이다. 내용은 한세훈(韓世勳)과 담숙연(淑娟)의 혼인 이야기다. 루쉰이 구입한 화보본은 재장정본 1책으로 삽화가 29폭 들어 있다.

2) 이입옹(李笠翁)은 명말 청초의 희곡 작가 이어(李漁, 1611~1680)다. 저장성 란시(蘭溪) 사람으로 자는 입홍(笠鴻), 호는 입옹(笠翁)이다. 『입옹십종곡』(笠翁十種曲) 등 다양한 극본을 남겼다.

3) 『입옹십종곡』(笠翁十種曲)은 이어의 전기 극본 대표작 10종을 가리킨다. 『내하천』(奈何天), 『비목어』(比目魚), 『신중루』(蜃中樓), 『연향반』(憐香伴), 『풍쟁오』(風箏誤), 『신난교』(愼鸞交), 『황구봉』(凰求鳳), 『교단원』(巧團圓), 『옥소두』(玉搔頭), 『의중연』(意中緣)이 그 것이다.

4) 천남둔수(天南遯叟)는 왕도(王韜)다. 이 책 「'모 신문 스크랩 주석' 평어」의 주 2) 참조.

5) 오우여(吳友如, ?~1893?)는 장쑤성 우현(吳縣) 사람으로 본명은 유(猷) 또는 가유(嘉猷)다. 우여(友如)는 그의 자다. 청나라 말기에 활약한 화가다. 1884년부터 상하이에서 『점석재화보』를 그렸고, 나중에 직접 『비영각화보』(飛影閣畵報)를 간행했다. 작품집으로 『오우여화보』(吳友如畵寶)가 있다.

6) 수상소설(繡像小說)은 중국 전통 장회소설의 주요 등장인물을 각각 한 명씩 한 장에 그려서 소설 앞 부분에 첨부하는 양식이다.

7) 전도소설(全圖小說)은 중국 전통 장회소설의 주요 장면을 매 회 1폭 또는 2폭으로 그려서 소설 앞 부분에 첨부하는 양식이다.

『역문』 창간호 전언[1]

독자 여러분 : 여러분도 아마 상상할 수 있으리라. 어떤 사람이 우연하게 여가를 좀 얻어, 우연하게 외국 작품을 좀 읽다가, 우연하게 번역을 시작하여, 우연하게 다른 사람과 한 곳에서 만나 즐겁게 이야기하다가, 우연하게 '잡지 풍년인 해'에 그 열기를 좀 보탤 생각으로, 마침내 우연하고도 우연하게 몇몇 동지를 만나고, 인쇄를 허락하는 서점을 찾아서 이 소소한 『역문』 잡지를 내게 되었다.

　원본 재료에는 제한이 없다. 가장 오래된 것에서 가장 가까운 것까지 모두 포함한다. 장르도 고정하지 않고 소설, 희곡, 시, 논문, 수필 모두 조금씩 싣고자 한다. 원문에서 직접 번역하거나 간접적으로 중역重譯을 하는 것 모두 가능하다고 생각하지만 하나의 조건이 있다. 그것은 전부 '번역문'이어야 한다는 것이다.

　본문 글 이외에도 그림을 많이 넣고자 한다. 본문 글과 관계 있는 그림은 재미를 보태는 데 뜻을 두고, 본문 글과 관계없는 그림은 우리가 독자에게 제공하는 작은 선물로 삼고자 한다. 복제된 그림은 언제나 복제한 글에 비해 원본의 맛을 좀더 많이 보존해야 한다.

감히 번역이 정확하다고 스스로 과장하지는 않을 것이다. 다만 본래 먹은 마음이 소홀해지는 지경에는 빠지지 않을 것이라고 자신할 수 있다. 또 '번역사업을 크게 일으키자'는 큰 깃발을 내걸 생각도 없다.── 높은 곳에 올라 소리를 지르려는 야심은 없지만 이런 몇몇 동호인들과 서로 연구하며 번역문을 인쇄하여 번역 작품 읽기를 좋아하는 사람들에게 참고자료로 제공하고자 할 뿐이다. 만약 본의를 왜곡하여 죄를 덮어씌우는 데 습관이 된 사람들이 우리더러 이 무슨 생각으로 이미 '몰락'한 법문을 구하려고 하는가라고 여긴다면 우리는 웃으며 이렇게 말할 수밖에 없다. "가르침을 받들겠습니다! 가르침을 받들겠습니다! 여러분의 마음을 우리는 분명하게 알고 있습니다!"

주)_____

1) 원제는 「『譯文』創刊號前記」. 이 글은 1934년 9월 16일 상하이 『역문』월간 창간호에 처음 발표되었다. 본래 제목은 「전기」(前記)다. 서명은 없다.
『역문』은 1934년 9월 상하이에서 창간되어, 외국문학을 전문적으로 번역·소개하던 월간 잡지다. 루쉰이 전반기 3기 편집을 담당하다가 뒤에 황위안(黃源)에게 물려줬다. 상하이 생활서점에서 출판하다가 1935년 9월 정간했다. 1936년 3월에 복간되어 상하이 잡지공사(上海雜誌公司)에서 출판했다. 1937년 6월 새로 3권 제4기를 내고 정간했다. 모두 29기를 냈다.

'잡문' 짓기도 쉽지 않다[1]

"중국에서는 왜 위대한 문학이 탄생하지 못하는가?"[2]라는 문제가 반 년 전에 제기되어 모두들 한바탕 설왕설래했지만 결론을 내지 못했다. 이 문제는 물론 아직도 살아 있다. 가을이 되어 날씨가 시원해지자 정말 '등화가친'[3]의 계절을 맞아 두뇌가 냉정해진 듯 몇몇 작가분들께서 바로 이 위대한 문제를 다시 기억해 냈다.

8월 30일 『선바오』 「자유담」을 통해 훈런渾人 선생께서 우리에게 알려 주셨다. "위대한 작품은 휴지통 속에 있다!"[4]

무슨 이유인가? 훈런 선생께서는 이렇게 해석했다. "각 간행물 편집 담당 선생님들은 모두 먼로주의[5]를 마음에 품고 있는지라 …… 투고해 온 원고에서 그들과 관계없는 사람의 성명을 발견하면 잠시 읽어 볼 틈도 없이 바로 휴지통에 쑤셔넣어 버린다."

위대한 작품은 탄생하지만 발표할 수 없음은, 그 죄과의 원인이 전부 편집 담당 선생에게 있다는 것이다. 하지만 휴지통을 만약 조사하기 어렵다면 "일의 발생에는 원인이 있지만 조사해 봐도 확실한 증거가 없는" 의

심스러운 사안이 되고 말 것이다. 비교적 재미있고, 비교적 영향력이 있는 글로는 『현대』[6] 9월호 권두 '문예독백' 코너에 게재된 린시쥔[7] 선생의 대작 「잡문과 잡문가」雜文和雜文家가 있다. 그는 결코 편집 담당 선생들에게 허물을 돌리지 않고 다만 중국에 위대한 저작이 탄생하지 않는 원인이 최근——비록 일찍부터 있었던 것이지만——'쉽게 붓을 들고' 쉽게 명성을 얻는 '잡문' 때문이라고 했다. 따라서 만약 "작가가 스스로 재주가 없음을 인정하고 자신의 임무를 포기하지 않는다면 작가는 결국 자신을 파괴하며 기회를 틈타 욕심을 채우는 수단으로 문예가의 엄숙한 업무를 대체하게 된다"는 것이다.

그렇다. 저 드높은 천문대에 비교해 보면 '잡문'은 때때로 확실히 현미경으로 수행하는 아주 하찮은 일과 유사하다. 오염된 물을 비춰 보기도 하고, 곪아터진 고름을 들여다보기도 한다. 때로는 임질 균을 연구하기도 하고 때로는 파리를 해부하기도 한다. 출중한 학자의 입장에서 보면 사소하고 더럽고 심지어 혐오스럽게 느껴질 수도 있다. 그러나 열심히 이런 일을 하는 사람 자신에게는 '엄숙한 업무'이고, 인생과 관련이 있으며, 그리 쉽게 할 수 있는 일도 결코 아니다. 지금 린 선생 자신의 문장으로 예를 들어 보고자 한다. 그 글 첫머리에 이런 내용이 있다.

근래 몇몇 잡지와 신문지상에 산문이면서도 산문이 아니고, 소품문이면서도 소품문이 아닌 수감록식의 단문短文이 유행처럼 다투어 게재되고 있다. 이런 글의 형식은 전혀 일정한 모양이 없어서 어떤 문학창작 체재의 속박도 받지 않는다. 내용도 할 이야기 못할 이야기를 다 해버리며, 범위도 거의 제한이 없다. 이와 같기 때문에 어떤 문학작품의 칭호를 붙이기 어려우므로 여기에서 잠시 잡문이라고 이름 붙이고자 한다.

"침묵은 금이다." 그러나 일부 사람은 흔히 "입을 열면 바로 자기 심장까지 다 보여 준다". 린 선생도 이런 사례에서 벗어나지 못한다. '산문'에 대한 그의 정의는 중국에서 옛날에 말하던 '변문과 산문'駢散이나 '정제된 구절과 산만한 구절'整散의 '산'散이 아니다. 또한 현대문학에서 말하는 '운문'과 상대되는 그리고 운율에 구속이 없는 '산문'(Prose)의 뜻도 아니다. 그러나 그가 말하는 '엄숙한 업무'는 그 의미가 명백하다. 형식에 있어서는 일정한 틀을 갖추고 문학창작 체재의 속박을 받아야 한다는 것이다. 내용에 있어서는 말 못할 것이 있어야 하고 범위에 있어서는 한계가 있어야 한다는 것이다. 이런 '엄숙한 업무'가 무엇일까? 바로 '제예'[8]인데 보통 '팔고'[9]라고 부른다.

이러한 문장을 지으며 이러한 '문학관'을 품고 있는 린시줜 선생이 '잡문'을 반대하리란 건 더 많은 말을 할 필요가 없다. '잡문'은 짓기 어려울 뿐 아니라, 그 임무가 중요하다는 사실은 분명하다. 잡지와 신문지상에 '잡문'은 빠질 수 없게 되었고, '잡문가'도 그런 지면을 내버려 두지 않고 있다. 이런 점을 보더라도 기회를 틈타 욕심을 채우지 않는 행동도 '객관적'으로 매우 필요함을 알 수 있다.

게다가 『현대』 9월호 권두의 대작 3편[10]은 '문예독백'이란 이름을 달고 있지만 린 선생의 관점으로 판단하면 "산문이면서도 산문이 아니고, 소품문이면서도 소품문이 아니므로" 기실 그것은 바로 잡문이다. 그러나 이건 결코 모순이 아니다. '잡문'으로 '잡문'을 공격하는 건 '살생으로 살생을 그치게 하는 것'과 같다. 앞서 신월사[11] 선언에서도 그들은 관용을 주장했지만 관용을 베풀지 않는 사람에겐 그들도 관용을 베풀지 않겠다 했는데 이것이 바로 그 뜻이다. 당시에 어떤 '잡문가'는 그들을 비판하면서 "그가 바로 사형수의 목을 베는 망나니다. 그는 살인자가 아니지만 그가 우연히 사람을 죽이는 건 세상에 살인자가 있기 때문이다"[12]라고 했다. 그러나 이것은 아무래도 "할 이야기 못할 이야기를 다 해버리는" 경향인데 너무나 '엄숙'하지 않은 모습이라 할 수 있다.

린 선생은 글의 말미에서 중국 작가들에게 이렇게 묻고 있다. "러시아에서는 왜 『전쟁과 평화』와 같은 위대한 작품이 탄생할 수 있었을까? …… 그런데 우리 작가들은 어째서 잡문 나부랭이나 ㄲ적이면서도 막대한 만족감에 젖어 있을까?" 우리가 이 임시 '잡문가' 때문에 근심하는 것도 바로 이 점에 기인한 것이다. 현재 어쨌든 힘들여 "소재를 채취하는 면에서는 글쓰기의 재료가 더욱더 곳곳에 널렸으므로 갖은 애를 다 써서 채취한 '잡문'을 사용할 필요가 없다". 그러니 "러시아에서는 왜 『전쟁과 평화』와 같은 위대한 작품이 탄생할 수 있었을까?"라는 문제에 대한 연구를 망각할 정도에 이르지 않았겠는가?

그러나 이것은 다만 우리의 '기우'일 뿐이기를 바란다. 그의 '잡문'은 아마도 "전혀 필요한 곳이 없을 뿐만 아니라, 일종의 저열한 경향"에 치우칠 리도 없을 것이기 때문이다.

주)_____

1) 원제는 「做'雜文'也不易」. 이 글은 1934년 10월 1일 『문학』 월간 제3권 제4호 '문학논단' 코너에 처음 발표되었다. 서명은 '즈'(直)이다.

2) 이 문제는 1934년 3월 정보치(鄭伯奇)가 『춘광』(春光) 월간 창간호에 발표한 「위대한 작

품의 요구」(偉大的作品底要求)에 나온다. 그는 또 같은 간행물 제3기에도 「중국에서는 목전에 왜 위대한 작품이 탄생하지 못하는가」(中國目前爲甚麼沒有偉大的作品産生)라는 글을 써서 같은 문제를 제기했다.

3) 원문은 '燈火倍可親'. 등불과 두 배 친할 수 있다는 뜻으로 시원한 가을에 독서를 장려하는 말로 흔히 쓰인다. 이 구절은 당대 한유(韓愈)의 「아들 부가 성남에서 독서하다」(符讀書城南)라는 시에 '燈火稍可親'으로 나온다.

4) 이 글의 제목은 「위대한 작품은 어디에 있는가?」(偉大的作品在哪裏?)이다.

5) 먼로주의(Monroe Doctrine)는 미국 제5대 대통령 제임스 먼로(James Monroe, 1758~1831)가 1823년 12월 의회에 제출한 외교방침이다. 미국은 외국에 간섭하지 않을 것이며 외국도 미국이나 미주 대륙에 간섭하지 말라는 일종의 외교적 고립주의. 그러나 겉으로 드러난 모습과는 달리 이 먼로주의는 미국이 미주 대륙에서 배타적 지배권을 강화하기 위한 원칙으로 작용했다.

6) 『현대』(現代) 월간은 1932년 5월 상하이에서 창간된 문학잡지다. 스저춘(施蟄存), 두헝(杜衡) 등이 편집을 담당했다. 모더니즘 계열의 문학작품이 많이 실렸다. 1935년 5월에 제6권 제4기를 내고 정간했다.

7) 린시쥔(林希雋)은 광둥성 차오안(潮安) 사람으로 당시 상하이 다샤대학(大夏大學) 학생이었다.

8) 제예(制藝)는 명·청 시대에 과거시험 답안 작성에 쓰인 문체로 팔고문(八股文)을 가리킨다.

9) 팔고(八股)는 매우 형식적인 문체다. 과거시험 답안지를 작성할 때 "파제(破題), 승제(承題), 기강(起講), 입수(入手), 기고(起股), 중고(中股), 후고(後股), 속고(束股)" 등 여덟 부분의 형식에 맞춰서 써야 했기 때문에 흔히 팔고문이라 부른다.

10) 스저춘의 「나와 문언문」(我與文言文), 리쥔량(黎君亮)의 「문학은 정국과 관계가 있는가?」(文學與政局有關?), 린시쥔의 「잡문과 잡문가」가 그것이다.

11) 신월사(新月社)는 1923년 베이징에서 성립된 정치적 성향의 단체다. 후스(胡適), 천위안(陳源), 쉬즈모(徐志摩), 원이둬(聞一多), 뤄룽지(羅隆基) 등 서구 유학생이 중심을 이뤘다. 정치적으로는 영국식 민주주의를 신봉하며 좌익문예운동에 반대했다. 특히 쉬즈모, 원이둬 등이 낭만적 경향의 격률시를 제창하여 신시 부흥에 큰 영향을 끼쳤다.

12) 루쉰은 「신월사 비평가의 임무」에서 "예를 들어 사람을 죽이는 것은 부당한 일이다. 그러나 '살인범'을 죽인 사람도 역시 사람을 죽인 것이지만 어느 누가 그를 그르다고 하겠는가?"라고 했다. 『삼한집』(루쉰전집 5권) 참조.

『개자원화보 3집』에 제사를 써서 쉬광핑에게 주다[1]

이 책은 상하이 유정서국有正書局 번각본飜刻本이다. 이 책 광고에 이르기를 목각 연구 10여 년 만에 처음으로 이 책을 목판으로 새겼다. 그러나 기실 목판, 석판, 유리판 및 인공 착색을 함께 썼는데 이는 일본에서 완성된 방법이다. 책 전체가 목각은 아니다. 광고는 과장되었지만 원본 판각을 구하기 어렵고, 그 뒤에 나온 번각본도 이 판본보다 낮지 않다. 그리하여 한 부를 구해 광핑에게 증정한다. 시를 지어 증거로 삼는다.

십 년 동안 손을 잡고 어려움을 함께하며,[2]
거품으로 서로 적셔도 슬픔의 세월이었다.[3]
잠시나마 그림에 기대 피로한 눈에 기쁨 일고,
이 가운데 단맛 쓴맛 우리 둘은 알고 있다.

술년 겨울 12월 9일 밤, 루쉰 씀

주)_____

1) 원제는 「題『芥子園畵報三集』贈許廣平」. 이 글은 루쉰의 친필 원고에 근거하여 편집해 넣었다. 본래 쉬광핑에게 증정한 『개자원화보 3집』 제1책 속표지에 쓴 제사(題詞)다. 본래 제목과 표점이 없었다. 이 글 서명 뒤에 '魯迅'과 '旅隼'이라는 인장이 찍혀 있다. 이 제사는 쉬광핑이 1964년 10월 장서를 정리하는 과정에서 새로 발견되었다가, 다시 1968년 쉬광핑이 세상을 떠난 후 다시 발견되어 그 해 베이징대학 『문화비판』 제2기에 처음 발표되었다. 『개자원화보』은 청나라 초기 왕개(王槪), 왕시(王蓍), 왕얼(王臬) 형제가 편찬한 중국화 기법 도해(圖解) 서적이다. 제1집은 산수화류, 제2집은 사군자류, 제3집은 화훼초충류다. 이어의 별장 개자원(芥子園)에서 판각했으므로 이런 명칭이 붙었다. 루쉰 지음, 김영문 옮김, 『루쉰, 시를 쓰다』(역락, 2010) 참조.

2) 원문은 '十年攜手共艱危'. 1925년 쉬광핑은 베이징여사대 학생이었고, 루쉰은 이 학교 강사였다. 당시 베이징여사대 교장 퇴진 운동 과정에서 두 사람은 편지 왕래를 시작했다. 따라서 이 시가 지어진 1934년까지 대략 10년의 세월이 경과했다.

3) 원문은 '以沫相濡亦可愛'. 『장자』 「대종사」(大宗師)에 다음과 같은 기록이 있다. "샘물이 마르면, 물고기들은 땅 위에서 서로 함께하게 되는데, 입으로 습기를 서로 불어주고, 작은 물거품으로 서로 몸을 적셔준다."(泉涸, 魚相與處於陸, 相呴以濕, 相濡以沫) 따라서 '이말상유'(以沫相濡)는 고난 속에서 서로 의지하며 돕고 위로하는 행위를 비유한다.

형세는 반드시 그렇게 되고, 이치는 본래부터 그러했다[1]

때때로 자신의 그림자를 돌아보고 슬퍼하며 떠듬거리는 문장을 발표해 온 페이밍廢名[2] 선생이 이번 호『인간세』에 문학은 선전이 아니라는 그의 문학관을 선전했다.

　이것은 우리가 이미 고막이 시끄러울 정도로 많이 들은 논리다. 누군 가 문자로 "문학은 선전이 아니다"라고 말한다면 그것도 바로 선전이다. ──이 또한 우리가 이미 고막이 시끄러울 정도로 많이 들은 논리다.

　글을 쓰면서 스스로 사회에 아무 영향을 끼치지 않는다고 여기는 건, 자신이 '페이밍'廢名이라는 이름으로 불리면 정말 자신의 이름名이 폐지廢 되는 것으로 여기는 것과 같다. 만약 사회에 아무 영향을 끼치지 않으려면 어떤 글도 쓰지 말아야 한다. 정말 이름을 폐지하려면 '페이밍'이란 필명 조차도 쓰지 말아야 한다.

　가령 문자에 정말 아무런 힘이 없다면 그 문인은 정말 폐물이거나 기 생충이다. 따라서 그의 문학관은 바로 폐물이나 기생충의 문학관이다.

　그러나 문인들은 또 그런 문인이 되기를 바라지 않는다. 이에 그는 지금 벌써 문인의 간판을 내렸다고 말할 수밖에 없다. 그러나 간판을 내리면 문학관도 근거가 없어져서 의지할 산을 잃어버린다.

그러나 문인들은 또 의지한 산이 사라지는 걸 원치 않는다. 이에 그는 "문文을 버리고 무武를 따르겠다"[3]고 말할 수밖에 없다. 이는 '문학을 위한 문학'을 주장하던 자가 나중에 반드시 걸어가야 할 길을 분명하게 드러낸 것이다.──사실이 이와 같고, 전례도 이와 같다. 정확한 문학관은 사람을 속이지 않고, 스스로 지적하는 모든 것을 그들 스스로 증명한다.

주)_____

1) 원제는 「勢所必至, 理有固然」. 이 글은 루쉰의 친필 원고에 근거하여 편집해 넣었다. 서명은 즈루(直入)다. 대략 1935년 1월에 쓴 것으로 보인다. 본래 1981년판 『루쉰전집』에는 이 글이 1934년에 들어 있었으나 2005년판에서는 1935년으로 옮겼다. 제목 '勢所必至, 理有固然'은 송나라 사람이 소순(蘇洵)의 이름으로 가탁한 「변간론」(辯奸論)의 '事有必至, 理有固然' 구절을 조금 변형한 것이다.

2) 페이밍(廢名, 1901~1967)은 펑원빙(馮文炳)의 필명이다. 그는 후베이성 황메이(黃梅) 사람이다. 소설가로 활동하며 베이징대학 교수를 지냈다. "문학은 선전이 아니다"란 언급은 그가 1934년 10월 『인간세』(人間世) 제13기에 발표한 글 「즈탕선생」(知堂先生)에 나온다.

3) 원문은 '棄文就武'. 즈탕(知堂; 저우쭤런周作人)은 1935년 1월 6일 『독립평론』(獨立評論) 제134기에 「문을 버리고 무를 따르다」(棄文就武)라는 글을 발표했다.

『중국신문학대계』소설 2집 편찬 감상[1]

이것은 새로운 소설의 시작이다. 기교는 현재의 뛰어난 작가와 비교할 수 없지만 시대를 마음에 새기고 있으므로 당시에 건성으로 작품을 쓰는 작가가 드물었음을 알 수 있다. 내용은 물론 현재와 다르지만 기괴한 것은 20년 후 현재의 몇몇 작품은 여전히 당시 수준에 미치지 못한다는 사실이다.

나중에 소설의 지위도 높아졌고, 작품도 크게 진보했다. 다만 이와 동시에 또 하나의 형제가 태어났으니 그의 이름은 '남작'濫作이다.

주)＿＿＿＿

1) 원제는 「『中國新文學大系』小說二集編選感想」. 1935년 2월 상하이 량유도서인쇄공사(良友圖書印刷公司)에서 『중국신문학대계』를 발간할 때 루쉰의 이 글 친필을 그대로 인쇄해 넣었다. 본래 제목은 「소설 2집 편찬 감상」(小說二集編選感想)이다. 『중국신문학대계』는 1917년 신문학운동 시작부터 1926년까지 10년간의 문학창작과 이론을 모은 선집이다. 모두 10권이다. 제1권 건설이론, 제2권 문학논쟁, 제3권 소설1집, 제4권 소설2집, 제5권 소설3집, 제6권 산문1집, 제7권 산문2집, 제8권 시가, 제9권 희곡, 제10권 사료와 색인으로 구성되어 있다. 주편(主編)은 자오자비(趙家璧)다. 소설 2집은 루쉰이 소설 선정과 편집 책임을 맡아서 소설가 33명의 소설 59편을 뽑았다. 1935년 7월에 출판했다.

"달을 속이다"[1]

두헝[2] 선생은 2월 14일 『햇불』[3]에서 우리에게 가르침을 내렸다. 중국인이 "월식을 만나 폭죽을 터뜨리는 건 결코 미신에서 나온 것이 아니라", "속임수에서 나온 것이다. 한편으로는 자신을 속이지만 더욱 중요한 점은 달을 속이는 것이다." "이 속임수를 빌려 대강 자신의 체면치레를 해서 장래에 다시 달을 만났을 때 그 난처함을 피하려고 하는 것이다."

여기에서도 민중을 믿을 수 없음을 알 수 있다. 그것은 마치 셰익스피어가 『줄리어스 시저』에서 폭로한 것처럼 그들은 자신을 속일 뿐 아니라 달을 속이려 하는 것이다.──그러나 다른 사람을 속일 수 있을지는 모르겠다.

게다가 두헝 선생의 지적을 거치지 않은 한 가지가 있다. 그것은 어리석음愚이다. 그들은 장래에 달을 만났을 때 폭죽을 터뜨려 달을 성원할 생각만 할 뿐, 천구[4]를 만날 가능성이 있음은 생각하지 않는다. 아울러 설령 지금은 결코 성원하지 않더라도 장래에 만약 달을 만났을 때, 임기응변으로 한바탕 그럴듯한 논리를 내세워, 과거를 얼버무릴 수 있음을 모른다.

나는 이렇게 생각한다. 만약 그들이 이 두 가지를 안다면 그 태도가 틀림없이 '초연'할 수 있을 것이므로 우리가 속임수의 흔적을 발견하기는 어려울 것이다.

주)_____

1) 원제는 「"騙月亮"」. 이 글은 1935년 3월 5일 상하이 『태백』(太白) 반월간 제1권 제12기 '사소한 일에 매달리다'(掂斤簸兩) 코너에 처음 발표되었다. 서명은 허간(何幹)이다.

2) 두헝(杜衡, 1907~1964)은 저장성 항현(杭縣) 사람으로 본명은 다이커충(戴克崇)이다. 쑤원(蘇汶), 두헝 등의 필명을 썼다. 1930년대에 '제3종인'으로 자처하며 좌익문예운동을 배척했다.

3) 『횃불』(火炬)은 상하이 『다완바오』(大晚報)의 문예부간으로 추이완추(崔萬秋)가 주간이었다. 두헝이 이 간행물에 「월식으로 생각나는 말」(月蝕引起的話)이라는 글을 썼다.

4) 천구(天狗)는 중국 전설에 나온다. 월식이 일어날 때 달을 삼키는 하늘의 개다.

'모'(某) 자의 네번째 뜻[1]

모 간행물의 모 작가는 『태백』[2]에서 모 간행물의 이름을 지적하지 않은 것에 세 가지 의미가 있다고 말했다.[3] 그는 거의 세번째 뜻에 대해서만 생각하려 한 듯하다. 그 의도는 모 간행물에 대한 전체 독자의 신임을 고려하여 '모' 자를 사용했다는 데 놓여 있다. 그러나 그 작가는 "여기까지 쓰자 시장 상황을 잘 아는 어떤 친구가 왔다"고 하면서, 그는 그렇지 않다고 했고, 만약 문장에서 이름을 분명하게 밝히면 어찌 저들 대신 광고를 해주는 것이 아니겠는가라고 말했다.

하지만 모 작가 자신은 또 믿지 못하겠다고 했다. 왜냐하면 어떤 작가가 자신의 글을 쓸 때, 갑자기 서점주인 대신 상업 경쟁의 이해관계를 따진다는 것도 너무 '거시기'那個함을 면치 못하기 때문이라는 것이다.

이 작가의 너그러움을 살펴보면 시장 상황을 잘 아는 그 친구의 사상이 더욱 옹졸하다는 사실은 분명하게 드러나지만 친구를 잃지는 않고 있다. 또 그럴수록 이 작가의 너그러움은 더욱더 분명하게 드러나고 있다. 다만 무의식중에 이 '친구' 대신 '시장 상황'을 발표한 이외에도 그의 체면을 깎고 있을 뿐이다. 이에 『태백』에서 말한 '모' 자에 네번째 뜻이 포함되었다. 그것은 바로 어떤 사람의 생각이 옹졸하다는 사실을 폭로하는 것이다.

주)_____

1) 원제는 「某'字的第四義」. 이 글은 1935년 4월 20일 『태백』 반월간 제2권 제3기 '사소한 일에 매달리다' 코너에 처음 발표되었다. 서명은 '즈루'다.

2) 『태백』(太白)은 1934년 9월 상하이에서 창간된 소품문 전문 잡지다. 천왕다오(陳望道)가 주간이었고, 다음 해 9월에 정간했다.

3) 1935년 2월에 상하이에서 『문반소품』(文飯小品)과 『태백』 사이에 논쟁이 벌어졌고, 1935년 3월 『문반소품』 제2기에 유성(酉生)이라는 사람의 「모 간행물」(某刊物)이란 글이 실렸다. 그중에 다음과 같은 대목이 있다. "'모 간행물' '모' 자의 뜻을 조사해 보면 세 가지로 해석할 수 있다. 첫째는 정말 해당 간행물의 이름을 몰라서 임시로 '모' 자로 대체한 경우다. 둘째는 비밀과 관계된 일이라 진짜 이름을 밝히기 불편해서 '모' 자로 대체한 경우다. 셋째는 신문지상에서 소위 '잠시 그 이름을 숨기겠다'(姑隱其名)는 방법인데, 이 간행물의 진짜 이름을 말해서 그 체면을 깎지 않으려고 필자가 관대한 마음을 가지고 '모' 자로 대체한 경우다." 이어서 유성은 『태백』에서 모 간행물이라 한 것은 세번째 뜻일 거라고 했다.

"타고난 야만성"[1]

— '장쑤성과 저장성 사람들'은 이해하지 못하는 것

구훙밍[2] 선생은 작은 발을 찬양했고,

정샤오쉬[3] 선생은 왕도를 강구했고,

린위탕 선생은 성령을 이야기했네.[4]

주)_____

1) 원제는 「"天生蠻性"」. 이 글은 1935년 4월 20일 『태백』 반월간 제2권 제3기 '사소한 일 에 매달리다' 코너에 처음 발표되었다. 서명은 웨산(越山)이다. "타고난 야만성"(天生蠻性)은 린위탕이 한 말이다. 린위탕은 당시에 『인간세』 등의 잡지에 글을 써서 자신은 민 (閩: 지금의 푸젠성) 땅 사람이라 타고난 오랑캐 근성을 갖고 있는데, 이를 저장성이나 장쑤성 사람들은 잘 이해하지 못한다고 했다. 린위탕이 이런 말을 한 이유는 당시에 그 가 '대중어'에 반대하다가 좌익작가들에게 심한 비판을 받았기 때문이다. 본래 저장성 사오싱 출신인 루쉰은 이 글에서 푸젠성 출신 세 사람의 자가당착적인 모습을 신랄하 게 비꼬고 있다.

2) 구훙밍(辜鴻銘, 1857~1928)의 본명은 탕성(湯生)이고 자가 훙밍으로, 푸젠성 퉁안(同安) 사람이다. 신해혁명 후 베이징대학 교수에 임명되어 공자와 유학을 존중하며 혁명에 반대했다. 당시에 그가 전족한 여인의 작은 발과 그 발 냄새를 좋아했다는 소문이 널리 퍼져 있었다.

3) 정샤오쉬(鄭孝胥, 1860~1938)는 푸젠성 민허우(閩侯) 사람으로 자는 쑤칸(蘇戡)이다. 청나라 말기에 광둥성안찰사, 후난포정사(湖南布政司) 등의 직을 역임했다. 1931년 9월 18일 일본이 만주를 침략하고 청나라 마지막 황제 푸이(溥儀)를 만주국 황제로 옹립하자 정샤오쉬는 만주국 국무총리를 맡았다. 이후 일본 제국주의에 협력하며 거짓 왕도 정치를 고취했다.

4) 1930년대에 린위탕은 자신이 주간으로 일하던 『논어』와 『인간세』 등의 잡지를 통해 '성령파 문학'(性靈派文學)을 제창했다. 그에 의하면 성령이란 부모나 아내도 모르는 개인적인 심령이라고 한다.

사지[1]

일본에 전해지는 우스갯소리 한 가지가 있다. 어떤 공자孔子와 어부의 문답이다.

"당신 부친은 어디서 돌아가셨습니까?" 공자가 물었다.

"바다에서 돌아가셨습니다."

"그런데 아직 두려움도 없이 바다로 나가십니까?"

"당신 부친은 어디서 돌아가셨습니까?" 어부가 물었다.

"집에서 돌아가셨습니다."

"그런데 아직 두려움도 없이 집에 앉아 있습니까?"

올해 베이핑의 마롄[2] 교수가 강의를 하다가 갑자기 중풍에 걸려 교실에서 세상을 떠났다. 의고쉬안퉁疑古玄同[3] 교수는 바로 그때부터 강의를 하지 않았다. 마롄 교수의 뒤를 따를까 봐 두려웠기 때문이다.

그러나 강의실에서 죽은 교수는 기실 집에서 죽은 교수보다 확실히 적다.

"그런데 아직 두려움도 없이 집에 앉아 있습니까?"

1) 원제는 「死所」. 이 글은 1935년 5월 20일 『태백』 반월간 제2권 제5기 '사소한 일에 매달리다' 코너에 처음 발표되었다. 서명은 아오저(敖者)다.

2) 마롄(馬廉, 1893~1935)은 당시 베이핑사범대학(北平師範大學)과 베이징대학에서 강의를 했다. 1935년 2월 19일 베이징대학에서 강의 도중 뇌일혈로 세상을 떠났다.

3) 첸쉬안퉁(錢玄同, 1887~1939)의 별명이다. 첸쉬안퉁은 젊은 시절 신문화운동의 근거지였던 『신청년』 동인으로 활동하며 진보적인 경향을 보였다. 당시 루쉰에게 소설 쓰기를 권고하여, 중국 최초의 현대소설 「광인일기」가 탄생했다. 그러나 점차 사상이 퇴보하여 학생들이 진보 사상에 접하는 것을 막기 위해, "내 머리는 자를 수 있지만, 변증법 과목은 개설할 수 없다"(頭可斷, 辯證法不可開課)라는 말을 하기도 했다. 나중에 역사의 고주의에 빠져 의고쉬안퉁(疑古玄同)이란 별명이 붙었으며, 루쉰이 이 글을 쓸 때는 베이핑사범대학 국문과 학과장으로 재직하고 있었다.

중국의 과학 자료[1]
―신문기자 선생이 제공한 것

독사가 자라로 변하다――"특별히 기록하여 생물학자의 연구에 대비한다."[2]

촌 아낙네가 뱀을 낳다――"내친김에 써두어 생물학자의 참고자료로 제공한다."

원귀가 원수의 목숨을 노리다――"임시로 기재하여 영혼학자의 가르침을 기다린다."

주)＿＿＿＿

1) 원제는 「中國的科學資料」. 이 글은 1935년 5월 20일 『태백』 반월간 제2권 제5기 '사소한 일에 매달리다' 코너에 처음 발표되었다. 서명은 웨산이다.

2) 당시에 신문기자들은 "독사가 자라로 변하다"(毒蛇化鱉)따위의 소문을 취재하여 늘 보도했다. 여기에 기록한 세 가지도 당시에 흔히 볼 수 있는 신문 기사다.

'유불위재'[1]

공자는 말했다. "중도를 실천하는 사람을 얻어서 함께할 수 없다고, 반드시 과격한 사람이나 고집 센 사람과 함께해야 할까? 과격한 사람은 진취적이고, 고집 센 사람은 하지 않는 바가 있다!"[2]

이에 일부 사람들은 다투어 '유불위'有不爲를 서재 이름으로 짓고[3] 공자의 문도로 자처하면서 '고집 센 사람'狷者으로 자부한다.

그러나 감히 묻겠다.──

'하지 않는 바가 있음'有所不爲이 비루하고 불결한 일인가? 아니면 비루하고 불결한 일이 아닌가?

'과격한 사람'狂者의 정의에는 '고집 센 사람'의 모호함이 포함되어 있지 않다. 이 때문에 '진취'進取를 서재 이름으로 삼는 사람이 지금까지도 없었다.

주)_____

1) 원제는 「'有不爲齋'」. 이 글은 1935년 5월 20일 『태백』 반월간 제2권 제5기 '사소한 일에 매달리다' 코너에 처음 발표되었다. 서명은 즈루다.

2) 『논어』 「자로」(子路)에 나온다. "不得中行而與之, 必也狂狷乎, 狂者進取, 狷者有所不爲也."

3) 청대 부구연(傅九淵), 이한화(李翰華), 광율원(光律元) 등이 모두 '유불위'(有不爲)를 서재 이름으로 삼았다. 린위탕도 1932년에서 1934년까지 『논어』와 『인간세』 잡지에 「유불위재 수필」(有不爲齋隨筆)이란 제목으로 글을 연재한 적이 있다.

"황제 자손" 두 부류[1]

린위탕 선생은 "현대 중국인이 높이지 말아야 할 사람을 높이고, 버리지 말아야 할 것을 버리면서, ······ 기실 물질문명의 의식주를 향유하는 것도 여전히 우리 황제 자손의 장기다"라고 생각했다.[2]

그러나 "우리 황제 자손"에는 두 부류가 있는 듯하다. 그 한 부류는 "태어나면서 야만성을 가진 사람"이고 다른 한 부류는 태어나면서 야만성이 없거나 이미 소멸한 사람이다.

"물질문명"에도 최소한 두 부류가 있다. 그 한 부류는 기름지고 달콤한 음식을 먹고, 가볍고 따뜻한 옷을 입으며, 양옥에 거주하는 사람이다. 다른 한 부류는 초근목피를 먹고, 헤진 삼베 옷을 입으며, 짚 덤불 우리에 거주하는 사람이다.——먹지 말아야 할 것을 먹고, 입지 말아야 할 것을 입으며, 살지 말아야 할 곳에 산다.

"우리 황제 자손"이 '야만성'을 모두 갖기 어려운 것처럼 "기실 물질문명의 의식주를 향유하는 것"도 결코 모든 이의 '장기'가 아니다.

하하, "농담이오, 농담입니다!"[3]

주)_____

1) 원제는「兩種"黃帝子孫"」. 이 글은 1935년 6월 20일 『태백』 반월간 제2권 제7기 '사소한 일에 매달리다' 코너에 처음 발표되었다. 서명은 즈루다.

2) 1935년 4월 『인간세』 반월간 제26기에 실린 린위탕의 「중국과 서양 문화를 이야기하다」(談中西文化)에 나온다.

3) 린위탕은 1934년 12월 27일 지난대학(暨南大學)에서 행한 「글짓기와 사람 되기」(做文與做人)라는 강연에서 "글짓기는 차를 마시고 밥을 먹은 이후의 일이므로 꼭 성실하게 할 필요는 없습니다. …… 농담이오, 농담입니다!"라고 했다.

'진귀함'을 모으다[1]

장징루[2] 선생은 「나는 왜 본 총서를 간행하는가」라는 글에서 이렇게 말했다. "본 총서 간행 과정에서 저우쭤런, 선치우沈啓無 두 선생의 도서목록 추천과 선본 소개를 받았다. 그 후의에 깊이 감사드린다. …… 스저춘[3] 선생은 모든 일을 주재하면서 원만한 교섭에 힘을 쏟았다.……"

스저춘 선생은 「중국문학진본총서 편찬 취지」[4]라는 글에서 이렇게 말했다. "나는 고관과 귀인, 교수와 학자를 위해 우마주牛馬走[5] 역할을 할 수 없으니, 어떻게 초가삼간의 한미한 유학자나 외로운 등불 아래 이름 없는 선비가 되어 아들과 손자를 가르치는 복을 누릴 수 있겠는가?"

여기에서 '주'走 자와 '교수와 학자'라는 말은 남보다 훨씬 뛰어난 표현이니 이 또한 모두 '진본'珍本이다.

주)———

1) 원제는 「聚'珍'」. 이 글은 1935년 9월 5일 『태백』 반월간 제2권 제12기 '사소한 일에 매

달리다' 코너에 처음 발표되었다. 서명은 즈루다.

2) 장징루(張靜廬, 1898~1969)는 출판인으로 저장성 츠시(慈溪) 사람이다. 「나는 왜 본 총서를 간행하는가」(我爲甚麼刊行本叢書)는 1935년 8월 『독서생활』 제2권 제8기에 발표되었다.

3) 스저춘(施蟄存, 1905~2003)은 현대 작가로 저장성 항저우 사람이다. 『현대』, 『문예풍경』 잡지의 주간을 역임했다.

4) 「중국문학진본총서 편찬 취지」(編印中國文學珍本叢書緣起)는 스저춘이 1935년 8월 『독서생활』 제2권 제8기에 발표한 글이다. '중국문학진본총서'는 스저춘이 편집을 담당하여 1935년 9월 상하이잡지공사(上海雜誌公司)에서 간행하기 시작했고, 모두 50종을 펴냈다.

5) 우마주(牛馬走)는 중국 한나라 사마천의 「임소경에게 답하는 글」(報任少卿書)에 나오는 어휘다. 글쓴이가 자신을 겸손하게 일컫는 말이다. 소나 말처럼 부림을 당하는 종이란 뜻이다.

『머나먼 나라』 해설[1]

『머나먼 나라』는 소설집 『내 친구』 3편 중 하나다. 작가 가이다르(Arkadii Gaidar)[2]와 삽화가 예르몰라예프(A. Ermolaev)[3]는 모두 소련 문단에 새로 나타난 사람이다.

이 소설은 시골 마을 개혁 과정에서 일어난 갈등, 그중에서도 특히 호기심, 향상심과 같은 아동 심리를 묘사했지만 간혹 다소 진부한 점도 드러난다. 파데예프[4]는 일찍이 이 작품을 소년 독서물 명편이라고 칭찬했다.

이것은 원문에서 직접 번역한 판본이고, 삽화도 원작 그대로 인쇄해 넣었다. '어린이의 해'[5]가 제정된 이래 이 소설은 아마도 『시계』[6] 이후 우리가 어린이 독자들에게 바치는 두번째 훌륭한 공헌이 될 것이다.

3월 11일 밤, 편집자

주)_____

1) 원제는 「『遠方』按語」. 이 글은 1936년 3월 16일 『역문』(譯文) 월간 신1권 제1기 『머나먼 나라』(遠方) 번역문 앞에 처음 발표되었다. 『머나먼 나라』(Дальние страны)는 소련 작가 가이다르의 중편소설이다. 중국에서는 차오징화가 번역하고 루쉰이 교열했다. 1938년 6월 상하이 문화생활출판사에서 단행본을 출간했다.

2) 가이다르(Аркадий Петрович Гайдар, 1904~1941)는 소련의 아동문학가다. 중편소설 『머나먼 나라』, 『티무르와 그의 동료들』(Тимур и его команда) 등의 작품을 남겼다.

3) 예르몰라예프(А. Ермолаев)는 소련의 화가다.

4) 파데예프(Александр Александрович Фадеев, 1901~1956)는 소련의 소설가다. 오랫동안 소련 작가동맹 지도자로 활약했으나 스탈린 비판 후 우울증이 발작하여 자살했다. 『궤멸』(Разгром; 혹은 훼멸毁滅), 『젊은 근위대』(Молодая гвардия) 등의 장편소설을 남겼다.

5) 1933년 말 국민당 상하이시 정부는 상하이시 어린이행복위원회의 요청에 근거하여 1934년을 상하이시 '어린이의 해'로 정했다. 또 1935년 5월 국민당정부는 중화모자협회(中華慈幼協會)의 요청에 근거하여 1935년 8월에서 1936년 7월까지를 전국 '어린이의 해'로 정했다.

6) 『시계』(Часы)는 소련 작가 판텔레예프(Леонид Иванович Пантелеев, 1908~1987)의 중편소설로 루쉰이 번역했다. 중국어 번역 제목은 『表』다. 『역문서발집』「『시계』 역자의 말」 참조.

차오바이의 목각상에 부쳐¹⁾

차오바이가 조각했다. 1935년 여름 전국목각전시회²⁾가 상하이에서 개최될 때 전시 작품을 먼저 시당^{市黨}에서 검사했다. '높으신 나리'께서 이 목각을 가리키며 "이건 안 돼!"라고 하여 축출되었다.

주)_____

1) 원제는 「題曹白所刻像」. 이 글은 루쉰의 자필 원고에 근거하여 편집해 넣었다. 원래 제목이 없었다. 대략 1936년 3월에 쓴 것으로 보인다.
  차오바이는 장쑤성 우진(武進) 사람으로 본명은 류핑뤄(劉苹若)이고 필명이 차오바이다. 목각예술가로 활동하며 1935년 「루쉰상」(魯迅像)과 「루쉰이 샹린댁을 만나다」(魯迅遇見祥林嫂)란 제목의 목각상을 전국목각연합전시회(全國木刻聯合展覽會)에 출품했다. 그런데 「루쉰상」은 국민당 상하이시당부 검사관에 의해 전시가 금지되었다. 다음 해 3월 그는 이 목각상을 루쉰에게 기증했고, 루쉰은 이 목각상 왼쪽 여백에다 위의 글을 썼다.
2) 전국목각전시회는 전국목각연합전시회를 가리킨다. 탕커(唐珂), 진자오예(金肇野) 등이 핑진목각연구회(平津木刻研究會) 이름으로 주최했다. 1935년 1월 1일부터 베이징, 지난, 상하이 등지를 돌며 순회 전시를 했다.

'중국걸작소설' 소인[1]

[번역문][2]

중국의 신문학은 시작부터 지금까지 거쳐 온 세월이 길다고 할 수 없다. 애초에는 발칸반도 여러 나라처럼 대체로 작가와 번역가가 문학혁신운동 전투자의 배역으로 분장했고, 오늘날에 이르러서야 좀 구별이 생겼다. 그러나 이 때문에 소위 일부 작가들이 아무렇게나 문학에 종사하는 일이 늘어났다. 이 점으로 보면 자못 불행한 일이다.

　　일반적으로 말해서 목전의 작가는 창작상에서의 부자유는 잠시 논하지 않더라도 처지까지도 매우 어렵다. 첫째, 신문학은 외국문학 조류의 추동 하에 발생했고, 중국 고대문학 부문에서는 거의 조금도 유산을 섭취하지 않았다. 둘째, 외국문학에 대한 번역도 지극히 제한적이어서 전집이나 걸작조차 번역되지 않았으므로 소위 '타산지석'의 재료로 삼을 만한 작품이 너무나 부족하다.

　　그러나 창작 가운데서 단편소설은 비교적 좋은 성과를 내고 있다. 물론 이런 작품을 무슨 걸작이라고 아직 일컬을 수 없지만 만약 최근에 유행하고 있는 외국인 창작에 비교해 보면 중국 사정을 제재로 한 작품이 결코 더 열등한 모습을 드러내지는 않는다. 진실이란 점에서 살펴보면 아주 우수하다고 말해야 한다. 외국 독자들이 볼 때는 아마도 진실하지 않은 점이 포함되어 있다고 느낄 수도 있겠지만 실제로는 대개 진실한 내용이 대부분이다. 지금 나 자신의 천학비재를 헤아리지도 못하고 최근에 나온 몇몇 작가의 단편소설을 뽑아 일본에 소개하고자 한다.──만약 아무 부질없이 무익한 일을 한 게 아니라면 그건 정말 크나큰 행운이라 할 만하다.

1936년 4월 30일, 루쉰

주)──────

1) 원제는 「『中國傑作小說』小引」. 이 글은 1936년 6월 1일 일본 『가이조』(改造) 월간 제18권 제6호에 처음 발표되었다. 본래 일본어로 썼고, 제목은 없었다. 1936년 봄에 루쉰은 일본 가이조샤 사장 야마모토 사네히코(山本實彦, 1885~1952)의 요청에 응하여 중국 젊은 작가 단편소설 10편을 선정하고, 『가이조』 월간에 '중국걸작소설'이란 제목으로 계속 발표했다(기실 6편 발표에 그쳤음).

2) 원문은 다음과 같다.

支那に於ける新文學の始から今までの間の年月はまださう永くなかつた。始の時には矢張バルカウン諸國に於けるが如く大抵創作者も飜譯者や文學革新運動戰鬪者の役を勤めて居たが今になつこ稍々分れこ來た。併しその一部分の所謂作者の吞氣さを增長した點から雲へば頗る不幸な事である。

一般に雲ふと現今の作者は書く事の不自由の點を別としても實に困難な境遇に置かれて居る。第一、新文學は外國の文學潮流に動かされて發生したのだから自國の古い文學から遺産として取るべきものは殆んど無かつた。第二、外國文學の飜譯物も少々あるけれども全集や傑作なく所謂"他山の石"となれるものは實に貧乏なものごあつた。

併し就中篇小說の成績は割合に良い方に屬して居る。無論傑作と雲ふ程のものはないけれども此頃流行して居る外國人の書いた支那の事を取扱ふ處の創作よりは必ず劣つて居るとも言へない。その眞實の點に至つては寧ろすぐれて居るのである。外國の讀者から見れば本當でないらしい處が隨分あるかも知れないが、併しそれは大抵眞實である。今度、自分の淺陋をも顧みないで最近的作者の短篇小說を選出して日本へ紹介するてとになつたが──若し無駄な仕事に終らなかつたならば誠に莫大な幸である。

一九三六年四月三十日 魯迅

『케테 콜비츠 판화 선집』에 제사를 써서 지푸에게 증정하다[1]

이 책을 인쇄한 것은 작년에서 올해까지, 병이 나기 전에서 병이 난 이후까지다. 내가 직접 계획하여 겨우 완성했다. 이 책 한 권을

지푸에게 증정하여 기념으로 삼는다.

1936년 7월 27일

뤼준

상하이

주)_____

1) 원제는 「題『凱綏·珂勒惠之版畵選集』贈季市」. 이 글은 루쉰의 친필 글씨를 근거로 편집
해 넣었다. 본래 제목이 없었다. 『케테 콜비츠 판화 선집』은 루쉰이 편찬하여 삼한서옥
(三閑書屋)에서 출판했다. 독일 판화가 케테 콜비츠의 작품 21폭을 수록했다. 이 책 앞
에 미국 여류작가 스메들리의 서문 및 루쉰의 서문이 붙어 있다.
지푸(季市)는 지푸(季巿), 지푸(季巿)라고도 쓴다. 쉬서우창(許壽裳, 1883~1948)의 자다.
호는 상쑤이(上遂)이며 루쉰과 동향인 저장성 사오싱(紹興) 사람이다. 루쉰과 일본 유
학 생활을 함께했고, 함께 귀국하여 저장양급사범학당(浙江兩級師範學堂) 교사 생활도
함께했으며, 교육부 공무원 생활도 줄곧 함께했다.

세계사에 보내는 답신[1]

세계사의 여러 선생께 :

13일에 부치신 편지 잘 받았습니다. 그 앞 한 통도 아마 받은 듯한데 오래 아파서 답장 드리지 못했습니다.

문의하신 일은 몇 마디 빈말로 책임을 면하고자 합니다. 진실로 방법이 없기 때문입니다. 제 병은 사실 완치될 수 없습니다. 요 며칠간 각혈을 하고 있습니다. 의사는 말도 하지 말라고 합니다. 일을 좀 하려 해도 머리가 어지럽지만 아직 죽을병은 아닌 듯합니다.

이에 답장 드립니다. 부디

더위에 평안하시길 빕니다.

15일, 루쉰

문의에 답함

저는 제가 에스페란토[2]에 찬성한다고 확신합니다. 처음 찬성한 시기도 아주 일러서 아마 20년이나 된 것 같습니다.[3] 하지만 이유는 간단합니다. 회고해 보면 이렇습니다. 첫째, 이를 통해 세계의 모든 사람——특히 피압박 계층을 연결할 수 있기 때문입니다. 둘째, 나 자신의 본업을 위해서입니다. 세계어는 서로 간에 문학을 소개해 줄 수 있습니다. 셋째, 세계어 전문가 몇 사람을 보았기 때문입니다. 그들은 모두 겉과 속이 다른 이기주의자를 훨씬 초월한 사람들이었습니다.

그 뒤 깊이 생각해 보지 않아서 지금의 의견은 이것에 불과합니다. 저는 항상 이와 같습니다. 저는 그것이 좋다라고 말하기는 하지만 그것이 좋은 까닭을 크게 떠벌려 말하지는 못합니다. 그러나 확실히 이와 같으므로 결국 제 판단이 결코 틀리지 않았음을 증명할 수 있습니다.

8월 15일

주)_____

1) 원제는 「答世界社信」. 이 글은 1936년 10월 상하이 『세계』 월간 제4권 제9~10기 합간호에 처음 발표되었다. 이 잡지에서는 루쉰의 답장 필적을 그대로 인쇄하여 실었다. 「문의에 답함」은 '에스페란토에 대한 중국 작가의 의견'(中國作家對世界語的意見) 코너에 게재되었다. 모두 제목이 없었다. '세계사'는 상하이 에스페란티스트협회(上海世界語者協會) 소속 『세계』 월간사의 약칭이다. 1936년에 국제혁명 에스페란토 작가협회에서 상하이 세계사에 편지를 보내 에스페란토에 대한 중국 작가의 의견을 알고 싶다고 하자, 세계사가 루쉰에게 문의했고, 루쉰이 이에 답하는 편지를 보냈다.
2) 에스페란토(Esperanto)는 흔히 세계어로 번역된다. 1887년 폴란드의 안과 의사 자멘호프(Lazaro Ludoviko Zamenhof, 1859~1917)가 창안한 국제 공용어다.
3) 루쉰이 최초로 에스페란토에 찬성한 글은 1918년 11월 『신청년』에 발표한 「강 건너기와 길안내」(渡河與引路)다. 나중에 『집외집』(루쉰전집 9권)에 수록되었다.

쉬사오디·예쑤중·황핑쑨에 관하여[1]

내가 자유대동맹에 가입할 때 저장성 타이저우台州 사람 쉬사오디, 원저우溫州 사람 예쑤중이 가장 먼저 당국에 아부하며 난징정부에 수배령을 내려 달라고 문서로 요청했다. 두 사람은 과연 점차 승진하여 쉬는 벼슬이 저장성 교육청장에 이르렀고, 예는 공기업 정중서국正中書局의 뜨르르한 간부가 되었다.

또 황핑쑨이란 자는 쉬와 예의 사주를 받아 작은 신문을 꾸리면서 대략 매달 두 번씩 반드시 나를 헐뜯어 매달 봉급 30위안을 받았다. 황은 마침내 이를 바탕으로 집안을 일으켰고, 교육청의 작은 관리가 되어 『웨펑』越風 잡지의 편집을 맡았다. 그리하여 편지로 '명인'에게 원고를 청탁하고 충신열사의 일화와 저명인사의 에피소드를 논하면서 자신의 본래 면목을 망각했다. "콰이지會稽[2]는 본래 복수와 설치雪恥의 고장이지만"[3] 저주구들을 만나면 막다른 골목으로 몰려 버린다!

1) 원제는 「關於許紹棣葉溯中黃萍蓀」. 이 글은 루쉰의 자필 원고에 근거하여 편집해 넣었다. 대략 1936년에 쓴 것으로 보인다. 본래 제목이 없었다.

   쉬사오디(許紹棣, 1898~1980)는 국민당 저장성 당부(黨部) 위원, 항저우『민국일보』사장, 저장성 교육청장을 역임했다.

   예쑤중(葉溯中, 1902~1964)은 국민당 중앙감찰위원회 후보위원, 국민당정부 운영 정중서국(正中書局) 부사장을 역임했다.

   황펑쑨(黃萍蓀, 1908~1993)은 저장성 교육청 보조 편집자,『중앙일보』주항저우 특파원을 역임했고,『웨펑』(越風)과『자왈』(子曰)의 주간을 지냈다.

2) 콰이지(會稽)는 루쉰의 고향으로 지금의 저장성 사오싱이다. 춘추시대 월(越)나라 수도였다.

3) 춘추시대 월왕(越王) 구천(勾踐)이 와신상담(臥薪嘗膽) 끝에 오왕 부차(夫差)를 죽이고 복수에 성공했으므로 흔히 사오싱을 복수설치(復讎雪恥) 고장이라 부른다.

『중국광산지』자료 모집 광고[1]

중국에서는 광산이 없음을 근심하지 않고 광산 연구자가 없음을 근심하거나, 광산 연구자가 없음을 근심하지 않고 광산이 있는 땅을 확실하게 알지 못함을 근심한다. 근래에 우리나라는 광산 사업에 대해서 [불평등] 조약을 다투고, [외국과의] 계약서를 폐지하고, 자본을 모으고, 회사를 세우는 등의 방법으로 이 명맥을 보존하려 한다. 그러나 명맥이 어찌 어둡고 아득한 가운데 억지 학설에서 얻어지겠는가? 지층과 지질에 관계된 것에는 반드시 진실하고 확실한 증거의 소재가 있다. 진실하고 확실한 증거를 얻은 후에 보존 방법을 시행하면 손쓸 방법을 얻게 되어 일을 잘 처리할 수 있다. 우리는 이 분야에 느낀 바 있어 동서의 비급秘笈 수십 종을 수집하고, 명사名師의 강의를 얼마간 채택하여, 그중 고갱이를 모으고 잡다함을 제거하여 이 책을 완성했다. 어찌 다른 이유가 있겠는가? 우리 국민으로 하여금 자기 성省과 자기 땅의 광산을 알게 하려는 의도일 따름이다. 그러나 우리는 다른 나라에서 공부를 하며 이역에서 떠돌았기 때문에 중국 내지를 두루 다니며 널리 조사할 수 없었다. 따라서 누락되고 불충분한 점을 아마도 면치 못할 것이다. 이에 이 책을 뒤적여 보는 분들은 우리나라의 보배 같은 매장물이 장차 사라진다는 사실을 생각하고, 우리들의 재주와 역량이 모자람을 가련하게 생각하여 원조의 손길을 뻗어 도와주시기를 바란다. 무릇 모某 성과 모 땅의 광산 소재지를 아는 사람은 보고서나 편지로 우리에게 알려 주시면 고맙겠다. 이 일에 찬성하는 건 우리들의 사사로운 행운에 그치지 않고 우리나라의 큰 행운이 될 것이다. 이미 채굴을 시작한 사람은 현재 사용 중인 자본이 얼마인지? 현재 데리고 있는 광부는 몇 명인지? 매일 평균 생산액은 얼마인지? 판로는 좋은지? 진로는 괜찮은지를 상세하게 기록해 주시기 바란다. 이는 한편으로 우리 국민에게 지난 경험의 자료를 제공하는 것이며, 다른 한편으로는 우리 국민의 미래 개척에 도움을 주고자 하는 것이다. 아직 채굴에 들어가지 않은 사람은 현재 외국인이 군침을 흘리고 있는지? 생산 상황은 어떤지? 각 향토에서 아는 바를 상세하게 기록해 주시기 바란다. 만약 답장을 내려 주시려면 상하이 3마로三馬路 저우진리書錦里 본서 발행소 보급서국普及書局으로 부쳐 주시기 바란다. 간절한 희망을 금치 못하겠다.

병오년 12월,[2] 편찬자 삼가 알림

주)_____

1) 원제는 「『中國礦山志』徵求資料廣告」. 이 글은 1907년 2월 27일 『중국광산지』 증보3판 뒷표지에 처음 실렸다. 본래 제목은 「본서 자료 모집 광고」(本書徵求資料廣告)이고, 구두점이 있다. 『중국광산지』는 중국 초기 지질·광산 저작 중 하나다. 1906년 7월에 초판이 나왔다. 일본 이키활판소(井木活版所)에서 인쇄하고 상하이 보급서국에서 간행했다. 표지에 "장닝 구랑과 콰이지 저우수런이 함께 편찬함"(江寧顧琅會稽周樹人合纂)이라고 서명되어 있다.
2) 1907년 1월이다.

『역외소설집』제1책[1]

이 소설집에 수록된 작품은 모두 근래 유명 작가들의 단편이다. 구조가 치밀하고 사상이 깊이 있다. 각국에서 앞다투어 뽑아 번역하며 그 찬란한 모습을 문학의 새로운 종장으로 삼고 있지만 우리나라만 유독 빠져 있다. 이때문에 삼가 번역한다. 의미 전달에는 진실함을 도모했고, 어휘 선택에는 유창함을 추구했다. 먼저 제1책을 끝냈는데, 무릇 폴란드 1편,[2] 미국 1편,[3] 러시아 5편[4]이다. 신기원의 문학 물결을 중화의 땅에 끌어들였으니 이것이 남상濫觴이 될 것이다. 장정이 새롭고 기이하며, 종이의 질도 정교하고 섬세한데, 이것 역시 근래 소설에서는 아직 눈에 띄지 않는 것이다. 매 책일본 엔화로 3엔이다. 현금으로 사는 경우 10책을 한꺼번에 사면 10%를 할인해 주고, 50책을 사면 20%를 할인해 준다. 총 판매 연락처 : 상하이 영국조계 허우마로後馬路 첸지눙乾記弄 광창룽처우좡廣昌隆綢莊

콰이지 저우수런 알림

주)_____

1) 원제는 「『域外小說集』第一冊」. 이 글은 1909년 4월 17일 상하이 『시보』(時報) 제1판에 처음 게재되었다. 본래 표점이 없었다.

『역외소설집』은 루쉰과 그의 아우 저우쭤런이 함께 번역한 외국 단편소설 선집으로 모두 2책이다. 제1책은 1909년 3월, 제2책은 같은 해 7월에 일본 도쿄 간다인쇄소(神田印刷所)에서 인쇄했다. 이후 도쿄의 췬이서점(群益書店)과 상하이의 광창룽처우좡(廣昌隆綢莊)에서 판매했다.

2) 폴란드 시엔키에비치(Henryk Sienkiewicz, 1846~1916)의 소설 「음악가 양코」(Janko Muzykant, 樂人揚珂)다.

3) 미국은 영국이 되어야 한다. 영국 작가 오스카 와일드(Oscar Wilde)의 「행복한 왕자」 (The Happy Prince, 安樂王子)를 가리킨다.

4) 체호프(Антон Павлович Чехов, 1860~1904)의 「두꺼비」(В усадьбе, 戚施), 「변새 밖」(В ссылке, 塞外), 가르신(Всеволод Михайлович Гаршин, 1855~1888)의 「해후」(Встреча, 邂逅), 안드레예프(Леонид Андреев, 1871~1919)의 「거짓말」(Ложь, 謾), 「침묵」(Молчание, 默)이다.

『질긴 풀』 번역본 서문(잔고)[1]

원고는,[2] 원저와 비교해 보면 어휘 선택과 의미 전달이 『예측불허의 위세』[3]와 완전히 다르다. 유럽인들은 번역을 신중하게 생각해서 왕왕 같은 책을 여러 판본으로 중역한다. 우리나라의 예를 들어 보면 『로빈슨 크루소』[4]와 『존 소전』[5]은 모두 두 가지 번역본이 유통되고 있지만 서로 방해가 되지 않는다. 이에 기존 판본을 교정하여 더욱 진실함과 유창함에 가깝게 했다. 톨스토이 저술의 참된 뜻을 분명하게 드러낼 수 있게 되었다. 성실함을 추구하는 역자의 뜻도 아마 조금은 달성된 듯하다. 원서의 제목은 『세레브랴니 공작』인데 한자로는 은씨銀氏[6]로 번역하는 것이 마땅하다. 또 마로스프[7]라고 부르는 사람은 서리의 뜻을 갖고 있다. 굳세고 깨끗한 지조를 지니고 혼탁한 세상에 꺾이지 않으므로 제목을 『질긴 풀』로 번역했다고 한다.

저자 톨스토이는 이름이 알렉세이다. 레프 톨스토이(Lyof Tolstoi)[8]와는 다른 인물이다. 레프는 그의 사촌동생인데 저술이 지극히 풍부하고 만년에 종교로 귀의해서 별도의 이치를 세워 19세기의 선지자로 일컬어진다. 우리나라에서는 흔히 모두 한 사람으로 논하고 있으므로 특별히 여기에서 서로 다른 사람임을 분별해 둔다.

기유己酉 3월, 역자가 또 기록하다

주)_____

1) 원제는 「『勁草』譯本序(殘稿)」. 이 글은 루쉰의 친필 원고에 근거하여 편집해 넣었다. 1909년 루쉰이 저우쭤런을 대신해서 『질긴 풀』에 써준 서문의 잔고다. 본래 제목은 없고 구두점은 있다.
『질긴 풀』은 러시아 알렉세이 톨스토이(Алексей Константинович Толстой, 1817~1875)의 역사소설이다. 러시아어 본래 제목은 『Князь Серебряный』인데, 지금은 『세레브랴니 공작』으로 번역한다. 16세기 러시아 사람들이 차르 통치를 반대하며 투쟁에 나선 이야기를 다루고 있다. 저우쭤런의 이 번역본은 간행되지 못했다.
2) 이 글 앞 부분이 탈락되었으므로 제목에 잔고라 한 것이다.
3) 『예측불허의 위세』(不測之威)는 『세레브라니 공작』의 또 다른 중국어 번역본이다. 영어 번역본에서 중역한 것으로 1908년 상하이 상우인서관에서 출판했다.
4) 『로빈슨 크루소』(The life and Strange Surprising Adventures of Robinson Crusoe)는 영국 작가 대니얼 디포(Daniel Defoe, 1660~1731)의 소설이다. 당시에 선쭈펀(沈祖芬)과 린수(林紓)의 번역본이 함께 유통되었다.
5) 『존 소전』(迦因小傳)은 영국 소설가 해거드(Sir Rider Haggard, 1856~1925)의 장편소설 『존 헤이스트』(Joan Haste)다. 당시에 판시쯔(蟠溪子)가 이 소설 후반부를 번역한 판본과 린수의 번역본이 함께 유통되었다.
6) 러시아 성씨 'Серебряный'가 은(銀)을 뜻하기 때문이다.
7) 러시아어 'Мороз'의 의미는 서리다. 마로스프는 이 소설 주인공이다.
8) 지금은 영어로 흔히 'Lev Tolstoy'로 표기한다.

저우위차이 알림[1]

나는 이미 산콰이사범학교[2] 교장 직을 사퇴했습니다. 교내 제반 업무는
이달 13일 학무과學務科에서 파견한 주유시[3] 군이 학교로 왔을 때 분명하
게 인계했습니다. 무릇 이 학교와 관련된 업무는 이후로 모두 민사서民事
署 학무과로 가서 상의하기 바랍니다. 나는 더 이상 책임을 지지 않습니다.
이에 알립니다.

주)_____

1) 원제는「周豫才告白」. 이 글은 1912년 2월 19일 『웨둬일보』(越鐸日報) 광고란에 처음 실
   렸다. 본래 표점이 없었다.
2) 산콰이사범학교(山會師範學校)의 본명은 산콰이초급사범학당(山會初級師範學堂)이다.
   1909년에 개교했다. 루쉰은 1911년 11~12월 사이에 이 학당 감독(監督)으로 재직했다.
   산콰이(山會)는 산인(山陰)과 콰이지(會稽)를 합쳐서 부르는 말이다. 지금의 저장성 사
   오싱이다.
3) 주유시(朱幼溪, 1882~1936)는 저장성 사오싱 사람으로 본명은 젠난(澗南)이고 자가 유
   시다. 사오싱부중학당(紹興府中學堂) 교사를 지냈고, 신해혁명 후에는 사오싱 군정분부
   (軍政分府) 학무과 직원에 임명되었다.

무슨 말?[1]

린촨자[2]가 쓴 「중화민국 도성 이름은 경화京華로 해야 함을 논함」[3]이란 글에 이런 말이 있다. "대저 우리나라는 중화中華 두 글자를 국명으로 삼았다. 중中이란 중도中道이고 화華란 중화족이다. 오색을 중화의 상징으로 삼고, 국기를 표지로 삼아, 한족, 몽골족, 회족, 티베트족을 합하여 대일통을 이룬다. 중화민국 수도는 '경화'라는 이름을 붙여야 한다. 두보杜甫의 '매번 북두에 의지하여 경화를 바라본다'는 뜻을 취했다. 아름답고 전아한 의미가 북경이나 남경과 같이 한쪽으로 치우친 이름과는 다르다. 또 중경中京, 대도大都, 경사京師와 같은 명칭과 비교해 봐도 더욱 명확하고 적절하다. 대체로 도성 이름이 나라 이름과 일치하므로 비록 해외에 거주하는 화교華僑, 화공華工, 화상華商들도 목을 빼고 조국을 바라보지 않는 사람이 없을 것이다."

린촨자가 쓴 「푸젠 고을 이야기」[4]에 또 다음과 같은 말이 있다. "푸젠성의 린씨林氏는 거족巨族이다. 그 연원은 비간比干[5]의 아들 견堅이 장림長林으로 도망가서 성씨를 얻은 데 있다. 명대에 린씨는 일본으로 도피하여 역시 일본의 대성大姓이 되었다. 예를 들어 하야시 다다스[6]와 하야시 곤스케[7] 공훈, 하야시 다이라[8]와 하야시 쓰루이치[9]의 학문이 그러한데, 이 또한 우리 민족이 동아시아에서 흥성하고 있음을 증명하기에 족하다."

또 이렇게 말했다. "일본의 유신은 기실 후쿠자와 유키치[10]의 소설에 힘입었다. 우리나라의 유신도 그 공을 린친난[11]의 웨이루소설[12]에 돌려야 한다. 누가 타당하지 않다고 말하겠는가?"

린수가 소설 『효우경』[13]을 번역하고 그 「역여소지」譯餘小識에서 이렇게 말했다. "이 책은 서양인을 위해 그 억울함을 변론하는 내용이다. 중국인 중에서 서양에서 학습한 사람들은 흔히 다음과 같이 말한다. '남자가 21세 이상이 되면 반드시 자립해야 한다. 부모가 힘으로 간섭하거나 구속해서는 안 된다. 형제가 각각 자기 가정을 마련하면 서로 돕지 않는다. 이것을 사회주의라 이름한다. 국가는 이 때문에 강성해진다.' 그러나 근년에 살펴본 바에 의하면 이러한 가정 혁명이 일어나 부모를 거스르는 자식과 형제를 배반하는 아우가 발걸음을 잇고 있지만 나라가 어찌하여 강성해지지 않는 것인가? 이것이 과연 진정으로 서양인의 규범을 받든 것인가? 흉악한 마음이 폐부에 가득하여 그것으로 하고 싶은 짓을 마음대로 하는 것이 서양 풍속과 무슨 관계가 있는가? 이 책에서 …… 아버지는 우애를 전하고, 딸은 효도를 전하고 있으니 인륜의 귀감이 될 만하다. 『효우경』이라 이름 붙인 것도 우리 중국인이 남을 헐뜯으며 망령된 말을 하지 말라고 일깨우려는 것이다."

탕슝[14]이 지은 『국수화원류』[15]에는 이런 말이 있다. "…… 유럽과 아시아 열강이 바야흐로 명인들을 널리 모집하고 날마다 우리나라 옛날 그림을 수집하여 대중이 널리 관람할 수 있도록 제공하고, 또 상하 백성으로

하여금 마음을 다해 그것을 창작에 참고하여 그 예술이 더욱 정교해지도록 할 줄 그 누가 알았겠는가? 그러나 비록 유럽인 중에서 중국 문자와 언어에 능통한 사람은 있지만 아직 중국 화법畵法에 능통한 사람은 없다. 진실로 이러한 방법으로 진화하여 오랫동안 신령의 조화가 모여야 하는 것이지, 사실 그걸 그냥 준다 해서 배울 수 있는 것이 아니다. 이것은 자부심을 가질 만하다."

주)_____

1) 원제는 「甚麽話?」. 이 글은 1919년 2월 15일 『신청년』 월간 제6권 제2호 '무슨 말'(甚麼話) 코너에 처음 발표되었다. 이 글 끝에 '루쉰이 집록함'(魯迅輯)이란 서명이 있다. '무슨 말'은 1918년 10월 『신청년』 제5권 제4호부터 개설된 코너로 황당무계한 언론을 전문적으로 소개했다.

2) 린촨자(林傳甲)은 푸젠성 민허우(閩侯) 사람으로 경사대학당(京師大學堂) 문과 정교수와 헤이룽장성(黑龍江省) 교육과장을 역임했다.

3) 「중화민국 도성 이름은 경화로 해야 함을 논함」(中華民國都城宜正名京華議)은 린촨자가 1916년 9월 『지학잡지』(地學雜誌) 제7년 제8기 '논총'(論叢) 코너에 발표했다.

4) 「푸젠 고을 이야기」(福建鄉談)는 1917년 2월 『지학잡지』 제8년 제2기 '설부'(說郛) 코너에 발표되었다. 전체 문장은 모두 21항목으로 되어 있다.

5) 중국 은(殷)나라 마지막 임금 주왕(紂王)의 숙부다. 주왕의 폭정을 바로잡기 위해 간언을 올리다가 심장을 해부당하는 형벌을 받고 살해되었다. 흔히 미자(微子), 기자(箕子)와 함께 은말 삼인(三仁)으로 불린다.

6) 하야시 다다스(林董, 1850~1913)는 일본 외무성 장관을 지냈다.

7) 하야시 곤스케(林權助, 1860~1939)는 중국 주재 일본공사를 지냈다.

8) 하야시 다이라(林衡, 1768~1841)는 일본의 교육가로 학제 개혁에 크게 기여했다.

9) 하야시 쓰루이치(林鶴一, 1873~1935)는 일본의 저명한 수학자다.

10) 후쿠자와 유키치(福澤諭吉, 1835~1901)는 일본 메이지유신 시기의 계몽사상가이자 교육자다.

11) 린친난(林琴南)은 청나라 말기와 민국 초기에 활동한 번역가 린수(林紓)다. 그의 호는 웨이루(畏廬)이고, 그의 자가 친난이다. 이 책 「삼가 유로에게 고함」의 해당 각주 참조.

12) 린수의 호를 따서 그의 번역 소설을 웨이루소설(畏廬小說)이라고 부른다. 린수의 소설이 중국 유신의 근거가 되었다고 주장하는 건 억측에 불과하다.

13) 『효우경』(孝友鏡)은 린수가 번역한 장편소설이다. 원작은 벨기에 작가 헨드릭 콘시엔스(Hendrik Conscience, 1812~1883)의 『가난한 신사』(Le Gentilhomme Pauvre)다.

14) 탕슝(唐熊, 1892~?)은 안후이성 시현(歙縣) 사람으로 자는 지성(吉生)이다. 상하이 도화미술학교(圖畵美術學校) 기술사법과(技術師範科) 교수를 지냈다.

15) 『국수화원류』(國粹畫源流)는 1918년 11월 상하이 『미술』 잡지 제1기에 발표되었다.

「악동」부기[1]

이 번역 소설은 본래 코텔리안스키(S. Koteliansky)와 머리(I. M. Murray)의 영어 번역본을 저본으로 삼았다. 나중에 내가 크로세크(T. Kroczek)의 독일어 번역본에 따라 몇 곳을 개정했다. 이 때문에 본래 번역본과 좀 다르다.

10월 16일, 루쉰 부기

주)_____

1) 원제는 「'壞孩子'附記」. 이 글은 1921년 10월 27일 『천바오 부간』에 실린 궁주신(宮竹心, 1899~1966) 번역 「악동」 뒤에 처음 발표되었다. 본래 제목이 없었다.
「악동」(Злой Мальчик)은 러시아 작가 체호프의 초기 단편소설이다. 역자 궁주신은 산둥성 둥아(東阿) 사람으로 필명은 바이위(白羽)다. 당시에 베이징우체국 직원이었다.

『고민의 상징』 광고[1]

이 책은 기실 문예론인데 모두 4장으로 나뉘어 있다. 지금 나는 관례대로 졸렬하고 난삽한 문장으로 번역했고, 삭제한 부분은 전혀 없으며, 심한 오역에는 이르지 않았을 것이다. 한 권으로 인쇄하여 삽화 다섯 폭을 넣었다. 실제 가격은 5자오角이지만 초판을 출판하고 2주 동안은 특별 가격으로 3자오 5편分을 받는다. 그러나 이 기간 동안 잠시 도매로 판매하지 않는다. 베이징대학 신조사新潮社에서 대리 판매한다.

루쉰 알림

주)_____

1) 원제는 「『苦悶的象徵』廣告」. 이 글은 1925년 3월 10일 『징바오 부간』(京報副刊)에 처음 발표되었다.

『고민의 상징』은 일본 구리야가와 하쿠손(廚川白村, 1880~1923)의 문예이론집이다. 루쉰은 1924년 12월 '웨이밍총간'(未名叢刊)의 하나로 이 책을 번역 출판했다.

'웨이밍총간'은 무엇이고, 어떻게 하려 하나?(1)[1]

소위 '웨이밍총간'이란 이름 없는(未名) 총서라는 뜻은 결코 아니고, 이름을 아직 정하고 싶지 않다는 뜻이다. 그러나 이렇게 이름을 붙여 놓으면 더 이상 좋은 이름을 생각하느라 괴로워하지 않아도 된다.

이것은 또한 학자들이 정선한 보배로운 책이 아니라 모든 국민이 보지 않으면 안 되는 책이다. 원고가 있고 인쇄비만 있으면 바로 인쇄하여 쓸쓸한 독자, 작가, 역자로 하여금 모두 좀 떠들썩한 분위기를 느끼게 하려 한다. 내용은 물론 잡다하다. 잡다함 속에서도 대략 일치된 모습을 볼 수 있으므로 일괄적으로 서로 비슷한 형식으로 만들어 '웨이밍총간'이라고 이름 붙였다.

큰 뜻은 전혀 없다. 바라는 건 모두 다음과 같다. ①나 자신의 입장에서는 인쇄한 책이 조속히 매진되어 돈을 회수한 뒤 다시 두번째 책을 찍을 수 있기를 희망한다. ②독자에 대해서는 이 총서를 읽고 나서 심하게 속았다는 느낌에 이르지 않기를 희망한다.

현재 이미 인쇄한 한 종류[2]를 제외하고 나 자신과 다른 사람의 원고

중에서 계속 인쇄하려는 건 다음과 같다.

1. 『소련의 문예논전』蘇俄的文藝論戰. 러시아 추자크Николай Федорович Чужак 등의 논문 3편, 런궈전[3] 옮김.

2. 『별을 향해』往星中. 러시아 안드레예프의 4막 희곡. 리지예[4] 옮김.

3. 『작은 요하네스』小約翰. 네덜란드 반 에덴의 신비하고 사실적인 동화시. 루쉰 옮김.[5]

주)_____

1) 원제는 『『未名叢刊』是甚麽, 要怎樣?(一)』. 이 글은 1925년 3월 웨이밍사에서 출판한 『고민의 상징』 뒤표지에 처음 인쇄되었다. 제목 아래에 루쉰이란 서명이 있다.

2) 『고민의 상징』이다.

3) 런궈전(任國楨, 1898~1931)은 중국 현대 번역가 겸 혁명가다. 루쉰의 지원 하에 『소련의 문예논전』을 번역하여 '웨이밍총간'의 하나로 출판했다. 산시(山西)에서 혁명활동을 하던 중 군벌 옌시산(閻錫山) 일당에 체포되어 피살되었다.

4) 리지예(李霽野, 1904~1997)는 중국 현대 작가 겸 번역가다. 특히 러시아와 동유럽 피압박민족 작품을 많이 번역했다. 루쉰의 지원으로 웨이쑤위안(韋素園), 차오징화(曹靖華), 웨이충우(韋叢蕪), 타이징눙(臺靜農) 등과 웨이밍사 동인으로 활동했다. 안드레예프의 『별을 향해』, 트로츠키의 『문예와 혁명』, 네크라소프(Некрасов Николай Алексеевич)의 『스탈린그라드』 등 다양한 러시아 문학작품 및 문예이론을 번역했다.

5) 『역문서발집』의 『작은 요하네스』 부분 참조.

알림[1]

본 간행물[2]은 '내'가 교열한다고 말했지만 지금까지 내 강의를 들은 학생과 내가 잘 아는 친구들의 작품에 한해서 때때로 상의하고 검토한 곳이 있다. 나머지는 필기 오류나 다른 원인 때문에 간혹 한두 글자를 고쳤을 뿐이다. 지금은 또 이런 거동도 번거롭게 느껴져서 더 이상 통독하지 않고 있으며 또 더더욱 내가 '교열'의 전체 책임을 지지도 않을 것이다. 이에 특별히 밝혀 둔다!

3월 22일, 루쉰

주)_____

1) 원제는 「白事」. 이 글은 1925년 3월 24일 베이징 『민중문예주간』(民衆文藝週刊) 제14기에 처음 실렸다.
2) 『민중문예주간』이다. 이 간행물은 『징바오』 부간의 하나로 1924년 12월 9일 베이징에서 창간되었다.

루쉰 공고[1]

『민중문예』 원고 중 일부분을 내가 살펴본 적이 있다고 이미 제14기에 밝힌 바 있다. 지금은 나 자신의 일이 바빠 자세히 읽을 여가가 없으므로 일부분의 '교열'도 이미 중지했다. 제17기부터는 어떤 책임도 지지 않는다.

4월 14일

주)_____

1) 원제는 「魯迅啓事」. 이 글은 1925년 4월 17일 『징바오 부간』에 처음 실렸다.

『망위안』출판 예고[1]

본보[2]에서 본래 간행하던 『도화주간』[3](제5종)이 현재 주관 단체가 해산되어 계속 출판할 수 없기 때문에 다른 종류를 간행하게 되었는데 그것이 바로 『망위안』이다. 소식을 들으니 그 내용은 대체로 사상 및 문예 종류이고, 문장은 저술이거나 번역이거나 상업성 글이거나 스크랩 등일 텐데 내일의 일은 미리 알 수 없다. 그러나 총체적인 기약은 각자 본성대로 말하고, 마음대로 논의하면서 현세에 충실하고 저 미래를 바라보는 것이라고 한다. 루쉰 선생이 편집을 담당하여 이번 주 금요일에 출판한다. 이후 매주 금요일마다 『징바오』에 덧붙여서 보내 드린다. 바로 『징바오』의 제5종 주간이다.

주)_____

1) 원제는 「『莽原』出版預告」. 이 글은 1925년 4월 21일 『징바오』 광고란에 처음 실렸다. 1925년 4월 20일 『징바오』에 다음과 같이 『망위안』을 광고하는 글이 실렸다. "사상계의 중요한 소식 : 청년의 사상을 어떻게 개조할 것입니까? 루쉰 선생이 주필을 담당하

는『□□』주간 잡지를 주 금요일부터 읽으시기 바랍니다. 상세한 상황은 내일 분명하게 발표하겠습니다. 본사에서 특별히 알립니다." 루쉰은 이 광고가 "가소로울 정도로 과장된 것이라 보고"(『먼곳에서 온 편지』15) 이 출판 예고를 다시 썼다.

2) 『징바오』(京報)이다. 사오퍄오핑(邵飄萍)이 창간한 신문이다. 1918년 10월 베이징에서 창간하여 1926년 4월 펑톈(奉天) 군벌 장쭤린(張作霖)에 의해 폐간되었다. 비교적 진보적인 신문이었다.

3) 『도화주간』(圖畵週刊)은『징바오』부간의 하나다. 펑우웨(馮武越)가 책임자였으며 1924년 12월에 창간하여 매주 금요일에 발행했다. 편집 주체는 도화세계사(圖畵世界社)였다. 1925년 4월까지 모두 11기를 냈다.

베이징여자사범대학 사태 선언문[1]

본교의 불안한 상황을 거슬러 올라가 보면 이미 반년도 넘는 세월이 흘렀다. 때로는 잠복하기도 하고 때로는 드러나기도 하면서 지금에 이르렀다. 이 과정에서도 학교 당국은 반성하며 정성을 다해 일을 처리하여 사태를 진정시키려는 노력은 보이지 않았다. 5월 7일 교내 강연 때 학생들이 교장 양인위楊蔭楡의 사퇴를 권고했지만 양 선생은 큰 식당에서 교수를 소집하여 약간의 연회를 베풀고 이어서 평의부[2] 명의로 학생자치회 임원 6명(문과 예과 4명, 이과 예과 1명, 국문과 1명)을 제적하여 공지했다. 이 때문에 전교가 술렁이며, 양 선생의 교장직 수행 사변事變에 단호하게 반대했다. 그러자 양 선생도 마침내 소감感言[3]을 전국에 두루 전송했고, 또 학생들 가족에게도 편지를 보냈다. 그 문장이 매우 번잡하지만 이미 공표된 것만 살펴보면 대개 간절하게 '품학'品學[4] 두 글자로 논리를 세워, 이 일의 시말을 모르는 자가 이 글을 보고 마치 이 사태를 교장이 학내 기풍을 바로잡으려다 야기한 일로 여기게 만들었다. 그러나 그 학생들의 품성과 학업은 모두 문제가 없음을 증명할 수 있다. 여섯 명은 모두 학업이 불량하지 않으며 품성이라는 측면에서도 평소에 징계를 받거나 과오를 저지른 흔적이 전혀 없다. 그런데도 이런 일과 제적을 함께 거론하며 애매모호한 태도를 보이는 건 특히 흑백을 뒤섞는다는 혐의에서 벗어날 수 없다. 게다가 여섯 명은 모두 자치회 임원이다. 뛰어난 재능이 없다면 학생 대중이 무슨 까닭에 이들을 자치회 임원으로 뽑았겠는가? 교장에 불만을 품은 것이 공공 의견이 아니라면 이들이 제적당한 후에 전교 분위기가 어찌 술렁이게 되었는가? 처벌이 과연 그 죄에 합당하다면 본 학과의 두 학과장[5]이 어찌하여 사전에 전혀 소식을 듣지 못했다고 연이어 사퇴하게 되었는가? 이로써 일의 공론은 아직 민심에 놓여 있고, 일의 곡직은 일찍부터 분명하게 드러났음을 알 수 있다. 편벽되고 어그러진 거동을 허황한 말과 왜곡된 논리로 은폐하거나 분식할 수는 없다. 우리 일동은 외람되게도 교수의 말석을 차지하고 있지만 일의 대강을 알기 때문에 점잖게 침묵하고 있다가 이제 감히 구구한 내막을 알린다. 교육에 관심이 있는 분은 잘 살펴주시길 바란다.

마위짜오,[6] 선인모,[7] 저우수런, 리타이펀,[8] 첸쉬안퉁, 선젠스,[9] 저우쭤런

주)_____

1) 원제는 「對於北京女子師範大學風潮宣言」. 이 글은 1925년 5월 27일 『징바오』에 처음 발표되었다. 루쉰의 부인 쉬광핑은 자신이 보관하고 있던 이 글 유인물 곁에 다음과 같은 설명을 붙여 놓았다. "루쉰이 원고를 썼다. 양인위(楊蔭楡)의 「감언」(感言)을 정의에 입각하여 날카롭게 비판하고 있다. 아울러 마위짜오(馬裕藻) 선생에게 다른 선생들도 연명 선언에 참여해 달라고 요청하고 있다."
2) 평의부(評議部)는 베이징여자사범대학 교장(총장), 교무주임, 총무주임 및 공개 선출된

10명의 교수가 구성원이고 교장이 주재한다. 학교의 주요 업무와 시급한 현안을 논의한다.

3) 양인위가 발표한 「폭력 학생에 대한 소감」(對於暴烈學生之感言)이다. 1925년 5월 20일 『천바오』에 「'교육의 전도가 가시밭길이다!' 양인위의 선언」('敎育之前途棘矣!'楊蔭楡之宣言)이라는 제목으로 발표된 바 있다.

4) 품성과 학업이라는 뜻이다. 학생들은 데모를 하지 말고 품행과 학업에 정진해야 한다는 기성 논리다.

5) 베이징여사범대학 국문과 학과장 마위짜오와 대리 학과장 리진시(黎錦熙)가 연이어 사퇴한 일을 가리킨다.

6) 마위짜오(馬裕藻, 1878~1945)는 당시 베이징대학 국문과 교수에 베이징여자사범대학 강사 겸 국문과 학과장을 겸직하고 있었다.

7) 선인모(沈尹默, 1883~1971)는 당시에 베이징대학 국문과 교수 겸 베이징여자사범대학 국문과 강사였다.

8) 리타이펀(李泰棻, 1890~1972)은 당시 베이징대학 교수 겸 베이징여자사범대학 역사지리학과 주임이었다.

9) 선젠스(沈兼士, 1885~1947)는 선인모의 아우다. 당시 베이징대학 연구소 국학부문 주임 겸 베이징여자사범대학 국문과 강사였다.

편집자 부기[1]

『망위안』에서 토론하려는 것은 기실 결코 이런 문제에 중점이 놓여 있지 않다. 앞 회에서 그 두 편의 글[2]을 게재한 까닭은 달리 게재할 곳이 없었기 때문에 두 사람에게 게재할 지면을 할애한 것이다. 그러나 이 때문에 이와 상관있는 천 선생의 편지[3]를 함께 실어 일의 결말을 짓지 않을 수 없었다. 이번 회에 실은 두 편은 필자가 『현대평론』의 답장[4]만 보고 『망위안』의 단신短信은 아직 보지 않은 상태에서 집필한 것이다. 상하이에서 베이징으로 부친 글이 도착했을 때는 천 선생의 편지가 발표된 이후였다. 그러니 기실 아직 토론이 마무리되기 전의 어투다. 따라서 나는 장 선생과 저우 선생에게 양해를 요청하고, 어휘와 문장의 편의를 위해 몇 글자 바꾸고 각 편의 '부기'는 제거했다. 아마 두 분[5]이 단신을 본 이후 내가 너무 독단적이라고 여기지는 않을 것이다.

1) 원제는 「編者附白」. 이 글은 1925년 6월 5일 베이징 『망위안』 주간 제7기에 처음 발표되었다. 이 간행물에 실린 장시탄(章錫琛, 1889~1969)의 「천바이녠 교수와 꿈을 이야기하다」(與陳百年敎授談夢)와 저우젠런(周建人, 1888~1984)의 「다시 천바이녠 선생에게 답장을 보내 일부다처제를 토론하다」(再答陳百年先生論一夫多妻)라는 두 가지 글에 대한 설명이다. 서명은 없다. 1925년 1월 장시탄, 저우젠런은 『부녀잡지』 제11권 제1호에 성(性)도덕에 관한 글을 발표했다. 그러자 천바이녠이 『현대평론』에서 그것을 반박하고 비난했다. 이후 장과 저우가 『현대평론』에 부친 답변 글은 그 간행물의 탄압을 받아 게재되지 못했다. 이 때문에 루쉰은 『망위안』 제4기, 제6기, 제7기에 이 문제를 토론하기 위한 지면을 제공했다. 장시탄은 당시 상우인서관에서 간행하던 『부녀잡지』의 주간이었다. 저우젠런은 생물학자로 루쉰 3형제 중 셋째다. 당시에 상우인서관에서 편집 일을 하고 있었다. 천바이녠(1887~1983)은 심리학자로 당시 베이징대학 교수였다.

2) 두 편의 글은 저우젠런이 1925년 5월 15일 『망위안』 주간 제4기에 발표한 「'일부다처의 새로운 기호'에 답변함」(答'一夫多妻的新符號)과 장시탄이 같은 호에 발표한 「천바이녠 교수의 '일부다처의 새로운 기호'를 반박함」(駁陳百年敎授'一夫多妻的新符號')을 가리킨다. 본래 천바이녠은 「일부다처의 새로운 기호」를 1925년 3월 14일 『현대평론』 제14기에 발표하여 장시탄과 저우젠런을 비난했다. 그 이후 저우젠런은 천바이녠의 글을 반박하는 「연애자유와 일부다처」(戀愛自由與一夫多妻)라는 글을, 장시탄은 「새로운 성도덕과 다처」(新性道德與多妻)라는 글을 써서 『현대평론』에 투고했지만 게재되지 못했다. 두 사람은 이 때문에 위의 두 글을 써서 『망위안』에 투고했다.

3) 1925년 5월 29일 『망위안』 주간에 게재된 천바이녠의 「저우와 장 두 선생에게 드리는 단신」(給周章二先生的一封短信)이다. 천바이녠은 이 편지를 통해 『현대평론』에서 두 사람의 글을 미루며 게재하지 않은 사실에 대해 해명하고 논전의 중지를 요청했다.

4) 1925년 5월 9일 『현대평론』 제22기에 게재된 천바이녠의 「장, 저우 두 선생에게 답장을 보내 일부다처제를 토론하다」(答章周二先生論一夫多妻)를 가리킨다. 이 간행물 '통신'(通訊) 코너에 저우젠런의 「연애자유와 일부다처」와 장시탄의 「새로운 성도덕과 다처」가 함께 실렸다.

5) 장시탄과 저우젠런이다.

「민첩한 역자」부기[1]

루쉰 부기 :

'웨이지뤄'微吉羅는 Virgilius이고, '허레이춰'訶累錯는 Horatius다.[2]

'우리 집안'의 아우 옌彥[3]이 Esperanto로부터 번역했다. 이 때문에 이름의 뒷부분 's'를 없앤 발음이 원본과 다르다. 이에 특별히 밝혀서 사전을 찾는 사람들에게 참고자료로 제공한다.

주)_____

1) 원제는「敏捷的譯者'附記」. 이 글은 1925년 6월 12일 『망위안』 주간 제8기에 게재된 루옌(魯彥)의 번역 소품「민첩한 역자」 뒤에 처음 발표되었다. 「민첩한 역자」는 저자 미상으로 140자 정도의 유머 소품이다.

2) 베르길리우스(B.C.70~B.C.19)는 에스페란토로 Virgilo로 음역되고 영어로는 Vergilius로 쓴다. 고대 로마의 시인이다. 호라티우스(B.C.65~B.C.8)는 에스페란토로 Horatio로 음역되고, 영어로는 Horatius로 쓴다. 고대 로마의 시인이다.

3) 소설가 루옌(魯彥, 1901~1944)을 가리킨다. 루옌은 왕헝(王衡)의 필명이다. 그는 1925년 6월 5일 『망위안』 주간 제7기에 발표한「시험 이전」(考試之前)에서 루쉰을 큰형(大哥)으로 불렀다. 루쉰(魯迅)의 본명은 저우수런(周樹人)이고, 루옌(魯彥)의 본명은 왕헝(王衡)이지만, 필명의 첫 글자가 같다고 이렇게 부르며 친근감을 표시한 것이다. 루쉰도 루옌의 이런 호칭에 호응하여 '우리 집안'의 아우 옌(彥)이라고 불렀다. 일종의 유머다.

오류 교정¹⁾

제10기 『망위안』에 오자가 꽤 많아서 실로 독자 여러분께 미안하다. 지금 그중 비교적 중요한 것을 선택하여 오류를 교정하고자 한다. 오류는 앞에 쓰고 그것을 정정한 내용은 괄호 안에 넣어 지면을 절약했다.²⁾ 하지만 원고는 이미 편집자의 손에 있지 않다. 따라서 정정한 부분도 어쩌면 원고와 같지 않을 수도 있다. 이 또한 작가에게 미안하다. 뜻이 통하는 오자와 구두점은 생략할 수밖에 없었다. 제11기에도 오류가 좀 있다. 내친김에 뒤편에 덧붙인다.

7월 3일 편집자

第十期

「弦上」:

詩了	(詩人了)
爲聰明人將要	(爲聰明人, 聰明人將要)
基旁	(道旁)

「鐵柵之外」:

生觀	(人生觀)
像是	(就是)
剌刃	(刺刀)
什麼? 感化	(什麼感化?)
窺了了	(窺見了)
完得	(覺得)
卽將	(卽時)
集!	(集合)

「長夜」:

豬蓄	(滀蓄)

「死女人的秘密」:

那過	(那邊)
奶乾草	(乾草)
狂颷過是	(狂颷過去)
那麼愛道	(那麼愛過)
那些住	(那些信)
正老家庭的書椓單, 出的	(正如老家庭的書椓裏拿出的)
如帶一封	(如一封)
尢儒	(木偶)

「去年六月的閑話」:

六日, 日記	(六月的日記)

「補白」:

早怯	(卑怯)
有戰	(有箭)
很牙	(狼牙)
打人腦袋	(打人腦袋的)
不覺事	(不覺得)

「正誤」：

刀割	(割刀)

第十一期

「內幕之一部」：

中人的	(中國人的)
槍死鬼	(搶死鬼)

「短信」：

近於流	(近於硫)
下爲	(爲)
爲崇	(尊崇)

주)_____

1) 원제는 「正誤」. 이 글은 1925년 7월 10일 『망위안』 주간 제12기에 실렸다.
2) 본래 정정한 부분은 줄을 바꾸어 써야 하지만, 여기에서는 줄을 바꾸지 않고 같은 줄의
괄호 안에 넣음으로써 지면을 줄였다는 뜻이다.

'웨이밍총간'은 무엇이고, 어떻게 하려 하나?(2)[1]

소위 '웨이밍총간'이란 이름 없는無名 총서라는 뜻은 결코 아니고, 이름을 아직 정하고 싶지 않다는 뜻이다. 그러나 이렇게 이름을 붙여 놓으면 더 이상 이름에 대해 고심하지 않아도 된다.

이것은 또한 학자들이 정선한 보배로운 책이어서 모든 국민이 보지 않으면 안 되는 것도 결코 아니다. 원고가 있고 인쇄비만 있으면 바로 인쇄하여 쓸쓸한 독자, 작가, 역자로 하여금 모두 좀 떠들썩한 분위기를 느끼게 하려 할 뿐이다. 내용은 물론 잡다하다. 잡다함 속에서도 대략 일치된 모습을 볼 수 있기를 바라기에 일괄적으로 서로 비슷한 형식으로 만들어 '웨이밍총간'이라고 이름을 붙였다.

큰 뜻은 전혀 없다. 바라는 건 모두 다음과 같다. ①나 자신의 입장에서는 인쇄한 책이 조속히 매진되어 돈을 회수한 뒤 다시 두번째 책을 찍을 수 있기를 희망한다. ②독자에 대해서는 이 총서를 읽고 나서 심하게 속았다는 느낌에 이르지 않기를 희망한다.

이상은 1924년 12월 즈음에 한 말이다.[2]

이제 이것을 두 부분으로 나누었다. 여기에는 오로지 번역본만 수록하고, 창작을 모아 간행한 것은 '오합총서'烏合叢書라 부른다.

창작은 누구나 존중해야 한다는 걸 알지만 어떤 사람은 번역만 할 수 있을 뿐이거나 한사코 번역만 좋아하기도 하며 또한 몇몇 번역은 몇몇 창작보다 더 낫다고 깊이 믿기도 한다. 이 때문에 여전히 단호하게 번역을 장려하며 이 '웨이밍총간'에 인쇄해 넣었다.

직접 해본 결과, 번역이 때때로 창작보다 더 번거롭다는 사실을 알 수 있었다. 즉 이 작은 일도 반드시 앞으로 지속해 나갈 수 있다고 감히 말할 수 없다. 그러나 번역자는 언제나 자신의 심신을 다 기울여야 한다. 끝내 앞으로 지속해 나갈 수 없다면 그건 대체로 번역자의 무능 때문이다. 감히 우리는 인세를 속이지 않을 것이다.

인세로는 현재 저작자를 먹여 살릴 수 없다. 하물며 '웨이밍총간'에 수록된 작품이야 말해 무엇하랴? 왜냐하면 이 책의 종이, 잉크, 장정은 품질이 우수하지만 인쇄 부수가 적고 정가도 비싸지 않기 때문이다.

그러나 어려운 점은 본전을 까먹는 것이다. 다만 본 간행물을 좋아하는 분들께서 현금으로 직접 구매해 주시기를 희망한다. 그럼 '웨이밍총간'을 끊임없이 계속 출간할 수 있을 것이고, 우리도 끊임없이 감사를 드릴 것이다.

이미 간행한 책과 아직 간행하지 않은 책 목록은 다음과 같다.

1.『고민의 상징』. 구리야가와 하쿠손 지음, 루쉰 옮김. 가격 5자오角. 재판再版 중임.

2.『소련의 문예논전』. 러시아 추자크 등 지음. 런궈전 옮김. 가격 3.5 자오.

────위의 두 종은 베이신서국 간행

3.『상아탑을 나서며』. 실제 가격 7자오, 번인翻印을 불허함.

────베이징 둥청東城 사탄沙灘 신카이로新開路 제5호

웨이밍사 간행물 판매처 간행

4.『별의 항해』. 러시아 안드레예프가 지은 희곡. 리지예 옮김.

5.『가난한 사람들』窮人. 도스토예프스키가 지은 소설. 웨이충우韋叢蕪
옮김.

6.『작은 요하네스』. 네덜란드 반 에덴이 쓴 상징적이고 사실적인 동
화시. 루쉰 옮김.

7.『열둘』十二個. 러시아 블로크가 쓴 장시. 후샤오胡斅 옮김.

────이상 4종은 현재 교정 중

본사 간행물 판매처 간행

주)────

1) 원제는 「『未名叢刊』是甚麼, 要怎樣?(二)」. 이 글은 1925년 12월 웨이밍사에서 출판한
   『상아탑을 나서며』 판권지 뒤에 실렸다. 서명은 없다.
2) 이상의 언급은 이 책 「'웨이밍총간'은 무엇이고, 어떻게 하려 하는가?(1)」을 참조.

'웨이밍총간'과 '오합총서'로 간행한 서적[1]

오합총서

외침呐喊(4판) 실제 가격 7자오

> 루쉰의 단편소설집, 1918년에서 1922년까지의 작품이 들어 있다. 모두 15편이고 맨 앞에「자서」가 있다.

고향故鄉 실제 가격 8자오

> 쉬친원[2]의 단편소설. 창훙[3]과 루쉰이 그의 최초 작품에서 1925년까지의 작품을 엄격하게 선택하여 그중 22편을 남겼다. 작가는 뜨거운 마음과 냉정한 얼굴로 시골, 가정, 현대 청년의 내면생활 특징을 표현해 왔는데, 이 책 속에 특별히 뛰어난 점이 잘 드러나 있다. 타오위안칭陶元慶이 표지를 그렸다.

마음의 탐험心的探險 실제 가격 6자오

> 창훙의 산문 및 시집. 그는 허무를 실제로 삼고, 또 이 실제에 반항하는 야무진 전투의 함성을 남김없이 토로했다. 루쉰이 작품을 뽑고 표지를

그렸다.

희미한 꿈 및 기타飄渺的夢及其他 5자오

샹페이량[4]의 단편소설집. 루쉰이 작품 선정을 하여 최초 작품에서 현재까지의 작품 중에서 겨우 14편만 남겼다. 혁신과 수구, 전진과 회고가 모두 들어 있다. 그는 밍보러푸明波樂夫의 다음과 같은 말을 인용하고 있다. "모순, 모순, 모순, 이것은 우리의 생활이고 또 바로 우리의 진리다." 쓰투차오[5]가 표지를 그렸다.

방황彷徨 교정 중

루쉰의 두번째 단편소설집. 1924년에서 1925년까지의 작품이 들어 있다. 모두 11편이다. 타오위안칭이 표지를 그렸다.

이상 5종은 베이징 둥청 추이화후퉁翠花胡同 12호

베이신서국 간행.

웨이밍총간

고민의 상징 실제 가격 5자오

일본 구리야가와 하쿠손이 지은 문예론 4편, 루쉰 옮김. 삽화 4폭, 작가 사진 1폭. 타오위안칭이 표지를 그렸다. 재판.

소련의 문예논전 3.5자오

추자크 등의 논문 4편, 런궈전이 모아서 번역. 새로운 러시아 문단의 논전 일반을 볼 수 있다. 부록 1편은 경제를 문예에 적용한 학설이다.

이상 2종은 베이신서국 간행.

상아탑을 나서며 7자오

일본 구리야가와 하쿠손의 문예 관련 논문 및 연설 12편, 청년들의 정신과 지혜를 깊이 계발시켜 줄 수 있는 책. 루쉰 옮김. 삽화 4폭과 작가 사진 1폭. 타오위안칭이 표지를 그렸다.

별을 향해 실제 가격 4.5자오

러시아 안드레예프가 지은 희곡, 리지예 옮김. 한 시대를 반영한 명편名篇으로 1905년 러시아혁명 실패 후 사회적으로 야기된 모순과 혼란의 정서를 표현했다. 웨이쑤위안[6] 서문. 권두에 작가의 초상이 있다. 타오위안칭이 표지를 그렸다.

가난한 사람들 실제 가격 6.5자오

러시아 도스토예프스키 지음, 웨이충우 옮김. 이것은 작가의 첫번째 작품이고 또 그를 즉시 대가로 만들어 준 서간체 소설이다. 인생의 곤경과 기쁨, 숭고와 비열 및 미련과 결별을 모두 한 소녀와 노인의 서신을 통해 묘사했다. 옮긴이는 여러 가지 번역본을 대조했고, 아울러 웨이쑤위안이 원문을 이용하여 교정했다. 이런 과정을 거치고 나서야 간행했으니 그 정확성을 짐작할 만하다. 루쉰이 서문을 썼다. 앞부분에 작가의 초상이 한 폭 있고, 또 작가가 쓴 친필 사인 및 프랑스 사람 펠릭스 발로통[7]이 새긴 판화 초상으로 표지를 구성했다.

외투 교정 중

러시아 고골 지음, 웨이쑤위안 옮김. 이것은 지극히 유명한 풍자소설이지만 해학 속에 은근한 아픔이 숨어 있고, 차가운 말 속에 그래도 동정심이 포함되어 있음을 세계문학에 관심 있는 사람들은 모두 알고 있다. 다른 나라 번역본에는 생략된 곳이 있지만 지금은 원본에서 바로 번역했으므로 가장 완전한 판본이다. 맨 앞에 작가에 관한 논술 및 초상이 있다. 쓰투차오가 표지를 그렸다.

열둘 조만간 인쇄함

러시아 블로크가 쓴 장시, 후샤오 옮김. 작가는 원래 유명한 도시 시인인데, 이 작품에서는 혁명시대의 변화와 동요를 묘사했다. 특히 일생일대의 걸작으로 일컬어진다. 원본에서 바로 번역했고, 또 여러 차례 교정을 거쳤으므로 중역본과는 상당히 다르다. 앞부분은 트로츠키의 「블로크론」[8]이다. 루쉰이 후기를 쓰고 해설을 덧붙였다. 또 러시아 삽화 명인 마슈틴[9]의 목판화 4폭을 축소하여 인쇄해 넣었다. 권두에 작가의 초상이 있다.

작은 요하네스 조만간 인쇄함

네덜란드 반 에덴 지음, 루쉰 옮김. 상징을 이용하여 현실을 묘사한 동화체 산문시다. 요하네스는 본래 대자연의 친구다. 지식을 얻으려고 마침내 그가 증오하는 인류가 되었다. 앞부분은 근세 네덜란드의 대학에 대한 대략적인 소개, 작가의 평론 및 사진이다.

이밖에도 계속 출간 예정인 책은 다음과 같다.

백차白茶 차오징화 옮김

러시아 현대 단막극집

죄와 벌 웨이충우 옮김

러시아 도스토예프스키 소설

걸리버 여행기 웨이충우 옮김

영국 스위프트[10] 소설(전역全譯)

베이징 둥청 사탄 신카이로 5호

웨이밍사 간행물 판매처 간행.

주)_____

1) 원제는 「『未名叢刊』與『烏合叢書』印行書籍」. 이 글은 1926년 7월 웨이밍사에서 출판한 타이징눙(臺靜農) 편, 『루쉰 및 그 저작에 관하여』(關於魯迅及其著作) 판권 페이지 뒤에 실렸다. 본래 제목 「'웨이밍총간'과 '오합총서'」 아래에 '루쉰 편'(魯迅編)으로 서명되어 있다. 이 광고 첫머리에 본래 두 총서의 편집 취지를 개괄적으로 설명하는 글이 들어 있다. 이 글은 이미 『집외집습유』 부록으로 수록되었다.

2) 쉬친원(許欽文, 1897~1984)은 본명이 쉬성야오(許繩堯)로 저장성 산인(山陰) 사람이다. 『천바오 부간』에 소설과 잡문을 발표하면서 작품 활동을 했다. 1926년 루쉰의 도움으로 단편소설집 『고향』을 출판했다. 『고향』, 『나비』(蝴蝶) 등 단편소설집 10여 권과 『자오 선생의 번뇌』(趙先生的煩惱) 등 장편소설 3권, 그리고 다수의 문예이론집과 산문집을 남겼다.

3) 가오창훙(高長虹, 1898~1954)이다. 문예단체 광풍사(狂飆社), 망위안사(莽原社)의 주요 동인으로 활동했다. 시, 소설, 수필 등의 부문에 다양한 작품을 남겼다. 시집으로 『정신과 사랑의 여신』(精神與愛的女神), 『一에게』(給一), 소설집으로 『실생활』(實生活), 『청백』(靑白), 수필집으로 『출판계로 가면서』(走到出版界) 등을 남겼다.

4) 샹페이량(向培良, 1905~1959)은 중국 현대의 저명한 극작가다. 광풍사와 망위안사 주요 동인으로 활동했다. 위에 소개된 소설집 외에 희곡집으로 『광명의 희곡』(光明的戲劇), 『침묵의 희곡』(沈黙的戲劇), 『희곡 장정집』(戲劇長征集) 등이 있고, 소설로 『나는 네거리를 떠난다』(我離開十字架頭), 『제방에서』(在堤上) 등이 있다.

5) 쓰투차오(司徒喬, 1902~1958)는 본명이 쓰투차오싱(司徒喬興)으로 유화, 수채화, 소묘에 뛰어난 중국 현대 화가다. 프랑스와 미국 등지로 유학하며 그림을 공부했다. 1926년부터 루쉰과 친밀하게 교류했다. 루쉰 사후 추도회에 걸린 루쉰 초상도 그가 직접 그렸다. 『쓰투차오 화집』(司徒喬畫集)이 전한다.

6) 웨이쑤위안(韋素園, 1902~1932)은 러시아문학 번역가다. 루쉰의 지원 하에 웨이밍사 동인으로 활동하며 러시아 문학작품 번역에 매진하다가 불행하게도 31세에 세상을 떠났다. 묘비문을 루쉰이 지었다. 러시아 고골의 소설 『외투』, 러시아단편소설집 『최후의 빛』(最後的光芒) 등 번역 작품을 남겼다.

7) 펠릭스 발로통(Félix E. Vallotton, 1865~1925)은 스위스에서 출생하여 프랑스에서 작품 활동을 한 판화가다.

8) 트로츠키의 『문예와 혁명』(Литература и революция) 제3장을 번역한 것이다. 루쉰은 일본인 시게모리 다다시(茂森唯士)의 번역본에서 중역하여 『열둘』 전반부에 실었다.

9) 원문에는 '마슈겅'(瑪修庚)으로 되어 있으나 『집외집습유』 「『열둘』 후기」에 언급되어 있는 '마슈틴'(瑪修丁, V. Masiutin, 1884~1955)과 동일인으로 보인다. 'Masiutin'은 'Masjutin'으로 써야 한다. 마슈틴의 러시아어 원어명은 'Василий Николаевич

Масютин'이다. 러시아 판화가로 활동하다가 1920년 독일로 망명했다.

10) 스위프트(Jonathan Swift, 1667~1745)는 영국의 풍자작가, 성직자, 정치평론가다. 대표작으로 『걸리버 여행기』(*Gulliver's Travels*), 『책들의 전쟁』(*The Battle of the Books*), 『통 이야기』(*A Tale of a Tub*) 등이 있다.

본간 단신[1]

구두이[2] 선생 : 보내온 원고 「간자거례에서 고친 대학 경문 문자에 관한 토론」關於簡字擧例所改大學經文中文字的討論은 천광야오陳光堯 선생의 「간자거례」簡字擧例에 대한 유일한 반응이라 본래는 매우 게재하고 싶었지만 글 속에 포함된 다수의 간체자 글자가 현재 납활자에는 없습니다. 지금 여러 번 새겨 보아도 상태가 좋지 않습니다. 이 때문에 포기할 수밖에 없었습니다. 대단히 미안합니다.

멘즈 선생 : 보내온 원고 「소치는 노래」[3]는 본래 바로 게재하려 했으나 첨부한 「춘우도」春牛圖의 바탕이 붉은 종이여서 사진으로 판을 제작할 수 없었습니다. 일광퇴색법[4]을 써볼 생각으로 기자 곁의 유리창에 붙여 놓고 연이어 7일 동안 햇볕을 쬐었으나 아무 효과도 얻을 수 없었습니다. 지금은 물로 씻으면 어떻게 되는지 좀 살펴볼 결심을 하고 있습니다. 만일 종이까지 씻겨서 문드러져 버리면 게재할 수 없습니다. 혹시 흰 종이에 인쇄한 것이 있으면 한 장 보내 주시기 바랍니다. 그러나 아마도 있을 것 같지 않군요.

3월 21일, 상하이를 떠도는 기자가 삼가 알림

주)_____

1) 원제는 「本刊小信」. 이 글은 1924년 4월 2일 『위쓰』 주간 제4권 제14기에 처음 발표되었다.

2) 구두이(古兌)는 천광야오(陳光堯, 1906~1972)의 필명이다. 천광야오는 언어문자 연구자다. 그는 자신이 만든 한자 간체자로 『대학』 경문을 새로 쓰고 설명을 붙여서 『간자거례』(簡字擧例)를 지었다. 그는 1927년 7월 16일 「간자 논의안 및 그 연구의 반포를 요청함」(請頒行簡字議案及其硏究) 중 일부를 『위쓰』 주간 제140기에 발표했다. 또 1928년 초에도 자신의 본명을 숨기고 구두이란 필명으로 『위쓰』에 글을 투고하여 자신의 주장을 선전했다. 쉽게 말해서 자신의 글에 자신이 또 글을 써서 찬성 의견을 표시한 것이다.

3) 「소치는 노래」(牛歌)는 광둥성 광저우 부근 농촌에 전해지는 민요로 자오몐즈(招勉之)가 수집했다. 이후 1928년 4월 30일 『위쓰』 제4권 제18기에 발표되었다. 이것은 「목동의 자술」(牧童的自述)과 「소의 저주와 하소연」(牛的咀呪和訴苦) 두 부분으로 구성되어 있고, 부록에 「계우도목동가」(戒牛圖牧童歌) 그림 한 폭이 들어 있다. 이 「계우도목동가」가 바로 「춘우도」다.

4) 일광퇴색법(日光褪色法)은 색채 사진 기술의 일종이다. 햇볕에 쬐어 색소를 퇴색시켜 원하는 색채를 얻는 방법이다.

『근대미술사조론』삽입 도판에 관하여[1]

「키오스섬의 학살」^{希阿的屠殺[2]}은 들라크루아[3]의 작품인데 그림 설명이 잘 못되었습니다. 「기사」^{騎士[4]}는 제리코[5]가 그린 것입니다.

　그 네 사람의 성명 원어는 Aristide Maillol,[6] Charles Barry,[7] Joseff Poelaert,[8] Charles Garnier[9]입니다. 본문에서 그들을 언급할 때 모두 주석으로 원어를 밝혀야 했습니다.

4월 11일, 루쉰

보내온 편지

편집자 선생 :

　아래는 귀 잡지 삽입 도판에 관한 질문입니다. 답변해 주시기 바랍니다.

　(1) 제2권 제10기 『근대미술사조론』의 그림 한 폭──「키오스섬의 학살」은 그림 설명에 제리코가 그렸다고 되어 있지만 본문 글에는 들라크루

아의 작품이라고 되어 있습니다. 아마도 그림 설명이 잘못된 것 같습니다. 그 곁의 그림 한 폭 「기사」도 제리코의 것으로 되어 있는데 틀리지 않았습니까?

(2) 제5기의 삽입 도판 「여인」女의 조각가 마욜, 제6기 삽입 도판 「런던 의사당」倫敦議事堂, 제9기의 「브뤼셀 법원」과 「파리 오페라 하우스」를 설계한 세 건축가는 보리伯黎, 피레일조壘爾, 컬네略爾涅인데 이들의 서양 문자 이름은 무엇인지요?

주)_____

1) 원제는 「關於『近代美術思潮論』揷圖」. 이 글은 1928년 5월 1일 『베이신』 반월간 제2권 제12호 '자유문답' 코너의 천더밍(陳德明)이 보낸 편지 뒤에 처음 발표되었다. 본래 제목이 없었다.

2) 원명은 「The Massacre at Chios」.

3) 들라크루아(Eugène Delacroix, 1798~1863)는 프랑스 낭만주의 회화의 대표 화가다. 작품 경향은 초기 고전주의에서 중후기 낭만주의를 모두 포괄한다. 대표작으로 「민중을 이끄는 자유의 여신」, 「단테의 배」, 「키오스섬의 학살」, 「호랑이 사냥」 등이 있다.

4) 원명은 「Officier de chasseurs à cheval de la garde impériale chargeant」. 우리나라에서는 흔히 「공격 중인 사냥병 친위대 장교」로 번역한다.

5) 제리코(Théodore Géricault, 1791~1824)는 프랑스 화가 겸 조각가다. 고전주의 양식과 바로크 양식을 섞어서 극단적인 사실주의를 지향했다. 대표작으로 「메두사호의 뗏목」, 「미친 여인」, 「암사자의 머리」 등이 있다.

6) Aristide Maillol(아리스티드 마욜, 1861~1944)은 프랑스 조각가 겸 화가다. 대표작으로 「님프」, 「밤」, 「강」 등이 있다.

7) Charles Barry(찰스 배리, 1795~1860)는 영국의 건축가다. 고딕 양식과 클래식 양식을 결합했다. 런던 의사당을 설계·건축했다.

8) Joseff Poelaert는 조세프 폴라르트(Joseph Poelaert, 1817~1879). 벨기에 건축가다. 브뤼셀 법원, 의회의 기둥 등을 설계·건축했다.

9) Charles Garnier(샤를 가르니에, 1825~1898)는 프랑스 건축가다. 몬테 카를로의 카지노, 샹 젤리제의 파노라마 마리니, 파리 오페라 하우스 등을 설계·건축했다.

편집자 부기[1]

부기 : 본간 지난 호 삽입 도판 4종[2]의 제목이 모두 틀렸습니다. 해당 글과 관련 있는 여러분께 정말 미안합니다. 지금 개정하고 다시 인쇄하여 이번 호 권말에 덧붙였습니다. 독자 여러분께서는 지난 호 도판 차례에서 가리키는 페이지에 근거하여 스스로 바꿔 주시면 다행이겠습니다.

편집자

주)_____

1) 원제는 「編者附白」. 이 글은 1928년 10월 30일 『분류』 월간 제1권 제5기 목록 뒤에 처음 실렸다. 본래 제목이 없었다.

2) 1928년 9월 『분류』 제1권 제4기에 실린 도판들이다. 구체적으로는 진밍뤄(金溟若)가 번역한 일본 작가 아리시마 다케오(有島武郎)의 「반역자(로댕에 관한 고찰)」에 부가된 그림을 가리킨다. 이 글에는 「생각하는 사람」(思想者), 「코뼈가 부러진 남자」(塌鼻男子), 「성 요한」(聖約翰), 「아담」(亞當) 네 폭의 도판이 들어 있다. 이것은 모두 로댕의 작품이다. 그런데 이 간행물에서는 도판을 설명하면서 「아담」을 「생각하는 사람」으로, 「생각하는 사람」을 「코뼈가 부러진 남자」로, 「코뼈가 부러진 남자」를 「성 요한」으로, 「성 요한」을 「아담」으로 제목을 잘못 달았다.

삼가 알림[1]

독자 여러분께 :

『베이신』[2] 제3권 제2호의 삽입 도판은 『미술사조론』의 도판인데 '로랑생[3]의 「샤넬 여인의 초상화」女' 및 '레제[4]의 「아침식사」朝餐'는 그림과 제목이 서로 오류가 났으므로 스스로 바로잡아 주시기 바랍니다. 아마도 마음으로 이해해 주시리라 믿습니다.

내친김에 몇몇 선생들께 알립니다 : 저작 「낙오」의 번역 오류는 나의 책임입니다. 그 외에 페이지 누락, 간행물 구입신청 완료 후 주소 변경, 우편구매 간행물 반송 수량과 구매 대장의 차이, 모모某某는 정말 가증스럽다는 따위의 일이나 언급은 내가 모두 관여할 권한이 없습니다. 서점과 직접 교섭해 주시면 감사하겠습니다.

1월 28일, 루쉰

1) 원제는 「謹啓」. 이 글은 1929년 2월 16일 『베이신』(北新) 반월간 제3권 제4호에 처음 발표되었다.

2) 『베이신』(北新)은 1926년 8월 상하이에서 창간된 교양 종합 잡지다. 본래 주간지였으나 나중에 반월간 잡지로 바뀌었다. 주간지일 때는 쑨푸시(孫福熙)가 편집장이었고, 반월간일 때는 판쯔녠(潘梓年)이 편집장이었다. 1930년 12월 제4권 제24기를 내고 정간했다.

3) 로랑생(Marie Laurencin, 1883~1956)은 현대 프랑스 화가다. 감각적이고 여성적인 화풍으로 독특한 개성을 표현했다. 대표작으로 「샤넬 여인의 초상」, 「발레 뤼스의 장치」 등이 있다.

4) 레제(Fernand Lèger, 1881~1955)는 현대 프랑스 화가다. 기계문명의 역동성과 명확성을 입체파의 화풍으로 처리했다. 대표작으로 「건설자들」, 「여인들이 있는 실내」 등이 있다.

쉬스잉에게 주는 도서목록[1]

계유공計有功 송인宋人 『당시기사』唐詩紀事 사부총간본四部叢刊本, 단행본도 있다.

신문방辛文房 원인元人 『당재자전』唐才子傳 현재 목활자 단행본이 있다.

엄가균嚴可均 　　　　『전상고……수문』全上古……隋文[2] 현재 통용되는 석인

　　　본은 지리멸렬하고 불완전한 문장이 너무 많아서 사람들이 보지 않는다.

정복보丁福保 　　　　『전상고……수시』全上古……隋詩[3] 조판인쇄본.

오영광吳榮光 　　　　『역대명인연보』歷代名人年譜 명인의 일생에 발생한 사회

　　　적 대사건을 알 수 있다. 이 책이 표 형식으로 되어 있기 때문이다. 애석한

　　　것은 작가가 알고 있는 역사의 대사건이 정말 '대사건'이 아닌 것도 있다

　　　는 점이다. 일본 산세이도三省堂에서 출판한 『모범 최신 세계 연표』模範最新

　　　世界年表를 참고하는 것이 가장 좋다.

호응린胡應麟 명인明人 『소실산방필총』少室山房筆叢 광아서국본廣雅書局本. 또 석

　　　인본도 있다.

『사고전서간명목록』四庫全書簡明目錄 사실 현존하는 비교적 좋은 서적에 대한 비

　　　평이지만 그 비평이 '황제가 정한 것'임에 주의해야 한다.

『세설신어』世說新語　　　유의경劉義慶 진晉나라 사람들이 청담淸談하는 모습이다.

『당척언』唐摭言　　　　오대五代 왕정보王定保 『아우당총서』雅雨堂叢書에 포함되

　　어 있다. 당나라 문인들이 과거 급제를 통해 이름을 얻는 상황을 묘사했다.

『포박자 외편』抱朴子外篇 갈홍 단행본이 있다. 진晉나라 말기 사회 상황을 토론하

　　고 있다.

『논형』論衡　　　　　　왕충王充 한나라 말기의 풍속과 미신 등을 알 수 있다.

『금세설』今世說　　　　왕탁王晫 명말 청초 명사들의 기풍을 묘사했다.

주)＿＿＿＿＿＿

1) 원제는 「開給許世瑛的書單」. 이 글은 루쉰의 친필 원고에 근거하여 편집해 넣었다. 1947
　년 쉬서우창(許壽裳)이 쓴 『망우 루쉰 인상기』(亡友魯迅印象記)에도 수록되었으나 문자
　가 좀 다르다. 본래 제목이 없었다.
　쉬스잉(許世瑛, 1910~1972)은 쉬서우창의 맏아들이다. 본래 1930년 칭화대학(淸華大
　學) 화학과에 입학했으나 얼마 뒤 중국문학과로 전과했다. 이 무렵 루쉰이 쉬스잉에게
　위의 도서목록을 써 주었을 것으로 짐작된다.
2) 전체 제목은 『전상고삼대진한삼국육조문』(全上古三代秦漢三國六朝文)이다.
3) 약간의 오류다. 『전한삼국진남북조시』(全漢三國晉南北朝詩)로 써야 한다.

1931년

루쉰 공고[1]

얼마 전 10월 18일 『선바오』에 루쉰 등이 번역하여 현대서국에서 간행한 『과수원』[2] 광고가 실렸다. 그 말미에 이런 말이 있다. "루쉰 선생이 수많은 근대 세계 명작 중에서 특별히 이 6편을 선정하여 제1집으로 간행했고, 장차 제2집도 간행하려 한다." 「과수원」은 지난해 위다푸 선생이 『대중문예』[3]를 편집할 때 내가 번역하여 게재한 작품인데, 또 다른 작품으로 「농부」[4]도 있다. 이밖에 나는 현대서국과 아무 관계가 없다. 더더욱 그들을 위해 소설을 선집한 적이 없을 뿐 아니라 '수많은 세계 명작'을 본 적도 없다. 그 책은 다른 사람이 선집한 것이다. 이에 특별히 성명을 발표하여 다른 사람의 공적을 빼앗는 일에서 벗어나고자 한다.

주)_____

1) 원제는 「魯迅啓事」. 이 글은 1931년 10월 26일 상하이 『문예신문』 제33호 '광고'란에 처음 실렸다.

2) 『과수원』(果樹園)은 현대서국에서 간행한 소련 작가 단편소설 선집이다. 루쉰이 번역한

페딘의 「과수원」 1편 외에 다른 사람이 번역한 단편소설 5편을 수록했다. 그런데 표지와 속표지에 '루쉰 등 번역'이라고 표시했지만 각 편에는 역자 성명을 밝히지 않았다.

3) 『대중문예』(大衆文藝)는 위다푸 등이 편집을 담당한 문예 월간이다. 1928년 9월 상하이에서 창간했다. 1930년 6월 국민당 당국에 의해 정간되었다. 루쉰이 번역한 『과수원』은 1928년 12월 이 간행물 제1권 제4기에 게재되었다.

4) 「농부」(農夫)는 러시아 작가 야코블레프(Александр Степанович Яковлев, 1886~1953)의 단편소설이다. 루쉰이 번역하여 1928년 11월 『대중문예』 제1권 제3기에 게재되었다.

『훼멸』과『철의 흐름』출판 예고[1]

훼멸　파데예프의 명작을 루쉰이 번역했다. 본문을 제외하고 또 작가의 자서전, 구라하라 고레히토藏原惟人와 프리체Владимир М. Фриче의 서문, 번역자의 발문 및 삽화 6폭, 3색 작가 초상 1폭이 포함되어 있다. 판매 가격은 1위안 2자오, 11월 30일에 출판한다.

철의 흐름　세라피모비치의 명작으로 비평가들은 '사시'史詩라고 일컫는다. 차오징화가 번역했다. 본문을 제외하고 또 지극히 상세하고 정확한 서문, 주석, 지도 및 작가 사진과 3색 판화 초상 각 1폭, 친필 사인 1폭, 작품의 주인공 사진 2폭, 3색판「철의 흐름 삽화」1폭이 포함되어 있다. 판매 가격은 1위안 4자오, 12월 10일에 출판한다.

　　외지 독자　이상의 두 권을 구입할 때 각 권 모두 등기우편료 1자오를 더 받는다. 우편환으로 돈을 부칠 방법이 없는 사람은 우표로 대신할 수 있지만 할인은 절대 하지 않는다. 다만 가격 1자오 이하 우표를 보내 주시기 바란다.

　　특별우대권　이상의 두 권에 대해 각각 '특별우대권' 400매를 특별히 인쇄했다. 이것은 돈이 없는 독자들을 위한 것이지 영업 판매를 촉진하기 위한 것이 절대 아니다. 따라서 우리는 이 우대권을 모두 돈이 없는 독자들께서 획득하길 희망한다. 『훼멸』은 특별 가격 6자오, 『철의 흐름』은 특별 가격 8자오다. 외지에서는 각 권 모두 등기우편료 1자오를 더 받지만 동시에 두 권을 함께 구입하면 우편료를 모두 1자오 5편分으로 해드리겠다.

　　대리판매처　상하이 베이쓰촨로北四川路 끝 우치야마서점內山書店

　　　　　　　상하이 4마로四馬路 512호 문예신문사 대리부

　　　　　　　(이 대리판매처 두 곳에서는 모두 특별우대권을 쓸 수 있다.)

　　　　　　　　　　　　　　　　　상하이 삼한서옥 삼가 알림

주)＿＿＿＿＿

1) 원제는 「『毁滅』和『鐵流』的出版預告」. 이 글은 1931년 11월 23일 『문예신문』 제37호에 실렸다. 『훼멸』과 『철의 흐름』은 본래 루쉰이 상하이 신주국광사에서 편집한 '현대문예총서'로 간행될 예정이었으나 국민당 당국의 탄압으로 인쇄가 허락되지 않았다. 나중에 『훼멸』은 다장서포(大江書鋪)에서 출판했다. 그러나 '루쉰'이란 이름을 쓰지 못한 채 '쑤이뤄원'(隋洛文)으로 이름을 바꾸고 본래의 서발(序跋)도 삭제했다. 이 때문에 루쉰은 다른 곳에서 출판하기로 결정하고 나서 다장서포의 판형을 그대로 쓰고 루쉰이란 필명도 밝혔으며 삭제된 서발도 보충해 넣었다. 그리고 『철의 흐름』과 함께 '삼한서옥'(三閑書屋)의 명의를 써서 자비로 간행했다.

삼한서옥에서 교정 인쇄한 서적[1]

현재 겨우 세 종뿐이지만 본 서옥은 1,000위안의 현금[2]으로 세 개의 한가함[3]을 갖고 있으므로 마음을 비우고 성실한 번역 작품을 소개하려고, 거금과 예의를 갖추어 교정의 고수를 초빙했다. 차라리 본전을 까먹다가 문을 닫을지언정 결코 노임을 떼먹거나 깎지는 않을 것이다. 따라서 독자에게도 무슨 상금은 주지 못하지만 절대 속임수는 쓰지 않겠다. 『철의 흐름』외에 두 종류는 다음과 같다.

훼멸 작가 파데예프는 일찍부터 좋은 평판을 얻은 소설가다. 본서는 일찍이 루쉰이 일본어판에서 번역하여 월간지에 게재했고,[4] 독자들도 가작이라 칭찬했다. 애석하게도 월간지가 중도에 정간되어 이 책도 게재를 완료하지 못했다. 현재 또 독일어와 영어 두 가지 번역본을 참고하여 책 전체를 완역하면서 전반부를 개정했다. 또 구라하라 고레히토와 프리체의 서문도 번역해 넣었고, 원서의 삽화 6폭, 3색판 작가 초상 1장도 덧붙여 넣었다. 이를 통해 새로운 예술을 대략 엿볼 수 있다. 묘사된 농민과 광부 및 지식인이 모두 살아 움직이는 듯 생생할 뿐 아니라 격언도 아주 많아서 끝도 없이 길어올릴 수 있으니 진실로 우리 신문학의 큰 횃불이다. 전서 360여 쪽에 실제 가격은 다양大洋 1위안 2자오다.

시멘트 그림　이 『시멘트』는 글랏코프[5]의 대작으로 중국에서도 일찍이 번역본이 나왔다. 독일의 유명한 청년 목각 판화가 칼 메페르트[6]가 일찍이 삽화 10폭을 그렸는데, 기상이 웅대하여 구예술가들 중에서 이에 비견할 만한 사람은 아무도 없다. 이제 중국에 수입된 유일한 원판 인쇄본을 근거로 유리판으로 복제하여 중국의 겹화선지로 250부를 영인했다. 크기는 1자尺를 넘고 색깔도 원본과 틀림이 없다. 출판 이후 벌써 100부만 남아 있다. 거의 전부 독일과 일본 두 나라 사람들이 구매했고, 중국 독자는 겨우 20여 명에 불과하다. 본 출판자는 중국에서도 조속히 구매하기를 희망한다. 매진된 후에는 절대 재판을 찍지 않을 것이다. 정가도 저렴하여 원판 그림과 비교하면 100배는 싼 편이다. 그림 10폭에 서문과 목록이 2쪽이고, 중국식 장정에 실제 가격이 다양 1위안 5자오다.

　　대리판매처 : 우치야마서점

　　　　　(상하이 베이쓰촨로 끝, 스가오타로施高塔路 입구)

주)＿＿＿＿＿

1) 원제는 「三閑書屋校印書籍」. 이 글은 1931년 11월 '삼한서옥'에서 출판한 『철의 흐름』 판권지 페이지 뒤에 실렸다. 삼한서옥은 루쉰이 자비로 서적을 간행할 때 쓰던 서점 명칭이다.

2) 천위안(陳源) 등이 『현대평론』을 창간할 때 돤치루이(段祺瑞) 정부의 보조금 1,000위안을 받은 것을 비꼰 말이다. 루쉰이 참여한 『위쓰』 잡지는 이를 폭로했고, 천위안은 『현대평론』에서 루쉰을 공격했다. 『이이집』 「'공리'의 소재」 참조.

3) 청팡우(成仿吾)는 1927년 창조사에서 혁명문학론을 제창하면서 「우리들의 혁명문학을

완성하자」는 글을 지어 루쉰이 유한계급의 한가한 취미를 바탕으로 문학활동을 하고 있다고 비판했다. 특히 청팡우는 이 글에서 한가하다는 말을 세 번 반복하며 루쉰을 비난했다. 루쉰은 청팡우의 이런 비난을 비꼬면서 청팡우야말로 현실에서 동떨어진 관념 속 과격함에 매몰되어 있다고 반격했다. 루쉰은 이후 청팡우가 자신을 가리켜 세 번 한가하다고 한 말을 오히려 잡문집 『삼한집』의 제목으로 삼았고, 스스로 운영한 출판사에도 삼한서옥이란 이름을 붙였다. 자신은 결코 한가하게 살지 않았다는 걸 '삼한'이란 역설로 강조한 것이다. 『삼한집』「서언」 참조.

4) 루쉰은 『훼멸』을 번역하여 1930년 1월에서 6월까지 『맹아』(萌芽) 월간에 게재했다.

5) 글랏코프(Фёдор Васильевич Гладков, 1883~1958)는 소련의 소설가다. 1925년 장편소설 『시멘트』(Цемент)를 발표하여 소련 국민경제 회복기 인민들의 투쟁적인 삶을 묘사했다.

6) 메페르트(Joseph Carl Meffert, 1903~1988)는 독일 현대 목판화 작가다.

삼한서옥에서 교정 인쇄한 문예서적[1]

우리 서옥은 현재 출판계의 타락과 간사함에 대해 다소 불만을 갖고 있기 때문에 세 개의 한가함과 1,000위안의 자본금에 기대 성실한 번역 작품, 유익한 그림을 진지하게 소개하겠다. 품질도 믿을 만하게 하고 가격도 공정하게 하여 어린아이나 노인이라도 속이지 않을 것이다. 차라리 본전을 까먹다가 문을 닫을지언정 결코 노임을 떼먹거나 깎지는 않을 것이다. 살 사람은 돈을 갖고 와서 책을 갖고 가면 된다. 뜻밖의 상품도 없고 특별한 술책도 없다. 그렇지만 독자들을 근본적으로 속이지는 않을 것이다. 편집자는 결코 명인의 이름을 내걸지 않을 것이지만 교정과 인쇄에는 고수를 초빙하여 일을 하도록 하겠다. 왜냐하면 우리 서옥은 실질만 강구하고 장난은 치지 않을 것이기 때문이다. 지금 벌써 출간한 책은 다음과 같다.

훼멸 A. 파데예프 지음. 일종의 낭만소설로 유격대원 150명을 묘사했다. 그중에는 농민, 목자牧者, 광부, 지식인도 있다. 이들은 시베리아에서 콜차크[2] 군대 및 일본 군대와 전투를 벌인다. 끝까지 살아남은 사람은 겨우 19명뿐이다. 전쟁의 장렬함, 대삼림의 풍경을 묘사한 미증유

의 작품이다. 루쉰이 일찍이 일본어판에서 번역하여 월간지에 절반 정도
만 게재했는데도 독자들이 이미 가작이라 칭찬했다. 이제 다시 독일어와
영어 두 가지 번역본을 근거로 개정하고 책 전체를 완역했다. 여기에 작
가 자서전과 서문을 완전하게 번역해 넣었고, 말미에 후기를 덧붙였다. 또
삽화 6폭, 3색판 작가 초상 1장도 포함시켰다. 고급 인쇄 용지로 인쇄했고
대략 300쪽에 이른다. 실제 가격은 다양 1위안 2자오다.

철의 흐름　　A. 세라피모비치 지음. 철의 흐름과 같은 민병民軍이 고
산준령을 통과하여 주력군과 연합하는 과정을 서술했다. 길 위에서 만난
것은 강적, 기아, 폭풍우, 죽음이었다. 그러나 그 모든 고난을 통과했다. 의
식이 분명하고 필력이 날카롭다. 기념비적인 작품이라 비평가들 대부분
이 '사시'史詩라고 칭찬한다. 지금 차오징화가 러시아어 원문에서 번역했
다. 책 앞뒤로 작가 자서전, 논문, 네라도프³⁾의 장편 서문과 상세한 주석
이 들어 있다. 앞머리에는 3색판 작가 초상 1폭, 중간에 작가 사진 및 사인
각 1폭, 작품 주인공 사진 2폭, 지도 1폭, 프렌즈⁴⁾가 그린 '철의 흐름 그림'
3색판 1폭이 포함되어 있다. 고급 인쇄 용지로 정교하게 인쇄했고, 전체
340쪽이다. 실제 가격은 다양 1위안 4자오다.

시멘트 그림　　글랏코프의 소설『시멘트』는 중국에서 일찍이 번역본
이 나왔으므로 여러 말을 할 필요가 없다. 독일 청년 예술가 메페르트가
이 소설 이야기에서 소재를 취하여 목판화 10폭 대작으로 완성했다. 흑백
색깔이 서로 비추는 모습이 살아 숨 쉬는 듯 생생할 뿐 아니라 단순하고
소박하면서도 힘차다. 이는 겉모습만 모방하는 미술가들이 절대 뒤따를
수 없는 경지다. 지금 중국을 통틀어 한 세트뿐인 원판 인쇄본을 유리판으
로 250매 복제했다. 판의 크기는 1피트가 넘는데 그것을 겹화선지로 인쇄

하여 중국식으로 장정했다. 출판 이래 일본 및 독일에서 모두 호평을 했다. 지금 겨우 30부만 남아 있다. 매 권 실제 가격은 다양 2위안이다.

대리판매처 : 우치야마서점

(상하이 베이쓰촨로 끝, 스가오타로 입구)

주)_____

1) 원제는「三閑書屋印行文藝書籍」. 이 글은 낱장 광고인데 집필 시간은 미상이다.

2) 콜차크(Александр Васильевич Колчак, 1873~1920)는 소련 내전 시기 반혁명군 사령관이다. 혁명 후 체포되어 처형되었다.

3) 네라도프(Георгий Нерадов)는 『세라피모비치 전집』(Собрание сочинений, 전10권) 편집자다.

4) 프렌츠(Рудольф Рудольфович Френц, 1888~1956)는 소련 화가로 군사를 제재로 한 그림에 뛰어났다.

『'철의 흐름' 그림』특가 알림[1]

이 책을 이미 장정할 때 비로소 번역자의 편지와 목판화『철의 흐름』그림 원판 인쇄본을 받았다. 마침내 판화대가 Piskarev[2]를 찾았다는 것이었다. 아울러 작가가 호의를 베풀며 그림 값을 받지 않고 대신 중국 종이를 좀 얻어 목판화 인쇄용으로 사용하고 싶다고 했다고 한다. 애석하게도 그림을 좀 늦게 받아서 책 속에 인쇄해 넣지 못했다. 이제 납판으로 낱장씩 복제하여 모두 소품 4폭(그중 한 폭은 이미 단행본에서 볼 수 있지만 여기에 따로 또 인쇄하겠다)을 한 세트로 내년 정월 말에 출판할 예정이다. 이 책(『철의 흐름』)을 구입한 분들에게는 인쇄비 및 종이값에 해당하는 다양 1자오만 받겠다. 이 삽화를 함께 보려는 독자들은 예정된 기간 내에 특별우대권을 가지고 대리판매처로 가서 구입하기 바란다. 우대권이 없는 사람에게는 이 그림 1부에 2자오 2편을 받겠다. 또 전문적으로 미술을 연구하는 사람들에게 유리판으로 250부를 인쇄할 예정이다. 가격은 아직 정하지 않았다.

1931년 12월 8일, 삼한서옥 삼가 알림

주)_____

1) 원제는 「『鐵流』圖特價告白」. 이 글은 목판화 『'철의 흐름' 그림』 '특가권' 뒤표지에 처음 실렸다. 본래 제목은 「알림」(告白)이다. 『'철의 흐름' 그림』은 상우인서관에서 판형을 제작한 후 아직 인쇄하지 못한 상태에서 1932년 '1·28'전쟁 때 훼손되었다. 그 후 1933년 7월 『문학』 월간 창간호에 게재되었다가 다음해 『인옥집』에 수록되었다.

2) 피스카레프이다. 이 책의 「독일 작가 판화전 거행 연기 진상」 해당 각주 참조.

정정[1]

편집자 선생 :

21일 「자유담」의 「비평가의 비평가」批評家的批評家 세번째 단락 마지막 줄 '他沒有一定的圈子'[그는 일정한 권역이 없다]는 '他須有一定的圈子'[그는 일정한 권역을 가져야 한다]의 잘못입니다. 정정해 주시기 바랍니다.

니쒀倪朔 알림

주)_____

1) 원제는 「更正」. 이 글은 1934년 1월 24일 『선바오』 「자유담」에 처음 실렸다.

『상하이에 온 버나드 쇼』¹⁾

버나드 쇼는 홍콩에 도착하자마자 중국에 큰 충격을 줬다. 상하이에 도착한 후에는 더욱 심해져서 정기출판물 거의 모두가 기사나 비평을 실었다. 칭찬도 있고 조소와 매도도 있다. 편집자가 가위와 필묵을 사용하여 이것들을 모두 선택하고 모았다. 또 일일이 해부하고 비교하여 쇼는 하나의 평면거울에 비춰 봐야 할 인물인데도 지금까지 줄곧 오목거울이나 볼록거울 속에서 반듯한 모습으로 비친 인물임을 설명했다. 즉 이번에 그들이 왜곡한 얼굴을 폭로했다. 일찍이 전례가 없었던 책이다. 편집자는 러원樂雯이고 루쉰이 서문을 썼다.

매 권 실제 가격은 다양 5자오다.

주)_____

1) 원제는 『『蕭伯納在上海』』. 이 글은 1934년 상하이 렌화서국(聯華書局)에서 간행한 『해방된 돈키호테』(解放了的董吉訶德) 책 끝에 처음 실렸다. 『상하이에 온 버나드 쇼』는 '러원(樂雯) 편역(編譯)'이라고 서명되어 있지만 실제로는 루쉰과 취추바이(瞿秋白)가 함께 편집했다. 1933년 3월 들풀서옥(野草書屋) 명의로 출판했다.

『인옥집』 광고[1]

최신 목판화	한정판 250권
원본 정교 인쇄	매 권 실제가격 1위안 5자오

우리 서옥에서 현대 판화를 수집한 지는 이미 여러 해가 지났다. 서구의 고가 명작은 손에 넣는 데 한계가 있다. 그러나 새로운 러시아의 독립된 낱장 판화 및 서적 삽화 목판화는 100여 폭에 이를 정도로 많이 모았다. 이것들은 모두 중국의 백지와 맞바꾼 것이어서 비용도 얼마 들지 않았다. 또 전부가 작가의 원판에서 직접 찍어 낸 것이라 책 속에 인쇄했거나 납판으로 번각한 것과는 하늘과 땅만큼 차이가 있다. 이제 작가의 깊은 정에 보답하고 중국 청년 예술가들에게 참고 자료로 제공하기 위해 특별히 59폭을 뽑아 제판 명인에게 부탁하여 유리판으로 정교하게 인쇄했다. 색깔이 화려하여 거의 진본을 어지럽게 할 정도다. 아울러 서문과 발문을 넣어 1책으로 장정했다. 정가가 저렴하여 손해 보는 장사에 가깝다. 아마도 근래 중국 출판계의 최초 시도일 것이다. 그러나 출판한 책수가 많지 않고

재판도 찍지 않을 것이므로 조속히 구입해야만 빈손으로 돌아가는 일이 없을 것이다. 상하이 베이쓰촨로 끝, 스가오타로 11호 우치야마서점 대리 판매. 우편 구매는 우편료 1자오 4펀을 추가해야 한다.

삼한서옥 삼가 알림

주)_____

1) 원제는 「『引玉集』廣告」. 이 글은 1934년 6월 1일 『문학』 월간 제2권 제6호 '광고'란에 처음 실렸다. 본래 제목은 「『인옥집』」(『引玉集』)이다.
『인옥집』은 소련 목판화 선집으로 루쉰이 선정하여 편집했다. 1934년 3월 '삼한서옥' 명의로 자비를 들여 출간했다.

『목판화가 걸어온 길』 알림[1]

1. 본 판화집은 부정기 간행물로 1년에 두 권을 내거나 혹은 몇 해에 한 권을 내거나 혹은 이 한 권뿐일 수도 있다.

2. 본 판화집은 전부 국내 목각가의 협조에 의지한다. 작가들께서 원판에 찍어 낸 작품을 부쳐 주시면 그중에서 뽑아 인쇄할 것을 본사에서 통지하고 판화 원판을 빌려 쓰고자 한다. 판화의 크기는 이 판화집 지면에 수용할 수 있는 것으로 한정한다. 컬러 판화 및 이미 원본대로 다른 곳에 발표한 것은 수록하지 않는다.

3. 본 판화집에 선정된 작품이라도 보수는 전혀 없다. 다만 한 폭당 각각 본 판화집 1책을 증정한다.

4. 본 판화집은 자금의 제한으로 120권만 찍어서 작가 및 작품 선정자에게 증정하는 부수를 제외하고 80부만 판매한다. 매 권 실제 가격은 다양 1위안이다.

5. 대리판매처 및 대리수신처 : 상하이 베이쓰촨로 끝 우치야마서점.

쇠나무예술사 삼가 알림

1) 원제는 「『木刻紀程』告白」. 이 글은 1934년 루쉰이 쇠나무예술사(鐵木藝術社) 명의로 자
   비로 간행한 『목판화가 걸어온 길』 부록 페이지에 처음 실렸다. 본래 제목은 「알림」(告
   白)이었다. 『목판화가 걸어온 길』은 루쉰이 선정하여 편집한 목판화 선집으로 청년 목
   각 예술가 8명의 작품 24폭을 수록했다. 표지에 '1934년 6월'이란 글씨가 있다. 루쉰 일
   기에 의하면 같은 해 8월 14일에 편집을 마치고 인쇄에 들어간 것으로 되어 있다.

주간 『극』 편집자에게 보내는 정정 편지[1]

편집자 선생:

「아Q정전 그림」의 목판화 작가는 이름이 톄겅鐵耕[2]인데 오늘 『극』주간을 보니 '첸겅'錢耕으로 잘못 인쇄되어 있었습니다. 다음번에는 그 작가를 위해 바로잡아 주시면 감사하겠습니다. 오로지 이것을 알립니다.

안녕히 계십시오.

루쉰 올림

주)_____

1) 원제는 「給 『戱』週刊編者的訂正信」. 이 글은 1934년 12월 23일 상하이 『중화일보』의 『극』(戱) 제19기에 처음 실렸다. 본래 제목이 없었다.

　　주간 『극』은 1934년 8월 19일에 상하이 『중화일보』 부간의 하나로 창간된 간행물로 위안메이(袁梅; 위안무즈袁牧之)가 주간을 담당했다. 창간호부터 위안메이가 개편한 『아Q정전』 극본을 연재했다. 아울러 제16기부터 루쉰이 부쳐 준 천톄겅(陳鐵耕) 목판화 「아Q정전 그림」(阿Q正傳圖)을 계속 연재했다.

2) 천톄겅(陳鐵耕, 1906~1970)이다. 광둥성 싱닝(興寧) 사람으로 본명은 야오탕(耀唐)이다. 목판화 화가로 활동했다.

『십죽재전보』패기[1]

중화민국 23년 12월 판화총간회에서 퉁현通縣 왕샤오츠[2] 선생의 소장본을 빌려 번각 간행했다. 편자는 루쉰과 시디西諦[3]다. 화가는 왕영린王榮麟, 판각자는 좌만천左萬川, 인쇄자는 최육생崔毓生과 악해정岳海亭이다. 출판을 담당한 곳은 베이핑 룽바오재榮寶齋다. 종이와 먹이 양호하고 판각이 정교하다. 근래에 보기 드문 판본임을 감별에 밝은 사람은 알 것이다.

주)_____

1) 원제는 「『十竹齋箋譜』牌記」. 이 글은 1934년 12월 번각 인쇄한『십죽재전보』제1권 속표지 뒤에 처음 실렸다. 본래 제목과 표점이 없었다. 1981년판『루쉰전집』에는 이 글의 제목이 「『十竹齋箋譜』飜印說明」으로 되어 있다. '패기'(牌記)는 목기(木記), 서패(書牌), 패자(牌子)라고도 하는데 현대 도서의 판권지에 해당한다. 흔히 책 이름, 작가, 판각자, 소장자, 판각 연대, 판각 지점 등을 표시한다.
『십죽재전보』는 목판으로 채색 인쇄한 중국 전통의 시작(詩作) 원고지다. 흔히 바탕에 다양한 무늬를 넣는다. 명나라 말기 호정언(胡正言)이 편찬했고, 모두 4권이며, 그림 280여 폭을 넣었다. 명 숭정(崇禎) 17년(1644)에 간행했다. 1934년 12월 루쉰은 정전둬(鄭振鐸)와 함께 '판화총간회'(版畵叢刊會) 명의로 이 책을 번각했다. 루쉰 생전에는 1권만 나왔고, 사후인 1941년 7월에야 전체가 모두 간행되었다.

2) 왕샤오츠(王孝慈, 1883~1936)는 허베이성 퉁현(通縣) 사람으로 본명은 리청(立誠), 자가 샤오츠다. 고적 수집 소장가다.

3) 시디(西諦)는 정전둬의 필명이다.

1935년

『러시아 동화』[1]

고리키는 대개 소설과 희곡을 썼기 때문에 아무도 그를 결코 동화 작가라고 하지 않는다. 그러나 그는 고집스럽게 동화를 쓰려고 했다. 그는 자신이 쓴 동화에서 사람들에게 반복해서 그것이 동화임을 잊지 말아야 한다고 하지만 그건 또 아무리 해도 그다지 동화 같아 보이지 않는다. 성인 독서용 동화로 지은 것이라고 말하는 것도 물론 가능하지만 한스러운 건 그가 지은 동화가 너무 특색 있고, 너무 악랄하다는 점이다.

작가는 지하 땅굴 속에서 일군의 사람을 보았고, 다시 머리를 뻗어 땅위에서 일군의 사람을 보았으며, 또다시 살롱 속으로 머리를 들이밀고 일군의 사람을 보았다. 익숙하게 보고 나서는 그들을 모두 계속된 창작 속에 수록했다. 이런 동화에 묘사된 사람은 전혀 진짜 사람이 아닌 것 같다. 이때문에 내용도 사실이 아닌 것 같지만 이것은 호흡이고, 땀띠이고, 부스럼이다. 이 모두는 누구나 갖고 있거나 가질 수 있는 것이다.

이 짧은 16편은 만화적인 필법으로 전통 러시아인의 생태와 병폐를 묘사했다. 그러나 또한 전통 러시아인만 묘사한 것이 아니기 때문에 이 작품은 세계적이다. 즉 우리 중국인이 읽어 봐도 왕왕 그가 우리 주위의 인물을 이야기하는 것처럼 느껴지거나 정말 우리의 정수리에 굵은 침을 꽂는 것같이 느껴진다.

하지만 완치를 바라는 환자는 뜨겁고 고통스러운 침구鍼灸를 사양하지 않고, 향상을 바라는 독자도 결코 악랄한 책을 겁내지 않는다.

주)_____

1) 원제는 「『俄羅斯的童話』」. 이 글은 1935년 8월 상하이 문화생활출판사에서 출판한 『러시아 동화』 판권지 뒤에 처음 실렸다. 서명은 없다. 루쉰이 1935년 8월 16일 황위안(黃源)에게 보낸 편지에서 "『동화』 광고 첨부해 드립니다"라고 한 것이 바로 이 글을 가리킨다.
『러시아 동화』는 고리키가 쓴 동화다. 모두 16편이 수록되어 있다. 러시아어 원본은 1918년에 출판되었다. 루쉰은 다카하시 반세이(高橋晚成)가 번역한 일본어판을 근거로 중국어로 번역하여 문화생활출판사의 '문화생활총간' 제3종으로 출판했다.

『역문』편집자에게 보내는 정정 편지[1]

편집자 선생 :

오역과 오식誤植에 관한 부분이 좀 있으므로 정정해 주시기 바랍니다.

1. 『역문』제2권 제1기의 『시계』에서 나는 Gannove를 '괴물'로 번역했는데, 나중에 타당하지 못하다는 느낌이 들어 단행본을 낼 때 일본어판에 근거하여 '두목'頭兒으로 고쳤습니다. 그런데 지금에 와서야 그것이 모두 옳지 못하다는 사실을 알았습니다. 어떤 친구가 나를 위해 조사해 준 바에 의하면 이것은 본래 유태어에서 나온 말이라고 합니다. 그 뜻은 바로 '도둑'偸兒인데 상하이 통용어인 '도적놈'賊骨頭으로 번역해도 될 듯합니다.

2. 제6기 「연가」戀歌[2]에 나오는 "雖是我的寶貝"[누가 나의 보배인가]라는 문장의 '雖'[비록]는 '誰'[누구]의 잘못입니다.

3. 같은 소설에 나오는 모든 '槲'[겨우살이] 자는 '槲'[떡갈나무]의 잘못입니다. 어떤 사람은 '橡'[상수리]으로 번역했습니다. 나는 이렇게 번역하면 발음이 고무를 만드는 '橡皮樹'[고무나무]와 쉽게 혼동되기 때문에 그것을 피하고 쓰지 않는데, 뜻밖에도 글자의 형체가 비슷해서 '槲' 자와 혼동

되고 말았습니다.

9월 8일, 루쉰

주)_____

1) 원제는 「給『譯文』編者訂正的信」. 이 글은 1935년 9월 16일 『역문』 월간 종간호(총 제13호)에 처음 발표되었다. 본래 제목은 「정정」(訂正)이다.
2) 「연가」(Cântecul de dragoste). 루마니아 소설가 미하일 사도베아누(Mihail Sadoveanu, 1880~1961)의 단편소설이다. 『역문서발집』「「연가」 역자 부기」 참조.

'30년집' 편집 목차 두 종류[1]

1.

인해잡언
人海雜言

1. 무덤300 　　들풀100 　　외침250
　　　　　　　　　　　　　260,000[2]

2. 방황250 　　새로 쓴 옛날이야기130 아침 꽃 저녁에 줍다140
열풍120 　　　　　　　　　　255,000

3. 화개집190 　화개집속편263 　이이집215
　　　　　　　　　　　　　250,000

형천총초
荊天叢草

4. 삼한집210 　이심집304 　　남강북조집251
　　　　　　　　　　　　　280,000

5. 거짓자유서218 풍월이야기265 집외집160
　　　　　　　　　　　　　240,000

6. 꽃테문학 　차개거잡문且介居雜文[3] 이집二集

설림우득 | 7. 중국소설사략372　　고소설구침 상^上
説林偶得 | 8. 고소설구침 하^下
 | 9. 당송전기집400　　소설구문초160

220,000

10. 먼 곳에서 온 편지

2.

1. 무덤300　　　　　외침250

2. 방황250　　　　　들풀100　　　　　아침 꽃 저녁에 줍다140

　새로 쓴 옛날이야기130

3. 열풍120　　　　　화개집190　　　　화개집속편260˙

4. 이이집215　　　　삼한집210　　　　이심집304

5. 남강북조집251　　거짓자유서218　　풍월이야기265

6. 꽃테문학　　　　차개거잡문　　　차개정잡문 2집

7. 먼 곳에서 온 편지　집외집　　　　집외집습유

8. 중국소설사략400　소설구문초160

9. 고소설구침

10. 기신삼서⁴⁾　　　당송전기집

1) 원제는 「『三十年集』編目二種」. 이 글은 루쉰의 친필 원고에 근거하여 편집해 넣었다. 본래 제목이 없었다. 이것은 루쉰이 자신의 30년 저술을 모아서 인쇄하기 위해 만든 목록 초안이다. 그는 1936년 2월 10일 차오징화에게 보낸 편지에서 이렇게 말했다. "『무덤』의 첫번째 글을 회고해 보니 1907년에 쓴 것입니다. 지금까지 꽉 찬 30년이 흐른 셈입니다. 번역을 계산하지 않더라도 저작만 모두 200만 자입니다. 그것을 집성하여 한 부(약 10권)로 만들고 몇백 부 정도 인쇄하여 기념으로 삼을 생각을 하고 있습니다. 또 원본을 얻고 싶어 하는 사람에게도 편리함을 제공할 수 있을 것입니다." 그러나 이 계획은 루쉰의 생전에 실현되지 못했다. 1941년에 쉬광핑이 이 두 가지 목록을 바탕으로 조정하고 보충하여 『루쉰 30년집』 30책을 편집하여 루쉰전집출판사 명의로 간행했다. 『루쉰 30년집』 목록은 다음과 같다. 1.『콰이지군고서잡집』(會稽郡故書雜集), 2.『무덤』(墳), 3.『집외집습유』(集外集拾遺), 4.『열풍』(熱風), 5.『혜강집』(嵇康集), 6.『고소설구침』(古小說鉤沉) 상책(上冊), 7.『고소설구침』 하책, 8.『외침』(吶喊), 9.『중국소설사략』(中國小說史略), 10.『들풀』(野草), 11.『화개집』(華蓋集), 12.『화개집속편』(華蓋集續編), 13.『방황』(彷徨), 14.『소설구문초』(小說舊聞鈔), 15.『새로 쓴 옛날이야기』(故事新編), 16.『아침 꽃 저녁에 줍다』(朝華夕拾), 17.『이이집』(而已集), 18.『삼한집』(三閑集), 19.『당송전기집』(唐宋傳奇集), 20.『한문학사강요』(漢文學史綱要), 21.『이심집』(二心集), 22.『집외집』(集外集), 23.『남강북조집』(南腔北調集), 24.『거짓자유서』(僞自由書), 25.『풍월이야기』(准風月談), 26.『먼 곳에서 온 편지』(兩地書). 27.『꽃테문학』(花邊文學), 28.『차개정잡문』(且介亭雜文), 29.『차개정잡문 2집』(且介亭雜文二集), 30.『차개정잡문 말편』(且介亭雜文末編). 1938년 상하이푸사(上海復社)에서 출간한 20권본과 다른 판본이다.

2) 각 제목 뒤의 아라비아 숫자는 페이지 숫자이고, 맨 마지막 아라비아 숫자는 총 글자수이다.

3) 지금은 '차개정잡문'이지만 루쉰이 처음 지은 제목은 '차개거잡문'(且介居雜文)이었음을 알 수 있다.

4) '기신삼거'(起信三書)가 무엇인지는 불명확하다. 1941년 쉬광핑은 『루쉰 30년집』을 편집하고 나서 '기신삼서'가 무엇인지 불명확하다고 하면서, 혹시 루쉰이 교감한 『혜강집』(嵇康集), 사승(謝承)의 『후한서』(後漢書), 『영표록이』(嶺表錄異)가 아닌지 모르겠다고 했다.

『죽은 혼 백 가지 그림』[1]

평장   1위안 2자오
정장   2위안 4자오

　　고골의 『죽은 혼』은 이른 시기에 이미 세계문학의 전형이 되어 각국
에서 모두 번역본이 나왔다. 중국어로도 번역본이 나오자 독서계가 그로
인해 크게 진동했고 잠깐 사이에 유행하게 되었다. 이로써 이 작품의 커다
란 매력을 알 수 있다. 이 책은 본래 관련 삽화 세 종류가 있다. 아긴[2]이 그
린 『죽은 혼 백 가지 그림』이 가장 유명하다. 과장을 숭상하지 않고 한결
같이 사실적으로 그렸기 때문에 비평가들이 찬사를 보낸다. 애석하게도
오래전에 이미 절판되어 러시아 소장가가 보더라도 이미 쉽게 손에 넣을
수 없는 진귀한 서적이 되었다. 삼한서옥에서 작년에 한 부를 손에 넣었지
만 혼자 비밀로 간직하려 하지 않고 문화생활출판사에 도움을 요청하여
전체 그림을 평면복제판으로 정교하게 인쇄했으므로 종이와 잉크가 모
두 양호하다. 아울러 소콜로프[3]가 그린 삽화 12폭도 권말에 부록으로 넣
어서 『죽은 혼』과 관련된 그림이 집대성되도록 했다. 독자들께서 번역본

을 읽을 때 이 책을 함께 넘겨 보면 고골 시대 러시아 중류사회 상황을 생생하게 눈앞에 그려 볼 수 있을 것이다. 명작 및 이처럼 다수의 삽화를 소개하는 일은 중국에서 진실로 전에 없던 일이다. 다만 1,000권만 인쇄했고 재판을 찍기도 어렵다. 우리의 뜻은 이익 추구에 있지 않으므로 정가를 저렴하게 하는 데 힘을 쏟았다. 정장본에 사용된 종이는 지극히 아름답기 때문에 두 배로 비싸다. 다만 정장본은 판매를 위해 155권만 찍어서, 특히 도서관과 좋은 판본 애호자의 소장에 제공하려고 한다. 따라서 예약 주문을 더욱 서둘러야 할 듯하다.

주)_____

1) 원제는 『死魂靈百圖』. 이 글은 1936년 3월 『역문』 월간 신1권 제1기에 처음 실렸다. 서명은 없다.

『죽은 혼 백 가지 그림』은 러시아 화가 아긴(Александр Алексеевич Агин, 1817~1875)이 그렸고 베르나르드스키(Евстафий Ефимович Бернардский, 1819~1889)가 목판화로 새겼다. 루쉰은 1936년 4월에 '삼한서옥' 명의로 번각하여 간행했다. 권말에 소콜로프가 그린 삽화 12폭도 부록으로 들어 있다.

2) 아긴은 러시아 화가, 판화가, 삽화가다.

3) 소콜로프(Пётр Петрович Соколов, 1821~1899)는 러시아 화가다. 서민적인 풍경을 많이 그렸다.

『케테 콜비츠 판화 선집』 패기[1]

1935년 9월 삼한서옥은 이번에 판화 원탁본 및 예술호위사[2] 인쇄 화첩을 근거로 중국 화선지를 골라 베이핑에서 콜로타이프[3]로 각 103폭을 인쇄했고, 다시 1936년 5월 상하이에서 문자를 보충하고 장정하여 책을 만들었다. 그중 40권은 팔지 않은 증정본이다. 30권은 외국으로 나갔고, 33권만 중국에서 판매한다. 각 권의 실제 가격은 통용 지폐로 3위안 2자오다.

상하이 베이쓰촨로 끝 스가오타로 11호 우치야마서점 대리 판매.

제   권.

번각 인쇄하는 사람은 공덕이 한량없을 것이다

주)_____

1) 원제는 「『凱綏·珂勒惠之版畵選集』牌記」. 이 글은 1936년 5월 '삼한서옥'판 『케테 콜비츠 판화 선집』 속표지 뒤에 처음 실렸다. 본래 제목이 없었다. 1981년판 『루쉰전집』에는 이 글의 제목이 「『凱綏·珂勒惠之版畵選集』出版說明」으로 되어 있다.
2) 예술호위사의 독일어 명칭은 미상이다. 독일 예술단체로 부설 출판사가 있었다. 1927년에 『케테 콜비츠 화첩』을 출판했다.
3) 콜로타이프(collotype)는 평판인쇄의 한 종류다. 두꺼운 유리판 표면에 젤라틴(gelatine) 및 감광제를 바르고 빛의 강약과 감광 차이를 이용해 인쇄하는 방법이다.

『해상술림』 상권 삽화 오류 교정[1]

본서 상권 삽화 오류 교정──

58쪽 뒤편 '普列哈諾夫'[플레하노프]는 '拉法格'[라파르그][2]의 오류다.

96쪽 뒤편 '我們的路'[우리의 길][3]은 '普列哈諾夫'[플레하노프]의 오류다.

134쪽 뒤편 '拉法格'[라파르그]는 '我們的路'[우리의 길]의 오류다.

이에 특별히 정정함과 아울러 미안함을 표한다.

주)_____

1) 원제는 「『海上述林』上卷揷圖正誤」. 이 글은 1936년 10월 출판한 『해상술림』 하권 권말에 처음 실렸다. 본래 제목이 없었다.
『해상술림』은 루쉰이 편집한 취추바이의 번역집이다. 상하 두 권으로 나뉘어 각각 1936년 5월과 10월에 제하회상사(諸夏懷霜社) 명의로 출판되었다.

2) 라파르그(Paul Lafargue, 1842~1911)는 파리코뮌시대에 활동한 프랑스 사회주의 운동가다. 주요 저서로 『역사에 있어서의 관념론과 유물론』(*Idéalisme et matérialisme dans la conception de l'histoire*)이 있다.

3) 『우리의 길』은 러시아 페테르부르크 금속노동자협회 기관지 이름이다. 반월간으로 1910년에 창간한 잡지다.

부록
2

자젠성 잡기[1]

비낀 햇살 지려 할 때 나그네 되니, 어스름 저녁 빛이 사람을 짓누른다. 사방을 둘러봐도 모두 고향 사람이 아니고, 귀에 들리는 건 모두 타향 사투리다. 생각은 만 리 너머 고향으로 달려간다. 늙으신 부모님과 어린 아우들은 필시 이따금씩 이야기를 나누며, 내가 지금 어느 어느 곳에 도착했을 것이라고 추측하고 있을 것이다. 이때는 진정 애간장이 끊어지며 눈물이 흘러내려 고개를 들 수 없다. 이에 시구가 떠올랐다. "날은 저물어 나그네는 우수에 젖는데, 저녁연기 짙은 곳에 타향 사투리 왁자하다." 이것은 모두 내가 몸소 겪은 것이지 거짓으로 지어낸 말이 아니다.

산 농어와 새 멥쌀을 푹 삶아 물고기는 작은 네모꼴로 자르고 뼈를 제거한 후 간장을 친다. 이것을 농어밥鱸魚飯이라고 한다. 맛이 매우 신선하고 이름도 지극히 전아典雅하여 임홍林洪의 『산가청공』[2]에 넣을 만하다.

서양 오랑캐는 차茶를 티梯[3]라고 부르는데 이는 민어[4]다. 민 땅의 사람들이 차를 판매하러 오랑캐 땅에까지 갔기 때문에 그들이 민어를 모방한 것이다.

소주를 맛보는 방법은 이렇다. 항아리 하나를 준비하여 그 속에 술을 세차게 붓고 그 위에 뜨는 거품을 본다. 순식간에 거품이 터지며 깨끗이 사라지는 건 살아 있는 술活酒인데 맛이 좋다. 거품이 물 위에서 움직이지 않는 건 죽은 술死酒이어서 맛이 떨어진다.

주)_____

1) 원제는 「戛劍生雜記」. 이 글은 저우쭤런 일기의 부록인 「감주청려필기」(柑酒聽鸝筆記)에서 발췌했다. 본래 구두점이 있다. 저우쭤런이 문장 뒤에 이렇게 적었다. "오른쪽에 기록된 자젠성 잡기 네 항목은 무술일록(戊戌日錄)에서 베낀 것이다." 루쉰이 1898년에 쓴 것으로 봐야 한다. 자젠성(戛劍生)은 루쉰의 초기 필명이다.

2) 『산가청공』(山家淸供)은 남송 임홍(林洪)이 지은 음식 전문 저서다. 모두 2권 102절로 되어 있으며 주로 푸젠(福建) 지역 음식이 소개되어 있다.

임홍은 남송 때 문인으로 자는 용발(龍發), 호는 가산(可山)이다. 시문, 서예, 그림에 모두 뛰어났다. 『서호의발집』(西湖衣鉢集), 『문방도찬』(文房圖贊), 『산가청공』(山家淸供), 『산가청사』(山家淸事) 등의 저작을 남겼다.

3) tea를 중국어에서 발음이 비슷한 '梯'(ti)로 음역한 것이다.

4) '민'(閩)은 푸젠성(福建省)을 가리킨다. 따라서 '민어'(閩語)는 푸젠성 방언이다.

시화잡지[1]

만향옥^{晩香玉}은 본래 이름이 투비뤄쓰[2]다. 변방 밖에서 자라고 잎이 커서 마치 길상초[3]와 비슷하다. 각 이삭마다 4~5개의 동그란 꽃봉오리가 맺히고, 각 꽃봉오리마다 4~5개의 꽃이 핀다. 색깔은 희고 밤이 되면 더욱 향기가 짙다. 모양은 나팔과 같고, 길이는 한 치[†] 조금 넘는다. 꽃받침은 5, 6, 7로 동일하지 않다. 도시에서 가장 많이 재배한다. 옛날에 성조 인황제^{仁皇帝}[4]가 그 이름이 저속하다고 하여 지금의 이름을 하사했다고 한다.

리디무쓰[5]는 이끼 종류다. 그 즙을 취하여 용액을 만들면 푸른 색종이를 만들 수 있다. 산성 물을 만나면 붉은색으로 변하고, 다시 알칼리성 물을 만나면 푸른색이 된다. 그 색의 변화가 고정되어 있지 않아서 서양 사람들은 늘 이것으로 화학 실험을 한다.

주)_____

1) 원제는 「蒔花雜志」. 이 글은 저우쭤런 일기의 부록인 「감주청려필기」에서 발췌했다. 본래 구두점이 있다. 대체로 1898년에 지은 것으로 보인다. 시화(蒔花)는 화초 재배라는 뜻이다.

2) 투비뤄쓰(土秘贏斯)는 영어 tuberose를 음역한 말이다. 속칭 만향옥이라고도 한다. 본래 멕시코 원산이지만 중국 각지에서 재배한다.

3) 길상초(吉祥草)는 송수란(松壽蘭) 또는 관음초(觀音草)라고도 한다.

4) 성조(聖祖) 인황제(仁皇帝)는 청나라 강희제(康熙帝)다. 성조는 묘호(廟號)고, 인황제는 시호다.

5) 리디무쓰(裏低母斯)는 영어 litmus를 음역한 말이다.

아우들과 이별하고[1]

살기 위해 어쩔 수 없이 날마다 치달리느라,
아우들과 억지로 헤어져 살아야 한다.
사람의 마음을 가장 슬프게 하는 이곳,
외로운 등불 긴긴 밤에 궂은비가 내린다.

돌아온 지 오래지 않아 또다시 집 떠나니,
해저물녘 새 근심이 더욱더 깊어진다.
길 양편 수양버들[2] 만 그루나 이어지는데,
눈길 속에 그 모두가 단장화[3]로 변한다.

한 번 이별하면 또 한 해를 보내야 하는데,
만 리 길 세찬 바람이 객선을 전송한다.
내가 해주는 말 한 마디 기억해 두기를,
글쓰기의 좋고 나쁨은 하늘에 달린 게 아닌 것을.

1) 원제는 「別諸弟」. 이 칠언절구 3수는 저우쭤런의 일기에서 발췌했다. 루쉰이 아우들에게 써준 시를 저우쭤런이 일기에 기록한 것이다. 저우쭤런의 일기 경자년 3월 15일(1900년 4월 14일)에 관련 기록이 있다. 1981년판 『루쉰전집』에는 이 시의 제목이 「別諸弟三首庚子二月」로 되어 있다. 루쉰의 아우는 바로 저우쭤런(周作人)과 저우젠런(周建人)이다. 이 시와 아래 모든 시의 번역, 해제, 주석은 루쉰 지음, 김영문 옮김, 『루쉰, 시를 쓰다. 루쉰시전집』(역락, 2010)을 참고했다.

2) 원문은 '楊柳'. 옛사람들은 이별할 때 흔히 버드나무(柳)로 자신의 아쉬운 마음을 드러냈다. '류'(柳, liǔ)의 발음이 '류'(留, liú)와 거의 같아서 떠나는 사람을 머물게 하고 싶다는 의미를 담고 있다.

3) 원문은 '斷腸花'. 추해당(秋海棠) 또는 베고니아라고도 한다. 사람을 그리워하는 정이 지극할 때 흔히 단장화로 비유한다. 애간장이 끊어진다는 꽃 이름의 의미를 따온 것이다.

연밥[1]

마름 치마에 연꽃 띠 메고 선향仙鄕에서 살아가니,

바람은 멈추어도 벽옥 향기 실려 온다.

해오라기도 오지 않아 가을은 쓸쓸한데,

갈대꽃과 함께 잘 때 이슬방울 촉촉하다.

분가루 닦아내고 꼿꼿한 기상 드러내고,

붉은 치마 내던지고 담담한 화장 배운다.

그대 모습 깨끗하다고 염계[2] 선생께 칭찬할 테니,

시든 낙엽 따라서 찬 연못에 떨어지지 말기를.

주)_____

1) 원제는 「蓮蓬人」. 이 칠언율시 1수는 저우쭤런 일기의 부록인 「감주청려필기」에서 발
   췌했다. 본래 구두점이 있다. 서명은 자젠성이다. 연봉(蓮蓬)은 연밥이다. 연방(蓮房)이
   라고도 한다. 연밥이 익어 갈 때 연밥의 약한 줄기가 바람에 흔들리는 모습이 노인이 비
   틀거리는 모습과 같다고 하여 '연봉인'(蓮蓬人)이라고 한다.

2) 염계(濂溪)는 북송 성리학의 선구자 주돈이(周敦頤, 1017~1073)의 호다. 루쉰의 조부 개부공(介孚公)은 항상 주돈이의 후예임을 자처하며 여남(汝南) 주씨(周氏)를 칭했다. 주돈이에게는 연꽃을 칭송하는 명문 「애련설」(愛蓮說)이 있다.

경자년 조왕신을 보내며 지은 즉흥시[1]

닭 한 마리와 조청[2]으로 제수를 마련하고,

옷까지 전당 잡혀 촛불 피워 올린다.

집안에 별달리 좋은 물건[3]도 없는데,

어찌하여 유독 황양[4]만이 없겠는가?

주)_____

1) 원제는 「庚子送竈卽事」. 이 오언절구 1수는 저우쭤런 일기의 부록인 「감주청려필기」에서 발췌했다. 저우쭤런이 루쉰의 시를 자신의 일기에 적어 놓은 것이다. 본래 구두점이 있다. 서명은 자젠성이다. 고대 중국에서는 음력 12월 23일 조왕신(竈王神)에게 제사를 지냈다. 일반적으로 양머리를 제수로 썼지만 양머리가 없으면 닭을 쓰기도 하고, 닭이 없으면 가래떡으로 닭 모양을 만들어 썼다. 루쉰 집안은 이 당시 몰락하여 흔히 집 안의 가구나 옷을 전당포에 잡혀 돈을 마련했다. 본래 조왕신에게 제사를 지내는 것은 가정의 행복과 부귀를 기원하는 것인데, 오히려 그 조왕신이 집안의 행복은 지켜 주지 못할망정 옷을 잡히게 해서 제사 음식을 받아먹는 것은 조왕신의 탐욕이라 풍자한 것이다.
2) 원문은 '膠牙糖'. 엿기름으로 만든 물엿(조청)이다.
3) 원문은 '長物'. 불교 용어다. 여러 가지 물건을 가리킨다.
4) 원문은 '黃羊'. 그믐날 조왕신에게 제사를 드릴 때 쓰는 양이다.

책의 신에게 올리는 제문[1]

때는 경자년庚子年이라, 가도賈島가 자신의 시詩에 제사 지낸[2] 제야除夜[3]에,
콰이지의 자젠성 등은 삼가 냉수 한 그릇과 국화꽃을 차려, 서신書神 장
은長恩님께 제祭를 올리며, 비루한 글을 엮어 아뢰옵니다.

　　오늘 저녁은 한해 마지막 밤,

　　향불 향내 가득하고 촛불은 붉게 타오릅니다.

　　돈의 신은 취했고 돈의 노예들은 종종거리는데,

　　신령님께서는 어찌 홀로 너덜대는 책만 지키시옵니까?

　　화려한 주연 베풀어져 주향酒香은 짙게 퍼지고,

　　깊은 밤을 알리는 북소리 울리며 밤은 길게 이어집니다.

　　사람들은 왁자지껄 취향醉鄕으로 접어들면서도,

　　그 누가 신령님께 술 한 잔을 올리나이까?

　　돈과는 절교했어도 집안에 너덜거리는 책은 남아 있어,

　　술잔을 잡고 크게 부르오니 우리 집안으로 강림하소서.

담황색 책보자기 깃발 삼고 향초 책상자 수레 삼아,

맥망[4]을 이끌고 책벌레에 수레 멍에 메소서.

냉수 한 사발과 국화 꽃잎을 제수로 삼아,

미친 듯 「이소」[5]를 낭송하며 신령님께 기쁨을 드리고자 하오니,

신령님 어서 오소서, 주저하지 마시옵소서.

신령님의 친구인 칠비漆妃[먹]와 관성후管城侯[붓]께서는,

필해筆海[벼루]를 향해 거드름을 피우고,

문총文塚[종이]에 기대 주저하고 있나이다.

맥망을 이끌어 신선이 되게 하시고,

책벌레는 데리고 와 즐겁게 노시옵소서.

저속한 촌놈들은 신령님의 원수이니,

문턱을 넘어와 신령님에게 치욕을 주지 말게 하소서.

저들이 말을 듣지 않는다면 예리한 검劍으로 제지하시고,

옛 서적을 펼쳐 저들의 목구멍을 막으소서.

또한 관성후도 붓두껍에서 나오게 하여,

저들로 하여금 근심에 젖어 덜덜 떨게 하소서.

차라리 독서광을 부르고 시인들을 오게 하여,

저를 위해 책을 지켜 주시면 그 기쁨이 끝이 없을 것입니다.

뒷날 학궁에서 공부하고 과거에 급제하여,

진귀한 책을 사서 신령님께 보답하겠사옵니다.

1) 원제는 「祭書神文」. 이 초사체 제문 1수는 저우쭤런 일기의 부록인 「감주청려필기」에서 발췌했다. 저우쭤런이 루쉰이 쓴 글을 일기에 적어 놓은 것이다. 본래 구두점이 있다. 서명은 자젠성이다.

2) 원문은 '賈子祭詩之夕'. '가자'(賈子)는 중국 당나라 시인 가도(賈島, 779~843)다. 가도는 시구를 정성스럽게 갈고 다듬기로 유명하여 고음(苦吟) 시인으로 불렸다. 원대 신문방(辛文房)이 지은 『당재자전』(唐才子傳)에 의하면 가도는 섣달 그믐날 일 년 동안 지은 시를 모아 놓고, 술을 마련하여 제사를 지내며 자신의 고단한 정신을 위로했다고 한다.

3) 음력 경자년(庚子年) 제야는 양력 1901년 2월 18일이다.

4) 원문은 '脈望'. 중국 전설에 의하면 책벌레가 고서 속의 '신선'(神仙)이란 글자를 세 번 갉아먹으면 신선과 같은 영물(靈物)이 된다고 하는데, 이를 맥망(脈望)이라고 한다.

5) 「이소」(離騷)는 중국 전국시대 초나라 시인 굴원(屈原)의 작품으로 전해지는 초사체(楚辭體) 문장의 대표작. 간신들의 참소로 추방된 굴원이 강호를 방랑하며 가슴속 울분을 환상적으로 표현했다고 한다.

중제의 송별시 원운에 화답하다(발문도 함께 쓰다)[1]

꿈길마다 나의 영혼 고향 길로 치달릴 때,
인간세상 쓰린 이별 비로소 알게 되었다.
한밤중 침대에 기대 아우들 생각 간절한데,
등불은 꺼져 가고 달빛만 휘영청 밝다.

해 저물녘 객선이 농가 곁에 멈출 무렵,
가시 울을 두른 집에 나뭇가지도 우거졌다.
고향집 즐거운 삶 슬프게 떠오르는데,
어느 때 물동이 안고 함께 꽃을 길러 보나?

춘풍은 쉽사리도 화려한 시절 쓸어가고,
안개 덮인 파도 위를 밤배가 달려간다.
무슨 일로 할미새는 한사코 삐져 대며,[2]
돛대 위를 따라 날며 넓은 하늘을 건너는가?

중제仲弟가 내가 지난 봄에 써준 이별시의 원운原韻에 차운次韻 시를 지어 송별하며 나에게 화답시를 요청했다. 그러나 붓을 잡을 때마다 바로 마음이 암담해져서 시 쓰기를 멈추곤 했다. 10여 일을 넘기고 객창에서 우연히 틈이 나, 거칠게 시구를 완성하여 동생들에게 우송했다. 아! 누각에 올라 눈물을 흘린다 했으니,[3] 영웅도 꼭 집을 잊는 것은 아니다. 작별의 손을 잡자 넋이 다 나갈 지경이었는데, 형제들은 결국 다른 곳에 거처를 두게 되었다. 깊은 가을 밝은 달이 나그네를 비추며 더욱 밝아지고, 추운 밤 애원哀怨의 피리소리는 나그네를 만나 그 애원을 더한다. 이런 심정과 이런 정경은 모두 시름겨운 슬픔이 아닌 것이 없다.

신축년辛丑年[1901] 중춘仲春 자젠성 미정고[4]

주)_____

1) 원제는 「和仲弟送別元韻幷跋」. 이 칠언절구 3수는 저우쭤런의 일기에서 발췌했다. 저우 쭤런이 루쉰의 시를 자신의 일기에 적어 놓은 것이다. 본래 제목이 없었다. 1901년 4월 초에 지은 시다. 1981년판 『루쉰전집』에는 이 시의 제목이 「別諸弟三首辛丑二月」로 되어 있다. 중제(仲弟)는 형제 서열 중에서 둘째에 해당하는 아우라는 뜻이다.

2) 원문은 '何事脊令偏傲我'. 척령(脊令)은 '척령'(鶺鴒)이라고도 쓴다. 할미새다. 할미새는 형제간의 깊은 우애를 상징한다. 『시경』 「소아·당체(常棣)」 참조. 여기서 루쉰은 형제 간에 헤어져 서로 돕지 못하는 것이 할미새의 우애보다 못함을 비유했다.

3) 원문은 '登樓隕涕'. 후한 왕찬(王粲)의 「등루부」(登樓賦)에 "고향 가는 길이 막혀 있음에 슬퍼서, 눈물이 마구 흘러내려 멈추지 않는구나"(悲舊鄕之壅隔兮, 涕橫墮而弗禁)라는 구절이 있다.

4) 미정고(未定稿)의 원문은 '擬刪草'. 아직 더 생각하며 깎고 다듬어야 한다는 뜻이다.

꽃을 아까워하며 율시 4수
— 샹저우 창춘위안 주인의 시 원운을 그대로 따라 짓다[1]

새소리와 방울 소리[2] 꿈속으로 얽혀드는 때,

꽃그늘에 조용히 서서 개는 날씨 바라본다.

놀랍게도 붉은 꽃잎 나비 따라 펄펄 날고,

마음에 들게도 푸른 새싹 섬돌 둘러 자라난다.

하늘은 모란꽃[3]을 지나치게 시기하나,

작약꽃[4]이 피어날 땐 깊은 정이 배가된다.

사람 마음의 수심이 가장 풀리지 않는 것은,

사방 처마에 가랑비가 가을 소리 전하기 때문.[5]

버들 솜[6] 좇아 떠도는 몸 너무나 가련한데,

황금 집에 어느 시절 고운임을 모셔 보나?

이슬비 오실 때에 가시나무로 바자울 막자,[7]

훈풍은 마음 깊어 꽃가지도 안 울린다.

석양 속에서 젓대 가락 재촉하지 마시고,[8]

차라리 봄볕 속에 다리 밟기나 하시기를.[9]

가을 되어 변방 기러기 날아올까 두려워서,

목란木蘭[10] 배에 술을 싣고 경쾌하게 노 젓는다.

쌀쌀한 2월에 가랑비 오시는 때,

홍두[11]가 아니어도 그리운 임 생각난다.

금침 위나 나막신 아래 떨어진 꽃 애달퍼서,[12]

대나무로 울을 엮어 꽃나무를 보살핀다.

마음을 달래주는 소심素心[13] 향기 소매에 젖고,

흥취 돋우는 작약[14] 피어 잔 넘치게 술 따른다.

어찌하여 무정하게 봄바람은 불어와서,

깊은 정원 도미꽃[15]이 가지 가득 꽃피우나?

온갖 꽃들 들판 둘러 화사함을 다투는 때,

꽃잎 아래 한가롭게 호랑나비 잠들었다.

집 밖에서 나만 홀로 꽃밭을 가꾸는데,

올해는 다행히도 꽃 기르기 좋은 날씨다.[16]

고운 새도 나와 함께 봄이 감을 슬퍼하나,

수려한 들판 지나다가 불타는 꽃을 마주한다.

당唐나라 궁궐 꽃밭의 방울 달기 본받아서,

붉은 난간 가에다 금방울을 매달아 본다.

1) 원제는「惜花四律步湘州藏春園主人元韻」. 이 칠언율시 4수는 저우쭤런 일기의 부록인
「감주청려필기」에서 발췌했다. 저우쭤런이 루쉰의 시를 자신의 일기에 적어 놓은 것이
다. 1901년 초여름에 지었다.

  상저우(湘州) 창춘위안(藏春園) 주인은 후난성 창사(長沙) 사람 린부칭(林步青, 1860~
1917)이다. 당시 상하이에 거주하며『상하이문사일록』(上海文社日錄)에「석화사율」(惜
花四律)을 발표하여 창화시(唱和詩)를 모집한다고 하였다. 루쉰은 바로, 린부칭의「석화
사율」시의 원운(原韻)에 의거하여 자신의 심정을 읊었다.

2) 원문은 '鈴語'. 당나라 궁궐에서는 꽃을 오래 보려고, 꽃나무 가지에 줄을 매고 방울을
달아 새가 날아오면 줄을 당겨서 방울 소리로 새를 쫓아냈다고 한다. 왕인유(王仁裕)의
『개원천보유사』(開元天寶遺事) 권상(卷上) 참조.

3) 원문은 '絶代'. 두 가지 의미가 담겨 있다. 첫째, '모란'(牧丹)을 가리킨다. 모란은 부귀를
상징하며 백화(百花)의 으뜸이라고 하여 '화왕'(花王)이라고 불린다. 둘째, 절세가인(絶
世佳人)으로 청년 루쉰이 그리는 아름다운 여성을 가리킨다.

4) 원문은 '將離'. 역시 두 가지 의미가 담겨 있다. 첫째, 작약(芍藥)을 가리킨다. 작약의 별
칭이 '장리'(將離)다. 둘째, 장차 헤어져야 하는 사람을 가리킨다. 따라서 중국 고대에는
헤어질 때 작약꽃을 꺾어서 서로 주고받는 풍습이 있었다고 한다.

5) 봄날에 벌써 가을 소리를 듣는 것은 덧없이 흘러가는 세월을 슬퍼하는 것이다.

6) 원문은 '柳綿'. 유서(柳絮) 즉 버들솜이다. 중국 전설에 의하면 버들솜이 떠돌다가 물에
떨어지면 부평초가 된다고 한다. 고향을 떠나 정처없이 떠도는 신세를 비유한다.

7) 원문은 '微雨欲來勤揷棘'. 가랑비에 혹시 꽃이 빨리 떨어질까 두려워서 울타리를 보완
하는 것이다. 꽃을 보호하려는 행동이다.

8) 원문은 '莫敎夕照催長笛'. 당나라 한유(韓愈)의「장사군과 이별하며」(留別張使君) 시에
"피리 가락 급해지며 지는 해를 재촉하네"(鳴笛急吹催落日)라는 구절이 있다. 루쉰은 이
구절의 의미를 뒤집어서 사용하고 있다.

9) 원문은 '且踏春陽過板橋'. 당나라 유우석(劉禹錫)의「죽지사」(竹枝詞)에 "영안궁 밖에서
답청하고 왔다네"(永安宮外踏靑來)라는 구절이 있다. 신록을 밟으며 봄을 즐기는 것을
'답청'(踏靑)이라고 한다.

10) 원문은 '蘭鱝'. '난'(蘭)은 목란(木蘭)으로 향기로운 나무다.『술이기』(述異記)에 의하면
옛날 중국에서는 목란 나무로 놀이용 배를 만들었다고 한다. 루쉰의 고향인 사오싱에
서는 봄나들이를 나갈 때 흔히 남녀 각 한 대씩 배를 타고 춘흥을 즐겼다고 한다. '쌍'
(鱝)은 작은 배다.

11) 원문은 '紅豆'. '상사자'(想思子)라고도 한다. 원산지는 아프리카이지만 열대지방과 중
국 남방에 많이 자란다. 열매는 타원형으로 윗부분은 밝은 홍색이며 아랫부분으로 갈

수록 검다. 중국 시에서 흔히 그리움을 나타내는 상징으로 많이 쓰였다.

12) 원문은 '墮褵印屐增惆悵'. 떨어진 꽃잎이 날려 고귀한 집의 비단 이불에도 떨어지고, 유람하는 사람들의 신발 아래에도 떨어진다는 뜻으로, 인생무상 또는 인간의 불가항력적인 운명을 비유한다.

13) 소심(素心)에는 두 가지 의미가 들어 있다. 첫째, '평소의 뜻'을 가리킨다. 둘째, 난초의 일종인 '소심'(素心)을 가리킨다.

14) 원문은 '藍尾'. 역시 두 가지 의미가 있다. 첫째, 남미춘(藍尾春)으로 작약꽃을 가리킨다. 작약은 늦봄에 가장 마지막으로 피는 꽃이므로 '남미'(藍尾)는 최후(最後) 또는 최말(最末)이라고도 한다. 따라서 주연(酒宴)에서 나이가 어린 순서대로 술을 마실 때 가장 나이 많은 사람이 맨 마지막에 술을 마시는데 이 술을 '남미주'(藍尾酒)라고 한다. 둘째, 이 '남미주'(藍尾酒)를 가리킨다. 루쉰은 3형제 중에 장남이므로 '남미주'를 마시게 된다.

15) 원문은 '茶蘪'. '도미'(茶蘪) 또는 '도미'(酴醾)라고도 쓴다. 학명은 'Rubus rosifolius'이다. 장미과에 속하는 낙엽 관목으로 모든 봄꽃이 다 진 늦봄과 초여름에 흰색 꽃이 핀다. 따라서 "도미꽃이 피면 봄꽃은 끝난다"라는 속담이 있다. 송나라 소식(蘇軾)도 「도미화」(茶蘪花)에서 "도미꽃은 봄을 다투지 않고, 쓸쓸하게 가장 늦게 핀다"라고 읊었다.

16) 원문은 '養花天'. 송나라 승려 중수(仲殊)의 「화품서」(花品序)에 "웨(越) 땅에 모란꽃이 필 때는, …… 대부분 가벼운 구름이 끼고 가랑비가 내리는데, 이를 일러 꽃을 기르는 날씨라고 한다"는 구절이 있다.

정요경을 애도하며[1]

남아는 죽었으나, 씩씩한 뜻 이루지 못해서 한스러우니, 언제 정령위

처럼 화표로 날아올까?[2]

영혼은 돌아가나, 무덤에서 눈감기 어려움을 알겠나니, 깊은 밤 어두

운 넋이 어머니를 감도네.

주)_____

1) 원제는 「挽丁耀卿」. 이 만사(輓詞)는 저우쭤런의 일기에서 발췌했다. 1902년 1월 12일
   에 썼다. 서명은 '위차이 저우수런'(豫才周樹人). 본래 제목은 없고 구두점은 있다. 정요
   경(丁耀卿)은 루쉰의 난징 광무철로학당 시절 학우다. 1902년 1월 5일 폐병으로 죽었다.
2) 원문은 '何日令威來華表'. 『수신후기』(搜神後記)에 다음과 같은 전설이 실려 있다. 중국
   한나라 때 랴오둥(遼東) 사람 정령위(丁令威)는 링쉬산(靈虛山)에서 도를 닦아 신선이
   되었다. 그 뒤 천 년 만에 다시 학이 되어 고향으로 돌아와 성문 화표(華表) 위에 앉아
   있었는데, 한 소년이 지나가다가 화살로 정령위를 겨누었다. 학이 된 정령위는 화살을
   피해 하늘 위를 선회하면서 시 한 수를 읊었다. "새야 새야 정령위야, 집 떠난 지 천 년
   만에 지금에야 돌아왔네. 성곽은 의구한데 사람은 아니구나, 신선술을 어찌 안 배워 무
   덤만 총총하냐?" 이후 '정령위'는 흔히 죽은 사람이 다시 돌아오기를 바라는 의미로 제
   문이나 만사에 많이 쓰였다. '화표'(華表)는 중국 고대에 궁전, 교량, 성곽, 묘지 등의 전
   면에 세워 놓은 거대한 기둥이다. 장식이나 표지를 위한 용도다.

사진에 제사를 써서 중제에게 주다[1]

콰이지산 아래의 평민, 일본에서 유학하는 나그네가, 고분학원[2]의 제복을 입고 스즈키 신이치鈴木眞一에게서 사진을 찍다. 20여 세 된 청년이 4월 중순의 길일에 5천여 리의 우편에 부쳐 싱뱌오[3] 아우의 밝은 눈으로 살펴보게 하다.

형 수런이 머리를 조아리다[4]

주)_____

1) 원제는 「題照贈仲弟」. 이 글은 저우쭤런의 일기에서 발췌했다. 이 제사는 루쉰이 1902년 6월 일본에서 저우쭤런에게 부쳐 준 사진에 씌어 있었다. 본래 제목은 없고 구두점은 있다.

2) 고분학원(弘文學院)은 루쉰이 도쿄에서 일본어를 배우기 위해 1902년에서 1904년까지 재학했던 학교다.

3) 싱뱌오(星杓)는 루쉰의 아우 저우쭤런의 자(字).

4) 원문은 '頓首'. 고문 편지에 흔히 쓰는 상투어다. 고문 편지투를 흉내 낸 회화적인 표현이다.

『집외집습유보편』에 대하여

『집외집습유보편』에 대하여

1.

『집외집습유보편』集外集拾遺補編이란 명칭은 『집외집습유』를 보충하여 편집했다는 뜻이다. 『집외집습유』는 『집외집』에서 빠진 것을 주워 모았다는 뜻이다. 그럼 『집외집』은 무엇인가? 말 그대로 어떤 사람의 '문집'이나 '전집'에 수록되지 못한 글, 즉 '문집'이나 '전집' 밖의 글을 모았다는 의미다. 『루쉰전집』에는 이런 종류의 글모음이 『집외집』, 『집외집습유』, 『집외집습유보편』이라는 세 가지 이름으로 존재한다. 이 중 『집외집』과 『집외집습유』의 편집 과정은 이 번역 시리즈 『루쉰전집 9』 「부록」에 자세하게 소개되어 있으므로 여기에서는 중복을 피하기 위해 『집외집습유보편』 편집 과정과 그 내용만 대략 설명하고자 한다.

　　지금까지 중국에서 출간된 『루쉰전집』의 대표적인 판본은 대체로 다섯 가지를 들 수 있다. 최초의 『루쉰전집』은 루쉰 사후 2년 만인 1938년 그의 부인 쉬광핑許廣平 주도로 총 20권으로 편집·출간되었다(上海復社).

두번째 판본은 1958년 런민문학출판사에서 총 10권으로 출간했다. 루쉰의 창작물과 문학사 저작만 뽑아서 처음으로 주석을 단 전집이다. 세번째 판본은 1973년 런민문학출판사에서 루쉰의 번역 작품까지 포함하여 총 20권으로 출간했다. 1938년본을 저본으로 하여 몇 부분에 증감을 가한 판본이다. 네번째 판본은 1981년 런민문학출판사에서 총 16권으로 출간했다. 1958년 10권본을 저본으로 삼아 『집외집습유보편』, 『고적서발집』古籍序跋集, 『역문서발집』譯文序跋集, 『서신』書信, 『일기』日記까지 포함했다. 다섯번째 판본은 2005년 런민문학출판사에서 총 18권으로 출간했다. 이 판본에는 새로 발견된 루쉰의 글 24편, 루쉰의 편지 18통, 『먼 곳에서 온 편지』兩地書 원본 편지 68통, 일본인 마스다 와타루增田涉와 주고받은 편지 약 10만 자, 주석 보충 1,000여 곳이 포함되었다.

이 다섯 가지 『루쉰전집』 중에서 『집외집습유보편』이 최초로 들어간 판본은 1981년본이다. 그 이후 출간된 2005년본에도 『집외집습유보편』이 포함되어 있다. 따라서 『집외집습유보편』에는 1973년까지의 판본에 포함되지 않았거나 그 이후 지금까지 발견된 루쉰의 글이 수록되어 있다. 그 분량도 기왕에 간행된 루쉰의 단행본 작품집 어떤 것보다 방대하다. 1981년본 『집외집습유보편』만 해도 무려 467쪽인데, 2005년본은 그보다 분량이 더 늘어나 총 542쪽에 달한다.

2005년본 『집외집습유보편』에 새로 보태진 글은 모두 18편이다. 그 제목을 연도별로 나열해 보면 다음과 같다.

1901 : 「재정정 『서하객유기』 목록 및 발문」
1912 : 「군부 통언」

1981년본에 실렸던 다음 글 1편은 삭제되었다.

2005년본 「출판 설명」出版說明에 의하면 「생리 실험술 요략」은 자연과학과 관련된 글이어서, 「중국광산지」中國礦山志, 「인생상」人生象 등과 함께 이후 따로 출간할 『루쉰의 자연과학 논저집』魯迅自然科學論著集에 수록하기 위해 삭제했다고 한다. 실제로 2014년 런민문학출판사에서 출간한 『루쉰의 자연과학 논저집』魯迅自然科學論著集을 살펴보면 맨 마지막 부록에 「생리 실험술 요략」이 실려 있다.

또 집필 연도가 조정된 글이 1편 있는데 본래 1981년본 1934년 부분에 수록되었던 「형세는 반드시 그렇게 되고, 이치는 본래부터 그러했다」라는 글은 1935년 1월에 쓴 것으로 고증되어 2005년본에는 1935년 맨 앞에 수록되었다.

그리고 제목이 바뀐 글이 5편 있다. 제목 전체를 바꾼 것이 아니라, 본래의 제목을 원본에 따라 좀더 정확하게 수정했다.

1919

「권법과 권비」拳術與拳匪 → 「'권법과 권비'에 관하여」關於'拳術與拳匪'

부록 1

1934

「『십죽재전보』 번각 설명」『十竹齋箋譜』翻印說明 → 「『십죽재전보』 패기」『十竹齋箋譜』牌記

1936

「『케테 콜비츠 판화 선집』 출판 설명」『凱綏·珂勒惠之版畵選集』出版說明 → 「『케테 콜비츠 판화 선집』 패기」『凱綏·珂勒惠之版畵選集』牌記

부록 2

1900

「아우들과 이별하고 3수」別諸弟三首(경자년 2월) → 「아우들과 이별하고」
別諸弟

「아우들과 이별하고 3수」別諸弟三首(신축년 2월) → 「중제의 송별시 원운
에 화답하다」(발문도 함께 쓰다)和仲弟送別元韻幷跋

이처럼 1981년본과 2005년본에 들어 있는『집외집습유보편』을 비교
해 보면 2005년본에 루쉰의 일문佚文이 훨씬 많이 실려 있고, 연도와 제목
도 매우 정밀하게 수정되었음을 확인할 수 있다. 또한 앞으로도 루쉰의 글
이 계속 발견되면 이『집외집습유보편』에 수록되리라 미루어 짐작할 수
있다.

2.

이『집외집습유보편』은 루쉰의 글 중에서 기존 전집에서 빠진 글을 모은
문집이긴 하지만 루쉰의 생애·사상·문학 연구에 없어서는 안 될 귀중한
자료가 포함되어 있다. 특히 루쉰의 생애 초기 글은 기존 문집에 거의 포
함되어 있지 않다. 예컨대『집외집』의 글 수록 연도는 1903년에서 1933년
이고,『집외집습유』는 1912년에서 1936년까지인데, 이중에서 루쉰의 25
세 이전 청소년 시기 글은『집외집』에 실린 「스파르타의 혼」과 「라듐에 관
하여」(모두 1903년 만 22세에 집필) 두 편뿐이다. 이에 비해『집외집습유보
편』의 수록 연도는 1898년에서 1936년까지다. 루쉰이 1881년생이므로

1898년은 루쉰이 만 17세가 되던 해다. 그가 만 17세에 쓴 「자젠성 잡기」와 「시화잡지」는 지금까지 발견된 루쉰의 글 중에서 가장 이른 시기의 것이다. 또 만 19세에 쓴 「아우들과 이별하며」, 「연밥」, 만 20세에 쓴 「경자년 조왕신을 보내며 지은 즉흥시」, 「책의 신에게 올리는 제문」, 「중제의 송별시 원운에 화답하다」, 「꽃을 아까워하며」 등 전통 한시와, 만 21세에 쓴 만사輓詞 「정요경을 애도하며」와 제기題記 「사진에 제사를 써서 중제에게 주다」 등의 글은 루쉰의 청소년 시기의 심경과 지향을 엿볼 수 있는 희귀한 자료다. 또한 루쉰이 1903년 만 22세에 쓴 「중국지질약론」은 『집외집』에 실린 같은 연도의 글 두 편과 동일한 성격을 보여 준다. 이밖에도 이런 글과 같은 방향에서 집필된 「『중국광산지』 자료 모집 광고」(1907)와 「파악성론」(1908)도 루쉰의 초기 사상 이해에 매우 중요한 자료라 할 수 있다. 특히 「파악성론」은 미완이지만 서구 근대에 대한 루쉰의 비판적 인식이 담겨 있고 또 중국 국민의 정신적 각성을 촉구하고 있다는 점에서 이후 루쉰 사상의 바탕을 잘 보여 주는 아주 중요한 글이다.

또 루쉰이 1918년 「광인일기」를 창작하며 본격적으로 문학 창작 활동을 시작하기 이전 글도 다수 포함되어 있다. 여기에는 루쉰이 신해혁명 실패 후 현실에 절망감을 느끼고 베이징 골방에 틀어박혀 베낀 비석 탁본 및 고대 문집 교감기도 들어 있다. 「콰이지우묘폄석고」, 「'□퀑묘지'고」, 「『묵경정문』 재교열 후기」, 「『포명원집』 교감기」 등 10여 편의 글은 1917년과 1918년에 집중적으로 씌어졌다. 이 글 대부분의 원본이 사자의 무덤에서 파낸 묘지명이고, 또 루쉰이 그 고증기考證記를 당시 문학혁명론자들에 의해 죽은 문자死文字로 비난받던 고문으로 기록한 점을 보면 루쉰의 절망감이 어느 정도였는지 짐작할 수 있다. 『외침』 「자서」에도 언급된 이 종류의 글에는 당시 '적막'한 현실 뒤편에 드리운 죽음 같은 어둠이 깃들어 있다. 이는 당시 현실에 대한 역설적인 상징처럼 보인다. 루쉰이 『외침』 「자서」에서 비유한 '철의 방'鐵屋子에도 어쩌면 이 같은 칙칙한 어둠이 가득 차 있었을 것으로 짐작된다. 흥미로운 점은 이런 어두운 문장 속에도 대상을 철저하게 의심하고 정확하게 파악하려는 루쉰의 정신이 한 줄기 빛살처럼 반짝인다는 사실이다. 이처럼 이 글들은 루쉰의 일생이라는 총체적 텍스트 속에서 읽어야만 그 심각한 의미가 제대로 드러난다. 루쉰의 삶을 입체적이고도 생생하게 드러내 주는 매우 유용한 자료라고 할 만하다.

우리에게 잘 알려져 있다시피 루쉰은 1918년부터 당시 중국 진보적 매체의 중심이었던 『신청년』 필진으로 참여했고, 바로 이 해에 중국 최초의 현대소설 「광인일기」를 발표했다. 이후 발표된 루쉰의 소설은 『외침』, 『방황』, 『새로 쓴 옛날이야기』 속에 모두 수록되어 있다. 따라서 『집외집 습유보편』에는 루쉰의 소설이 한 편도 들어 있지 않다. 그러나 루쉰 문학의 또 다른 한 축인 잡문은 『집외집습유보편』에도 상당수 포함되어 있다. 이 잡문들은 형식과 내용으로 판단해 볼 때, 각 시기마다 편집·출판된 루쉰의 기존 잡문집에 넣어도 무방한 작품이 대부분이다. 가령 1918년에 쓴 「수감록」, 1919년에 쓴 「'권법과 권비'에 관하여」 외 2편, 1921년에 쓴 「"살아서는 항복해도 죽어서는 항복하지 않는다"」 외 3편, 1923년에 쓴 「『소설세계』에 관하여」, 1924년에 쓴 「'우스갯소리'에 대한 우스갯소리」 외 2~3편은 모두 루쉰의 잡문집 『열풍』이나 『무덤』에 넣어도 전혀 손색이 없는 작품이다. 또 1927년에 쓴 「상하이와 난징 수복 경축 저편」, 「지식계급에 관하여」는 『이이집』이나 『삼한집』에 넣어도 좋은 작품이다. 특히 이 두 편은 당시 중국 현실에 대한 루쉰의 치열한 인식이 반영되어 있어서 루쉰을 연구하는 학자들은 반드시 주의해야 할 글이다. 또 1931년에 쓴 「'일본 연구'의 바깥」은 『이심집』에, 1932년에 쓴 「수재가 바로 '건국'이다」는 『남강북조집』, 1933년에 쓴 「통신(웨이멍커에게 답함)」, 「'문인무행'을 변론하다」, 「아녀자들도 안 된다」는 『거짓자유서』나 『풍월이야기』에, 1934년에 쓴 「'잡문' 짓기도 쉽지 않다」는 『꽃테문학』이나 『차개정잡문』에, 1935년에 쓴 「형세는 반드시 그렇게 되고, 이치는 본래부터 그러했다」 외 4~5편은 『차개정잡문 2집』에 수록해야 할 작품이다. 이런 잡문이 왜 각 시기 잡문집에서 빠졌는지는 아직 명확하게 규명되어 있지 않다. 루쉰이 이 잡문들을 발표한 사실을 망각했거나, 발표한 잡지를 찾기가 쉽지 않았거나, 내용이 마음에 들지 않았거나, 분량의 불균형 때문이거나, 글을 써 두고 발표하지 않았거나 등등 여러 가지 이유가 있을 수 있다.

또 하나 우리가 주목해야 할 점은 루쉰이 집중적으로 잡문을 쓰는 기간 동안인 1919년에 산문시와 유사한 글 「혼잣말」을 발표했으며, 1933년에는 과거 회상 수필 「나의 우두 접종」을 발표했다는 사실이다. 이중 「혼잣말」은 1927년 출판된 루쉰의 산문시집 『들풀』의 선행 형태를 보여 준다는 점에서 매우 흥미로운 작품이다. 「혼잣말」이란 제목 아래 「서」, 「불의 얼음」, 「옛 성」, 「게」, 「보얼」, 「우리 아버지」, 「나의 형제」 총 7편이 들어 있다. 『들풀』에 실린 작품이 대체로 1925년과 1926년에 걸쳐 창작되었음을 감안해 보면 그보다 거의 6년 전부터 루쉰은 산문시와 유사한 작품 습작에 공을 들이고 있었음을 알 수 있다. 또 「나의 우두 접종」은 루쉰의 회고 수필집 『아침 꽃 저녁에 줍다』에 넣어도 좋을 만큼 문학적 필치가 뛰어난 글이다. 두 편 모두 루쉰의 문학 연구 심화에 적지 않은 영감을 제시해 줄 것으로 생각된다.

그러나『집외집습유보편』의 특징을 가장 잘 보여 주는 글은 위와 같은 글이 아니다. 기존 문집의 성격에 맞지 않아서 실을 수 없었던 글이 바로『집외집습유보편』의 특징을 잘 보여 준다. 이런 글은 루쉰 자신이나 이후『루쉰전집』편집자들도 모두 쓰레기처럼 취급하며 거의 관심을 기울이지 않았다. 서적이나 잡지의 발간사, 각종 설명서와 의견서, 제기題記 또는 제사題辭, 각종 서발序跋, 서적 교감 또는 교정기, 서신에 대한 답장, 몇 가지 도서목록, 독서차기讀書劄記, 각종 안어按語와 평어評語, 각종 광고와 알림 글, 간략한 자서전, 추모문, 증시贈詩 등등이 이에 해당한다. 이것들이『집외집습유보편』의 대종을 이룬다. 말하자면 '습유보편'拾遺補編 즉 '빠진 것을 주워 모아 보충했다'는 의미에 부합하는 글이 바로 이런 종류다. 이런 글은 다소 지리멸렬한 혐의는 있지만 루쉰의 소설이나 잡문이 보여 주지 못하는 생활인 루쉰의 모습을 생생하게 드러낸다. 교육부 공무원 루쉰의 삶을 추적하려면「국무원에 올리는 국가 휘장 도안 설명서」와「미술보급에 관한 의견서」를 읽어야 하고, 교육자 루쉰의 활동을 추적하려면「중산대학 개교 치사」를 참고해야 한다. 또 서적이나 잡지 편집자 루쉰의 분투를 엿보려면「『역문』창간호 전언」,「'웨이밍총간'은 무엇이고, 어떻게 해야 하나(1)(2)」등을 정독해야 하고, 교정자 루쉰의 꼼꼼함을 살피려면「루쉰 공고」,「오류 교정」,「삼가 알림」등을 검토해야 한다. 그리고 목판화 고취자의 모습을 보여 주는「『목판화가 걸어온 길』알림」,「케테 콜비츠의 목판화「희생」설명」,「독일 작가 판화전 거행 연기 진상」등의 글도 있고, 삽화 애호가의 실상을 드러내는「『머나먼 나라』해설」,「『인옥집』광고」,「『죽은 혼 백 가지 그림』」등의 글도 있다. 아울러 상하이에 정착한 이후 번역과 집필로 생계를 꾸려야 했던 출판사 운영자 겸 책 광고자로서 루쉰의 눈물겨운 삶을 살펴보려면 특히 「부록 1」에 실린 「『훼멸』과 『철의 흐름』 출판 예고」, 「삼한서옥에서 교정 인쇄한 서적」 등의 광고를 읽어야 한다. 이밖에도 독서인으로서의 메모와 감상을 적은 「서원절지」 시리즈도 있고, 소설 연구가로서의 치밀함을 보여 주는 「『당인설회』 진상 폭로」, 「소설목록 두 가지에 관하여」, 「『송은만록』에 부쳐」 등등의 글도 있다. 실로 『집외집습유보편』은 루쉰의 일상생활과 관련된 디테일을 가장 생생하게 보여 주는 보고라 할 수 있다.

3.

『집외집습유보편』을 가장 쉽게 표현하자면 『루쉰전집』 찌꺼기의 찌꺼기의 찌꺼기다. 그것은 고대인들의 조개무지貝塚와 같다. 우리는 거대한 고인돌이나 잘 다듬어진 석검만으로 선사시대 사람들의 생활상을 자세하게 알 수 없다. 우리가 그들의 살아 있는 삶에 다가가려면 당시 쓰레기더미인 조개무지를 정밀하게 살펴봐야 한다. 루쉰의 삶도 마찬가지다. 그의 빛나는 소설집, 수필집, 시집, 잡문집만으로는 먹고살기 위해 고민하고 분투한 그의 삶을 복원할 수 없다. 사상가·혁명가·문학가로서 삼위일체의 신이 된 루쉰이 아니라, 생계를 해결하기 위해 고통받고, 편집·출판·번역을 위해 노심초사하고, 책을 읽으며 꼼꼼하게 메모하는 생활인 루쉰을 복원하기 위해서는 이 『집외집습유보편』을 읽지 않을 수 없다. 이 점이 우리가 『집외집습유보편』을 소홀하게 취급할 수 없는 이유다.

옮긴이 김영문

지은이 루쉰(魯迅, 1881.9.25~1936.10.19)

본명은 저우수런(周樹人), 자는 위차이(豫才)이며, 루쉰은 탕쓰(唐俟), 링페이(令飛), 펑즈위(豊之餘), 허자간(何家幹) 등 수많은 필명 중 하나이다.

저장성(浙江省) 사오싱(紹興)의 명문가에서 태어나 어린 시절 조부의 하옥(下獄), 아버지의 병사(病死) 등 잇따른 불행을 경험했고 청나라의 몰락과 함께 몰락해 가는 집안의 풍경을 목도했다. 1898년부터 난징의 강남수사학당(江南水師學堂)과 광무철로학당(礦務鐵路學堂)에서 서양의 신학문을 공부했고, 1902년 국비유학생 자격으로 일본으로 건너갔다. 고분학원(弘文學院)에서 일본어를 공부하고 센다이 의학전문학교(仙臺醫學專門學校)에서 의학을 공부했으나, 의학으로는 망해 가는 중국을 구할 수 없음을 깨닫고 문학으로 중국의 국민성을 개조하겠다는 뜻을 세우고 의대를 중퇴, 도쿄로 가 잡지 창간, 외국소설 번역 등의 일을 하다가 1909년 귀국했다. 귀국 이후 고향 등지에서 교원생활을 하던 그는 신해혁명 직후 교육부 장관 차이위안페이(蔡元培)의 요청으로 난징 중화민국 임시정부의 교육부 관리를 지냈다. 그러나 불철저한 혁명과 여전히 낙후된 중국 정치·사회 상황에 절망하여 이후 10년 가까이 침묵의 시간을 보냈다.

1918년 「광인일기」를 발표하면서 본격적인 작품 활동을 시작한 그는 「아Q정전」, 「쿵이지」, 「고향」 등의 소설과 산문시집 『들풀』, 『아침 꽃 저녁에 줍다』 등의 산문집, 그리고 시평을 비롯한 숱한 잡문(雜文)을 발표했다. 또한 러시아의 예로셴코, 네덜란드의 반 에덴 등 수많은 외국 작가들의 작품을 번역하고, 웨이밍사(未名社), 위쓰사(語絲社) 등의 문학단체를 조직, 문학운동과 문학청년 지도에도 앞장섰다. 1926년 3·18 참사 이후 반정부 지식인에게 내린 국민당의 수배령을 피해 도피생활을 시작한 그는 샤먼(廈門), 광저우(廣州)를 거쳐 1927년 상하이에 정착했다. 이곳에서 잡문을 통한 논쟁과 강연 활동, 중국좌익작가연맹 참여와 판화운동 전개 등 왕성한 활동을 펼쳤으며, 55세를 일기로 세상을 등질 때까지 중국의 현실과 필사적인 싸움을 벌였다.

옮긴이 김영문

서울대학교 대학원에서 석·박사 학위를 받았고, 현재는 인문학 연구서재 청청재(靑靑齋) 대표로 지식인의 사회적 역할과 관련한 인문학 서적을 저술·번역하고 있다. 지은 책으로는 『노신의 문학과 사상』(공저), 『근현대 대구·경북 지역 중국어문학 수용사』 등이 있고, 옮긴 책으로는 『루쉰과 저우쭈어런』(2005), 『문선역주』(전10권, 공역, 2010), 『루쉰, 시를 쓰다』(2010), 『내 정신의 자서전』(2012), 『아Q 생명의 여섯 순간』(2015), 『동주열국지』(전6권, 2015), 『정관정요』(2016), 『자치통감을 읽다』(2016), 『이렇게 읽을 거면 읽지 마라』(2017) 등이 있다.

루쉰전집번역위원회 명단(가나다 순)

공상철, 김영문, 김하림, 박자영, 서광덕, 유세종,
이보경, 이주노, 조관희, 천진, 한병곤, 홍석표